丸山　茂著

唐代の文化と詩人の心
―― 白樂天を中心に ――

汲古書院

序

日本大學名譽教授　坂 井　健 一

　丸山　茂君は篤學の士である。1970年，日本大學文理學部中國文學科に轉入學して以來，中國語・中國文學の本格的研究を志し，1972年，同學卒業後，日本大學大學院文學研究科國文學專攻修士課程に入學，1974年，同科修士課程を修了，1975年同學大學院文學研究科中國學專攻博士課程に入學，1978年博士課程を滿期退學，その間，國文學と關連深い白居易竝びに唐代文學の文化史的研究に專念し，日中の學際的研究の實を擧げ，1982年日本大學文理學部に於いて專任講師として，中國文學の研究・教育を擔當することになる。その後，助教授を經て1996年，教授に昇格。以來，研究・教育に活躍しつつ，中國文學，就中，唐代文學の研究に勵み，その具體的成果の一部は，その都度，然るべき機關誌に掲載公表されている。

　この著作の中核をなす『唐代文學の文化史的研究』により著者は文學博士の學位を授與された。

　著者が「序說」に述べているように，研究の目的は三つに分けられる。

　一　唐代文化の特質を具體化すること
　二　唐代詩人の「人となり」を浮き彫りにすること
　三　唐代を生きた人々の「生活環境」を再現すること

の三つで，從來の所謂「唐代文學者の作家論・作品論・文藝理論・文獻批判などの個別的研究」ではない。「詩人の日常生活や當時の生活環境をも視野に入れた」「人文科學と總稱される政治・經濟・社會・歷史・藝術などのあらゆる分野が渾然一體となって包含」されたものである。著者は「生きた人間が對象とされるからには，當然その研究もまた，血の通った生命力をもったものでなければならない」と考える。生きた生活環境といえば，唐代詩人の多くが官僚を目指す「士大夫」であった以上，その文學を考究する上で，政治的背景を無視できなくなる。唐詩に「諷諭詩」の多出がみられるのは，この狀況が詩人達に強く反映した結果である。生活環境の反映は生きた人間の生活環境の反映であり，かつ「血の通った生命力」が當時の詩人達の「交遊の實態と心の推移」となって表出されていると著者はいう。實際例として，「唐代中期の政治と文學」の大括の下，張籍・韓愈の作品中に見られる種々の生活實態（第1部・第1章・第2章・第3章）を明確にしている點は從來の唐代文學作品の研究には見られることが少なかった手法である。これは，著者の持つ非凡な感性のしからしむるところであって，後進の研究者に益すること大なるものがあることを信じてやまない。これと視點を同じくする「唐代詩人の日常生活」の大約が『白氏文集』と「白居易」を頂點とする一聯の研究である。「自照文學」として見つめ直されるべき作品の研究の中で，特に注目されるべきものは，「時間の層」を發見した第3部・第2章「回顧錄としての『白氏文集』」である。また第2部・第1章の第1節「唐代詩人の通った街道と宿驛」と第2節「唐代長安城の沙堤」は『唐代文學の文化史的研究』の標題にふさわしい研究となっている。就中，發掘調查資料の不足を文獻資料によっ

て見事に補完した「長安城の沙堤」は，唐代文化研究の實驗的論考として特筆に値する。

　要するに著者が序說に述べたごとく，本研究は中國文學史の中において，詩の黃金時代を形成したといわれる唐代に着目し，就中，中唐の文學を中心に，その時代を生きぬいた詩人の人となりから，裏付けを持つ作品をもとに唐代文化を解明したものである。著者は人世生活の實態を克明なものにした。「元輕白俗」と評される「俗」の實際を詩作品から具體的に演繹し得たと言っても過言ではない。

　中國文學の研究は近年來，種々の發展を遂げつつある。それは中國本土のみならず，國外の日本を始め，諸外國に新たな研究の展開を見ようとしている。その新しき展開の一つが丸山君の「文化史的研究」であろうと，確信して止まない。

目　次

序………………………………日本大學名譽教授　坂井　健一　　i

本　　編　唐代文學の文化史的研究――白居易を中心に――
　序　説……………………………………………………………………5
　概　要……………………………………………………………………15

第1部　唐代中期の政治と文學………………………………………23
　第1章　唐代諷諭詩考――中唐の元和期を中心に――………………23
　　第1節　士大夫の文學觀……23
　　第2節　諷諭詩に見る元和期の社會問題……28
　　第3節　中唐期の觀念形態……33
　第2章　張籍「傷歌行」とその背景――京兆尹楊憑左遷事件――………37
　　第1節　張籍の「傷歌行」……37
　　第2節　京兆尹楊憑左遷事件……40
　　第3節　楊憑とその交遊……43
　　第4節　彈劾者李夷簡……50
　　第5節　事件の背景……52
　　第6節　事件と柳宗元……53
　　第7節　官界の無常……56
　第3章　韓愈と張籍………………………………………………………58
　　第1節　韓愈の張籍評價……58
　　第2節　張籍樂府における篇法の妙……76
　　第3節　張籍樂府「節婦吟」……90

第２部　唐代詩人の生活環境……………………………………………… 109
　第１章　唐代の長安……………………………………………………… 109
　　第１節　唐代詩人の通った街道と宿驛……109
　　第２節　唐代長安城の沙堤……112
　第２章　唐代詩人の日常生活…………………………………………… 136
　　第１節　樂天の馬……136
　　第２節　「妾換馬」考……169
　　第３節　唐代詩人の食生活──蟹・南食・筍……199

第３部　『白氏文集』と白居易…………………………………………… 219
　第１章　自照文學としての『白氏文集』──白居易の「寫眞」──… 219
　　第１節　白居易の創作意識……219
　　第２節　『文集』の成長過程……221
　　第３節　白居易の肖像畫……225
　　第４節　肖像畫の制作年代……228
　　第５節　「集賢殿御書院」の肖像畫……231
　　第６節　肖像畫を見つめる樂天……234
　第２章　回顧錄としての『白氏文集』………………………………… 242
　　第１節　饒舌と繁多……242
　　第２節　回顧による「時間の層」……243
　　第３節　１首の詩の中における「時間の層」……244
　　第４節　複數の詩における「時間の層」……247
　　第５節　『文集』編集過程における「時間の層」……260
　　第６節　人生の記錄……261
　第３章　交遊錄としての『白氏文集』………………………………… 267
　　第１節　白居易をめぐる人々……267
　　　　［１］侯權秀才……267
　　　　［２］鄉貢進士……268
　　　　［３］進士……268
　　　　［４］書判拔萃科受驗……270

　　　　　　　　目　　次　　　　　　　vii

　　　［５］校書郎……271
　　　［６］才識兼茂・明於體用科受驗……278
　　　［７］盩厔縣尉……279
　　　［８］集賢殿校理・翰林院學士……282
　　　［９］進士科再試驗事件……288
　　　［10］張山人……289
　第２節　白居易の友人達——その人となり——……290
　　　［１］人となり……290
　　　［２］友人の定義……291
　　　［３］『文集』の資料的價値……291
　　　［４］友人の種類……293
　　　［５］親友の條件……293
　　　［６］交友の「動」と「靜」……295
　　　［７］人物評價と評語……296
　　　［８］交友の諸相……298
　　　［９］誠實さ……307
　第３節　白氏交遊錄……309
　　【元宗簡】……309
　　　［１］元稹や元集虛と混同された元宗簡……311
　　　［２］李建と元宗簡……318
　　　［３］「故京兆元少尹文集序」から蘇る元宗簡……320
　　　［４］白居易と周邊の詩人達の詩にみる元宗簡像……323
　　　［５］白居易の詩から蘇る元宗簡……326
　　　［６］隣人としての元宗簡……330
　　　［７］元宗簡の職歷と官僚生活……334
　　　［８］元宗簡の死……337
　　【錢徽】……340
　　　［１］出逢いより錢徽長逝に至るまでの交遊……341
　　　［２］正史に記された錢徽像……350
　　　［３］周邊詩人の關連作品に見られる錢徽……355
　　　［４］錢徽の人となり——陶淵明・王維・錢起との關連……367

　　　　［5］元宗簡との比較にみる錢徽との交遊の特色……376
　【李建】……377
　　　［1］李建の死……378
　　　　　① 死生の分……378
　　　　　② 李建の死因……381
　　　　　③ 李建と道術……384
　　　［2］李建の人となり……389
　　　　　① 苦學……389
　　　　　② 外淡中堅……391
　　　［3］李建の交遊……397
　　　　　① 利と名に及ばず……397
　　　　　② 鄜州刺史李建と翰林學士白居易……399
　　　　　③ 李建と元稹……400
　　　　　④ 李建と韓愈・柳宗元……403
　　　　　⑤ 李建と元和期の名臣たち……405
　　　［4］年長の友（元宗簡・錢徽との比較）……409
　【元稹・劉禹錫】……411
　　　［1］白居易・元稹・劉禹錫に關するこれまでの研究……412
　　　［2］白居易の「詩敵」元稹と「詩友」劉禹錫……416
　　　［3］白居易・元稹・劉禹錫の關係……420
　　　［4］裴度・令狐楚との交遊における白・劉・元の態度……429
　　　　　① 裴度と白居易と劉禹錫……430
　　　　　② 令狐楚と劉禹錫と白居易……445
　　　　　③ 裴度と令狐楚と元稹……454
　　　　　④ 宰相元稹と元老裴度……458
　　　［5］白居易・元稹・劉禹錫の詩作……463
　　　　　① 詩作の場……463
　　　　　② 寓言詩……464
　【張籍】……466
　　　［1］共通の「座主」高郢……467
　　　［2］太常寺太祝張籍……468

　　　　　　　　目　次　　　　　　　ix

　　　［3］翰林學士・左拾遺白居易……469
　　　［4］太子左贊善大夫白居易……473
　　　［5］張籍の古樂府……477
　　　［6］江州司馬白居易……479
　　　［7］祕書郎張籍……481
　　　［8］新昌里の白居易と靖安坊の張籍……483
　　　［9］水部員外郎張籍……485
　　　［10］杭州刺史白居易……492
　　　［11］蘇州刺史白居易……496
　　　［12］杏園の春……500
　　　［13］聯句……503
　　　［14］刑部白侍郎の雙鶴……505
　　　［15］白賓客分司東都……510

附　　編

　A　I．「王維の自己意識」……………………………………517
　　　　1．王維の後姿……517
　　　　2．王維詩の原點……522
　　　　3．「觀別者」詩の中の「もう一人の王維」……526
　　　　4．「渭城曲」の「柳色」と「故人」……528
　　　　5．送別詩の中の王維……533
　　　　6．「輞川集」の中の幻影……539
　　　II．書評　赤井益久（著）『中唐詩壇の研究』………………553
　B　I．「樂天の筆力」……………………………………………559
　　　II．『白氏文集』流行の原因……………………………………563
　　　　1．平安期に傳來してより盛行するに至るまで……563
　　　　2．先人の說……565
　　　　3．受容者の側から見た流行の原因……568
　　　　4．最近の說……569

　　　　5．先人諸說の再檢討……570
　　　　6．展望……573
　　Ⅲ．「十訓抄序」と『白氏文集』……………………………………574
　　　　1．執筆態度……574
　　　　2．狂言綺語觀……582
C　Ⅰ．『入唐求法巡禮行記』札記——圓仁的人物評價——……589
　　Ⅱ．『入唐求法巡禮行記』的文學性……………………………600
　　　　1．『入唐求法巡禮行記』的吸引力……600
　　　　2．在旅途中遇到的艱難［內容豐富詳瞻］……600
　　　　3．文學性［文筆生動細膩］描寫力……609

揭載論文初出一覽……………………………………………………………629
あとがき………………………………………………………………………633
詩人別詩題索引………………………………………………………………635

唐代の文化と詩人の心
―― 白樂天を中心に ――

本　　編

唐代文學の文化史的研究
　　——白居易を中心に——

序　説

　『唐代文學の文化史的研究』という論文題目は，自らに課した研究範圍の大きさを示すものであって，集大成を意味するものではない。『唐代文學の文化史的研究』と銘打ってはいるが，「唐代文化」のあらゆる分野を網羅したものではないし，唐王朝の全時代を對象としたものでもない。「文化史」といっても歴史的發展過程を問題にしているわけではないし，「文化」の中の「政治」「經濟」「思想」「制度」「地理」「音樂」「食文化」の一部に言及するものの，「宗教」「民族」「風俗」「美術」「科學技術」といった多くの課題が殘されている。從って，次に記す「研究の目的」は各章ごとに異なる課題に共通する問題點を集約したものであり，同時に今後の方針を示すものでもある。

＊研究の目的

　本研究の目的は，大きく分けて３つある。

　　①　唐代文化の特質を具體化すること
　　②　唐代詩人の「人となり」を浮き彫りにすること
　　③　唐代を生きた人々の「生活環境」を再現すること

　この３つの目的は「調和の追求」という大きな目標へと向かう。
　『廣辭苑』で「文化」の定義を調べると「人間が自然に手を加えて形成してきた物心兩面の成果。衣食住をはじめ技術・學問・藝術・道德・宗教・政治など生活形成の樣式と內容とを含む。文明とほぼ同義に用いられることが多いが，西洋では人間の精神的生活にかかわるものを文化と呼び，文明と區別する」と説明されている。
　この言葉を援用すると，①の「唐代文化」は「唐代を生きた人々の精神的生

活にかかわる物心兩面の成果」ということができる。②は「心」に力點を置いた考察を必要とし，③は「物」に力點を置いた考證を必要とする。しかし，力點をどこに置くにせよ，「物心兩面の成果」は「物」「心」の雙方を視野に入れておかなければ不自然な結論を導いてしまう。また①の巨視的考察と②③の微視的檢證は雙方有機的に關連付けなければ，立體的な「浮き彫り」も「具體」的な「再現」も歪んだものとなる。無味乾燥な記述に終始する「理路整然とした」論文に共通する缺陷は，「關連付け」が「皆無」か「不充分」な點にある。この「關連付け」で注意すべきことは，「體系」だった「整合性」を追及するあまり，自己の假說に都合の良い資料だけを集め，時に統計學的に意味を持たない數值を並べ立てて空理空論を展開してしまうことである。「體系」立てることに主眼を置くと本質を見失った不自然な人工物と化してしまう。整合性や法則性を追及するあまり，例外や特異性を切り捨ててしまうからである。外觀は立派であっても內實が伴わないものになりかねない。人閒の內面や行動，あるいは存在そのもの，さらには人閒によって生み出された普遍的文化を對象とする人文科學は，「科學」という以上，客觀的かつ合理的に探求・解明されなければならない。しかし，客觀性だけを重視すると「つじつま合わせ」の「空理」に陷り，逆に主觀だけに賴ると「獨斷と偏見」に滿ちた「空論」に墮してしまう。無機質のような冷徹な考證に人閒の血を通わせ，生命の息吹を感じさせる論文を書き上げることは至難の業である。

＊從來の研究における問題點と今後の課題

これまでの中國古典文學研究は，作家論・作品論・文藝理論・文獻批判などの個別研究が大半で，詩人の日常生活や當時の生活環境をも視野に入れた總合的な論考は極めて少ない。また，歷史研究の一環として著わされる中國文化史は，文物の起源・盛行・發展・衰微といった歷史事實の探求に追われ，文物の作り手や享受者の「心」にまでは言及されずに終わってしまうことが多い。中には西洋式の合理主義を，そのまま東洋學に借用した不自然な論文もある。し

かし，中國の文化を理解しようとする時，そうした手法には無理がある。漢籍の整理に傳統的な「四部分類」を捨てて，Melvil Dewey（1851〜1931）の十進分類法を導入するようなものである。

　中國古典文學という場合の「文學」には，「文藝」（日本の私小説などに用いられる狹義の「文學」）のみならず，「人文科學 human sciences」と總稱される「政治・經濟・社會・歷史・藝術」などのあらゆる分野が渾然一體となって包含されている。

　兒島獻吉郎は明治45年7月に，「支那文學の變遷を明らかにせんと欲せば，必ず先づ歷代政事の方針を辨じ，また能く時代の思潮を察せざるべからず。政事の方針は如何に文學界に影響せしか，文學の興廢が如何に政治界に反映せしか，時代の思潮が如何に文學上に形はれしか，文學の流行が如何に思想界を左右せしか。これ讀者の夙に知らんとする所にして，亦著者の竊かに苦心して自ら明らかにせんとする所なり」（冨山房『支那文學史綱』大正15年5月13日10版發行「凡例」3頁）と記している。

　有高　巖は昭和23年2月發行の『唐代の社會と文藝』（講談社）の「序」に，「……唐代の史書の記述，及び詩文書畫等をも含んだ廣義の史料を驅使して，當時の社會の大勢を通觀し，上下各階層の人士の活躍受難の實情を諦視することは，假構の戲曲小說等を讀むよりは遙かに興味深い。……」と記している。

　にもかかわらず，從來，藝術は藝術，歷史は歷史，政治は政治で，それぞれの分野が個別に限られた枠組みの中で研究されてきた。しかし，唐代の詩人の大半が官僚ないしは官僚を目指す「士大夫」である以上，彼らの文學を考える上で，政治的背景を無視することはできない。第1部に「唐代中期の政治と文學」を配したのは，唐代の文學を考える上で，「人文科學」の中の「政治」がとりわけ重要であると考えたからである。

　人文科學の對象が「生きた人間」である以上，研究もまた「血の通った生命力」を持つものでなければならない。例えば，第3部・第3章・第3節の「白氏交遊錄」は，「交遊の實態と心の推移」を「詩文を媒介とした心の交流」という觀點から考察することに主眼が置かれている。從って舊來の文藝研究や歷史研

究の手法を如何に自然に融合させるかが大きな課題となった。

＊研究方法

　筆者は Jigsaw-Puzzle 型を避け,「積み木」型の研究を志向してきた。Jigsaw-Puzzle と違って,「積み木」は全體の一部を獨立させて有機的に增殖させることができるからである。整然とした圖柄を緻密な作業で完成させる Jigsaw-Puzzle は, 確かにそれなりの面白さがある。しかし, いくらその小片を細かくしたところで, 平面的に「枠に嵌った繪」そのものが新しくなるわけではない。ところが,「積み木」は積み方次第で如何樣にも變化するし, 木片の數は立體的に增やしてゆくことができる。規模も形も無限の發展性を有している。ただし, 木片の大・小や色・形の違いによって,「調和」を缺いた不安定で不自然な建造物になってしまう危險性が付隨する。その「危險」は大自然から得た「直感」と幼少期から培われてきた「感性」によって回避するしかない。ところが,「感性」の問題を心理學や腦醫學によって解明するとなると, 本研究の範圍と筆者の能力を大きく超えてしまう。

　やはり, 問題の本質に迫るためには, 漢字1文字1文字に込められた作者の「聲」に耳を傾け, 作品に託された作者の「心」を凝視することから始めなければならない。張籍の樂府を論ずる前に『張籍歌詩索引』（朋友書店）を用意したのは, そのためである。さらには「大膽な假說」と「小心な考證」を心がけ, 異なる種類の廣範圍にわたる周邊資料を驅使して,「漠然とした推測」を「實感を伴った理解」へと「昇華」させる必要がある。第2部・第1章・第2節「唐代長安城の沙堤」は, そうした「實感」を客觀的に論證することに主眼を置いた論考である。

　「唐という時代の實相とその時代を生きた文人たちの心」を「彼らの殘した詩文によって」できるだけ「具體的に再現」するには, 大局を見渡す「鳥の眼」と細部まで見通す「昆蟲の複眼」とで, 俯瞰と凝視を繰り返し, 最新のデジタル技術をも活用しながら傳統的な手法による考察を重ねなければならない。第

序　說　9

2部・第2章・第1節「樂天の馬」の論證の精度は、「寒泉」や『文淵閣　四庫全書　電子版』といった「文明の利器」によって高めることができた。膨大な文獻資料を整理し、電子化資料を公開し續ける中國・臺灣の研究員たちに敬意と謝意を表したい。

＊本研究の特色

本研究の特色は、ａ．「作品の１字１句に込められた作者の心を出來得る限り作者自身の言葉で語らせる」と共にｂ．「作品相互の關連性に注目」し、ｃ．「周邊史料を有機的に考察」しながらｄ．「論文全體の構成の立體化を目指した」ところにある。

以前、中國で「長恨歌論爭」が流行し、「漢皇重色思傾國、御宇多年求不得。……」の「重色」に玄宗批判の寓意が有り、政治批判が主題であるという「諷諭詩說」が横行した。これを支持した研究者が犯した最大の過ちは、1006［＊以下４桁の數字は花房英樹著『白氏文集の批判的研究』「2　總合作品表」の作品番號。『白氏文集』の本文は特にことわらない限り朱金城著『白居易詩箋校』に從う。＊印は全て筆者の注記］「編集拙詩成一十五卷因題卷末戲贈元九李二十」詩の「一編長恨有風情、十首秦吟近正聲。……」という白居易自身の言葉を輕視したことにある。「長恨」「風情」と「秦吟」「正聲」の對句が、「緣情文學」と「載道文學」の違いによって白氏自身が分類した「感傷」と「諷諭」の對比であることに氣付けば、「……天長地久有時盡、此恨綿綿無絕期」の結びこそが「長恨歌」の主題であることに氣付き、楊貴妃と玄宗の悲戀を歌った物語詩と考える「愛情詩說」を支持したはずである。ところが、1006詩の「風情」の「風」を「諷」であると主張し、この句までも「諷諭詩說」の根據に加える研究者が出現した。しかし、白居易自身が2447「酬劉和州戲贈」で「……政事素無爭學得、風情舊有且將來。……」と詠い、2705「憶夢得［＊【題注】夢得能唱竹枝、聽者愁絕］」で「……愛花心在否、見酒興如何。年長風情少、官高俗慮多」と詠うように、『白居易歌詩索引』に16例［＊1006・1055・1068・1081・1108・1402・2412・2423・2447・2705・2717・2891・3134・3357・3438・3646］登場す

る「風情」という詩語は，全て「花」を「愛」でる「風流」心のように，「政事」や「官」の「俗慮」と對立する敍情的な言葉として用いられているのである。

　「漢字」と「調和」は，中國文化の特質を考える上で最も重要な「要諦」である。そして漢字の形・音・義のそれぞれの要素が持つ特性を最大限に生かしながら眞・善・美の精神世界を構築する「詩」は，文字の組み合わせによる「調和」の追及が極限の高みへと昇華した文學樣式である。

　時代を唐代に絞り，文獻資料の大半を「詩」に求めたのは，中國文學史上「黃金期」を迎えた「唐代」の「詩」の中に「中國文化の特質を具體化する」手がかりが潛んでいると「豫感」したからである。

　『白氏文集』の3798「醉吟先生墓誌銘　幷序」［※戸崎哲彦著「白居易『醉吟先生墓誌銘』の自撰と碑刻」『日本中國學會報』第61集74〜89頁參照］の中の「……凡平生，所慕、所感、所得、所喪、所經、所逼、所通，一事一物已上，布在文集中，開卷而盡可知也。(凡そ平生，慕ふ所，感ずる所，得る所，喪ふ所，經る所，逼る所，通ずる所，一事一物已上，布して文集の中にあり，卷を開けば，盡く知る可し)」という白居易の言葉が耳に響いた瞬間，その豫感は實感に變わった。

　詩は多く日常生活の中から生まれる。しかも唐詩には詩人が眼にした「萬物」とそこから引き起こされた「萬感」が詠い込まれている。第3部の「『白氏文集』と白居易」は，その「萬感」を文字化したものである。

　中國の文人は，思想家であると同時に詩人であり，その多くが官僚すなわち政治家である。唐代の詩人は，いつも酒に耽り，詩作だけに沒頭していたわけではない。人によっては書・畫・琴・棋を樂しみもするが，それは餘暇を利用しての憩いの「ひととき」であって，普段は官僚として煩雜な「簿書」を視，種々の「塵務」に追われていた。天子の側近ともなれば，政治・經濟の動向を見据え，農事はもとより民事・軍事の大局を把握していなければならなかった。官職に應じて，治安維持・治水事業・土木建築などの實務を任されることもある。彼らは官僚になるために儒家思想を學び，科擧試驗の失敗や左遷の不遇を老莊思想で乘り切り，老病の苦惱を佛敎で癒していた。そうした官僚詩人の典型が唐代中期に活躍した白居易である。

序　說　　　　　　　　　　　　　　11

　本書の紙面の大半を白居易に關連する論考が占めている。それは，質・量ともに『白氏文集』が唐代文化研究における文獻資料の寶庫であることに起因する。例えば，「格詩・歌行・雜體」を收錄した卷軸（『那波本』卷51）の冒頭にこんな詩がある。

2194「［蘇州］郡齋旬假，［始］命宴，呈座客，示郡寮。(自此後在蘇州作)」（［蘇州の］郡齋の旬假に，［始めて］宴を命じ，座客に呈し，郡寮に示す（此れより後は蘇州に在りて作る））

　　　　　　　　　　　　　　　　　　＊［蘇州］［始］3文字は『文苑英華』
　　　　　　　　　　　　　　　　　　　卷216による補足。

公門日兩衙　　公門　日に兩衙
公假月三旬　　公假　月に三旬　　　　　【公假月三旬】上旬・中旬・下旬「三
　　　　　　　　　　　　　　　　　　　旬」それぞれ各1回の公休。
衙用決簿領　　衙には用つて簿領を決し　【簿領】帳簿等の公文書。楊於
旬以會親賓　　旬には以つて親賓を會す　陵「郡齋有紫薇雙本……」詩に
　　　　　　　　　　　　　　　　　　　「……簿領幸無事，宴休誰與娛。
公多及私少　　公は多くして　私に及ぶこと少なく　（簿領　幸にして事無く，宴休
勞逸常不均　　勞と逸　常に均しからず　誰と與にか娯しまん）……」と
　　　　　　　　　　　　　　　　　　　ある。
況爲劇郡長　　況んや劇郡の長たるをや　【劇郡】政務が多い大きな郡。白居易
安得閑宴頻　　安んぞ閑宴の頻りなるを得ん　2417「去歲罷杭州今春領吳郡……」詩
　　　　　　　　　　　　　　　　　　　に「……那將最劇郡，付與苦慵人。
下車已二月　　車を下りて　已に二月　（那んぞ最も劇なる郡を將つて，苦だ
　　　　　　　　　　　　　　　　　　　慵なる人に付與する）……」とある。
開筵始今晨　　筵を開くは　始めて今晨
初黔軍廚突　　初めて軍廚の突を黔くし
一拂郡榻塵　　一たび　郡榻の塵を拂ふ
旣備獻酬禮　　旣に獻酬の禮を備へ
亦具水陸珍　　亦た水・陸の珍を具ふ
萍醋箬溪醋　　萍は箬溪の醋に醋し
水膾松江鱗　　水は松江の鱗を膾にす
侑食樂懸動　　食を侑めて　樂懸　動き
佐懽妓席陳　　懽を佐けて　妓席　陳ぶ
風流吳中客　　風流　吳中の客
佳麗江南人　　佳麗　江南の人

歌節點隨袂　　歌節　點じて袂に隨ひ
舞香遺在茵　　舞香　遺りて茵に在り
淸奏凝未関　　淸奏　凝りて未だ関らず
酡顔氣已春　　酡顔　氣　已に春なり
衆賓勿遽起　　衆賓　遽に起つこと勿れ
群寮且逡巡　　群寮　且し逡巡せよ
無輕一日醉　　一日の醉を輕んずること無かれ
用犒九日勤　　用つて九日の勤を犒はん
微彼九日勤　　彼の九日の勤　微りせば
何以治吾民　　何を以つてか　吾が民を治めん
微此一日醉　　此の一日の醉　微りせば
何以樂吾身　　何を以つてか　吾が身を樂しましめん

　この詩1首を讀むだけで，刺史として蘇州に赴任していた54歳の白居易が「どのような氣持ちで」部下や州民と向き合っていたかがわかる。と同時に，地方長官が朝・晩2回の出勤[＊白居易1353「城上」詩に「城上鼕鼕鼓，朝衙復晚衙。(城上　鼕鼕たる鼓，朝衙　復た晚衙)……」とある]で「どのような激務」を「どのように」こなしていたかもわかる。この詩には，「着任2ヶ月後にようやく開くことができた」宴會の，それも「月に僅か3回」の貴重な休日を利用しての酒席に，「誰が」招かれ「どのようにもてなされたか」が克明に記錄されている。詩題の「旬假」と後半の「九日勤」「一日醉」からは「10日に1度の休日」の樂しみが實感を伴って傳わってくる。白居易は，「初黔軍廚突，一拂郡榻塵。(初めて軍廚の突を黔くし，一たび郡榻の塵を拂ふ)」という對句で「刺史」が軍部を統括する任にあることから「郡齋」の廚房を「軍廚」と詠い，役所に併設された宴會場の腰掛を「郡榻」と詠っている。しかも，それらが長らく使われていなかったことを「(今朝)初めて炊事の煙で煙突が黑く煤け」と暗示し，「腰掛けに降り積もった土埃をさっと拂う」という言葉で「もてなし」の準備の「慌しさ」を活寫している。「初」と「一」の效果は絕妙である。「公多及私少，勞逸常不均。

（公は多くして 私に及ぶこと少なく，勞と逸 常に均しからず）」という散文のような語り口も流石である。「公務に追われて個人的な時間が取れない」現狀を平易な5文字で綴り，「苦勞」と「安逸」の調和を保てない樣子を實に簡潔に傳えている。

　このように『白氏文集』の中の1首を讀むだけで，冒頭の「研究の目的」に揭げた①から③の目的を達成するために必要とされる貴重な情報が幾つも得られるのである。

　本研究は，

　　『唐代研究のしおり』　　　　　　　　　平岡武夫（編）
　　『唐代社會文化史研究』　　　　　　　　那波利貞（著）
　　『唐代政治社會史研究』　　　　　　　　礪波　護（著）
　　『中國古代社會研究』　　　　　　　　　小島祐馬（著）
　　『唐代交通圖考』　　　　　　　　　　　嚴　耕望（著）
　　『唐史餘瀋』　　　　　　　　　　　　　岑　仲勉（著）
　　『元白詩箋證稿』　　　　　　　　　　　陳　寅恪（著）
　　『長安の春』　　　　　　　　　　　　　石田幹之助（著）
　　『中華名物考』　　　　　　　　　　　　青木正兒（著）
　　THE LIFE AND TIMES OF PO CHÜ-I　　ARTHUR WALEY（著）
　　　　　　　　　　　　　　　　［＊みすず書房『白樂天』花房英樹（譯）］
　　『韓愈の生涯』　　　　　　　　　　　　前野直彬（著）
　　『中唐文人考──韓愈・柳宗元・白居易』　太田次男（著）

といった先人の偉業に導かれながら，『全唐詩』『白氏文集』『舊唐書』『新唐書』などの文獻資料の中に唐代詩人の「生きた聲」を聽き，「發掘資料だけでは知り得ない情報」を基に長安や地方都市における彼らの「日常生活」の實態を再現しようとしたものである。

概　要

　中國古典文學が「文藝」という「狹義の文學」の領域を超えた「人文科學」とも言うべき「廣義の文學」である以上，作品研究や作家論といった從來の研究方法のほかに「人閒學」を志向する文化史的研究が必要である。本研究は，唐代の文學に政治的背景や生活環境などの文化史的側面から考察を加えた論考である。

　全體は次の３部から構成される。

　　第１部　唐代中期の政治と文學
　　第２部　唐代詩人の生活環境
　　第３部　『白氏文集』と白居易

　第１部の中核を成す論考は，第２章の「張籍『傷歌行』とその背景──京兆尹楊憑左遷事件──」(『東方學』63輯74〜88頁）で，唐代中期の詩人である張籍の樂府詩「傷歌行」が詠まれた社會的背景を考察することで「政治と文學の關係」を明らかにしたものである。この論考によって，「諷諭詩の生まれる背景には作者が實見した歷史事實が存在し，その體驗を作者がどのように作品化したか」が明らかになった。

　第２部の中核を成す論考は，第１章・第３節の「唐代長安城の沙堤」（汲古書院『沼尻博士退休記念中國學論集』17〜38頁）で，考古學的發掘資料では再現することのできない「沙堤」の全貌を文獻資料から明らかにしようと試みたものである。この考察によって，『全唐詩』中に散見される宰相のための「沙堤」が具體的にどのようなものであったかが明らかになり，「沙堤」という詩語に象徵される文化史的背景を理解することで，從來の不完全な注釋では實感することのできなかった作者の心境をより深く感得することが可能となった。

　第３部の中核を成す論考は，第２章の「回顧錄としての『白氏文集』」（『日本

中國學會報』第47集90～105頁）で，白居易の「回顧癖」に着目し，その性癖と文學的特色との關係を明らかにしたものである。この論考によって，作者の精神生活と創作活動との關連付けがなされ，從來の文學史や研究論文の中で「平易通俗」「饒舌」とだけ説明されてきた評語の深意が明らかとなった。

上記3篇に共通する研究上の特色は，「作品を通じて作者の人間性を理解する」ことを志向し，文學を「文藝作品としての美的技巧研究の對象」や「單なる歷史的文獻資料」として扱うのではなく，「作者の精神生活を理解するための文化資料」として整理・分析した點にある。

以下，全體の構成を明示し，その概要を記す。

第1部　唐代中期の政治と文學
　　第1章　唐代諷諭詩考――中唐の元和期を中心に――
　　　　第1節　士大夫の文學觀
　　　　第2節　諷諭詩に見る元和期の社會問題
　　　　第3節　中唐期の觀念形態

[概要]

唐代詩人の大半が爲政者または爲政者を志す士大夫であり，彼等の中心思想は儒家のそれであった。從って，『詩經』「大序」の文學觀を背景とする諷諭詩は，彼等のたてまえを表明するいわば「表藝」であった。文學史上，『詩經』の文學精神を復興・繼承した唐代詩人として，陳子昂・杜甫・元結・李紳・元稹・白居易・陸龜蒙・皮日休といった詩人が知られている。しかし，道家思想に傾くとされる李白も，佛教に傾倒した王維も，儒家の道を盛り込んだ諷諭詩を作っている。韓愈や李賀も，李商隱や杜牧も諷諭詩を殘している。唐代を代表する詩人の大多數が諷諭詩を殘していることは，唐代文學を考える上で，諷諭詩は看過できない問題であることを意味する。とりわけ，中唐の元和期は，質・量ともに「諷諭詩の時代」と言っても過言ではない。

それゆえ，社會矛盾が先鋭化した中唐の元和期に焦點を絞ることで，唐代文學の文化的背景が明確化され，「唐代詩人が，何に義憤を感じ，それをどのよう

概　要　　　　　　　　　　17

に詠じているか」を概觀することにより，「唐代の社會矛盾の諸相」が「同時代人の言葉」によってより鮮明になる。

第2章　張籍「傷歌行」とその背景——京兆尹楊憑左遷事件——
　　第1節　張籍の「傷歌行」
　　第2節　京兆尹楊憑左遷事件
　　第3節　楊憑とその交遊
　　第4節　彈劾者李夷簡
　　第5節　事件の背景
　　第6節　事件と柳宗元
　　第7節　官界の無常

[概要]
　楊憑の江西觀察使時代の犯贓と京兆尹就任後の僭侈が，「京兆尹楊憑左遷事件」の直接の原因である。しかし，その蔭には李夷簡の私怨が遠因として働いていた。御史中丞李夷簡が京兆尹楊憑の不正を劾奏するや，御史臺において，刑部尙書李鄘ならびに大理卿趙昌による取り調べがなされ，同時に，楊憑が江西觀察使であった時，それを監査すべき職責にあった前江西判官監察御史楊瑗もまた御史臺に繋がれ，大理少卿胡珦、左司員外郎胡諲、侍御史韋顗によって，職務怠慢の罪に問われていた。中唐の詩人張籍は，「傷歌行」という樂府題のもとに，諷諭詩のかたちでこの事件を詠み込んだ。徐澄宇著『張王樂府』（古典文學出版社，1957年，上海）に「詩人……是同情他，是諷刺他，一切都讓讀者去想。（一體，詩人は……彼に同情しているのか，彼を諷刺しているのか，一切を讀者の考えに委ねている）」と記されているが，張籍の「傷歌行」は，楊憑個人に對する同情でもなければ，諷刺でもない。京兆尹の左遷に象徵される「官界の無常」に封する張籍自らの悲傷である。張籍「傷歌行」の文學的價値は，眼前の時事問題を採り上げ，左遷事件を描くことで，「官界の無常」を詠うという，古樂府「傷歌行」には本來無かった新生面を切り拓いた點にある。

第3章　韓愈と張籍
　　　　第1節　韓愈の張籍評價
　　　　第2節　張籍樂府における篇法の妙
　　　　第3節　張籍樂府「節婦吟」

[概要]

　中唐の張籍は多くの文人批評家によって專ら樂府詩人として評價されてきた。「何故に張籍が樂府詩人として評價されるのか，あるいは樂府に限らず，これまで，張籍の如何なる點が，どのように評價されてきたのか，そして，それがどの程度，當を得たものであるのか？」という問題は，直ちに張籍文學の特質解明に連なる問題である。

　第1節の「韓愈の張籍評價」は，「張籍文學の特質」を唐代中期を代表する韓愈の言葉で語らせた概論であり，第2節の「張籍樂府における篇法の妙」と第3節の「張籍樂府『節婦吟』」は，「張籍樂府の特質」を「構成上の技巧」と「社會的背景」に分けて分析した各論である。

第2部　唐代詩人の生活環境
　　第1章　唐代の長安
　　　　第1節　唐代詩人の通った街道と宿驛
　　　　第2節　唐代長安城の沙堤

[概要]

　「唐代詩人の生活環境」を知る上で，嚴耕望著『唐代交通圖考』（中央研究院歷語言專刊83，上海古籍出版社）は，重要度において平岡武夫主編「唐代研究のしおり」2『唐代の行政地理』（同朋舍）と雙璧をなす名著である。

　第1節の「唐代詩人の通った街道と宿驛」は，日本人研究者として最初に『唐代交通圖考』に着目し，「唐代文學の文化史的研究」を進める上で重要な工具書であることを傳えた文章で，文學研究の立場で嚴耕望氏の偉業を紹介したものである。

　第2節の「唐代長安城の沙堤」は「唐代文學の文化史的研究」の實驗的な論

概　　要　　　　　　　　　　　　　19

考で,「はしがき」に「『唐長安城地基初步探測』(『考古學報』1958 年　第 3 期)をはじめ『唐長安城安定坊發掘記』(『考古』1989 年　第 4 期)に至る多くの調査報告によって,唐都長安は次第にその全貌を明らかにし始めて來ている。しかし,いくら調査が進んでも,既に消滅してしまったものを實見することは,永遠に不可能である。ここでとりあげる『沙堤』も文獻資料によってしか再現し得ないものの 1 つである。詩文の中に散見する「沙堤」の記述を讀み進んで行くと,『沙堤』の制度・工法・規模・形狀のみならず,唐の時代に生きた詩人や文人の官僚生活がほの見えてくる。1000 年以上も昔の都大路に敷設された『沙堤』とは,いったいどのようなものであったのであろうか?」と記したように,「沙堤」をとりあげることにより,唐代文化の一端を浮き彫りにしようとしたものである。

第 2 章　唐代詩人の日常生活
　　第 1 節　樂天の馬
　　第 2 節　「妾換馬」考
　　第 3 節　唐代詩人の食生活──蟹・南食・筍

[概要]
　唐代詩人の日常生活を再現することで,詩人の表情に生氣が加わり,唐詩の世界がより身近なものとなる。
　第 1 節の「樂天の馬」は「白居易の馬に關する詩から白氏の『人と文學』のいかなる特質が見えてくるか?」そして「樂天にとって,馬は一體どんな存在であったか?」ということを究明し,一見,何の變哲も無い文字が,白氏の萬感の思いを傳える特別な詩語であることを,「馬」を詠んだ白氏の作品群から明らかにしたものである。
　第 2 節の「『妾換馬』考」は「樂天の馬」の讀者から提起された「疑義」「異論」に應えて,「裴度は馬と引き換えに白居易が寵愛する歌妓を所望した」であろうことを論證した「回答」であり「反論」である。
　第 3 節の「唐代詩人の食生活──蟹・南食・筍」は,「唐代を生きた詩人たち

の『食性』」について,「唐代の詩人たちが,どんな生活を送り,どんな『食性』を持っていたのか？また,それをどのように詩に詠んでいるのか？」について電子檢索系統(システム)を驅使して考察したもので,「當時の文人たちがより身近に思えてくる」ような「論考」が「多くない」ことへの不満から生まれた文章である。「唐代詩人の日常生活」の根幹をなす「衣・食・住」の内の「食・住」については,今後なすべき研究の方向性を示し得たが,「衣」の服飾をはじめ「日常生活」に關する多くの課題が殘されている。

第3部　『白氏文集』と白居易
　　第1章　自照文學としての『白氏文集』——白居易の「寫眞」——
　　　　第1節　白居易の創作意識
　　　　第2節　『文集』の成長過程
　　　　第3節　白居易の肖像畫
　　　　第4節　肖像畫の制作年代
　　　　第5節　「集賢殿御書院」の肖像畫
　　　　第6節　肖像畫を見つめる樂天
[概要]
　「白居易にとって文學とは何であったのであろうか？」という問題について『白氏文集』の大半が,「閑適詩」や「雜律詩」や書簡文といった「自照文學」であることに着目し,「白居易の『寫眞』(肖像畫)」に言及した作品を取り上げ,『白氏文集』を自照文學として見つめ直すことで「白居易の創作意識」が具體化することを明らかにした。これによって,いかに白居易が「自己を見つめ,自己を語り,自己を投影した作品を大切にした人である」かを認識することが可能となった。

　　第2章　回顧錄としての『白氏文集』
　　　　第1節　饒舌と繁多
　　　　第2節　回顧による「時閒の層」

第3節　1首の詩の中における「時間の層」
　　　第4節　複數の詩における「時間の層」
　　　第5節　『文集』編集過程における「時間の層」
　　　第6節　人生の記録

［概要］
　「第3部の中核を成す論考」として上述したように，『白氏文集』の回顧録としての一面に着目し,白居易の性癖と文學的特色を浮き彫りにしたものである。

　　第3章　交遊錄としての『白氏文集』
　　　第1節　白居易をめぐる人々
　　　第2節　白居易の友人達――その人となり――
　　　第3節　白氏交遊錄　「元宗簡」「錢徽」「李建」「元稹・劉禹錫」「張籍」

［概要］
　第1節の「白居易をめぐる人々」は第3章の總論に相當し，第2節の「白居易の友人達――その人となり――」は第1節の理論的裏付けである。第3節は「白居易にとって『友人』とはいかなる存在であったか？また，彼等の人となりの何處に惹かれ，彼等から何を得たのか？」という問題について，第1節で言及した人物の中で比較的影響力の大きい詩人に焦點を絞って詳述したものである。

　昭和44年［1969］12月發行の堤留吉著『白樂天研究』(春秋社) 第6章「白詩にあらわれた交友關係」にも白居易と「交友關係」のあった詩人たちが紹介されてはいるが，簡略に過ぎるし，1971年3月發行の花房英樹著『白居易研究』第2章「白居易文學集團」も卓見ではあるが，「唱和集團の文學」や「唱和集の成立」といった客觀的事實の指摘に重點が置かれていて，個々の人間關係の背後に潛む「人情の機微」には言及されていない。上記の論考3篇は先人の缺を補完する意圖で書かれている。

第1部　唐代中期の政治と文學

第1章　唐代諷諭詩考——中唐の元和期を中心に——

第1節　士大夫の文學觀

　唐代詩人の大半が爲政者または爲政者を志す士大夫であり，彼等の中心思想は儒家のそれであった。從って，『詩經』「大序」の文學觀を背景とする諷諭詩は，彼等のたてまえを表明するいわば「表藝」であった。
　文學史上，『詩經』の文學精神を復興・繼承した唐代詩人として，陳子昂・杜甫・元結・李紳・元稹・白居易・陸龜蒙・皮日休といった詩人が知られている。しかし，道家思想に傾くとされる李白も，佛敎に傾倒した王維も，儒家の道を盛り込んだ諷諭詩を作っている。韓愈や李賀も，李商隱や杜牧も諷諭詩を遺している（＊例えば，李白「古風五十九首」，王維「寓言二首」，韓愈「汴州亂二首」「薦士」「古風」，李賀「感諷五首［其一，其二］」「感諷六首［其三，其四］」，李商隱「韓碑」「有感二首」，杜牧「感懷詩一首」「杜秋娘詩」）。唐代を代表する詩人の大多數が諷諭詩を遺していることは，唐代文學を考える上で，諷諭詩は看過できない問題であることを意味する。とりわけ，中唐の元和期は，質・量ともに「諷諭詩の時代」と言っても過言ではない。
　以下，中唐の元和期を中心に唐代詩人が，何に義憤を感じ，それをどのように詠じているかを概觀することにより，唐代の社會矛盾の諸相を同時代人の言葉によって再現してみよう。
　安祿山の亂が勃發して以來，唐王朝の中央集權は衰退の一途を辿り，外は藩鎭，內は宦官によって滅亡に至ったことは，史家のつとに指摘するところである。玄宗の盛唐は西曆755年を境に終りを告げ，唐代の社會は，政治・軍事はもとより，經濟・文化面に至るまで問題は尖銳化し，その弊害は增大していっ

た。肅宗の大曆年間は各地で藩鎭が反旗を翻し，中央の威信を回復できないでいた。唐王朝が安定の方向に向かうかに見えた時代は，憲宗の元和年間に入ってからのことである。

德宗・順宗・憲宗時代の主たる社會情勢を見てみよう。

建中元年 [780]	租・庸・調から兩稅法へ。
建中三年 [782]	朱滔，田悅ら自ら王と稱す。
建中四年 [783]	德宗，奉天に逃れる。反亂軍の朱泚，長安を占據。
興元元年 [784]	二月，李懷光，反亂。德宗，梁州に逃れる。
	六月，朱泚敗走。德宗，長安に歸還。
貞元四年 [788]	吐蕃，しばしば侵攻。
貞元六年 [790]	吐蕃，安西を落とす。
貞元十二年 [796]	宣武軍反亂。
貞元二十一年・永貞元年 [805]	
	正月，德宗卒す。順宗，卽位。
	五月，王叔文，政權擔當。
	「永貞革新」で二王・八司馬失脚。柳宗元は永州司馬に，劉禹錫は郎州司馬に左遷。
元和二年 [807]	白居易の諷諭詩が宮中で流行し，憲宗に認められて昇進。
元和三年 [808]	節度使と宦官の癒着。金權政治を白居易が指彈。
元和四年 [809]	京兆尹 [＊都知事に相當] 楊憑 [＊柳宗元の義父] の汚職を御史中丞 [＊檢察官] 李夷簡が彈劾。白居易ら宦官に軍事統率權を與えることに反對。憲宗聞かず。
元和五年 [810]	白居易，橫暴な宦官と衝突して左遷された元稹を辯護。
	白居易，過激な忠言で憲宗の逆鱗に觸れる。
	名臣李絳のとりなしで翰林院からの追放を免れる。
元和十年 [815]	李師道，刺客を使って宰相武元衡を暗殺。裴度も負傷。

第 1 章　唐代諷諭詩考——中唐の元和期を中心に——　　　　　　　　25

元和十四年 [819]　中使 [＊宦官]，佛骨を長安に迎え入れる。
　　　　　　　　 起居舍人裴潾，仙藥の危險性を忠告。
　　　　　　　　 憲宗，激怒して裴潾を江陵令に左遷。
元和十五年 [820]　憲宗，仙藥中毒で錯亂。43 歲で急逝。天子暗殺疑惑。

　失敗に終わった「永貞革新」が取り上げた社會問題は，韓愈の「順宗實錄」に克明に記錄されている [＊「順宗實錄」は主に貞元年閒の惡政を記錄。元和十年，韓愈 48 歲，史館修撰の時の作。『韓昌黎文集校注』中華書局香港印刷廠 1972 年 3 月發行 403 頁參照]。
　主たる記事の主要箇所を拔粹しよう。

[京兆尹李實の惡政]
　　……是時，春夏旱，京畿乏食。實一不以介意，方務聚斂徵求，以給進奉。每奏對輒曰，今年雖旱而穀甚好。由是租稅皆不免。人窮，至壞屋賣瓦木貸麥苗以應官。……
　　……是の時，春夏旱し，京畿　食乏し。[李] 實，一に以つて意に介さず，方 (ほしいまま) に聚斂徵求に勤め，以つて進奉に給す。奏對する每に輒ち曰はく，「今年　旱すと雖も穀は甚だ好し」と。是れに由りて，租稅　皆　免れず。人 (たみ) 窮し，屋を壞して瓦木を賣り，麥苗を貸 (か) りて以つて官に應ずるに至る。……

[宮市]
　　……貞元末以宦者爲使，抑買人物，稍不如本估。……嘗有農夫以驢負柴，至城賣，遇宦者稱宮市取之纔與絹數尺。……農夫曰：我有父母妻子，……今以柴與汝，……我有死而已。……
　　……貞元末，宦者を以つて使と爲し，人 (たみ) の物を抑買 [＊買いたたく] し，稍く本估 [＊本來の價格] に如かず。……嘗て農夫の驢を以つて柴を負はしめ，城 (まち) に至つて賣るもの有り。宦者の宮市と稱して之を取り，才 (はじめ) て絹數尺を與ふるに遇ふ。……農夫　曰はく：「我れ父母妻子有り，……今柴を以つて汝に與ふれば，……我れ死有るのみ！」と。……

「五坊の小兒」[＊皇帝の娛樂を司るサービス係]

　　……貞元末，五坊小兒張捕鳥雀於閭里，皆爲暴橫以取錢物，至有張羅網於門，不許人出入者。或有張井上者，使不得汲水。……

　　……貞元の末，五坊の小兒　鳥雀を閭里に張捕し，皆な暴橫を爲して以つて錢物を取り，羅網を門に張り，人の出入を許さざる者有るに至る。或ひは井上に張る者有りて，水を汲むを得ざらしむ。……

　宮市については，白居易も「新樂府」の0156「賣炭翁」で次のごとく詠っている。

　　　……
　　翩翩兩騎來是誰　　翩翩たる兩騎　來(き)るは是れ誰ぞ
　　黃衣使者白衫兒　　黃衣の使者　白衫の兒
　　手把文書口稱敕　　手に文書を把(と)り　口に敕と稱し
　　迴車叱牛牽向北　　車を迴らし　牛を叱して　牽きて北に向はしむ
　　一車炭重千餘斤　　一車の炭　重さ　千餘斤
　　宮使驅將惜不得　　宮使　驅將して　惜み得ず
　　半疋紅紗一丈綾　　半疋の紅紗　一丈の綾
　　繫向牛頭充炭直　　牛頭に繫けて　炭の直(あたひ)に充つ

　また，白居易は0075「秦中吟」十首の「序」で，「貞元，元和之際，予在長安，聞見之間，有足悲者。因直歌其事，命爲秦中吟。(貞元，元和の際，予(わ)れ長安に在り，聞見の間，悲しむに足る者有り。因りて其の事を直歌し，命(な)けて秦中吟と爲す)」と述べ，0076「重賦」の中で次のごとく詠っている。

　　　……
　　奈何歲月久　　奈何(いかん)せん　歲月久しくして
　　貪吏得因循　　貪吏　因循するを得るを
　　浚我以求寵　　我を浚(さら)うて　以つて寵を求め

第1章　唐代諷諭詩考──中唐の元和期を中心に──

斂索無多春　　斂索　多春無し
……
里胥迫我納　　里胥　我れに納むるを迫り
不許暫逡巡　　暫くも逡巡するを許さず
……
幼者形不蔽　　幼き者は　形　蔽はず
老者體無溫　　老いたる者は　體　溫かなる無し
悲喘與寒氣　　悲喘と寒氣と
併入鼻中辛　　鼻中に併せ入りて辛し
……
號爲羨餘物　　號して羨餘の物と爲し
隨月獻至尊　　月に隨ひて至尊に獻ず
……

　當時，「兩稅法」と「羨餘」の弊害が問題となっていた。稅は農民，とりわけ貧農にとって死活問題である。張籍の009「野老歌」では，貧農と賈客との對比において問題を浮き彫りにしている [*以下，張籍の作品には『張籍歌詩索引』の作品番號を附す。底本は中華書局上海編輯所『張籍詩集』1959年1月發行]。

……
苗疏稅多不得食　　苗は疏なるに稅多くして　食らふを得ず
輸入官倉化爲土　　官倉に輸入して　化して土と爲る
……
西江賈客珠百斛　　西江の賈客　珠　百斛
船中養犬長食肉　　船中に犬を養ひ　長に肉を食らはす

　張籍はさらに031「賈客樂」の中で，賈客と貧農を對比させ，今日の「脫稅問題」に相當する社會問題を詠っている。

……
　　年年逐利西復東　　年年　利を逐ひて　西し復た東し
　　姓名不在縣籍中　　姓名　縣籍中に在らず
　　農夫稅多長辛苦　　農夫　稅　多くして　長に辛苦す
　　棄業長爲販寶翁　　業を棄て　長く販寶の翁と爲らん

　劉禹錫が「賈客詞」[＊『劉禹錫集證笺』上海古籍出版社1989年12月發行556頁]の「引」で,「……或曰,賈雄則農傷。余感之,作是詞。(或ひと曰はく『賈雄なれば則ち農傷はる』と。余 之に感じて是の詞を作る)」と述べ,「賈客無定遊,所遊唯利幷。(賈客　定遊無く,遊ぶ所は唯だ利幷のみ)」と詠っていることは,各地を移動する商人の存在が問題となっていたことを物語っている。隋の煬帝によって整備された運河を楊州から北上し,軍隊規模の護衛を伴った豪商が海のシルクロードから流入した寶物を洛陽,長安へと運び込む光景は,「士」「農」「工」「商」の序列を意識する文人の眼には格好の攻撃對象として映ったことであろう。韓愈の392「原道」[＊『韓昌黎文集校注』7頁]の中の「……臣者,行君之令而致之民者也。民者,出粟米麻絲,作器皿,通貨財,以事其上者也。(臣は,君の令を行なひて,之を民に致す者なり[＊「士」]。民は,粟・米・麻・絲を出だし[＊「農」],器・皿を作り[＊「工」],貨・財を通じて[＊「商」]……以つて其の上に事ふる者なり)……」という言葉にも序列意識が現われている。

第2節　諷諭詩に見る元和期の社會問題

　中唐以前の諷諭詩の主たる主題は異民族との戰亂であった。ところが,元和前期に詠まれた諷諭詩には,定年問題,賄賂汚職,土木事業といった,今日そのまま新聞の社說になり得るようなさまざまな社會問題が取上げられている。一例を擧げよう。

第1章　唐代諷諭詩考——中唐の元和期を中心に——

○定年退職問題　[＊白居易0079「不致仕」と韓愈「論孔戣致仕表」366頁参照]
　　杜佑—『通典』の編者。徳宗時代の宰相。憲宗時代の重鎮。定年後に引
　　　　退。78歳で逝去。晩唐詩人杜牧は杜佑の孫。
　　高郢—白居易を進士に合格させた試験主査。「七十致仕」[＊70歳退職]の
　　　　規定どおり70歳で退職。
　　孔戣—孔子73世孫孔巣父の子。「守節清苦,議論平生」なる人となり。
　　　　73歳で逝去。韓愈が上言して引き止めたが,規定どおり退職。

○賄賂汚職　[＊次章「張籍「傷歌行」とその時代背景——京兆尹楊憑左遷事件——」参照]
　　024「傷歌行」張籍
　　黃門詔下促收捕　　黃門　詔下りて　收捕を促し
　　京兆尹繫御史府　　京兆尹　御史府に繫がる
　　　……

○宰相暗殺　[＊平岡武夫著『白居易』「武元衡暗殺事件」参照]
　　「代靖安佳人怨（靖安の佳人に代りて怨む）二首　并引」劉禹錫[＊1008頁]
　　[引]　靖安,丞相武公居里名也。元和十一年六月,公將朝,夜漏未盡三刻,
　　　　騎出里門,遇盜薨于牆下。……
　　　　……靖安[＊坊名]は,丞相武公[＊武元衡]の居里名なり。元和十一年六月,
　　　　公　將に朝せんとし,夜　漏　未だ盡きざる三刻,騎して里門を出で,
　　　　盜に遇ひて牆下に薨ず。……
　　寶馬鳴珂踏曉塵　　寶馬の鳴珂　曉塵を踏み
　　魚文匕首犯車茵　　魚文の匕首　車茵を犯す

○政權交代と土木事業　[＊第2部・第1章・第2節「唐代長安城の沙堤」参照]
　　0165「官牛」諷執政也（執政を諷するなり）白居易
　　　……
　　馬蹄踏沙雖淨潔　　馬蹄　沙を踏み　淨潔なりと雖も
　　牛領牽車欲流血　　牛領[＊牛の首]　車を牽ゐて流血せんとす
　　　……

016「沙堤行……」張籍

長安大道沙爲堤	長安大道　沙もて堤を爲る
風吹無塵雨無泥	風吹くも塵無く　雨ふるも泥無し
……	
白麻詔下移相印	白麻　詔下り　相印を移す
新堤未成舊堤盡	新堤　未だ成らざるに　舊堤盡く

　このほか，種々の社會問題について，公用文の形で文獻資料が殘されているが，詩の形式で，もっとも多くの問題に言及しているのは，白居易の「新樂府」五十首と「秦中吟」十首の連作である。「新樂府」五十首の創作意圖は，その0124「序」に明記されている。

　　……卒章顯其志，詩三百之義也。其辭質而徑，欲見之者易諭也；其言直而切，欲聞之者深誡也；其事覈而實，使采之者傳信也；其體順而肆，可以播於樂章歌曲也。……

　　……卒章に其の志を顯かにするは，詩三百の義なり。其の辭，質にして徑[＊直截的]なるは，之を見る者・諭り易からんことを欲すればなり。其の言，直にして切なるは，之を聞く者　深く誡めんことを欲すればなり。其の事，覈[＊確か]にして實なるは，之を采る者の信[＊本當のこと]を傳へんことを欲すればなり。その體[＊形式]，順[＊すんなり]にして律[＊律動的]，以つて樂章歌曲に播すべし。……

　そして，その精神は0174「采詩官」に集約されている。

「采詩官」鑒前王亂亡之由也（前王の亂・亡の由に　鑒るなり）

采詩官	采詩の官	
采詩聽歌導人言	詩を采り　歌を聽いて　人の言を導く	[＊自由に發言させる]
言者無罪聞者誡	言ふ者　罪無く　聞く者　誡む	

第1章　唐代諷諭詩考——中唐の元和期を中心に——

下流上通上下泰	下は流れ　上は通じ　上下泰し
周滅秦興至隋氏	周滅び　秦興こり　隋氏に至る
十代釆詩官不置	十代［＊秦から隋まで］　釆詩の官　置かれず
郊廟登歌讚君美	郊廟の登歌は　君の美を讚へ
樂府豔詞悅君意	樂府の豔詞は　君の意を悅ばす
若求興諭規刺言	若し　興諭　規刺の言を求めば
萬句千章無一字	萬句千章に一字も無し
……	
貪吏害民無所忌	貪吏　民を害して　忌む所無く，
奸臣蔽君無所畏	奸臣　君を蔽ひて畏るる所無し。　＊【蔽君】天子の耳目を覆いふさぐこと。
……	
君兮君兮願聽此	君よ君よ　願はくは此れを聽け
欲開壅蔽達人情	壅蔽を開きて　人情に達せんと欲せば
先向歌詩求諷刺	先ず歌詩に向かって　諷刺を求めよ

　白居易は，1006「編集拙詩成一十五卷……」詩で，「一篇長恨有風情，十首秦吟近正聲。（一篇の長恨　風情有り，十首の秦吟　正聲に近し）」と詠うごとく，「緣情」と「載道」を使い分けていた。例えば，自ら「感傷」の部に編集した0596「長恨歌」［＊元和元年［803］白居易35歳の作］では，「玄宗皇帝」と「楊貴妃」の悲戀を

漢皇重色思傾國	漢皇　色を重んじ　傾國を思ふ
御宇多年求不得	御宇　多年　求むれど得ず
楊家有女初長成	楊家　女有り　初めて長成す
養在深閨人未識	養はれて深閨に在り　人　未だ識らず
……	
春寒賜浴華清池	春寒くして　浴を賜ふ　華清の池
溫泉水滑洗凝脂	溫泉　水滑らかにして　凝脂を洗ふ

……
　後宮佳麗三千人　　　後宮の佳麗　三千人
　三千寵愛在一身　　　三千の寵愛　一身に在り
　　……
　姉妹兄弟皆列土　　　姉妹兄弟　皆な　土を列たる
　可憐光彩生門戶　　　憐む可し　光彩　門戶に生ず
　　……
　六軍不發無奈何　　　六軍　發たず　奈何ともする無く
　宛轉娥眉馬前死　　　宛轉たる娥眉　馬前に死す
　　……
　爲感君王展轉思　　　君王の展轉たる思ひに感ずるがため
　遂教方士殷勤覓　　　遂に方士をして殷勤に覓めしむ
　　……
　忽聞海上有仙山　　　忽ち聞く　海上に仙山有り
　山在虛無縹緲閒　　　山は虛無・縹緲の閒に在りと
　　……
　天長地久有時盡　　　天長地久　有時は盡くるも
　此恨綿綿無絶期　　　此の恨み　綿々として絶ゆる期無からん

と詠っているが,「諷諭」の部に分類した「新樂府」の0160「李夫人」鑒嬖惑也（嬖惑に鑒みるなり）では,「漢の武帝」と「李夫人」に「玄宗皇帝」と「楊貴妃」を重ね, 題注に「美女の色香に溺れる」皇帝を諷諫したものであることを明記した上で,

　漢武帝　　　　　　　漢の武帝
　初喪李夫人　　　　　初めて李夫人を喪ふ
　　……
　又令方士合靈藥　　　又た方士に令して靈藥を合はせしめ

第1章　唐代諷諭詩考——中唐の元和期を中心に——

玉釜煎錬金爐焚	玉釜に煎錬し　金爐に焚く
……	
君不見	君見ずや
穆王三日哭	穆王　三日哭し
重壁臺前傷盛姫	重壁臺前　盛姫を傷みしを
又不見	又た見ずや
泰陵一掬涙	泰陵　一掬の涙
馬嵬坡下念楊妃	馬嵬坡下　楊妃を念ひしを
縱令妍姿豔質化爲土	縱令（たとひ）　妍姿豔質　化して土と爲るも
此恨長在無銷期	此の恨み　長く在りて銷ゆる期無し
生亦惑	生きて亦た惑ひ
死亦惑	死して亦た惑ふ
尤物惑人忘不得	尤物　人を惑して　忘れ得ず
人非木石皆有情	人は木石には非ず　皆な情有り
不如不遇傾城色	傾城の色に遇はざるに如かず

と詠っている。

　ここで，注意すべきことは，文學史上，諷諭詩人として評價されている詩人も風流詩人として評價されている詩人も，「緣情」「載道」の兩面を兼ね備えていたということである。

第3節　中唐期の觀念形態

　歷代中國の舊社會における觀念形態（Ideology）は，儒・道・佛の三教に集約されるが，元和期における文人たちは，この問題をどのように考えていたのだろうか？　散文では，憲宗の行き過ぎた佛教崇拜を批判した韓愈の「論佛骨表」〔＊354頁〕が有名である。

　元和十三年〔818〕十月。功德史が佛骨奉迎を請うたことに反對した刑部侍郎

の韓愈は，文中，次のごとく諫言している。

　　　……伏以佛者夷狄之一法耳。自後漢時流入中國。上古未嘗有也。……今
　　聞，陛下令群僧迎佛骨於鳳翔……況其身死已久。枯朽之骨，凶穢之餘，豈
　　宜令入宮禁。孔子曰敬鬼神而遠之。……臣不言其非，御史不擧其失。臣實
　　恥之。……
　　　……佛は夷狄の一法なるのみ。漢の時より中國に流入す。上古　未だ嘗
　　て有らざるなり。……今　聞く　陛下　群僧に令して佛骨を鳳翔［＊鳳翔は
　　長安西郊外，今の扶鳳縣。法門寺がある］に迎へしめ，……況んや其の身　死して
　　已に久し。枯朽の骨，凶穢の餘，豈に宜しく令して宮禁に入らしむべけん
　　や！　孔子　曰はく，「鬼神を敬して之を遠ざく」と。……群臣　其の非を
　　言はず，御史　其の失を擧げず。臣　實に之を恥づ。……

　その結果，憲宗は激怒。裴度・崔群らの助力により死罪は免れたものの韓愈は潮州刺史に左遷される。52歳の韓愈が，元和十四年［819］正月に，「一封朝奏九重天，夕貶潮州路八千。(一封朝に奏す　九重の天，夕べに貶さる　潮州［＊廣東省］路八千)……」と詠んだ「左遷至藍關示姪孫湘（左遷されて藍關［＊長安郊外］に至り，姪孫湘に示す)」詩は，この時の作である。結局，憲宗は詔して法門寺に中使を派遣し，佛骨を長安に迎え入れている。
　佛教問題と同様，道教問題も批判の對象となっている。皇帝が仙藥に溺れた例として，秦の始皇帝・漢の武帝・唐の玄宗が知られているが，憲宗もまた，例外ではなかった。

0128「海漫漫」戒求仙也（求仙を戒むるなり）白居易
　　……
　人傳中有三神山　　　　人は傳ふ「中に三神山有り
　山上多生不死藥　　　　山上に多く不死の藥を生じ
　服之羽化爲天仙　　　　之を服すれば　羽化して天仙と爲る」と

秦皇漢武信此語　　秦皇も漢武も此の語を信じ
方士年年采藥去　　方士　年々　藥を采りに去けり
蓬萊今古但聞名　　蓬萊　今古　但だ名を聞くのみ
烟水茫茫無覓處　　烟水　茫茫　覓むる處無し
　……
童男卯女舟中老　　童男　卯女　舟中に老い
徐福文成多誑誕　　徐福も文成も多くは誑誕なり
　……
君看驪山頂上茂陵頭　君看よ　驪山　頂上　茂陵の頭
畢竟悲風吹蔓草　　畢竟　悲風　蔓草を吹く
何況玄元聖祖五千言　何ぞ況んや　玄元聖祖の五千言は
不言藥　不言仙　　藥を言はず　仙を言はず
不言白日昇天　　　白日　青天に昇るを言はざるをや

446「學仙」張籍
　……
爐燒丹砂盡　　爐に丹砂を燒いて盡くし
晝夜候火光　　晝夜　火光を候ふ
　……
虛羸生疾疹　　虛羸　疾疹を生じ
壽命多夭傷　　壽命　多く夭傷す
身殁懼人見　　身殁して　人の見るを懼れ
夜埋山谷傍　　夜　山谷の傍に埋む
求道慕靈異　　道を求むるに　靈異を慕ふは
不如守尋常　　尋常を守るに如かず
先王知其非　　先王　其の非を知り
戒之在國章　　之を戒めて國章に在り

白居易や張籍らの警鐘，空しく響き，不老不死を約束するはずの仙藥によって，「元和の中興」は，憲宗の中毒死によって幕を閉じている。

第2章　張籍「傷歌行」とその背景
──京兆尹楊憑左遷事件──

第1節　張籍の「傷歌行」

「傷歌行」，それは樂府の古い曲の題である。『樂府詩集』卷62「雜曲歌辭二」に「古辭傷日月代謝，年命遒盡，絕離知友，傷而作歌也」とあるように，その曲は，もともと「日月代謝し，年命遒盡し，知友と絕離する」を「傷む」ものであった。この曲の古辭は，「昭昭素明月，輝光燭我牀。(昭昭として　明月素く，輝光　我が牀を燭す)」と歌い起こし，「佇立吐高吟，舒憤訴穹蒼。(佇立して　高吟を吐き，憤を舒して　穹蒼に訴ふ)」と結ぶ。

中唐の詩人張籍は，この樂府題のもとに京兆尹の左遷事件を詠んだ。

024「傷歌行」　張籍

黃門詔下促收捕①	黃門の詔下りて　收捕を促し	
京兆尹繫御史府②	京兆の尹　御史府に繫がる	
出門無復部曲隨③	門を出づるに復た部曲の隨ふ無く	
親戚相逢不容語④	親戚　相逢ふも　語るを容されず	
辭成謫尉南海州⑤	辭　成りて　尉に謫せらる　南海の州	＊【尉】底本「慰」に誤る。
受命不得須臾留⑥	命を受けては　須臾も留まるを得ず	
身著青衫騎惡馬⑦	身に青衫を著け　惡馬に騎り	
東門之東無送者⑧	東門の東　送る者無し	＊【東門之東】底本「東門之外」に誤る。
郵夫防吏急喧驅⑨	郵夫　防吏　喧驅に急なり	
往往驚墮馬蹄下⑩	往往　驚きて墮つ　馬蹄の下	
長安里中荒大宅⑪	長安里中　荒れたる大宅	
朱門已除十二戟⑫	朱門　已に除かる　十二戟	
高堂舞榭鏁管絃⑬	高堂　舞榭　管絃を鏁し	

美人遙望西南天⑭　　美人　遙かに望む　西南の天

① 《黃門》は門下省。《收捕》は逮捕。張衡の「四愁詩」(『文選』卷29)の序に，「下吏收盡服擒」とある。
② 《京兆尹》は京兆府の長官。從三品。《御史府》は百官の不正を糾彈する官署。御史臺。
③ 《部曲》は家僮。杜甫の「哭嚴僕射歸櫬」詩に「老親如宿昔，部曲異平生」とある。日常の雜役の外に主人の護衞などもした。
④ 《親戚相逢不容語》　白居易は0091「寓意詩」五首の二で，やはり貶謫される者を述べて「親戚不得別，呑聲泣路傍」と詠っている。
⑤ 《謫尉》の二字を『四部叢刊』上海涵芬樓藏明刊本『張司業集』は「謫**慰**」に，『唐詩百名家全集』本は「**責**尉」に誤まる。《辭成》は，調書が整い，判決文が出來上ったことを言う。
⑥ 《受命》は詔命を受けること。《不得須臾留》は，第四句と同じく，當時のきまりである。白居易の1483「與楊虞卿書」[＊《與師皐書》]に「及僕左降詔下，明日而東」とあり，韓愈の029「赴江陵途中，寄贈王二十補闕・李十一拾遺・李二十六員外，翰林三學士」詩［＊288頁］に「中使臨門遣，頃刻不得留。」とある［＊韓愈の作品番號は『韓愈歌詩索引』による］。
⑦ 《青衫》　白居易の0602「琵琶引」の結びにも「座中泣下誰最多，江州司馬青衫濕」とある。散官九品すなわち最下級の官服。
⑧ 《東門之東》　『四部叢刊』上海涵芬樓藏明刊本『張司業集』は「東門之外」に，『全唐詩』(康熙四十六年 揚州詩局 刊本) は「中一作東門外一作東」に作る。「中門」は誤りであろう。《東門》は外郭城の春明門のこと。東方と南方へは，この春明門より旅立った。劉長卿の「送馬秀才落第歸江南」詩に「南客懷歸鄕夢頻，東門悵別柳條新」とある。
⑨ 《郵夫防吏》　宿驛の人夫を《郵夫》と言い，監視役の小役人を《防吏》と言う。白居易が，亡き元稹のために綴った2941「唐故武昌軍……河南元公墓誌銘」に「自越抵京師，郵夫獲息肩者萬計，道路歌舞之」とあり，宋の蔡襄の

第2章　張籍「傷歌行」とその背景——京兆尹楊憑左遷事件——　　39

筆になる「張昷之墓誌銘」に「防吏之嚴，本乎愛民」とある。《喧驅》は大聲で追いたてること。元稹の「聽庾及之彈烏夜啼引」の句に「謫官詔下吏驅遣，身作囚拘妻在遠。」とある。その「驅遣」とほぼ同義。ただし，《喧驅》の方が，言聲の要素が加わることで，より強烈に響く。

⑩《往往驚墮馬蹄下》　馬蹄の下に屈辱を味わされる流刑者。左遷される者の惨めさは，この句で頂點に達する。

⑪《長安里中荒大宅》　主人が沒落して，大宅が荒廢したことを言う。當時の大宅の豪壯さは，白居易の0077「傷宅」(「秦中吟」十首の三）によく描寫されている。「誰家起甲第，朱門大道邊。豐屋中櫛比，高墻外迴環。纍纍六七堂，棟宇相連延。一堂費百萬，鬱鬱起青烟。洞房溫且淸，寒暑不能干。高堂虛且迥，坐臥見南山。繞廊紫藤架，夾砌紅藥欄。攀枝摘櫻桃，帶花移牡丹。主人此中坐，十載爲大官。廚有臭敗肉，庫有貫朽錢。……」。

⑫《朱門已除十二戟》　「門戟」は，功績によって天子から授かる下賜品で，威儀をつくるため門に架を設けて列ねる飾り戟である。劉禹錫の「謝賜門戟表」313頁に「……准省牒賜臣門戟十二竿者。恩降雲天，榮加門戶。……」あるいは「……棨戟爰列，更光私第。賁於根閫，慶及子孫。……」とある。「省牒」は役所のお墨付き。「賁於根閫」は「家の門に飾る」の意。張籍は，貴顯富官を象徵する朱門から十二竿の門戟がとり除かれたことで大宅の主人の失脚を代表させている。

⑬《高堂》は奧座敷。「傷歌行」古辭に「攬衣曳長帶，屣履下高堂」とあり，張籍の376「離宮怨」に「高堂別館連湘渚，長向春光開萬戶。荊王去去不復來，宮中美人自歌舞」とある。《舞榭》は屋根の付いた舞臺。劉禹錫の「楊柳枝詞」九首の九858頁に「輕盈嫋娜占年華，舞榭妝樓處處遮。……」とある。

⑭《美人遙望西南天》　魏の武帝の銅雀臺の故事にもとづく。陸機の「弔魏武帝文」に「登爵臺而群悲，眝美目其何望？」とある。また，白居易の0101「和思歸樂」詩に「……魏武銅雀妓，日興歡樂幷。一旦西陵望，欲歌先涕零。……」とあり，王建（一說に劉長卿）の「銅雀臺」の結びに「……宮中歌舞已浮雲，空指行人往來處」とある。

第2節　京兆尹楊憑左遷事件

　『樂府詩集』本，『四部叢刊』本は，ともに「傷歌行」と題を記すのみであるが，『唐詩百名家全集』本，『全唐詩』本には，題下に，「元和中，楊憑貶臨賀縣尉」という小字の注が付いている。

　「元和中」とは，より正確に言えば，元和四年［809］である。『舊唐書』卷14「憲宗本紀」に言う。「(秋七月)……壬戌，御史中丞李夷簡，彈京兆尹楊憑前爲江西觀察使時贓罪，貶憑臨賀尉。(壬戌，御史中丞李夷簡，京兆尹楊憑の前に江西觀察使爲りし時の贓罪を彈じ，憑を臨賀の尉に貶とす)……」と。

　『資治通鑑』卷238は，次の如く記す。「秋七月壬戌，御史中丞李夷簡，彈京兆尹楊憑前爲江西觀察使，貪汙僭侈。丁卯，貶憑臨賀尉。(秋七月壬戌，御史中丞李夷簡，京兆尹楊憑の前に江西觀察使爲りしとき，貪汙僭侈なるを彈ず。丁卯，憑を臨賀の尉に貶とす)……」と。

　「壬戌」は七月十八日。「丁卯」は二十二日。罪狀は江西觀察使時代の贓罪である。『舊唐書』卷146「楊憑傳」には，事件のより詳細ないきさつが記されている。これによれば，御史中丞李夷簡が京兆尹楊憑の不正を劾奏するや，御史臺において，刑部尙書李鄘ならびに大理卿趙昌による取り調べがなされ，同時に，楊憑が江西觀察使であった時，それを監査すべき職責にあった前江西判官監察御史楊瑗もまた御史臺に繋がれ，大理少卿胡珦、左司員外郎胡證、侍御史韋顗によって，職務怠慢の罪に問われていたことがわかる。

　張籍の「傷歌行」のはじめ「黃門詔下促收捕，京兆尹繋御史府」の２句は，この史實を歌ったものである。『舊唐書』「楊憑傳」の後半は，事件の原因を次の如く記している。

　　……先是憑在江西，夷簡自御史出，官在巡屬，憑頗疏縱，不顧接之，夷簡常切齒。及憑歸朝，修第於永寧里，功作幷興，又廣蓄妓妾於永樂里之別宅，時人大以爲言。夷簡乘衆議，擧劾前事，且言修營之僭，將欲殺之。及

第2章　張籍「傷歌行」とその背景――京兆尹楊憑左遷事件――　　41

下獄，置對數日，未得其事，夷簡持之益急，上聞，且貶焉，追舊從事以驗。
……

　　……是れより先，憑は江西に在り。夷簡は御史自り出でて，官　巡屬に在り。憑は頗る疏縱にして，之を顧接せず。夷簡　常に切齒す。憑　朝に歸るに及び，永寧里に修第し，功作并せ興し，又た廣く妓妾を永樂里の別宅に蓄ふ。時人　大いに以つて言を爲す。夷簡　衆議に乘じ，前事を擧劾し，且つ修營の僭を言ひて，將に之を殺さんと欲す。下獄に及び，置對すること數日，未だ其の事を得ず。夷簡　之を持すること益々急なり。上聞して且に貶せんとし，舊を追ひ事に從ひて以つて驗す。……

　すなわち，楊憑の江西觀察使時代（永貞元年十一月甲申～元和二年）の犯贓と京兆尹就任（元和四年）後の僭侈が，事件の直接の原因である。しかし，その蔭には李夷簡の私怨が遠因として働いていた。

　『新唐書』卷160「楊憑傳」も『舊唐書』本傳とほぼ同じ記事を載せている。ただし，『新唐書』は楊憑が死罪の上，財產沒收の憂き目に遭いかけた時，當時，翰林學士であった名臣李絳の奏言によって極刑を免れたことを書き添えている。李絳の奏狀の全文は『全唐文』卷646に收められている。

「論簡勘楊憑家產狀」

　　　伏以，楊憑犯贓，憲司推勘，擧正朝典，肅清人心。此蓋理之宜然，法度之當爾。臣但不知楊憑所犯輕重。若所坐祇緣贓污，法令且有明文。合待推勘事終後，徵贓定罪。今所與宗儒詔令，一物已上，具數聞奏。卽宗儒受詔之日，便合勘責家資。遠近流傳，有似簿錄。凡簿錄家產，皆是逆人。至犯贓不合同例。伏以，聖恩再三立法度，必歸至公。事體之閒，貴於允當。臣苟有所見，不敢不陳。

「楊憑の家產を推勘するを論ずるの狀」

　　　伏して以へらく，楊憑　贓を犯し，憲司　推勘し，朝典を擧正し，人心を肅清す。此れ，蓋し理の宜しく然るべきところ，法度の當に爾るべきと

ころなり。臣　但だ楊憑の犯す所の輕重を知らず。若し坐する所，祇だに贓汚に緣るのみならば，法令に且つ明文有り。合に推勘し，事の終後を待ちて，贓に徵し罪を定むべし。今，宗儒に與ふる所の詔令は，一物已上，數を具へて聞奏す。卽ち宗儒が詔を受くるの日，便ち合に家資を勘責すべし。遠近に流傳す，簿錄に似たる有りと。凡そ家產を簿錄するは，皆な是れ逆人なり。贓を犯すに至りては，合に同例にすべからず。伏して以へらく，聖恩再三法度を立て，必ず至公に歸す。事體の閒，允當を貴ぶ。臣苟しくも見る所有り，敢へて陳べずんばあらず。

「宗儒」は趙宗儒であろう。この人の傳記は『舊唐書』卷168と『新唐書』卷151にある。「簡勘」「推勘」の「勘」は罪を取り調べること。「遠近流傳，有似簿錄」は「罪人の家財を調査して官に沒收すると言う噂が遠近に流れておりますが……」の意。

　翰林學士李絳のとりなしが無かったならば，楊憑は，李夷簡によって反逆罪扱いの處分を受けるところであった。辛うじて極刑は免れたものの，結局，楊憑は流刑としては最も重い「流三千里」の追放に處せられている。

　楊憑が賀州臨賀縣の縣尉に貶謫されたことを，張籍は「辭成謫尉南海州」と詠っている。『史記』卷113「南越列傳」に「秦時已幷天下，略定楊越，置桂林・南海・象郡，以謫徙民，與越雜處」という。古くから流謫の地であった桂林・南海・象郡一帶を，張籍は「南海州」という詩語で包括している。『史記』の言う「南海」は今の廣東省である。臨賀縣は，今の廣西省賀縣，『史記』の記述に從えば「桂林」である。『元和郡縣圖志』卷37は，賀州より西北の方，上都（長安）に至るまで「三千八百五十五里」と記している。まさに僻遠の地である。

　左遷の詔は『舊唐書』卷146「楊憑傳」にある。『全唐文』は，これを卷60「憲宗五」に收めている。

「貶楊憑臨賀縣尉詔」

　　楊憑，頃在先朝，委以藩鎭。累更選用，位列大官。近者憲司奏劾，暴揚

第 2 章　張籍「傷歌行」とその背景——京兆尹楊憑左遷事件——　　43

前事，計錢累萬，曾不報聞。蒙蔽之罪，於何逃責。又營建居室，制度過差。侈靡之風，傷我儉德。以其自尹京邑，人頗懷之，將議刑書，是加愍惻。宜從退譴，以誡百僚。可守賀州臨賀縣尉同正，仍馳驛發遣。

「楊憑を臨賀縣の尉に貶とすの詔」

　　楊憑　頃(さきごろ)　先朝に在りて，委するに藩鎭を以つてさる。累ねて更に選用せられ，位　大官に列す。近者(ちかごろ)，憲司　奏劾し，前事を暴揚す。計錢累萬，曾て報聞せず。蒙蔽の罪，何においてか責を逃れん。又た居室を營建し，制度過差たり。侈靡の風，我が儉德を傷なふ。其の京邑に尹たりしより，人(たみ)　頗る之に懷(なつ)くを以つて，將に刑書を議せんとするに，是れ愍惻を加ふ。宜しく退譴に從ひ，以つて百僚を誡しむべし。賀州臨賀縣の尉同正を守る可し。仍つて馳驛發遣(うなが)す。

　最後の 5 文字「仍馳驛發遣」は，首低れた楊憑を急きたて，突き放すような口調で讀み上げられたに違いない。

第 3 節　楊憑とその交遊

　楊憑とは如何なる人物であろうか。『舊唐書』「楊憑傳」の冒頭には，こう記されている。

　　楊憑字虛受，弘農人。擧進士，累佐使府。徵爲監察御史，不樂檢束，遂求免。累遷起居舍人、左司員外郎、禮部・兵部郎中、太常少卿、湖南・江西觀察使，入爲左散騎常侍、刑部侍郎、京兆尹。
　　楊憑，字は虛受，弘農の人。進士に擧げられ，累ねて使府に佐たり。徵せられて監察御史と爲り，檢束を樂しまずして，遂に求めて免る。起居舍人、左司員外郎、禮部・兵部郎中、太常少卿、湖南・江西觀察使を累遷し，入りて左散騎常侍、刑部侍郎、京兆尹と爲る。

「不樂檢束」の４文字に，楊憑の放逸なる性格が露呈している。『舊唐書』は更に，「性尙簡傲，不能接下，以此人多怨之。（性　簡傲を尙び，下に接する能はず。此を以つて人多く之を怨む）」と記している。「不能接下」を『新唐書』「楊憑傳」は「接下脫略」と記している。楊憑には傲慢で下々を疏略に扱う性向があったのである。

　ここに楊憑の湖南觀察使時代を傳える資料がある。永貞元年（805）秋，當時，江陵府法曹參軍事であった韓愈が，長沙において作った「陪杜侍御，遊湘西寺，獨宿有題，獻楊常侍」（『韓昌黎集』卷２）と題する古詩である。詩中，韓愈は「幸逢車馬歸，獨宿門不掩。（幸にして　車馬の歸るに逢ひ，獨り宿して　門　掩はず）」と言い，「禮賢道何優，奉己事苦儉。（賢を禮して　道　何ぞ優なる，己を奉じて　事　苦だ儉なり）」あるいは「經營誠少暇，遊宴固已慊。（經營　誠に暇(いとま)少なく，遊宴　固より已に慊(あきた)らず）」と詠っている。詩題が示す如く，楊憑は自分の代理に杜侍御なる部下をさし向け，案内役の杜侍御もまた韓愈を湘西寺に置いたまま，さっさと引き揚げている。「獨宿は却って氣樂」と詠っているが，要するに宿だけをあてがわれたに過ぎない。楊憑自ら同遊することも無ければ，歡迎の宴も無い。「經營誠少暇，遊宴固已慊」の２句は歡待されなかったことから出た言葉である。「禮賢道何優，奉己事苦儉」の２句も額面通り受け取るわけにはゆかない。「接下脫略」という楊憑の一面を，この韓愈の古詩は傳えている。

　事情は異なるが，江西觀察使楊憑が巡屬刺史李夷簡に對して取った態度もまた，「簡傲」という彼の性癖を反映したものであったと類推される。『舊唐書』「楊憑傳」は，「是れより先，憑は江西に在り，夷簡は御史より出でて，官　巡屬に在り。憑　頗る疏縱にして，之を顧接せず。夷簡　常に切齒す」と言い，『新唐書』「楊憑傳」は，「御史中丞李夷簡と素より隙有り」と記している。しかし，楊憑にしてみれば，故意に李夷簡のみを差別したわけではない。その「疏縱」なる性格が禍し，知らないうちに李夷簡の反感を買っていたのであろう。新・舊『唐書』の「楊憑傳」は，彼の別の一面を記している。

第2章 張籍「傷歌行」とその背景——京兆尹楊憑左遷事件——

憑工文辭,少負氣節。與母弟凝・凌相友愛,皆有時名。重交游,尙然諾,與穆質・許孟容・李鄘・王仲舒爲友,故時人稱楊・穆・許・李之友,仲舒以後進慕而入焉。　　　　　　　　　　　　　　（『舊唐書』卷146）

憑は文辭に工(たくみ)なり。少(わか)くして氣節を負ふ。母弟凝・凌と相友愛たり。皆な時名有り。交遊を重んじ,然諾を尙ぶ。穆質・許孟容・李鄘・王仲舒と友爲り。故に時人は楊・穆・許・李の友と稱す。仲舒は後進なるを以つて慕ひて入る。

少孤,其母訓道有方。長善文辭,與弟凝・凌皆有名,大曆中,踵擢進士第,時號三楊。憑重交游,尙氣節然諾,與穆質・許孟容・李鄘相友善,一時歆慕,號楊・穆・許・李。　　　　　　　　　　（『新唐書』卷160）

少くして孤なり。其の母は訓道に方有り。長じて文辭を善くす。弟凝・凌と與(とも)に皆な名有り。大曆中,踵いで進士の第に擢でらる。時に三楊と號す。憑は交流を重んじ,氣節然諾を尙ぶ。穆質・許孟容・李鄘と相友善たり。一時,歆慕して楊・穆・許・李と號す。

少時に父を喪った楊憑は賢母に訓育され,文辭に秀で,同母弟の楊凝・楊凌と共に「三楊」と稱される。そして大曆九年 [774] には,32人中の首席すなわち狀元で進士の試驗に合格している (『登科記考』卷10)。「尙然諾」と言うから,安請け合いをしないかわりに,一度約束したことは必ず果たす人物であった。氣概に富み,節操を有する楊憑は,意氣投合すれば,とことん付き合うし,面倒も見る。しかし,その反面,そうでない者への扱いは疏略になる。たまたま李夷簡は後者の一人であったに過ぎない。

では,楊憑が親しく交遊した穆質・許孟容・李鄘・王仲舒とは,それぞれ如何なる人物であろうか。元和四年の事件が彼等の運命をどのように左右したかを中心に一瞥しよう。そこに楊憑の人閒關係と當時の官界の動向とを同時に概觀することができるからである。

穆質

　安祿山を討った功臣穆寧の子である。剛直な性格で給事中となるや、時政の得失を卒先して論諫している。楊憑左遷事件後の元和四年十月、憲宗が藩鎮王承宗討伐のための將帥に宦官の吐突承璀を拔擢したことに對し、翰林學士であった白居易をはじめ多くの諫官たちと共に異議を唱える。これがもとで閑官の太子左庶子に遷され、翌元和五年には、楊憑と親しかったという理由で、開州（＊四川省開縣）刺史に流されている。その後、いくばくならずして卒す。楊憑に連坐したまま果て不遇の士である。ちなみに吐突承璀の件で天子を諫めた群臣の中に楊憑の後任として京兆尹に命ぜられた許孟容、許と同樣に楊憑と親しかった鹽鐵使李鄘、そして楊憑を彈劾した御史中丞李夷簡の名も見える（『舊唐書』卷155、『新唐書』卷163）。

許孟容

　元和四年七月。事件後、楊憑に代って京兆尹を拜命した許孟容は、興元［784］以來、橫暴の度合いを增していた神策軍の肅淸にあたっている。時に、軍吏李昱が長安の富人に「錢八千貫」を借り受けたまま３年經っても返濟しないでいた。そこで、許孟容は李昱を逮捕し、「期限を守らなければ死刑」と宣告。驚いた神策軍の兵士は慌てて朝廷に訴え、裏から壓力をかけた。しかし、許孟容は頑としてこれを撥ねつけたと言う。『舊唐書』「許孟容傳」は、その人となりを「剛正」「方勁」と形容する。元和十年［815］六月の武元衡暗殺事件に際し、許孟容は、賊の脅迫に怯える群臣の中にあって、暗殺された宰相の後任に裴度を當てて姦源を窮めしめるよう、ただ獨り天子憲宗に涕訴している。元和十三年四月、卒す。享年七十八（『舊唐書』卷154、『新唐書』卷162）。

李鄘

　元和四年六月丁丑（三日）、李鄘は刑部尙書となっている（『舊唐書』卷14「憲宗本紀」）。これより先、李鄘は２度、京兆尹を經驗している。順宗時代と憲宗卽位後閒も無い元和の初めとである。２度目は、治安が惡化し京師に盜賊が出沒

する不穩な時代であった。再度任ぜられた李鄘は手腕を發揮する。「元和初，以京師多盜，復選爲京兆尹，擒奸禁暴，威望甚著。（元和の初め，京師に盜多きを以つて，復たび選ばれて京兆尹と爲る。奸を擒へ暴を禁じて，威望甚だ著し）」と『舊唐書』「李鄘傳」は記している。この時點では，非情とも思えるほどの嚴格さが功を奏している。しかし，やがてそれも冷酷という彼の大きな缺點へと變質する。

『舊唐書』「李鄘傳」は，「鄘強直無私飾，與楊憑・穆質・許孟容・王仲舒友善，皆任氣自負。然鄘當官嚴重，爲吏以峻法立操，所至稱理，而剛決少恩。鎭揚州七年，令行禁止，擒擿生殺，一委軍吏，參佐束手，居人頗陷非法，物議以此少之。（鄘は強直にして私飾無し。楊憑・穆質・許孟容・王仲舒と友として善し。皆な氣を任じ自負す。然るに，鄘は官に當りて嚴重，吏を爲むるに峻法を以つて操を立つ。至る所，理を稱せらるるも，剛決にして恩少なし。揚州に鎭たること七年，令行禁止，擒擿生殺，一に軍吏に委ね，參佐は手を束ぬ。居人は頗る非法に陷る。物議は此を以つて之を少とす）」と結んでいる。剛直で決斷力に富むが恩情に缺ける。李鄘はそうした人物であった。許孟容より２年遲く，元和十五年八月に沒している（『舊唐書』卷157，「新唐書」卷146）。

王仲舒

　穆・許・李より後輩で，楊憑のグループを慕い，一人遲れてこれに加わっている。貞元［785～804］中，左拾遺となった彼は，德宗が奸臣斐延齡を宰相にしようとした時，陽城と共に異議を申し立てている。陽城は，白居易が0023「贈樊著作」詩の冒頭に，

　　　陽城爲諫議　　陽城　諫議と爲り
　　　以正事其君　　正を以つて　其の君に事ふ
　　　其手如屈軼　　其の手は　屈軼の如く
　　　擧必指佞臣　　擧ぐれば必ず佞臣を指さす
　　　卒使不仁者　　卒に不仁なる者をして
　　　不得秉國鈞　　國鈞を秉るを得ざらしむ

......

と頌歌する中唐きっての諫臣である。その陽城と行動を起こした王仲舒もまた當時の正統派に屬する人物である。元和四年七月，王仲舒は知制誥になっていた。楊憑が罪を得て斥けられると，誰一人その家に寄りつこうとしなかった。そうした中にあって，仲舒は屢々楊家を訪れ，李夷簡の私怨による冤罪を直そうとするが，逆に連坐せしめられ，峽州（＊湖北省宜昌縣）の刺史に貶とされてしまう。その後，逆境を生かした王仲舒の各地での善政が始まる。婺州（＊浙江省金華縣）の刺史となっては，州の疫病旱魃を除き，里閭の增大完備を圖り，更に蘇州（＊江蘇省吳縣）に移ってからは，松江に堤防を築き，屋根を瓦葺きに變えて火災を絶っている。そして江西觀察便に赴任した後，水旱に喘ぐ州民を見て，「私の宴樂の費用を削って，民人の租稅に當てれば……」と錢二千萬を役ずるのである。長慶三年［832］冬，地方に在って，62歳の生涯を終えた王仲舒は，陽城に劣らぬ良吏であったばかりか，「文思溫雅」なる文人でもあった。『舊唐書』は彼の傳記を「文苑」の中に列ねている（『舊唐書』卷190，『新唐書』卷161）。

楊憑と「氣節」を通じて結ばれていた穆・許・李・王4人の運命は，楊憑左遷事件を轉機として，或いは上昇し，或いは下降している。

「剛正」と言われた許孟容と「剛決」と評された李鄘は，法治を重んずる憲宗の世に飛躍し，時政の得失を率先して論諫した穆質と「義槪」を尙んだ王仲舒は，共に諫言が因で連坐せしめられている。

いま一人，「然諾」を尙んだ楊憑との交遊によって，大きく人生が變わった人物がいる。徐晦である。

徐晦

この人の傳記は，『舊唐書』卷165に收められている。

  徐晦，進士擢第，登直言極諫制科，授櫟陽尉，皆自楊憑所薦。及憑得罪，貶臨賀尉，交親無敢祖送者，獨晦送至藍田，與憑言別。……

第2章　張籍「傷歌行」とその背景——京兆尹楊憑左遷事件——　　49

徐晦，進士に擢第し，直言極諫制科に登り，櫟陽の尉を授けらる。皆な楊憑の薦す所による。憑　罪を得て，臨賀の尉に貶とさるるに及び，交親敢へて祖送する者無し。獨り晦のみ送りて藍田に至り，憑と別れを言ふ。……

　楊憑の推薦によって官途に着いた人である。それまで親しく交遊していた者が，連坐を恐れて，誰一人餞別しようとしなかった時，徐晦だけは藍田まで楊憑を見送っている。張籍が「東門之東無送者」と詠うのは，流刑者の惨めさを強調せんがための文學的修辭である。「藍田」は陝西省長安縣の東南にある。そこには藍田關があり，その先に秦嶺が立ち塞がっている。
　徐晦が連坐の危險を犯してまで楊憑を見送った話は，『舊唐書』「徐晦傳」はもとより，『新唐書』「楊憑傳」や『資治通鑑』にも記載されている。『資治通鑑』卷238「唐紀」（五十四）に曰はく，

……憑之親友無敢送者，櫟陽尉徐晦獨至藍田與別。太常卿權德輿素與晦善，謂之曰：君送楊臨賀，誠爲厚矣，無乃爲累乎？對曰：晦自布衣蒙楊公知獎，今日遠謫，豈得不與之別！借如明公他日爲讒人所逐，晦敢自同路人乎！德輿嗟嘆，稱之於朝。後數日，李夷簡奏爲監察御史。晦謝曰：晦平生未嘗得望公顏色，公何從而取之？夷簡曰：君不負楊臨賀，肯負國乎！……

……憑の親友　敢へて送る者無し。櫟陽の尉，徐晦のみ獨り藍田に至り，與（とも）に別かる。太常卿，權德輿　素（もと）より晦と善し。之に謂ひて曰はく，「君　楊臨賀を送る。誠に厚しと爲す。乃ち累を爲すこと無からんか？」と。對へて曰はく，「晦は布衣自り，楊公の知獎を蒙る。今日，遠く謫せらる。豈に之と別れざるを得んや。借（かり）に如（も）し，明公，他日，讒人の逐う所と爲らんには，晦　敢へて自ら路人に同じくせんや！」と。德輿　嗟嘆し，之を朝に稱す。後數日，李夷簡　奏して監察御史と爲す。晦　謝して曰はく，「晦は平生，嘗つて公の顏色を望むを得ず。公は何に從（よ）りてか之を取る？」と。夷簡　曰はく，「君は楊臨賀に負かず。肯へて國に負かんや？」と。……

徐晦の運命を連坐から昇進へと逆轉せしめた人物が，長老，權德輿であり，徐晦を推擧して監察御史としたのが，楊憑を彈劾した李夷簡である點に注意しておく必要がある。

『舊唐書』「徐晦傳」は，その人となりを，「晦性強直，不隨世態，當官守正，唯嗜酒太過，晩年喪明，乃至沉廢。(晦は性　強直にして，世態に隨はず。官に當たりて正を守る。唯だ酒を嗜むこと太だ過ぎたり。晩年，明を喪ひ，乃ち沈癈に至る)」と記している。

『張司業集』には，1首291「寄徐晦」と題する七言絕句が殘っている。

　　　鄠陂魚美酒偏濃　　鄠陂の魚は美にして　酒は偏へに濃し
　　　不出琴齋見雪峯　　琴齋を出でずして　雪峯を見る
　　　應勝昨來趨府日　　應に勝れたるべし　昨來　府に趨くの日
　　　簿書林上亂重重　　簿書林上　亂れて重重たるに

徐晦や韓愈が楊憑と關係を有していたことから，張籍もまた楊憑と交流があったのではないかと推測されなくもない。しかし，二人の交遊を記した記錄は，見當たらない。

第4節　彈劾者李夷簡

楊憑を彈劾した李夷簡とは，一體，如何なる人物であろうか。本傳は『新唐書』卷32「宗室宰相列傳」に見える。「李夷簡，字は易之，鄭の惠王元懿四世の孫」と言うから，皇族の血統である。貞元二年 [786]，進士に及第 (『登科記考』卷12)。元和十三年 [818] には門下侍郎同中書門下平章事となっている。その宰相の地位を，李師道の反亂を裴度が平定するや，自らの才幹，裴度に及ばずとして，あっさり空け渡している。更に，「李夷簡傳」は，「三鎭を歷て，家に產貲無し」と記している。山南東道，劍南西川そして淮南の節度使を歷任しな

第2章　張籍「傷歌行」とその背景──京兆尹楊憑左遷事件──　　51

がら，家に資産が無かったと言うのである。收賄が慣例化していた當時としては，むしろ潔癖すぎるほどの清廉さである。そうした李夷簡には，楊憑の「僭奢」が，ことさら不快に思われたに違いない。元和四年七月の事件を「李夷簡傳」はこう記している。

　　元和時，至御史中丞。京兆尹楊憑性驁俋，始爲江南觀察使，冒沒于財。夷簡爲屬刺史，不爲憑所禮。至是發其貪，憑貶臨賀尉，夷簡賜金紫，以戶部侍郎判度支。……

　　元和の時，御史中丞に至る。京兆尹楊憑は性驁俋（がうたつ），初め江南觀察便と爲り，財に冒沒す。夷簡　屬刺史と爲るや，憑の禮する所と爲らず。是に至り，其の貪を發（あば）く。憑は臨賀の尉に貶とされ，夷簡は金紫を賜はり，戶部侍郎を以つて度支を判す。……

ここでは，楊憑の性格を「驁俋（＊おごりかろがろし）」と言っている。「江南觀察使」は「江西觀察使」の誤り。「夷簡爲屬刺史」は『舊唐書』「楊憑傳」では「夷簡自御史出，官在巡屬」となっている。『支那中世の軍閥』（日野開三郎　東洋史學論集　第1卷）の第1章49頁に，「藩鎭の治州を會府と云い，その刺史は藩鎭自ら兼任し，治州以外の領州を支郡或は巡屬（州）と云い，全領域を道と稱した」とある。「屬刺史」は「巡屬」の刺史，すなわち「支郡刺史」のことであろう。同書の第5章149頁には，更にこう記されている。「憲宗の藩鎭抑制強化は藩帥の藩軍統轄力を著しく弱化せしめた。まず支那刺史の地位權力が向上擴大せられ，それだけ巡屬に對する藩帥の命令が徹底困難となった」と。

　藩鎭の權勢を抑制し，中央政權の復興に盡力した忠臣，それが『新唐書』「宗室宰相列傳」に記された李夷簡像である。その活躍は，德宗時代に朱泚の反亂を豫見した時に始まる。その後，姦賊を積んだ王顒を追放したり，韋皐や于頔が，天子の音樂である「奉聖樂」や「順聖樂」を作って，軍中で演奏させていたのを廢めさせたりもしている。

　楊憑の彈劾もまた天子に對する功積の一つであった。これによって彼は金紫

を賜わっている。ただ、そこに私怨が働き、處置を急いだことが彼の評價を落とす結果を招いた。しかし、上奏して徐晦を觀察御史にしたり、楊憑左遷事件の二年後に永州の柳宗元（楊憑の女婿）に書簡で撫問していること（『柳河東集』卷35「謝襄陽李夷簡尙相委曲撫問啓」）は第三者を巻き込まない李夷簡の寬容さを示している。

第5節　事件の背景

　元和四年、時の宰相は、「知れば言はざること無し」と謳われ、「性忠盡」（『舊唐書』卷148「李藩傳」）と評された李藩である。その李藩を、宰相の器有りとして推擧したのは、諫言を奬勵した宰相裴垍である。裴垍は、李絳と共に翰林學士であった元和二年、節度使李錡の僭侈を上言し、六州の民から搾取した資財を浙西の百姓に還元するよう提唱した人物である。李夷簡を御史中丞に拔擢したのも裴垍であった。そして彼等を後繼者として、元和三年に世を去った元老が杜黃裳である。彼は、元和元年、卽位して間も無い意氣軒昂たる憲宗に、「陛下必欲振擧綱紀、宜稍以法度裁制藩鎭、則天下可得而理也。（陛下、必ず綱紀を振擧せんと欲せば、宜しく稍や法度を以つて藩鎭を裁制すべし。則ち、天下得て理む可からん）」（『資治通鑑』卷237）と建言している。その杜黃裳に代わって、元和二年の春に宰相となった李吉甫もまた、方鎭の貪恣を抑制すべく『元和國計簿』を撰している。憲宗の元和初期は、法制を嚴しくすることで中央政權の復興を圖った時代であった。

　元和四年五月、楊憑が李夷簡に彈劾される２ヶ月前、長安縣令鄭易が永平坊に許可無く渠を開き、汴州（＊河南省祥符縣）刺史に貶とされた。この時、楊憑は、京兆尹としてこれを看過した罪で１ヶ月の罰俸に處されている。

　　　五月、長安縣令鄭易以擅於永平坊開渠、貶汴州刺史。京兆尹楊憑以不聞
　　　奏、罰一月俸料。左巡使殿中御史李建不覺察、罰兩月俸料。

（『册府元龜』卷153）

第2章 張籍「傷歌行」とその背景――京兆尹楊憑左遷事件―― 53

　五月、長安縣令鄭易擅(ほしひまま)に永平坊に渠を開きたるを以つて、汁州刺史に貶とさる。京兆尹楊憑聞奏せざるを以つて、一月の俸給を罰す。左巡使殿中御史李建覺察せず。兩月の俸料を罰す。

　この時すでに楊憑は失脚の途を歩み始めていた。やがて、楊憑が江西觀察使、李夷簡が支郡刺史であった折のしこりを殘したまま、元和四年七月、一方は奢侈を好む京兆尹、そして一方は清廉を貫く御史中丞として衝突するのである。

　　自貞元以來居方鎭者、爲德宗所姑息。故窮極僭奢、無所畏忌。及憲宗即位、以法制臨下、夷簡首擧憑罪。故時議以爲宜。然繩之太過、物論又譏其深切矣。
　　貞元已來、方鎭に居る者德宗の姑息する所と爲る。故に僭奢を窮極し、畏忌する所無し。憲宗即位し、法制を以つて下に臨むに及び、夷簡首づ憑の罪を擧ぐ。故に時議以つて宜と爲す。然れども之を繩すこと太(はなは)だ過ぎたり。物論又た其の深切なるを譏る。

『舊唐書』「楊憑傳」は、そう結んでいる。李夷簡の彈劾を世論は時宜に適ったものと見た。しかしながら、肅淸が嚴し過ぎたことで、その苛酷さがまた批難の的となった。翰林學士李絳は、そうした世論を代表して御史中丞李夷簡の行き過ぎを是正したのである。彼の奏狀は、まさに正論であった。

第6節　事件と柳宗元

　王叔文に連坐して、永貞元年 [805] 十一月、永州（＊湖南省零陵縣）司馬に貶とされた柳宗元は、赦されぬまま、岳父、楊憑の左遷を永州の地で知った。
　妻の楊氏は貞元十五年 [799] 八月一日、23歳の若さで世を去っている（『柳河東集』卷13「亡妻弘農楊氏誌」）。岳父の失脚は、柳宗元にとって、愛妻の死、自らの左遷に次ぐ3度目の不幸であった。

後年、柳宗元は排律と祭文の中で元和四年秋の事件に言及し、楊公の名譽を守るべく辭藻を連ねて辯護している。『柳河東集』の「祭楊憑詹事文」(巻40)と「弘農公、以碩德偉材、屈於誣枉、左官三歳、復爲大僚、天監昭明、人心感悅、宗元竄伏湘浦、拜賀未由、謹獻詩五十韻、以畢微志」(巻42)という長い題を持つ長篇の五言排律がそれである。

その祭文に言う。

　　京兆之難，下多怨怒。或由以黜，瓦石盈路。公捍其強，仁及童孺。左遷而出，擁道牽慕。道峻多謗，德優見憎。煩言既詆，倚法斯繩。
　　京兆の難，下に怨怒多し，或ひは以つて黜(しりぞ)けらるるに由り，瓦石 路に盈つ。公は其の強を捍(ふせ)ぎ，仁 童孺に及ぶ。左遷せられて出づるとき，道を擁して牽慕す。道 峻しくして謗り多く，德 優れて憎まる。煩言 既に詆(そし)りて，法に倚りて斯に繩(ただ)す。

その排律に言う。

　　敬逾齊國社　　敬は齊國の社を逾(こ)へ
　　恩比召南棠　　恩は召南の棠に比(なら)ぶ
　　希怨猶逢怒　　怨 希(すくな)くして　猶ほ怒りに逢ひ
　　多容競忤彊　　容 多くして　競ひて彊に忤(さから)ふ
　　火炎侵琬琰　　火 炎えて　琬琰を侵し
　　鷹擊謬鸞凰　　鷹 擊ちて　鸞凰を謬(あや)まる

前者の祭文において，柳宗元は，京兆尹李實が貞元二十二年［806］二月，通州 (*四川省達縣) 長史に流された事件を引き合いに出している。

　　順宗在諒闇逾月。實斃人於府者十數。遂議逐之。乃貶通州長史。制出。市人皆袖瓦石投其首。實知之，由月營門自苑西出。人人相賀。

第2章　張籍「傷歌行」とその背景――京兆尹楊憑左遷事件――　　55

(『舊唐書』卷135「李實傳」)

　順宗 諒闇に在りて月を逾ゆ。實 人を府に斃すこと十數。遂に議して之を逐ふ。乃ち通州長史に貶とす。制 出づ。市人皆な瓦石を袖にし，其の首に投ぜんとす。實之を知り，月營門を由て苑西自り出づ。人人 相賀す。

　祭文の「瓦石盈路」は，このことを踏まえる。皇族の李實は恩蔭によって任官され，「專以殘忍爲政（專ら殘忍を以つて政を爲）」(『新唐書』卷167「李實傳」)した人物である。それに比べ，同じ京兆尹でも，楊憑の場合には，「その仁政は童孺にまでゆきわたり，左遷されて長安を出で立つ時，人々は道にひしめいて，楊公の袖を慕い牽いた」と言う。柳宗元は，岳父の左遷を，李實のそれとは似て非なるものであることを強調する。「嚴格なる者は誹謗多く，德優れたる者は憎まれる。それ故，あれこれ非難された擧句，法によって彈劾された」と言うのである。「貶楊憑臨賀縣尉詔」に「以其自尹京邑，人頗懷之，將議刑書，是加愍惻。(其の京邑尹たりしより，人 頗ら之に懷くを以つて，將に刑書を議せんとするに，是れ愍惻を加ふ)」とあったことが想起される。

　後者の排律では，齋の國の宰相石慶が祠に祭られた故事(『史記』卷103「萬石張叔列傳」)や『詩經』(召南「甘棠」)を踏まえた句を連ねて，楊憑の德政を讚えている。そして，李夷簡によって彈劾されたことを，「希怨猶逢怒，多容競忤彊。火炎侵琬琰，鷹擊謬鸞鳳」と詠っている。前2句は祭文の「道峻多謗，德優見憎」に相當する。「仁德を有し，強きを挫く」楊憑が「人に對して怨みも持たず，寬容でありながら，却って逆恨みされ，怒りを買った」と言うのである。『論語』「公冶長篇」の「子曰，伯夷叔齊不念舊惡。**怨**是用**希**」，『詩經』邶風「柏舟」の「薄言往愬，**逢彼之怒**」，『韓詩外傳』卷3の「大道**多容**，大德多下」，『荀子』「致士篇」の「臨事接民，而以義變應，寬裕而**多容**。恭敬以先之，政之始也」，『戰國策』卷12「齊五」の「天下獨歸**咎**於齊者，何也。以其爲韓魏主**怨**也。……獨擧心於齊者，何也。約而好主**怨**，我而好**挫強**也」等が出典として考えられる。「火炎侵琬琰」は崑岡に火が放たれて玉石が俱に焚えてしまったという典故を

踏まえ，玉の「琬琰」を以って功臣の徳に擬えたもの。『尚書』「胤征篇」に「**火炎崑岡，玉石俱焚**」とあり，劉孝標の「辯命論」(『文選』卷54) にも「**火炎崑嶽，礫石與琬琰俱焚**」とある。また「鷹擊謬鸞鳳」は，猛禽である鷹が翼を激しくうちふるうが如き嚴政に「鸞鳳」で象徵される賢者が謬って犠牲とされてしまうことを言う。『史記』卷122「義縱傳」に「是時，趙禹，張湯以深刻爲九卿矣。……而縱以**鷹擊**毛摯爲治」とあり，謝玄輝の「暫使下都，夜發新林至京邑，贈西府同僚」詩 (『文選』卷26) に「常恐**鷹隼擊**，時菊委嚴霜」とある。また『後漢書』卷57「劉陶傳」に「公卿所擧，率黨其私，所謂放鴟梟而囚**鸞鳳**」とあり，賈誼の「弔屈原文」(『文選』卷60) に「**鸞鳳伏竄**兮，鴟梟翺翔」とある。柳宗元の言う「琬琰」「鸞鳳」が楊憑を指すことは言うまでもない。

　要するに柳宗元は，詩題に「以碩德偉材，屈於誣枉。(碩德偉材を以つて誣枉に屈す)」と記す如く，楊憑の左遷を冤罪と見，嚴政の卷き添えとなった名臣の災難と看做しているのである。

第7節　官界の無常

　楊憑の私第と別邸は，それぞれ，東街の永寧坊とそれに隣接する永樂坊とに在った。京兆府の官廳は西街の光德坊に在る。そして，張籍は通り一つ隔てて直ぐ南の延康坊に借屋住まいをしていた。東街の一等地に建造された豪邸も，そこから部曲を隨えて出向く京兆尹楊憑の姿も，張籍は眼のあたりにしていたはずである。それ故，もし楊憑が，李實の如く，誰の目から見ても殘忍と思われるような京兆尹であったならば，張籍はその左遷を痛烈なる諷刺を以って歌い上げたであろう。また，張籍が，柳宗元や徐晦の如く楊憑と直接の關わりを持つ立場に居たならば，彼は手ばなしで同情し，或いは一步進んで頌歌する形で辯護したかもしれない。しかし，張籍は，ひたすら傍觀者の眼で事件を追い，峻嚴冷徹なる筆致で京兆尹の左遷を描出している。

　張籍より一年遲れて進士に登第した白居易は，元和三年に左拾遺となり，元和四年にかけて，翰林學士李絳等と共に憲宗の諫臣として政局の第一線で活躍

第2章　張籍「傷歌行」とその背景——京兆尹楊憑左遷事件——

していた。一方，張籍は，病いの牀に臥し，焦躁のうちに，うだつ上がらぬ我が身をかこつ日々を送っていた。座主を同じうする詩友，白居易に宛てた古詩462「病中寄白學士拾遺」の中で，張籍は，「秋亭病客眠，庭樹滿枝蟬。（秋亭病客眠り，庭樹　滿枝の蟬）」と歌い，「倦遊寂莫日，感嘆蹉跎年。（倦遊す　寂莫の日，感嘆す　蹉跎の年）」と歎じ，「君爲天子識，我方沉病纏。（君は天子の識るところと爲り，我は方に沉病に纏はらる）」と塞ぎ込んでいる。身に纏わる長患い，自然の推移，年月の流れ。いずれも，せんかた無き人の世の悲しみである。理不盡な政治機構に翻弄される官僚の運命もまた，去りゆく時の流れの如く，人智を以ってしては如何とも爲し難い。張籍が元和四年秋の事件に見たものは，一たび權力闘争に敗れれば，一朝にして京兆尹から流刑者へと轉落する，定め無き官界の悲劇であった。「詩人寫到此處，是同情他，是諷刺他，一切都讓讀者去想。（詩人は，ここまで書き及んで，一體，彼に同情しているのか，彼を諷刺しているのか，一切を讀者の考えに委ねている）」と徐澄宇氏は言う（＊『張王樂府』古典文學出版社 1957 年上海）。「詩人」は張籍を，「此處」は結びの二句を，「他」は楊憑を指す。しかし，張籍の「傷歌行」は，楊憑個人に對する同情でもなければ，諷刺でもない。京兆尹の左遷に象徴される「官界の無常」に對する張籍自らの悲傷である。そして，眼前の時事問題を採り上げ，左遷事件を描くことで，「官界の無常」を詠うという，古樂府「傷歌行」には本來無かった新生面を切り拓いた點に，張籍「傷歌行」の文學的價値がある（＊賈島と同時代の莊南傑も「傷歌行」を詠んでいるが，左遷事件を歌ったものではない）。

　張籍は，楊憑左遷事件で大きく人生を左右された程・許・李・王や徐晦の成り行きをも，じっと見守っていたはずである。長老，權德輿の鶴の一聲で，連坐どころか出世の途を開かれた徐晦。姦臣吐突承璀の件で睨まれたばかりに事件の翌年になって流され，そのまま陽の目を見ずに果てた穆質。その對比が示す不條理な官界の人事に，何かしら割り切れぬ思いが残る。「我方沉病纏」と嘆息しつつ,左遷事件を「傷歌行」に詠じた張籍もまた,やはり不遇の士であった。

　元和四年秋七月。張籍は，正九品上の卑官太常寺太祝に低迷したまま，已に 40 有數年の齡を費していた。

第3章　韓愈と張籍

第1節　韓愈の張籍評價

1の1

　中唐の詩人，張籍は，寒門の出身であり，その系譜は明らかではない。籍貫については，蘇州吳の人とする說と和州烏江の人とする說がある。また，生卒年代も確乎たる據り所はなく，胡適が『白話文學史』にその生年を「代宗初年［約765年］」と記す一方，聞一多は『唐詩大系』において「西曆768年」と推定している。最近の學說も，ほぼこの3年の幅の中に入り，羅聯添氏は『張籍年譜』（『大陸雜誌』第25卷）において「代宗大曆元年［766］であろうと考證している。羅氏の說によれば，張籍は，杜甫が沒する4年前に生まれたことになり，韓愈より2歲，白居易より6歲の年長である。卒年については，『張籍集注』（黃山書社1982年12月發行）3頁に「卒于唐文宗大和四年［830年］」とあるが，それ以降であるとしか言えない。張籍の傳記は，『舊唐書』（卷160）と『新唐書』（卷176）に韓愈の附傳として記載されているほか，『唐詩紀事』『唐才子傳』にも記述がなされている。現存する作品は，歌詩480，逸句1，聯句6，書簡文2の計489篇である。

　張籍は，樂府詩人として知られ，『樂府詩集』には56首採錄され，唐代詩人の中では收錄數の上で，李白・白居易に次いで第3位となっている。また『五十家小集』には「張司業樂府」と題して84首收錄されており，この數は，張籍の歌詩全體の約6分の1（17.5%）に相當する。

　白居易が『白氏文集』（卷1）開卷第2首0002「讀張籍古樂府（張籍の古樂府を讀む）」の冒頭に，

　　　張君何爲者　　張君　何爲る者ぞ

第3章　韓愈と張籍

業文三十春	文を業とすること三十春
尤工樂府詩	尤も樂府詩に工(たく)みなり
擧代少其倫	代を擧げて其の倫(ともがら)少なし
……	

と詠って以來，張籍は多くの文人批評家によって專ら樂府詩人として評價されてきた。しかし，何故に張籍が樂府詩人として評價されるのか，あるいは樂府に限らず，これまで，張籍の如何なる點が，どのように評價されてきたのか，そして，それがどの程度，當を得たものであるのかという問題は，改めて再檢討されねばならない。なぜならば，この問題は，直ちに張籍文學の特質解明に連なるからである。そして，この問題は通時的と共時的の２つの視點を必要とする。通時的には歷代の詩話類が，共時的には張籍と時代を共にした唐人の詩文が，その主たる據り所となる。本稿では，後者の一部を對象とする。

　當然，共時的研究には，交遊關係が資料的限界として作用する。しかし，張籍の交遊範圍は廣く，中唐文壇の雙璧とも言うべき韓愈・白居易をはじめ，裴度・令狐楚・元稹・劉禹錫・王建・孟郊・賈島・姚合その他に至るまで，文字通り朝野の名士とともに遊んでいる。しかも，文學史的に重要な位置を占る文人たちが，張籍の評價に關する言辭を今に傳えてくれているのである。

　ここでは，張籍と最も關係の深い韓愈に焦點をあてて論を進める。

1の2

韓愈の死後，そのありし日の恩を偲んで切々と綴った 466 [注1]「祭退之」において，張籍は，

……	
由茲類朋黨	茲に由りて朋黨に類し
骨肉無以當	骨肉も以つて當る無し

と詠い，肉親以上の交わりであったと述懷している。

　2人の出會いは，孟郊が張籍の文才を韓愈の耳に入れたことに端を發する。韓愈は，038「此日足可惜　一首　贈張籍（此の日　惜しむに足る可し　一首　張籍に贈る）」の中で，次の如く詠っている。

……

　　念昔未知子　　念ふ昔　未だ子を知らざりしとき
　　孟君自南方　　孟君　南方よりし
　　自矜有所得　　自ら得る所有るを矜り
　　言子有文章　　子に文章有るを言ふ

……

當時，張籍は466詩で，

……

　　籍在江湖閒　　籍　江湖の閒に在り
　　獨以道自將　　獨り道を以つて自ら將ふ

……

と詠う如く，野に在って獨り儒道を守っていたのである。その後，北遊した張籍は韓愈と面談し，張籍が466詩で，

……

　　北遊偶逢公　　北遊して偶たま公に逢ひ
　　盛語相稱明　　語を盛んにして相稱明せらる

……

第3章　韓愈と張籍

と詠い，韓愈は038詩で，

　　……
　　開懷聽其説　　懷を開いて其の説を聽くに
　　往往副所望　　往々　望む所に副ふ
　　……

と詠い，互いに意氣投合するのである。そして，貞元十四年 [798] 33歳の張籍は，韓愈によって郷貢進士に擧げられ，翌年二月，高郢の下に進士に登第している。

韓愈が038詩で，

　　……
　　州家擧進士　　州家　進士に擧げ
　　選試繆所當　　選試　當る所を繆まる
　　馳辭對我策　　辭を馳せて我が策に對し
　　章句何煒煌　　章句　何ぞ煒煌たる
　　……

と詠い，張籍は，466詩で，

　　……
　　公領試士司　　公　試士の司を領し
　　首薦到上京　　首薦せられて上京に到る
　　一來遂登科　　一來　遂に科に登り
　　不見苦貢塲　　貢塲に苦しめられず
　　……

と詠っている。

　韓愈は，官界に張籍を送り出してくれた生涯の恩人であった。そして，466詩で，

　　　　……
　　　搜窮古今書　　古今の書を搜窮し
　　　事事相酌量　　事事　相酌量す
　　　　……

と詠う張籍に對して，韓愈は151「病中贈張十八」詩で，

　　　　……
　　　談舌久不掉　　談舌　久しく掉はず
　　　非君亮誰雙　　君に非ずんば　亮に誰か雙せん
　　　　……

と言っている。2人は互いに良き同學であり，格好の議論相手であった。更に，張籍が466詩で，

　　　　……
　　　爲文先見草　　文を爲れば　先づ草を見せ
　　　釀熟偕共觴　　釀　熟せば　偕に　觴を共にす
　　　　……

と詠う如く，張籍にとって，韓愈はすぐれた文章の師であり，氣のおけない呑み友達でもあった。

2の1

『韓昌黎集』を繙くと，張籍の評價に關する作品が 11 篇みられる。これを花房英樹氏の『韓愈歌詩索引』（資料表「韓愈年譜」）により，制作年代順に列記すると次の如くである。

```
    韓愈の年齢・作品番號「篇目」分類      ［張籍に關する事項（『張籍年譜』による）］  制作年代
①   31歳   489「與馮宿論文書」書      ［張籍33歳］                          貞元十四年［798］
②   同上   151「病中贈張十八」五古    ［秋，張籍，韓愈により郷貢進士に擧げらる］
③   32歳   038「此日足可惜……」五古  ［高郭の下に進士に登第］                貞元十五年［799］
④   36歳   509「送孟東野序」序                                              貞元十九年［803］
⑤   39歳   044「醉贈張祕書［注2］」五古 ［太常寺太祝＊となる］                 元和元年［806］
⑥   同上   218「會合聯句」聯句       ［この後10年，官（＊正九品上）を改めず］
⑦   43歳   477「代張籍與李浙東書」書                                        元和五年［810］
⑧   44歳   139「石鼓歌［注3］」七古                                         元和六年［811］
⑨   49歳   195「題張十八所居」五古   ［この頃，國子監助教となる］            元和十一年［816］
⑩   同上   435「科斗書後記」記
⑪   53歳   694「擧薦張籍狀」狀       ［この狀により祕書郎に除せらる］        元和十五年［820］
```

まず，韓愈の張籍に對する評價を最も良く代表する⑨の例から檢討を加えよう。この詩は，張籍の住居に書きつけた五言八句の古詩である。その後半4句で，韓愈は次の如く記している。

　　……
　　名秩後千品　　名秩　千品に後れ
　　詩文齊六經　　詩文　六經に齊(ひと)し
　　端來問奇字　　端來して　奇字を問へば

爲我講聲形　　我が爲めに聲形を講ず

「名秩」は席次。「千品」は諸々の官位，階級。「名秩後千品」は，張籍の下級官吏に停滯せるを言ったもの。時に，張籍，51歳。官職は，わずか從八品上の四門國子助教である。「詩文齊六經」の「六經」は儒家の6つの經書，『易』『詩』『書』『春秋』『禮』『樂』。句全體は，「張籍の詩文は，儒家の道が盛り込まれた六經に比肩する」の意。そして，終りの2句は，韓愈のために張籍が文字學を講じたことを言う。

　これを讀んでわかることは，

A．文才を有しつつも下級官吏の地位を餘儀なくされている張籍に，韓愈が深く同情していること。
B．韓愈は，張籍の詩文を儒家の經典にも匹敵すると高く評價していること。
C．張籍は，文字學に精通しており，韓愈は，その教えを受けていること。

この3點である。
　⑧と⑩は，C．の傍證となるので，必要箇所を抄出しよう。

　⑧張生手持石鼓文　　張生　手に石鼓文を持し
　　勸我試作石鼓歌　　我に試みに勸む　石鼓歌を作れと

⑩　思凡爲文辭，宜略識（古）[注4]字。因從歸公乞觀二部書。得之，留月餘。張籍令進士賀拔恕寫以留愈。蓋得其十四五，而歸其書歸氏。

　　思ふに，凡そ文を辭を爲るに，宜しく（古）字を略識すべし。因りて，歸公に從りて二部の書を觀んことを乞ふ。之を得て，留むること月餘。張籍，進士の賀拔恕をして寫さしめ，以つて愈に留む。蓋し，其の十の四五を得，而して其の書を歸氏に歸す。

第3章　韓愈と張籍

　すなわち，これによって，石鼓文や科斗書に通じていた張籍が，これらの古字を韓愈の學識と結びつける仲介をなしていたことがわかる。⑧139「石鼓歌」の中で「嗟余好古生苦晩」と詠う韓愈は，⑩435「科斗書後記」において，「文辭を作るには，あらまし古字を識っている必要がある」と言う。石鼓文や科斗書に對する韓愈の興味が，單なる尙古趣味ではなかったのと同樣に，張籍の文字學に對する見識もまた，單なる知識のための知識ではなかった。古字を識るのは古文を讀むためであり，古文を讀むのは古代思想を復興するためであった。

　古代思想とは「聖人の道」すなわち儒道である。貞元十三年 [797]，張籍は韓愈に宛てて同じ主旨の書簡を2回にわたって送っている。その第一の書488「上韓昌黎書」の中で，張籍は，孔子の沒後，儒道を復活した孟子・揚雄を絶贊し，次の如く力説している。

　　宣尼沒後，揚朱・墨翟，恢詭異說，干惑人聽。孟子作書而正之，聖人之道復存於世。秦氏滅學，漢重以黃老之術敎人，使人浸惑。揚雄作法言而辯之，聖人之道猶明。及漢衰末，西域浮屠之法，入於中國，中國之人，世世譯而廣之，黃老之術相沿而熾。天下之言善者，唯二者而已矣。
　　宣尼の後，揚朱・墨翟は，恢詭異說して，人聽を干惑す。孟子，書を作りて之を正し，聖人の道，復た世に存す。秦氏は學を滅ぼし，漢は重んずるに黃老の術を以つて人に敎へ，人をして浸惑せ使む。揚雄，法言を作りて之を辯じ，聖人の道，猶ほ明らかなり。漢の衰末に及び，西域の浮屠の法，中國に入り，中國の人，世世，譯して之を廣め，黃老の術，相沿つて熾（さか）んなり。天下の言の善なる者は，唯だ二者のみ。

　張籍と韓愈の一意氣投合した點は，まさに，この「儒道の復興」という共通の志であった。貞元十五年 [799]，すなわち，先の書簡が交わされた2年後，韓愈は，始めて張籍と面談した頃のことを③の詩で次の如く述懷している。

開懷聽其說	懷を開きて其の說を聽くに
往往副所望	往往 望む所に副ふ
孔子歿已遠	孔子 歿して已に遠く
仁義路久荒	仁義の路 久しく荒む
紛紛百家起	紛紛として百家起り
詭怪相披猖	詭怪 相披猖す
長老守所聞	長老は聞く所を守り
後生習爲常	後生は習ふて常と爲す
少知誠難得	少知も誠に得難く
純粹古已亡	純粹は古に已に亡ぶ

　「孔子歿已遠」から「詭怪相披猖」までの４句は，先の書簡と實によく呼應する。
　韓愈の死によって未完に終わった『論語筆解』を 466 詩で「魯論未訖注（魯論未だ注し訖はらず）」と詠う張籍は，今は傳わらない『論語注辨』の著者でもあった。張籍は，詩人である以前に，まず儒者であった。それも，孟子・揚雄を範とし，安史の亂後の中唐の世に，儒道の復興を夢想した純粹なる貧儒であったのである。

２の２

　韓愈が，張籍の詩文を「六經に齊し」と評價する背景には，載道文學という共通の立場があった。吏部の試驗を３回受け，３回落第した 28 歳の韓愈は，才能發揮の場が與えられない自らの窮狀を 470「上宰相書」に記している。書中，韓愈は，「其所著皆約六經之旨而成文（其の著はす所は，皆，六經の旨を約して文を成し）……」と言う。「六經」を持ち出すのは，そのためである。④では，そうした韓愈の文學論が展開される。

第3章　韓愈と張籍

　大凡物不得其平則鳴。……凡載於詩書六藝，皆鳴之善者也。……臧孫辰・孟軻・荀卿，以道鳴者也。……漢之時，司馬遷・相如，揚雄，最其善鳴者也。……唐之有天下，陳子昂・蘇源明・元結・李白・杜甫・李觀，皆以其所能鳴。其存而在下者，孟郊東野，始以其詩鳴。其高出魏・晉，不懈而及於古。其他浸淫乎漢氏矣。從吾遊者，李翺・張籍，其尤也。三子者之鳴信善矣。

　大凡そ，物，其の平かなるを得ざれば，則ち鳴る。……凡そ詩書六藝に載るものは，皆，鳴ることの善き者なり。……臧孫辰・孟軻・荀卿は，道を以つて鳴る者なり。……漢の時，司馬遷・相如・揚雄，最も其の善く鳴る者なり。……唐の天下を有つや，陳子昂・蘇源明・元結・李白・杜甫・李觀，皆な其の能くする所を以つて鳴る。其の存して下に在る者，孟郊東野，始めて其の詩を以つて鳴る。其の高きは魏・晉を出で，懈らずして古へに及ぶ。其の他は漢氏に浸淫す。吾に從ひて遊ぶ者，李翺・張籍は，其の尤なり。三者の鳴ること信に善し。

　韓愈は，張籍を孟郊・李翺と共に自らの提唱する古文運動の一員として評價しているのである。そして，その文を，

① 　有張籍者。年長於翺，而亦學於僕。其文與翺相上下。一二年業之，庶幾乎至也。
　　張籍なる者有り。年は翺より長じ，而して亦た僕に學ぶ。其の文は翺と相上下す。一二年，之を業とすれば，至れるに庶幾からん。

と評價し，詩については，

⑦ 　籍又善於古詩。使其心不以憂衣食亂。閣下無事時，一致之座側，使跪進其所有。閣下憑几而聽之，未必不如聽吹竹・彈絲・敲金・擊石也。
　　籍また古詩に善し。其の心をして衣食を憂ふるを以つて亂れざらしむ。

閣下，事無きの時，一たび之を座側に致し，其の有する所を跪進せしめん。閣下，几に憑りて之を聽けば，未だ必ずしも吹竹・彈絲・敲金・擊石を聽くに如かざることあらざるなり。

と推賞している。
　更に，韓愈は自らの詩においても，次の如く張籍を稱揚している。

②籍也處閭里　　籍や閭里に處り
　抱能未施邦　　能を抱きて未だ邦に施さず
　文章自娛戲　　文章もて自ら娛戲とし
　金石日擊撞　　金石　日びに擊ち撞く
　龍文百斛鼎　　龍文　百斛の鼎
　筆力可獨扛　　筆力　獨り扛ぐ可し

⑤張籍學古淡　　張籍　古淡を學び
　軒鶴避雞群　　軒鶴　雞群を避く

⑥張生得淵源　　張生　淵源を得
　寒色拔山家　　寒色　山家を拔く
　堅如撞群金　　堅きこと群金を撞くが如く
　眇若抽獨蛹　　眇たること獨蛹を抽くが若し

　②において，韓愈は張籍の文章を，金石の響きを持ち，容量百斛もの大鼎を獨りで差し擧げるかと思われるほどの筆力であると言う。『史記』(項羽本紀)に「籍長八尺餘，力能扛鼎。([項]籍は長八尺餘にして，力は能く鼎を扛ぐ)」とある。韓愈は「烏江で壯烈な最期を遂げた學問嫌いの英雄項籍は，身の丈，八尺餘の體力に物を言わせ，輕々と鼎を扛げたが，文才と學識を抱きつつ，それを國家に施し得ないでいる張籍は，雄勁なる筆力にまかせて，金石を擊ちた

るが如く高く澄みわたった文章を作って，毎日の樂しみとしている」と洒落たのである。

⑤では，「古淡」を學んだ張籍の詩を「大夫の車に乘った鶴が，群がる鷄を寄せつけないようだ」と形容する。「軒鶴」は，『左傳』(閔公二年)の「衞懿公好鶴，鶴有乘軒者。(衞の懿公　鶴を好み，鶴に軒に乘る者有り)」という故事[注5]により，「鷄群」は，『晉書』(中華書局『點校本　二十五史』) 2298 頁「嵆紹傳」に「紹始入洛，或謂王戎曰，昨於稠人中見嵆紹，昂昂然如野鶴之在鷄羣。(紹，始めて洛に入る。或ひと王戎に謂ひて曰はく，昨ごろ稠人 [あまたの人ごみ] 中に嵆紹を見たり。昂昂然として野鶴の鷄羣に在るが如し)」とあるに基く。

⑥では，『詩經』(小雅「十月之交」)の「百川沸騰，山冢崒崩。(百川　沸騰し，山冢　崒崩す)」という句と，『史記』「項羽本紀」の「力拔山兮氣蓋世 (力は山を拔き　氣は世を蓋ふ)」という句を合成して「寒色拔山冢(寒色は山冢を拔く)」と詠う。「俊逸なる筆致で描かれた，さむざむとした光景は，山を拔くが如く雄勁である」と言うのである。そして，「その堅く清澄なる韻(ひびき)たるや，銅鑄の鐘を撞くが如く，その渺(はる)けく纏綿たる情緒たるや，盡きざる繭を抽き出すが若(ごと)し」と形容する。韓愈は，張籍を評して，「淵源を窮めた」とまで言っている。

3の1

韓愈の張籍に對する最終的な評價は，元和十五年 [820]，張籍を祕書郎と爲すべく書かれた推薦狀に見ることができる。

⑪學有師法，文多古風。　學に師法有り，文に古風多し。

問題は「古風」とは何かということである。韓愈は，④「詩書六藝」を擧げた上で「及於古 (古へに及)」んだという孟郊に先立つ人物として唐代の「陳子昂・蘇源明・元結・李白・杜甫・李觀」を列記している。ところが，⑪では具體的な人物や作品を擧げて說明してくれてはいない。しかし，詩については，

『韓昌黎集』(巻2) に収められた056「古風」と題する古詩と『張司業集』(『四部叢刊』本 巻之七) の「古風二十七首」の見出しのもとに排列された445「董公詩」446「學仙」より466「祭退之」に至る張籍自らの作品がその手がかりとなる。

056「古風」は，貞元十年 [794]，韓愈27歳の作とされる。次に詩全體を引く。

今日曷不樂　　今日　曷ぞ樂しまざる
幸時不用兵　　幸にして時に兵を用ひず
無日旣蹙矣　　旣に蹙せりと曰ふ無かれ
乃尙可以生　　乃ち尙ほ以つて生く可し
彼州之賦　　　彼の州の賦
去汝不顧　　　汝を去つて顧みず
此州之役　　　此の州の役
去我奚適　　　我を去つて奚（いづく）にか適（ゆ）く
一邑之水　　　一邑の水
可走而違　　　走りて違（さ）く可し
天下湯湯　　　天下　湯湯（しやうしやう）
曷其而歸　　　曷（いか）に其して歸らん
好我衣服　　　我が衣服を好くし
甘我飮食　　　我が飮食を甘くせよ
無念百年　　　百年を念ふ無かれ
聊樂一日　　　聊か一日を樂しまん

この詩は，樊汝霖によって「托古風以寓意（古風に托して以つて意を寓す）」と解説され，蔣之翹によって「此詩質而不俚，婉而多風，似古謠諺之遺。非唐人語也。(此の詩，質にして俚ならず，婉にして風多し。古謠諺の遺に似たり。唐人の語に非ざるなり)」と評された詩である。『詩經』「碩鼠」や『史記』「平準書」をふまえて作られたこの詩は，「詩三百篇」を志向し，陳子昂・李白・元

結の後を嗣ぐ諷諭詩である。張籍の「古風二十七首」で言えば，445「董公詩」446「學仙」の２詩が，これに相當する。いま，韓愈の評語とそれに合致する張籍の詩句を抄出する。

○「詩文齊六經」
　　445 詩
　　其父敎子義　　其の父は子に義を敎へ
　　其妻勉夫忠　　其の妻は夫に忠を勉めしむ
　　……　　　　　……
　　賢人佐聖人　　賢人は聖人を佐け
　　德與神明通　　德は神明と通ず
　　446 詩
　　求道慕靈異　　道を求め靈異を慕ふは
　　不如守尋常　　尋常を守るに如かず
　　先王知其非　　先王　其の非なるを知り
　　戒之在國章　　之を戒めて國章に在り

白居易が，0002「讀張籍古樂府詩」において，

　　讀君學仙詩　　君が學仙の詩を讀めば
　　可諷放佚君　　放佚の君を諷す可し
　　讀君董公詩　　君が董公の詩を讀めば
　　可誨貪暴臣　　貪暴の臣を誨ふ可し

と評價したのもこの２詩である。445詩と446詩の２詩で代表される張籍の諷諭詩が，韓愈の言う「古風」であることはまちがいない。ところが，「古風二十七首」がすべて諷諭詩であるかと言えば，そうではない。「古風」は「諷諭詩」と同義ではなく，包含關係にある。從って，諷諭性は無くとも，表現上，「古淡」

を學び「淵源」を得た詩であれば，それも「古風」である。そして，それが，「質にして俚ならざる」ためには，雄勁なる筆力と金石の韻(ひびき)とを備えておらねばならないのである。先の如く，評語と該當句とを抄出對照する。

○「張籍學古淡」「張生得淵源」

　　456「贈孟郊」
　　歷歷天上星　　歷歷たり　天上の星
　　沉沉水中萍　　沉沉たり　水中の萍

　　461「寄別者」
　　寒天正飛雪　　寒天　正に雪を飛ばし
　　行人心切切　　行人　心　切切たり

　　461 詩
　　別君汾水東　　君と別かる　汾水の東
　　望君汾水西　　君を望む　汾水の西

　詩を以って文を推し，これを總合して考えるに，韓愈の張籍評價における「古風」とは，「『六經』より漢・魏に至る詩文の『古(いにしえぶり)』を汲み，内容上，載道諷諭を志向し，表現上，葩藻虛飾を去り，眞情を達することを旨とする作風である」と言えよう。

3の2

　最後に殘る問題は，以上，述べ來たった韓愈の評價の妥當性，換言すれば「韓愈の張籍評價」に對する「批判」である。
　そこで，まず，これまで分析して得た結果を要約し，然る後，順を追って檢討を加えて本節の結びとする。

第3章　韓愈と張籍

　Ⅰ．評價の對象が，張籍の文學・思想・學識の全面にわたっている
　Ⅱ．評價の重點を，張籍の詩文の「古」なる點に置いている
　Ⅲ．「古」として勝れる要因として，「筆力」と「金石の韻」とを擧げている
　Ⅳ．具體的な作品例を擧げず，印象的な雰圍氣を抽象的に形容している
　Ⅴ．評價の際，貧儒，張籍への同情が強く働いている

　Ⅰ．は，韓愈の評價ならではの特色であり，とりわけ，思想・學識にまで言及されていることは，儒者および學者としての張籍を知る上で貴重である。しかし，このことは，むしろ，韓愈の器の大きさを物語るものであって，韓愈門下において，比較的，張籍が各分野（儒學・古文字學・詩作）にわたって韓愈との接點を多く有していたことを示すに止まる。しかも，評價の對象が分散しており，詩に關する比重が小さくなっていることは，樂府詩人，張籍という今日の定評と趣きを異にする。韓愈は張籍の人間を評價しているのである。
　Ⅱ．は，張籍文學の本質の一端に觸れた韓愈の評價の核心である。その妥當性は，「古」に關する韓愈の評價が，宋の張洎の「張司業集序」に受け繼がれ，『四庫全書總目提要』（卷150）によって承認されていることによって保證される。すなわち，前者（張洎）は，「公爲古風最善。自李・杜之後，風雅道喪。繼其美者，唯公一人。（公　古風を爲ること最も善し。李・杜より後，風雅の道　喪はる。其の美を繼ぐ者は，唯だ公一人のみ）」と言い，後者（『四庫全書總目提要』）は，「韓愈稱張籍學古淡，軒鶴避鷄群。諒矣。（韓愈，『張籍　古淡を學び，軒鶴　鷄群を避く』と稱ふ。諒(まこと)なり）」と言う。
　Ⅲ．の「金石の韻」については，張籍自身も他の詩人の評價に451「無人識**高韻**」452「徒促**金石韻**」456「獨有**金石聲**」と用いていることや，賈島の「**石磬響寒清**」（「宿姚合宅寄張司業籍」詩）や「**石磬韻曾聞**」（「哭張籍」詩）の句によって，やや常套の感もあるが，ほぼ妥當と言えよう。但し，「筆力」については，必ずしも額面通りには受け取れない。それどころか，張籍の「筆力」を賞贊する裏には，張籍を自分の志向する文學に誘い込もうとする意圖すら窺えるのである。

韓愈の本晉は，148「調張籍」において露呈する。

  顧語地上友　　顧みて地上の友に語る
  經營無太忙　　經營　太だ忙しきこと無きや
  乞君飛霞珮　　君に飛霞の珮を乞へん
  與我高頡頏　　我と與に高く頡頏せよ

「詩文齊六經」と詠った⑨の詩と制作年代は同じである。一方は，張籍の所居に題したもの，一方は，張籍に戲れて詠いかけたものである。畏まった場合には，多少の世辭と文學的誇張が入り，氣樂な時には，かえって本晉が出るのは，何も韓愈に限ったことではない。あるいは，後に宋の許顗が指摘する「所不能追逐李・杜者，氣不勝耳。[注6]（李・杜に追逐する能はざる所は，氣の勝れざるのみ）」という張籍の缺點を，韓愈は，この時すでに見拔いていたのかもしれない。

 Ⅳは，①～⑪の書かれた狀況に起因する。例えば，①④⑤は，他者に宛てた詩文の中で李翺や孟郊と親しい門人として關連的に張籍を引いたものであるのに對し，⑥⑨は，張籍を直接の對象としていても，そこに韓愈自らの文學觀を託したり盛り込もうとしたりしている[注7]。更に，⑦⑪は，張籍を推薦することが主たる目的であって，張籍の文學を持ち上げるのは，言わば手段である。しかし，白居易の評價（0002詩）の具體的かつ適切なるに比して韓愈のそれが漠然としているのは，一つには，韓愈の自意識と，自負の強さにも原因がある。すなわち，韓愈は，張籍の詩才を認めはしても，白居易ほどには共鳴していないのである。

 Ⅴは，Ⅳとも關係する。韓愈の立場は，張籍の後見人であり，古文については師でもあった。從って，韓愈の評價には，贔屓目による同情點が加算されているのである。

 以上，Ⅰ～Ⅴを要約して結論付けるに，韓愈の評價は，その形容において多

第3章　韓愈と張籍

少文學的誇張はあるが、張籍の詩に關して、「古風」「古淡」の評語は、張籍文學の本質の一端を捕えたものとして適切妥當である、と言えよう。

[注1]　數字は『張籍歌詩索引』『韓愈歌詩索引』『白氏文集の批判的研究』『唐代のしおり』の作品番號。
[注2]　張祕書は張署。
[注3]　元和六年には、張籍は長安に、韓愈は河南にいた。そこで首句の「張生手持石鼓文」の「張生」は張徹であるとする說(『韓昌黎詩繫年集釋』)がある。しかし、『韓愈年譜』には、「夏秋之交、轉職方員外郎、自河南至京師」とあり、元和六年の秋には、韓愈は長安に返っている。從って、方成珪の「未遷職方時也」という說に從わない限り、「張生」を張籍と解して矛盾はない。
[注4]　『五百家注昌黎文集』(『四庫全書』所收)の注記により「古」字を補う。
[注5]　この故事は、無能な人物が寵用されて不當に高く待遇されることの比喩として、多く惡い意味に用いられる。ここでは、一應、斷章取義的に「大夫の車に乘った鶴」というほどの意味に用いられたものと解釋しておく。「軒鶴」を「軒昂」に作るテキストもあるが、これでは、孟郊を評價した句の「天葩」と對をなさなくなる。
[注6]　『彥周詩話』
[注7]　『昭昧詹言』(卷9)に「韓如六經」(「韓公」三)とあり、「韓公筆力強」(「韓公」七)ともある。韓愈が張籍に用いたと同じ評語が、後に韓愈の評價に用いられていることは、Ⅳの⑤⑨に關する傍證となる。

第2節　張籍樂府における篇法の妙

　　文昌樂府，古質深摯。　　　　　　　　　　　　（『養一齋詩話』卷4）
　　文昌の樂府は，古質深摯なり

　張籍の樂府は，古風にして虛飾なく，思い深くしてこまやかであると言う。また，

　　張・王樂府，天然淸削，不取聲音之大，亦不求格調之高，此眞善於紹古者。
　　　　　　　　　　　　　　　　　　　　　　　　　（『石洲詩話』卷2）
　　張［籍］・王［建］の樂府は，天然淸削，聲音の大を取らず，また聲調の高きを求めず。此れ，眞に古を紹ぐに善き者なり。

と言う。「淸削」は「淸峭」と同じく，「氣高くきびしい」の意。「紹古」とは，

　　張籍祖國風，宗漢樂府。　　（陳繹曾の評『唐音癸籤』卷7「評彙三」所引）
　　張籍は，國風を祖とし，漢の樂府を宗とす。

と言うことである。また，

　　思難鮮易。　　　　　　　（陳繹曾の評『唐音癸籤』卷7「評彙三」所引）
　　思ひ難くして辭易し。

　　文昌恣態橫生，化俗爲雅。　　　　　　（時天彝の評『吳禮部詩話』所引）
　　文昌は，恣態橫生，俗を化して雅と爲す。

と言う。綺靡なる辭藻を連ねるでなく，韻律や格調を主眼とするわけでもない。

第3章　韓愈と張籍

深遠なる詩意を自由奔放に詠い，そのまま通俗を高雅に轉じていると言うのである。

事實，中唐期の社會矛盾に對する激しい憤りと悲痛なる嘆きを，はたまた，人民の生き生きと立ち働く南方の風物を，ある時は切々と，そして，またある時は淡々と詠い上げた張籍の樂府は，平易なる表現を用い，同時に「古質深摯」なる風格をも備えている。

そうした張籍の樂府は，白描の繪卷物にも喩えることが出來る。金泥を捨て，丹青を去り，墨水のみの線條で描かれた白描畫が，見る者の眼底に想像のままなる色彩を映じ，描出されたる對象の眞髓を心中深く蘇らせる。そして，その畫面が享受者の胸中に躍動する時，見る者は極彩色の精密畫をも凌駕する迫眞力に，あたかも動く映像を見るが如き境地に引き込まれる。それは，作者の氣迫が筆勢と構圖とに集中されているからにほかならない。

１本１本の線の速度が筆勢であり，線と線の組み合わせが構圖であるとすれば，１語１語の重みは筆力であり，詩語と詩語の組み立ては構成である。そして，構成力に課せられた文學的生命力傳達の責務は詩語が平易であればあるほど，重くなる。

元の范德機は，張籍樂府の篇法（＊１首全休の構成法）に着目し，不完全ながら，これに分析を加えた最初の人である。

［樂府篇法］
　張籍爲第一，王建近體次之。長吉虚妄，不必效。岑參有氣，惜語硬，又次之。張・王最古。……要訣在於反本題結，如「山農詞」，結卻用「西江賈客珠百斛，船中養犬多食肉」是也。又有含蓄不發結者。又有截斷頓然結者。如「君不見蜀葵花」是也。

　　老翁家貧在山住，耕種山田三四畝。
　　苗疏稅多不得食，輸入官倉化爲土。
　　歳暮鋤犁傍空室，呼兒登山收橡實。
　　西江賈客珠百斛，船中養犬多食肉。

(『木天禁語』)

［樂府の篇法］
　張籍を第一となす。王建の近體，之に次ぐ。長吉は虛妄なれば，效ふを必せず。岑參は氣有るも，惜しむらくは語硬し。また，之に次ぐ。張，王最も古たり。…要訣は本題を反して結ぶに在り。「山農詞」の結びに，却つて，「西江の賈客　珠百斛，船中　犬を養ひて多く肉を食はしむ」を以つてするが如きは是れなり。また，含蓄し，發せずして結ぶものあり。また，裁斷し，頓然として結ぶものあり。「君見ずや　蜀葵の花」の如きは是れなり。

　　老翁　家貧しくして　山に住み，
　　山田を畊種すること　三四畝。
　　苗は疏なるに　税多くして　食ふを得ず，
　　官家に輸入して　化して土と爲る。
　　歲暮　鋤犁　空室に傍る。
　　兒を呼び　山に登りて　橡の實を收めしむ。
　　西江の賈客　珠百斛，
　　船中　犬を養ひて　多く肉を食はしむ。

　文中，范德機は，張籍を樂府詩人の第一人者と認め，その作風を「最も傳統的である」と高く評價した上，「篇法の祕訣は結びにあり」として，2つの典型を示し，文末には，「樂府篇法」の代表例として「山農詞」1首全8句を附している。
　第1の型は，最後の2句をもって本來の主題を反轉して結ぶ型である。范氏は，張籍の「山農詞」の結び2句を例に擧げている。この「山農詞」一名「野老歌」は，最初の6句で老いたる貧農の辛苦を敍し，結びの2句で犬にまで肉を與える豪商の奢侈を對比させ，中唐期に尖銳化した農，商の社會矛盾を鮮烈に暴露している。篇法上の特色は，詩題の「山農」（*あるいは「野老」）が「本題」であるにもかかわらず，「西江の賈客」を引き合いに出して結びとしている點に

第3章　韓愈と張籍

ある。

　面白いことに，張籍は，これと表裏一體をなす作品を殘している。031「賈客樂」がそれである。

031「賈客樂」

金陵向西賈客多	金陵　西に向つて賈客多し
船中生長樂風波	船中に生長して　風波を樂しむ
欲發移船近江口	發たんと欲して　船を移し　江口に近づく
船頭祭神各澆酒	船頭に神を祭り　各各酒を澆ぐ
停杯共說遠行期	杯を停め　共に說ふ　遠行の期
入蜀經蠻誰別離	蜀に入り　蠻を經て　誰か別離する
金多衆中爲上客	金多ければ　衆中　上客と爲り
夜夜算緡眠獨遲	夜夜　緡を算へて　眠ること獨り遲し
秋江初月猩猩語	秋江　初月　猩猩の語
孤帆夜發瀟湘渚	孤帆　夜發つ　瀟湘の渚
水工持檝防暗灘	水工　檝を持して　暗灘を防ぎ
直過山邊及前侶	直ちに山邊を過ぎ　前侶に及ぶ
年年逐利西復東	年年　利を逐ひて　西し復た東し
姓名不在縣籍中	姓名　縣籍中に在らず
農夫稅多長辛苦	農夫　稅多くして　長に辛苦す
棄業寧爲販賣翁	業を棄て　寧ろ販賣の翁と爲らん

　この詩では，冒頭より第14句まで縷々と賈客の樣子を描寫し，最後の2句で「農夫は稅ばかり多くて，いつも辛苦の絕えることがない。生業を棄て，いっそ寶物商にでも……」と，貧農の立場を代辯して結んでいる。ちなみに，同時代の劉禹錫もまた，「或曰，賈雄則農傷。予感之，作是詞。(或ひと曰はく，『賈雄なれば，則ち，農　傷む』と。予　之に感じて是の詞を作る)」という引を持つ「賈客詞」に，張籍と同じ篇法を用いて效果を上げている。

本編　第１部　唐代中期の政治と文學

圖Ｉ
009「野老歌」張籍　←　→　031「賈客樂」張籍　――――　＝　――――「賈客詞」劉禹錫

009「野老歌」	031「賈客樂」	「賈客詞」
老農家貧在山住	金陵向西賈客多　船中生長樂風波	賈客無定遊　所遊唯利幷
耕種山田三四畝	欲發移船近江口　船頭祭神各澆酒	眩俗雜良苦　乘時取重輕
苗疏稅多不得食	停杯共說遠行期　入蜀經蠻誰別離	心計析秋毫　搖鉤侔懸衡
輸入官倉化爲土	金多衆中爲上客　夜夜算縛眠獨遲	錐刀旣無棄　轉化日以盈
歲暮鋤犁傍空室	秋江初月猩猩語　孤帆夜發瀟湘渚	徹福禱波神　施財遊化城
呼兒登山收橡實	水工持楫防暗灘　直過山邊及前侶	妻約雕金釧　女垂貫珠纓
西江賈客珠萬斛	年年逐利西復東　姓名不在縣籍中	高貲比封君　奇貨通僚卿
船中養犬長食肉	農夫稅多長辛苦　棄業寧爲販寶翁	趨時鷔鳥思　藏鏹盤龍形
		大艑浮通川　高樓次旗亭
		行止皆有樂　關梁自無征
		農夫何爲者　辛苦事寒耕

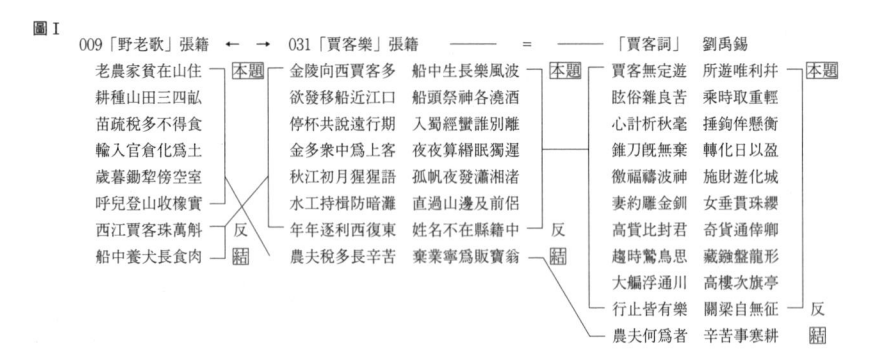

（本題／反題）

　今，張籍の009「野老歌」031「賈客樂」と劉禹錫の「賈客詞」を立記し，「本題を反して結ぶ」篇法を圖示してみよう。（圖Ｉ）
　すなわち，031「賈客樂」や「賈客詞」では，第１句目に「賈客」が登場し，次いで本來の主題である「賈客」の生態描寫が續く。そして，最後の結び２句に至って，いきなり180度轉回し，對照的な「農夫」の辛苦が描き出されるのである。
　第２の型は，「含蓄し，發せずして結ぶもの」換言すれば，詩句は終っても詩意は餘韻と共に盡きない型である。范德機は例を擧げてはいないが，『張籍詩集』に例を求むれば，039「烏夜啼引」がこれに相當する。

039「烏夜啼引」

秦烏啼啞啞	秦烏　啼くこと啞啞たり
夜啼長安吏人家	夜啼く　長安　吏人の家
吏人得罪囚在獄	吏人　罪を得て　囚はれて獄に在り
傾家賣產將自贖	家を傾け　產を賣り　將つて自ら贖ふ
少婦起聽夜啼烏	少婦　起きて聽く　夜啼の烏
知是官家有赦書	知る是れ　官家　赦書有るを
下床心喜不重寐	床を下り　心に喜び　重ねて寐ねず
未明上堂賀舅姑	未だ明けざるに　堂に上り　舅姑に賀す
少婦語啼烏	少婦　啼烏に語る

第3章　韓愈と張籍

汝啼愼勿虛　　「汝啼くこと　愼しんで虛(あざむ)くこと勿れ
借汝庭樹作高窠　汝に庭樹を借し 高窠を作らせ
年年不令傷爾雛　年年　爾が雛をして　傷(そこな)はしめざらん」と

　この詩について，胡適とArthur Waley氏は，それぞれ時と所を超え，ほとんど異口同音の說明を加えている。

　　他不說這吏人是否冤枉，也不說後來他是否得赦；他只描寫他家中少婦的憂愁，希冀—無可奈何之中的希冀。這首詩的見地與技術都是極簡明的。
　　　　　　　　　　　　　　　　　　　　　　　　　（『白話文學史』）
　　彼は，この役人が冤罪であったか否か，あるいは後に赦免されたか否かは言わず，家で待つ新妻の憂いと願い，奈何(いかん)とも爲し難い願いとのみを描いている。この詩の境地と技巧は共に極めて簡潔明瞭である。　（筆者譯）

　　The effect, I think you will agree, is all the greater because we are not definitely told that the pardon failed to come. We are left poised between hope and doubt, as was the young wife herself. The poem is the direct descendant of what I have elsewhere called the 'elliptical ballads' of early Chinese folk-song.　　　[THE LIFE AND TIMES OF PO CHÜ-I]

　　あなた方の贊成を得られると思うが，この詩の效果は，許しが來なかったと，はっきり告げられていないから，一そう大きくなっている。われわれは，若い妻と同樣に，希望と疑惑の閒に，宙に浮いた狀態で殘される。この詩は，私が他の場所で，初期中國民謠の「省略詩」とよんだものの，直系の子孫というべきものである。　　　　　（花房英樹譯『白樂天』）

　東西の兩權威の明快なる解說は，「暗示的餘韻を殘しつつ結ぶ」039「烏夜啼引」が，『木天禁語』の言う「含蓄し，發せずして結ぶ」型の代表例とするに充

分值する作品であることを證明してくれている。

　第3の型は,「截斷し,頓然として結ぶもの」即ち,尻切れのまま突然にわかに結んでしまう型で,范德機は例に岑參(一説に劉昚虛)の「蜀葵花歌」の結びを引いている。

　　「蜀葵花歌」
　　昨日一花開　　　　昨日　一花開き
　　今日一花開　　　　今日　一花開く
　　今日花正好　　　　今日　花　正に好し
　　昨日花已老　　　　昨日　花　已に老いたり
　　始知人老不如花　　始めて知る　人の老ゆること　花に如かざることを
　　可惜落花君莫掃　　惜しむべし　落花　君　掃くこと莫れ
　　人生不得長少年　　人生　長^{とこしなへ}に少年たるを得ず
　　莫惜牀頭沽酒錢　　惜しむ莫れ　牀頭　酒を沽^{か}ふの錢
　　請君有錢向酒家　　請ふ君　錢有らば　酒家に向かへ
　　君不見　蜀葵花　　君　見ずや　蜀葵の花を

　この例に關して,范氏の「截斷し,頓然として結ぶ」という言葉は,いささか說明不足である。この詩を繰り返し讀むとわかるのであるが,實は,この詩には循環型とも言うべき巧妙な篇法が用いられている。すなわち,「君不見」の句は,その餘韻が腦裏に殘る冒頭4句へと連なり,詩意は自ずと循環するのである。范氏は,結句のみに氣をとられ,1首全體を見わたすことを忘れている。
　とは言え,「篇法の要訣は結句に在り」とした『木天禁語』の指摘は,やはり卓見として認めねばならない。白居易0124「新樂府序」の「卒章顯其志,詩三百篇之義也。(卒章に其の志を顯^{あきら}かにするは,詩三百篇の義なり)」の條を引くまでもなく,一般に結びは如何なる詩人も意を用いる箇所であり,時として1首全體の巧拙を左右する決め手ともなる部分でもあるからである。
　しかしながら,「篇法」が1首全體の構成法である以上,起・承・轉・結で代

第3章　韓愈と張籍

表される句と句の關係，更には，「語と語」「語と句」といった全ての關係に至るまで，形式のみならず，內容の面からも總合的に檢討する必要がある。

　一見さりげないようでいて，張籍の樂府詩には，なかなか緻密な構成が施されている。かつて，王安石が看破した，「看似尋常最奇崛，成如容易却艱辛。(看れば尋常に似たるも　最も奇崛,成すこと容易の如きも　却って艱辛たり)」(「題張司業詩」)という張籍樂府の特色は，平易，古淡なる詩語によって織り成される巧妙この上なき篇法に支えられている。

　今日に傳わる張籍の樂府詩を通讀して，決して千篇一律の感を覺えないのは，多種多樣な主題と變化自往の篇法の妙が，讀む者を惹きつけてやまないからである。以下，その一端を示さんがため，比較的簡潔な篇法を有する011「送遠曲」と，逆にやや複雜な構成を持つ415「癈宅行」との2首を分析し，以って全體を代表せしめよう。

　011「送遠曲」
　①戲馬臺南山簇簇 入聲　　　戲馬臺南　山　簇簇たり
　②山邊飲酒歌別曲 入聲　　　山邊に酒を飲み　別れの曲を歌ふ
　③行人醉後起登車　　　　　行人　醉うて後　起ちて車に登る
　④席上回尊勸僮僕 入聲　　　席上　尊を回らし　僮僕に勸む
　①青天漫漫覆長路 去聲　　　青天　漫漫　長路を覆ふ
　②遠遊無家安得住 去聲　　　遠遊　家無し　安んぞ住まるを得ん
　③願君到處自題名　　　　　願はくは　君　到る處　自ら名を題せ
　④他日知君從此去 去聲　　　他日　知らん　君が此れ從り去るを

　韻脚は，前半の入聲韻から後半の去聲韻へと換韻している。意味內容の上からも4句4句で大きく2つに分かれ，前半は「別れの宴の狀況」を，後半は「遠く旅行く人の前途を思いやる作者の心情」を詠っている。

　『古詩韻範』卷1に曰はく，「此ノ篇二解二韻，入聲去聲轉用ス。一解送別ヲ敍シ，二解遠遊ノ嘆ヲ敍ス」と。前半 (一解) の客觀的な敍景を「實」あるいは

「外的描寫」とすれば，後半（二解）の主觀的な敍情は「虛」であり「內的描寫」である。

歌い出しは，long shot でとらえた「戲馬臺」と周邊の山々の眺望で始まる。「戲馬臺」と言えば，『元和郡縣圖志』卷9（河南道，徐州，彭城縣）に「戲馬臺在縣東南二里。項羽所造，戲馬於此。宋公九日登戲馬臺，卽此也。（戲馬臺は縣の東南二里に在り。項羽の造る所にして，馬を此に戲れしむ。宋公，九日に戲馬臺に登りしは，卽ち此れなり）」とある。後の宋の武帝劉裕が彭城にいた頃，重陽の日に幕僚を集い，盛大な酒宴を張った處でもある。尚書令を辭し故鄕に歸らんとしていた孔靖を見送る詩（謝瞻，謝靈運同題の「九日從宋公戲馬臺集送孔令詩」）が，『文選』卷20に收錄されている。『讀史方輿紀要』卷29によれば，「高十仞，廣數百步。（高さ十仞，廣さ數百步）」すなわち，高さ約16ｍ，廣さ數百㎡の規模である。しかし，張籍は『文選』の２詩を直接ふまえて詠うことをしていない。それゆえ，ここでは，張籍が貞元十五年［799］，34歳（＊羅聯添編『張籍年譜』による）で進士に登第した後，汴州の軍亂を避けて疎開していた韓愈に謁した場所が，ほかならぬ徐州（＊韓愈の「此日足可惜一首。贈張籍」詩に「……行行二月暮，乃及徐南疆。（行き行きて　二月の暮，乃ち徐の南疆に及ぶ）……」とある）であり，「戲馬臺」もまたその徐州に在ることから，この作品（＊011「送遠曲」）がこの時期に成立したと推定されることを附記するに止める。「山簇簇」は山々の群がり集まる樣。

第２句では，zoom up して，山邊の宴席が現われる。「酒を飮み，別れの曲を詠う」とだけ言い放って酒宴の次第を詳述することをしない。場面の設定だけで，他は聽き手の想像に委ねる。時は，別れの曲と共に流れる。

第３句に至って，描寫は突如，具體化する。酒のまわった主賓が，おもむろに起ちあがり，そして，旅立ちの車に乘り込む。別れの瞬間を巧みに捉えた句である。別離はここから始まり，惜別の情は，行人の乘る車に凝縮される。

第４句では，去りゆく行人の車ではなく，主賓の居ない席上が詠われる。心憎いまでの「ひねり」である。描かれずとも言外に現われる情景は省かれる。遠く消えゆく車を描くほど凡庸な饒舌さは，張籍には無い。却って，宴の後の僮僕の姿を寫すところに，さりげない技巧を見てとらねばならない。

後半第1句は，畫面一杯に廣がる靑天で始まる。果てしなく澄み渡る天空の下，行人の旅ゆく路筋が長く何處までも續く。視線が上天より長路に移り，視界から行人の車が消えると共に詩意もまた「景」から「情」，「實」から「虛」へと推移する。

　後半第2句は，すでに想像の世界である。「遠く旅行く君は，定住する家とて無く，次から次へと移り行くであろう」行人の旅先を氣遣う作者の情であり，最後の警策句を導き出すための伏線である。

　張籍は，後半第3・4句に，萬感の思いを籠めて詠う。

　　願君到處自題名　　願はくは　君　到る處　自ら名を題さんことを
　　他日知君從此去　　他日　知る　君の此より去るを

「どうか，立ち寄る先々で，自ら名前を書き殘して行ってくれ。あとから，君がここから出て行ったことがわかるように」と。

　『唐才子傳』卷5に曰はく，「時朝野名士皆與遊。……情愛深厚。皆別家千里。游官四方。瘦馬羸童。靑衫烏帽。故毎邂逅於風塵。必多殷勤之思。銜盃命素。又況於同志者乎。(時に朝野の名士，皆なともに遊ぶ。……情愛深厚たり。皆な，家に別かるること千里。四方に游官す。瘦馬に羸童。靑衫に烏帽。故に風塵 [*=旅先] に邂逅する每，必ず殷勤の思ひ多し。盃を銜み，素を命ず。又た志を同じくする者に於いてをや)」と。張籍樂府の篇法は，單なる技巧では決してない。張籍の爲人から生まれた詩情の，謂わば「結晶構造」である。

　　415「廢宅行」
　①胡馬崩騰滿阡陌入聲　　　胡馬　崩騰　阡陌に滿ち
　②都人避亂唯空宅入聲　　　都人　亂を避け　唯　空宅のみ
　③宅邊靑桑垂宛宛上聲　　　宅邊　靑桑　垂るること宛宛たり
　④野蠶食葉還成繭上聲　　　野蠶　葉を食らひ　還た繭を成す
　⑤黃雀啣草入燕窠　　　　　黃雀　草を啣みて　燕窠に入り

⑥噴噴啾啾白日晩上聲　　噴噴　啾啾　白日晩る
⑦去時禾黍埋地中平聲　　去る時　禾黍　地中に埋め
⑧饑兵掘土翻重重平聲　　饑兵　土を掘り　翻すこと重重たり
⑨鴟梟養子庭樹上　　　　鴟梟　子を養ふ　庭樹の上
⑩曲牆空屋多旋風平聲　　曲牆　空屋　旋風多し
⑪亂定幾人還本土上聲　　亂定まりて　幾人か　本土に還る
⑫唯有官家重作主上聲　　唯だ官家の重ねて主となる有るのみ

　歌い出しに，いきなり「胡馬」が飛び出す。あたかも異民族の來襲が，如何に唐突，迅速であったかを告げんばかりに。しかも，1頭や2頭ではない。沙塵を巻き上げ，地をどよもし押し寄せる胡馬の蹄は，たちまち東西南北の道という道を填め盡してしまう。主題の「廢宅」を導き出すに動的描寫を以ってする手腕は，「その筆力，百斜の鼎を扛ぐ」（＊前節「韓愈の張籍評價」參照）と評された張籍の面目躍如たるものがある。2句目に，はじめて「空宅」が現われる。それは，戰亂を避け，とるものもとりあえず逃げ惑った「都人」が殘して行った「廢宅」である。「陌」「宅」の入聲韻。
　3句目は，「空宅」を承け，「宅邊の靑桑」と詠い接ぐ。空き屋の傍に植えられた桑の木。視線は，何も無かったかの如く立つ宅邊の桑の木から，靑々とした葉をつけ，たわわに垂れる枝へと絞られる。更に絞って，第4句では，桑の葉を食い散らし絲を吐く野蠶(やままゆ)を詠うことで，戰亂と關係なく繰り返される自然の非情を描寫する。あるいは，葉を食い荒す蠶で異民族の侵略を象徴しているのかもしれない。第5句に至って，視線は廣く開放され，草を銜(くわ)えて運ぶ黄雀が目に映る。その行く先を追って震憾させられる。黄雀は，何處あろう，平和時には燕が住みついていた「窠(す)」へともぐり込んで行くからである。やはり，世の亂れは自然界に反映していた。日暮れ喧(かまび)しくチーチー，チュッチュッと不快な鳴き聲を殘して第六句は fade out する。「宛」「繭」とんで「晩」の仄聲。
　平聲に換韻されて，場面は一變する。逃げ去る時，地中に埋めて置いた「禾(いね)」や「黍(きび)」を，飢えた殘兵が，夕闇の中，ものに憑かれたように操(く)り返し操り返

第3章　韓愈と張籍　　　　　　　　　　　　87

し掘りおこしている。一場の惡夢の如く第7・8句は出現し，そして，すぐさま，もとの「廢宅」に戻る。第9・10句。そこには，夜行性の「鴟ハイタカ」や「梟ふくろう」が，庭の樹の上に子を生みつけ養っている。蕭條たる「曲牆」に圍まれた人氣ない廢屋。卷き起つ旋風が，不吉な臭いを漂わせつつ，畫面は fade out する。韻脚は「中」「重」とんで「風」の平聲韻。

　再び fade in すると，第11・12句の畫面には，映像ではなく字幕が浮かび上がる。具體的な情景描寫ではなく，憤りを吐露した作者の心情描寫である。「亂が定まって，一體，何人の民人が生きて還れたと言うのか。もと通りになったことと言えば，ただ官家おかみが，以前通り苛酷な統治を繰り返すことだけ」「土」「主」の上聲仄韻が重く暗く響く。

　絶望的不信感の陰に痛烈な批判精神が，強く，そして激しく脈打っている。張籍の筆端は冴えて鋭い。しかし，全12句84字，どの語をとっても佶屈生硬の感は無い。全て常見される平易な詩語で構成されている。しかも，單調でもなければ凡俗でもない。

　何故か？

　やはり祕訣は篇法にある。

　ここで，まず氣付くことは，換韻ごとに全12句が，2句・4句・4句・2句の4段に分かれ，第1段と第4段が相呼應していることである。（圖Ⅱ）

　すなわち，始めの第1段と結びの第4段は，「亂」という狀況の上で共通するが，勃發時（動）と平定後（靜）の對立を有し，同時に「空宅」という眼前の建造物と「官家」という漠然とした政治機構との對比を示しながら，「唯」の詩語で醸し出される空虛感で全體が統一されている。のみならず，この詩を主題の提示，展開，結尾と見た場合，全體は2句・8句・2句の3部に分かれ，展開

圖Ⅱ

┌呼應└	第1段　2句	胡馬崩騰滿阡陌　都人避亂唯空宅	「亂」の勃發・**眼前**にある現狀の**空虛**さ・「空宅」	共通 對比 對比 共通
	第2段　4句	宅邊青桑………白日晚		
	第3段　4句	去時禾黍………多旋風		
	第4段　2句	亂定幾人還本土　唯有官家重作主	「亂」の平定後・**眼に見えぬ**世情の**空虛**さ・「官家」	

圖Ⅲ

415「廢宅行」	三部	句	登場人物［對比］	描寫	時局	色彩	植物	類
胡馬崩騰滿阡陌 ┐動	提示	1	胡［侵略］	遠	避亂			馬
都人避亂唯空宅 ┘		2	都人［被侵略］	巨				人
起 ┌ 宅邊青桑垂宛宛 ┐	展開	3		近	去時	青 緑 黄 白 黒	桑 葉 草	木 蟲 鳥 穀 人 禽
└ 野蠶食葉還成繭 ┘明		4						
承 ┌ 黄雀銜草入燕窠 ┐		5		微				
└ 喧喧啾啾白日晚 ┘		6						
轉 ┌ 去時禾黍埋地中 ┐		7					禾 黍 樹	
└ 饑兵掘土翻重重 ┘暗		8	饑兵					
結 ┌ 鴟梟養子庭樹上 ┐		9						
└ 曲牆空屋多旋風 ┘		10						
亂定幾人還本土 ┐靜	結尾	11	人（民）［被害］	遠	亂定			人
唯有官家重作主 ┘		12	官家［支配］	巨				

415「廢宅行」	小動物	天文	擬態［聲］音	場　面
胡馬崩騰滿阡陌			崩騰	（阡陌）↓
都人避亂唯空宅				空宅↓
宅邊青桑垂宛宛			宛宛	宅邊→青桑→垂
野蠶食葉還成繭	野蠶［成繭］	（晝）		蠶　葉　繭
黄雀銜草入燕窠	黄雀・燕［窠］			黄雀　→　燕窠
喧喧啾啾白日晚	吉	白日	喧喧啾啾	回歸
去時禾黍埋地中		（夕）		→地中
饑兵掘土翻重重	凶 cf.饑兵		重重	
鴟梟養子庭樹上	鴟・梟［養子］	（夜）		庭樹上←
曲牆空屋多旋風		旋風		空屋
亂定幾人還本土				本土
唯有官家重作主				

部の8句は，2句ごとに起・承・轉・結の構成をなし，更には，それぞれの詩語と詩語は有機的に配置され，平易なる1語1語は構成上かえって複雜なる樣相を呈しているのである。（圖Ⅲ）

　先ず，細部を見るに，靜─動，明─暗，吉─凶，正─邪の對比，視線と時間

の推移，景物や色彩の配置，擬態と擬音の效果，遠─近，巨─微，虛─實の變化が，侵略─被侵略，統治─被統治の社會矛盾を浮き彫りにしている。

次いで，骨組みを見るに，展開部は，宅邊の桑と蠶で「起」こした自然を「承」けて黃雀を登場させ，「轉」じて時間と場面を變えて飢兵の姿を寫し，最後に凶鳥の宿る廢宅で「結」んでいる。句番號③から⑥へと次第に不氣味の度合を增し，⑦⑧の「轉」において印象的な飢兵を眼底に燒き付け，⑨⑩の不吉な廢屋へと戾る。明から暗への雰圍氣の變化は絕妙である。この８句のみで獨立し得るかと思えるほどのまとまりを見せている。しかも，決して提示部と分離することはない。「宅邊」が「空宅」を承けていた如く，「去時」が「避亂」を承け，變化の中にも統一を保つ脈絡の絲が張り巡らされているからである。提示部と結尾部が相呼應して展開部を擁していることは先に述べた。場面の巧みな切り換えにより躍動感と臨場感を與え，同時に呼應の作用により分裂の危機をギリギリの線で喰い止めている。まこと劇的な構成である。

以上，述べ來たった如く，011「送遠曲」においては七言八句56語，415「廢宅行」においては七言十二句84語の「元素」が，有機的に結合し，樂府という「生命體」を今に傳えている。

宋の張戒の『歲寒堂詩話』に曰はく，「張司業詩專以道得人心中事爲工。（張司業の詩は，專ら人心の事を道ひ得たるを以つて工みと爲す）」と。また，曰はく，「張思深而語精（張は，思い深くして，語(ことば)精なり）」と。

「篇法の妙」あって，はじめて，張籍は「人心中の事」を「道(い)」い「得」たのであり，張籍の「深」き「思」いは，「精」妙なる詩「語」を巧みに織り成すことによって，はじめて，同時代人はもとより後人の心をも動かし得たのである。

范德機が『木天禁語』(樂府篇法)で下した「張籍爲第一（張籍を第一と爲す）」という評價は，決して過褒でもなければ，獨斷でもない。むしろ妥當な見解である。しかし，ここで强調したいことは，「第一」というランク付けではない。張籍樂府を支える文學的要素の１つである構成法について，全體を代表する作品を詳細に分析檢討することで，その妙趣を抽出し，これをより具體的に客觀化することで，張籍樂府の本質が見えてくるということである。

第3節　張籍樂府「節婦吟」

1

　張籍は詩に「怪，力，亂，神」を詠うことをしない。盛唐の李白，杜甫，王維を詩仙，詩聖，詩佛と呼ぶなら，詩を以って儒道を守り續けた中唐の張籍は，詩儒である。
　韓愈が「調張籍」詩で，

　　乞君飛霞佩　　君に飛霞の佩を乞(あた)へん
　　與我高頡頏　　我と高く頡頏せよ

と呼びかけたにもかかわらず，張籍は詩作上，敢て韓愈とは別の途を歩んだ。韓愈が「百怪入我腸（百怪の我が腸に入らん）」ことを願ったのに對し，張籍は貧儒の聲で樂府の正聲を傳え續けたのである。
　張籍の詩は，その爲人(ひととなり)の結晶である。白居易が0002「讀張籍古樂府詩」の中で歌った。

　　言者志之苗　　言は志の苗
　　行者文之根　　行は文の根
　　所以讀君詩　　所以(ゆゑ)に君の詩を讀めば
　　亦知君爲人　　亦た君の爲人を知る

という言葉は，その人とその詩の本質を知り盡した詩友ならではの説得力を持つ。張籍は思ったことを思ったままに詠う詩人である。そこには奇を衒った誇張も無ければ，媚を賣る虛飾も無い。ただ直截で朴質な詩心があるだけである。しかし，文學である以上，もとより工夫が無いわけではない。王安石が「題張

第3章　韓愈と張籍

「司業詩」で，

　　看似尋常最奇崛　　看れば尋常に似たるも最も奇崛
　　成如容易却艱辛　　成すこと容易なるが如きも却って艱辛たり

と看破した如く，さりげない中に，なみなみならぬ工夫が施されているのである。そうした工夫は單なる思いつきでは無く，先人の作を學んで得たものである。張籍自ら466「祭退之」詩において，

　　學詩爲衆體　　詩を學んで衆體を爲す
　　久乃溢笈囊　　久しくして乃ち笈囊に溢る

と述懐している。

　では，一體，張籍は先人の諸作をどのように自らの詩に生かしているのであろうか。本節では，020「節婦吟」を例にとり，換骨奪胎の妙を分析しつつ，詩に祕められた張籍の處世觀の一端を探る。

2

　　君知妾有夫　　君は妾に夫有るを知りて
　　贈妾雙明珠　　妾に雙明珠を贈れり
　　感君纏綿意　　君が纏綿たる意に感じて
　　繫在紅羅襦　　紅襦に繫げり
　　妾家高樓連苑起　　妾が家の高樓は苑に連なりて
　　良人執戟明光裏　　良人は明光の裏に戟を執る
　　知君用心如日月　　君の心を用ふること日月の如きを知るも
　　事夫誓擬同生死　　夫に事へ誓つて擬せり　生死を同にせんことを
　　還君明珠雙淚垂　　君に明珠を還して　雙淚　垂る

何不相逢未嫁時　　何ぞ未だ嫁せざる時に相逢はざる

〔雙明珠〕　2つの眞珠。耳飾りであろう。繁欽「定情詩」に「何以致區區，耳中雙明珠」とある。「雙明珠」は「區區」たる思いを込めた愛の證しである。張籍005「寄遠曲」に「無因重寄雙瓊瑠」とある。また「陌上桑」に「耳中明月珠」，「焦仲卿妻」に「耳著明月璫」とある。

〔感君纏綿意〕「纏綿」は，まとわり離れないこと。深く濃やかな情緒を形容する。「焦仲卿妻」に「感君區區懷」とある。

〔紅羅襦〕「羅」はうすぎぬ。「襦」は短襖，うわぎ。「羽林郎」に「結我紅羅裾」とある。

〔執戟〕「戟を執る」は門衞をしているの意。沈約「恩倖傳論」（『文選』卷50）に「東方朔爲黃門侍郎，執戟殿下」とある。「執戟」は秦，漢時代，戟を執って宮殿の門戶を宿衞した侍郎の官位でもある。『史記』「淮陰侯列傳」に「韓信謝曰，臣事項王，官不過郎中，位不過執戟」とある。

〔明光〕漢の武帝が建てた宮殿の名。未央宮の西にあった桂宮の中にあり，金玉珠璣や眞珠で飾られ，晝夜光り輝いたと云う。『三輔黃圖』卷2「漢宮」に「未央宮漸臺西有桂宮，中有明光殿。皆金玉珠璣爲簾箔，處處明月珠，金陛玉階，晝夜光明」とある。

〔如日月〕晝には太陽が，そして夜には月が永遠に照らし續ける如く，いつも，そしていつまでも變わらぬこと。『易經』「恆」に「日月得天而能久照」とあり，宋の孝武帝「丁督護歌　二首」其二（『玉臺新詠』卷10）に「恩君如日月，迴還晝夜生」とある。

〔誓擬〕誓って……することに決めているの意。「焦仲卿妻」に「結誓不別離」とある。

〔還君明珠雙淚垂〕「明珠」と「淚」は緣語。蕭繹の「戲作豔詩」（『玉臺新詠』卷7）に「掩此淚如珠」とあり，「焦仲卿妻」に「淚落連珠子」とある。

あなたは私に夫が有ることを承知で，
私に雙の眞珠を贈って下さった。
あなたの纏綿たるお氣持に感じて，
紅い 羅 の 襦 に繋ぎました。
　　うすぎぬ　ころも
私の家の高樓は庭園に連なって起ち，
　　たかどの
良人は明光殿の中で戟を執っております。
おっと
あなたのお心が，晝も夜も，日月の無窮に明らかなるが如く，

永遠に變わらぬことは存じております。
しかし，私は夫に事え，生死を同にしようと固く誓った身でございます。
あなたに眞珠をお還し致します。雙の眼から涙がこぼれます。
どうして，どうして嫁ぐ前にめぐり逢わなかったのでしょう。

3

宋の劉克莊は『後村詩話』において，

張籍還珠吟爲世所稱，然古樂府有羽林郎一篇。……籍詩本此，然靑出藍。
　張籍の「還珠吟」は世の稱する所と爲る。然して，古樂府に「羽林郎」の一篇有り。……籍の詩は此れに本づく。然して，靑は藍より出づ。

と述べている。「還珠吟」別名「節婦吟」は古樂府「羽林郎」を據り所としており，しかもこれを凌駕していると言うのである。
　徐澄宇氏は，更に『張王樂府』の「題解」に，

詩意從漢樂府陌上桑和羽林郎脫胎而來，而生動簡練又自成一格。
　詩意は漢代の樂府の「陌上桑」と「羽林郎」より換骨奪胎したもので，生動にして簡潔である上，獨自の風格を形成している。

と記し，「羽林郎」に「陌上桑」を加えている。
　「陌上桑」は五言53句。「羽林郎」は五言32句の長篇物語詩である。張籍は020「節婦吟」を五言4句と七言6句からなる僅か10句の短篇に「簡練」化している。

　「陌上桑」（＊『樂府詩集』卷28）
　日出東南隅，照我秦氏樓。秦氏有好女，自名爲羅敷。

羅敷喜蠶桑，採桑城南隅。青絲爲籠繫，桂枝爲籠鉤。
頭上倭墮髻，耳中明月珠。緗綺爲下裙，紫綺爲上襦。
行者見羅敷，下擔捋髭鬚。少年見羅敷，脫帽著帩頭。
耕者忘其犁，鋤者忘其鋤。來歸相怨怒，但坐觀羅敷。
使君從南來，五馬立踟躕。使君遣吏往，問是誰家姝。
秦氏有好女，自名爲羅敷。
羅敷年幾何？
二十尚不足，十五頗有餘。使君謝羅敷，寧可共載不？
羅敷前置辭，使君一何愚！使君自有婦，羅敷自有夫。
東方千餘騎，夫婿居上頭。何用識夫婿？白馬從驪駒。
青絲繫馬尾，黃金絡馬頭。腰中鹿盧劍，可直千萬餘。
十五府小史，二十朝大夫。三十侍中郎，四十專城居。
爲人潔白皙，鬑鬑頗有鬚。盈盈公府步，冉冉府中趨。
坐中數千人，皆言夫婿殊。
『樂府解題』曰：「古辭言羅敷採桑，爲使君所邀，盛誇其夫爲侍中郎以拒之」

「羽林郎」　後漢　李延年　（＊『樂府詩集』卷63）
昔有霍家奴，姓馮名子都。依倚將軍勢，調笑酒家胡。
胡姬年十五，春日獨當壚。長裾連理帶，廣袖合歡襦。
頭上藍田玉，耳後大秦珠。兩鬟何窈窕，一世良所無。
一鬟五百萬，兩鬟千萬餘。不意金吾子，娉婷過我廬。
銀鞍何煜爚，翠蓋空踟躕。就我求清酒，絲繩提玉壺。
就我求珍餚，金盤膾鯉魚。貽我青銅鏡，結我紅羅裾。
不惜紅羅裂，何論輕賤軀！男兒愛後婦，女子重前夫。
人生有新故，貴賤不相踰。多謝金吾子，私愛徒區區。

顏師古曰：「羽林，宿衛之官，言其如羽之疾，如林之多。一說羽所以爲主考羽翼也」

第3章　韓愈と張籍

『後漢書』「百官志」曰：「羽林郎，掌宿衞侍從，常選漢陽，隴西，安定，北地，上郡，西河六郡良家補之」

「焦仲卿妻」　（＊『樂府詩集』卷73）
孔雀東南飛，五里一徘徊。……東家有賢女，自名秦羅敷。
腰著流紈素，耳著明月璫。……却與小姑別，淚落連珠子。
新婦謂府史，感君區區懷。……府吏見丁寧，結誓不別離。
多謝後世人，戒之慎勿忘。

「定情詩」　後漢　繁欽　（＊『樂府詩集』卷76）
　　……
何以致拳拳，綰臂雙金環。何以致殷勤，約指一雙銀。
何以致區區，耳中雙明珠。何以致叩叩，香囊繫肘後。
何以致契闊，繞腕雙跳脫。何以結恩情，佩玉綴羅纓。
何以結中心，素縷連雙針。何以結相於，金薄畫搔頭。
何以慰別離，耳後玳瑁釵。何以答懽悅，紈素三條裾。
何以結愁悲，白絹雙中衣。……

「戲作豔詩」　湘東王繹　（＊『玉臺新詠』卷7）
入堂值小婦，出門逢故夫。含辭未及吐，絞袖且峙躇。
搖茲扇似月，掩此淚如珠。今懷固無已，故情今有餘。

020「節婦吟」　張籍
君知妾有夫，贈妾雙明珠。
感君纏綿意，繫在紅羅襦。
妾家高樓連苑起，良人執戟明光裏。
知君用心如日月，事夫誓擬同生死。
還君明珠雙淚垂，何不相逢未嫁時。

張籍は換骨奪胎に際し，登場人物を「君」「妾」「夫」の3人に絞り，小道具は「雙明珠」と「紅羅襦」のみに，背景も「妾家高樓連苑起，良人執戟明光裏」の僅か2句に限定している。

2つの長篇物語詩の大要はこうである。

「秦氏に美しい娘がいて，自ら羅敷と名のっていた。羅敷は倭墮の髻を結び，耳には明月の珠を飾っている。羅敷が城郭の南隅で桑採みをしていると，道行く人はその姿に見とれ，田を耕す者は犂鋤(すきくわ)を忘れた。ある日，南から來た使君が羅敷を見初め，下役を使って名前や年齢(とし)を尋ねさせた。年は二十(はたち)前で十五よりは上である。使君が五頭立て馬車に羅敷を誘うと，羅敷は『なんと愚かなことを。使君には奥方が，私には夫がございます。しかも，私の夫は千餘騎の頭(かしら)として白馬に騎(の)り，名劍を佩びております。十五で府の小吏，二十で朝廷の大夫，三十で侍中郎，四十で一城の主(あるじ)となった夫は，色白で立派な髭をたくわえ，威風堂々としてひときわ勝れた人なのですから……』とあっさり使君を袖にする」　　　　　　　　　　　　（陌上桑）

「昔，霍將軍の家來，馮子都が，酒家の胡姬にちょっかいを出した。胡姬の年は十五で，連理の帶をつけ，合歡の襦を着ている。頭上に藍田の玉，耳後に大秦の珠を飾っている。計らずも，金吾子こと馮子都が酒家を訪れた。胡姬が，求めに應じて清酒と鯉魚を出すと，子都は，青銅の鏡を贈り，紅い羅の裾(えり)に結んで求愛した。しかし，胡姬は『男は新しい女を愛し，女は前の夫(ひと)を大切にするもの。それに釣合わぬは不縁のもと。私愛(うわき)はいけません』と斷わる」　　　　　　　　　　　　　　　　　　　　　（羽林郎）

4

　張籍は，この2つの橫戀慕の物語を折衷した上，詩語を精錬し，詩意を一新している。
　まず，張籍020「節婦吟」の冒頭第1句を見てみよう。「君知妾有夫」。張籍は，のっけから3人の登場人物とその關係を提示している。
　吳秀笑氏は「試析『節婦吟』――兼論敍事詩的情節構成」(『中外文學』中華民國67年7月)で，この冒頭を，

　　本詩第一句的表現，實可和第一流小說的「破題」媲美。
　　本詩の第一句の表現は，實に第一級の小說の「破題」に匹敵する。

と評している。
　「日出東南隅」で始まる「陌上桑」は，「羅敷」の紹介に12句60字を費した上，「行者」「少年」「耕者」「鋤者」といった脇役まで動員して「羅敷」の美しさを強調している。それ故，第1句目に「使君」が登場するまでに100文字を經過せねばならない。また，「昔有霍家姝」で始まる「羽林郎」は，最初に「馮子都」を登場させてはいるが，「胡姫」の紹介にやはり10句50字の多きを費している。
　張籍は，そうした前口上や饒舌な人物紹介は一切割愛し，「君」「妾」「夫」が三角關係にあるという情況設定だけを僅か5文字で前面に打ち出している。
　古樂府と比較した時，この020「節婦吟」の一見なんの變哲もない「君知妾有夫」の5文字が，何如に洗錬された歌い出しであるかがわかる。
　次に第2句「贈妾雙明珠」と第4句「繫在紅羅襦」を檢討しよう。
　この2句は，「羽林郎」の「貽我青銅鏡，結我紅羅裾」の「青銅鏡」を「雙明珠」に變えたものである。
　「羽林郎」の中でも，この2句を含む第23句から第26句に至る4句は，とりわけ物議を釀した箇所である。『樂府詩研究論文集』(作家出版社，1957年，北京)

所收の「關於樂府詩"羽林郎"的討論」に諸說が竝記されている。その中,「一對於談"羽林郎"的意見」の周亮孫說は張籍の 020「節婦吟」を理解する上で參考となる（逆に，この張籍樂府「節婦吟」が，周亮孫說を補強する傍證となる）。

　　就是把金吾子贈送的青銅鏡結在羅爲裾上。……我這樣解釋是否合理，重點在青銅鏡能不能結在羅裾上。過去吾鄉[合肥]舊式結婚交拜禮時，新婦懷中都掛着小銅鏡[俗稱懷鏡]。
　　すなわち，金吾子が贈った青銅鏡を紅羅裾の上に結ぶということである。……私のこうした解釋が妥當であるか否かは，青銅鏡が羅裾に結ぶことが出來るかどうかにかかっている。以前，私の故鄉[合肥]では，舊式の婚禮の時に，新婦は皆，懷(ふところ)に小さな銅の鏡[俗稱「懷鏡」]を吊していた。

鈴木虎雄譯解『玉臺新詠集』は「羽林郎」のこの２句を，

　　貽我青銅鏡　　我に貽(おく)る青銅の鏡
　　結我紅羅裾　　結ぶ我が紅羅裾

と訓じ，「その役人はわたしに青銅の鏡をくれるやら，わたしの紅羅のきものの紐まで結んでくれる」と譯している。內田泉之助氏もまた『玉臺新詠』(明治書院，新釋漢文大系)と『古詩源』(集英社，漢詩大系)において鈴木說を引き，同樣の解釋を下している。
　　しかし，「結」ぶのは「紅羅のきものの紐」ではなくて「青銅鏡」である。
　　澤口剛雄著『樂府』(中國古典選書)は「羽林郎」の注に周亮孫の說を引き，「しかし，金吾子には下心があった。青銅の鏡をおくって，無理に妾の紅羅の前襟に結ぼうとした」と譯している。松枝茂夫編『中國名詩選』（上）の「羽林郎」もまた，

　　貽我青銅鏡　　我に青銅の鏡を貽(おく)り

第3章　韓愈と張籍

　　結我紅羅裾　　我が紅羅の裾(えり)に結ぶ

と訓じ、「青銅の鏡をわたしの紅絹の着物の前襟に結いつけようとなさる」と譯している。
　020「節婦吟」の「繋在紅羅襦」の「在」は場所を表わす。020「節婦吟」では、「妾」が「君」の「贈」ってくれた「雙明珠」を自分で自分の「紅羅襦」に「繋(つな)」いでいるのである。
　後漢末の繁欽の「定情詩」には、

　　何以致區區　　何を以つてか區區を致す
　　耳中雙明珠　　耳中の雙明珠

と同じ型の11項目の問答が連ねられている。その中には、「拳拳」「殷勤」「區區」「叩叩」と言った誠意や愛情を形容する疊語や「結恩情」「結中心」と言った表現と共に、「つがい」を表わす「雙」の字が6回用いられている。
　男女の仲を象徴する服飾品を贈ることは、求愛求婚を意味し、「雙明珠」はそうした贈物の1つであったことがわかる。
　では、張籍が020「節婦吟」の小道具として、「青銅鏡」ではなく、「雙明珠」を採用したのは何故か？
　假に「定情詩」の辭藻から選ぶなら、「雙金環」でも「雙跳脱」でも、あるいは「玳瑁釵」でも良さそうなものである。「羽林郎」の「大秦珠」か「陌上桑」の「明月珠」でも間に合いそうである。しかし、やはりここは「雙明珠」でなければならない。何故なら、この「雙明珠」が、後の「還君明珠**雙淚**垂」の伏線となっているからである。
　張籍は、「光」を放つ詩語を鏤(ちりば)めることで、それぞれの「心」を象徴させている。「明珠」「戟」「明光」「日月」「淚」いずれも「光」を伴う詩語である。色彩を表わす言葉は「紅羅襦」の「紅」に限定され、このことが却って純化された鮮烈な印象を與えるのに役立っている。

吳秀笑氏は先の論文の中で,「『紅』字點明了這位女主人翁的年紀,性格,同時告訴我們,她可能是新婚不久。(「紅」の字は,この女主人公の年齢,性格を明示し,同時に彼女が新婚後間も無いであろうことを教えている)」と述べている。年齡は,「羽林郎」や「陌上桑」から類推すれば, 15歳から20歳の間であろう。新婚後間も無いであろうことは,結びの「未嫁時」からも肯首される。ひと足違いで今の夫に嫁いでしまったという設定かもしれない。
　次に第5句と第6句を見てみよう。ここから七言に變わる。1句を樂譜の1小節とすれば, 1小節中の音符が5から7に増えると言うことは,相對的にリズムが小刻みになり,流れに變化と速度が加わることを意味する。聽き手の鼓動は女主人公と共に高鳴り,いつしか葛藤の渦中に巻き込まれる。
　張籍は「妾」の境遇と「良人」の地位を,冒頭ではなく,後半の導入部に据えている。これは,「陌上桑」の第1・2句「日出東南隅,照我秦氏樓」と第34・35句「東方千餘騎,夫壻居上頭」に相當する。「節婦吟」の「高樓連苑起」が「妾」の惠まれた環境とその高貴さを,「執戟明光裏」が「良人」の地位とその將來性を象徴する。「陌上桑」が「夫」の描寫に18句90字を費すのに對し,張籍は僅か7文字で凛とした偉丈夫を連想させる。しかし張籍は決して長篇を不得手としていたわけではない。張籍は「離婦」詩を五言34句で構成しているし,五言166句の「祭退之」詩は「陌上桑」の2倍強の長さである。張籍には,「百斛」の「鼎」をも「扛(あ)」げ得る「筆力」(*韓愈「病中贈張十八」詩)を有していた。にもかかわらず,張籍は「妾家」と「良人」の描寫をわずか2句に收斂している。
　では,張籍が人物描寫や情景描寫を必要最小限に抑えたのは何故か？
　それは「妾」の心理描寫を際立たせたかったからにほかならない。
　この2句の效果を知るために,この部分を除去した全8句を一詩として讀んで見よう。

　　君知妾有夫,贈妾雙明珠。
　　感君纏綿意,繫在紅羅襦。

知君用心如日月，事夫誓擬同生死。
還君明珠雙淚垂，何不相逢未嫁時。

　詩意は中斷しない。これで充分，一詩として成立する。しかし，これでは視點が「紅羅襦」と「雙明珠」「雙淚」に絞られたままである。ところが，一見不必要に見えるこの「妾家高樓連苑起，良人執戟明光裏」の2句が全詩の中心に插入されるや，突如視界が開放され，空間的廣がりと奧行きが與えられるのである。
　「節婦吟」は，續く第7・8句で山場を迎える。

　　知君用心如日月　　君の心を用ふること同月の如きを知るも
　　事夫誓擬同生死　　夫に事へ誓つて擬せり生死を同にせんことを

第8句は，「陌上桑」では第34・35句の

　　使君自有婦　　使君　自ら婦有り
　　羅敷自有夫　　羅敷　自ら夫有り

に，「羽林郎」では，第27句から第30句に至る4句，

　　男兒愛後婦　　男兒は後婦を愛し
　　女子重前夫　　女子は前夫を重んず
　　人生有新故　　人生　新故有り
　　貴賤不相踰　　貴賤　相踰えず

に相當する。「斷りの理由」である點で3者は共通する。問題は第7句である。第3句の「感君纏綿意」と異句同音のこの句は，「陌上桑」第33句の「使君一何愚」と逆の方向にある。すなわち，羅敷が頭から「使君」を拒絶するに對し，

「妾」は「君」の「纏綿」たる「意」に感じ、「日月」の「如」き「用心」を受け入れているのである。

　ここにこそ、換骨奪胎の妙がある。古樂府の「陌上桑」や「羽林郎」の女主人公の氣持に迷いは無い。「羅敷」も「胡姬」も男の求愛を斷乎として拒絕している。しかし、「節婦吟」の女主人公「妾」の心理は複雜である。

　第8句「事夫誓擬同生死」が低く嚴肅に響いたのち、間を置いて結びの殺し文句が詠われる。

　　還君明珠雙淚垂　　君に明珠を還して雙淚垂る
　　何不相逢未嫁時　　何ぞ未だ嫁がざる時に相逢はざる

　この2句をひねり出す時、張籍の腦裏に浮かんだ先人の作は、簡文帝の弟、蕭繹の「戲作豔詩」(『玉臺新詠』卷7)ではなかったか。

　　入堂値小婦　　堂に入りて小婦に値ひ
　　出門逢故夫　　門を出でて故夫に逢ふ
　　含辭未及吐　　辭を含んで未だ吐くに及ばず
　　絞袖且峙躇　　袖を絞りて且に峙躇せんとす
　　搖茲扇似月　　茲の扇の月に似たるを搖らし
　　掩此淚如珠　　此の淚の珠の如きを掩ふ
　　今懷固無已　　今懷　固より已むこと無し
　　故情今有餘　　故情　今　餘り有り

　この詩の登場人物は、「小婦」「故夫」それに女主人公という男1人に女2人の關係にある。「節婦吟」の「君」「夫」それに「妾」という、1人の女に男2人という設定とは異なる。しかし、三角關係という點で共通する。この詩の珠の如き淚は、前夫に對する斷ち切り難い未練の淚である。張籍は、この「淚如珠」を020「節婦吟」の「君」に寄せる「雙淚」に換骨奪胎したのではなかろう

か。

5

　張籍の020「節婦吟」を「青出於藍」と評價し得るとすれば，それは，「妾」の心理描寫においてでなければならない。
　吳秀笑氏は，先に引いた論文で，「詩中所揭示的是個人意識與共同意識的不和諧，是人類『感性』與『知性』的衝突。(詩の中に提示されたものは，個人意識と共同意識の不調和であり，人類の「感性」と「知性」の衝突である)」と述べている。吳氏の言う「個人意識」あるいは「感性」を「人情」に，「共同意識」あるいは「知性」を「義理」に置き換えれば，「義理」と「人情」の板挾みである。
　020「節婦吟」の第3句「感君纏綿意」で代表される「人情」と第8句「事夫誓擬同生死」で代表される「義理」との葛藤は，「息夫人」の故事を連想させる。
　楚の文王が息を滅ぼし，その妻君を奪って2子を生ませたが，息夫人は楚王と一言も口をきかなかった。楚王が理由を聞くと，「吾一婦人而事二人。縱弗能死，其又奚言。(吾れ 一婦人にして二人に事ふ。縱ひ死する能はざるとも，其れ又た奚んぞ言はん)」と答えたという。『左傳』「莊公十四年」に見える故事である。王維20歲の作とされる五絕「息夫人」は寧王と餠屋の女房の說話を伴って流傳している。唐末の孟棨は『本事詩』「情感第一」に次の如き說話を傳えている。「玄宗の兄寧王には寵妓が數十人いて，いずれも『絕藝上色』であった。邸の近くに餠賣りがいて，その妻は『纖白明媚』なる美人であった。寧王は一目見て氣に入り，その夫に厚く禮して讓り受け，深くこれを寵愛した。一年ほど經って，『お前は，今も餠屋を憶っているか？』と問うたが，女は默して答えなかった。寧王が餠屋を召し出して對面させると，その妻はじっと見つめたまま雙(ふた)すじの淚を頰に流すばかりであった。その時，居合わせた十數人の文士は皆，胸を打たれた。寧王がこれを詩に詠むよう命ずると，眞先に王維の詩が出來た。『莫以今時寵，寧忘舊日恩。看花滿眼淚，不共楚王言。(今時の寵を

以つてする莫かれ、寧ぞ舊日の恩を忘れんや。花を看る　滿眼の涙。楚王と共に言はず)』」と。

晚唐の孟棨が取材した盛唐の王維の逸話を中唐の張籍が知っていたと推定することは不可能ではない。

020「節婦吟」の「還君明珠雙涙垂」の「雙涙」と『本事詩』の「其妻注視、雙涙垂頰」の「雙涙」は、「義理」と「人情」の葛藤が、胸を絞り、雙の眼頭へと溢れさせた「心の涙」である。

小林太市郎博士は『王維』(漢詩大系10集英社)において、「王維はすでに四十年後に安祿山にとらわれて僞官を受け、唐朝のために死ぬことができない自分の運命をふしぎに豫感していたのであろうか。非情で非人間的な道德に對する人間性のしずかな抵抗ということが、しだいに彼の課題となり、存在の意義となり、藝術の本質となってゆくその力づよい發足を、すでにこれら若年の作のうちに認めうるのは頼もしい」と述べている。

王維が、『列女傳』に記されたような「貞女二夫に見えず」として自殺する勇壯な息夫人ではなく、楚王の愛と息侯の恩との板挾みに默して涙する『左傳』の息夫人を選んだ如く、張籍は、「陌上桑」や「羽林郎」に描かれた毅然とした貞女ではなく、道德と人間性の間を大きく搖れ動く生身の少婦を「節婦」として描いている。

安祿山の亂に遭い、賊に捕われた時、王維は服藥して、わざと痢を起し、「瘖疾」と僞って口を聞かなかったと言う(『舊唐書』「王維傳」)。「時年二十」の作に描かれた息夫人の態度が、そのまま至德元載[756]の自らの姿であったことは、單なる偶然の一致ではない。むしろ、王維の處世觀が、青年期と還曆に近い老年期とで一致していたことを示すものと見るべきである。

そして、張籍の「節婦吟」もまた、張籍自身の處世觀を暗示しているのである。

6

　『樂府詩集』は 020「節婦吟」と題するだけであるが，宋本『張司業詩集』と『唐詩紀事』は「節婦吟」の下に「寄東平季司空」の 6 文字を記している。更に『唐百名家全集』本と『全唐詩』は「寄東平李司空師道」と記し,「師道」の 2 文字を増している。

　徐澄宇氏は「張王樂府」に，「李師道是當時著名的軍閥之一的平盧淄青節度使。當時許多軍閥勾結文人和中央官吏，一般不得意的文人和官吏也往往依附軍閥。但張籍是守正不阿而有氣骨的人，這首詩是拒絶李師道的勾引的。(李師道は當時の著名な軍閥の一つである平盧，淄青節度使である。當時，多くの軍閥は文人や中央の官吏と結託し，うだつのあがらない文人や官吏もまた往々にして軍閥につき從った。しかし，張籍は公正を守っておもねることをしない氣骨ある人物であった。この詩は李師道の勸誘を拒絶する詩である)」と記している。李師道の名は，元和十年［815］六月，刺客を放って宰相武元衡を暗殺し，同年八月，東都洛陽に侵入したことで知られる。

　ところが，洪邁は既に『容齋三筆』卷 6 において，「張籍在他鎭幕府，鄆帥李師古又以書幣辟之，籍却而不納，而作節婦吟一章寄之。(張籍　他鎭の幕府に在り，鄆帥の李師古　又書幣を以つて之を辟(まね)く。籍　却(しりぞ)けて納めず，而して「節婦吟」一章を作りて之に寄す)」と記している。

　李師古は「罪を犯して逃亡し，師古の下に奔ったものを用いたり，また外任にあるものは妻子を質にしたり，朝廷に密通するものは一家を族滅」(築山治三郎著『唐代政治制度の研究』374 頁參照) したことで知られる。

　「李司空」が李師古であるか李師道であるかは 020「節婦吟」の制作年代に大きく關わる。李師道は李師古の異母弟であり，師古が死んだ元和元年［806］に，その後任として淄青節度使となり，元和十一年［816］に檢校司空となっている。この時，張籍は國子監助敎である。ところが，李師古が檢校司空となったのは，10 年ほど遡る貞元二十一年［805］で，この時はちょうど張籍の幕僚時代に相當

する。『張籍簡譜』(下孝萱編)と『張籍年譜』(羅聯添編)は,「寄東平李司空師道」に作るテキストを誤りとし,洪適の李師古説に従っている。

ここで問題とすべきは,「李司空」が一大勢力を持った藩鎮であり,「節婦吟」がその引き抜きを斷っての作であるということである。

第三者の立場で描かれた「陌上桑」や「羽林郎」と違って,020「節婦吟」が「妾」と「君」という當事者の立場で歌われているのは,これが作者張籍から「李司空」に寄せられたものであるという事情による。「雙明珠」が,洪邁の言う「書幣(＊書狀と幣物)」を象徵するものであることは言うまでもない。あるいは「明珠」は幣物と同時に招聘狀の文字を象徵するものであるかもしれない。韓愈は「奉酬盧給事雲夫四兄曲江荷花行見寄.幷呈上錢七兄閣老,張十八助教」詩で盧汀の詩の96文字を「遺我明珠九十六(我に明珠九十六を遺れり)」と詠っている。李氏からの招致を受けた張籍の心境は複雜であったに違いない。同じ節度使でも445「董公詩」で「輕刑寬其政,薄賦施租庸.(刑を輕くして其の政を寬め,賦を薄くして租庸を施む)」と稱贊された董晉の如き人物であったなら,張籍は迷わず承諾したかもしれない。大曆元年 [766],師古や師道の父である李正己が平慮,淄青節度使となってより六十餘年間,李氏一族は代々,山東省一帶の管下十二州の人民を虐げ續けた。後に李師道が中央に反旗を翻し,元和十四年 [819] には平定されることを,この時すでに張籍は豫見していたのであろうか。

とすれば,020「節婦吟」の「感君纏綿意」や「知君用心如日月」は社交辭令であり,明哲保身の方便ということになる。しかしながら,相手が誰であろうと,自分の才覺を認め,それを必要としてくれる者の好意を不愉快に思うはずはない。半分は本音であろう。しかも,李氏が「書幣」を以って「辟(まね)」いたのであれば,禮を以って辭退するのが當然である。

心を動しても節は守る。ありのままの感情をそのまま感情として認めつつ,それを理性で抑制する。それが張籍の處世觀であった。

7

　宋の俞德鄰が『佩韋齋輯聞』卷2に,「……今受明珠而繫襦,還明珠雙淚垂。其愧于秋胡之妻多矣。尙得謂之節婦乎。(……今明珠を受けて襦に繫ぎ,明珠を還へして淚垂る。其の秋胡の妻に愧づること多し。尙ほ之を節婦と謂ふを得んや。)」と記し,死を以って貞節を守った秋胡の妻と比較している。確かに秋胡の妻は貞女の典型である。しかし,『列女傳』の息夫人のみならず,『左傳』の息夫人もまた「節婦」の1人であることを忘れてはならない。しかも,020「節婦吟」の「妾」は「明珠を愛し」たのではなく,「君の纏綿たる意に感」じたのである。

　清の沈德潛が『唐詩別裁集』を編むに際してとった態度は微妙である。卷8の「張籍」の割注に,「文昌有節婦吟。時在他鎭幕府,鄆帥李師道以書幣聘之,因作此詞以却,然玩辭意恐失節婦之旨。故不錄。(文昌に「節婦吟」有り。時に他鎭の幕府に在り。鄆帥李師道［李師古の誤り］書幣を以つて之を聘(まね)く。因りて此の詞を作り,以つて却(しりぞ)く。然れども,辭意を玩するに,節婦の旨を失ふを恐る。故に錄せず)」と記している。沈德潛は明らかに「節婦吟」を意識している。「節婦吟」は,默って切り棄てることの出來ない作品であった。彼は文學と倫理を天秤にかけて後者を採ったのである。あたかも020「節婦吟」の「妾」が感性と理性の葛藤の末,前者を犧牲にしたように。

　張籍は儒者であっても融通のきかない道學先生ではない。舊道德に疑問を抱き,442「離婦」詩を作って「薄命不生子,古制有分離。(薄命にして子を生まず,古制に分離有り)」と問題提起をする柔軟さを持っている。

　張籍の020「節婦吟」が人の心を打つのは,己の感情に正直であろうとしつつ,情に溺れまいと必死でこらえる「少婦」のひたむきさを傳えているからである。

　張籍は人情の機微に敏感な詩人であった。

第2部　唐代詩人の生活環境

第1章　唐代の長安

第1節　唐代詩人の通った街道と宿驛

　李賀の詩を讀んでいて，ふと，「當時の人は，長安と洛陽の間を何日かけて旅したものであろう？」などと思ったことがある。

　李賀の故鄉は洛陽に近い昌谷にあり，長安に上京した李賀は日本の東海道に相當する長安・洛陽道を何度か往來している。

　元和八年［813］春，駄馬に牽かせたオンボロ車に乗って長安城の東門を出た李賀は，驪山に連なる青い樹々を見，華清宮を過ぎ，華山廟の傍の老柏の翠葉を通って故鄉昌谷へと向かった（「春歸昌谷」詩）。

　昌谷は，今の河南省宣陽縣を流れる昌河の溪谷である。昌河は縣境で洛水と合流し，洛水は東流して洛陽を通って黃河に注ぐ。昌谷の近くには，蘭香神女が昇天したと傳わる女几山があり，隋の煬帝が建てた福昌宮がある。

　水田一面に細く青く伸びた稻穗が廣がる「五月二十七日」，李賀は，彎あり澗あり，瀑あり泉あり，神廟あり故宮ありの昌谷を五言古詩の長編に詠いあげている（「昌谷詩」）。

　みぞれ降る10月の末，石澗の波聲も凍る寒い朝，李賀は昌谷の家を出て東の方，洛陽へと旅立った。

　長安—華州—陝州—洛陽と續く長安・洛陽道は，陝州より東，杜甫の「三吏三別」の一つ「石壕吏」で知られる石壕鎭を過ぎ，崤坂の嘉祥驛に着いたところで南北2道に分かれる。「新安吏」の新安縣を通って穀水沿いに洛陽に至る道が北道で，現在の鐵道は北道を走る。洛陽より長安へ向かった白居易が，3019「西行」詩で，

……
　壽安流水館　　壽安　流水の館
　硤石青山郭　　硤石　青山の郭
　官道柳陰陰　　官道　柳　陰陰たり
　行宮花漠漠　　行宮　花　漠漠たり
　　……

と詠った洛水沿いの「官道」は南道で，軍事などの急を要する場合を除き，通常，唐代の詩人たちは南道を通った。李賀の故郷は南道の陝州―洛陽間にある。
　今（＊1987年），私は『三家評注　李長吉歌詩』（中華書局上海編輯所1959年發行＊1998年12月に上海古籍出版社から再販されている）と『唐代交通圖考』（中央研究院歷史語言研究所專刊之八十三，嚴耕望『唐代交通圖考』第1～5卷，1985年～1986年發行）を並べ，ゆっくり筆を運んでいる。時空を越えて唐代の街道へと導いてくれるのは，『唐僕尚丞郎表』の撰者でもある嚴耕望氏である。昨年（＊1986年），古稀を迎えた嚴氏は，5冊の『唐代交通圖考』を出版するまでに，なんと37年の歳月を費し，10萬件を超える基礎資料（この中には，我が國の『唐代研究のしおり』や『中國歷代地名要覽』も含まれている）を驅使している。全5卷で50餘篇，約150萬言の大著は，更に第10卷まで續くという。氏の仕事は，實に氣宇雄豪である。それでいて決して精確さ緻密さを失っていない。それ故，我々は安心して唐代の旅を續けることができる。氏は急ぎ旅と慢遊のどちらでも選べるようにと本論を大字と小字で書き分けてくれている。大綱を概觀したい場合には大字だけを，詳細な考證を知りたい時には續けて小字を讀めばよい。
　そして，隨所（全5卷で合計22圖）に折り込まれた朱色と黑の2色刷りの驛程圖を指で辿れば，そのまま唐代の街道を旅することができる。
　「正史・通鑑・政書・地書・別史・雜史・詩文・碑刻・佛藏・科技・雜著・類纂の諸書，および考古資料」を「澤を竭くして漁」った『唐代交通圖考』全10卷は，第1卷の「京都關內區」より第7卷の「江南嶺南區」に至るまで中國全

第1章　唐代の長安

土を區域ごとに大別し，第8卷「河運と海運」・第9卷「交通制度」の2卷で主要問題をとりあげ，第10卷の「綜結」をもって完結するという。各卷の終わりには，その卷でとりあげられた地名の總畫索引が付され，全10卷完結の曉には，全卷の總合索引が「附錄五」に收められることになっている。區域別の各卷は原則として引言・本論・總結の3部で構成される。本論には先述の如く大字・小字の「綱目體」が採用され，讀者の便宜が圖られている。實によく考えられた構成である。

『唐代交通圖考』は「政治」「經濟」「社會」「文化」「民族」の各分野にわたる廣大な視野を持つ研究である。それ故，本書は各方面の研究者に計り知れない恩惠を與え續けるに違いない。その幾多の研究者の一人として，本書の「引得(インデックス)」を擔當された寥華淑女史に望むことが2つある。1つは，「附錄3」に豫定されている「引用書目」に，引用詩文の作者索引と題目索引を加えて欲しいということ，いま1つは，「引得」の地名には卷數と頁數のほかに驛程圖檢索用の記號を竝記して欲しいということである。四角號碼で引ければなお有り難い。

ところで，長安・洛陽道の距離と唐人が要した日數はどれくらいであったのであろう。この2つの疑問は，第1卷の篇2「長安洛陽驛道」を繙けばたちどころに氷解する。

第1の答えは，コースによって異なるが，約800里から約860里である。南道と北道の差は約50里。南道の方が少し遠回りである。森鹿三說に從って1里を529mで計算すると860里は454940m，約455kmになる。東名高速道路で東京—京都間が約488kmであるから，長安・洛陽道は東海道より短いことがわかる。

第2の答えは，直接，嚴氏に語ってもらうことにしよう。

「兩京の旅行に必要とする時間は，詔令や軍事の急を要する時には2日，通常は1日平均3驛のペースで10日間，あるいは1日平均2驛のペースでゆっくり行って16日間です。白居易の詩に，

石渠金谷中間路　　石渠　金谷　中間の路
　　　軒騎翩翩十日程　　軒騎　翩翩たり　十日の程
　　　　……　　　　　　　　　　　2628「送河南尹馮學士赴任」詩

あるいは，

　　　北闕至東京　　　　北闕より東京に至るまで
　　　　　　　　　　　　　　とうけい
　　　風光十六程　　　　風光　十六程
　　　　……　　　　　　　　　　　3062「洛下送牛相公出鎭淮南」詩

とあります。
　天子が行幸する時に，全行程に 20 日間を費やしているのは，途中に行宮が多くありますので，のんびりと行ったんでしょう」。

【追記】
　中央研究院歷史語言研究所本『唐代交通圖考』は，2007 年 3 月に上海古籍出版社から『嚴耕望史學著作集』として再販された。全 6 冊は京都關內區（第 1 卷）・河隴磧西區（第 2 卷）・秦嶺仇池區（第 3 卷）・山劍滇黔區（第 4 卷）・河東河北區（第 5 卷）・河南淮南區（第 6 卷）で構成され，卷末に「引用書目」及び「綱文古地名引得」が收錄されている。

第 2 節　唐代長安城の沙堤

1．はしがき

「唐長安城址基初步探測」（『考古學報』1958 年　第 3 期）をはじめ「唐長安城安定坊發掘記」（『考古』1989 年　第 4 期）に至る多くの調査報告によって，唐都長安は次第にその全貌を明らかにし始めて來ている。しかし，いくら調査が進んでも，

第 1 章　唐代の長安　　　　　　　　　　　　　113

既に消滅してしまったものを實見することは，永遠に不可能である。ここでとりあげる「沙堤」もまた文獻資料によってしか再現し得ないものの１つである。

　詩文の中に散見する「沙堤」の記述を讀み進んで行くと，「沙堤」の制度・工法・規模・形狀のみならず，唐の時代に生きた詩人や文人の官僚生活がほの見えてくる。1000 年以上も昔の都大路に敷設された「沙堤」とは，いったいどのようなものであったのであろうか？

　この小論は，「沙堤」をとりあげることにより，唐代文化の一端を浮き彫りにしようとするものである。

2．水際の「沙堤」と宰相の「沙堤」

a．水際の「沙堤」

　高適の「自淇涉黃河途中作」詩（十三首 其十）に「……渤潏陵堤防，東郡多辛苦。……」とあり，柳宗元の「田家」詩（三首 其三）に「……蓼花被隄岸，陂水寒更淥。……」[＊『柳河東集』上海人民出版社 1974 年 5 月發行 734 頁]，白居易の 2609「魏堤有懷」詩に「魏王堤下水，聲似使君灘。……」とある。荒れ狂う黃河の濁流を防ぐ「堤防」，蓼花に覆われた「隄岸」，そして洛水と魏王池を隔てる「魏王堤」，いずれも水際に敷設された堤防である。「魏王堤」には「沙」が敷きつめられていて，雨あがりの日にも泥の心配が無かった。白居易は「開成二年三月三日……」の序を持つ 3312「三月三日祓禊洛濱」詩で「……柳橋晴有絮，**沙路**潤無泥。……」と詠っている。また錢塘湖の湖岸には白沙が敷きつめられていて，「白沙堤」と呼ばれていた。白居易の 1338「夜歸」詩に「……萬株松樹青山上，十里**沙堤**明月中。……」と詠われ，3569「寄題餘杭郡樓兼呈裴使君」詩に「……北郭**沙堤**尾，西湖石岸頭。……」と詠まれた「沙堤」は，1349「錢塘湖春行」詩に「……最愛湖東行不足，綠楊陰裏**白沙堤**」と詠われた「白沙堤」である。

　ところが，こうした水際の「沙堤」とは別に，もうひとつの「沙堤」が存在

した。

b．宰相の「沙堤」

『唐國史補』（上海古籍出版社 1957 年 4 月）に，「凡拜相，禮絕班行，府縣載沙塡路，自私第至子城東街，名曰**沙堤**。……每元日冬至立仗，大官皆備珂傘，列燭有至五六百炬者，謂之火城。宰相火城將至，則衆少皆撲滅以避之。……」とある。宰相を拜命すると，私邸から子城の東街まで通勤路に沙が敷きつめられたのである。張籍は裴度から馬を贈られたお禮に「……長思歲旦**沙堤**上，得從鳴珂傍火城」(187「裴相公賜馬謹以詩謝」詩）と詠んでいる。「沙堤」は「火城」と共に宰相の權威を象徵するものであった。張籍の 016「**沙堤**行」の題注に「呈裴相公」とあり，李賀の「沙路行」の首句には「丞相」の語が使われている。また，白居易の 0165「官牛」にも，「沙堤」と「右丞相」の語が詠い込まれている。こうした長安城內の官道に敷かれた「沙堤」は，いずれも宰相のために用意されたもので，上に述べた水際の「沙堤」と區別される。

c．「沙堤」の別稱

「沙堤」あるいは「沙隄」は，「沙路」「沙道」ともいい，詩には「上堤（堤に上り）」「占堤（堤を占め）」「沙平（沙平らかに）」「沙痕（沙の痕）」「月堤（月の堤）」「新堤」「舊堤」，あるいは「堤沙」「沙爲堤（沙もて堤を爲る）」のようなかたちで詠われる。こうした詩語は多く登朝風景に用いられ，時として諷意が込められる。

以下，この宰相のための「沙堤」を中心に考察を加える。

3．唐代長安の風土と「沙堤」の效用

宰相のための「沙堤」はなぜ必要であったのであろうか？宰相の威光を示す

目的もあったであろうが，實用的必要性もあったに違いない。

a．西安の風土

「……漢・唐長安城は今日の陝西省西安市の近傍にあったが，西安市は東經108度55分45.5秒，北緯34度15分24秒の地點に位置している。……海拔の高さほぼ400メートル。地形はだいたい，東南が高く，西北と西南が低くなっている。年間の平均雨量は561.2ミリメートルで，雨の多くは7・8・9月に集中している。最も寒い1月の平均氣溫は攝氏0.8度，最も熱い7月の平均氣溫は攝氏28.1度。冬は寒いが，それ以外は氣候が溫和で，雨量も適當である。またこのあたりはいわゆる黄土高原に屬する。黄土とは文字通り淡黄灰色の土壤で，その構成分子の大きさは一定しており，0.05－0.01ミリメートル大とされている。有孔性は45パーセントをこえるので，いちじるしい濕氣をふくむことができ，また各孔の口の細さは活潑な毛細管現象を呈する。しかもアルカリ分や石灰分が豐富で，その構成鑛物質は新鮮かつほとんど未分解の狀態にある。……」（佐藤武敏著『長安』近藤出版社 1971 年 11 月「西安の自然環境」）。

明治40年[1907]清末の西安を訪れた桑原隲藏は，『考史遊記』（岩波書店『桑原隲藏全集』第5巻）「長安の旅」に，次のように記している。「九月九日／晴／行程七十里／……七時洛陽の西關に出づ。この日暑嚴しく風急に，土塵面を撲ち，不快言ふべからず。／……／九月二十三日／雨／西安府滯在／終日外出すべからず。／九月二十四日／晴／西安府滯在／天晴れしも，午前は道路猶ほ泥濘深くして，外出すべからず」と。

黄土は，風吹けば「土塵」となって「面を撲ち」，雨降れば「泥濘」となって「深さ三尺」近くにまで達する。9月22日に，慈恩寺・大雁塔・曲江を參觀した桑原博士は，23日の1日中外出できないでいたばかりか，24日の午前も「泥濘」のために足留めをくらっている。

b．長安の風土

　唐都長安の黃土も清末の西安の黃土と同樣，風吹けば黃塵となって宙に舞い，雨降れば泥の海と化して，道行く人の交通を阻んでいた。白居易の 0265「酬張十八訪宿見贈」詩に，「……長安久無雨，日赤風昏昏。憐君將病眼，爲我犯埃塵。遠從延康里，來訪曲江濱。……」とある。眼を病んでいたにもかかわらず，風に舞う塵埃の中を遠く延康里（「長安城坊里圖」C-7）から昭國里（H-10）までやって來てくれた張籍に感謝した詩である。また，『劇談錄』（『學津討原』所收）の「張季宏逢惡新婦」の條に，こんな話が載っている。「咸通中，有左軍張季宏勇而多力。嘗雨中經勝業坊，遇泥濘深溢。有村人驅驢負薪而至。適當其道，季宏怒之，因捉驢四足擲，過水渠數步。觀者無不驚駭。……」。咸通年間（860～873）の長安城內での話である。興慶宮の西に隣接し，東市のすぐ北，大明宮まで４坊を隔てるのみの「勝業坊」（I-4）でさえ，ひとたび雨にあえば「泥濘深溢」となる狀態であった。『唐會要』卷24「朔望朝參」に，「廣德二年九月一日敕，朝官遇泥雨，准儀制令，停朝參。軍國事殷，若准式停，恐有廢闕，泥既深阻，許延三刻傳點，待道路通，依常式。以後亦宜准此」と記されている。廣德二年〔764〕は代宗の初期である。「朝官」は朝廷に常參する官吏，「軍國事殷」は軍事と國政が立て込んでいることをいう。つまり，ぬかるみで登朝が困難な時は，通常の朝參はとりきめ通り中止とするが，軍事や國政上の問題が多い時は，政治に空白が生じては困るので，開始時刻を「三刻」遲らせ，道路が通れるようになってから參內して政治を行なえというのである。

　元和五年〔810〕の冬，長安に雪が降って泥道となり，そのため３日間の「放朝」（＊朝參免除）となった。白居易は七言絕句 0728「雨雪放朝因懷微之」で，江陵に左遷された親友元稹を懷って，そちらも雪で「排衙（＊屬僚が長官に參謁すること）免除」となったでしょうかと詠っている。「歸騎紛紛滿九衢，放朝三日爲泥塗。不知雨雪江陵府，今日排衙得免無？」。「歸騎紛紛として九衢に滿つ」というから，官僚の大半が途中まで登朝したのである。どの程度のぬかるみで「放

朝」とするかは，判斷が難しかったようである。韓愈と張籍が交わした詩に，こんな句がある。「放朝還不報，半路蹋泥歸。雨慣曾無節，雷頻自失威。……」（韓愈374「雨中寄張博士籍侯主簿喜」）「雨中愁不出，陰黑晝連宵。屋濕唯添漏，泥深未放朝。……」（張籍115「酬韓祭酒雨中見寄」）。「放朝」の知らせが遲れ，馬蹄に泥を踏ませて出掛けた韓愈は，途中で「放朝」と知って，引き返したのである。

こうした長安の風土が「沙堤」を必要としたのである。

張籍は016「**沙堤**行」を「長安大道**沙**爲**堤**，風吹無塵雨無泥。……」と歌い起こし，353「春日早朝」詩を「……夜來新雨**沙堤**濕，東上閤門應未開」の句で結んでいる。

4.「沙堤」の起源と中斷

a．起源

宰相のための「沙堤」が初めて築かれたのはいつであろうか？『唐會要』卷86を繙くと「道路」の條に，「天寶三載五月，京兆尹蕭炅奏，請於要道築甬道，載沙實之，至於朝堂。從之。九月，炅又奏廣之」とある。天寶三載［744］は玄宗皇帝が楊太眞を貴妃に立てる前年で，宰相李林甫が贅の限りを盡くし，「宰相用事之盛，開元已來，未有其比。……林甫恃其早達，輿馬被服，頗極鮮華。……」（『舊唐書』「李林甫傳」）といわれた時代である。杜甫は「遣興」（五首 其二）の後半に，「……府中羅舊尹，沙道尙依然。赫赫蕭京兆，今爲時所憐」と詠っている。「蕭京兆」は宰相李林甫にとりいって京兆尹となった蕭炅である。『舊唐書』「吉溫傳」に，「……炅與右相李林甫善。……」とあり，李林甫と蕭炅が癒着していたことがわかる。『杜詩鏡詮』卷5の「府中羅舊尹」の注に，「舊注：唐京兆尹多宰相私人，若蕭炅與鮮于仲通皆是，故曰羅舊尹」とある。鮮于仲通は天寶十載に宰相楊國忠の推薦で京兆尹になっている（『舊唐書』「楊國忠傳」）。「今爲時所憐」は，天寶八載（『資治通鑑』）に京兆尹蕭炅が收賄罪で汝陰太守に左遷され

た時に宰相李林甫に救ってもらえなかった（『舊唐書』「楊國忠傳」……京兆尹蕭炅……皆林甫所親善，國忠皆誣奏譴逐，林甫不能救。……）ことをふまえる。蕭炅の提言で築かれた「沙道」はもとのままなのに，失脚した蕭炅は時人に哀れまれる境遇に變わってしまったというのである。『唐代京兆尹研究』（張榮芳著1987年10月學生書局）第2章の第2節「2．治安與司法」の中で著者は先の『唐會要』卷86「道路」の例を引いて，「目的卽是爲了維護百官上朝的安全」と言っている。しかし，蕭炅の提言は，「**百官**上朝的安全」よりは「**宰相**上朝的安全」に主眼があった。『新唐書』「李林甫傳」に，「……故事，宰相皆元功盛德，不務權威，出入騎從簡寡，士庶不甚引避。林甫自見結怨者衆，憂刺客竊發，其出入，廣騶騎，先驅百步，傳呼何衞，金吾爲淸道，公卿辟易趨走。所居重關複壁，絡版甃石，一夕再徙，家人亦莫知也。……」と記されている。これまで簡素だった宰相の外出を大掛りにしたのは，刺客を恐れる李林甫の警戒心であった。「甬道」が兩側に牆壁を巡らした道路であるとすると，刺客防止策の一環であったかもしれない。京兆尹蕭炅は宰相李林甫のために「沙道」を築くよう玄宗に提言したのである。「要道」（＊主要道路）が具體的にどの道を指すかは明らかではないが，「朝堂」までというから，參內のための通勤路を整備したのであろう。管見するところ，これが宰相のための「沙堤」の起源である。

b．中斷

「沙堤」が詩文に登場するのは，盛唐の杜詩を嚆矢として，韋肇の「**沙堤**賦」、白居易の0165「官牛」、張籍の016「**沙堤**行」、王建の「上張弘靖相公」詩、李賀の「**沙路**曲」、杜荀鶴の「獻鄭給事」詩等々と中唐から晚唐に及んでいる。唐以後の作品にも現われ，宋代では陸游の「城南上原陳翁……辛亥九月十二日……詩」の「……相公門前築**堤沙**……」、王禹偁の「司空相公挽歌」（三首の三）の「……而今宅前路，雨破築**堤沙**」、趙師俠の「水調歌頭　龍帥宴室公明」詞の「……宰路築**堤沙**」といった用例があり，明代では楊維楨の「**沙堤**行」の句に「……**沙堤**新築泰階平……」とある。こうした用例だけを眺めていると，天寶三載(744)

以降，天子が變わり王朝が移っても，新宰相が現われるたびごとに「沙堤」が築かれ續けたように錯覺する。しかし，實際には，『新唐書』「李德裕傳」に「……又罷京兆築**沙堤**，雨街上朝衞兵。……」とあるから，文宗の時に一度，中斷しているのである。おそらく，李德裕が，權勢を喜ぶ宰相李宗閔（＊『新唐書』「李宗閔傳」に「宗閔……旣寖貴，喜權勢。……而宗閔崇私黨，……」とある）を抑制するために「沙堤」を築く慣例をやめさせたのであろう。

5．「沙堤」はどのようにして築かれたか？

『雲谿友議』卷中に，杜勝給事が杭州で婁山人に宰相になれるかどうか占ってもらったところ「震の卦」が出，「讒言されて成就せず，憂いのあまり病氣になるであろうから厄よけを……」と忠告されたが，果たしてその豫言通り，宰相の座は蔣伸に奪われてしまうという佚事が載っている。その中に，「……後杜公爲度支侍郎，有直上之望，草麻待宣，府吏已上，於杜公門搆板屋，將布**沙堤**，忽有東門驃騎，奏以小疵，而承旨以蔣伸侍郎拜相，杜出鎭天平，憂悒不樂，失其大望也。……」と記されている。占いの部分は虛構としても，『新唐書』「杜黃裳傳」に，「載弟勝，字斌卿，寶曆初擢進士第，……爲中人沮毀，而更用蔣伸，以勝檢校禮部尙書，出爲天平節度使，不得意卒」とあるから，「沙堤」のことも，事實と考えてよさそうである。ここで注目すべきことは，「拜相」前から「府史已上」が「杜公門」に「板屋」を「搆」（＊＝構）え，「沙堤」を「布」く準備をしていることである。杜勝のための「沙堤」の着工は，「拜相」直前で沙汰止みとなったが，代って蔣伸の「沙堤」が急遽準備されたはずである。では，いったい誰がどのようにして「沙堤」を築いたのであろうか？

a．管轄

『舊唐書』「高宗本紀（上）」の永徽五年［654］の紀事に，「冬十一月癸酉，築京師羅郭，和雇京兆百姓四萬一千人，板築三十日而罷，九門各施觀。……」と

ある。また,『大唐六典』卷30に,「尹・少尹・別駕・長史・司馬・掌貳府州之事,……」とあり,「戶曹司戶參軍,掌戶籍・計帳・道路……之事」とある。宰相の通勤路に築かれる「沙堤」は,長安城內の道路に敷かれる。從って京城內の渠水や街路樹と同樣,京兆府の長官である京兆尹が管理し,副官の少尹がこれを補佐する。工事を指揮するのは戶曹司戶參軍。勞働に驅り出されるのは,「京師羅郭」同樣,長安・萬年2縣を中心とする京兆地區の人民である。『舊唐書』「玄宗本紀(下)」の天寶元年[742]の紀事に,「……是歲,命陝郡太守韋堅引滻水開廣運潭於望春亭之東,以通河・渭。京兆尹韓朝宗又分渭水入自金光門,置潭於西市之兩衙,以貯材木。……」とあるから,「滻水の沙」を運ぶにあたっては,陝郡太守も關與したことであろう。

  b．滻水の沙

  白居易の0165「官牛」は,「沙堤」の「沙」が「滻水」の「岸邊」から城內に運び込まれる樣子を生々しく描き出している。「官牛官牛駕官車,滻水岸邊般載沙。一石沙,幾斤重？朝載暮載將何用？載向五門官道西,綠槐陰下鋪**沙堤**。昨來新拜右丞相,恐怕泥塗汚馬蹄。右丞相,馬蹄踏沙雖淨潔,牛領牽車欲流血,右丞相,但能濟人治國調陰陽,官牛領穿亦無妨」。

  「龍首堰で分けられた滻水の支流が北流して,通化門の東七唐里にある長樂坡でさらに東渠と西渠の二つに分れる。東渠は,北流して通化門の外を通り,長安城の東北角から西に折れて,東內苑に入って龍首池となり,さらに大明宮前の下馬橋の下を流れて行く。……」

(『唐代研究のしおり』第7『唐代の長安と洛陽　地圖編』)

  開成五年[840]8月20日,滻水橋にさしかかった圓仁は,『入唐求法巡禮行記』卷2に,「……滻水從終南山來,入於渭河。灞・滻兩水向北流去,水色淸。……」と記し,王建は「御獵」詩で「靑山直遠鳳城頭,滻水斜分入御溝。……」

と詠っている。

  c．工法

　『唐國史補』の「載沙塡路」という記述だけを見ていると，道に砂を敷いただけのように思える。しかし，「**沙堤賦**」を讀むと，決してそれだけの簡單な工事ではなかったことがわかる。「**沙堤賦**」の作者韋肇は，憲宗時代の名臣韋貫之の父で，その略傳は『新唐書』「韋貫之傳」に記されている。代宗が宰相にしたいと考えたが惜しくもその前に世を去った韋肇は，かつて元載に憎まれて京兆少尹に左遷されたことがある。「**沙堤**賦」は，京兆少尹時代の體驗をもとに綴られた作品かもしれない。
　この賦の題注に，「以隱(＊築く)以金椎樹之青槐爲韻」とあり，本文に，「……使夫晴礧碻确之煩，雨無塗潦之窘。……其堅也，雖衆人之力，固自得於金椎。……」とある。石がゴロゴロころがっていたり，ぬかるみで通行が困難になることのないように，金屬製の槌で「堅」く地ならしし，その上に砂を敷き，兩側に槐樹を植えたのである。『三輔黃圖』卷1に「馳道……『漢書』賈山傳曰，……道廣五十步，三丈而樹，厚筴其外，隱以金椎，樹以青松。……『三輔決錄』曰，長安城，……衢路平正，可竝列車軌。十二門三塗洞闢，隱以金椎，周以林木，左右出入，爲往來之徑，行者昇降，有上下之別」とある。
　唐の李庾は「西都賦」の中で，長く砥(といし)のごとく平らに續く「沙堤」を「長堤砥平」と描寫している。『全唐文』の小傳に「庾，懿宗時人」とあるから，この李庾は李齊運の子ではなく，子虔の字(あざな)を持つ李庾である。左思の「魏都賦」の句に「長庭砥平」とある。李庾は「庭」を「堤」に變えて晩唐の長安城の風景と化している。

  d．起點と終點

　『唐國史補』卷下に「自私第至子城東街」とあるから，「沙堤」は宰相の私邸

から「子城東街」まで敷かれたことがわかる。この「子城」が「皇城」を指すことは,『唐兩京城坊攷』卷1「皇城」に「亦曰子城」とあることから明らかである。ところが,多くの學者が「至于（＊＝於）城東街」と讀み誤って,「子城東街」を「城東街」にしてしまっている。しかし,『唐代叢書』所收の『國史補』では「自私第至於子城東街」となっており,「官牛」詩によれば,滻水の沙は「五門官道西」まで運ばれているのであるから,漠然と「城東街」と言うより,長安城の北に位置する「皇城」の東とはっきりわかる「子城東街」のほうが,より正確である。白居易は「和望曉」詩の「**沙堤**互蝦蟆池」の句に「子城東北低下處,舊號蝦蟆池」の注を付けている。この場合も「皇城」を基準にして「蝦蟆池」の位置を「子城東北」と說明しているのである。「子城東街」は,大明宮に至る道である。風痺を病んだ高宗が,龍朔二年［662］に太極宮の卑濕を避けて大明宮を改修してより,通常の朝見はここで行なわれるようになった。一時,玄宗が興慶宮で政治を執った時期も有るが,安祿山の亂後は再び大明宮が政治の中心地となっている。

　では,「五門官道西」とは,具體的にどこを指すのであろうか？

　武復興著『唐長安舊事』（上海文化出版社1987年6月）8頁に「"五門"是指有五個門洞的丹鳳門」とある。なるほど,『唐代の長安と洛陽　地圖』の圖版2第2圖「長安圖」と圖版23第37圖「興慶宮圖」に描かれた丹鳳門の繪を見ると5つの門洞がついている。ところが發掘された丹鳳門には3つの門道しかなかった。「呂大防圖中,將丹鳳門畫有五個門道,望仙・建幅二門各畫有三個門道,均與實測情況不符」（『唐長安大明宮』科學出版社1959年11月）。

　「五門」は,大明宮の南面に開かれた延政・望仙・丹鳳・建福・興安の「五門」であるとする說もあれば,皇宮の皐・庫・雉・應・路の「五門」であるとか,大極宮南面の承天・長樂・廣運・永春・永安の「五門」であるとする說（霍松林譯注『白居易詩譯析』黑龍江人民出版社1981年9月）まである。しかし,鈴木虎雄著『白樂天詩解』（弘文堂書店1927年3月）「官牛」詩の「字句解」の「五門　大明宮の正南なる丹鳳門をいふ」という說が正しい。「官牛」詩の「五門官道西」の句を盧文弨の『白氏文集校正』は「午門官道西」に作っており,白居易の0420「早

朝賀雪山人」詩の「待漏五門外」も馬元調本・汪立名本・『全唐詩』本すべて「待漏午門外」に作っている。「午」は「正南」を意味する。ちなみに『唐代の長安と洛陽 地圖』の圖版 21 第 34 圖「三苑圖（一）には「延秋門」と「興安門」の間に 1 つの門樓が描かれていて「五門」と記されている。

　假に「五門」を 5 つの門の總稱と考えても，「五門西」が待漏院のあった建福門外を指すことは動かない。『舊唐書』「憲宗本紀（上）」の元和二年 [807] の紀事に，「六月丁巳朔，始置百官待漏於建福門外。故事，建福・望仙等門，昏而閉，五更而啓，與諸坊門同時。至德中，有吐蕃囚自金吾仗亡命，因敕晩開門，宰相待漏於太僕寺車坊。……」とあり，『唐國史補』（『唐代叢書』所收）に，「初百官早朝，必立馬望仙・建福門外，宰相則於光宅車坊，以避風雨。元和初，始置待漏院」とあり，『新唐書』「百官志（三）」に，「太僕寺……卿掌廐牧，輦輿之政，總乘黄・典廐・典牧・車府四署及諸監牧」とある。五更の開門まで，宰相は光宅坊 (H-1) にあった太僕寺管轄の車坊で待機し，望仙門と建福門の外で馬を止めて待っていた百官も，「元和二年六月一日」からは建福門外の待漏院で雨風を凌げるようになった。白居易は 0420「早朝賀雪寄陳山人」詩で「……待漏五（一作「午」）門外，候對三殿裏。……」と登朝風景を歌い，王建は「春日五（一作「午」）門西望」詩で「百官朝下五（一作「午」）門西，塵起春風過御堤。……」と退朝風景を詠んでいる。また，張籍は，七言絶句 330「贈姚合」の中で，「丹鳳城門向曉開，千官相次入朝來。唯君獨走衝塵土，下馬橋邊報直迴」と詠い，晩唐の李拯も七言絶句「退朝望終南山」で「紫宸朝罷綴鴛鷺，丹鳳樓前駐馬看。惟有終南山色在，晴明依舊滿長安」と詠んでいる。

　開成五年 [840] 8 月 24 日，圓仁は，崇仁坊 (H-4) にあった資聖寺から朱雀門街東第四街を北上し，望仙門を通って大明宮に入っている。『入唐求法巡禮行記』卷 2 に「僧等隨巡官人使御，從寺北行，過四坊，入望仙門，……」とある。
　では，宰相はどの門を通って入朝したのであろうか？
　『舊唐書』「令狐楚傳」に，「先是元和十年，出內庫弓箭陌刀賜左右街使，充宰相入朝以爲翼衛，及建福門而止。至是，因訓・注之亂，悉罷之。……」とある。「元和十年」は武元衡が暗殺された年。「訓・注之亂」は，文宗の時に，李訓や

鄭注等が仇士良をはじめとする宦官達を誅殺せんと謀って失敗した「甘露の變」である。元和十年［815］6月3日未明、宰相武元衡が靖安坊（G-9）の私邸を出たところで賊に襲われ、路上で慘殺された（『舊唐書』「武元衡傳」）。それ以來、宰相の參內には武裝した護衞が付くようになったが、大和九年［835］11月21日の「甘露の變」によって中止されたのである。ここで注意すべきことは、「建福門に及んで止まる」と記されていることである。『新唐書』「令狐楚傳」は、「……元和中、出禁兵畀（*＝賜）左右街使衞宰相入朝、至建福門。及是亂、乃罷。……」と記している。常時、宰相も百官同樣、通常の參內は建福門から大明宮に出入りしていた。このことは、宋の王禹偁の『小畜集』卷16「待漏院記」に、「朝廷自國初、因舊制、設宰臣待漏院於丹鳳門之右、示勤政也。……」と記されていることによって傍證される。南面する天子からみた「丹鳳門之右」は、元和期でいえば「五門西」すなわち「建福門」に相當する。元和四年［810］に作られた「官牛」詩の「五門官道西」は、車坊の北、待漏院前の「官道」を指していると考えて良い。從って、「沙堤」の終點は、光宅坊北、建福門前の「官道」ということになる。

　終點は變わらないが、起點と途中の道筋は、誰が宰相に任命されたかによってその都度異なる。例えば、「元和四年」に作られた「官牛」詩の「右丞相」が于頔である（陳寅恪『元白詩箋證稿』）とすると、時の宰相于頔の私邸が起點となる。權德輿の「衞國夫人李氏墓誌銘　幷序」に「夫人……今戶部尙書燕國子公之室也。……元和十年冬十二月甲辰、寢疾薨於安仁里第。……」とあるから、轉居していなければ、「官牛」詩が作詩された元和四年當時も于頔の私邸は夫人の亡くなった安仁里にあったと考えて良いであろう。從って、起點は朱雀門街第一街の安仁坊（F-7）ということになる。ところが、薛逢が「君不見」詩で「君不見、馬侍中……君不見、韋太尉……奉誠園裏嵩棘生、長興街南沙路平。……馬侍中、韋太尉、盛去衰來片時事。人生倏忽一夢中、何必深深固權位」と歌った「沙路」は、長興坊（G-7）に住んでいた韋皋のために築かれたものであるから、起點は「長興街南」ということになる。韋皋は「貞元十二年［796］二月」に同司中書門下平章事になっている（『舊唐書』「韋皋傳」）。弟の韋臯が長興坊で

亡くなっていることは，權德輿の「唐故朝議大夫太子右庶子柱國賜紫金魚袋韋君墓誌銘　幷序」に記されており，『唐兩京城坊攷』はこれを用いて，卷2「長興坊」に「太子右庶子韋聿宅」と記している。

6.「沙堤」の規模

「沙堤」の規模を具體的に記した資料は見當たらない。もっとも，場所によって規模は一定していなかったであろうから，どれくらいの幅で，どれくらいの高さに築かれたかは，上限と下限を推定するしかない。ただ，長さだけは，その宰相の私邸がどこにあったかがわかれば，發掘調査で得られた實測値をもとに大明宮の建福門外までの距離を概數で示すことができる。

a．幅

坊內の街道でさえ 15m，丹鳳門街に至っては 191.1m（『唐兩京城坊攷』卷1の「一百三十歩」より換算）の道幅を有していた。これだけの大街の道幅いっぱいに「沙堤」を築いたとは考えられない。

陸機の「洛陽記」（『太平御覽』卷195「道路」）に「宮門及城中大道，皆分作三。中央御道，兩邊築土牆，高四尺餘，外分之。唯公卿・尙書，章服道從中道。凡人皆行左右，左入右出。夾道種楡・槐樹。此三道，四通五達也」とあり，中央を貴人と高官が，左右を下々の者が通るように3筋に分けられていたことがわかる。このことから類推するに，宰相のための「沙堤」は大道の中央に築かれ，一般人は左右を通ったものと思われる。ただし，李林甫が通った天寶三載の要道には「甬道」が築かれていたが，參內途上，暗殺されかかった裴度は渠溝に落ちて命拾いしているから，元和十年に裴度が通った通化里付近の大道には3筋に分かつ牆壁は無かったはずである。

白居易の0078「傷友」に「……正逢下朝歸，軒騎五門西。……寒驢避路立，肥馬當風嘶。迴頭忘相識，占道上**沙堤**。……」，薛逢の「元日樓前觀仗」詩に「……

寶馬占**堤**（＊『全唐詩』本の「佔堤」は誤り）朝闕去，香車爭路進名來。……」，同じく薛逢の「賀楊收作相」詩に「……須知金印朝天客，同是**沙堤**避路人。……」とある。「占（＊獨占する）道」「占堤」と「避（＊空けわたす）路」は身分や地位の上下を象徴する詩語として用いられている。

　張籍の 016「**沙堤**行」に「……路傍高樓息歌吹，千車不行行者避。街官閭吏相傳呼，當前十里惟空衢。……」とある。宰相の參內時には，一般車輛の通行は禁止され，道行く人は宰相のために道を空けて待たねばならなかった。しかし，白居易の 0420「早朝賀雪寄陳山人」詩に「……**上堤**馬蹄滑，中路蠟燭死。……」とあるから，騎馬で參內する一般官僚も「沙堤」に上ることができたようである。宰相は，「朱衣」を着た先導役の騎馬に導かれ，「朱網」や「朱旆」で飾られた香車の「朱輪」に搖られ參內した。「沙堤」の幅は，少なくとも丞相の車を乘せるだけの廣さがなければならない。

　發掘調査報告によると，建福門には門道が 1 本あり，兩側に房屋（＊待漏院跡か？）が建てられていたことまでは分かったが，破壞がひどく，門基の範圍は調べようがなかったという。しかし，幸いにも大明宮の北の正門である玄武門の門道の中閒には石の「門檻（＊しきい）」が殘っていた。しかも「門檻」の兩端には「車轍溝」が鑿たれていた。これによって當時の車幅がどれくらいであったかがわかる。『唐長安大明宮』（科學出版社 1959 年 11 月）の 18 頁「圖 9　石門檻立面圖」と卷末の寫眞「圖版 18　玄武門的門道與門檻」を見ると，約 5 m の門道の中閒に 1.86m の石の門檻があり，1.36m 幅の車轍を通す幅 20cm の溝が 2 筋鑿たれている。「門檻」の上には門扉があったものと想像される。1987 年 7 月に，長安城西北の安定坊（B-1）「小十字街」の路面から 1.32m 前後の車轍跡が發見されている。新昌坊（J-8）東南隅の青龍寺北門の門道からも車轍跡が發見されている。車轍跡と門道の幅から推定するに，丞相の車を載せた「沙堤」の幅は，狹くてほぼ 2 m，廣くても 5 m くらいだったのではなかろうか？

b. 高さ

　「朱雀街の西邊は溝の外邊 (*溝の西邊) の當時の地面にくらべて 0.3 メートルほど高く出ている。そこで當時，朱雀街は南側の地面より高かったことがわかる」(佐藤武敏著『長安』)。朱雀街自體が 30cm の高さを有していたことは注目に値する。しかし，「沙堤」の「高さ」となると，手掛りは少なく，韋肇「**沙堤**賦」の句「高而不危」，張籍 190「早朝寄白舍人嚴郎中」詩の句「雪深無處認**沙堤**」，王建「上張弘靖相公」詩の句「草開**舊路沙痕**在」等の用例によって推測するしかない。

　「沙」を敷いただけの「門外沙平草牙短」(溫庭筠「鸂鶒歌」) といった狀態の處もあったであろうが，「隱以金椎」「高而不危」と言う以上，ある程度の高さに土を盛り，金椎で堅く地固めをした箇所もあったはずである。少なくとも白居易の「和微之詩二十三首」其十四 2263「和曉望」詩に「……朝車雷四合，騎火星一貫。……**沙堤**亙蝦蟆池，市路遶籠斷。……」(*「沙堤亙蝦蟆池」の句に「子城東北低下處，舊號蝦蟆池」の注が付されている) と歌われた「沙堤」には，「子城東北低下處」の「蝦蟆池」を「亙」るための基礎工事が必要だったばずである。おそらく，「五門官道西」や朱雀門街第四街のように複數の宰相共通の幹線道路と，それぞれの私邸に枝分れする小路とでは規模が違っていたのであろう。前者を「長安大道沙爲堤」(張籍 016「**沙堤**行」) や「占道上**沙堤**」(白居易 0078「傷友」) のように「堤」と言い，後者を「沙路歸來聞好語」(李賀「沙路曲」) や「長興街南**沙路**平」(薛逢「君不見」) のように「路」と言っているのは，「高さ」の違いによる使い分けかもしれない。

　「草」に隱れてしまう私邸門前の「沙路」はもとより，長安大道の「沙堤」といえども，堅牢に築かれた「金堤」や「酒旗相望大堤頭，堤下連檣堤上樓。……」(劉禹錫「堤上行」) と詠われた河岸の大堤とは異なり，「新堤未成舊堤盡」という程度の耐久性しか無く，「雪」に隱れてしまう程の「高」さしか無かった。

　白居易は，0420「早朝賀雪寄陳山人」詩の中で，「長安盈尺雪，早朝賀君喜。

將赴銀臺門，始出新昌里。上堤馬蹄滑，中路蠟燭死。十里向北行，寒風吹破耳。待漏五門外，候待三殿裏。鬢鬢凍生氷，衣裳冷如水。……」と詠っている。翰林學士の白居易が新昌里から大明宮內の右銀臺門（『唐代の長安と洛陽 地圖』圖版19 第30圖「大明宮圖」）を通って翰林院に出勤する途中の情景を描いたものである。白居易の馬は，雪に覆われ凍てついた「沙堤」で蹄を滑らしている。痩せ馬にまたがった張籍も 190「早朝寄白舍人嚴郎中」詩の中で，「……羸馬街中踏凍泥。……雪深無處認**沙堤**。……」と詠んでいる。降り積もった雪が「沙堤」の高さを隱し，どこが「沙堤」やら見分けがつかないというのである。

『西安市地理志』（陝西人民出版牡 1988 年 2 月）に「明成化九年 [1473] 陝西冰雪厚五尺；……清道光三十年 [1850] 陝西十月雪深三尺，……」と記されている。同書 111 頁「表 4 - 24」によれば，近年の「最大積雪深度」は「西安」で 22cm ということである。では，唐都長安に降り積む雪は，どの程度の高さに達したのであろうか？

『舊唐書』を繙いてみよう。

　　「高宗本紀」咸亨元年 [670] 冬十月癸酉，大雪，平地三尺餘。
　　「肅宗本紀」永泰二年 [766] 春正月丁巳朔，大雪平地二尺。
　　「代宗本紀」大曆九年 [774] 十一月戊戌，大雪，平地盈尺。
　　「德宗本紀」貞元二年 [786] 春正月，……庚子，大雪，平地尺餘。
　　　　　　［「五行志」貞元二年 [786] 正月，大雨雪，平地深尺餘］
　　「德宗本紀」貞元十二年 [796] 十二月己未，大雪，平地二尺。
　　「憲宗本紀」元和八年 [813] 冬十月，……丙申，以大雪放朝，……

唐の「尺」が何 cm に相當するかは諸說あり，大尺と小尺とでも長さが異なるが，「大雪，平地尺餘」というから，大體 30cm を越えれば特筆に値する「大雪」であった。

張籍は，積雪が大地の起伏を覆い隱す樣を「積雪無平岡」（461「寄別者」詩）と形容し，李商隱は，大明宮の學士院に至る路に積もった雪を「右銀臺路雪三

尺」(「夢令狐學士」詩) と詠っている。深雪に埋もれてしまう「沙堤」の「高」さは，せいぜい30cm，高いところでも1mを越えることはなかったものと推定される。

c. 長さ

長安城が，春明門から金光門まで東西9721m，明德門から宮城の玄武門まで南北8651.7mの規模であったことや，大明宮の西南角の外60mのところに興安門があり，興安門の東260mに建福門が，建福門の東415mに丹鳳門が在ったことは，發掘調査時の實測によって知られている。また，宮城の南北が1492.1m，皇城の南北が1843.6m，春明門と金光門を結ぶ東西の街道の道幅が120m，皇城の南の各坊の南北がそれぞれ第1排500m，第2排544m，第3排540m，第4排515m，第5排525mと續き，第1排と第2排の間隔が44m，次は40m，45m，55mと續くことや，朱雀門街東第2街の道幅が67m，第2街が134m，第4街が68m，第5街が68mと續くこともわかっている。

佐藤武敏著『長安』は，『考古』等に發表された調査報告を簡潔にまとめていて便利である。ただし「興安門は西城の外，城の西南角より東に向かって60mのところにあり，東は建福門より260m隔たっている」［＊145頁］は『唐長安大明宮』(科學出版社)「興安門　位於大明宮西城之外，向東距城西南角僅60米，東距建福門260，……」［＊16頁］の誤譯であろう。正しくは「興安門は，大明宮の西側の城壁の外に位置し，(興安門から)東へ60m離れたところに城壁の西南角があり，(興安門から)東へ260m離れたところに建福門がある」でなければならない。興安門の位置は，「西南角」を起點にするなら「西に向かって60mのところ」にある。『唐長安大明宮』2頁「圖1」も5頁「圖2」も大明宮西壁の外側に興安門を描いている。

李揆（元載と同時代）のように建福門の目と鼻の先にある光宅坊 (H-1) に住んでいた宰相もいるが，武元衡（白居易と同時代）のように建福門から南へ9坊も隔たった靖安坊 (G-9) に住んでいた宰相もいて，それぞれ通勤距離は大きく異

なる。「沙堤」の長さを知るには，宰相の私邸がどの坊にあったかだけではなく，坊のどの邊にあったのか，さらにはどの道を通って登朝したのかを知る必要がある。

武元衡が私邸を出た處で暗殺された時，登朝途上の裴度は既に「通化里」（I-3）にさしかかっていた。一命はとりとめたものの裴度も時を同じくして賊に襲撃されている。

『舊唐書』「裴度傳」に，「（*元和）十年六月，王承宗・李師道俱遣刺客刺宰相武元衡，亦令刺度（*裴度）。是日，度出**通化里**，盜三以劒擊度，初斷鞾帶，次中背，纔絕單衣，後微傷其首，度墮馬。會度帶氈帽，故創不至深。賊又揮刃追度，度從人王義乃持賊連呼甚急，賊反刃斷義手，乃得去。度已**墮溝中**，賊謂度已死，乃捨去。居三日，詔以度爲門下侍郎，同中書門下平章事。……」と記されている。この紀事は，朱雀門街東第3街を北上した裴度が東西に走る通化門街を横切る手前で襲われたことを教えてくれている。『唐兩京城坊攷』卷3「安興坊」の割注に，「……按：度，自**永樂里**入朝，必經**安興**西。其日**通化**者，**安興**東抵**通化門**也」とある。永樂里（G-8）の私邸を出た裴度は，出てすぐの朱雀門街東第2街ではなく永寧坊（H-8）を隔てた第4街を通って入朝していたことになる。道幅68m の第4街は，道幅134m の第3街に比べて半分の廣さである。しかし，繁華をきわめた平康坊（H-5）と東市の間を拔け，「盡夜喧呼，燈火不絕，京中諸坊莫之與比」（『長安志』卷8）といわれた崇仁坊（H-4）の東を走る第四街は，當時のメイン・ストリートだったのであろう。

裴度を例にとって計算してみよう。永樂里東門から建福門までの距離は，第4街と丹鳳門街を通っても，丹鳳門街を通らずに第4街を眞直ぐ突き當りまで北上して翊善坊（H-1）東北角を左折しても同じであるから，[515÷2＋134＋1022＋68÷2＋45＋540＋40＋544＋44＋500＋120＋3335.7＋68÷2＋407＋415＝7472.2] 約7.5km となる。

もし，武元衡も裴度と同様，第4街と丹鳳門街を通って參内していたとすると，「沙堤」の長さは[7472.2＋515÷2＋55＋525÷2＝8047.2] 8 km を越えていたことになる。

大和二年 [828]，刑部侍郎の白居易は 2585「早朝」詩で「鼓動出新昌，鶏鳴赴建章。……月堤槐露氣，風燭樺烟香。……」と詠っている。『唐兩京城坊攷』巻3の「新昌坊」には「刑部尙書白居易宅」「檢校司空鳳翔尹鳳翔節度使竇易直宅」とある。白居易の 0743「惜牡丹花　二首」の題注に「……一首新昌竇給事宅南亭花下作」とあることから，竇易直が給事中であった頃に 2 人が交遊していたこともわかる。竇易直は長慶四年 [824] 5 月 7 日に同中書門下平章事になっているから，有明の月に照らされた沙堤「月堤」は，宰相竇易直のために築かれたものであったかもしれない。曲江池にも近い新昌坊 (J-8) には，元和十五年 [820] に宰相となった崔羣や楊於陵，白居易の親友で會昌四年 [844] に宰相となった李紳，大和九年 [835] に宰相となった舒元輿といった名士の私邸が立ち並んでいた。舒元輿宅については，青龍寺の北にあったことまでわかっている。そこで，新昌坊の北門を出て朱雀街東第 4 街を北上し，丹鳳門街を通って建幅門に至るコースを想定して計算すると，[1125 ÷ 2 + 68 + 1032 + 68 + 45 + 540 + 40 + 544 + 44 + 500 + 120 + 3335.7 + 407 + 415 = 7721.2] 約 7.7km の道程となる。

「沙堤」の長さは，時として 7～8 km にも及ぶ。まさしく「長堤」である。白居易が 0420「早朝賀雪寄陳山人」詩に「……十里向北行，寒風吹破耳。待漏五門外，候待三殿裏。……」と詠み，張籍が 016「**沙堤**行」で「……街官閭吏相傳呼，當前十里惟空衢。……」と歌った「十里」が，急に現實味を帯びてくる。嚴寒期の夜明け前の通勤の辛さが，そして「沙堤」を獨占する宰相の威嚴が，決して誇張ではない「十里」という言葉から實感として傳わって來る。

張籍は 016「**沙堤**行」を「……白麻詔下移相印，**新堤**未成**舊堤**盡」と結んでいる。「沙堤」は半永久的ではなかった。それゆえ，新宰相が生れるたびに「新堤」が築かれる。しかも，宰相は 1 人とは限らない。共通の通り道があったにせよ，人事異動が頻繁に行なわれれば，工事は追いつきようがない。

「元和二年正月」に武元衡と李吉甫が同時に，「元和三年九月」には于頔・裴均・韓弘・裴垍が相次いで宰相となっている（『舊唐書』「憲宗本紀」）。0165「官牛」詩の句「牛領牽車欲流血」で象徴される人民の辛苦は，于頔一人のためだ

けではなかった。

　以上，唐代長安城の「沙堤」について，主として唐代の詩文をもとに再現を試みてきた。「沙堤」は宋代以降の文献にも見られるが，2・3の用例を掲げるにとどめたのは，拙論の目的が唐代文化史の一端を浮き彫りにしようとする處にあったからである。しかし，「沙堤」の制度が「いつ」「どこで」「なぜ」消失したかは，看過できない問題である。改めて補足する必要がある。

第1章 唐代の長安　　　　　　　　　133

1．玄武門的門道

2．門道內的石門檻

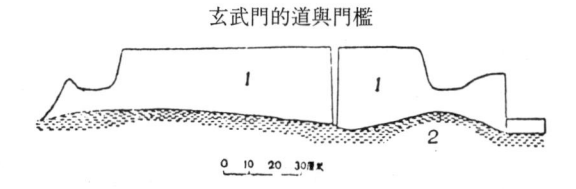

玄武門的道與門檻

圖九　石門檻立面圖
1．石門檻　2．門道路土

大明宮玄武門の門道と門檻（『唐長安大明宮』より）

本編　第２部　唐代詩人の生活環境

唐代長安城の沙堤

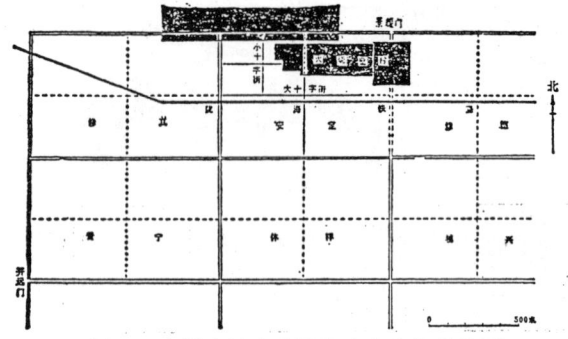

圖一　唐長安城安定坊內小十字街位地圖

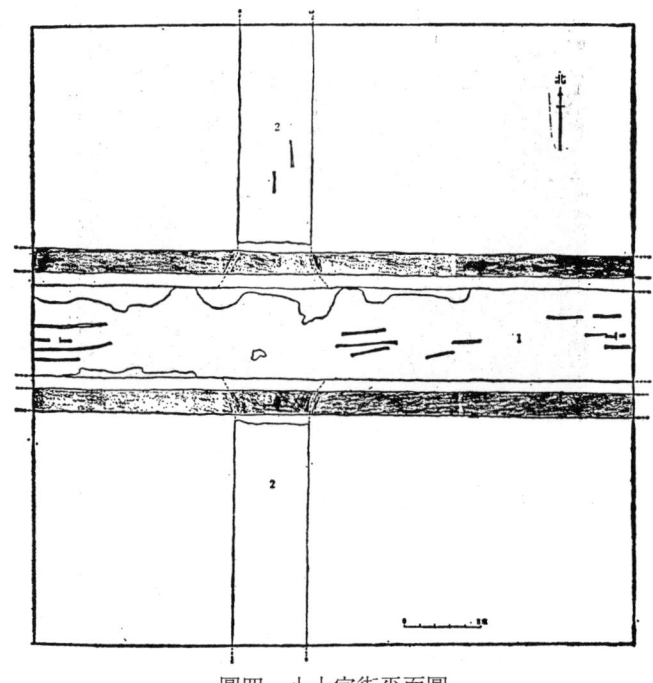

圖四　小十字街平面圖
1. 東西街　　2. 南朴街　　3. 墻基址　　4. 車轍

安定坊內の車轍跡（『考古』1989年第4期より）

第1章　唐代の長安

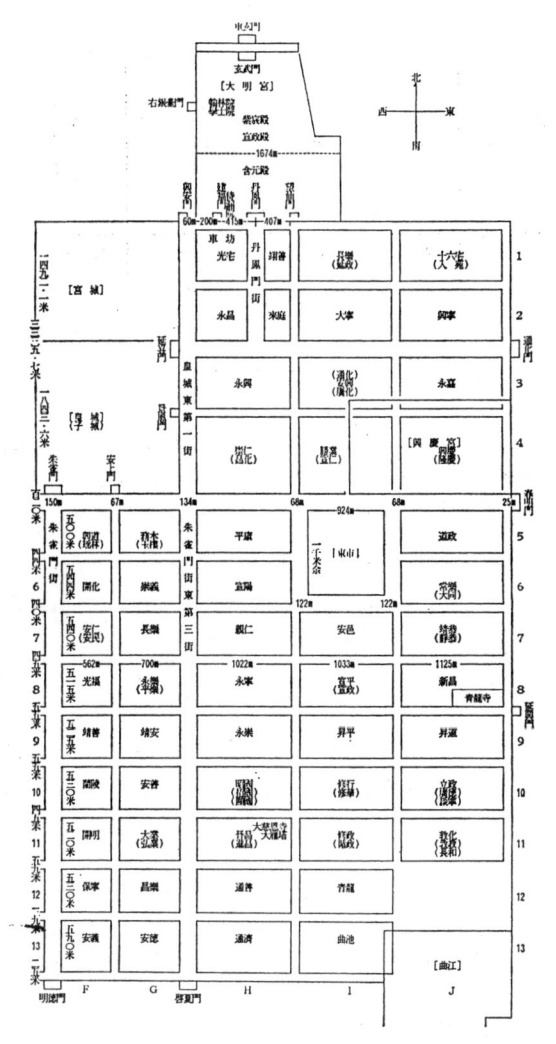

「長安城坊里圖」萬年縣側

『唐代の長安と洛陽　地圖』圖版三，圖版九と『唐長安大明宮』圖三を參考に作圖し，實測值を記入。丹鳳門，望仙門閒の407mは平康坊の1022mから415mと200mを引いた數值。

第2章　唐代詩人の日常生活

第1節　樂天の馬

　北京大學が公開している『全唐詩電子檢索系統』で「馬」の文字を檢索すると『全唐詩』および『全唐詩補編』に總計7074項有り，白居易については345項有ることがわかる。臺灣の東吳大學で開發された「寒泉」にも『全唐詩』の1字索引が收められていて，こちらで檢索することもできる。文明の利器は，5萬首を越える作品群を瞬時に鳥瞰し，從來の手作業では困難であった3次元的考察のための文字檢索を可能にした。兩大學の關係者をはじめIT革命の先驅者達に感謝しなければならない。先人への返禮は，彼等が提供する情報を活用し，より質の高い研究成果を公表することではなかろうか。

　電子檢索システムのテキストである『全唐詩』には，字句の異動や誤脱があるので，別集の善本で校正した詩句を見直す必要がある。また電子檢索システムから得られる情報の多くは無機的な數値に過ぎないので，有機的考察には熟語や連語の項目を立てた從來の索引本のほうが便利な場合がある。デジタルとアナログの融合を計り，目的に應じた使い分けをすることが大切である。

　白居易の詩について言えば，電子檢索システムの情報で大局を摑み，那波本を底本とする『白氏文集歌詩索引』で熟語や連語を檢索することで，より詳しい分析が可能となる。例えば「車馬」や「馬蹄」といった熟語がどれ位有るかを調べるには『白氏文集歌詩索引』が，また，その用例數や他の詩人との比較には電子檢索システムがそれぞれ役立つ。そこで『白氏文集歌詩索引』を檢索すると，345項の中には「馬遷」や「馬嵬」などの氏姓や地名といった固有名詞に使われる「馬」が含まれており，こうした用例を除くと，『白氏文集』に收められた作品の中に「馬」の文字を含む詩は合計277首有ることがわかる。『白氏文集』には，「轡」・「鞍」といった馬具や「廐」などの關連語も登場するので，これらを加えれば，「馬」に關連する用例數は飛躍的に增加する。

第2章　唐代詩人の日常生活　　　　　　　　　　　137

　このことは，白氏の「馬」に對する關心の高さを物語っている。用例數の多寡もさることながら，より重要なことは用例の質である。即ち「『樂天の馬』から唐代文化史上の何が見えてくるか？」そして「樂天にとって，馬は一體どんな存在であったか？」ということである。そうした疑問を解明するに役立つ情報が含まれているか否かで用例の質の高さが決まる。

　唐代文化史の問題について言えば，元稹の「望雲騅馬歌　幷序」の「序」に「德宗皇帝以八馬幸蜀，七馬道斃，唯望雲騅來往不頓。貞元中老死天廄，臣稹作歌以記之。(德宗皇帝　八馬を以つて蜀に幸し，七馬　道に斃れ，唯だ望雲騅のみ來往して頓せず。貞元中　老いて天廄に死す。臣稹　歌を作りて以つて之を記す)」とあり，德宗が8頭立ての馬車で蜀に亡命した時の樣子が詠われていて興味深い。また，德宗時代の宰相陸贄と同時代を生きた周存の「西戎獻馬」詩によって，大曆期に天子のための名馬が「西戎」から獻上されていたことがわかる。ただし，この詩には當時の經濟情勢までは詠い込まれていない。ところが，憲宗の元和初期に作られた「新樂府　五十首　幷序」其三十四の0158「陰山道」には，實に詳細な情報が含まれている。

0158「陰山道」
陰山道　陰山道　　　　陰山の道　陰山の道
紇邏敦肥水泉好　　　　紇邏・敦肥　水泉　好し
每至戌人送馬時　　　　戌人　馬を送る時に至る每に
道傍千里無纖草　　　　道傍　千里　纖草無し
草盡泉枯馬病羸　　　　草盡き　泉枯れて　馬病み羸（つか）れ
飛龍但印骨與皮　　　　飛龍　但だ骨と皮とに印す
五十疋縑易一疋　　　　五十疋の縑（きぬ）もて一疋に易（か）へ
縑去馬來無了日　　　　縑去り　馬來（きた）り　了（を）る日無し
　……
元和二年下新敕　　　　元和二年　新敕を下し
內出金帛酬馬直　　　　內より金帛を出して　馬の直（あたひ）に酬ゆ

仍詔江淮馬價縑　　仍つて詔す　江・淮の馬價の縑は
從此不令疎短織　　此れより　疎短に織らしめず
……
誰知黠虜啓貪心　　誰か知る　黠虜　貪心を啓き
明年馬多來一倍　　明年　馬　多く來ること一倍なるを
縑漸好　馬漸多　　縑　漸く好く　馬　漸く多し
陰山虜　奈爾何　　陰山の虜　爾を奈何せん

　矢繼ぎ早にシルクロードからもたらされる馬のために，その代償に支拂う「縑」が足りなくなったというのである。當時，交易のアンバランスによる弊害が生じていたのである。白氏の記した書簡1940「與迴鶻可汗書（迴鶻可汗に與ふるの書）」に「……其馬數共六千五百匹。……都計馬價絹五十萬匹。緣近歲已來，或有水旱，軍國之用，不免闕供。……付絹少則彼意不充，納馬多則此力致歎。馬數漸廣，則欠價漸多。（……其の馬の數　共に六千五百匹。……都て計るに馬の價は絹五十萬匹。近歲已來，或は水旱有るに緣りて，軍國の用，供するを闕くを免れず。……絹を付すること少なければ則ち彼の意　充たされず，馬を納むること多ければ則ち此の力　歎を致す。馬の數　漸く廣くして，則ち價を欠くこと漸く多し）……」とある。また，白氏は0001「賀雨」に「……宮女出宣徽，廏馬減飛龍。（宮女は宣徽より出だされ，廏馬は飛龍を減ず）……」と詠い，憲宗の德政を贊美した句の中で，緊縮財政の一環として「廏馬」の削減が敢行されたことに言及している。すでに陳寅恪の『元白詩箋證稿』をはじめ多くの東洋史家の論考に白詩が史料として引用されていることは，『白氏文集』が文化史の立場からみても第一級の資料であることを物語っている。
　文化史の資料ということであれば，長安で「駿馬」が商われていたことを示す杜甫「惜別行送劉僕射判官（惜別行。劉僕射判官を送る）」詩の「聞道南行市駿馬，不限匹數軍中須。（聞く道らく南行して駿馬を市ふに，匹數を限らず軍中須つと）……」や岑參の「虢州送天平何丞入京市馬（虢州にて天平何丞の入京して馬を市ふを送る）」詩の「……習戰邊塵黑，防秋塞草黃。（習戰　邊塵黑

く，防秋　塞草黃ばむ）……」から中原を胡寇から守るための軍馬が商われていたことがわかるし，韋元旦「奉和聖製春日幸望春宮應制」の「危竿競捧中街日，戲馬爭銜上苑花。（危竿　競って捧ぐ　中街の日，戲馬　爭つて銜む　上苑の花）……」，劉禹錫「和樂天洛城春齊梁體八韻」の「……樓前戲馬地，樹下鬥雞場。（樓前　戲馬の地，樹下　鬥雞の場）……」，王貞白「少年行二首」（其一）の「……戲馬上林苑，鬥雞寒食天。（戲馬す　上林の苑，鬥雞す　寒食の天）……」によって「戲馬」が「鬥雞」と同じように貴族の娛樂として樂しまれていたこともわかる。張說の「舞馬詞六首」と「舞馬千秋萬歲樂府詞三首」や薛曜の「舞馬篇」から「天庭」で豪華な馬具で飾られた「神馬」が舞う樣子を再現できることも興味深い。

　一方，文藝面に着目すれば，李白の「天馬歌」「白馬篇」、杜甫の「房兵曹胡馬」「沙苑行」「玉腕騮」、李賀の「馬詩二十三首」などの名作が有る。迫眞性ということでは，「一驛過一驛，驛騎如星流。平明發咸陽，暮到隴山頭。……沙塵撲馬汗，霧露凝貂裘。……十日過沙磧，終朝風不休。馬走碎石中，四蹄皆血流。（一驛　一驛過ぎ，驛騎　星の流るるが如し。平明に咸陽を發し，暮に隴山の頭(ほとり)に到る。……沙塵　馬の汗を撲ち，霧露　貂裘に凝る。……十日　沙磧を過ぎ，終朝　風　休(や)まず。馬　碎石の中を走り，四蹄　皆な血流す）……」と詠う岑參の「初過隴山途中呈宇文判官（初めて隴山を過(よぎ)り，途中，宇文判官に呈す）」詩は，邊境に向かう馬の旅を描いた第一級の作である。張籍の 024「傷歌行」の「郵夫防吏急誼驅，往往驚墮馬蹄下。（郵夫　防吏　急に誼驅し，往往驚き墮つ　馬蹄の下）……」や 187「謝裴相公寄馬（裴相公の馬を寄せらしに謝す）」の「……乍離華廐移蹄澁，初到貧家舉眼驚。（乍ち華廐を離れ　蹄を移し澁り，初めて貧家に到り　眼を舉げて驚く）……」も特筆に價する。さらに散文作品にも「……凡馬之事二十有七，爲馬大小八十有三，而莫有同者焉。（……凡そ馬の事　二十有七，馬の大小　八十有三を爲して同じ者有ること莫し）……」と綴る韓愈の 432「畫記」が有り，馬の姿態を活寫した「痒磨樹者（樹に痒磨する者）」「怒相踶齧者（怒りて相踶齧する者）」といった描寫は傑出している。また，劉禹錫の「傷我馬詞（我馬を傷む詞）」は，前半の散文と結びの七言

六句の弔詞で構成された名文で、武陵の川「龍泉」に愛馬の骨を沈めるに際し、劉氏は苦樂を共にしてきた分身への追悼の文字を格調高く綴っている。

しかし、この小論で取り上げたい問題は、「白居易の馬に關する詩から白氏の『人と文學』のいかなる特質が見えてくるか？」ということである。例えば、「車馬」という詩語は、現存する2800首を超える白詩のうちの29詩に登場するが、全ての用例から白氏の特質が見えてくるわけではない。『白氏文集』には2277「中隱」詩の「……亦無車馬客、造次到門前。（亦た無し　車馬の客の、造次　門前に到る）……」の句が有り、陶淵明の「飲酒　二十首」其五の「結廬在人境、而無車馬喧。（廬を結んで人境に在り、而れども車馬の喧しき無し）……」が想起されるように、閑居と對比される繁華雜踏を象徴する言葉として用いられているという點は注目に值する。しかし、こうした用例を除けば、「車馬」はやはり常用語の域を出ない。これに對して、「信馬」「五馬」は先人の用例もあり、一見、普通の言葉のように見えるが、白氏にとっては特別の意味を持つ「キーワード」となっている。また、「駱」は3418・3610・3648の3詩にしか登場しないが、數ではその約10倍の「車馬」以上の重みを持っている。そして、その重みは、「多情」を自覺する白氏の「思い入れ」に起因する。

こうした一見、何の變哲も無い文字が、白氏の萬感の思いを傳える特別な詩語であることを、「馬」を詠んだ白氏の作品群から明らかにしようというのが拙論「樂天の馬」の主たる目的である。

1．唐代の文人の身分と馬

「馬は、古代の社會において、富と權力の象徵であった。それは、人間が飼育する家畜の中で、最も高速の移動に堪え、最も大量の物資の運搬を可能にするものだったからである。……」（大修館『漢詩の事典』3「詩語のイメージ」馬［汗血馬・銀鞍白馬］）

確かに、名馬は「富と權力の象徵」である。しかし、どんな「馬」も「富と權力の象徵」というわけではない。駄馬や驢馬は、むしろ「貧者の象徵」であ

る。唐代傳奇「杜子春傳」に「……乘肥衣輕, ……衣服車馬, 易貴從賤, 去馬而驢, 去驢而徒, (肥へたるに乘り輕なるを衣て, ……衣服車馬, 貴を易へて賤に從ひ, 馬を去つて驢, 驢を去つて徒)……」とある。「肥」から「驢」,「驢」から「徒」へと「易貴從賤」の過程を乘り物で象徴させた個所である。立派な馬から驢馬を經て徒步に至るまで「一二年間, 稍稍而盡。(一二年の間, 稍稍として盡く)」というのは傳奇としての脚色であろうが, そこには經濟狀況に應じて乘り物を變えていた當時の實生活が反映されている。

　唐代の人々にとって, 馬は, 今日の乘用車に匹敵する生活必需品であった。一口に乘用車といっても輕四輪から高級車にいたるまで, 等級によって價格や用途が異なるように, 唐代の文人の乘る馬も, 駿馬から駄馬までピンキリで, 身分や貧富の差によって所有できる馬に違いがあった。

　宋の程大昌の『演繁露』に「太守五馬, 莫知的據, ……然鄭後漢人, 則太守用五馬, 後漢已然矣。至唐白樂天『和春深』二十詩曰:『五匹鳴珂馬, 雙輪畫戟車』, 至其自杭分司有詩曰:『錢唐五馬留二匹, 還擬騎來攪擾春』老杜亦有詩曰:『使君五馬一馬驄』, 則是眞有五馬矣。(太守五馬, 的據を知る莫し, ……然れども鄭は後漢の人なれば, 則ち太守五馬を用ふるは, 後漢に已に然り。唐に至り, 白樂天の『和春深』二十詩に曰はく:『五匹　鳴珂の馬, 雙輪　畫戟の車』と, 其の杭より分司するに至りて詩有り, 曰はく:『錢唐　五馬　二匹を留め, 還た騎り來つて春を攪擾せんと擬す』と。老杜も亦た詩有り, 曰はく:『使君の五馬　一馬は驄』と, 則ち是れ眞に五馬有るなり)」とあるように, 後漢の鄭玄の時代から「太守」は五頭立て馬車に乘っており, 杜甫の時代の「使君」もまた「五馬」を用いていたことがわかる。白氏もまた2657「和春深二十首」其五に「何處春深好, 春深刺史家。……五匹鳴珂馬, 雙輪畫戟車。(何處か　春深く好からん, 春は深し　刺史の家。……五匹　鳴珂の馬, 雙輪　畫戟の車)……」と詠み, 2382「分司」に「……錢唐五馬留二匹, 還擬騎來攪擾春。(錢唐　五馬　二匹を留め, 還た騎り來つて春を攪擾せんと擬す)」と詠んでいる。

2．「肥馬」と「瘦馬」

「唐代詩人の中にあってとりわけ馬を好んで取り上げた」杜甫が「房兵曹胡馬」で詠った「大宛」(中央アジアのフェルガーナ)產の「汗血馬」や李白が「少年行」で歌った「銀鞍白馬」は，「富と權力の象徵」であるが，杜甫が「瘦馬行」で描いた「瘦馬」は不遇による困苦の象徵である。そして，白居易の詩に登場する「肥馬」(0042・0078・0583・3344)と「瘦馬」(0257・0583・0584・0811・0845・2228)も乘り手の境遇を象徵する言葉として用いられている。

0078「傷友」(友を傷む)
陋巷孤寒士　　陋巷　孤寒の士
出門苦悽悽　　門を出でて　苦(はなは)だ悽悽たり
……
蹇驢避路立　　蹇驢　路を避けて立ち
肥馬當風嘶　　肥馬　風に當つて嘶く
……

0583「送張山人歸嵩陽」(張山人の嵩陽に歸るを送る)
……
張生馬瘦衣且單　　張生　馬は瘦せ　衣は且つ單(ひとへ)
夜扣柴門與我別　　夜　柴門を扣(たた)いて　我と別かる
……
朝遊九城陌　　朝に九城の陌に遊び
肥馬輕車欺殺客　　肥馬　輕車　客を欺殺す
暮宿五侯門　　暮に五侯の門に宿り
殘茶冷酒愁殺人　　殘茶　冷酒　人を愁殺す
……

0584「醉後走筆……」(醉後　筆を走らせ……)
　……
出門可憐惟一身　　門を出でて　憐む可し　惟だ一身
弊裘瘦馬入咸陽　　弊裘　瘦馬　咸陽に入る
　……

　長安には「瘦馬」どころか「蹇驢」に跨ることしか出來ない「寒士」もいた。そして，若き日の白居易もまた「驢」に跨る書生の１人であった。白居易は校書郎時代を回顧して「騎驢日」と言っている。

2451「歲暮寄微之」(歲暮　微之に寄す) 三首の三
　……
龍鍾校正騎驢日　　龍鍾せり　校正　騎驢の日　　【龍鍾】失意のさま。
顑頷通江司馬時　　顑頷せり　通・江　司馬の時
　……

また，白氏は「華陽觀」で制科の受驗に向けて苦學していた頃を想起して，

3628「酬寄牛相公同宿話舊勸酒見贈」
　(牛相公の同宿して舊を話し，酒を勸めて贈られしに酬い寄す)
每來故事堂中宿　　每に來りて　故事堂中に宿し
共憶華陽觀裏時　　共に憶ふ　華陽觀裏の時
日暮獨歸愁米盡　　日暮れて　獨り歸り　米の盡きしを愁へ
泥深同出借驢騎　　泥深くして　同に出でて　驢を借りて騎る
交遊今日唯殘我　　交遊　今日　唯だ我を殘し
富貴當年更有誰　　富貴　當年　更に誰か有る
　……

と詠んでいる。

3. 驢馬

　0447「朱陳村詩」に「牛驢」とあるように，驢馬は農業用の家畜である。その「驢」を乗用に用いるのは，耕運機や小型トラックを通勤用に代用するようなものである。進士科受驗時代の白氏は，ぬかるみの中を「借驢」にまたがって外出している。

　賃貸の驢馬について，圓仁は『入唐求法巡禮行記』卷1に興味深い記錄を殘している。「（四月）六日，天晴。縣家，都使來。……到山南卽覓驢馱去。在此旡處借賃驢馬者。……七日，……泥深路遠。……騎驢一頭，儶從等竝步行。……便雇驢三頭，騎之發去。驢一頭行二十里，功錢五十文，三頭計百五十文。行廿里到心淨寺。……便向縣家去便雇驢一頭，……驢功與錢廿文。一人行百里，百廿文。……八日，……從東海山宿城村至東海縣一百餘里，惣是山路，或駕或步，一日得到。……（〔四月〕六日，天晴る。縣家，都使來たる。……山南に到りて卽ち驢馱を覓めて去る。此に在りて賃驢馬なる者を借るる處旡し。……七日，……泥深く路遠し。……騎驢一頭，儶從等　竝んで步行す。……便ち驢三頭を雇ひ，之に騎して發し去る。驢一頭　行くこと二十里，功錢五十文，三頭計百五十文なり。行くこと廿里　心淨寺に到る。……便ち縣家に向つて去り，便ち驢一頭を雇ひ，……驢功錢廿文を與ふ。一人　行くこと百里にして，百廿文なり。……八日，……東海山宿城村從り東海縣に至る一百餘里は，惣て是れ山路なり。或は駕し或は步き，一日にして到るを得たり）……」（中公文庫167頁）。卷2にも「（四月）廿六日，……未時，新羅人卅人餘，騎馬乘驢來云〔（四月）廿六日，……未の時，新羅人　卅人餘，馬に騎り驢に乘りて來たりて云ふ〕……」（中公文庫194頁）とある。

　當時の「一文」の價値は，「（開成五年）三月二日，……粟米一斗三十文，粳米一斗七十文。……」（中公文庫290頁）から推測することが出來る。穀物の値

段は地域や作柄によって變動が激しいので，現在の日本圓に單純計算で換算するわけにはゆかない。しかし，驢馬を借りる費用でどれくらいの食料を手に入れられたかということを知る上で，この資料は貴重である。

　白氏は3628「酬寄牛相公同宿話舊勸酒見贈（牛相公の同宿して舊を話し，酒を勸めて贈られしに酬ひ寄す）」で，現在の「富貴」の對極にある「貧苦」を象徵させる言葉として，「愁米盡」「借驢騎」の文字を用いている。「米」にも事缺く狀況では，驢馬を借りる費用すら惜しかったはずである。今は宰相として人臣を極めた牛僧孺に，共に苦學した受驗生時代を思い出させながら，白氏はしみじみと嘆老忘憂の酒杯を傾けている。

4．「一馬二僕夫」の身分となる

　白氏が自分の馬を持てるようになったは，制科合格後に校書郎の職を得，長安の常樂里に借家住まいをするようになってからのようである。

　　0175「常樂里閑居……」
　　　……
　　茅屋四五閒　　茅屋　四・五閒
　　一馬二僕夫　　一馬　二僕夫
　　俸錢萬六千　　俸錢　萬六千
　　月給亦有餘　　月給も亦た餘り有り
　　　……

　32歳の白氏は1474「養竹記」に「……貞元十九年春，居易以拔萃選及第，授校書郎，始於長安求假居處，得常樂里故關相國私第之東亭而處之。（貞元十九年春，居易拔萃の選を以つて及第し，校書郎を授かり，始めて長安に假の居處を求め，常樂里の故關相國の私第の東亭を得て之に處る）……」と記している。この時ようやく馬1頭と從僕2人を持てる身分になった。校書郎（＊正九品上）

となった白氏は，0175詩で「一馬二僕夫」と滿ち足りた表情で誇らしげに詠っている。

馬を得た樂天は，0176「答元八宗簡同遊曲江後明日見贈（元八宗簡の同に曲江に遊び後明日に贈られしに答ふ）」に「……唯我與夫子，信馬悠悠行。（唯だ我と夫子のみ，馬に信せて悠悠として行く）……」と，年上の詩友である元宗簡と共に，馬の行くまま，氣の向くまま，曲江のほとりに出かけ，「反照草樹明」らかなる「時景」を樂しんでいる。この「信馬」という詩語は，先行例として岑參の「西掖省卽事」詩に「……平明端笏陪鵷列，薄暮垂鞭信馬歸。（平明 笏を端して 鵷列に陪し，薄暮 鞭を垂れて 馬の歸るに信す）……」の句があり，白氏も好んで用いる言葉である。2895「醉吟」の「……臨風朗詠從人聽，看雪閑行任馬遲。（風に臨み 朗詠して 人の聽くに從せ，雪を看 閑行して 馬の遲きに任す）……」における「任馬遲」と同様，手綱をゆるめ，馬の意思に任せることをいう。白氏は馬の習性を2539「閑出」で「兀兀出門何處去，新昌街晚樹陰斜。馬蹄知意緣行熟，不向楊家卽庾家。（兀兀として門を出でて何處にか去く，新昌街晚れ 樹陰斜めなり。馬蹄 意を知るは行の熟するに緣る，楊家に向かはずんば卽ち庾家）」と詠っている。また，2534「塗山寺獨遊」では，「……塗山來去熟，唯是馬蹄知。（塗山に來去すること熟し，唯だ是れ馬蹄知る）」と詠んでいる。こうした，乘り手と馬の信賴關係が「信」や「任」の文字に託されている。白氏は，この「信馬」「任馬」の言葉に，乘り手の心境を實に巧みに集約している。ある時は，孤獨と寂寥による無氣力感や茫然自失の樣を，またある時は酩酊時のほろ醉い氣分を，そしてまたある時は自由氣ままな開放感を，樂天は，さりげなくこの2文字に代表させている。

5. 馬での出勤

自家用の乘用馬は勿論，通勤に活用される。それゆえ，「馬」は登朝風景や退朝後の樣子を詠った詩にたびたび登場する。

0420「早朝賀雪寄陳山人」(早に朝して雪を賀し,陳山人に寄す)
　　……
上堤馬蹄滑　　堤に上りて　馬蹄　滑り
中路蠟燭死　　中路にして　蠟燭　死ゆ
　　……

1280「七言十二句贈駕部呉郎中七兄」
　　　　［題注］「時早夏朝歸,閉齋獨處,偶題此什。(時に早夏　朝より歸り,
　　　　　　　齋を閉ぢて獨り處り,偶たま此の什を題す)
四月天氣和且清　　四月　天氣　和にして且つ清く
綠槐陰合沙隄平　　綠槐　陰合して　沙隄平らかなり
獨騎善馬銜鐙穩　　獨り善馬に騎りて　銜鐙　穩かに
初著單衣支體輕　　初めて單衣を著て　支體　輕し
退朝下直少徒侶　　朝を退き直より下り　徒侶少く
歸舍閉門無送迎　　舍に歸り門を閉ぢて　送迎無し
　　……

0266「朝歸書寄元八」(朝より歸り,書して元八に寄す)
　　……
歸來昭國里　　歸り來る　昭國里
人臥馬歇鞍　　人は臥し　馬は鞍を歇む
　　……

0273「朝迴遊城南」(朝より迴りて城南に遊ぶ)
朝退馬未困　　朝より退きて　馬未だ困しまず
秋初日猶長　　秋初　日猶ほ長し
　　……

本編　第2部　唐代詩人の生活環境

しかし，その必需品も官職を退いた身には時として贅澤品となる。

6．馬を手放す

　馬を持ち家庭を持ち天子の側近である翰林學士の地位に昇りつめたところで，突如，白氏の運命は下降の兆しをみせる。母親の喪に服し，渭村に退居していた時，經濟的に逼迫した白氏は「犢(こうし)」を購入するために「馬」を賣却している。

　0239「晩春沽酒」（晩春に酒を沽(か)ふ）
　　……
　賣我所乘馬　　我が乘る所の馬を賣り
　典我舊朝衣　　我が舊き朝衣を典す
　盡將沽酒飲　　盡く將(も)つて　酒を沽ひて飲み　【盡將】その金を全部使って……
　　……
　酩酊步行歸　　酩酊し　步行して歸る

　0240「蘭若寓居」
　　……
　薜衣換簪組　　薜衣　簪組に換へ
　藜杖代車馬　　藜杖　車馬に代(か)ふ
　　……
　0245「歸田三首」（其二）
　　……
　賣馬買犢使　　馬を賣り　犢を買ひて使ひ
　徒步歸田廬　　徒步して　田廬に歸る
　　……
　0246「歸田三首」（其三）
　　……

化吾足爲馬　　吾が足を化して馬と爲さば
吾因以行陸　　吾れ因りて以つて陸を行かん
　　……

　この時，白氏は0807「渭村退居……一百韻」で「……生計雖勤苦，家資甚渺茫。塵埃常滿甑，錢帛少盈囊。（生計　勤苦すと雖も，家資　甚だ渺茫たり。塵埃　常に甑に滿ち，錢帛　少に囊に盈つ）……」と嘆くほど貧窮していた。渭村に引きこもり，納税免除を解かれる平民となった境遇を，中央官僚として本給の他に天子からの報酬を追加される翰林學士の身分と比べれば，經濟狀況の惡化は深刻であった。0807詩で「……廐馬驕初跨，天廚味始嘗。（廐馬　驕りて初めて跨り，天廚　味始めて嘗む）……」と回顧した「廐馬」も「朝衣」や「佩劍」と共に手放さざるを得なかった。喪中の貧乏生活とあっては，「朝衣」も「佩劍」も無用の長物として，「杯酒」のための質草とし，「牛羊」と交換せざるを得ない。一農民として耕作に從事するには馬よりも子牛のほうが實用的であった。0246「歸田三首」（其三）では「……化吾足爲馬，吾因以行陸。（吾が足を化して馬と爲さば，吾れ因りて以つて陸を行かん）……」と自らに言い聞かせている。
　そうした白氏の窮狀を見兼ねた親友李建は馬を贈りたいと申し出た。しかし，白氏はこれを辭退している。

0798「還李十一馬」（李十一に馬を還す）
傳語李君勞寄馬　　傳語す　李君　馬を勞寄すと
病來唯拄杖扶身　　病來　唯だ　杖に拄りて身を扶く
縱擬強騎無出處　　縱ひ強ひて騎らんと擬するも出づる處無し
却將牽輿趁朝人　　却つて將牽して輿へよ　朝に趁く人に

　「出かけるところも無い病身の私にではなく，朝廷に參內する人にさしあげて下さい」というのである。しかし，0799「九日寄行簡（九日　行簡に寄す）」

では「摘得菊花攜得酒，遶村騎馬思悠悠。下邽田地平如掌，何處登高望梓州。（菊花を摘み得　酒を攜へ得，村を遶り　馬に騎りて　思ひ悠悠。下邽の田地平らかなること掌の如し，何處にか　高きに登りて梓州を望まん）」と詠っている。「騎馬」の馬が自分のものであるとすれば，やはり，李建の好意を辭退し切れなかったのであろうか？

渭村退居の時は「背に腹は……」といった狀況で「馬」を手放したのであるが，別の理由で處分することもあった。後年，白氏は洛陽履道里の豪邸入手の資金不足を補うために２頭の馬を賣却している。

7．節度使が寄贈する馬

元和十五年 [820]，張籍は，河東節度使裴度の「高情」により遠く太原の「幷州」から「戰馬」を贈られた。この時，張籍の詩に白居易は次のごとく唱和している。

　　187「謝裴相公寄馬」　張籍
　　　（裴相公の馬を寄せられしを謝す）
　　騄耳新駒駿得名　　騄耳の新駒　駿にして名を得
　　司空遠自寄書生　　司空　遠く自ら　書生に寄す
　　乍離華廄移蹄澁　　乍ち華廄を離れ　蹄を移し澁り
　　初到貧家擧眼驚　　初めて貧家に到り　眼を擧げて驚く
　　每被閑人來借問　　每に閑人に來りて借問せらる
　　多尋古寺獨騎行　　「多くは古寺を尋ねて　獨り騎行するか？」と
　　長思歲旦沙堤上　　長く思ふ　歲旦　沙堤の上
　　得從鳴珂傍火城　　鳴珂に從って火城に傍するを得んことを

　　1211「和張十八祕書謝裴相公寄馬」　白居易
　　　（張十八祕書の『裴相公の馬を寄せられしを謝する』に和す）

第 2 章　唐代詩人の日常生活

齒齊臁足毛頭膩	齒齊しく　臁足り　毛頭膩し
祕閣張郎叱撥駒	祕閣　張郎の叱撥駒
洗了頷花翻假錦	洗ひ了れば　頷花　假錦を翻へし
走時蹄汗蹋眞珠	走る時　蹄汗　眞珠を蹋む
青衫乍見曾驚否	青衫　乍ち見て　曾て驚くや否や
紅粟難賒得飽無	紅粟　賒り難く　飽くを得るや無や
丞相寄來應有意	丞相　寄せ來るは　應に意有るべし
遺君騎去上雲衢	君を遺て騎り去りて　雲衢に上らしめんと

　裴度の好意に對して，貧儒の「張祕書」にできることといえば詩による返禮以外に無かった。後に劉禹錫が追和して「……尋花緩轡威遲去，帶酒垂鞭躞蹀回。不與王侯與詞客，知輕富貴重淸才。(……花を尋ね　轡を緩め　威遲として去き，酒を帶び　鞭を垂れ　躞蹀として回る。王侯と輿にせずして詞客と輿にし，富貴を輕んじ　淸才を重んずるを知る)」(＊「裴相公大學士……」詩) と詠うように，張籍にとっては「淸才」が認められての快擧である。そして，周邊詩人にとっては，裴度の度量と張籍の詩才を稱讚することで同志閒の結束を固める好機であった。『文苑英華』卷333「馬」33首の中には，張籍187「蒙裴相公賜馬謹以詩謝 (裴相公より馬を賜はるを蒙り，謹んで詩を以つて謝す)」，裴度「酬張祕書因寄馬贈詩 (張祕書の『馬を寄せられしに因りて詩を贈る』に酬ゆ)」，李絳「和前」、韓愈「同前」、張賈「同前」、元稹「同前」、白居易「同前」、劉禹錫「同前」の8首が列記されている。これだけの名士の唱和詩が寄せられれば，裴度の名聲は，いやが上にも高まる。裴度は物品以上の返禮を得たことになる。劉詩の原題は「裴相公大學士見示答張祕書謝馬詩幷群公屬和，因命追和。(裴相公大學士『張祕書の馬を謝するの詩に答ふ』幷びに群公の屬和を示さる。命に因りて追和す)」。「因命追和」というのは，裴度が「群公」の「屬和」を10年後に劉禹錫に見せ，これに命じて「追和」させたことをいう。蔣維松著『劉禹錫詩集編年箋注』(山東大學1997年9月)はこの詩を大和四年[830]に繫年している。

　ここで注意すべきことは，張籍も白居易も「馬」の用途を「裴度の部下とし

て仕えるために……」と詠っているのに對し，劉禹錫は「詞客」と共に「尋花」に主眼を置いている點である。このことは，時勢が元和末期と大和年間とで大きく變化していることと關連する。

　『舊唐書』「李宗閔傳」に「元和十二年，宰相裴度出征吳元濟，……。賊平。（元和十二年，宰相裴度出でて吳元濟を征ち，……。賊平ぐ）……」とある。全盛期に賊を平定した英雄裴度は，大和四年には老病を理由に中央の政權鬪爭を避け，出でて山南東道節度使となっている。新舊兩『唐書』に更に興味深い紀事が有る。『舊唐書』「本紀」に曰はく，「［大和］七年……襄州裴度奏請停臨漢監牧，從之。此監元和十四年置，馬三千二百匹，廢百姓田四百餘頃，停之爲便。（［大和］七年……襄州の裴度　奏して臨漢監の牧を停めんことを請ふ，之に從ふ。此の監，元和十四年に置く，馬三千二百匹，百姓田四百餘頃を廢す，之を停めんことを便と爲す）……」と。『舊唐書』「裴度傳」に曰はく，「……初，元和十四年，於襄陽置臨漢監牧，廢百姓田四百頃。其牧馬三千二百餘匹。度以牧馬數少，虛瘠民田，奏罷之，除其使名。（初め，元和十四年，襄陽に臨漢監の牧を置き，百姓の田四百頃を廢す。其の牧馬三千二百餘匹。度　牧馬の數少きを以つて虛しく民田を瘠するを奏して之を罷め，其の使名を除く）……」と。『新唐書』「裴度傳」に曰はく，「大和四年，……白罷元和所置臨漢監，收千馬納之校，以善田四百頃還襄人。頃之，固請老，不許。……八年，徙東都留守，……度野服蕭散與白居易、劉禹錫爲文章，把酒，窮晝夜相歡，不問人間事。（大和四年，……元和に置く所の臨漢監，千馬を收めて之を校に納むるを罷め，善田四百頃を以つて襄人に還すことを白す。之を頃（しばら）くして，固く老いを請ふも，許されず。……八年，東都留守に徙り，……度　野服蕭散にして，白居易、劉禹錫と與に文章を爲り，酒を把り，晝夜を窮めて相歡び，人間の事を問はず）……」と。

　こうした紀事によって，次の二つのことがわかる。一つは，裴度が「臨漢監」の「牧馬」を廢止し，肥沃な耕作地を襄陽の農民に返還したこと，もう一つは，老境に入った裴度が洛陽に退いて白氏らと詩酒を樂しんでいたことである。前者は節度使と「牧馬」の關係，後者は裴度を中心とするサロンにおける唱和集

第2章　唐代詩人の日常生活　153

團の實態を知る上で貴重である。
　初め諷諭詩に長じた張籍の詩名を求めた裴度は，10年後には20年の不遇時代に耐えて名譽回復した劉禹錫の文名をも求めている。地方軍閥の制壓で武將としての地位を不動のものとした裴度が，次に望んだものは，文化人としての名譽であった。そして，元和年間と大和年間のいずれにも白氏の名前が登場していることは，裴度との變わらぬ交遊を物語っている。

8．樂天の「五馬」

　白氏の「五馬」には明暗2種類のイメージがある。即ち忠州左遷時代の「苦い想い出」と杭州・蘇州刺史時代の「快い想い出」とである。しかし，「五馬」に託された白氏の心境は，「明」と「暗」に2分できるほど單純ではない。
　例えば，0347「馬上作」で「……何言左遷去，尙獲專城居。……迴首語五馬，去矣勿踟蹰。（……何ぞ言はん　左遷されて去ると，尙ほ專城の居を獲たり。……首を迴らして五馬に語る，去れ踟蹰すること勿かれと）」と詠っている。「踟蹰することなかれ！」と「馬」に言い聞かせる詩人の聲は，馬の耳にではなく己の胸に哀しく響く。そして1110「初到忠州贈李六（初めて忠州に到り，李六に贈る）」詩では，「……更無平地堪行處，虛受朱輪五馬恩。（更に平地の行くに堪ふる處無し，虛しく朱輪五馬の恩を受く）」と詠っている。「こんな山開部ではせっかくの朱輪の五馬も活かされない」とぼやく聲から，白氏の泣き笑いにも似た表情が浮かんで來る。江州司馬から忠州刺史に榮轉となった喜びと長江を遡った僻地に對する失望とを乘せ，樂天の「五馬」は，哀しいまでに鮮やかな「朱輪」を回す。風光明媚な廬山から黑雲垂れこめる忠州へと向かう白氏の心は鉛のごとく重く暗い。白氏は1111「郡齋暇日，憶廬山草堂。（郡齋にて暇日，廬山の草堂を憶ふ）……」詩で「……三車猶夕會，五馬已晨裝。去似尋前世，來如別故鄕。（三車　猶ほ夕べに會し，五馬　已に晨に裝ふ。去ること前世を尋ぬるに似，來ること故鄕に別るるが如し）……」と詠っている。一方，2355「西湖留別」の「……翠黛不須留五馬，皇恩只許住三年。（翠黛　五馬を留

むるを須ひず，皇恩　只だ住むこと三年を許す）……」や2416「赴蘇州至常州答賈舍人（蘇州に赴き常州に至り，賈舍人に答ふ）」の「杭城隔歳轉蘇臺，還擁前時五馬迴。（杭城　歳を隔てて　蘇臺に轉じ，還た前時の五馬を擁して迴る）……」には，轉勤に際しての惜別や感慨が詩全體を感傷的にしてはいるが，その底流には地方長官としての誇りと充實感が漂っている。2437「對酒吟」の「……金銜嘶五馬，細帶舞雙姝。（金銜　五馬嘶き，細帶　雙姝舞ふ）……」に至っては，遅い出世に對する不満を残しながらも地方での貴族生活に醉いしれているし，2447「酬劉和州戲贈（劉和州の戲れに贈るに酬ゆ）」の「……雙蛾解珮啼相送，五馬鳴珂笑却迴。（雙蛾　珮を解き　啼きて相送り，五馬　珂を鳴らして笑ひて却迴る）……」は，「錢塘」と「蘇臺」の「兩地」で刺史として送った日々の思いが詩全體に華やかな彩りを添えている。そして，2382「分司」の「……錢塘五馬留三匹，還擬騎遊攪擾春。（錢塘　五馬　三匹を留め，還た擬す騎遊して春を攪擾せんと）」からは，杭州刺史時代の甘美な餘韻をしみじみと懷かしむ53歳の太子左庶子分司の悲哀が傳わってくる。手元に残した「三匹」を見つめながら「還擬騎遊攪擾春」と嘯く「病拙不才」の老詩人の眼差しは，暗くもなく明るくもない。しかし，優しく溫かく懷かしい。

　達觀し切れない葛藤こそ「偉大なる凡人」樂天の本質である。

9．馬上での居眠り

　白氏51歳の作，0335「長慶二年七月，自中書舍人出守杭州。路次藍溪作。（長慶二年七月，中書舍人より出て杭州に守たり。路みち藍溪に次りて作る）」には「自此後詩倶赴杭州時作。（此より後の詩は倶に杭州に赴く時に作る）」という注が付けられている。詩中，白氏は「……是行頗爲愜，所歷良可紀。（是の行は頗る愜しと爲す，歷る所　良に紀すべし）……」と詠い，道中での所感を綴った作品群を順に 0336「初出城留別（初めて城を出て留別す）」0337「過駱山人野居小池（過駱山人が野居の小池に過る）」0338「宿淸源寺（淸源寺に宿す）」0339「宿藍溪對月（藍溪に宿す）」と排列している。こうした詩を讀み進むと，あた

第2章　唐代詩人の日常生活

かも紀行文の讀者が作者と共に旅するかの境地に引き込まれる。

　白氏は，旅の道連れに「江州去日朱藤杖，忠州歸日紫驄馬。（江州より去りし日の朱藤の杖，忠州より歸りし日の紫驄の馬）」[0342詩]を選んだ。黒栗毛の鬣（たてがみ）を持った「紫驄馬」はお氣に入りの名馬だったのであろう。忠州刺史時代の「五馬」の中からこの「紫驄馬」を選んだ。

　白氏は望秦嶺から五松驛に赴く途中，愛馬の背に搖られながら居眠りをしている。

0340「自望秦赴五松驛，馬上偶睡。睡覺成吟」
　　　（望秦より五松驛に赴き，馬上にて偶たま睡（ね）る。睡り覺めて吟を成す）

長途發已久	長途　發して已に久しく
前館行未至	前館　行きて未だ至らず
體倦目已昏	體　倦み　目　已に昏く
瞌然遂成睡	瞌然として　遂に睡を成す
右袂尚垂鞭	右袂　尚ほ鞭を垂れ
左手暫委轡	左手　暫く轡を委ぬ
忽覺問僕夫	忽ち覺めて　僕夫に問へば
纔行百步地	纔かに行くこと百步の地
形神分處所	形・神　處所を分かち
遲速相乖異	遲・速　相　乖異す
馬上幾多時	馬上　幾多の時ぞ
夢中無限事	夢中　無限の事
誠哉達人語	誠なる哉　達人の語
百齡同一寐	百齡　一寐に同じ

さしずめ居眠り運轉といったところ。從者である「僕夫」が隨行していなければ落馬していたかもしれない。

10. 落馬

　寶曆二年［826］，55歳の白居易は，落馬で負傷したことを2459「馬墜強出贈同座（馬より墜ち強ひて出で，同座に贈る）」詩に「足傷遭馬墜，腰重倩人擡。（足は傷つく　馬より墜つるに遭ひ，腰は重し　人の擡るを倩ふ）……」と詠んでいる。それでも白氏は馬を「籃輿」に替え，「花舫」に乗って風景を愛でに出かけ，「……明朝更濯塵纓去，聞道松江水最清。（明朝　更に塵纓を濯つて去らん，聞道く　松江　水　最も清しと）」と詠う。2486「晩起」に「閑上籃輿乘興出，醉迴花舫信風行。（閑にして籃輿に上り　興に乗じて出で，醉ひて花舫を迴らし　風に信せて行く）……」とある。また，2460「夜聞賈常州・崔湖州茶山境會，想羨歡宴。因寄此詩（夜　賈常州・崔湖州の茶山境會を聞き，歡宴を想羨す。因りて此の詩を寄す）」の結び「……自歎花時北窗下，蒲黃酒對病眠人。（自ら歎ず　花時　北窗の下，蒲黃の酒は病眠の人に對す）」に「時馬墜損腰，正勸蒲黃酒。（時に馬より墜ちて腰を損なひ，正に蒲黃酒を勸む）」という自注を付けている。落馬による負傷をおして舟遊びに出かけ，仲間の「歡宴」を羨みながら獨り「蒲黃酒」を口にする樂天の姿は，刻一刻と過ぎ去る「花時」を惜しまずにはおれない老詩人の「限り有る人生への愛惜」を傳えている。

　「墜馬」の先行例としては，わずかに杜甫の「醉爲馬墜諸公攜酒相看（醉ひて爲めに馬より墜ち，諸公　酒を攜へて相看る）」詩に「甫也諸侯老賓客，罷酒酣歌拓金戟。騎馬忽憶少年時，散蹄迸落瞿塘石。……安知決臆追風足，朱汗驂驒猶噴玉。不虞一蹶終損傷，人生快意多所辱。（甫や　諸侯　老賓客，酒を罷めて酣歌し　金戟を拓く。馬に騎りて　忽ち少年の時を憶ひ，蹄を散じて　瞿塘の石を迸り落とす。……安んぞ知らん　臆を決せる　追風の足，朱汗　驂驒　猶ほ玉を噴くを。虞らざりき　一蹶し　終に損傷せんとは，人生　快意なるとき　辱めらるる所多し）……」とあるほかは，顏眞卿が劉全白や陸羽らと興じて，「覆車墜馬皆不醒（車を覆し馬より墜つるも皆な醒めず）」と詠った「七言醉語聯句」があるだけで，落馬を詠った詩は極めて稀である。劉禹錫が「祕書崔少

監見示墜馬長句。因而和之。(祕書崔少監の墜馬の長句を示さる。因りて之に和す)」に「鱗臺少監舊仙郎,洛水橋邊墜馬傷。塵污腰間青繫綬,風飄掌下紫遊韁。上車著作應來問,折臂三公定送方。猶賴德全如醉者,不妨吟詠入篇章。(鱗臺の少監　舊仙郎,洛水橋邊　馬より墜ちて傷つく。塵は腰間の青繫綬を污し,風は掌下の紫遊韁を飄す)……」と詠った例は,上記の白詩とともに貴重である。

11. 愛馬への追悼

　大和元年 [827],56歳の白居易は,長安から洛陽に赴く途中,「稠桑驛」で,「小白馬」に死なれてしまう。「五馬」の中でもとりわけお氣に入りの馬であった。「稠桑驛」は『元和郡縣圖志』卷6「靈寶縣」の條に「稠桑驛,在縣西十里,……」と記されている。嚴耕望の名著『唐代交通圖考』第1卷「唐代兩京館驛與三都驛程圖」を開くと,長安・洛陽を結ぶ「唐代驛道」のほぼ中間點に位置することが一目瞭然となる。

　　2546「有小白馬,乘馭多時,奉使東行,至稠桑驛,溘然而斃。足可驚傷,不能忘情。題二十韻」
　　　(小白馬有り,乗りて馭すること多時,使を奉じて東行し,稠桑驛に至つて,溘然として斃る。驚傷すべきに足り,情を忘るること能はず。二十韻を題す)
　　能驟復能馳　　能く驟せ　復た能く馳す
　　翩翩白馬兒　　翩翩たり　白馬兒
　　毛寒一團雪　　毛は寒し　一團の雪
　　鬃薄萬條絲　　鬃は薄し　萬條の絲
　　皁蓋春行日　　皁蓋　春に行くの日
　　驪駒曉從時　　驪駒　曉に從ふの時
　　雙旌前獨步　　雙旌　前に獨り步み

五馬內偏騎	五馬　內に偏へに騎る
芳草承蹄葉	芳草　蹄を承くる葉
垂楊拂頂枝	垂楊　頂(かうべ)を拂ふ枝
誇將迎好客	誇りて將(も)つて　好客を迎へ
惜不換妖姬	惜しみて　妖姬に換へず
慢鞚遊蕭寺	慢鞚(まんこう)して　蕭寺に遊び　*【慢鞚】手綱をゆるめてゆっくり進むこと。
閑驅醉習池	閑驅して　習池に醉ふ
睡來乘作夢	睡　來れば　乘りて夢を作し
興發倚成詩	興　發すれば　倚りて詩を成す
鞭爲馴難下	鞭は馴れたるが爲めに下し難く
鞍緣穩不離	鞍は穩やかなるに緣りて離れず
北歸還共到	北歸するに還つて共に到り
東使亦相隨	東使するにも亦た相隨へり
赭白何曾變	赭白(しゃくはく)　何ぞ曾て變ぜん
玄黃豈得知	玄黃　豈に知るを得んや
嘶風聲覺急	風に嘶き　聲の急なるを覺へ
踏雪怪行遲	雪を踏み　行くことの遲きを怪しむ
昨夜猶芻秣	昨夜　猶ほ芻秣(すうまつ)し
今朝尙縶維	今朝　尙ほ縶維(ちうゐ)す
臥槽應不起	槽に臥し　應に起きざるべし
顧主遂長辭	主を顧みて　遂に長く辭す
塵滅駸駸跡	塵は駸駸たる跡を滅し
霜留皎皎姿	霜は皎皎たる姿を留む
度關形未改	關を度(わた)りて　形　未だ改めず
過隙影難追	隙を過ぎて　影　追ひ難し
念倍燕求駿	念ひは　燕の駿を求むるに倍し
情深項別騅	情は　項の騅に別るるより深し　*【項】は項羽。
銀收鉤臆帶	銀は臆(むね)を鉤する帶を收め

金卸絡頭羈　　金は頭を絡ふ羈を卸す
　　何處埋奇骨　　何れの處にか奇骨を埋めん
　　誰家覓幣帷　　誰が家にか幣帷を覓めん
　　稠桑驛門外　　稠桑　驛門の外
　　吟罷涕雙垂　　吟じ罷りて　涕　雙び垂る

　大和元年［827］の作とされる2524「過敷水（敷水を過る）」に「垂鞭欲渡羅敷水,……蘇臺五馬尚踟躕。（鞭を垂れ　羅敷水を渡らんと欲し,……蘇臺　五馬尚ほ踟躕す）……」とある。この時は蘇州刺史として5頭立て馬車に乗って洛陽から長安に向かい, 華州の手前の「敷水驛」を通っている。その後, 祕書監となった白氏は「五馬」の中からお氣に入りの「小白馬」を選んで洛陽にでかけた。2546詩の「五馬内偏騎（五馬　内に偏へに騎る）」はそのことを言う。「白馬兒」に死なれた白氏は,「籃舁（＊一作「籃輿」）」に乗り換えて「東都」洛陽への漫遊を續けた。2408「城東閑行……」に「病乘籃輿出（病んで籃輿に乘りて出づ）」とあるように,「籃輿」は病人や老人用の乗り物である。2876「不准擬二首」其一に「籃輿騰騰一老夫, 褐裘烏帽白髭鬚。早衰饒病多蔬食, 筋力消磨合有無。（籃輿　騰騰　一老夫, 褐裘　烏帽　白髭鬚。早衰して病ひ饒く多くは蔬食, 筋力　消磨して　合に有るべきや無や）……」とあり, 2383「河南王尹初到。以詩代書先問之。（河南王尹　初めて到る。詩を以つて書に代へ, 先づ之を問ふ）」詩に「籃輿一病夫」とある。さらに2701「送客」には「病上籃輿相送來, 衰容秋思兩悠哉。（病んで籃輿に上り　相送り來り, 衰容　秋思　兩つながらに悠なる哉）……」とある。2548「酬皇甫賓客（皇甫賓客に酬ゆ）」では,「閑官兼慢使, 著處易停輪。（閑官　慢使を兼ね, 著く處　停輪し易し）……」と言っているから, もともとこの旅は急を要する旅ではなかった。2545「奉使途中, 戲贈張常侍（使を奉じて途中, 戲れに張常侍に贈る）」詩では「……共笑籃舁亦稱使,日馳一驛向東都。（共に笑ふ　籃舁も亦た使と稱するを, 日に一驛を馳せて　東都に向かふ）」と詠っている。この時,「張常侍」こと張正甫（＊『白居易集箋證』3冊1727頁）が同行していた。

翌，大和二年［828］，馬を失った白氏は「肩輿」に乗って長安に歸る。

2557「出使在途，所騎馬死，改乘肩輿，將歸長安。偶詠旅懷，寄太原李相公
（出使して途に在り，騎する所の馬死し，改めて肩輿に乘りて，將に長
安に歸らんとす。偶たま旅懷を詠み，太原の李相公に寄す）」

驛路崎嶇泥雪寒　　驛路　崎嶇として　泥雪　寒く
欲登籃輿一長歎　　籃輿に登らんと欲して　一たび長歎す
風光不見桃花騎　　風光　桃花の騎を見ず
塵土空留杏葉鞍　　塵土　空しく留む　杏葉の鞍
喪乘獨歸殊不易　　乘を喪ひ　獨り歸るは　殊に易(か)はらず
脫驂相贈豈爲難　　驂を脫して　相贈ること　豈に難しと爲さんや
幷州好馬應無數　　幷州　好馬　應に無數なるべし
不怕旌旄試覓看　　旌旄を怕れずして　試みに覓(もと)め看たり

2591「華州西」を『白居易集箋證』3冊1766頁は「大和三年［829］五十八歲，長安至洛陽途中，太子賓客分司。……」と記す。しかし，「……上得籃輿未能去，春風敷水店門前。（……籃輿に上り得て　未だ去る能はず，春風　敷水　店門の前）」の句は2557詩と同じ旅路での作と考えたほうが自然ではなかろうか。朱氏は2592「從陝至東京」と同じ旅程と考えているようであるが，2592詩では「……花共垂鞭看，杯多竝轡傾。（花は垂鞭と共に看，杯は多く轡を竝べて傾く）……」と詠っているから「籃輿」の旅ではない。ところが，2594「宿杜曲花下」では再び「……籃輿爲臥舍，漆盞是行廚。（……籃輿を臥舍と爲し，漆盞は是れ行廚）……」と詠っている。2594詩は2557・2591詩と同時期の作と考えて良さそうである。しかも2590「京路」の「……來去騰騰兩京路，閑行除我更無人。（來去　騰騰　兩京の路，閑行　我を除いて更に人無し）」の詠いぶりは，2548「酬皇甫賓客（皇甫賓客に酬ゆ）」の「閑官兼慢使，著處易停輪。（閑官　慢使を兼ね，著處　輪を停め易し）……」という句と共通している。長安への「籃輿」の旅は，いずれも「大和二年春」の作と考えてよさそうである。

白氏は「太原李相公」こと李程に 2555「寄太原李相公」詩を贈り,「……世閒大有虛榮貴,百歲無君一日歡。(世閒の大有は虛しき榮貴,百歲　君が一日の歡無し)」と大いに持ち上げている。おそらくこの 2555 詩は,2557 詩で「李相公」に「好馬」を無心するための布石であろう。その後の顚末を傳える資料は無いが,開成四年 [832] 64 歲の白氏が李紳から贈られた「白馬」に對する謝禮の詩は參考に値する。

3399「公垂尙書以白馬見寄。光潔穩善。以詩謝之」
　　(公垂尙書　白馬を以つて寄せらる。光潔穩善なり。詩を以つて之に謝す)
翩翩白馬稱金羈　　翩翩たる白馬は　金羈に稱ひ
領綴銀花尾曳絲　　領は銀花を綴り　尾は絲を曳く
毛色鮮明人盡愛　　毛色　鮮明にして　人　盡く愛し
性靈馴善主偏知　　性靈　馴善なるは　主　偏へに知る
免將妾換慚來處　　妾を將つて換ふるを免れ　來るを慚づる處
試使奴牽欲上時　　試みに奴をして牽かしめ　上らんと欲する時
不蹶不驚行步穩　　蹶かず驚かず　行步すること穩かなり
最宜山簡醉中騎　　最も宜し　山簡　醉中に騎るに

　「免將妾換慚來處」の句は,さきの 2546 詩の「惜不換妖姬」の句と同樣,愛馬と愛妾が物々交換されるという當時の風習を傳えている。これについては後に詳述することとし,白馬を葬ってからの感動的な後日談を記そう。
　7 年後の大和九年 [835] のことである。64 歲の白氏は太子賓客分司の閑職にあって洛陽から下邽に向かっていた。その途中,かつて白馬を失った稠桑驛の廳舍の壁に自ら揮毫した 2546 詩が殘っていた。白氏は 7 年前の自分に再會し,自作の詩から蘇った哀しみに觸發され,再度,筆を執って次の絕句を書きつけたのである。

3204「往年稠桑曾喪白馬，題詩廳壁。今來尙存。又復感懷，更題絕句」
（往年　稠桑にて白馬を喪ひ，詩を廳壁に題せり。今來れば尙ほ存す。またまた感懷し，更に絕句を題す）

路傍埋骨蒿草合　　路傍に　骨を埋めしところ　蒿草　合し
壁上題詩塵蘚生　　壁上　詩を題せしところ　塵蘚　生ず
馬死七年猶悵望　　馬　死して　七年なるに　猶ほ悵望す
自知無乃太多情　　自ら知る　乃ともする無し　太だ多情なるを

　白氏は「白馬」への思ひを「自知無乃太多情」と自覺している。ここに他の詩人との感性の違いを看て取ることができる。樂天は「多情」を隱すことをしない。

　馬に寄せる感情というのであれば，沈烱の「賦得邊馬有歸心（賦し得たり邊馬歸心有り）」詩の「窮秋邊馬肥，向塞甚思歸。（窮秋　邊馬肥へ，塞に向つて甚だ歸るを思ふ）……」や「詠老馬」詩の「……渡水頻傷骨，翻霜屢損蹄。（水を渡つて　頻る骨を傷つけ，霜を翻して　屢しば蹄を損ふ）……」にも表われている。また，劉禹錫は「馬の嘶き」〔『全唐詩索引』劉禹錫卷 03984・04018・04022・04026・04033・04042・04050・4070・04107 頁〕を自己の悲しみと重ねて響かせている。そして韓愈の「駑驥」詩の饒舌な詠いぶりは，白詩と共通する。しかし，「駑驥」詩は「才」能と「命」運とが一致しないことを「馬」に托して慨嘆した寓言詩であって，白氏の「白馬」への追悼歌とは次元を異にする。確かに沈烱の「邊馬」や「老馬」への同情も，韓愈の假託も，馬に寄せる感情には違いないが，白氏の「愛馬」への未練とは異なる。「愛馬」への追悼というのであれば，郞州司馬劉禹錫の「傷我馬詞（我が馬を傷む詞）」が有る。しかし，氣槪と氣骨を失わない愛馬に自己を投影した劉氏の凄絕なる悲壯感は，女々しいまでの未練を吐露した白氏の「太多情」なる「感懷」の對極に在る。「追悼歌」という點では，むしろ劉禹錫の「夔州竇員外使君見示悼妓詩。顧余嘗識之。因命同作。（夔州竇員外使君の『悼妓詩』を示さる。顧だ余のみ嘗て之を識る。命に因りて同作す）」の「……空廊月照常行地，後院花開舊折枝。（空廊　月は照す　常行

の地,後院 花は開く 舊折の枝)……」のほうが白氏の心境に近い。ただし,こちらは「悼妓詩」であって「妓女」への追悼である。しかし,白氏にとっては,「人之情」も「馬之情」も同等かつ等質である。白氏は3418「病中詩 幷序」其十一「賣駱馬(駱馬を賣る)」詩で「五年花下醉騎行,臨賣廻頭嘶一聲。項籍顧騅猶解歎,樂天別駱豈無情。(五年 花下 醉ふて騎行し,賣るに臨んで 頭を廻らして嘶くこと一聲。項籍 騅を顧みて 猶ほ解く歎ず。樂天 駱に別るるに豈に情無からんや)」と嘆き,3648「閑居」で「風雨蕭條秋少客,門庭冷靜晝多關。金覊駱馬近賣却,羅袖柳枝尋放還。(風雨 蕭條として 秋に客少く,門庭 冷靜にして 晝に多く關す。金覊の駱馬 近ごろ賣却し,羅袖の柳枝 尋いで放還す)……」と悲しんでいる。そして,3610「不能忘情吟 幷序」で「多情」なる氣持を切々と吟じている。白氏の「多情」は自他ともに認める「人となり」であり,「不能忘情」こそは「詩魔」「狂言綺語」の根源をなす白氏の「宿業」であり,白詩の敍情性を支える資質である。

3610「不能忘情吟 幷序」(情に忘るる能はざるの吟 幷びに序)
「序」樂天旣老,又病風。乃錄家事,會經費,去長物。妓有樊素者,年二十餘,綽綽有歌舞態,善唱楊枝。人多以曲名名之。由是名聞洛下。籍在經費中。將放之。馬有駱者,駔壯駿穩,乘之亦有年。籍在長物中。將鬻之。……」
(樂天 旣に老い,又た風を病む。乃ち家事を錄し,經費を會し,長物を 去る。妓に樊素なる者有り。年 二十餘,綽綽として歌舞の態有り,善く楊枝を唱ふ。人 多く曲名を以つて之に名づく。是れに由りて名 洛下に聞こゆ。籍經 費の中に在り。將に之を放たんとす。馬に駱なる者有り。駔壯駿穩,之に乘ること亦た年有り。籍 長物の中に在り。將に之を鬻がんとす。……)
 ……

馬不能言兮   馬 言ふ能はず
長鳴而却顧   長鳴して却顧す

楊柳枝再拜　　楊柳枝　再拜し
長跪而致辭　　長跪して辭を致す
　……
一旦雙去　　　一旦にして　雙び去り
有去無迴　　　去る有りて　迴る無し
故素將去　　　故に　素　將に去らんとして
其辭也苦　　　其の辭や苦し
駱將去　　　　駱　將に去らんとして
其鳴也哀　　　其の鳴くや哀し
　……

　3418「賣駱馬」に續く 3419「別柳枝 (柳枝に別る)」詩は 3610「不能忘情吟幷序」の姉妹篇である。老詩人は長年仕えてくれた家妓の樊素と小蠻に對して,感謝と慰勞と愛惜の心をこめて「兩枝楊柳小樓中, 嫋娜多年伴醉翁。明日放歸歸去後, 世間應不要春風。(兩枝の楊柳　小樓の中, 嫋娜として多年　醉翁に伴ふ。明日　放ち歸へし　歸へり去りし後, 世間　應に春風を要せざるべし)」と詠う。劉禹錫は「楊柳枝詞」九首 (其の九) で「輕盈嫋娜占年華, 舞榭妝樓處處遮。春盡絮飛留不得, 隨風好去落誰家。(輕盈　嫋娜として　年華を占め, 舞榭妝樓　處處に遮る。春盡き絮飛ぶも　留むるを得ず, 風に隨つて　好し去れ　誰が家にか落ちん)」と唱和している。白氏の 3648「閑居」に「……金羈駱馬近賣却, 羅袖柳枝尋放還。(金羈の駱馬　近ごろ賣却し, 羅袖の柳枝　尋いで放還す)……」とあるから,「駱馬」も「柳枝」も手放さざるを得なかったことがわかる。

12. 愛馬と寵妓

　開成三年 [838], 74 歳の裴度 (765～839) から「……君若有心求逸足, 我還留意在名姝 (君　若し心の逸足を求むる有らば, 我　還た意を留めて名姝に在り)」

第2章　唐代詩人の日常生活　　　　　　　　　　165

と切り出された時，67歳の白氏は3346「酬裴令公贈馬相戲（裴令公の馬を贈りて相戲るるに酬ゆ）」詩で「安石風流無奈何，欲將赤驥換青娥。不辭便送東山去，臨老何人與唱歌。（安石が風流　奈何ともする無し，赤驥を將つて青娥に換へんと欲す。便ち東山に送り去るを辭せざるも，老いに臨みて　何人か與に唱歌せん）」と受け流している。「安石」は晉の謝安石。「東山」に隱棲するに妓女を伴った「風流人」。裴度が「太原の馬とそなたの歌妓と交換したいのだが……」と提案してきたのに對し，白氏は「この年になって，この妓を失っては誰が歌の相手になってくれましょう。……」と冗談めかしに斷ったのである。劉禹錫の外集卷4に「裴令公見示酬樂天寄奴買馬絕句。斐然仰和且戲樂天。（裴令公　樂天の『奴を寄せて馬を買ふ』に酬ゆる絕句を示さる。斐然として仰ぎ和し，且つ樂天に戲る）」詩が收められている。美女と駿馬が主人同士の間で「物々交換」されていたことは，『獨異記』にも「……彰曰：『予有美妾可換，惟君所選』馬主因指一妓，彰遂換之。（彰曰はく：『予に美妾の換ふ可き有り，惟だ君の選ぶ所なるのみ』馬主因りて一妓を指す，彰　遂に之を換ふ）……」と記されており，今日の價値觀では非人道的とされる行爲が，當然のこととして行なわれていたことがわかる。しかし，劉禹錫が「夔州竇員外使君見示悼妓詩。顧余嘗識之。因命同作。（夔州竇員外使君の『悼妓詩』を示さる。顧ち余　嘗て之を識る。命に因りて同作す）」で「前年曾見兩鬟時，今日驚吟悼妓詩。風管學成知有籍，龍媒欲換嘆無期。（前年　曾つて見る　兩鬟の時，今日　驚き吟ず　妓を悼むの詩。風管　學成り　籍有るを知り，龍媒　換へんと欲して　期無きを嘆く）……」と詠うように，妓女に對する舊知の「人」としての哀悼の念は，決して「木石のごとき」「物」扱いしていないことを示しているし，權力者がいつも妓女欲しさに馬を與えていたわけでもない。劉禹錫は「謝宣州崔相公賜馬（宣州崔相公の馬を賜ふに謝す）」詩で「……曾將比君子，不是換佳人。（曾つて比君子を將つてするは，是れ佳人と換ふるにはあらず）……」（＊「比君子」は名馬，「佳人」は美女）と詠っている。

　要するに，當時の通念として「妓女」も「馬」も個人の「財產」として認識されていたが，必ずしも「單なる物」扱いされていたわけではないということ

である。
　李志慧著『唐代文苑風尚』第6章「3．女色」に「……『櫪多名馬，家有妓樂』（＊『舊唐書』「王澣傳」），成唐代士人的風尚。這些士大夫把妓純粹看作玩物。……我們雖然不能用今天的生活方式去苛求古人。……」とある。今日の生活様式で當時の「風尚」をとやかく言うことを避けた李氏の見識は評價に値する。
　では，唐代の奴婢に對する士大夫の意識は，どのようなものであったのであろうか？
　平岡武夫著『白居易——生涯と歳時記』第2部「放從良——白居易の奴隷解放——」にこう記されている。
　「……奴婢と主人との關係が孝の概念で認識されている。親子の關係が擬制されている。……主人と奴婢とのちがい，すなわち貴賤の區別は，本質的なものではなくして，前世の宿業によるものであるという。……『人はこの世に生まれて來て，果報がひとしくない。貴賤高卑の別は，業緣の歸するところが異なるのである。上にいて下を使うのは，前の世のさだめなのである。お前を解放して，良族にするのは，來世の善果を作るためである』この寫本では，奴婢を解放することが，主人にとっても，來世のための善因となると考えられている。……奴婢を解放するきっかけに，いま一つ，主人の病氣がある。……白居易もまた病氣になった時に，彼に十年の間つかえてくれた婢を解放している。開成四年〔839〕，白居易が六十八歳の年の冬のことである。その時，彼は『別柳枝』の詩を作って心情をもらしている。……白居易が愛した妓は楊柳曲を上手に詠うので，『楊柳』とあだ名されていた。『兩枝』というから，この時に自由を與えた妓は二人であったろう。その一人は樊素という。この詩に『放歸』といい，『不能忘情吟』〔No.3610〕の詩に『放楊柳枝』という。妓の身分は婢であった。始めの二句に，白居易はこの婢に對する感謝の情を表現している。後の二句は，自由になった後，春風に吹き運ばれるまでもなく，よい身の落ちつき場所を得るであろう。美しくやさしいお前たちに，引く手はあまたであろうという。この絕句に對して，親友の劉禹錫がひやかして，『春盡絮飛留不得，隨風好去落誰家』といった。『好去』は，去りゆくものにつつがなく元氣で行けと，そ

の多幸を留まり殘る者が祈ることばである。風のままに無事に誰の家に落ちつくことかと，氣づかって見送っているにちがいない白居易の心を，劉禹錫は諷したのである。これに對して，白居易はまた絕句〔No.3448〕をもって答えた。そして私にもう未練はないという。……かくはいうものの，その實，名殘はいずれの方にも盡きていない。婢の樊素はいう。おそばに仕えて十年，御身のまわりのお世話に手落ちはございませんでした。容貌はみにくうございますが，まだまだ若うございます。白居易はいう。聖人ならいざ知らず，多情多感な私がなんでお前を思いあきらめることができよう。樊素よ，樊素よ，さあ私のために楊柳枝を詠うておくれ。私は酒を酌む。そして，お前と一緒に醉郷にもどってゆこう。『不能忘情』，未練はつきないと題する詩〔No.3610〕は，彼の最もすぐれた作品の一つである。……彼らは，佛敎の因果思想によって，人間の貴賤を理解している。しかし，その實，彼らが佛敎の敎理によって理解しているのは，貴賤の差別相のみであって，その差別の彼方に，したがって最も根本的な所において，人間が一つであることを認識していたのである。もしそうでなければ，すなわち嚴格な階級制度や絕對的な身分のある所では，奴婢はあくまでも奴婢以外の何物でもあり得ないからである。……主人も奴婢も天下の人であり，主人の意思において奴婢を解放して，その日から主人と同じ良族の一員にするという，このような無差別觀は，人間を人間の立場において平等とする人間觀が，唐代の人人にもたれていたからこそ，成立し維持されたのである。……解放した奴婢に對する主人のねぎらいと祝福を見とめ，彼らの人間關係を讀みとろうとしない人は，すなおにものを見ることのできない人でしかない。一般に，解放された良族に立ち返った人人の，その後の人生行路は，どのようであったのか。知りたいことである。彼らを主人公にした記事や物語を見かけない。このことは，彼らが原則として良族の中にしずかにはいりこんでいったことを示すのではないか。……」と。

　しかし，假に白氏が「人間が一つであることを認識していた」としても，馬も奴婢も主人の家の財産の一つであって，賣買も物々交換も主人の自由であったという事實は變わらない。2228「有感三首」（其二）で白氏は「莫養瘦馬駒，

莫教小妓女。……馬肥快行走，妓長能歌舞。三年五歳間，已聞換一主。借問新舊主，誰樂誰辛苦。(養ふこと莫れ　瘦馬駒，敎ふること莫れ小妓女。……馬肥ゆれば　快く行走し，妓　長ずれば　能く歌舞す。三年　五歳の間，已に聞く一主を換ふと。借問す　新舊の主，誰か樂しみ　誰か辛苦する)……」と詠い，「馬も妓女も手鹽にかけて育たところで，これからという時に人手に渡ってしまう」と嘆いている。「解放する」權利を主人が持っていたということは，解放されるまで主人の意のままに從事させられ，拘束されていたということであり，奴婢には當時の良人と同じ人權が認められていなかったということである。「白馬」と共に「妓女」を「長物」と言う白氏の意識は，3517「夏日閑放」の「……資身旣給足，長物徒煩費。(資身は旣に給足し，長物は　徒（いたづら）　に煩費す)……」の「煩費」で明らかなように，やはり「徒」に「經費のかかる贅澤品」である。

　白氏は，奴婢も馬も主人の所有物であると考えていたし，奴婢との主從關係を親子關係の「孝」の意識で律しようとする儒家思想からは脫し得てはいないが，そのことを今日の價値觀で批判することは妥當ではない。むしろ，そうした時代にあって，2707「(誚)失婢(牓者)」の「……舊恩慚自薄，前事悔難追。(舊恩　自ら薄きを慚ぢ，前事　追ひ難きを悔ゆ)……」という良心を持っていたことを評價すべきである。そして，馬にまで妓女と同じ哀惜の情を注がずにおれない「多情多感」なる白氏の「やさしさ」に眼を向けるべきである。ちなみに劉禹錫の唱和詩は「和樂天『誚失婢牓者』」となっていて，白氏も劉氏も逃走した「婢」に同情して「搜索願の立て札を出した」主人を「誚（そし）」っていることがわかる。貞元十九年［803］の作とされる「調瑟詞　幷引」の「引」で劉氏は「里有富豪翁，厚自奉養，而嚴督臧獲。力屈形削，然猶役之無藝極。一旦不堪命，亡者過半，追亡者亦不來復。(里に富豪の翁有り，厚く自ら奉養し，而して臧獲（しもべ）を嚴督す。力屈し形削る，然れども猶ほ之を役すること藝極無し。一旦命に堪へずして，亡（に）ぐる者　半ばを過ぎ，追亡する者も亦た來復せず)……」と記している。「臧獲」は奴婢。「無藝極」は際限が無いこと。「富豪翁」の過酷な勞役に耐えかねて逃亡せざるを得ない奴婢に同情した諷諭詩である。前述の2707詩は，白氏61歳の作である。白居易もそして同い年の詩友劉禹錫も，老

いてなお若き日の正義感を保ち續けていた。

　若き日は單なる「乘り物」であった「樂天の馬」は，次第に「寵愛する家妓」にも匹敵する「良き伴侶」へと昇華した。持ち馬の數と質の變遷を辿ると，白氏の生涯の起伏が，經濟環境のみならず心境の變化として鮮明に見えてくる。

　白氏の「饒舌」は，時空を超えた私達に唐代における馬と人とのむすびつきをことこまかに語り聞かせてくれる。

　唐代詩人の日常生活を再現することで，詩人の表情に生氣が加わり，唐詩の世界がより身近なものとなる。「樂天の馬」は，唐代文化のほんの一例に過ぎない。

第2節　「妾換馬」考

　裴度は馬と引き換えに白居易が寵愛する歌妓を所望した（＊前節「12. 愛馬と寵妓」參照）。この「妾換馬」の問題に對して，後に，

> ……唐詩の馬について書くなら，高木正一先生の「杜甫の馬・鷹の詩について」（『中國文學報』第十七册，「六朝唐詩論考」所收）を踏まえるべきです。愛妾換馬のことが習俗として行われていたというのも亂暴です。『獨異記』の曹彰の話も，それがあたりまえで無かったから，逸話として語り傳えられたのです。唐代になると，この話は摩滅し盡くして，當初に持っていた衝擊性は失われて，馬のやりとりなどの場合に使われる冗談になっていたのではないでしょうか。丸山氏の擧げている例はすべてそう解することが可能で，實際に中唐にそういうことが行われていた證據にはならないでしょう。裴度とのやりとりは，實際に裴度が白居易抱えの美女がほしかったのではなく，曹彰を踏まえて「美人をお返しにいただけませんか」とふざけ，白居易はそれを受けて「それはちとどうも」と返した。ほんとに兩人が馬と美女の交換の話をしているのなら，二人のやりとりはちいとも面白くない野暮な詩になります（＊『白居易研究年報』第4號360頁）。

と指摘されていたことを間接的に知った。
　そこで、再度「妾換馬」についての用例を収集し直し、

① 本當に「唐代になると、この話(*曹彰の話)は摩滅し盡くして、當初に持っていた衝撃性は失われて、馬のやりとりなどの場合に使われる冗談になっていた」のかどうか？
② 「實際に中唐にそういうこと(*妾換馬)が行われていた」かどうか？
③ 「實際に裴度が白居易抱えの美女がほしかったのではな」かったと言えるかどうか？

について改めて檢證することにした。
　最初に結論から言えば、

①の「唐代になると、……冗談になっていた」という氏の推論を裏付ける根據は無い。
②については、史實と確認し得る資料は見つからないが、無かったと否定することもできない。
③については、「白居易は裴度に『お目當ての妓』がいると感じていた」と推定できる。従って「ほんとに兩人が馬と美女の交換の話をしているのなら、二人のやりとりはちいとも面白くない野暮な詩にな」るというのは、むしろ逆で、「野暮な」話を冗談風に唱和し合っているからこそ「面白い」詩になっている。

ということである。
　以下、『四庫全書』『四部叢刊』『歴代典籍庫　隋唐五代卷』のCD‐ROMとインターネットの「寒泉」、『全唐詩』電子檢索系統、『全宋詩』電子檢索系統を用いて「妾換馬」の資料を檢索し、以下の如く整理した。

第2章　唐代詩人の日常生活　　　　　　　　　　171

1．「妾換馬」の逸話2種

A．魏の曹彰（曹操の息子）の話

　曹彰の逸話は全て『獨異志』に據っている。『獨異記』の書名が宋・計敏夫『唐詩紀事』卷8「陳子昂」に現われ，宋・王堯臣『崇文總目』卷6に「『獨異記』十卷」とあるが，『新唐書』卷59「藝文志」第49に「李玫『纂異記』一卷大中時人李亢『獨異志』十卷」とある『獨異志』と同一書であるかどうかはわからない。宋・鄭樵『通志』卷65「藝文略」第3では「『纂異記』一卷李玫撰『獨異志』十卷李元撰」となっており，『宋史』卷206「藝文志」第159には「李玫『獨異記』十卷」とある。

　　元・陶宗儀『說郛』卷77（下）「愛妾換馬」
　　　後魏曹彰性倜儻。偶逢駿馬，愛之。其主所惜也。彰曰：「彰有美妾可換，惟君所擇」馬主因指一妓。彰遂換之。馬名「白鵲」。故後人作「愛妾換馬」詩，奏之絃歌焉。
　　明・陳耀文『天中記』卷55「馬」所引『獨異志』
　　　「白鵲」後魏曹彰性倜儻。偶逢駿馬，愛之。其主所惜也。彰曰：「余有美妾可換，惟君所選」馬主因指一妓。彰遂換之。馬號曰：「白鵲」。后因獵跪獻於文帝。
　　明・董斯張『廣博物志』卷46「鳥獸」所引『獨異志』
　　　魏曹彰性倜儻。偶逢駿馬，愛之。其主所惜也。彰曰：「余有美妾可換，惟君所選」馬主因指一妓。彰遂換之。馬號曰：「白鵲」。
　　清・陳元龍『格致鏡原』卷84「獸類」「馬」
　　　『獨異志』魏曹彰性倜儻。偶逢駿馬，愛之。其主所惜也。彰說：「余有美妾，可換。惟君所選」馬主因指一妓。彰遂換之。馬號曰：「白鵲」。
　　清・吳景旭『歷代詩話』卷27「古樂府」
　　　吳旦生曰：中唐張祜作此題二律。亦引『樂府解題』自注其下。然觀：魏任

城王曹彰、性倜儻。見駿馬愛之。其主所惜也。彰曰：「予有美妾，可換。惟君所選」馬主因指一妓。彰遂換之。馬號：「白鵲」。後因獵獻於文帝。竊以任城之説、較淮南爲可據。

B. 唐（開成年間）の鮑生と韋生の話
a.「鮑・韋二生」の話のみ

宋・曾慥『類説』卷19『異聞錄』「妾換馬」

元・陶宗儀『説郛』卷117（上）『異聞實錄』唐・李玖「妾換馬」
    cf. 清・吳景旭『歴代詩話』卷27「古樂府」節録『異聞實録』

明・陳耀文『天中記』卷55「馬」所引『異聞錄』

明・彭大翼『山堂肆考』卷151「聯賦」節録『異聞録』
    cf.『山堂肆考』卷99「易馬」

『異聞錄』酒徒鮑生，多畜聲妓。外弟韋生，好乘駿馬遊行四方。各求所好。一日相遇于山寺。兩易所好。乃以女妓善四絃者換紫叱撥。紫叱撥馬名。又蘇東坡謫黃州，臨行有蔣運使餞公。公命春娘勸酒。蔣問：「春娘隨去否？」公曰：「欲還其母家」蔣曰：「公去必須騎馬，我以白馬易春娘可乎？」公諾之。春娘斂衽而前曰：「妾聞，景公斬廐吏而晏子諫之。夫子廐焚而不問馬。皆貴人賤畜也。學士以人換馬則貴畜賤人矣」因占一絶。「爲人莫作婦人身，百年苦樂由他人。今日始知人賤畜，胸中怨恨向誰伸」遂下階觸槐而死。

清・敕撰『御定　淵鑑類函』卷288「馬部」47所引『異聞録』

b.「鮑・韋二生」の話と「紫衣冠者二人」の對談

宋・計有功『唐詩紀事』卷第52「張祜」

宋・朱勝非『紺珠集』卷1「妾換馬」

    酒徒鮑生，多聲妓。外弟韋生，好乘駿馬經行四方。各求其好。一日相遇於途，宿於山寺，各出所有，互易之。乃以女妓善四絃者，換紫叱撥。會飲未終，有二人造席。適聞：以妾換馬，可作題共聯賦否？乃折庭下舊葉書之。一云：「彼佳人兮，如瓊之英。此良馬兮，負駿之名。將有求於逐日，豈得各

於傾城。香暖深閨，未厭夭桃之色。風情廣陌，曾憐噴玉之聲」一曰：「步至庭砌，立當軒埠。望新恩，懼非吾偶也。戀舊主，疑借人乘之。香散綠駿，意已忘於鬢髮。汗流紅頷，愛無異於凝脂」文多不載。二客自稱「江淹」「謝莊」也。

宋・李昉『太平廣記』卷349「鬼」34所引『纂異記』「韋鮑生妓」

明・陸楫『古今說海』卷64「說淵」44「別傳44」「韋鮑二生傳」闕名

　　酒徒鮑生，家富畜妓。開成初，行歷陽道中，止定山寺，遇外弟韋生下第東歸，同憩水閣。鮑置酒。酒酣，韋謂鮑曰：「樂妓數輩焉在？得不有攜挈者乎？」鮑生曰：「幸各無恙。然滯維揚日，連斃數駟。後乘既闕，不果悉從。唯與夢蘭，小倩俱耳。〔今〕亦可以佐觀矣」頃之，二隻鬟抱胡琴，方響而至，遂坐〔韋生〕鮑生之左，搊絲擊金，響亮溪谷。酒闌，鮑謂韋曰：「出城得良馬乎？」對曰：「予春初塞遊，自鄘坊歷烏延，抵平夏，至靈鹽〔止靈武〕而回。部落駔駿獲數匹，龍形鳳頸，鹿脛梟膺，眼大足輕，脊平筋密者，皆有之」鮑撫掌大悅，乃停盃命燭，閱馬數匹于軒檻前。與向來誇誕，十未盡其八九，韋戲鮑曰：「能以人換，任選殊尤？」鮑欲馬之意頗切。密遣四絃，更衣盛裝。頃之而至，乃命奉酒獻韋生，歌一曲以送之，云：「白露濕庭砌，皓月臨前軒。此時去〔頗〕留恨，含思獨無言」又歌「送鮑生酒」云：「風颭荷珠難暫圓，多生信有短因緣。西樓今夜三更月，還照離人泣斷絃」韋乃召御者，牽紫叱撥以酬之。鮑意未滿，往復之說，紊然無章。有紫衣冠者二人，導從甚衆，自水閣之西，升階而來。鮑・韋以寺當星使交馳之路，疑大僚夜至。方〔乃〕恐悚乃入室，闔戶以窺之。而盃盤狼籍，不暇收拾。〔時〕紫衣卽席，相顧笑曰：「此卽向來捐〔聞〕妾換馬之筵〔乎〕？」因命酒對飲。一人鬚髯甚長，質貌甚偉，持盃望月，沈吟久之，曰：「足下盛賦云：『斜漢左界，北陸南躔。白露暧空，素月流天』可謂〔得〕光前絕後矣」對曰：「〔對月〕殊不見賞，氣〔風〕霑地表，雲歛天末。洞庭始波，木葉微脫」長鬚云：「數年來，在長安，蒙樂遊王引至南宮，入都堂。與劉公幹・鮑明遠看試秀才。予竊入司文之室，於燭下窺能者制作。見屬對頗切，而賦有蜂腰・鶴膝之病。詩有重頭・重尾之犯。若如足下『洞庭』『木葉』之對，爲紕繆矣。小子拙賦

云：『紫臺稍遠，關［燕］山無極。搖風忽起，白日西匿』則『稍［遠］』『［忽］』起之聲，俱遭黜退矣。不亦異乎！」［顧］謂［前］長鬚曰：「吾聞，古之諸侯，貢士于天子，尊賢勸善者也。故一適謂之好德，再適謂之尊賢，三適謂之有功。乃加九錫，不貢士，一黜爵，再黜地，三黜爵地。夫古求士也，如此。猶恐搜山之不高，索林之不遠［深］。尚有遺漏者，乃每歲季春，開府庫，出幣帛，周天下而禮聘之。當［是］時，儒墨之徒，豈盡出矣。智謀之士，豈盡舉矣。山林川澤，豈無遺矣。日月照臨，豈盡得其所矣。天子求之，既如此。諸侯貢之，又如此。聘禮復如此。尚有栖栖於巖谷，鬱鬱不得志者，吾聞：今之求聘之禮闕［缺］矣。［是］貢舉之道隳矣。賢不肖同途焉，才不才汩汩焉。隱巖穴者，自束髮［童髦］窮經。至于白首焉。懷方策者，自壯歲力學，訖于沒齒［焉］。雖每歲鄉里薦之于州，府州府貢之于有司，有司考之詩賦。蜂腰・鶴膝謂不中度，聲音清濁，謂不協律，［彈聲韻之清濁，謂不中律］雖周・孔之賢聖，班・馬之文章，不由此製作，靡得而達矣。然皇王帝霸之道，興亡理亂之體，其可聞乎？今足下，何乃贊揚今之小巧，而隳［張］古之大體。況予乃慇皓月長歌之手，豈能歡于雕文刻句者哉。今，珠露既清，桂月如畫，吟詠時發，盃觴閑行。能援管聯句，賦今之體調一章，以樂長夜否？」曰：「何以爲題？」長鬚云：「便以**妾換馬**爲題，仍以**捨彼傾城，求其駿足**爲韻」命左右折庭前芭蕉一片，啓書囊，抽毫以操之。各占一韻。長鬚者唱云：「彼美人兮，如瓊之英。此良馬兮，負駿之名。將有求于逐日，故何惜乎傾城？香暖深閨，未厭夭桃之色。風淸廣陌，曾憐噴玉之聲［希逸曰：「原夫」人以矜其容，馬乃稱其德。既各從其所好，諒何求而不克。長跪而別，姿容休煜其金鈿。右牽而來，光彩頓生于玉勒」紫衣［文通］曰：「步及庭砌，效當軒墀。望新恩，懼非吾偶也。戀舊主，疑借人乘之。香散綠驄［駿］意已忘于綠鬢［鬢髮］。汗流紅頷，愛無異于凝脂」長鬚［希逸］曰：「是知事有興廢，用有取舍。彼以絕代之容爲鮮矣。此以軼羣之足爲貴者。買笑之恩既盡，有類卜之。據鞍之力尙存，猶希進也」［文通］賦四韻訖，芭蕉盡。韋生發篋取紅牋，跪獻於廡下。二公大驚曰：「幽顯路殊，何見逼之若是。然吾子非後有爵祿，不可與鄙夫相遇」謂生曰：「異日主文柄，較量俊秀輕重，

第2章　唐代詩人の日常生活　　　　　　　　　　　　　175

無以小巧爲意也」言訖，行十餘步而失［，忽不知其所在矣。］

　　　　＊［　］は『纂異記』（『太平廣記』卷349「鬼」34）との字句の異同箇所。

　以上の用例から次のことがわかる。

（1）「妾換馬」の逸話は大きく分けて2種類ある。1つは，魏の曹操の子「曹彰」が名馬欲しさに，馬の持ち主に自分の「愛妾」たちの中から氣に入った美人を自由に選ばせて駿馬と交換する話。もう1つは，唐の開成年間の初め，「鮑・韋二生」が「定山寺」で酒宴を催した時，鮑生は「四絃」の上手い妓女を韋生に贈り，韋生は自分が買い求めてきた駿馬の一頭「紫叱撥」を鮑生に與える話（B）である。

（2）「曹彰」の逸話は，テキストによって結びが異なり，①「白鵠」［＊『説郛』のみ「白鶻」に作る。］と名づけられた名馬が後に「文帝」に獻上されたことを記すものと，②この話が「愛妾換馬」詩に詠まれて「絃歌」されたことを記すものとの2種類ある。

（3）「鮑・韋二生」の逸話も，①「二生」の話だけで終る風流譚と，②後半に「江淹」と「謝莊」の「鬼（幽靈）」が現われて「妾換馬」の題で唱和詩を交わす怪奇談の2つにわかれる。

（4）　AとBの逸話は，宋代以降の文獻に現われる唐代傳奇に收錄されていて，『獨異志』（＊『獨異記』が同一書か否かは不明）と『纂異記』の書名がでてくるが，共に原作者の素性も成立年代も定かではない。

（5）　Aは後魏の話であるから，Bより早くから傳わっていた可能性があるが，成立年代を特定する資料はみつからない。Bは唐の開成年間の話であるから，中唐以降の成立であることは間違いない。

　次に詩歌を中心に「妾換馬」に關連する用例を整理すると，以下のようになる。

2．「妾換馬」の詩・賦

梁

簡文帝　五言八句「愛妾換馬」（＊一説に淮南王劉安の作）

《「和人以妾換馬」『古詩紀』卷77　梁　第4　簡文帝》

功名幸多種	功名　幸　多種
何事**苦生離**	何事ぞ　生離を苦しむ
誰言似白玉	誰か言ふ　白玉に似たると
定是魄青驪	定めて是れ　青驪に魄ぢん
必取匣中釧	必ず匣中の釧(うでわ)を取り
廻作飾金羈	廻らして飾金の羈(な)と作さん
眞成恨不已	眞成に恨みは已(や)まず
願得路旁兒	願はくは路旁の兒を得んことを

庾肩吾　五言八句「愛妾換馬」

《「以妾換馬」『古詩紀』卷90　梁　第17　庾肩吾》

渥水出騰駒	渥水　騰駒を出だし　【渥水】天馬の產地。
湘川實應圖	湘川　實(まこと)に應(ゑが)くべし。　【湘川】湘妃のような美女。
來從西北道	來るは西北道從(よ)りし
去逐東南隅	去るは東南隅に逐はる
琴聲**悲**玉匣	琴聲　玉匣に悲しみ
山路**泣**蘼蕪	山路　蘼蕪に泣く
似鹿將含笑	鹿の似(ごと)く　將に含笑せんとするも
千金會不俱	千金　會(かなら)ず俱にせず　【會】結局は……。

劉孝威　五言八句「愛妾換馬」

《「和王竟陵愛妾換馬」『古詩紀』卷98　梁　第25　劉孝威》

驄馬出樓蘭　　驄馬　樓蘭を出で
一歩九盤桓　　一たび歩んで　九たび盤桓す　　【盤桓】グズグズするさま。
小史贖金絡　　小史　金絡を贖ひ
良工送玉鞍　　良工　玉鞍を送る
龍驂來甚易　　龍驂　來ること甚だ易く
烏孫去實難　　烏孫　去ること實に難し　　　　【烏孫】西域の匈奴。
麟膠妾猶有　　麟膠　妾　猶獵有り　　　　　　【麟膠】弦をつなぐ接着剤。
請爲急弦彈　　請ふ爲に　急に弦彈せよ

隋末～初唐

　　僧・法宣　五言八句「愛妾換馬」

　　　　　　　　　　　　（＊『續高僧傳』云：常州弘業寺沙門法宣本隋人後入唐）

　　　　　　　　　　《「愛妾換馬」『古詩紀』卷138　隋　第9　僧法宣》

朱鬣飾金鑣　　朱鬣　飾金の鑣
紅粧束素腰　　紅粧　束素の腰　　【束素腰】束ねた素のような細い腰。
似雲來躞蹀　　雲の似く　來ること躞蹀たり　　【躞蹀】グズグズするさま。
如雪去飄颻　　雪の如く　去ること飄颻たり
桃花含淺汗　　桃花　淺汗を含み
柳葉帶餘嬌　　柳葉　餘嬌を帶ぶ
騁先將獨立　　先を騁せて　將に獨立せんとするも
雙絕不俱摽　　雙絕　俱に摽てず　　【摽】なげうち棄てる。

唐

　　李白　七言二十句（三字句を含む雜歌謠辭）「襄陽歌」
　　　……

千金駿馬換少妾　千金の駿馬は少妾に換へ
笑坐雕鞍歌落梅　笑つて雕鞍に坐して「落梅」を歌ふ
　　……　　　　　（＊「笑」一作「醉」）

裴度　七言八句「酬張祕書因寄馬贈詩」
滿城馳逐皆求馬　　滿城　馳逐　皆な馬を求む
古寺閒行獨與君　　古寺　閒行　獨り君と輿にす
代步本慚非逸足　　步に代ふること　本より逸足に非ざるを慚づ
緣情何幸枉高文　　情を緣ふこと　何ぞ幸ひに高文を枉くする
若逢**佳麗**須將**換**　若し佳麗に逢はば　須らく將つて換ふべし
莫共鴛駘角出群　鴛駘と共にすること莫かれ　角を群に出だせ
飛控著鞭能顧我　　飛控　著鞭し　能く我を顧みよ　【飛控】疾走させる。
當時王粲亦從軍　　當時　王粲も亦た從軍せり

白居易　七言四句 3346「酬裴令公贈馬相戲」　＊開成二年[828]の作
　【原注】裴詩云：君若有心求逸足，我還留意在名姝。
　　　　　蓋引妾換馬戲，意亦有所屬也。
（裴の詩に云ふ，「君　若し逸足を求むる心有らば，我は還た意を名姝に留む」と。蓋し「妾換馬」を引きて戲むれしは，意も亦た屬する所有るならん）
安石風流無奈何　　安石　風流　奈何ともする無し
欲將赤驥換青娥　　赤驥を將つて靑娥に換へんと欲す
不辭便送東山去　　便ち東山に送り去るを辭せざるも
臨老何人與唱歌　　老いに臨んで何人か輿に唱歌せん

　　　　七言八句 3399「公垂尙書**以白馬見寄**光潔穗善以詩謝之」
　……　　　　　　　　　　　　　＊開成四年[839]の作
免將妾換慚來處　　妾を將つて換ふるを免れ　來るを慚づる處
試使奴牽欲上時　　試みに奴をして牽かしめ　上らんと欲する時
　……

第2章　唐代詩人の日常生活　　　　　　　　　179

劉禹錫　七言四句「裴令公示酬樂天寄奴買馬絕句斐然仰和且戲樂天」

(＊「酬」一作「誚」)

常奴安得似方回　　常奴　安んぞ得ん　方回に似たるを
爭望得風絕足來　　爭で望まん　風を得て絕足の來たるを
若把翠娥酬綠耳　　若し翠娥を把りて綠耳に酬ゆれば
始知天下有奇才　　始めて知らん　天下に奇才有るを

【方回】郗愔。『世說新語』「品藻」の故事。

【翠娥】美女。

【綠耳】駿馬。周の「穆王の八駿」の一頭。

五言八句「謝宣州崔相公賜馬」

……　　　　　(＊『劉禹錫詩集編年箋注』304頁「長慶四年[824]」に繫年)

曾將比君子　　曾つて比君子を將つてするは
不是換佳人　　是れ　佳人に換ふるにはあらず

……

cf. 『太平御覽』卷897「獸部」九「馬」五

『風俗通』曰：馬一疋，俗說馬**比君子**，與人相疋。或曰：馬夜行目明照前四丈，故曰「一疋」。或說：度馬從橫適得一疋。或說：馬賈得一疋帛。或云：『春秋左氏』說：諸侯相贈乘馬束帛。束帛爲疋。與馬之相匹耳。

盧殷　五言八句「妾換馬」

(＊盧殷は中唐の詩人。孟郊が「弔盧殷」詩を作っている)

伴鳳樓中妾　　鳳を伴ふ　樓中の妾
如龍櫪上宛　　龍の如し　櫪上の宛　　【宛】大宛產の名馬。
同年辭舊寵　　年を同じくして　舊寵を辭し
異地受新恩　　地を異にして新恩を受く
香閣更衣處　　香閣　更衣の處
塵蒙噴草痕　　塵蒙　噴草の痕

連嘶將忍涙　　連嘶すると　涙を忍ぶと　　【將】並列の「與」に同じ。
俱戀主人門　　俱に主人の門を戀ふ

　　張祜　　七言八句「愛妾換馬」二首
　　　　　　　　　　　　（＊一說に陳標の作。陳標，長慶二年登進士第，終侍御史。詩十二首）
　　其一
一面妖桃千里蹄　　一面の妖桃　千里の蹄
嬌姿駿骨價應齊　　嬌姿・駿骨　價　應に齊しかるべし
乍牽玉勒辭金棧　　乍ち玉勒を牽いて　金棧を辭し
催整花鈿出繡閨　　花鈿を整ふるを催して　繡閨を出づ
去日豈無沾袂泣　　去る日　豈に袂を沾して泣くこと無からん，
歸時還有頓銜嘶　　歸る時　還た銜を頓めて嘶くこと有り
嬋娟躞蹀春風裏　　嬋娟　躞蹀たり　春風の裏
揮手搖鞭楊柳堤　　手を揮ひ鞭を搖らす　楊柳の堤
　　其二
綺閣香銷華廄空　　綺閣は香銷へ　華廄は空し
忍將**行雨**換**追風**　　行雨を將つて追風に換ふるを忍びんや
休憐柳葉雙眉翠　　柳葉　雙眉の翠を憐れむを休め
却愛桃花兩耳紅　　却つて　桃花　兩耳の紅なるを愛す
侍宴永辭春色裏　　宴に侍り　永く辭す　春色の裏
趁朝休立漏聲中　　朝に趁き　立つを休む　漏聲の中
恩勞未盡情先盡　　恩勞　未だ盡きずして　情　先づ盡く
暗泣嘶風兩意同　　暗かに泣くと風に嘶くと　兩つながらに意同じ

　　cf. 宋　彭叔夏『文苑英華辨證』卷6「名氏」三
　　　　　愛妾換馬見『張祜集』。『樂府』亦作張祜，而『文苑』以爲陳標。
　　　【割注】省試詩見唐宋類詩者名姓有異同。

　　明　徐伯齡『蟫精雋』卷2「愛妾換馬考」
　　　　　愛妾換馬詩，見『張祜集』。『樂府』亦然。而『文苑』乃作陳標。未

第 2 章　唐代詩人の日常生活　　　　　　　　　　　　　　　　　　　　181

知孰是。……

宋

　　蘇軾　七言十六句「張近幾仲有龍尾子石硯以銅劍易之」
我家**銅劍**如赤蛇, 君家石硯蒼璧橢而窪。……　　cf. 宋・高似孫『硯箋』卷 2
又不見二**生妾換馬**, 驕鳴啜泣思其家。
不如無情兩相與, 永以爲好譬之桃李與瓊華。

　　謝邁　七言四句「次韻季智伯寄茶報酒　三解」其二　『竹友集』卷 6
二**生**相逢**妾換馬**, 我今眞成**酒易茶**。……
　　　　　　　　　　　　　　（＊謝邁の小傳に「……曾擧進士不第, 家居不仕」とある）

　　洪炎　七言二十八句「葉少蘊出示鄭先覺閱駿圖爲作長歌」『西渡集』卷 6
……**英雄**嘗聞**妾換馬**, 意氣欲**將詩換畫**。……
　　　　　　　　　　　　　　（＊拱炎は黃庭堅の甥で哲宗の元祐末の進士）

【注意】宋の孫紹遠［編］『聲畫集』卷 7「畜獸」も淸の厲鶚『宋詩紀事』卷 33 も共に「意氣欲將詩拔畫」に誤る。

　　陸游　六言四句「六言六首」其三
豪士以妾換馬, 耕農**賣劍買牛**。……　　（＊虛を手放して實を取る）
　cf.　宋　鄭樵『通志』卷 49「樂略」第一
　　　　「佳麗四十七曲」女功　才慧　貞節「愛妾換馬」
　　　宋　董逌『廣川畫跋』卷 1「書以妾換馬圖後」
　　　　……此圖有**以妾換馬**者世固疑之。……或謂：**愛妾換馬**非眞, 有其事風人所以託也。余觀, 魏人曹彰嘗道逢駒馬愛之, 謂其主曰：「余有美妾可換。惟君所選」馬主指其一, 彰遂以與之。**當時人議其愛好異尙**。此圖豈得於是而爲之也哉。故知**有其實**也。
　　＊宋　樓鑰「跋龍眼二馬」『**攻媿**集』卷 73
　　　　　余家藏『白氏長慶集』久矣。近又得吳門大字者。周伯範模欲得

舊本、以所藏「龍眼二馬」遺余。古有「**以妾換馬**」者矣。**以書換馬**、自攻媿始。可博一笑。

cf. 宋　**謝采伯**『密齋筆記』卷5

＊ 米元章不喜韓馬。有周百範者、以「龍眼二馬」換大防樓公『白集』。大防曰：「古有**以妾換馬**者、**以書換馬**、自攻媿始」……

宋末～元初

方回　五言八句「至後承元煇見和復次韻書**病中近況**十首」

(其三『桐江續集』卷2)

……已無**換馬妾**、惟有打門僧。……　　　　　　　　　(＊貧苦の描寫)

＊方回 (1227－1306)、字萬里、字淵甫。號虛谷、別號紫陽山人。歙縣人。理宗景定八年進士。

元

胡布　五言十四句「愛妾換馬」『元音遺響』卷4「行類」

私恩徒累志、**國難**或危身。方缺閨中念、**將收塞上勳**。
千金猶市骨、一笑豈回春。不矜蛾比月、願得騎乘雲。
寶釧銷羈絡、雕鞍飾鏤銀。**壯夫要汗血**、**少女拂啼痕**。
誰云惜窈窕、**當取畫麒麟**。　　　　　　　　　　　(＊勳功を優先)

明

高啓　五言八句「愛妾換馬曲」『大全集』卷2「樂府」

出帷掩紅袂、離廄結青絲。我取躡雲足、君憐羞月姿。
惟當樹**功業**、詎必戀**恩私**。回首各已遠、春山將暮時。

王世貞　五言八句「愛妾換馬」『弇州四部稿』卷6「擬古樂府」

只解驅馳易、寧言離別難。蘭膏**啼**玉筯、桃雨汗金鞍。
物喜酬新主、**人悲**戀故歡。橫行度遼海、那問剪刀寒。

　　　七言四句「愛妾換馬」『弇州續稿』卷23「詩部」

燕頷風雲切大荒、**雕鞍**新熱冷**紅粧**。權奇到底應須盡、共奈蛾眉也是霜。

胡應麟　五言八句「愛妾換馬」『少室山房集』卷7「樂府」
行雨**娥眉**去，追風**駿足**來。金鞿沙苑秫，寶屧畫廊苔。
太息專房豔，**長鳴**伏櫪材。何當效周穆，**騄耳**上瑤臺。

  劉嵩　五言十八句「愛妾換馬」『槎翁詩集』卷1「古樂府」
請以白玉質，換君青雲驄。豈不重顏色，所悲道路窮。
朝馳月窟西，夕憩崑崙東。一去關塞遠，寧惜閨帷空。
美人聞**馬嘶**，含涕出房櫳。愛移丈夫性，德稱慙冶容。
素絲妾所理，薄奉羈與籠。願因承光景，流盼鞍轡中。
君行倘未已，千里仍相從。

  鍾夏　七言八句「愛妾換馬」　沈季友（編）『檇李詩繫』卷13
曲房初遣翠娥眉，延廄新歸碧玉蹄。寶鐙想鎔金壓鬘，繡襦應製錦障泥。
策來縱擬臨池舞，別去那堪**對鏡**啼。異日揚鞭經過處，**蘼蕪**春晚綠萋萋。

  張元凱　七言八句「秋日感懷」二首　其一『伐檀齋集』卷9
秋風落葉滿柴關，肘後垂楊若可攀。千里名駒無妾換，六鈞強弩有兒彎。
沽來醇酎堪濡首，吟得新詩便解顏。海內故人書乍報，却嫌猶未買青山。

  屠瑤瑟　五言四句「愛妾換馬」『御選明詩』卷15
卿愛落雁姿，儂愛飛龍騎。日暮別揮鞭，**男兒何意氣**。

  胡奎　五言八句「美妾換馬」『斗南老人集』卷3
掩淚整花鈿，當階卸錦輔。徒誇珠絡臂，不及玉連錢。
一笑千金直，**長鳴**萬里天。明妃青塚草，**遺恨**寄嬋娟。

　　　雜言八句「美妾換馬」『斗南老人集』卷4
妾重千金軀，君愛**千里足**。**共憐**逸足疾如飛，**誰念**貞妾美如玉。

妾今出門去，無復侍華堂。寸心何以報，願作青絲韁。

徐熥　七言八句「愛妾換馬」二首『幔亭集』卷8
其一
如燕如龍戶外嘶，行雲行雨意悽悽。青娥永別黄金屋，赤兔新飜碧玉蹄。雖有飛騰空冀北，更無歌舞出樓西。他時紫陌相逢處，望見銀鞍不住啼。
其二
雙眉顰蹙四蹄翻，皂櫪無聲被不溫。憔悴難忘當日寵，悲鳴猶戀主人恩。強隨夜月登妝閣，愁逐秋風出塞垣。金埒玉樓遙騁望，**幾多汗血幾啼痕**。

＊明

錢文薦　「愛妾換馬**賦**」『御定歷代賦彙補遺』卷21「美麗」
妾本才人，嫁於蕩子。媚臨妝鏡，嬌移步躧。寫翠眉端，點花鬢裏。……價增十倍，名齊九逸。逐霧則珠汗交流，嘶風則玉音獨出。來**渥水**而路遠，涉流沙而影疾。……**恩絶使我心酸**，**愛分神駿愁結**。……妾方登車，馬已在門。妾還顧馬，馬亦人言。誰當新寵，孰是舊恩。男兒弧矢記念，嬋媛滛聲靡骨。豔舞銷魂，歡則妖狐。哭乃斷猿，豈若風電，隨君追奔。近遊閶闔，遠逝**崑崙**。

清

胡文學　「愛妾換劍」『甬上耆舊詩』卷20
何許橐中物，來矜掌上嬌。遑遑辭畫帳，習習攬征袍。
蓮鍔元精彩，星裯易寂寥。魚文隨赤電，鮫泪落紅綃。
利器歸任俠，**閒房坐鬱陶**。已知傳劍術，詎敢恃花妖。
色古霜同肅，愁多骨竝銷。雄心胡糺糺，幽意轉遙遙。
姓字憑誰借，肝腸爲爾勞。井邊曾繾綣，壁上屢周遭。
棄妾情何似，聞雞舞更豪。寵移鴛夢絶，秋湛月輪高。
豈是**輕顏色**，由來**重寶刀**。君如佩鵲印，妾命等鴻毛。

第2章　唐代詩人の日常生活　　　　　　　　　　　　　　　　　　185

＊清

　　錢謙益　「楊弱稚且吟序」『牧齋有學集』第20巻「序」七
　　……古之人有以**愛妾換劍**，**換馬**者，有**以法書換白鵝**者。……

以上のことから，次のことがわかる。

① 梁の簡文帝から隨末の法宣に至るまでの樂府詩は，「名馬」と「愛妾」が平行して詠まれ，「主人のもとを去るそれぞれの悲哀」が共通のテーマであるが，劉孝威の「愛妾換馬」《「和王竟陵愛妾換馬」》だけは「樓蘭」の「聰馬」に比重が置かれている。

② 盛唐の李白の「襄陽歌」では「妾換馬」が豪奢で磊落な暮らしぶりの描寫に用いられていて，その奔放さは曹彰の「倜儻（＊拘束されず奇才高遠なること）」に通ずるものがある。

③ 盧殷の五言八句「妾換馬」も張祜の七言八句「愛妾換馬」二首も共に律詩で，内容は古樂府の流れを汲んでいる。

④ **唐代**の用例は李白のように「英雄」「豪士」の行爲として歌われたものと，盧殷や張祜のように六朝樂府を律詩で改作したものとに分かれる。

⑤ 宋代は「銅劍」と「石硯」，「酒」と「茶」，「詩」と「畫」，「劍」と「牛」、「書（善本）」と「馬」といった貴重品の物々交換の詩の中に「妾換馬」が對句として用いられている。

⑥ 宋代の用例はａ．**「鮑・韋二生」の逸話**を踏まえるものとｂ．**「曹彰」の逸話**を連想させる「英雄」「豪士」の文字を含む句に「妾換馬」が用いられるものとの２種に分かれる。

⑦ 元代以降の詩題に「妾換馬」の文字を含む作品は，「美女」と「駿馬」が平行して歌われている點で六朝樂府の延長線上にあるが，ｃ．**「美女」**に比重を置いた**豔詩のごとき悲哀**に傾くものとｄ．**「駿馬」**に比重を置いた**邊塞詩のごとき勇壯な雰圍氣**を持つものとに分化している。

⑧ 明代に「愛（または美）妾換馬」の文字が題に含まれる詩が集中して現われ、賦の用例も登場するが、内容は**六朝樂府の延長線上**にある。
⑨ **清代**に「愛妾」を「劍」と交換する用例が現われる。
⑩ 「妾換馬」の「事」を「引」いて「戲」れた例は裴度と白居易の唱和に限定される。

以上の結果から、「**唐代になると，この話**（『獨異志』の曹彰の話）**は摩滅し盡くして，當初に持っていた衝撃性は失われて，馬のやりとりなどの場合に使われる冗談になっていた**」という指摘は「**根據の無い推論**」にすぎないことがわかる。

白詩における裴度とのやりとりの「面白さ」は、お目當ての「歌妓」と交換に、一番氣に入った「駿馬」を自由に選ばせてやろうという點にある。ここで「馬」から「美女」へと主眼が逆轉している。しかも「馬」の持ち主のほうが「豪士」裴度で「美女」の主人が人一倍「多情」な白居易であるという「落ち」まで付いている。曹彰の逸話がいつ成立したかが不明であるため、白居易が曹彰を想起したか否かは定かではないが、曹彰の逸話のパロディとしても裴・白のやりとりは「**面白い**」。

しかし、ここで重要な點は裴度と白居易の唱和における「戲」という文字に託された裴度の心理である。『纂異記』の逸話では「韋戲鮑曰：『能以人換，任選殊尤』……」のように「韋生」は「鮑生」に「戲」れて「曰」うのであるが、結局「四絃（妓女）」は「紫叱撥（駿馬）」と交換されている。「戲」とあるからといって「實際に交換の話をしているのではない」ということにはならない。むしろ、「戲」を裝った物言いにこそ、本音が隠されている。

開成三年[838]の作とされる3346「酬裴令公贈馬相戲」詩の原注に「裴詩云：君若有心求逸足，我還留意在名姝，**蓋引『妾換馬』戲，意亦有所屬也**」とあり、この「所屬」が何を意味するかが、この問題を解く鍵となる。裴度の心理の解明は、題注の「所屬」の解釋から始めなければならない。

唐代の『玉泉子』（『太平廣記』卷275所引）「李福女奴」に、李福の妻「裴氏」

第２章　唐代詩人の日常生活　　　　　　　　　　　　187

が「不能知公意所屬何人？（公の意の屬する所，何れの人なるかを知る能はざるか？）」と言う場面があり，宋之問の「春湖古意」詩にも「……含情不得語，轉盼知所屬。（情を含んで語るを得ず，轉盼して屬する所を知る）……」という艷かしい句がある。この場合の「屬」は「**屬意**」（『漢語大詞典』4-68頁②猶傾心。指男女相愛說）で，「所屬」は「戀慕の對象」ということである。元の『釵小志』（『說郛』卷77）「鏡兒善箏」に「郭曖宴客有婢鏡兒。善彈箏。姿色絕代。李端在坐時，竊寓目，屬意甚深。（郭曖の宴客に婢鏡兒有り。善く彈箏し，姿色絕代なり。李端　坐に在る時，竊かに寓目し，屬意すること甚だ深し）……」とある。

　試みに中國版googleで「**有所屬**」を檢索したところ，「主題：愛我的人**心有所屬**，不愛我的人慘日人睹」というフレーズが浮上した。席絹という作家が『心有所屬』という戀愛小說を書いていることもインターネットで知った。主題は「隱下愛慕之心」すなわち「こころに祕めた戀」である。冉冉の『愛情菜鳥女大兵』第九章にも「……他是我正在交性的男朋友呀，我最最喜歡他了。……沒想到佳人早已**心有所屬**，他失算了……」というフレーズが出てくる。唐代の宋之問が用いたのと同じ「やわらかいニュアンス」の「所屬」という言葉が，現代の戀愛小說の中でも使われていることがわかる。

　ただし，『唐詩紀事』「李白」の「……蜀道難之詞曰：『錦城雖云樂，不如早還家』其**意必有所屬**。（『蜀道難』の詞に曰はく：『錦城　樂しと云ふと雖も，早く家に還るに如かず』と。其の意　必ず屬する所有り）……」という場合の「所屬」は「（具體的に）意圖するところ」と解釋できる。「『認眞子』名集，**公意有所屬**，顧覽者未必知，而吾以是觇公之晚節也」も「戀慕」とは無緣である。『續資治通鑑』（「北宋紀」第39卷「仁宗」明道二年）に「乙未，帝御皇儀殿之東楹，號慟見輔臣，曰：『太后疾不能言，猶數引其衣，若**有所屬**，何也？』」とある。この「所屬」は「傳えたいこと」である。さらに，袁郊の『紅線』に，「……紅線曰：『主自一月，不邊寢食。**意有所屬**，豈非憐境乎？』……」という場面があり，「意有所屬」が「氣になることがある」という意味で使われている。從って，「所屬」の內容は，「どんな心か」によってニュアンスが異なる。しかし，「心」の內容が，「志」であれ「感情」であれ，「**心を寄せる**」という點では全て共通してい

る。戴逸の『乾隆帝及其時代』(中國人民大學出版社) にも,「……老皇帝心目中屬意哪箇兒子。……看來, 最有希望成爲皇位繼承人的似乎……這一任命至少給許多人造成了康熙**意有所屬**的印象。……」という記述がある。

では, 白居易自身の用例はどうか?

67歳の白居易は3520「櫻桃花下有感而作 (開成三年春季, 美周賓客南池者)」詩の後半に「……失盡白頭伴, 長成紅粉娃。停杯兩相顧, 堪喜亦堪磋」と歌い,「白頭伴, 紅粉娃, 皆**有所屬**」という自注を付けている。この詩は題注に「開成五年の春季, 周賓客の南池を美むる者なり」とあるように, 前半は周氏の庭園に在る南池のほとりの晩春の景物を詠っているが,「嗟くに堪へたり」と結ぶように後半は老け込んでゆく我が身を悲しむ詩になっている。「白頭」は白髪になった白居易自身,「紅粉」は若い妓女である。この對句に白氏がわざわざ「皆有所屬 (皆な屬する所有り)」と注記したのは,「白頭伴」も「紅粉娃」も共に「**具體的に念頭に置いた**」人物が居ることを示しておきたかったからである。それは,「白髪頭の自分を置き去りにして『開成三年春季』以前に亡くなった**友人たち**」と「(老衰の一途を辿る我が身とは逆に) 少女から年頃へと成熟して行く**妓女**」である。開成元年 [836] に没した楊虞卿 [3041「哭師皐」] や, 3034「因夢有悟」で追想した韋弘景・李建・崔玄亮たちも念頭にあったはずである。50代半ばの白氏が2228「有感三首」其二で「……馬肥快行走, 妓長能歌舞。三年五歳間, 已聞換一主。(馬　肥へて快く行走し, 妓　長じて能く歌舞す。三年　五歳の間, 已に聞く『一主を換ふ』と)……」と詠ったことが, 70代に近づくにつれて, 他人事でなくなってきたことも「有所屬」3文字に込められているであろう。

ちなみに,『唐語林』卷6に「韓退之有二妾。一曰:絳桃, 一曰:柳枝。皆能歌舞。初使王庭湊, 至壽陽驛, 絕句云:『風光欲動別長安, 春半邊城特地寒。下見園花兼巷柳, 馬頭惟有月團團』蓋**有所屬**也。(韓退之　二妾有り。一は絳桃と曰ひ, 一は柳枝と曰ふ。皆な歌舞を能くす。初め王庭湊に使し, 壽陽驛に至る。絕句に云ふ:『風光　動かんと欲して長安に別かれ, 春半ばにして邊城　特地に寒し。園花と巷柳とを見ず, 馬頭　惟だ月の團團たる有るのみ』と。蓋し屬する所有るなり)……」とある。「蓋有所屬也」は, 韓愈が作った絕句の「園花」

と「巷柳」に，それぞれ「絳桃」と「柳枝」の「二妾」への思いが込められていることを説明したものである。

問題の3346「酬裴令公贈馬相戲」詩は，3520「櫻桃花下有感所作（開成三年春季，美周賓客南池者）」詩と同じ「開成三年」に繁年されている（＊『白居易集箋校』4冊2334頁）。「開成三年」に作られた3383「慕巢尙書書云室人欲爲置（＊一作買）一歌者非所安也以詩相報因而和之（慕巢尙書，書して云ふ。『室人　爲めに一歌者を置かんと [＊買はんと] 欲す。安んずる所に非ざるなり』と。詩を以つて相報ず。因りて之に和す）」の中で白居易は，

東川已過二三春	東川　已に過ぐ　二三春	【東川】東川節度使の楊汝士（字は慕巢）。
南國須求一兩人	南國　須らく一兩人を求むべし	【南國】「東川」を指す。
富貴大都多老大	富貴は大都（おほむね）　老大多し	
歡娛大半爲親賓	歡娛大半　親賓の爲めにす	
如愁翠黛應堪重	愁ふるが如き翠黛　應に重んずるに堪ふべし	
買笑黃金莫訴貧	笑ひを買ふに　黃金　貧に訴ふること莫かれ	
他日相逢一杯酒	他日　相逢ふ　一杯の酒	
尊前還要落梁塵	尊前　還た要す　梁塵を落すを	

と詠い，楊汝士に「歌妓は賓客を樂しませるためにも必要であるから，老いたからと言って妓女を買う金を借しんではいけない」と言っている。

また，「開成三年」の作3395「天寒晚起，引酌詠懷，寄許州王尙書・汝州李常侍。（天寒くして晚く起き，酌を引いて懷を詠み，許州王尙書・汝州李常侍に寄す）」では，

葉覆冰池雪滿山	葉は冰池を覆ひ　雪は山に滿つ
日高慵起未開關	日高くして起くるに慵く　未だ關を開かず
寒來更亦無道醉	寒來　更に亦た醉ひに過ごす無くんば
老後何由可得閑	老後　何に由りてか閑を得べけん

四海故交唯許汝　　四海の故交は唯だ許と汝のみ
十年貧健是樊蠻　　十年の貧健は是れ樊と蠻　【樊蠻】樊素と小蠻。
　　　　　　　　　　　　　　　　　　　　　　　　ともに白居易の寵妓。
相思莫忘櫻桃會　　相思ひて忘るること莫かれ櫻桃の會
一放狂歌一破顏　　一たび狂歌を放ち　一たび破顏せしことを

　　【原注】櫻桃花時，數與許・汝二君歡會。甚樂。

　　　（櫻桃花の時，數しば許・汝二君と歡會す。甚だ樂し）

と詠っている。この詩で注意しておきたいことは，白氏の老後の樂しみのひとつは，往時の「歡會」を回想することであり，そのためには，長年，陪席してくれた「樊」「蠻」の存在が不可缺であったということである。3346「酬裴令公贈馬相戲」詩の「臨老何人與唱歌（老いに臨んで何人か與に唱歌せん）」という句には切實な思いがこもっている。3346「酬裴令公贈馬相戲」詩に付けられた【原注】の意味を改めて考え直す必要が有る。

　　裴詩云：「君若有心求逸足，我還留意在名姝」蓋引妾換馬戲，意亦有所屬也。
　　　（裴の詩に云ふ：「君　若し逸足を求むる心有らば，我は還た意を名姝に留む」と。蓋し「妾換馬」を引きて戲むれしは，意も亦た屬する所有るならん）

　裴度が「君に駿馬を求める心があるのなら，私は評判のあの妓に氣が有る（からひとつ交換といこう）」と冗談めかしに言う。ところが，冗談で終わりそうもないから，白氏は，3346詩で「臨老何人與唱歌（老に臨んで何人か與に唱歌せん）」と困り顏をしてみせるのである。

　大和二年［828］，裴度は，白居易のお氣に入りの二羽の鶴を所望して，「白二十二侍郞有雙鶴，留在洛下。予西園多野水長松，可以棲息。遂以詩請之。（白二十二侍郞　雙鶴有り。留めて洛下に在り。予の西園は野水，長松多く，以つて棲息す可し。遂に詩を以つて之を請ふ）」詩を作った。白氏は，2586「答裴相公乞鶴（裴相公の『鶴を乞ふ』に答ふ）」［*一に「酬裴相公乞予雙鶴（裴相公の予に雙鶴を

乞ふの作に酬ゆ）」に作る]を作ってこれに答えた。この時，劉禹錫は「和裴相公寄白侍郎求雙鶴（裴相公の『白侍郎に寄せて雙鶴を求む』に和す）」で，張籍は139「和裴司空以詩請刑部白侍郎雙鶴（裴司空の『詩を以つて刑部白侍郎に雙鶴を請ふ』に和す）」で唱和している。白氏は2626「送鶴與裴相臨別贈詩（鶴を送りて裴相に與ふるとき別れに臨んで詩を贈る）」を作っているから，「雙鶴」は裴度のもとへと送られたことがわかる。確かに，張籍が「……丞相西園好，池塘野水通。（丞相　西園好し，池塘　野水通ず）……」[＊139詩]と詠うように，洛陽の留守宅に置いておくより「丞相」の「西園」のほうが，「池塘」に「野水」が通じていて環境も良いし，賓客と「賞望」するにも好都合である。しかし，蘇州から運んできた「太湖石」同様，大切に連れ歸った「華亭」の「雙鶴」は，樂天にとって「江南」を偲ぶ大切な「よすが」であり，洛陽の邸宅を守って主人を出迎える「かわいい」お留守役でもあった。鶴を乞われた時は，「……白首勞爲伴，朱門幸見呼。（白首　伴を爲すに勞す，朱門　幸にして呼ばる）……」[＊2586詩]と答えたものの，手放してみるとやはり寂しい。2726「問江南物（江南物を問ふ）」詩で「……別有夜深惆悵事，月明雙鶴在裴家。（別に夜に深く惆悵する事有り，月明らかなるに雙鶴は裴家に在り）」と，白居易は本音をもらしている。「揚子津」で合流して樂天とともに上洛の旅をした劉禹錫にとっても，白氏が舟で2羽の雛を可愛がっていたことを知っているだけに，とりわけ思い入れのある鶴であった。「鶴歎二首（幷引）」の「引」で劉禹錫は「友人白樂天，去年罷吳郡，挈雙鶴雛以歸。余相遇于揚子津。……今年春，樂天爲祕書監，不以鶴隨，置之洛陽第。一旦，予入門，問訊其家人。鶴軒然來睨，如記相識。徘徊俯仰，似含情顧慕，嗔應而不能言者。因作『鶴歎』以贈樂天。（友人白樂天，去年　吳郡を罷め，雙鶴雛を挈（たずさ）へて以つて歸る。余　揚子津に相遇ふ。……今年の春，樂天　祕書監と爲り，鶴を以つて隨へず，之を洛陽の第に置く。一旦，予　門に入り，其の家人に問訊す。鶴　軒然として來りて睨（き）み，相識を記したるが如し。徘徊し俯仰して，情を含んで顧慕し，嗔應して言ふ能はざる者に似たり。因りて『鶴歎』を作りて以つて樂天に贈る）」と記している。裴度は「聞君有雙鶴，羈旅洛城東。（聞く君に雙鶴有りて，洛城の東に羈旅すと）……」と

詠っている。「白氏お氣に入りの鶴」であることを知っていて，裴度はわざと白氏の反應を試したのである。柴格朗氏は「劉禹錫と白居易の鶴を題材とした詩」(『人文自然論叢』38) の中で，この一連の唱和には政治鬪爭を背景とした寓意があり，「文宗卽位に功のあった裴度は朝廷內で大きな力を持っていたが，更に周圍を固める必要があった。居易が刑部侍郎を拜するのが『大和二年二月十九日』，劉禹錫が主客郎中分司を解かれ，長安に戻るのが同じ頃である。……裴度が鶴を求めたのは決して鶴そのものへの執着ではない。鶴を緣に白居易を引こうとしたのである」と記している。寓意はさておき，注目すべきことは，結局，「雙鶴」は裴度の所有物となり，白居易は愛玩物を失ったということである。

「雙鶴」を手放してから10年後の開成二年 [838] に作られた 3346「酬裴令公贈馬相戲」詩に政治的寓意を讀み取ることが可能か否かは檢討の餘地があるが，寓意の有無に關係無く「妾換馬」の「事」は單なる典故としての言葉遊びではない。やはり「ほんとに兩人が馬と美女の交換の話をしている」のである。裴度は「美女」が欲しいのではない。白居易の「お氣に入りの妓女」が欲しいのである。「雙鶴」も白居易の「お氣に入りの鶴」であったからこそ所望したのであり，劉禹錫にも緣のある「鶴」だったからこそ，裴度にとっては「より好都合」だったのである。

この小論の目的は，實際に「妾換馬」が實行されたか否かを檢證することではない。**白氏が承諾すれば，「現實となり得る」話であったことを確認したいのである。前節「樂天の馬」「12　愛馬と寵妓」**の主旨は，「『妓女』も『馬』も個人の『財產』として認識されていたが，必ずしも『單なる物』扱いされていたわけではない」という點にあり，「**寵妓**」が「**愛馬**」との交換對象として意識**されていた**ことを言いたかったのである。この小論の主旨もまた，裴度や白居易たちの意識を問題としているのである。

宋の董逌『廣川畫跋』卷1の「書以妾換馬圖後 (妾を以つて馬に換ふるの圖の後に書す)」に「……此圖有以妾換馬者，世固疑之。余……昔見簡文詩……。又見劉子威詩……又見庾肩吾詩……或謂：『「愛妾換馬」非眞有其事。風人所以託也』余觀，魏人曹彰嘗道逢駿馬愛之，……彰遂以予之。當時人，譏其愛好異

尙。此圖豈得於是而爲之也哉。故知有共實也。(此の圖に妾を以つて馬に換ふること有るは，世　固より之を疑ふ。余……簡文の詩を見……。又た劉子威の詩を見……。又た庾肩吾の詩を見……。或ひと謂ふ：『「愛妾換馬」は眞に其事有るには非らず。風人の託する所以なり』と。余　觀ふに，魏人曹彰　嘗つて道みち驄馬に逢ひて之を愛し，……彰　遂に以つて之を愛し，彰　遂に以つて之に與ふ。當時の人，其の愛好の異尙を譏る。此の圖　豈に是れに得て之を爲るならんか。故に其の實有るを知るなり)」とある。この「畫跋」から次のことがわかる。

①宋代には既に「愛妾換馬」の畫が在ったこと。
②古來，「妾換馬」が史實かどうか疑問視されていたこと。
③董逌は，樂府詩のほかに「曹彰」の逸話があることに着目して，過度な愛着を戒めるためにこの圖が描かれたと考え，「妾換馬」は事實であると推定していること。

ここで，注目したいのは，「妾換馬」が史實か否かではなく，「以妾換馬圖」を六朝樂府を題材とした風流な繪と見る人と「曹彰」の逸話と關連付けて「譏其愛好異尙」という諷刺畫と見る人との2つに分かれるということである[*「曹彰」の逸話を「英雄」「豪士」の豪勢な「奇行」とみれば，董逌の主張は成立しなくなる]。さらに重要なことは，批判の對象が「過度な愛好」であって，「人權無視が問題となっているのではない」ということである。

『山堂肆考』卷99「易馬」は『異聞錄』を引いて「鮑・韋二生」の話を抄出した後，蘇軾の逸話を載せている。

又蘇東坡謫黃州，臨行有蔣運使餞公。公命春娘勸酒。蔣問：『春娘隨去否？』公曰：『欲還其母家』蔣曰：『公去必須騎馬，我以白馬易春娘。可乎？』公諾之。春娘斂衽而前曰：『妾聞，「景公斬廄吏而晏子諫之。夫子廄焚而不問馬」皆貴人賤畜也。學士以人換馬，則貴畜賤人矣！』因占一絕。『爲人莫

作婦人身，百年苦樂由他人。今日始知人賤畜，胸序怨恨向誰伸』遂下階觸槐而死。

　　（又た蘇東坡　黃州に謫せられ，行くに臨んで蔣運使の公に　餞（はなむけ）する有り。公　春娘に命じて酒を勸む。蔣　問ふ：『春娘は隨去するや否や？』と。公曰はく：『其の母家に還（か へ）さんと欲す』と。蔣　曰はく：『公　去るに必ずや騎馬を須（も ち）ひん，我　白馬を以つて春娘に易（か）へん。可なるか？』と。公　之を諾す。春娘　衽を斂（を さ）めて前（すす）みて曰はく：「妾　聞く『景公　廄吏（うまや）を斬って，晏子　之を諫め，夫子　廄焚えて，馬を問はず』と。皆な人を貴んで畜を賤しむなり。學士　人を以つて馬に換ふるは，則ち畜を貴んで人を賤むなり」と。因りて一絕を占（くちずさ）む。『人と爲りて婦人の身と作ること莫かれ，百年　苦樂　他人に由る。今日　始めて知る　人の畜よりも賤しきを，胸中怨恨　誰に向かひて伸（の）べん』と。遂に階を下りて槐に觸れて死す）

この逸話で大切なことは，實際に蘇軾が「春娘」を「白馬」と交換したか否かという史實としての眞偽ではなく，死をもって抗議する時に「春娘」が「學士以人換馬，則貴畜賤人矣」と訴えていることである。

では，裴度や白居易の妓女に對する意識はどうであったか？

白居易は0803「和夢遊春詩一百韻（幷序）」に，元稹が左遷されて家妓や下僕を手放さざるを得なくなったことを「……嫁分紅粉妾，賣散蒼頭僕。（嫁し分かつ紅粉の妾，賣り散ず蒼頭の僕）……」と詠んでいる。また，0662「感故張僕射諸妓」の「黃金不惜買蛾眉，揀得如花三四枝。（黃金惜まずして蛾眉を買ふ，揀（え ら）び得たり　花の如き三四枝）……」と詠っている。「妓女」は賣買の對象となる私有財產と考えられている。しかも，2228「有感三首」其二の「……馬肥快行走，妓長能歌舞。三年五歲閒，已聞換一主。（馬肥へて快く行走し，妓長じて能く歌舞す。三年五歲の閒，已に聞く　一主を換（と）ふと）……」，2341「醉戲諸妓」の「席上爭飛使君酒，歌中多唱舍人詩。不知明日休官後，逐我東山去是誰？（席上　爭って飛ばす　使君の酒，歌中　多く唱ふ　舍人の詩。明日　官を休（や）めし後，我を東山に逐って去（ゆ）くは是れ誰ぞ？）」などから妓女が異なる主人の閒を移

動させられていたことがわかる。

　また，白居易の0607「醉歌（示伎人商玲瓏）」と元稹の「重贈商玲瓏兼寄樂天（重ねて商玲瓏に贈り，兼ねて樂天に寄す）」詩には「商玲瓏」にまつわる逸話が残されていて，宋の曾慥（編）『類說』卷50「玲瓏奈老何」に「商玲瓏餘杭歌妓。白公守郡，日與歌曰……元微之在越州，厚幣邀，至月餘，使盡歌所唱之曲，作詩送行，兼寄樂天曰（商玲瓏は餘杭の歌妓なり。白公　郡に守たり。日び與とも に歌って曰はく……元微之　越州に在り，厚幣もて邀むかへ，月餘に至るまで唱する所の曲を盡く歌はしめ，詩を作って送行し，兼ねて樂天に寄せて曰はく）……」と記されている。

　「愛妾」が主人の指示で貸し出されれるどころか，時には獻上品や褒賞品扱いにされていたことは，以下に列記する『資治通鑑』[中華書局1956年6月發行]の紀事からも確認できる。

『資治通鑑』「唐紀」第206卷「唐紀」二十二 [697〜700]
《則天順聖皇后中之下》神功元年 6518頁
　　右司郎中馮翊喬知之有**美妾**曰「碧玉」，知之爲不昏。武承嗣借以敎諸姬，**遂留不還**。知之作「綠珠怨」以寄之，[晉石崇有愛妾曰「綠珠」，事見八十三卷『晉書』帝永康三年] 碧玉赴井死。承嗣得詩於裙帶，大怒。……

『資治通鑑』「唐紀」第237卷「唐紀」五十三 [806〜809]
《憲宗昭文章武大聖至神孝皇帝上之上》元和元年 7636頁
　　闕有二妾，皆**殊色**，監軍請兼**獻之**，崇文曰：「天子命我討平凶豎，當以撫百姓爲先，遽獻婦人以求媚，豈天子之意邪！崇文義不爲此」乃以配將吏之無妻者。

『資治通鑑』「唐紀」第257卷「唐紀」七十三 [887〜888]
《僖宗惠聖恭定孝皇帝下之下》光啟三年 8348頁
　　……師鐸有**美妾**，用之欲見之，師鐸不許，用之因師鐸出，竊往見之，師

鐸慚怒，出**其妾**，由是有隙。

『資治通鑑』「唐紀」第261巻「唐紀」七十七［897～899］
《昭宗聖穆景文孝皇帝中之上》乾寧四年 8511頁
　　行密大會諸將，謂行軍副使李承嗣曰：「始吾欲先趣壽州，副使云不如先向清口，師古敗，從周自走，今果如所料」賞之錢萬緡，表承嗣領鎮海節度使。行密待承嗣及史儼甚厚，第舍，**姬妾**，咸**選其尤者賜之**。故二人爲行密盡力，屢立功，竟卒於淮南。……

『資治通鑑』「唐紀」第265「唐紀」八十一［904～906］
《昭宣光烈孝皇帝》天祐二年
　　……先是，攻城諸將見仁義輒罵之，惟李德誠不然，至是仁義召德誠登樓，謂曰：「汝有禮吾今以爲汝功」。且以**愛妾贈之**。……

　こうした史料を見ると，「妾換馬」の樂府や逸話の背景に「人・馬交換」の現實があったとしても不思議ではないように思える。ただし，「妾換馬」を明記した資料は見つからない。當然，裴度が「馬と美女の交換」をしたか否かを確認し得る史料は無い。だからといって「**實際に裴度が白居易抱えの美女がほしかったのではな**」いということにはならない。
　劉禹錫の「裴令公見示酬（一作「誚」）樂天寄奴買馬絶句斐然仰和且戲樂天」詩が作られる契機となった裴度と白居易の唱和詩が殘っていないので，『晉書』「劉惔傳」や『世說新語』「品藻」に出てくる「方回」（郗愔）の故事が何を象徴するのかはわからない。しかし，劉禹錫が後半で「……若把**翠娥**酬**綠耳**，始知天下有奇才。(若し翠娥を把りて綠耳に酬ゆれば，始めて知る　天下に奇才有るを)」と詠うのは，妓女を手放そうとしない白氏に「馬のお禮に裴令公に妓女を獻上して，『奇才』と呼ばれてはどうだい」と忠告しているように聞こえる。
　「**雙鶴**」を求めた時と同樣，裴度は，白居易の反應が見たいのである。假に「愛妾換馬」が，詩語としての言葉遊びで，當時「物・人交換」は無かったとする

第2章　唐代詩人の日常生活

と，この時の緊迫感は無くなってしまう。實際に裴度と白居易が「物・人交換」したかどうかが問題なのではない。**交換を意識したかどうか**が問題なのである。

　裴・白・劉3人の當時の關係を象徴する詩を見てみよう。

　開成元年［836］に繫年される白居易の3288「長齋月滿，攜酒先與夢得對酌，醉中同赴令公之宴，戲贈夢得。（長齋の月滿ち，酒を攜へて先づ夢得と對酌し，醉中　同（とも）に令公の宴に赴き，戲れに夢得に贈る）」と劉禹錫の「酬樂天齋滿日裴令公置宴席上戲贈（樂天の『齋滿つる日　裴令公　宴を置き　席上　戲れに贈る』に酬ゆ）」の2首の詩題から，30日間の齋戒があけた白居易が，最初に劉禹錫と「對酌」し，醉った勢いで裴度のところに押しかけたことがわかる。3299「對酒勸令公開春遊宴（酒に對して令公に春遊の宴を開かんことを勸む）」詩では，裴度に「……宜須數數謀歡會。（宜しく須らく數々（しばしば）歡會（かんあい）を謀（はか）るべし）……」と勸めているし，3307「令公南莊花柳正盛欲偸一賞先寄二篇（令公の南莊の花柳　正に盛なり。一賞を偸（ぬす）まんとして先づ二篇を寄す）」其一で「……擅入朱門莫怪無？（擅（ほしいまま）に朱門に入るも　怪しむ莫（な）きや無（いな）や？）」と言っている。「隣人のよしみ」ということもあって打ち解けたもの言いである。

　同じく開成元年［836］，裴度と白居易の親密さを傳える詩が作られている。

「雪中訝諸公不相訪」　裴度
（雪中に諸公の相訪はざるを訝る）
憶昨雨多泥又深　　憶ふ　昨ろ（さきご）　雨多く　泥も又た深きに
猶能攜妓遠過尋　　猶ほ能く　妓を攜へて　遠く過（よ）ぎり尋ねたるを
滿空亂雪花相似　　滿空の亂雪　花　相似たり
何事居然無賞心　　何事ぞ　居然として　賞心無き

3294「酬令公雪中見贈訝不與夢得同相訪」　白居易
（令公の『雪中に贈られ，夢得と同（とも）に相訪はざるを訝る』に酬ゆ）
雪似鵝毛飛散亂　　雪は鵝毛に似て　飛んで散亂し
人披鶴氅立徘徊　　人は鶴氅（かくしょう）を披（き）て　立つて徘徊す

鄒生枚叟非無興　　鄒生　枚叟　興無きに非ず
唯待梁王召卽來　　唯だ梁王の卽ち來たれと召さるるを待つのみ

「答裴令公雪中訝白二十二與諸公不相訪之什」　劉禹錫
(裴令公の『雪中に白二十二の諸公と相訪はざるを訝る』の什に答ふ)
玉樹瓊樓滿眼新　　玉樹　瓊樓　滿眼新たなり
的知開閣待諸賓　　的かに知る　閣を開いて　諸賓を待つを
遲遲未去非無意　　遲遲として未だ去かざるは　意無きに非ず
擬作梁園坐右人　　梁園の坐右の人と作らんと擬す

「この前は妓女を連れて雨や泥濘をおして遊びにきてくれたのに，こんな風流な雪の日にどうしてやってこないのか？……」しびれを切らす裴度に，樂天は「お呼びがかかるのを待っておりました」と應え，夢得も「さぞや待ちわびておいででしたでしょう」と續ける。

　裴度の詩の「攜妓」に注目したい。彼は「諸公」もさることながら，「妓女」の方を待っていたのかもしれない。

　白氏は畫贊として3373「題謝公東山障子(『謝公東山』の障子に題す)」詩を作り，「……唯有風流謝安石，拂衣攜妓入東山。(唯だ有り　風流　謝安石，衣を拂って　妓を攜へて東山に入る)」と言っている。ただし，3373詩の場合の「攜妓」は典故を踏まえた修辭にすぎない。しかし，當時，賓客が妓女を連れ歩いていたことは0988「醉中戲贈鄭使君(醉中　戲れに鄭使君に贈る)」の題注に「時使君先歸。留妓樂重飮。(時に使君　先に歸る。妓樂を留めて重ねて飮む)」とあり，「鄭使君」が，連れてきた妓女を殘して先に歸ったことでもわかる。また，3307「令公南莊……二篇」其一には「……擬提社酒攜村妓，擅入朱門莫怪無？(社酒を提げ村妓を攜へんと擬す。擅に朱門に入るも怪しむこと莫きや無や？)」とあり，妓女を「[裴]令公」宅に連れて行こうとしていたこともわかる。

　樂天お氣に入りの「鶴」を所望してとり上げたり，「妓女」を差し出せとほの

めかす裴度も裴度であるが，樂天は樂天でチャッカリ「弄水偸船惱令公（水を弄し船を偸んで令公を惱ます）」[＊3310「贈夢得（夢得に贈る）」の句]ことをやっているから，どっちもどっちである。

こうした裴度と白居易の關係を踏まえずに，**「ほんとに兩人が馬と美女の交換の話をしているのなら，二人のやりとりはちいとも面白くない野暮な詩になります」**と決めつけるのはいかがなものであろうか？

第3節　唐代詩人の食性──蟹・南食・筍

1．食性

中唐詩人の王建は「新嫁娘詞三首」其三で「三日入廚下，洗手作羹湯。未諳姑食性，先遣小姑嘗。（三日　廚下に入り，手を洗つて羹湯を作る。未だ姑の食性を諳ぜず，先づ小姑を遣て嘗めしむ）」と詠っている。嫁ぎ先の家の味を知らない初々しい嫁の日常を活寫したほほえましい小品である。「食性」は「食べ物についての味の好み」。『漢語大詞典』は「食性」を「對食物的好惡習性」と說明し，王建のこの詩を引いている。

周の文王は「昌歜」（菖蒲を刻んで入れた料理）を好んで食べ，春秋時代の魯の曾晳は「羊棗」（なつめ）を，また，同じ春秋時代でも國を異にする楚の屈到は「芰」（菱の實）を好んで食べたという。『韓非子』「難四」に「或曰屈到嗜芰，文王嗜菖蒲菹，非正味也，而二賢尚之，所味不必美。（或ひと曰はく『屈到　芰を嗜み，文王　菖蒲菹を嗜むは，正味には非ざるなり。而れども二賢　之を尚む。味はふ所　必ずしも美ならず）』と）……」とあり，明代の『草木子』卷4に「人之食性亦有不同者。如文王嗜昌歜，曾晳嗜羊棗，屈倒嗜芰是也。其同則膾炙也。（人の食性も亦た同じからざる者有り。文王の昌歜を嗜み，曾晳の羊棗を嗜み，屈倒の芰を嗜むが如きは是れなり。其の同じきものは則ち膾炙なり）」とある。俗に「人口に膾炙す」と言うが，「膾と炙」が「廣く誰もが

好むもの」であるという前提に立つ比喩である。

　食べ物を美味しいと感じるかどうかは，「慣れ」の問題であって，個人差が有る。また味の好みは民族によって違うし，地域や時代によっても異なる。例えば元稹は通州（四川省達縣）での體驗をもとに「……炰鱉那勝羜，烹鮮只似鱸。(炰鱉　那んぞ羜に勝らん，烹鮮は只だ鱸に似たるのみ）……」（「酬樂天東南行詩一百韻」）と詠い，「鱉」（スッポン料理）より「羜」（子羊料理）に軍配をあげているが，『詩經』小雅「六月」に「……飮御諸友，炰鱉膾鯉。（諸友に飮御して，炰鱉膾鯉あり）……」と詠われた「炰鱉」は，「膾鯉」と共に當時の「諸友」にとって「最高のもてなし」であった。宋代の『鶴林玉露』卷２に「……蓋八珍乃奇味，飯乃正味也。（蓋し八珍は乃ち奇味，飯は乃ち正味なり）」とあるように，食べ物には，誰にでも「好まれるもの」と必ずしも「好まれないもの」とが有り，前者は主食や日常食に多く，後者は嗜好品や珍味に多い。「食性」は，その人の個性と環境と時代を反映している。

　では，唐代を生きた詩人たちの「食性」はどうか？この問いに答えることができれば，當時の文人たちがより身近に思えてくる。ところが，唐代の詩人たちが，どんな生活を送り，どんな「食性」を持っていたのか？また，それをどのように詩に詠んでいるのか？そんな素朴な疑問に答えてくれる論考は多くない。

　そこで，日常生活を詠んだ詩句をもとに，唐代詩人の食生活を再現し，何氣ない一瞬の表情に，味覺のもたらす精氣を畫き込みたいと思う。

２．蟹

　興膳　宏氏が「詩人と『食』　よく食べよく飮む白樂天」（『月刊　しにか』通卷103號）において，「……詩が日常生活への密着性をひときわ強めるようになるのは，十一世紀以降の宋詩においてであり，……より早くは五世紀六朝の陶淵明，やや遲れては八世紀盛唐の杜甫，次いで九世紀中唐の白居易とつづく生活派詩人の一連の流れがしだいに川幅を廣げて，ついに宋詩の大河を成すに至っ

たと見るべきであろう。……」と概説されたように，多くの詩人たちが食生活を活寫した詩を詠みはじめるのは，蘇軾らが登場する宋代を待たなければならない。しかし，丹念に探してみると，『全唐詩』の中からも散發的にではあるが，興味深い詩句が見つかる。

例えば，「熊の掌」は『孟子』「告子」篇に「孟子曰，魚，我所欲也。熊掌，亦我所欲也。二者不可得兼，舍魚而取熊掌者也。(孟子曰はく，魚は我の欲する所なり。熊掌も亦た欲する所なり。二者兼ねて得べからざれば，魚を舍てて熊掌を取る者なり)……」とあるように，古くから美食の最たるものの１つであった。にもかかわらず，5萬首を超える『全唐詩』の中に「熊掌」の詩語は１例しか登場しない。その唯一の用例が『白氏文集』に在り，白詩が唐代文化を知る上での貴重な史料であることを教えてくれる。白居易の2412「奉和汴州令狐令公二十二韻」に「……陸珍熊掌爛，海味蟹螯鹹。(陸珍　熊掌　爛（やわら）かに，海味　蟹螯　鹹（から）し)……」とあるから，樂天は令狐楚の統括する汴州で，陸の珍味「熊掌」(*熊のてのひら)と海の幸「蟹螯」(*カニの爪)を同時に樂しんでいたのである。

そこで，まず北京大學が開發した電子檢索系統を用いて「蟹螯」の文字を調べると，白居易のほかに李頎・李白・高適・韓翃・羊士諤・柳宗元・張祜・許渾・陸龜蒙が「蟹螯」を含む詩を遺していることがわかる。このうち，とりわけ興味深いのは李頎の「送馬錄事赴永陽」詩の「……炊飯蟹螯熟，下箸鱸魚鮮。(飯を炊いて蟹螯熟し，箸を下せば鱸魚鮮なり)……」の句と許渾の「舟行早發……」詩の「……蟹螯只恐相如渴，鱸鱠應防曼倩饑。(蟹螯　只だ恐る　相如の渴，鱸鱠　應に防ぐべし曼倩の饑)……」の句である。これを合わせ讀むと，當時の文人が「蟹螯」（かに）と一緒に「鱸魚」（すずき）の「鱠」（なます）を樂しんでいたことがわかる。「相如の渴」は司馬相如が患ったという糖尿病による「喉の渴き」。「曼倩の饑」は東方朔が西王母の仙桃を盜んだという故事。李頎も許渾も現地の新鮮な魚介を賞味できたようであるが，白居易が汴州で食べた蟹は，おそらく鹽漬けであった。白居易は「奉和汴州……二十二韻」で「蟹螯鹹」と言っているから，この蟹が江南產であったとすれば，遠隔地に送られた「蟹螯」には保存のための鹽が效いていたはずである。歐陽脩の『歸田錄』卷下に「……淮南人藏鹽酒蟹。

凡一器數十蟹，以皁莢半挺置其中，則可藏經歲不沙。(淮南の人　鹽酒蟹を藏す。凡そ一器に數十の蟹，皁莢半挺を以つて，其の中に置けば，則ち藏して歲を經るも沙まざる可し)」とある。「皁莢」は豆科の樹木「さいかち」の扁平の莢で，藥用となる。宋代に，すでにかくも高度な保存法が用いられていたからには，令狐楚が白居易に振舞った「蟹螯」も凝った加工を經た貴重な嗜好品であったことであろう。汴州は河南省の「開封」。昔も今も交通の要衝である。54歲の白居易は蘇州刺史の任を全うし，次の任地「洛陽」に向かう途中，文武に秀でた「宣武節度使」令狐楚の居る開封府に立ち寄った。五言四十四句の長編は地方軍閥の豪勢な酒宴の席で生まれた。「……景象春加麗，威容曉助嚴。……髮滑歌釵墜，妝光舞汗霑。回燈花簇簇，過酒玉纖纖。饌盛盤心殢，酷濃盞底黏。(景象　春　麗を加へ，威容　曉に嚴を助く。……髮は滑かにして　歌へば釵　墜ち，妝は光りて　舞へば汗霑ふ。燈を回らして　花は簇簇，酒を過して玉は纖纖。饌は盛んにして　盤心に殢し，酷は濃くして　盞底に黏す)……」に續く「……陸珍熊掌爛，海味蟹螯鹹。(陸珍　熊掌爛に，海味　蟹螯　鹹し)……」は，贅澤を覺えた舌面と蘇州でみがきをかけた味蕾とを驅使して描いた完成度の高い對句である。柔らかく煮込んだ「熊掌」と飽きのこない鹽味の「蟹螯」は，美女の演ずる歌舞音曲を鑑賞しながら，とろりとした濃厚な美酒に醉いしれるにふさわしい酒肴である。

　宋代になると吳自牧の『夢粱錄』卷16に「赤蟹假炙，鱟橙醋，赤蟹白蟹辣羹，蚶蝤簽，蚶蝤辣羹，溪蟹奈香盒，蟹辣羹，蟹簽糊壅，蟹根醋，洗手蟹，釀根蟹，五味酒醬蟹，酒潑蟹」といった蟹料理が登場する。「蟹肉饅頭」のほかに「蝦魚包兒」「鵝鴨包兒」「筍絲饅頭」まであって，文化水準の高さを反映している。唐以前からの名菜も，數多く宋代に傳承されていたに違いない。

　白詩の「海味蟹螯鹹」にちなんで，「海蟹」を調べると，意外にも『全唐詩』はおろか『全宋詩』にもほとんど用例が無く，わずかに晚唐の陸龜蒙と皮日休の唱和詩の詩題に各1回，南宋の嶽珂の詩句の中に1回登場するのみである。「海蟹」は，「松江(上海市松江鎭)蟹」(張志和の「漁父」詩に「松江蟹舍主人歡，菰飯蓴羹亦共餐。(松江の蟹舍　主人歡び，菰飯　蓴羹　亦た共に餐す)……」とある)や「紫蟹」(杜牧

の「新轉南曹……」詩に「……越浦黃柑嫩, 吳溪紫蟹肥。(越浦　黃柑嫩かく, 吳溪　紫蟹肥へたり)……」の對句がある) 同樣, 當時の文人が食べた「蟹」の種類を特定する際に貴重な情報を與えてくれる。文淵閣『四庫全書』電子版で檢索すると, 宋の傅肱の『蟹譜』や高似孫の『蟹略』に先立って, 晚唐の陸龜蒙が『蟹志』を著していることがわかり, 臺灣の東吳大學が公開している「寒泉」の『全唐詩』で檢索すると, 皮日休と李貞白の二人だけが「詠蟹」詩を詠んでいることがわかる。皮日休は, ほかに「詠螃蟹呈浙西從事」詩を作っていて, 「浙西」が「螃蟹」の產地の一つであることを示唆している。五代南唐の李貞白は, 生卒も官職も未詳の小詩人であるが, 「詠罌粟子 (芥子の花)」といった詠物詩を遺していて, 宋詩の主題を先取りしている點で貴重な存在であるが, 「詠蟹」詩もまた宴席に蟹が供せられたことを傳える序が付いていて興味深い。

「詠蟹」　李貞白
建帥陳誨之子德誠,……貞白在坐, 食蟹。德誠顧貞白曰, 「請詠之」貞白云云。眾客皆笑。(建帥陳誨の子德誠,……貞白坐に在り, 蟹を食す。德誠貞白を顧て曰はく, 「請ふ之を詠め」と。貞白　云云す。眾客　皆な笑ふ)

蟬眼龜形腳似蛛　　蟬眼　龜形　脚は蛛に似
未曾正面向人趨　　未だ曾て正面して人に向きて趨まず
如今釘在盤筵上　　如今　釘して盤筵上に在り
得似江湖亂走無　　江湖に亂れ走るに似たるを得るや無や

「セミのような眼とカメのような甲羅にクモのような脚。橫步きするだけで正面に直進したことがない。……」ユーモラスで輕妙な描寫である。「建帥」は「建州 (福建省漳州市) の將帥」。『江南野史』卷5や『十國春秋』卷24「南唐」十に「陳誨」とその子「(陳) 德誠」の紀事が有るが, 「食蟹」の逸話は記されていない。『南唐近事』卷2に陳誨が「鴆」を食べていたことを記した箇所があるが, ここにも「食蟹」は登場しない。李貞白の詩序は貴重である。

「松江」の蟹を好んで食べた南宋の高似孫は『蟹略』を著わし、その巻３の「蟹飯」に李頎の「送馬錄事赴永陽」の二句「炊飯蟹螯熟，下箸鱸魚鮮。(飯を炊いて　蟹螯熟し，箸を下せば　鱸魚鮮なり)」と疎寮[＊高似孫の字]自身の「蟹豪留客飯，苕細約僧茶。(蟹は豪にして　客飯を留め，苕は細くして　僧茶を約す)」の２句を引用している。「蟹包」や「蟹羹」の詩を詠んだ高似孫の「趙崇暉送魚蟹」詩に「……蟹爲龜蒙何惜死，鱸非張翰且休肥。(蟹は龜蒙の爲に何ぞ死を惜まん，鱸は張翰に非ざれば　且し肥ゆるを休めん)……」と詠われた「[陸]龜蒙」は，「鱸」好きの晉の張翰と對比されるほどの蟹好きであった。詩友の皮日休は，こんな詩を彼に送っている。

「病中有人惠海蟹轉寄魯望」　皮日休
(病中　人の海蟹を惠む有り。轉じて魯望に寄す)
紺甲青筐染苕衣　　紺甲　青筐　苕衣を染め
島夷初寄北人時　　島夷　初めて北人に寄する時
離居定有石帆覺　　居を離るれば　定ず石帆の覺る有り
失伴唯應海月知　　伴を失へば　唯だ應に海月知るべし
　　……

陸龜蒙は，こう應える。

「酬襲美見寄海蟹」　陸龜蒙
(襲美の海蟹を寄せらるるに酬ゆ)
藥杯應阻蟹螯香　　藥杯　應に阻むべし　蟹螯の香
却乞江邊採捕郎　　却つて乞ふ　江邊　採捕の郎に
自是揚雄知郭索　　是れより揚雄　郭索を知り
且非何胤敢饞饢　　且く何胤の敢て饞饢くするを非とす
骨清猶似含春靄　　骨は清くして　猶ほ春靄を含むに似
沫白還疑帶海霜　　沫は白くして　還た海霜を帶ぶるに疑す

強作南朝風雅客　　強いて　南朝　風雅の客と作り
夜來偸醉早梅傍　　夜來　偸かに早梅の傍らに醉ふ

　「郭索」は「蟹」。揚雄の『太玄經』卷 2 に「……蟹之郭索，心不一也。（蟹の郭索，心　一ならざるなり）……」とある。「餳餭」は飴。ここでは「糖蟹」に加工すること。『南史』卷 30 に「……初胤侈於食味，……猶食白魚・鯢脯・糖蟹。（初め胤　味食に侈り，……猶ほ白魚・鯢脯・糖蟹を食ふ）……」とある。「糖蟹」は『新唐書』「地理志」に 3 例現われ，「滄州」「江陵」「揚州」の「土貢」（*特産の獻上品）であったことがわかる。このやりとりで興味深いのは，「海蟹」の甲羅が皮日休によって「紺甲青筐染苔衣」と描寫され，蟹肉に付いた半透明の軟骨が陸龜蒙によって「骨清猶似含春靄」と詠われていることである。おまけに「沫白還疑帶海霜」と，活きた蟹が吹く「白い泡」まで付いている。皮日休は「吳中苦雨因書一百韻寄魯望」詩で「全吳臨巨溟，百里到滬瀆。海物競駢羅，水怪爭滲漉。（全吳　巨溟に臨み，百里　滬瀆に到る。海物　駢羅を競ひ，水怪　滲漉を爭ふ）……」と詠っているから，「滲漉」（水のしたたる）海產物が「駢羅」（ならびつらなる）吳の地で，松江の甫里に退隱していた陸龜蒙と共に新鮮な「海蟹」を樂しんでいたのであろう。『無錫縣志』卷 2 に「……惠山有望。蓋自山下百餘里，目極荷花不斷，以爲江南煙水之盛。於是皮日休買舟與陸龜蒙……共爲煙水之樂。時乘短舫載一甖酒。（惠山に望湖閣有り。蓋し山下より百餘里，目は荷花の斷えざるを極め，江南煙水の盛なるを以爲ふ。是に於て，皮日休　舟を買ひ，陸龜蒙と與に……共に煙水の樂しみを爲す。時に短舫の一甖酒を載するに乘る）……」と記されている。「煙水之樂」の酒の肴に「蟹螯」が添えられることもあった。陸龜蒙は「和襲美釣侶二章」其一を「……相逢便倚兼葭泊，更唱菱歌擘蟹螯。（相逢ふて便ち兼葭に倚りて泊し，更に菱歌を唱って蟹螯を擘く）」と結んでいる。

3.「南食」

　ゲテモノを詩に詠んだ文人がいる。韓愈である。彼が廣州で口にした「南食」は，現代の美食家にとっては垂涎の的かもしれないが，洛陽に近い河南省孟縣の穀物や野菜で育った韓愈の口に，「南食」は，受け入れ難いシロモノであったようだ。白居易に比べて現存する作品數が少ないこともあって，韓愈が食生活に言及した詩の數は多くはない。だからと言って，彼が食に無關心であったわけではない。白氏が極めて日常的な食材を詠うのに對して，韓愈は非日常的な「南食」を取り上げる。この「南食」詩が宋代の詩人たちに影響を與え，「北人驚き嘆じて　箸を下さず，韓公の『南食』の詩と與にするを乞ふ」(宋の呂本中「和李二十七食蛙聽蛙二首」其一)や「……韓公南食可曾見，張翰東歸徒自高。(韓公の『南食』曾て見るべし，張翰　東歸して　徒らに自ら高くす)……」(宋の王十朋「周光宗贈蠣房報以溪蕈」)といった詩が生まれた。王十朋は「和南食」詩の序で「萬先之送巨蠣百房。……先之舉退之『南食』詩『蠣相黏爲山，千百各自生』之句。僕方追和韓詩，遂用其韻以謝。(萬先之，巨蠣百房を送る。……先之退之の『南食』詩の『蠣　相黏して山を爲し，千百　各おの自生す』の句を擧ぐ。僕　韓詩に追和するに方り，遂に其の韻を用ひて以つて謝す)」と言っている。宋代の汴京(河南省開封市)の繁榮ぶりを回顧した『東京夢華錄』の卷4「食店」によれば，「川飯店」(四川料理店)のほかに「南食店」(南方料理店)があって「魚兜子」「桐皮熟膾麵」「煎魚飯」が賣られていたという。

　韓愈の「初南食……」詩について，樊汝霖は「元和十四年［819］潮州刺史に左遷された韓愈が任地でこれを作った」というが，錢仲聯は「『贈別元十八』詩を讀むと韓愈は途中で『元十八協律』(元集虚)と別れているから，潮州到着後ではなく，廣州の『曾江口』を通過した際の作である」と修正している。陳克明氏は『韓愈年譜及詩文繫年』538頁で錢仲聯説に贊同し，「曾江口」が今の廣東省の增江が增城縣を流れて東江に合流する所であることを考證している。

178「初南食貽元十八協律」 韓愈
(初めて南食し，元十八協律に貽る)

鱟實如惠文　　鱟實　惠文の如く
骨眼相負行　　骨眼　相負いて行く
蠔相黏爲山　　蠔は相黏して山を爲し
百十各自生　　百十　各々　自ら生く
蒲魚尾如蛇　　蒲魚　尾は蛇の如く
口眼不相營　　口眼　相營まず
蛤卽是蝦蟆　　蛤は卽ち是れ蝦蟆
同實浪異名　　實を同じくして　浪りに名を異にす
章擧馬甲柱　　章擧と馬甲柱
鬭以怪自呈　　鬭ふに怪を以つて自ら呈す
其餘數十種　　其餘　數十種
莫不可歎驚　　歎驚すべからざるなし
我來禦魑魅　　我來りて魑魅に禦る
自宜味南烹　　自ら宜しく南烹を味はふべし
調以鹹與酸　　調するに鹹と酸とを以つてし
芼以椒與橙　　芼するに椒と橙とを以つてす
腥臊始發越　　腥臊　始めて發越し
咀吞面汗騂　　咀吞すれば　面　汗して騂らむ
惟蛇舊所識　　惟だ蛇のみは舊と識る所
實憚口眼獰　　實に口眼の獰なるを憚かる
　　……

「鱟」「牡蠣」「蒲魚」「蝦蟆」「章魚」といった魚介類のオンパレードである。注目すべきは調味料に「鹹」と「酸」を用い，「椒」と「橙」で腥味を消していることである。「發越」は「上林賦」(『文選』卷8)の「郁郁菲菲，衆香發越」から推すに「プーンと鼻の中に香りたつ」さまであろう。『蟹略』卷2

に「呉人虀橙全濟蟹腥（呉人は虀橙もて蟹腥を全濟す）」とあるから，呉の人たちは「虀(あ)」えた「橙」によって「蟹腥」を「全濟」(すっかり消滅)できると考えていたようである。しかし，せっかくの「椒」と「橙」も韓愈には効き目がなかった。「あぶら汗」を流し，「顔をあかく」ほてらせながら呑み込むところが，いかにも韓愈らしい。「蛇」は體驗濟であったが，獰猛な「口眼」に，さすがの韓愈も閉口している。『魏書』卷25「列傳第十三」に「晉將劉裕……嵩節……裕於舟中，望嵩麾蓋，遺以鄪酒及江南食物。嵩皆送京師。（晉將劉裕……嵩節……裕 舟中に於て，嵩の麾蓋を望み，遺るに鄪酒及び江南の食物を以つてす。嵩皆な京師に送る）……」とある。この時代に「鄪(れい)(湖南省)の酒」と「江南の食物」が「京師」(洛陽)に輸送されていたわけであるから，韓愈が「南食」の食材を長安や洛陽で見聞きしていても不思議ではない。

　この頃，さらに南に流されていた柳宗元から「食蝦蟆」と題する詩が届き，韓愈は次のように答えている。

181「答柳柳州食蝦蟆」　韓愈
（柳柳州の「蝦蟆を食ふ」に答ふ）
　　……
　大戰元鼎年　　大戰　元鼎の年
　孰強孰敗橈　　孰れか強く　孰れか敗橈(はいたう)せる
　居然當鼎味　　居然として鼎味に當る。
　豈不辱釣罩　　豈に釣罩(てうたう)を辱しめざらんや
　餘初不下喉　　餘　初め喉に下らず
　近亦能稍稍　　近ごろ亦た能く稍稍たり
　常懼染蠻夷　　常に懼(おそ)る　蠻夷に染まり
　失平生好樂　　平生の好樂を失はんことを
　而君復何爲　　而るに　君　復た何爲(なんすれ)ぞ
　甘食比豢豹　　甘食　豢豹(くわんへう)に比す
　　……

「……武帝元鼎五年［前112］の秋，蛙と蝦蟇（がま）が戰ったということですが，はたしてどちらが勝ったやら。いま蝦蟆は堂々と食卓に竝べられ，釣り具や魚網にかかる魚介類と肩を竝べています。私は最初，喉を通らなかったのですが，最近，少し慣れてきました。しかし，氣がかりなのは，蠻族の風習に染まり，從來の嗜好を忘れてしまうことです。なのに，どうしたことでしょう？あなたが獸肉と同じ位に旨いと感じておいでとは！……」韓愈は「蝦蟆」を食う習慣を「蠻夷」の風俗として蔑（さげす）んでいる。明の田汝成の『西湖遊覽志餘』卷24に「尙書故實云，百越人以蝦蟆爲上味。疥皮者最佳。名錦襖子。（『尙書故實』に云ふ，百越の人 蝦蟆を以つて上味と爲す。疥皮なる者 最も佳（よ）し。『錦襖子』と名づく）……」とあり，地元の人にとって「蝦蟆」，とりわけ「錦襖子」と呼ばれる「疥皮」（イボイボ）を持つグロテスクな種類が「最佳」とされていた。しかし，韓愈にとっては「錦襖子」も「蠻夷」のゲテモノに過ぎなかった。

　柳宗元は「甘食」と感じて，「麋豹」に比肩する美味と感じていたようであるから，韓愈に比べてより柔軟である。柳宗元の「食蝦蟆」詩が散逸していることが惜まれる。

4．筍

　「陸の幸」の中で，肉に負けない味として嗜好されてきた食材の１つに「筍」がある。「筍」は紀元前から酢や鹽に漬けた「菹」に調理されていた。『周禮』「天官冢宰第一」に「韭菹」「菁菹」「茆菹」「葵菹」「芹菹」「箈菹」と共に「七菹」の１つに「筍菹」が記録されている。

　冬の筍を探しに竹林に分け入った孟宗の故事（『三國志』卷48「吳書」）は『二十四孝』の話として「人口に膾炙」しているが，杜甫の「奉賀陽城郡王太夫人……」詩の「……遠傳多筍味，更覺綵衣春。（遠く傳ふ 多筍の味，更に覺ゆ 綵衣の春）……」や司空曙の「送李嘉祐正字……」詩の「……歸來喜調膳，寒筍出林中。（歸り來りて 調膳を喜ぶ，寒筍 林中に出づ）」から，冬の筍が唐代の文

人の閒でも珍重されていたことがわかる。

宋代の『愛日齋叢抄』巻5に引かれた『河南聞見錄』に「富鄭公與康節食筍。康節曰食笋甚美。公曰未有如堂中骨頭之美也。康節曰野人林下食筍三十年，未嘗爲人所奪。公今日可食堂中骨頭乎。公笑而止。（富鄭公　康節と與に筍を食す。康節　曰はく，『筍を食すること甚だ美し！』と。公　曰はく，『未だ堂中の骨頭の美なるが如きもの有らざるなり』と。康節　曰はく，『野人　林下に筍を食して，三十年，未だ嘗つて人の奪ふ所と爲らず。公　今日　堂中の骨頭を食すこと可なるか？』と。公　笑ふて止む）」とあり，淸の王士禛の『池北偶談』巻14に「……野人只識羮芹美，相國安知食筍甘。（野人　只だ羮芹の美きを識るのみ，相國　安んぞ筍を食することの甘きを知らん？）……」とある。

中國では古くから，「筍」は素朴でありながら豪華な食材として喜ばれてきた。「野人」にとって「座敷に飾られる骨董よりも價値が有り」，「羮芹」よりも「甘」いもの，それが「筍」であった。

唐代詩人の「筍」の用例をみると，劉長卿の「過鸚鵡洲王處士別業」詩に「……問人尋野筍，留客饋家蔬。（人に問ふて　野筍を尋ね，客を留めて　家蔬を饋む）……」とあることから，筍がお惣菜に用いられていたことがわかり，李商隱の七絕「初食筍呈座中」に「嫩籜香苞初出林，於陵論價重如金。皇都陸海應無數，忍剪凌雲一寸心。（嫩籜　香苞　初めて林を出，於陵　價を論じて　重きこと金の如し。皇都　陸海　應に無數なるべし，剪るに忍びん　凌雲　一寸の心）」とあることから，「於陵」（山東省長山縣西南）でも，筍が高値で取引されていたことがわかる。韓翃の「別李明府」詩には「……五侯焦石烹江筍，千戶沈香染客衣。（五侯　焦石もて　江筍を烹，千戶　沈香もて　客衣を染む）……」と調理の樣子まで描かれている。さらに王延彬の「春日寓感」詩に「……因攜久醖松醪酒，自煮新抽竹筍羹。（因りて久醖の松醪酒を攜へ，自ら新抽の竹の筍羹を煮る）」とあり，『全唐詩補編』「全唐詩續拾」巻58の「贊寧引諺」（佚名）の殘句「臘月煮筍羹，大人道便是。（臘月　筍羹を煮，大人　道ふ　便ち是れ）」からは，筍が「羹」（トロリとしたスープ）に調理されていたことまでわかる。

韋應物が「對新篁」詩を作って「新綠苞初解，嫩氣筍猶香。含露漸舒葉，抽

叢稍自長。清晨止亭下，獨愛此幽篁。（新緑　苞　初めて解け，嫩氣　筍　猶ほ香し。露を含んで　漸く葉を舒べ，叢を抽いて　稍く自ら長ず。清晨　亭下に止まり，獨り此の幽篁を愛す）」などと優雅に詠うのに對し，白居易は「食筍」そのものを主題として詩を詠んでいる。「筍」を風景として見るか，食材として見るかで，「非人情」と「人情」，「別乾坤」と「人間」とに分かれる。もっとも，「幽篁」で琴を彈じた王維も「遊化感寺」詩では「……香飯靑菰米，嘉蔬綠筍莖。（香飯　靑菰の米，嘉蔬　綠筍の莖）……」と詠っているから，輞川莊の竹林に「生えた筍」を「八百屋へ拂い下げ」（漱石『草枕』）はしないまでも，「嘉蔬」として食べていたことは間違いない。杜甫は自給自足の詩「種萵苣」を作るほど貧しい境遇にあったが，王維は果樹園付きの別業「輞川莊」のオーナーであったから，「竹里館」の管理も「鹿柴」の補修も「椒園」の手入れも全て使用人任せでよかった。

　『新唐書』卷48「志」第38に「司竹。監一人，從六品下。……掌植竹・葦，……歲以筍供尙食。（司竹。監一人，從六品下，……竹・葦を植うるを掌り，……歲に筍を以つて尙食に供す）」とあり，「竹」を管理し，「筍」を食材として栽培する官職があったことや唐の長安や洛陽では「筍」が高級食材であったことはあまり知られていない。『新唐書』卷12「志」第二に「菁菹鹿醢」「芹菹兔醢」と共に「筍菹魚醢」なる料理名が載っていることも，『新唐書』卷40「志」第三十に「興元府漢中郡」の「土貢」として「冬筍」が記録されていることも，知る人ぞ知る文化史料の一つである。『說郛』卷106（上）所引『筍譜』卷上の「慈竹筍」に「四月生。江南人多以灰煮食之。……五・六月長筍。明年方成竹，其筍不堪食。（四月生ず。江南の人　多く灰を以つて煮て之を食ふ。……五・六月は長筍。明年　方に竹と成れば，其の筍は食ふに堪へず）」とあり，『筍譜』卷下には「唐白樂天作筍歌，布在華裔。（唐の白樂天　『筍歌』を作り，布きて華裔に在り）」の語も見える。

　そこで，次の詩を「賞味」しよう。

0299「食筍」白居易　45・46歳　江州司馬（筍を食す）

此州乃竹鄕　　此の州は乃ち竹鄕
春筍滿山谷　　春筍　山谷に滿つ
山夫折盈抱　　山夫　折りて抱に盈つ
抱來早市鬻　　抱き來りて　早市に鬻ぐ
物以多爲賤　　物は多きを以つて賤しと爲す
雙錢易一束　　雙錢もて一束に易ふ
置之炊甑中　　之を炊甑の中に置けば
與飯同時熟　　飯と同時に熟す
紫籜拆故錦　　紫籜　故錦を拆き
素肌擘新玉　　素肌　新玉を擘く
每食遂加餐　　每食　遂に餐を加へ
經旬不思肉　　旬を經るも　肉を思はず
久爲京洛客　　久しく　京洛の客と爲りしとき
此味常不足　　此の味　常に足らず
且食勿踟躕　　且く食ふて　踟躕すること勿れ
南風吹作竹　　南風吹けば　竹と作らん

　長安や洛陽と違い，ここは「竹鄕」（＊朱金城『白居易集校箋』は「食筍」を江州司馬時代の作としている）だけあって「筍」をタラフク食べることができる……と白居易は滿足そうである。還曆を過ぎて洛陽に閑居してからも，香山居士は春に夏に朝食の「筍」を樂しんでいる。若い頃も五十代の時も食べていたであろうが，なぜか食卓の「筍」は六十歲以降の詩に集中している。

　　3128「晚春閑居……」　白居易　63歲　洛陽　太子賓客分司
　　宿醒寂寞眠初起　　宿醒　寂寞　眠り　初めて起く
　　春意闌珊日又斜　　春意　闌珊　日　又た斜く
　　勸我加餐因早筍　　我に勸む　餐を加ふるに　早筍に因れと
　　恨人休醉是殘花　　人を恨む　醉ふを休めよ　是れ殘花

第2章　唐代詩人の日常生活

……

3043「夏日作」白居易　65歳　洛陽　太子少傅
……
宿雨林筍嫩　　宿雨　林筍 嫩(やはら)かに
晨露園葵鮮　　晨露　園葵 鮮(あらた)なり
烹葵炮嫩筍　　葵を烹(に)　嫩筍を炮(や)き
可以備朝餐　　以つて朝餐に備ふ可(そな)し
止於適吾口　　吾口に適ふに止まる
何必飫腥羶　　何ぞ必ずしも腥羶(せいせん)に飫(あ)かん
飯訖盥漱已　　飯訖(をは)りて　盥漱(くわんそう)已(や)み
捫腹方果然　　腹を捫(な)でて　方に果然たり
……

3364「晩夏閑居……」白居易　67歳　洛陽　太子少傅
魚筍朝餐飽　　魚筍　朝餐　飽き
蕉紗暑服輕　　蕉紗　暑服　輕(かろ)し
欲爲窗下寢　　窗下に寢ぬることを爲さんと欲し
先傍水邊行　　先づ水邊に傍(そ)ひて行く
晴引鶴雙舞　　晴れて　鶴の雙舞を引き
秋生蟬一聲　　秋　蟬の一聲を生ず
無人解相訪　　人の解く相訪ふ無く
有酒共誰傾　　酒有るも　誰と共にか傾けん
……

3515「遊平泉……」白居易　67歳　洛陽　太子少傅
……
紫鮮林筍嫩　　紫　鮮かにして　林筍　嫩(やはら)かに

紅潤園桃熟	紅　潤ひて　園桃　熟す
採摘助盤筵	採り摘みて　盤筵を助け
芳滋盈口腹	芳滋　口腹に盈つ
閒吟暮雲碧	閒吟す　暮雲の碧
醉藉春草綠	醉ひて藉く　春草の綠
舞妙豔流風	舞は妙にして　流風　豔に
歌淸叩寒玉	歌は淸くして　寒玉を叩く
古詩惜晝短	古詩　晝の短きを惜み
勸我令秉燭	我に勸めて燭を秉らしむ
是夜勿言歸	是の夜　歸らんと言ふこと勿れ
相攜石樓宿	相攜へて　石樓に宿らん

　樂天翁は「筍」と一緒に「葵」や「魚」を食べ，デザートに「桃」を添えることもあった。

　南宋になると陸游が「閒詠」で「……燒筍炊粳眞過足，兒曹不用致魚飱。（筍を燒き　粳を炊いて　眞だ足れり，兒曹　魚飱を致すを用ひず）」と詠い，「燒筍」が「魚飱」に匹敵する御馳走であることを告げている。また，元の陸文圭も「賦燒筍　竹字韻」詩で，「先生朝盤厭苜蓿，笋味得全差勝肉。蒼頭掃地犀角出，赤燄燒空龍尾禿。土膏漸渴外欲枯。火灰微濕中已熟。撥灰可惜衣殘錦，解籜猶憐膚擢玉。青青無分長兒孫，草草爲人供口腹。（先生　朝盤　苜蓿を厭ひ，笋味　全を得て　差や肉に勝る。蒼頭　地を帚いて犀角出で，赤燄　空を燒いて　龍尾　禿ぐ。土膏　漸く渴きて　外は枯れんと欲し，火灰　微かに濕りて　中は已に熟す。灰を撥きて　衣の錦を殘すを惜しむ可く，籜を解きて　猶ほ膚の玉に擢づるを憐れむ。青青として　分無し　長兒孫，草草として　人の爲に口腹に供せらる）……」と詠っている。

　青木正兒著『華國風味』に引かれた「玉版」和尙の逸事や「噴飯」の故事の中に「燒筍」に舌鼓を打つ蘇軾が登場する。迷陽先生の名物學がいかに該博深遠なるものであるかは，岩波文庫本『華國風味』の戶川芳郎氏の「解說」に詳

しい。しかし，老いてなお食欲旺盛なる60歳の「老饕」であっても，文淵閣『四庫全書』電子版や臺灣の東吳大學が公開している「寒泉」に收められた膨大な漢籍の一字一句を網羅するだけの大容量の情報を記憶していたわけではない。從って，「元來文人が燒筍を食う風流は宋の蘇東坡等がその元祖として著聞している」云々の記述をそのまま鵜呑みにするわけにはゆかない。確かに「文人」が燒筍を樂しむ「風流」は「蘇東坡等」が流行らせたのかもしれないし，「陳汝秩や馬日琯等のこの擧も皆その顰に倣うた」かもしれない。しかし，「元祖」と呼ぶのは，いかがなものか？

「燒筍」の「風流」を樂しむ風潮は，北宋以前から存在した。白居易や張籍と交流のあった姚合が，五言律詩「喜胡遇至」で「……就林燒嫩筍, 遶樹揀香梅。(林に就いて　嫩筍を燒き，樹を遶りて　香梅を揀ぶ)……」と詠っている。彼は「送別友人」で「獨向山中覓紫芝, 山人勾引住多時。摘花浸酒春愁盡, 燒竹煎茶夜臥遲。(獨り山中に紫芝を覓め，山人　勾引されて　住むこと多時。花を摘み酒に浸つて　春愁盡き，竹を燒き茶を煎じて　夜　臥すこと遲し)……」と詠うほどの風流人であった。となれば，蘇軾が敬慕し，姚合と交流の有った白居易に視線が向く。

3621「初致仕後戯酬留守牛相公幷呈分司諸寮友」　白居易　71歳　洛陽
　　（初めて致仕して後，戯れに留守牛相公に酬ひ，幷びに分司諸寮友に呈す）
　　……
　炮筍烹魚飽餐後　　筍を炮き魚を烹る　飽餐の後
　擁袍枕臂醉眠時　　袍を擁し臂を枕にす　醉眠の時
　報君一語君應笑　　君に一語を報ず　君　應に笑ふべし
　兼亦無心羨保釐　　兼ねて亦た　心の保釐を　羨む無し

「炮筍」がタケノコの丸燒きであるとすれば，「東坡」以前に「樂天」先生がこの「風味」を樂しんでいたことになる。極めて原始的な調理法であるから，「元祖」探しなど無用の詮索かもしれないが，試しに文淵閣『四庫全書』電子版

の「全文檢索」欄に「炮（炰）筍」の２文字を入力すると，上記の白詩のほか，清の藍鼎元の「遊惠州西湖記」の「客至則摘園蔬，炰筍蕨，射雞，取魚，放飲盡醉。（客至れば則ち園蔬を摘み，筍蕨を炰き，雞を射，魚を取り，放飲して醉ひを盡くす）……」が１例浮上するのみで，白氏の3043「夏日作」の「烹葵炮嫩筍」句を加えても「筍を炮く」という用例はわずか３例しかない。次に「燒筍」を入力すると「233個匹配」の表示が現われる。その中に「取笋煮汁洗之，又燒笋皮作灰敷之。（笋を取りて煮汁もて之を洗ひ，又た筍皮を燒き，灰を作りて之を敷く」(唐の王燾［撰］『外臺祕要方』卷36）という記述があるが，これは，小兒の「惡瘡」の治療に筍の皮を燒いて灰を作る漢方の處方であって，筍料理ではない。殘りの「燒筍」は全て宋代以降の用例である。

　南宋の陸游の「初夏野興」詩の「糠火就林煨苦筍（糠火　林に就いて苦筍を煨く）」の句と「自九里平水……歸凡四日八首」其三の「野客就林煨燕筍（野客林に就いて　燕筍を煨く）」の句は，唐代の姚合の「就林燒嫩筍（林に就いて嫩筍を燒く）」の句に想を得ているかもしれない。「煨」は，落ち葉焚きの燒き芋のような方法であろう。

　美食家の「東坡」居士を「元祖」に推擧するのもよいが，唐代詩人の姚合が「就林燒嫩筍」と詠い，同時代の白居易が「烹葵炮嫩筍」と詠っていることに想いを馳せるのも一興である。

　唐代詩人が口にした果物やお菓子にも言及したいが，與えられた紙面が盡きてしまった。

　デザートは，またの機會に……

5．補足

　青木正兒は名著『酒の肴・抱樽酒話』(岩波文庫)「適口」の冒頭に「適口とは食物が口に合うことである。すべて食物は自分の口に合うものが一番美味である」と記し，途中，白居易の「夏日作」を紹介したあとで，「ここに『炮嫩筍』とあるは筍を皮のまま蒸燒きにすることで，蘇東坡などが好んだので有名な筍

料理第一等の美味であるが，樂天が先ずこの派を開くものといえよう。(中略)筍は燒くのに次いでは蒸すのが良法とされているが，樂天は何もかもちゃんと心得ていた」と記している。

また下定雅弘著『白樂天の愉悦』「三．衣食住」【好きな食べもの】の中に，「野菜はいろんなものを食べていますが，なかでも好きなのは筍でした。筍は長安にいる時はめったに食べなかったのですが，江州でその味を覺え，後，一生食べ續けます」とあり，「＊嫩かき筍を炮にし」の注に青木『酒の肴』の上記「炮嫩筍」の記述が紹介されている。

第3部 『白氏文集』と白居易

第1章 自照文學としての『白氏文集』——白居易の「寫眞」——

第1節 白居易の創作意識

白居易にとって文學とは何であったのであろうか。
亡き友,元宗簡の文集の序に白居易はこう記している。

> 2912「故京兆元少尹文集序」
> ……若職業之恭愼、居處之莊潔、操行之貞端、襟靈之曠淡、骨肉之敦愛、丘園之安樂、山水風月之趣、琴酒嘯詠之態、與人久要、遇物多情、皆布在章句中。開卷而盡可知也。……（職業の恭愼、居處の莊潔、操行の貞端、襟靈の曠淡、骨肉の敦愛、丘園の安樂、山水風月の趣、琴酒嘯詠の態、人と久要し、物に遇ひて多情なるが若きは、皆な布きて章句の中に在り。卷を開けば、盡く知る可し）……

「開卷而盡可知也」。白居易は,この言葉を,後に,自らの文集を語る時に,そのまま用いている。

> 3798「醉吟先生墓誌銘　幷序」
> ……凡平生、所慕、所感、所得、所喪、所經、所逼、所通、一事一物已上、布在文集中、開卷而盡可知也。（凡そ平生、慕ふ所、感ずる所、得る所、喪ふ所、經る所、逼る所、通ずる所、一事一物已上、布きて文集の中にあり、卷を開けば、盡く知る可し）……

白居易は，日々の暮らしの一切を詩文の記し，その一生のすべてを『文集』の一字一字に定着させたのである。

3024「題文集櫃」で「……我生業文字，自幼及老年。(我れ生まれながらにして　文字を業とし，幼より老年に及ぶ)……」と歌い，2942「序洛詩」で「……予不佞，喜文嗜詩，自幼及老。(予れ佞からざるも，文を喜び詩を嗜むこと，幼より老に及ぶ)……」と語るがごとく，文學は，白居易にとって，人生そのものであった。

1486「與元九書」では，「……及五・六歲，便學爲詩，九歲諳識聲韻。十五・六始知有進士，苦節讀書。二十已來，晝課賦，夜課書，閒又課詩，不遑寢息矣。以至於口舌成瘡，手肘成胝。(五・六歲に及び，便ち詩を爲るを學び，九歲にして聲韻を諳識す。十五・六にして始めて進士有るを知り，苦節，讀書す。二十已來，晝は賦を課し，夜は書を課し，閒に又た詩を課し，寢息いとま遑あらず。以って口舌に瘡を成し，手肘に胝を成すに至る)……」と回顧している。すさまじいまでの勉強ぶりである。はじめ，詩作は進士及第のための受驗勉強の一つであった。それが，いつしか習性となり，氣付いた時には，「詩魔」となり「詩癖」となっていた。元和十二年[817]，46歲の白居易は，1004「閒吟」で「……唯有詩魔降未得，每逢風月一閒吟。(唯だ詩魔有りて降すこと未だ得ず，風月に逢ふ每にひとへに一に閒吟す)」と歌い，翌年，0330「山中獨吟」で「人各有一癖，我癖在章句。(人　各おの一癖有り，我が癖は章句に在り)……」と告白している。

白居易は嗣子に惠まれなかった。38歲で得た娘の金鑾はわずか3歲で逝き，45歲で得た阿羅は女兒であった。58歲でやっと授かった男兒，阿崔も金鑾同樣，3歲で夭折し，息子に「琴・書」(2825「阿崔」)を傳える夢は斷たれた。

> 2527「初授祕監，幷賜金紫，閒吟小酌。偶寫所懷。(初めて祕監を授かり，幷びに金紫を賜はり，閒吟小酌す。偶たま懷ふ所を寫す)」
> ……
> 子孫無可念　　子孫　念ふ可き無く

第 1 章　自照文學としての『白氏文集』――白居易の「寫眞」――　　221

產業不能營　　產業　營む能はず
酒引眼前興　　酒もて眼前の興を引き
詩留身後名　　詩もて身後の名を留めん
　……

　身は滅びても詩名は殘る。陶淵明の「爲人(ひととなり)」(0212〜0228「效陶潛體詩十六首幷序」)も謝靈運の「心素(まごころ)」(0284「讀謝靈運詩」)も，その詩文によって知った。杜甫の「暮年　逋客の恨み」も李白の「浮世　謫仙の悲しみ」も，その詩集(0900「讀李杜詩集因題卷後」)によって知った。自分もまた，詩によって名を後世に留めよう。白居易は，そう思ったに違いない。

　晩年は，「詩を以つて佛業と爲」(2234「題道宗上人」)し，死を迎える七十五歳に至っても「筆を走らせ　詩債を還(かへ)」(3654「自詠老身示諸家屬」)し續けていた。

第 2 節　『文集』の成長過程

　白居易は，あたかも我が子をいつくしむかのように『文集』を育み，成長させている。

貞元十六年	[800]	29 歳	自撰集（行卷）雜文二十首・詩一百首
元和十年	[815]	44 歳	自撰詩集十五卷
長慶四年	[824]	53 歳	元稹撰『白氏長慶集』五十卷
大和二年	[828]	57 歳	『長慶集』以後の作品を『後集』五卷に編集。
大和九年	[835]	64 歳	東林寺（江州）『白氏文集』六十卷
開成元年	[836]	65 歳	聖善寺（洛陽）『白氏文集』六十五卷
開成四年	[839]	68 歳	南禪寺（蘇州）『白氏文集』六十七卷
開成五年	[840]	69 歳	『洛中集』十卷
會昌二年	[842]	71 歳	前集・後集『白氏文集』七十卷
會昌五年	[845]	74 歳	長慶集・後集・續後集『白氏文集』七十五卷

＊（下定雅弘著『白樂天の愉悦』334頁參照）

　白居易は，くりかえし『文集』を整理している。それゆえ，年を追って緻密になる年輪のように，『文集』は幾重にも層を成している。そして，『文集』全體が層を成すごとく，一つ一つの詩もまた層を成している。白居易の記錄癖と懷古癖のなせる業である。

　大和七年 [833]，62歳の白居易は，20年前の「舊詩卷」を開いて感傷にひたっている。

　　3072「感舊詩卷」（舊詩卷に感ず）
　　夜深吟罷一長吁　　夜深くして吟じ罷り　一たび長く吁き
　　老涙燈前濕白鬚　　老涙　燈前に　白鬚を濕す
　　二十年前舊詩卷　　二十年前　舊詩卷
　　十人酬和九人無　　十人酬和し　九人無し

　一昨年の七月二十二日，親友の元稹は53歳であの世へと旅立った。昨年の八月，翰林學士時代からの友，崔羣も鬼籍に入った。曾て詩を交わした仲閒は，一人去り二人去りして，十人中九人は歸らぬ人。消えゆく燈の前で，白居易は獨り老いの涙をこぼす。

　青年期の白居易は，月に感じて亡き友を偲んでいる。

　　0689「感月悲逝者」（月に感じて逝ける者を悲しむ）
　　存亡感月一潸然　　存亡　月に感じて　一とき潸然たり
　　月色今宵似往年　　月色　今宵　往年に似たり
　　何處曾經同望月　　何處か曾經て同に月を望む
　　櫻桃樹下後堂前　　櫻桃樹下　後堂の前

　50代の白居易は，故人が生前にくれた烏紗帽に感じて，

第1章　自照文學としての『白氏文集』——白居易の「寫眞」——　　223

0345「感舊紗帽」（舊紗帽に感ず）
　　　【題注】帽卽故李侍郎所贈（帽は卽ち故李侍郎の贈る所なり）。
昔君烏紗帽　　昔　君が烏紗帽を
贈我白頭翁　　我が白頭翁に贈る
帽今在頂上　　帽は今　頂上に在り
君已歸泉中　　君は已に泉中に歸る
物故猶堪用　　物は故りても猶ほ用ふるに堪ふ
人亡不可逢　　人は亡ずれば逢ふ可からず
岐山今夜月　　岐山　今夜の月
墳樹正秋風　　墳樹　正に秋風

と詠んでいる。
　「人は亡ずれば逢ふ可からず」と嘆く。しかし，古びた黒い紗の帽子を白頭に戴いた時，白居易は，紗帽を贈ってくれた李侍郎と共にいる。そして，月を見て「逝ける人」を思い起こす時，白居易は，共に月を愛でた櫻桃の樹の下の後堂の前にいる。月も紗帽も亡き人を偲ぶよすがとなる。同樣に，いやそれ以上に舊詩は，良きよすがとなる。詩は，より多くのことどもを思い出させてくれる。夜ふけて，燈の前で詩卷を展げ，一詩一詩吟ずる白居易は，20年前の友と語らっている。
　死者と語らうだけではない。白居易は，過去の自己とも語らう。

2241「對鏡吟」
白頭老人照鏡時　　白頭老人　鏡に照らす時
掩鏡沈吟吟舊詩　　鏡を掩ひて沈吟し　舊詩を吟ず
二十年前一莖白　　二十年前　一莖　白し
如今變作滿頭絲　　如今　變じて　滿頭の絲となる
　　　……

鏡の中に，還暦に近い老人の白髪頭(しらがあたま)を映した白居易は，鏡を掩い，しみじみと20年前の舊詩を吟ずる。そこには，生まれてはじめて一莖(ひとすじ)の白髪を見つけた30代の自分がいる。

  0403「初見白髪」（初めて白髪を見る）
  白髪生一莖　　白髪　一莖(いつけい)生ず
  朝來明鏡裏　　朝來　明鏡の裏(うち)
  勿言一莖少　　言うこと勿(な)かれ　一莖は少なしと
  滿頭從此始　　滿頭　此れ從(よ)り始まる
  ……

朝起きて鏡をのぞくと，一莖(ひとすじ)，白いものが見える。老いのはじまり，白髪ではないか。たった一本とあなどるでないぞ。たちまち，この一本が頭いっぱいにひろがるのだから。「舊詩」は，そう詠い起こしていた。

 40歳の時には，「梳落す　數莖の絲(そうらく)」（0424「白髪」）と詠んでいる。

 そして「如今」，「變」じて「滿頭」の「絲」。20年前の舊詩で歌った通り，「一莖」が無數にひろがり，還暦前にして，滿頭の白髪に變っていたのである。

 「嘆老」は，中國詩の重要な主題の一つであり，「老い」を象徴する「白髪」は，多くの詩人に詠まれ續けてきた。しかし，白居易ほど「白髪」を嘆く詩を多く殘した詩人は珍らしい。それにもまして，過去の詩をふまえて詩を作る例は稀である。

 白居易は，自ら，「……平生閑境界，盡在五言中。（平生　閑境の思ひ，盡く五言の中に在り）」［1265「偶題閣下廳（偶たま閣下の廳に題す）」］と言うごとく，日常の心を詩に詠うことで，その時々の時閒を溫存して來た。そして，その溫存した時閒をいつくしむかのように，折りにふれ「舊詩卷」を繙き，「舊詩」の中から過去を取り出し，取り出してはまた新しい詩を詠む。こうして，白居易は，一詩また一詩と「時閒の層」を重ねたのである。

第1章 自照文學としての『白氏文集』——白居易の「寫眞」——　225

第3節　白居易の肖像畫

　白居易は，鏡の中に時の流れを見ている。同樣に，若き日の肖像畫に，來し方を偲ぶ。白居易は，くりかえし，くりかえし，「寫眞」を見つめている。

　　0229「自題寫眞」（自ら寫眞に題す）［時爲翰林學士（時に翰林學士爲り）］
　　我貌不自識　　我が貌　自らは識らず
　　李放寫我眞　　李放　我が眞を寫す
　　靜觀神與骨　　靜かに神と骨とを觀れば
　　合是山中人　　合に是れ　山中の人となるべし
　　蒲柳質易朽　　蒲柳　質　朽ち易く
　　麋鹿心難馴　　麋鹿　心　馴れ難し
　　何事赤墀上　　何事ぞ赤墀の上
　　五年爲侍臣　　五年　侍臣と爲る
　　況多剛狷性　　況んや　剛狷の性　多くして
　　難與世同塵　　世と塵を同じうし難し
　　不惟非貴相　　惟だ貴相に非ざるのみならず
　　但恐生禍因　　但だ恐らくは　禍を生ずる因ならんことを
　　宜當早罷去　　宜しく當に早く罷め去り
　　收取雲泉身　　雲泉の身を收取すべし

　　0325「題舊寫眞圖」（舊寫眞圖に題す）
　　我昔三十六　　我れ昔　三十六
　　寫貌在丹青　　貌を寫して　丹青に在り
　　我今四十六　　我れ今　四十六
　　衰悴臥江城　　衰悴して　江城に臥す
　　豈止十年老　　豈に止に十年の老いのみならんや

曾與眾苦幷　　曾ち衆苦と幷されり
一照舊圖畫　　一たび舊圖畫に照すに
無復昔儀形　　復た昔の儀形無し
形影默相顧　　形影　默して相顧れば
如弟對老兄　　弟の老兄に對するが如し
況使他人見　　況んや他人をして見しむれば
能不昧平生　　能く平生と昧はざらんや
羲和鞭日走　　羲和　日に鞭うちて走らせ
不爲我少停　　我が爲に　少くも停まらず
形骸屬日月　　形骸は日月に屬す
老去何足驚　　老去　何ぞ驚くに足らん
所恨凌烟閣　　恨む所は　凌烟閣に
不得畫功名　　功名を畫くを得ざることを

1039「贈寫眞者」（眞を寫す者に贈る）
子騁丹靑日　　子　丹靑を騁する日
予當醜老時　　予れ　醜老の時に當たる
無勞役神思　　神思を勞役して
更畫病容儀　　更に病容儀を畫くこと無かれ
迢遞麒麟閣　　迢遞たり　麒麟閣
圖功未有期　　功を圖くに未だ期有らず
區區尺素上　　區區たる尺素の上
焉用寫眞爲　　焉んぞ用つて眞を寫すを爲さん

2273「感舊寫眞」（舊寫眞に感ず）
李放寫我眞　　李放　我が眞を寫し
寫來二十載　　寫し來つて　二十載
莫問眞何如　　問ふ莫かれ　眞　何如と

第1章　自照文學としての『白氏文集』――白居易の「寫眞」――　　227

畫亦銷光彩	畫も亦た光彩を銷せり
朱顏與玄鬢	朱顏と玄鬢と
日夜改復改	日夜　改まりて復た改まる
無嗟貌遽非	嗟くこと無し　貌の遽に非なるを
且喜身猶在	且く喜ばん　身の猶ほ在るを

3542「香山居士寫眞詩　幷序」

元和五年，予爲左拾遺・翰林學士。奉詔寫眞於集賢殿御書院。時年三十七。會昌二年，罷太子少傅，爲白衣居士。又寫眞於香山寺藏經堂。時年七十一。前後相望，殆將三紀。觀今照昔，慨然自歎者久之。形容非一。世事幾變。因題六十字以寫所懷。

　（元和五年，予れ左拾遺・翰林學士爲り。詔を奉じて眞を集賢殿御書院に寫す。時に年三十七。會昌二年，太子少傅を罷め，白衣居士と爲る。又た眞を香山寺藏經堂に寫す。時に年七十一。前後相望むこと殆んど將に三紀ならんとす。今を觀，昔を照らし，慨然として自ら歎ずること之を久しうす。形容一に非ず。世事幾たびか變ず。因りて六十字を題し，以って所懷を寫す）

昔作少學士	昔　少學士と作り
圖形入集賢	圖形　集賢に入る
今爲老居士	今　老居士と爲り
寫貌寄香山	貌を寫して香山に寄す
鶴毳變玄髮	鶴毳　玄髮を變じ
雞膚換朱顏	雞膚　朱顏を換ふ
前形與後貌	前形と後貌と
相去三十年	相去ること三十年
勿歎韶華子	歎ずること勿かれ　韶華の子の
俄成皤叟仙	俄に皤叟の仙と成るを
請看東海水	請ふ看よ　東海の水も

亦變作桑田　　亦た變じて桑田と作るを

第4節　肖像畫の制作年代

朱金城著『白居易集箋校』をもとに，以下の5詩の制作年代・年齢・制作地を並記すると次のようになる。

作品番號「詩題」	制作年代	西暦	年齢	制作地
0229「自題寫眞」	元和五年	810	39歳	長安
0325「題舊寫眞圖」	元和十二年	817	46歳	江州
1039「贈寫眞者」	元和十三年	818	47歳	江州
2273「感舊寫眞」	大和三年	829	58歳	長安
3542「香山居士寫眞詩　幷序」	會昌二年	842	71歳	洛陽

　5詩が作られた年代は特に問題はない。また，3542の序に言う「香山寺藏經堂」の肖像畫が畫かれた年代も，會昌二年ということで，やはり問題はない。問題は，「集賢殿御書院」の肖像畫がいつ畫かれたかである。また，0229・0325・2273の3詩の肖像畫と同一物であるかどうかである。
　清の汪立名は，0229「自題寫眞」について，

　　　立名按，公此詩內「五年爲侍臣」及「宜當早罷去」之句，當作於元和五年。蓋是年歲滿當改官。以公年計之，爲三十九歲。而公後題舊寫眞圖乃曰，「我年三十六，寫貌在丹青」。豈別有圖非李放所寫邪。
　　（立名按ずるに，公の此詩の內の「五年侍臣と爲る」及び「宜しく當に早く罷め去るべし」の句，當に元和五年に作るべし。蓋し是の年，歲滿ち當に官を改むべし。公の年を以つて之を計るに，三十九歲爲り。而して公，後に舊寫眞圖に題して乃ち曰はく，「我れ年　三十六，貌を寫して　丹青に在り」と。豈に別に圖の李放の寫す所に非ざるもの有る邪）

と言っている。「歲滿當改官」は『舊唐書』「姜公輔傳」の言葉。白居易は，1971「奏陳情狀」の中で，「往年院中曾有此例。(往年，院中に曾て此の例有り)」と言っている。「此の例」とは，左拾遺を授かり，翰林學士に召された姜公輔が，任期滿了に當たり，「母が老い，家が貧しい」ことを理由に京兆尹戶曹參軍に移りたい旨を上書したという前例を指す。元和五年四月二十六日に書かれた1971の奏狀が聞き入れられ，白居易は左拾遺から京兆府戶曹參軍に官を改めている。汪立名は，0229詩が元和五年の作であることを考證した上，0325詩の「舊寫眞圖」が，李放の畫いた0229詩の「寫眞」と別のものかもしれないと言っている。「我年三十六」の「年」は「昔」の誤り。汪本『白香山詩集』卷7の「題舊寫眞圖」詩は，「我昔三十六」となっている。

　汪氏は，また，3542「香山居士寫眞詩　幷序」について，

　　立名按，公生於壬子。三十七歲，爲元和三年。丁亥若五年，庚寅則年三十九矣。此「五年」當誤。況序中云，「前後相望殆將三紀」。「時年七十一」，爲會昌二年壬戌。自丁亥至壬戌，計三十五年。與「將三紀」之語正合。「三」「五」字形易訛。其爲傳寫之誤，無疑也。

　　（立名按ずるに，公は壬子に生まる。「三十七歲」は元和三年爲り。丁亥，若し五年なれば，庚寅は則ち年三十九なり。此の「五年」は當に誤りなるべし。況んや序中に「前後相望むこと殆んど將に三紀ならんとす」と云ふをや。「時に年七十一」は會昌二年壬戌爲り。丁亥より壬戌に至るまで計三十五年。「將に三紀ならんとす」の語と正に合す。「三」「五」は字形訛り易し。其の傳寫の誤り爲ること疑ひ無きなり）

と記している。

　ところが，王拾遺は『白居易生活繋年』に次のように記している。

　　元和五年庚寅［810］　39歲。

奉詔寫眞。[77 頁]

　　據《香山居士寫眞詩》序云，"元和五年，予爲左拾遺翰林學士，奉詔寫眞於集賢殿御書院。時年三十九"。(見《白香山集》卷六十九)

　　又，據《自題寫眞》詩云："我貌不自識，李放寫我眞，靜觀神與骨，合是山中人。蒲柳質易朽，麋鹿心難馴。何事赤墀上，五年爲侍臣。况多剛狷性，難與世同塵。不惟非貴，但恐生禍因。宜當早罷去，收取雲泉身"。(見《白香山集》卷六)

　　按：《奉敕試制書詔批答詩等五首》題下自注云："元和二年十一月四日，自集賢院召赴銀臺候進旨。五日召入翰林。奉敕試制詔等五首。翰林院使梁守謙奉宣，宜授翰林學士。數月除左拾遺"(見《白香山集》卷三十)據此可知，居易授翰林學士是在元和二年十一月中，所謂"數月後除左拾遺"，繫指元和三年四月二十八日奉制除左拾遺而言。詩中所說"五年爲侍臣"，蓋從元和二年暮秋任集賢殿校理開始，至元和五年李放寫眞時，約爲五年。這只是一箇概數，非實數也。

會昌二年壬戌 [842]　71 歲。　**在洛陽，家居。**

　　……

　　二月，居易與佛光和尚寫眞於香山寺。[301 頁]

　　據《香山居士寫眞詩》序云："元和五年，予爲左拾遺·翰林學士。奉詔寫眞於集賢殿御書院。時年三十七。會昌二年，罷太子少傅，爲白衣居士。又寫眞於香山寺藏經堂。時年七十一。前後相望，殆將三紀。觀今照昔，慨然自歎者久之。形容非一。世事幾變。因題六十字，以寫所懷"。(見《白氏長慶集》卷第三十六)

　　又，《佛光和尚眞贊》云："會昌二年春，香山居士白樂天命續以寫和尚眞而贊之。和尚姓陸氏，號如滿，居佛光寺東，芙蓉山蘭若，因號焉。

| 我命工人 | 與師寫眞 | 師年幾何 | 九十一春 |
| 會昌壬戌 | 我師當存 | 福智壽臘 | 天下一人 |

第1章　自照文學としての『白氏文集』——白居易の「寫眞」——

靈芝無根　　寒竹有筠　　溫然言語　　嶷然風神
師身是假　　師心是眞　　但學師心　　勿觀師身。"
（見《白氏長慶集》卷七十一）

汪・王兩氏の說をまとめると次のようになる。

汪立名說

① 0229「自題寫眞」詩は，左拾遺の任期が滿了となり，官が改まる元和五年，白居易39歲の作である。

② 0325「題舊寫眞圖」詩の「舊寫眞圖」は，李放が畫いた「0229 自題寫眞」詩とは別の「寫眞」かもしれない。

③ 3542「香山居士寫眞詩　幷序」の序に言う「集賢殿御書院」の肖像畫は，元和三年，白居易「三十七歲」の時に畫かれたもので，序の「元和五年」は，傳寫の誤りである。

王拾遺說

①　0229「自題寫眞」詩の「寫眞」は，元和五年，白居易39歲の時に，詔を奉じて畫かれたものである。

②　0229「自題寫眞」詩の「五年爲侍臣」の「五年」は槪數で，元和二年の晩秋に白居易が集賢殿校理に任命されてより，元和五年に李放が肖像畫を畫くまでの約5年間を指す。

③　3542「香山居士寫眞詩　幷序」の「香山寺藏經堂」の肖像畫は，會昌二年の春二月に，白居易が畫工に命じて佛光和尙と共に香山寺で畫かせたものである。

第5節　「集賢殿御書院」の肖像畫

兩者の說は，3542「香山居士寫眞詩　幷序」の序の「元和五年」と「時年三

十七」との矛盾について，汪氏のごとく「五年」を「三年」の誤寫と見るか，王氏のように「三十七」を「三十九」の誤りとするかで，眞向うから對立する。

王氏は，前掲の書の77頁で，「時年三十九」と訂正して引いた3542序を301頁では不注意にも「時年三十七」のままで引用している。しかも前者は《白香山集》(那波道圓本)，後者は《白氏長慶集》(文學古籍刊行社影印本)と，それぞれ異なるテキストから引いている。

汪氏は，0229「自題寫眞」詩の「寫眞」と0325「題舊寫眞圖」の「舊寫眞圖」は，同一の肖像畫ではないかもしれないと言っているが，3542序の「集賢殿御書院」の肖像畫との關係については言及していない。假に，これも同じ物であるとすると，3542序の「時年三十七」と0325詩の「我昔三十六」との「1歳の差」が問題となる。

兩氏は，いずれも，肖像畫の畫かれた場所を考慮していない。もう一度，3542の序と詩を讀み返してみよう。すると，序に「奉詔寫眞於集賢殿御書院。(詔を奉じて眞を集賢殿御書院に寫す)」とあり，詩に「昔作少學士，圖形入集賢。(昔　少學士と作り，圖形　集賢に入る)」とある。「詔」を「奉」じて「集賢殿御書院」で畫かれたのであるから，肖像畫の制作年代は，「元和二年秋」，白居易が集賢殿校理に任命されてより，「十一月五日」に翰林學士に召されるまでの閒と考えるのが妥當ではなかろうか。

『資治通鑑』卷237の元和二年の紀事に「盩厔尉・集賢校理白居易作樂府及詩百餘篇，規諷時事，流聞禁中。上見而悅之，召入翰林爲學士。(盩厔尉・集賢校理の白居易　樂府及び詩百餘篇を作り，時事を規諷し，禁中に流聞す。上　見て之を悅び，召して翰林に入れて學士と爲す)」とあり，1509「奉敕試制書詔批答詩等五首」の原注に「元和二年十一月四日，自集賢院召赴銀臺，候進旨。五日，召入翰林。……數月，除左拾遺。(元和二年十一月四日，集賢院より召されて銀臺に赴き，進旨を候つ。五日，召されて翰林に入る。……數月にして，左拾遺に除せらる)」とある。

元和二年，白居易は36歳である。從って，3542序の「元和五年」と「時年三十七」の問題は殘る。その代わり，0325詩の「我昔三十六」の「三十六」が生

第 1 章　自照文學としての『白氏文集』——白居易の「寫眞」——　　233

きてくる。
　0572・0573「曲江感秋　幷序」の序に「元和二年・三年・四年,予每歲有曲江感秋詩,凡三篇,編在第七集卷。是時予爲左拾遺・翰林學士。(元和二年・三年・四年,予れ每歲,「曲江感秋」詩有り,凡そ三篇,編して第七集の卷に在り。是の時,予れ左拾遺・翰林學士爲り)……」とあり,第一首冒頭で,

　　　元和二年秋　　元和二年の秋
　　　我年三十七　　我れ　年三十七
　　　長慶二年秋　　長慶二年の秋
　　　我年五十一　　我れ　年五十一
　　　……

と詠っている。白居易が左拾遺となったのは,「元和三年四月二十八日」で,この時,白居易の年齡は 37 歲である。ところが,0572 詩では,「元和二年秋,我年三十七。……」と詠っている。ここでも,「元和二年秋」と「我年三十七」が問題となっている。「我年三十七」と言うのであれば,元和三年であり,「元和二年秋」と言うのであれば,36 歲のはずである。
　しかし,大切なことは,51 歲の白居易が,左拾遺・翰林學士時代を思い起こしていることである。しかも,「曲江感秋」の主題で,「元和二年」「三年」「四年」と「每歲」詩を作り重ね,「中閒十四年」をおいて,さらに詩 2 首ならびに序を作っている。
　同樣に,「寫眞」の詩もまた,0229・0325・1039・2273・3542 と 5 重の層を形成しており,懷古する時代も,やはり左拾遺・翰林學士時代である。
　Arthur Waley は『白樂天』(花房英樹譯)の中で,こう言っている。「このころ,彼は集賢院におかれるべき肖像畫のために,モデルとして座るよう命令された。畫家は,有名な肖像畫家の李放であった。白が後年もち步いたのは,この繪の複寫であろう。817 年に,彼は情けなくも,早や若き日の肖像畫にほとんど似ていないのに氣づき,新しいのを作らせている。しかしこの二度目の肖

像畫については，再び言及されることはなかった。そして842年，彼が三度目の肖像畫を描いてもらった時，彼の心は，李放による『紅顏の若き學者』の肖像に立ちかえっている」と（第三章88頁）。

第6節　肖像畫を見つめる樂天

　まず，0229「自題寫眞」詩を見ると，「剛狷」なる性格と「貴相」に非ざる顏つきを「寫眞」で，しみじみ觀照している。そして，「但だ恐らくは禍を生ずる因ならんことを」と不安をただよわせ，「宜しく當に早く罷め去るべし」と決意の言葉で結んでいる。この詩は，天子憲宗に仕えた「五年」の日々に終止符を打つ詩とみるべきである。

　元和二年秋，白居易は，盩厔縣尉のまま集賢殿校理に任ぜられた。集賢御書院は天子の居る大明宮に在って，貴重圖書を收集管理する所であった。校理は，野にうずもれている書籍や賢才を見い出す重職である。天子に直接仕える華々しい官途の第一步が，この時，踏み出された。同年十一月五日には翰林學士に召され，制誥の起草という重大任務を帶びる。

　元和三年四月二十八日，白居易は翰林學士のまま左拾遺を授けられた。1947「初授拾遺獻書」に「……有闕必規，有違必諫。（闕くる有れば必ず規し，違ふ有れば必ず諫めん）……」とあり，1948「論制科人狀」に「苟合天心，雖死無恨。（苟しくも天心に合はば，死すと雖も恨むこと無し）」とある。左拾遺就任當時の決意を示す言葉である。その言葉どおり，白居易は命がけの諫言を始める。宦官の吐突承璀に王承宗討伐のための派遣軍の全指揮權を與えようとした憲宗に向かって，「陛下錯れり！」とまで言っている。「新樂府五十首」を作って時政を銳く批判したのもこの頃である。

　當時，親友元稹もまた監察御史として敏腕をふるっていた。その元稹が，元和五年三月，江陵に左遷された。白居易は，元稹を辯護する文書を三たび奏上した。しかし，功を奏さなかった。貴顯を敵にまわして失脚した元稹の左遷は，同じ寒門出身の白居易にとって，明日は我が身の出來事であった。

元和五年四月で左拾遺の任期が切れる。白居易は,「四月二十六日」,1971「奏陳情狀」を綴り,俸祿が幾分多くなる京兆府判司の職を求めた。文中,家が貧しく,多病の母に與える藥にもことかくありさまを訴えている。0229 詩が作られたのは,この頃であろう。

　　何事赤墀上　　何事ぞ赤墀(せきち)の上
　　五年爲侍臣　　五年　侍臣と爲る

晴れの日の姿を畫いた肖像を見つめながら白居易は,宮中で天子のお側(そば)近く,「侍臣」として仕えた「五年」の日々を回想している。

　　不惟非貴相　　惟だ貴相に非ざるのみならず
　　但恐生禍因　　但だ恐らくは禍を生ずる因ならんことを

「剛狷の性」が,そのまま風貌に出ているではないか。とても「貴相」とは言えない。それどころか「禍(わざわひ)」を招きそうだ。自嘲にも似た響きの底から,反對派の壓力に,身の危險すら感じていた白居易の不安が聞こえてくる。「權豪・貴近なる者,相目(もく)して色を變じ」「政柄を執(と)るものは扼腕(やくわん)し」「軍要を握る者は切齒」(1486「與元九書」)していたのである。

　　宜當早罷去　　宜しく當に早く罷め去り
　　收取雲泉身　　雲泉の身を收取すべし

「山中の人」は「雲泉」に身をゆだねるのが良い。明哲保身を計り,一日も早く歸隱するに越したことはない。0229 詩の結びは,白居易の左拾遺時代との訣別の辭である。同年五月六日,白居易は,1972「謝官狀」を記している。翰林學士のまま,左拾遺から京兆府戶曹參軍に轉出したのである。

　元和十年六月三日未明。宰相武元衡が,登城のため里門を出たところで賊に

惨殺された。贊善大夫の白居易は，すぐさま賊を捕らえて國の辱を雪ぐべきことを即日上疏した。反對派は，逆に白居易の方を，越權行爲として彈劾し，窮地へと追い込んだ。0229詩で豫感した「禍」が訪れたのである。これがもとで，白居易は江州に左遷されることになる。

江州司馬として潯陽に着いたのが，元和十年十月。1486「與元九書」は十二月に書かれた。翌々年の元和十二年，46歳の白居易は，再び肖像畫に向かっている。

0325「題舊寫眞圖」は3段落から成る。その第1段に白居易はこう詠っている。

　　我昔三十六　　我れ昔　三十六
　　寫貌在丹靑　　貌を寫して丹靑に在り
　　我今四十六　　我れ今　四十六
　　衰悴臥江城　　衰悴して江城に臥す
　　豈止十年老　　豈に止に十年の老ひのみならんや
　　曾與衆苦幷　　曾ち衆苦と幷されり

ただ「十年老」けただけではない。色々な辛苦をなめてきた。そして第2段。

　　一照舊圖畫　　一たび舊圖畫に照すに
　　無復昔儀形　　復た昔の儀形無し
　　形影默相顧　　形影　默して相顧れば
　　如弟對老兄　　弟の老兄に對するが如し
　　況使他人見　　況んや他人をして見しむれば
　　能不昧平生　　能く平生と昧はざらんや

昔の肖像と今の自分とは，まるで老いた兄と弟のよう。威儀あるきりりとした形は消え失せた。そして第3段。

第 1 章　自照文學としての『白氏文集』——白居易の「寫眞」——　　237

羲和鞭日走	羲和　日に鞭うちて走らせ
不爲我少停	我が爲に　少くも停まらず
形骸屬日月	形骸は日月に屬す
老去何足驚	老去　何ぞ驚くに足らん
所恨凌烟閣	恨む所は　凌烟閣に
不得畫功名	功名を畫くを得ざること

　老いゆくは自然の攝理。恨むらくは，唐の太宗の功臣のごとく凌烟閣に畫かれるような功績を上げられないでいること。
　翌元和十三年，白居易は，1039「贈寫眞者」詩を作り，後半 4 句で，

迢遞麒麟閣	迢遞たり　麒麟閣
圖功未有期	功を圖くに未だ期有らず
區區尺素上	區區たる尺素の上
焉用寫眞爲	焉んぞ用つて眞を寫すを爲さん

と詠っている。ここでは漢の宣帝が功臣の肖像を畫かせた「麒麟閣」を持ち出している。「凌烟閣」の句と同樣，政治的野心をのぞかせる。0325・1039 の二詩は，功名心を捨て切れないまま老いてゆく江州司馬の「焦り」を傳えている。
　その後，忠州刺史—杭州刺史—蘇州刺史と地方官を歷任し，大和元年，白居易は洛陽に至る。翌年，長安で刑部侍郎となるが，すぐまた洛陽に退いて，大和三年の春，閑職である太子賓客分司におさまる。李放が肖像畫を畫いた時から，20 年の歲月が流れている。
　2273「感舊寫眞」詩は，落ちついた語り口で淡々と詠われている。後半 4 句で，58 歲の白居易は，

| 朱顏與玄鬢 | 朱顏と玄鬢と |

日夜改復改　　日夜　改まりて復た改まる
無嗟貌遽非　　嗟くこと無し　貌の遽に非なるを
且喜身猶在　　且く喜ばん　身の猶ほ在るを

と詠う。老いを嗟くより、とまれ健在でいられることを喜ぼう。前向きな生き方である。64歳の樂天は、3008「覽鏡喜老（鏡を覽て老いを喜ぶ）」詩で、「老いも亦た何ぞ悲しむに足らん」と詠い、「老いは即ち生多き時」と言っている。

古稀を過ぎ、71歳の新年を迎えた樂天は、その喜びを、

3571「喜入新年自詠」（新年に入るを喜び、自ら詠ず）
白鬚如雪五朝臣　　白鬚雪の如し　五朝の臣
又値新正第七旬　　又た入る新正　第七旬
老過占他藍尾酒　　老い過ぎて占他す　藍尾の酒
病餘收得到頭身　　病餘　收め得たり　到頭の身
銷磨歲月成高位　　歲月を銷磨して　高位を成す
比類時流是幸人　　時流に比類すれば　是れ幸人
大曆年中騎竹馬　　大曆年中　竹馬の騎るもの
幾人得見會昌春　　幾人か見るを得たる　會昌の春を

と謳歌している。この詩の題下には、「時年七十一」と注されている。3542「香山居士寫眞詩　幷序」が作られたのは、まさに、この71歳の會昌二年である。序に「會昌二年、罷太子少傅、爲白衣居士。又寫眞於香山寺藏經堂。時年七十一。（會昌二年、太子少傅を罷め、白衣居士と爲る。又た眞を香山寺藏經堂に寫す。時に年七十一）」とある。「香山寺藏經堂」の肖像畫は、71歳で致仕し、香山居士となったことを記念する「寫眞」であった。序は、こう續ける。「前後相望、殆將三紀。觀今照昔、慨然自歎者久之。形容非一。世事幾變。因題六十字、以寫所懷。（前後相望むこと、殆んど將に三紀ならんとす。今を觀、昔を照らし、慨然として自ら歎ずること之を久しうす。形容　一に非ず。世事　幾たびか變

第1章　自照文學としての『白氏文集』——白居易の「寫眞」——　239

ず。因りて六十字を題し,以つて懷ふ所を寫す)」と。

　「三紀」は36年。「殆將三紀」は,元和二年[807]秋より,會昌二年[842]春に至る35年閒を言う。その閒には,實に色々なことがあった。「世事幾變」。天子も憲宗—穆宗—敬宗—文宗—武宗と變わり,「五朝の臣」(3571詩)となった。官職も左拾遺—江州刺史—江州司馬—忠州刺史—司馬員外郎—主客郎中知制誥—中書舍人知制誥—杭州刺史—太子左庶子—蘇州刺史—刑部侍郎—太子賓客分司と移り,「高位」(3571詩)にも昇った。「形容非一」も當然である。

　　鶴髮變玄髮　　鶴髮　玄髮を變じ
　　雞膚換朱顏　　雞膚　朱顏を換ふ

　しかし,老いさらばえた容貌を嘆くことはない。大自然もまた變貌するではないか。

　　請看東海水　　請ふ看よ　東海の水も
　　亦變作桑田　　亦た變じて桑田と作(な)るを

　3542詩の結びは,老いの誇りとも響く大らかさがある。そこには,曾て諷諭詩で,

　　0025「折劍頭」
　　　……
　　我有鄙介性　　我れ　鄙介の性有り
　　好剛不好柔　　剛を好んで　柔を好まず
　　勿輕直折劍　　輕んず勿かれ　直折の劍
　　猶勝曲全鉤　　猶ほ勝れり　曲全の鉤に

と歌った氣負いも無ければ,0229詩の,

静観神與骨　　静かに神と骨とを観れば
合是山中人　　合に是れ　山中の人となるべし

という氣弱さも無い。0325 詩の，

所恨凌烟閣　　恨む所は　凌烟閣に
不得畫功名　　功名を畫くを得ざることを

と言う「焦り」も無ければ，

1103「對鏡吟」
　　……
誰論情性乖時事　　誰か論ぜん　情性の時事に乖くを
自想形骸非貴人　　自ら想ふ　形骸の貴人に非ざるを
三殿失恩宜放棄　　三殿　恩を失ふ　宜しく放棄さるべし
九宮推命合漂淪　　九宮　命を推すに　合に漂淪すべし
　　……

と詠う自嘲もない。有るのは，71 歳の長寿を喜ぶ香山居士の諦観である。

　0229 詩で作った 39 歳の白居易と 3542 詩を詠う 71 歳の香山居士とでは，容貌のみならず，心境にも 30 餘年の隔たりがある。そして，その間に詠まれた 0325 詩・0326 詩に見られる 46 歳・47 歳の焦燥，2273 詩に込められた 59 歳の感慨にも，年と共に深まりゆく白居易の心の推移を看て取ることができる。

　『白氏文集』には，「新樂府」「秦中吟」で代表される諷諭詩がある。「長恨歌」「琵琶行」で代表される物語詩がある。「制誥」や「策林」で代表される實用文までも收められている。しかし，『文集』の大半が，「閑適詩」や「雜律詩」の書簡文といった「自照文學」であることを忘れてはならない。

第1章　自照文學としての『白氏文集』——白居易の「寫眞」——

　白居易ほど，自己を見つめ，自己を語り，自己を投影した作品を大切にした人は少ない。

第2章　回顧錄としての『白氏文集』

第1節　饒舌と繁多

　王漁洋は『帶經堂詩話』で「白古詩晚歲重複, 什而七八。(白の古詩は, 晚歲, 重複すること什にして七, 八)」と言い,「樂天詩可選者少, 不可選者多, 存其可者亦難。(樂天の詩は選ぶべきもの少なく, 選ぶべからざるもの多くして, 其の可なるものを存するも亦た難(かた)し)」と言っている。また趙翼は『甌北詩話』で「全集中亦不免有拙句、率句、複調、複意。(全集中にも亦た拙句、率句、複調、複意有るを免れず)」と言い,「蓋詩太多, 自不免有此病也。(蓋し詩　太(はなは)だ多ければ, 自(おのづか)ら此の病(へい)有るを免れず)」と言っている。

　しかし,「重複」や「複調」「複意」は, 白居易自身, 承知の上のことであった。1486「與元九書（元九に與ふるの書）」で「不忍於割截, 或失於繁多。(割截するに忍びず, 或ひは繁多に失す)」と言い, 3024「題文集櫃（文集の櫃に題す）」詩で「誠知終散失, 未忍遽棄損。(誠に終には散失するを知るも, 未だ遽(にはか)に棄損するに忍びず)」と詠っている。その切り捨てるに忍びない氣持ちを理解することこそ大切なのではなかろうか？そして,『白氏文集』全體の中から白氏のありのままの精神生活を探求し, その饒舌と繁多を樂しむべきではなかろうか？

　白居易が生前に記した3798「醉吟先生墓誌銘」の序に「凡平生所慕、所感、所得、所喪、所經、所遇、所通, 一事一物已上, 布在文集中, 開卷而盡可知也。(凡そ平生　慕ふ所、感ずる所、得る所、喪ふ所、經る所、遇ふ所、通ずる所, 一事一物已上, 布(し)きて文集の中に在り。卷を開けば盡く知るべし)」とある。彼は0572「曲江感秋二首」の序で「元和二年、三年、四年, 予每歲有『曲江感秋』詩。(元和二年、三年、四年, 予　每歲『曲江感秋』詩有り)……」と起し, 3542「香山居士寫眞詩」の序で,「元和五年……時年三十七。會昌二年……時年七十一。……」と記している。このことは,『白氏文集』に回顧錄としての要素が含

まれていることを物語っている。
　以下、『白氏文集』の回顧録としての一面に着目し、白居易の性癖と文學的特色を浮き彫りにしよう。

第２節　回顧による「時閒の層」

　白居易が自ら編纂した形跡を今に傳える那波本『白氏文集』を概觀すると、詩［卷１～卷20］・文［～卷50］・詩［～卷58］・文［～卷61］・詩［～卷71］と作品群の層を成している。その中の詩群を通讀すると、ある傾向があることに氣付く、それは白居易には、特定の時點における感慨や感銘を繰り返し回顧し、「時閒の層」を何層にも積み重ねる傾向があるということである。その「時閒の層」は、

　　ａ．一首の詩の中で、
　　ｂ．複數の詩において、
　　ｃ．『文集』編集過程において、

それぞれ見ることができる。
　では、なぜこのような「時閒の層」が顯著に現われるのであろうか？これには大きく分けて外的要因と內的要因の２つの原因が考えられる。
　まず、外的要因として、75年に及ぶ波亂萬丈の人生が、結果として「年輪」のごとき「時閒の層」を形成したこと。つまり、中唐という時代の流れの中で榮達と挫折を繰り返しながら轉々と官位、官職を變え、いくたびも任地の異動を繰り返したことが、結果的に年輪のような「時閒の層」となって現われた、と考えられるのである。
　そして、內的要因として次の３つをあげることができる。

　　１．多情多感な感性を文字に定着させた白居易は、その時の感銘を第三者

のみならず，將來の自分自身にも傳えようとしたこと。
 2．詩を日常的なコミュニケーションの媒介として用いたばかりでなく，のちのち，それを讀み返すことを想定して作詩していたこと。[注1]
 3．人生の一齣を詠った一つ一つの詩が，ある纏まりをなすと，それがそのまま作者の「人となり」の全てを再現する「よすが」となる，と白居易が考えていたこと。[注2]

である。

以下，具體的な例を擧げて詳述しよう。

第3節　1首の詩の中における「時間の層」

白居易は，たびたび詩の中に「依舊」という言葉を用いている。[注3] 全20例の用例をみると，表面的に變わらないかに見える事物を對比的に取り上げることで「時の流れ」を強調していることがわかる。「昔のまま」という一見ありふれた言葉ではあるが，白氏の回顧癖を象徴する言葉として重要である。例えば，1322「題別遺愛草堂，兼呈李十使君。(遺愛の草堂に題別し，兼ねて李十使君に呈す)」では，「曾住爐峯下，書堂對藥臺。斬新蘿徑合，依舊竹窗開。(曾て住む爐峯の下(もと)，書堂　藥臺に對す。斬新　蘿徑合し，舊に依り　竹窗開く)……」と詠い，5年ぶりに訪れた遺愛寺の草堂を懷かしんでいる。

白氏の回顧癖は，思い出の場所を再度訪れた時に用いる「重過……」「重到……」「重尋……」といった詩題を持つ詩にもあらわれている。[注4]

　　那波本卷數・制作地・官職・制作年代・白居易年齡　[＊朱金城『白居易集箋校』參照]
　卷15・長安・太子左贊善大夫・元和十年 [815]・44歲
　　0815「重過祕書舊房，因題長句。」(重ねて祕書の舊房を過(よぎ)り，因りて長句を題す)
　　　【紹興本小字題注】時爲贊善大夫（時に贊善大夫たり）。

第2章　回顧錄としての『白氏文集』

閣前下馬思徘徊　　閣前　馬より下り　徘徊せんと思ひ
第二房門手自開　　第二の房門　手自ら開く
昔爲白面書郎去　　昔　白面の書郎と爲りて去り
今作蒼鬚贊善來　　今　蒼鬚の贊善と作りて來たる
吏人不識多新補　　吏人　識らず　多くは新補
松竹相親是舊栽　　松竹　相親しむは是れ舊栽
應有題牆名姓在　　應に牆に題せし名姓の在る有るべし
試將衫袖拂塵挨　　試みに衫袖を將て　塵挨を拂ふ

巻15・長安・太子左贊善大夫・元和九年［814］・43歳
　0839「重到華陽觀舊居」（重ねて華陽觀の舊居に到る）
憶昔初年三十二　　憶ふ昔　初めて年　三十二
當時秋思已難堪　　當時　秋思　已に堪へ難し
若爲重入華陽院　　若爲ぞ重ねて華陽院に入る
病鬢愁心四十三　　病鬢　愁心　四十三

巻19・長安・主客郎中，知制誥・長慶元年［812］・50歳
　1226「晩春，重到集賢院。」（晩春，重ねて集賢院に到る）
　　……
前時謫去三千里　　前時　謫せられて去ること　三千里
此地辭來十四年　　此の地　辭し來りて　十四年
虛薄至今慙舊職　　虛薄　今に至るまで　舊職に慙づ
殿名擢擧號爲賢　　殿　擢擧と名づけ　號して賢と爲す
　　　（＊『白居易集箋校』は「殿」を「院」に作るテキストに従っている）

那波本『白氏文集』巻15所収の0815詩「重過祕書舊房……」と0839詩「重到華陽觀舊居」をみてみよう。この七言律詩と七言絶句は，どちらも思い出の場所を訪れ，昔を思い出しながら，老け込んでしまった今の自分を嘆くという

詩である。こうした詩は，日記と同じように，一部分だけを切り離して讀んだのでは，何の變哲も無い平板なものに感じられかねない。ところが，作者の生涯を見渡した上でもう一度讀み直すと，作者の感慨の深さがしみじみと傳わってくる。例えば，0815詩には「時に贊善大夫たり」という題注がつけられており，第3句、第4句に「昔　白面の書郎と爲りて去り，今　蒼鬢の贊善と作りて來たる」とある。これを0839詩の「三十二」「四十三」の數字が現わす年齢と呼應させ，その閒の出來事を「華陽觀」と「祕書舊房」を手掛かりに辿ってゆくと，初老の贊善大夫となった白氏が，官僚としてスタートを切ったばかりの潑溂とした校書郎時代を懷かしく思い出している樣子が見えてくる。長安の永崇里に在った「華陽觀」は「華陽公主」の舊宅で，校書郎の白居易が，春は友と桃の花を愛で，秋は友を招いて十五夜の月を賞翫した思い出の道觀である。そして，親友元稹とともに制科のための受驗勉強に勵んだ場所でもある。[注5] 卷13所收の0619「春題華陽觀」，0623「華陽觀桃花時，招李六拾遺飲」，0627「華陽觀中，八月十五日夜，招友翫月」は，いずれも白氏が校書郎時代に「華陽觀」を詠った詩であり，卷15所收の2詩0815・0839と呼應する。「祕書舊房」の「祕書」は，校書郎の所屬する祕書省で「舊房」は，白居易にとっては意氣揚々たる若き日の思い出の職場である。さらにその10年ほどの閒に何があったかを他の作品から辿って行くと，一人娘の金鑾が3歲の可愛い盛りで病死したこと，40歲の時に母の喪に服するため渭村に退居していたこと，あるいは，喪に服する前の絕頂期に翰林學士として憲宗皇帝を補佐していたこと，喪が明けて長安にもどってみると，建物や景色は昔のままなのに，自分だけは皇太子の子守役である太子左贊善太夫になってしまっていたこと等々，こうした彼の「人生の移ろい」とそれを嘆く氣持ちが次第にわかってくる。

　卷19の1226詩「晚春重到集賢院（晚春，重ねて集賢院に到る）」も同樣に，「十四年」の言葉の重みは『白氏文集』にちりばめられた關連作品を總合的に讀み合わせてはじめて實感として傳わってくる。そして，「自此後［詩］江州路上作」という自注のついた作品群［＊卷10「感傷二」0489「別李十一後重寄」～0528「自江州至忠州」，卷15「律詩」0863「初貶官過望秦嶺」～0905「初到江州」］を通讀してはじめて，「前

第2章　回顧録としての『白氏文集』　　247

時謫去三千里」の「三千里」にこめられた感慨が傳わってくる。白氏が『文集』を編纂しながら,「自此後……作」と注記する時,彼は過去の作品を介して當時を回顧し,過去の自分に歸り,過去の人生を反芻しているのである。

　獨立させて讀まれることの多い 0596「長恨歌」0602「琵琶引」あるいは 0075～0084「秦中吟」0124～0174「新樂府」といった物語性を帶びた作品が,單獨の1篇だけで鑑賞に値するのに對して,日記性を帶びた作品は,あるまとまった量を有機的に關連付け,呼應させて讀む必要がある。そうすることで,日記や回顧録を讀むのと同じ感銘が加わるからである。制作時期の同じ作品がまとめられ,さらに原注が加えられているため,個々の作品の間に有機的なつながりができ,一見,單純に見える一つ一つの作品が相互に響き合い呼應し合って複雜な深みを増してくるのである。作詩に至るいきさつや動機を丹念に記した詩題や序文も,その時の狀況を克明に傳えている。これは,あとからその時の感動を繰り返し再現するための用意でもあったようである。刻々と過ぎ去る時の流れを詩にとどめ,詩に定着された感動や感銘を時を隔てて咀嚼するいとなみに,一度限りの人生を何重にも樂しみ,はかない「生」をいとおしむ白氏の心をみることができる。

第4節　複數の詩における「時間の層」

　那波本『白氏文集』卷71には刑部尚書を「致仕（*定年退職）」してのちの老境を淡々と詠った詩が収められている。3617「昨日復今辰」の中で白居易は,「昨日復今辰,悠悠七十春。所經多故處,却想似前身。（昨日　復た今辰,悠々たり七十の春。經る所　故處多く,却つて想ふに　前身[*前世の自分]に似たり）……」と回顧している。

　洛陽に閑居していた白居易にとって,趙村の杏花は,長安における曲江の杏園に代わる春の樂しみであった。2618「病瘡」で「……病銷談笑興,老足歎嗟聲。（病は談笑の興を銷し,老は歎嗟の聲を足す）……」と詠うほど心身ともに衰弱していたが,殘り少ない命を自覺すればするほど春を惜しむ氣持ちは強

まっていった。73歳の白居易は，3619「[游]趙村杏花」[注6]で「趙村紅杏毎年開，十五年來看幾迴。七十三人難再到，今春來是別花來。(趙村の紅杏 毎年開く，十五年來 看ること幾迴ぞ。七十三の人 再びは到り難し，今春 來るは是れ 花に別れんとして來る)」と詠っている。この詩の「十五年來」が活躍の場を洛陽に移して以來の15年間を指すことは「十五年來洛下居(十五年來 洛下に居り)」という3620「刑部尙書致仕」の首句によってわかる。また，「七十三人」の句は，3622「問諸親友」の冒頭2句「七十人難到，過三更較稀。(七十は人到り難く，三を過ぐるは更に較ぶる稀なり)」や3626「開龍門八節灘詩二首」其二の首句「七十三翁旦暮身(七十三の翁は 旦暮の身)」によって，切實さを增す。さらに遡って那波本『白氏文集』卷62所收の3001「洛陽春贈劉、李二賓客」詩を合わせ讀む時，卷71所收3619詩の「今春來是別花來」というさりげない一言の重みに思い至る。同僚の劉禹錫、李仍叔と共に酒を酌み交わし，靜かに洛陽の春を樂しんだあと，「さて明日はどこへゆこうか？城東の趙村に行って杏花を愛でようではないか」と約束する66歲の白氏は，老いたりといえども，まだ太子賓客の職に就いていたし，「明日は……」と誘いかける元氣も殘っていた。紹興本『白氏文集』卷29を見ると3001「洛陽春贈劉、李二賓客」詩の結びの「……明日期何處，杏花遊趙村。(明日は何處にか期す，杏花 趙村に遊ばん)」という句に「洛城東有趙村，杏花千餘樹。(洛城の東に趙村有り，杏花千餘樹)」という原注が付いている。

　これより先，中書舍人を罷めて杭州刺史に出た51歲の白居易は，長安を離れ，商山路を通って南下し，江州を訪れ，遺愛寺に立ち寄った後，任地である杭州に到着している。那波本，紹興本ともに卷20「律詩」に收錄された作品群を順に讀み進めると，道中の要所要所における感慨と任地での行動を辿ることができる。卷頭第1首は1308「初罷中書舍人」，第2首は1309「宿陽城驛對月」，第3首は1310「商山路有感」……と續く。第3首には「前年夏」「今年」「長慶二年七月三十日」といった日付を織り込んだ長い「序」が付いている。紹興本を見ると，第2首には「自此後詩赴杭州路中作(此れより後の詩は杭州に赴く路中の作)」という自注がある。作品番號で明らかなように，上述した1322「題別

第2章　回顧録としての『白氏文集』　　249

遺愛草堂，兼呈李十使君」詩もこの巻20に収められている。そして同じ巻の1388「與諸客攜酒，尋去年梅花有感。(諸客と酒を攜へ，去年の梅花を尋ねて感有り)」詩にも「依舊」という言葉が使われている。この詩の中で白居易は前年の春を回顧し，「……樽前百事皆依舊，點檢唯無薛秀才。(樽前　百事　皆な舊に依るも，點檢するに　唯だ薛秀才のみ無し)」と嘆いている。錢塘湖のほとりに酒を攜へ，詩を吟詠し，管絃を喚んで梅を愛でる宴の全てが昨年どおりなのに，參加者の顔ぶれを數えてみると，去年は居た薛秀才だけが居ない，というのである。紹興本には，「去年與薛景文同賞，今年長逝。(去年，薛景文と同に賞せしに，今年，長逝せり)」という自注が付いている。同じ巻のこの詩の少し前に1346「和薛秀才尋梅花同飮見贈(薛秀才の梅花を尋ねて同に飮んで贈られしに和す)」が配列されている。兩詩ともに七言律詩で，第1句と偶數句の韻は，順に1346詩が「梅」「杯」・「來」・「開」・「迴」，1388詩は「杯」「梅」・「開」・「來」・「才」となっている。兩詩は詩題も詩形も詩意も全て符合する。兩詩を合わせ讀んではじめて雙方の詩に込められた白氏の感慨が如實に傳わってくるのである。

　次に巻を隔てて呼應する例を擧げよう。那波本巻55「律詩」の2546詩と那波本巻64「律詩」の3204詩である。

巻55・祕書監・大和元年［827］・56歳
　2546「有小白馬，乘馭多時，奉使東行，至稠桑驛，溘然而斃。足可驚傷。不能忘情，題二十韻。」(小白馬有り，乘馭すること多時，使を奉じて東行して稠桑驛に至り，溘然として斃（たふ）る。驚傷すべきに足る。情を忘るる能はずして，二十韻を題す)
　能驟復能馳　　能く驟せ　復た能く馳す
　翩翩白馬兒　　翩翩たる　白馬兒
　　……
　睡來乘作夢　　睡　來れば　乘りて夢を作（な）し
　興發倚成詩　　興　發すれば　倚りて詩を成す

昨夜猶蓻秣	昨夜　猶ほ蓻秣し
今朝尙蓻維	今朝　尙ほ蓻維す
臥槽應不起	槽に臥して　應に起きざるべし
顧主遂長辭	主を顧みて　遂に長辭す

……

念倍燕求駿	念は燕の駿を求めしに倍し　（＊那波本は「求」を「來」に作る）
情深項別騅	情は項の騅に別れしより深し
銀收鉤臆帶	銀は臆を鉤する帶を收め
金卸絡頭羈	金は頭を絡むる羈を卸す
何處埋奇骨	何處にか奇骨を埋め
誰家覓弊帷	誰が家にか弊帷を覓めん
稠桑驛門外	稠桑驛門外
吟罷涕雙垂	吟じ罷りて　涕　雙び垂る

卷64・太子賓客分司・大和九年［835］・64歳

3204「往年稠桑，曾喪白馬，題詩廳壁。今來尙存。又復感懷，更題絕句。」
　　　（往年，稠桑にて曾て白馬を喪ひ，詩を廳壁に題す。今來れば尙ほ存す。
　　　又復た感懷し，更に絕句を題す）

路傍埋骨藁草合	路傍に骨を埋めしところ　藁草　合し
壁上題詩塵蘚生	壁上に詩を題せしところ　塵蘚　生ず
馬死七年猶悵望	馬　死して七年なるも　猶ほ悵望す
自知無乃太多情	自ら知る　乃ち太だ多情なる無からんや

　前者は，5頭立て馬車の愛馬の中で一番のお氣に入りだった白馬が，長安から洛陽に至る旅の途中で亡くなり，その時の悲しみを切々と詠いあげた大作である。彼は，人一倍多情多感で，その溢れる感性が文字の氾濫となって表面化する。そのありあまる言葉の氾濫を彼は自分で押さえきれないのである。愛馬

第2章　回顧錄としての『白氏文集』

に五言二十韻，實に200字もの哀悼の辭を捧げている。後者は，7年後，洛陽から下邽に至る途中，自作の舊詩を媒介にして往時の感慨に浸った詩である。56歳にしてなお「不能忘情」[注7]と言い，時を隔て，64歳になっても過去の悲しみを思い起こしている。自分で自分を「情に脆過ぎはしないか？」と詠う瑞々しい感性に多情多感な白居易らしさがある。兩詩を竝べた時，3204詩の「題詩廳壁」の4文字と「壁上題詩塵蘚生」の句が注意を引く。「塵」と「蘚(こけ)」に覆われた7年前の自作の詩に觸發され，再び感慨に耽る彼は，文字を媒介にして7年前の自分と再會しているのである。

　次に，3首以上呼應する例として，曲江池を繰り返し回顧した作品群をみてみよう。

卷9　盩厔縣尉　元和二年［807］　36歳
  0398「曲江早秋」［紹興本小字題注］三年［＊二年の誤りか？］作
  秋波紅蓼水　　秋波　紅蓼の水
  夕照青蕪岸　　夕照　青蕪の岸
  獨信馬蹄行　　獨り馬蹄に信(ま)せて行く
  曲江池西畔　　曲江池の西畔
  　……
  我年三十六　　我れ年　三十六
  冉冉昏復旦　　冉冉として　昏(くれ)　復た旦(あした)なり
  人壽七十稀　　人壽　七十　稀(まれ)なり
  七十新過半　　七十　新に半(なかば)を過ぐ
  且當對酒笑　　且(しばら)く　當に酒に對して笑ふべし
  勿起臨風歎　　臨風の歎を起こすこと勿れ

卷9　左拾遺・翰林學士　元和三年［808］　37歳
  0406「早秋曲江感懷」
  　……

人壽不如山　　人壽は山に如かず
年光急於水　　年光は水よりも急なり
青蕪與紅蓼　　青蕪と紅蓼と
歲歲秋相似　　歲歲　秋　相似たり
去歲此悲秋　　去歲　此に秋を悲しみ
今秋復來此　　今秋　復た此に來る

卷9　左拾遺・翰林學士　元和四年［809］　38歲［注8］
　0417「曲江感秋」［紹興本小字題注］五年［＊四年の誤りか？］作
沙草新雨地　　沙草　新雨の地
岸柳涼風枝　　岸柳　涼風の枝
三年感秋意　　三年　秋意を感ずるは
併在曲江池　　併せて曲江池に在り
早蟬已嘹唳　　早蟬　已に嘹唳
晚荷復離披　　晚荷　復た離披す
前秋去秋思　　前秋　去秋の思ひ
一一生此時　　一一　此の時に生ず
昔人三十二　　昔　人　三十二
秋興已云悲　　秋興　已に云に悲しむ
今我欲四十　　今　我れ四十ならんとす
秋懷亦可知　　秋懷　亦た知る可し
歲月不虛設　　歲月　虛しくは設けず
此身隨日衰　　此の身　日に隨ひて衰ふ
暗老不自覺　　暗に老いて　自覺せず
直到鬢成絲　　直ちに　鬢　絲を成すに到る

卷2　中書舍人　長慶二年［822］　51歲
　0572・0573「曲江感秋二首　幷序」

第2章　回顧録としての『白氏文集』

〔序〕元和二年・三年・四年，予每歲有「曲江感秋」詩。凡三篇，編在第七集卷。是時予爲左拾遺，翰林學士。無何，貶江州司馬，忠州刺史。前年，遷主客郎中・知制誥，未周歲，授中書舍人。今遊曲江，又值秋日。風物不改，人事屢變。況予中否後遇，昔壯今衰。慨然感懷，復有此作。噫！人生多故。不知明年秋又何許也？時二年七月十日云耳。

（元和二年、三年、四年，予　每歲，「曲江感秋」詩有り。凡て三篇，編んで第七集の巻に在り。是の時　予　左拾遺，翰林學士たり。何(いくば)くも無くして，江州司馬，忠州刺史に貶せらる。前年，主客郎中・知制誥に遷り，未だ周歲ならずして，中書舍人を授かる。今曲江に遊んで，又た秋日に値(あ)ふ。風物　改まらざるに，人事　屢しば變ず。況んや予　中ごろは否にして後に遇い，昔は壯にして今は衰ふるをや。慨然として感懷し，復た此の作有り。噫(ああ)！人生は故多し。明年の秋は又た何許(いづこ)なるかを知らざるなり。時に二年七月十日と云ふのみ）

　其一

元和二年秋　　元和二年の秋
我年三十七　　我れ年　三十七
長慶二年秋　　長慶二年の秋
我年五十一　　我れ年　五十一
中閒十四年　　中閒　十四年
六年居譴黜　　六年　譴黜に居る
　……
獨有曲江秋　　獨り曲江の秋有り
風煙如往日　　風煙　往日の如し

　其二
　……
莎平綠茸合　　莎　平かにして　綠茸　合し

蓮落靑房露	蓮　落ちて　靑房　露はる
今日臨望時	今日　臨望の時
往年感秋處	往年　感秋の處
池中水依舊	池中　水　舊に依り
城上山如故	城上　山　故の如し
獨我鬢間毛	獨り我が鬢間の毛のみ
昔黑今垂絲	昔は黑きに　今は絲を垂る
……	
故作詠懷詩	故に詠懷詩を作り
題於曲江路	曲江の路に題す

　長安城の東南隅にあった風光明媚な曲江池は當時の行樂地で，實に多くの唐代詩人がこの地を訪れ，詩を詠んでいる。その大半が初春を迎え，仲春を樂しみ，晚春を惜しむ詩である。もちろん，白居易も例外ではない。白居易は一年中おりにふれ，ここを訪れ，嬉しい時も悲しい時も，ここで詩を作っている。友と一緒の時もあれば，一人だけの時もあった。曲江池に取材した幾多の名作の中で，上記の作品群は，秋の曲江池を訪れた白居易が，自己の舊作を踏まえ，時を隔てて，繰り返し，同じ主題で作詩していることで異彩を放っている。

　昨日のことや數日前，あるいは數ヶ月，數年，數十年前のことを振り返り，思い出すことは，頻度の差こそあれ，誰もがすることであろうし，それを詩に詠むことも決して白居易だけに限られたことではない。しかし，「ある一つの感銘なり感慨なりを，時を隔てて繰り返し回顧し，それを文字を用いて詩に定着させる」という傾向は，白居易特有のもののようである。過去の自分の作品を踏まえて，數年後に續編を作った例として有名なものに「玄都觀」を詠んだ劉禹錫の五言絕句がある。晚年，洛陽で詩を交わし合いながら餘生を送った同い年の友人だけあって，劉禹錫の作品には，白居易と共通する點がいくつかある。そのうち，回顧詩について見ると，長めの詩のタイトルや，具體的な日付や人名・地名を丹念に記した序文に，よく似た傾向がある。[注9]

第2章　回顧録としての『白氏文集』

　従って，こうした傾向は，かならずしも白居易だけに見られるというわけではない。しかし，白居易のように，一度ならず年を隔てて何度も何度も執拗に繰り返す詩人がほかにいるであろうか？ 初秋の「曲江池」で3年連續して老いを嘆き，「十四年」の歳月を經て再び感慨に耽るといった例がほかにあるであろうか？ 時代が下れば，自らの舊作を踏まえて次の詩を作った北宋の蘇軾や，離別させられた妻のことを詩や詞で詠み，繰り返し「夢」の詩を詠った南宋の陸游がいるが，こうした特殊な例を除けば，「時間の層」を成す白居易の回顧詩は，やはり白氏特有なものと言えるのではなかろうか？

　ただ回顧するだけでは，「時間の層」は，何層にも重なることはない。しかし，「曲江池」を詠んだ詩のほかに「寫眞（肖像畫）」[注10]や「商山」[注11]や「白蓮」[注12]を詠った作品群にも回顧や回想による「時間の層」が見られる。

　では，一體，こうした「時間の層」は，どの様にして形成されたのであろうか？

　『白氏文集の批判的研究』の序章「白氏文集の成立」22頁で花房氏が指摘されたように，事物に「激發された感動によるのではなく，既に成った詩篇に惹起された情緒から詠い上げ」るということも「時間の層」を形成する要因となっている。花房氏のこの言葉は，卷60の2930「劉白唱和集解」の記述をもとに，唱和寄贈された作品についての傾向を指摘されたものである。白氏は文中，「……一往一復欲罷不能，繇是每製一篇，先相視草。視竟則興作。興作則文成。一、二年來，日尋筆硯，同和贈答，不覺滋多。（一往一復，罷めんと欲すれども能はず。是に繇つて一篇を製る每に，先づ草を相ひに視る。視竟れば則ち興作り，興作れば則ち文成る。一、二年より來，日々に筆硯を尋めて，同和贈答し，覺えずして滋々多し）……」と言っている。

　「既に成った詩篇」から惹き起こされた感慨をもとに，さらに次の詩を詠むという營みは，友人や知人との唱和だけでなく，過去の自分の詩についてもなされている。0417・0572・0573「曲江感秋」詩や3542「香山居士寫眞詩」が，その代表例である。

　宋の黃澈は，『碧溪詩話』卷4の中で，次のように言っている。

用自己詩爲故事，須作詩多者乃有之。太白云，「滄浪吾有曲，相子棹歌聲」。樂天，「須知菊酒登高會，從此多無二十場」，明年云，「去秋共數登高會，又被今年減一場」。過栗里云，「昔嘗詠遺風，著爲十六篇」。蓋居渭上，醅熟獨飲，曾效淵明體爲十六篇。又贈微之云，「昔我十年前，曾與君相識。曾將秋竹竿，比君孤且直」。蓋舊詩云，「有節秋竹竿」也。坡赴黃州過春風嶺有兩絕句。後詩云，「去年今日關山路，細雨梅花正斷魂」，至海外又云，「春風嶺下淮南村，昔年梅花曾斷魂」又云，「柯邱海棠吾有詩，獨笑深林誰敢侮」。又畫竹云，「吾詩固云爾，可使食無肉」。

（自己の詩を用つて故事と爲すは，作詩の多き者を須ちて，乃ち之れ有り。太白，「滄浪　吾れ曲有り，相子　棹歌の聲」と云ふ。樂天，「須らく知るべし　菊酒　登高の會，此れより　多くとも二十場無からんことを」。明年，「去秋　共に登高の會を數へ，又た今年　一場を減ぜらる」と云ふ。栗里を過り，「昔　嘗て遺風を詠じ，著して十六篇を爲す」と云ふ。蓋し渭上に居り，醅熟して獨り飲み，曾て淵明體に效つて十六篇を爲ればなり。又た微之に贈りて，「昔　我れ　十年前，曾て君と相識る。曾て秋　竹竿を將て，君が孤にして且つ直なるに比す」と云ふ。蓋し舊詩に「節有り　秋竹の竿」と云へばなり。[＊東]坡，黃州に赴き，春風嶺を過りて兩絕句有り。後，詩に「去年の今日　關山路，細雨　梅花　正に魂を斷つ」と云ひ，海外に至つて，又た「春風嶺下　淮南の村，昔年　梅花曾て魂を斷つ」と云ふ。又た，「柯邱の海棠　吾れ詩有り，獨り笑ふ　深林　誰か敢へて侮らん」と云ひ，又た畫竹に「吾が詩　固より爾か云ふ，食に肉無からしむべし」と云ふ）

『碧溪詩話』に引かれた李白の句は，「送儲邕之武昌（儲邕の武昌に之くを送る）」詩の結び２句である。ただし，宋本『李太白文集』では「相子棹歌聲」が「寄入棹歌聲」となっている。李白は自信作「笑歌行」を詠って儲邕への餞としたのであろう。白居易の句は，以下の詩の一部である。

第2章　回顧録としての『白氏文集』　　　257

巻50・蘇州刺史・寶曆元年［825］・54歳
2200「九日宴集，醉題郡樓。兼呈周、殷二判官。」（九日宴集し，醉ふて郡樓に題す。兼ねて周、殷二判官に呈す）

巻54・蘇州刺史・寶曆二年［826］・55歳
2484「九日寄微之」（九日，微之に寄す）

巻5・下邽で服喪中・元和八年［821］・42歳
0212「效陶潛體詩十六首　幷序」

巻7・江州司馬・元和十一年［816］・45歳
0278「訪陶一公舊宅　幷序」

巻1・校書郎・元和元年［806］・35歳
0015「贈元稹詩」

巻1・京兆戸曹參軍，翰林學士・元和三年［808］・27歳
0027「酬元九『對新栽竹有懷』見寄」［*關連作品は元稹「種竹詩　幷序」］

　李白の例が自己の舊作を「我有曲」の「曲」一文字ですませることで贅言を避けたのに對し，白・蘇両氏の例は，いずれも舊作と新作との相乘效果をねらっている。「去年……」「昔年……」とうたう蘇軾の用例が，白居易の句法に類似していることも興味深い。
　『碧溪詩話』は，「自己の詩を用って故事と爲すは，作詩の多き者を須ちて，乃ち之有り」と記しているが，白居易の場合は，逆に「自己の詩を用ひて故事と爲す」という傾向が，作品量を多くしていると言えるのではなかろうか？
　『碧溪詩話』に引かれた白詩の用例のうち，特に注目すべきは，那波本『白氏文集』巻51の2200「九日宴集……」詩である。この詩は，九月九日の重陽節を

詠ったもので，節句を詠んだ詩としては，とりわけ珍しいわけではない。珍しいのは，この詩に，「前年」「去年」「今年」と3層の時間が詠い込まれていることである。さらに興味深いことは，那波本巻54の2484「九日寄微之」の詩の結びに，この詩の結句を踏まえて，「去秋 共に登高の會を數へ，又た今年 一場を減ぜらる」と詠っていることである。これは，「全てを傳えようとし，全てを語り盡くさずにはおれない」彼の「饒舌」という性癖と，積もり積もって堆積した文字を思い切って捨て去ることのできない「作品への愛着の強さ」と關係が有りそうである。

　詩という表現形式は，含蓄を尊び，餘韻を重んじ，言葉を節約し，推敲の際には文字を削ることに主眼を置くのが普通である。ところが，白居易は言葉を洗練させながら描寫を重ね，引き算ではなく足し算[注13]のかたちで作品を増殖させて行く。例えば，長安郊外にある悟眞寺を訪れた時のことを，王維は五言十二韻120字でまとめているが，白居易は，五言一百三十韻，合計1300字を費やし，王維の10倍を越える長編に仕立て上げている。『古歡堂集』の中で，清の田雯は，白居易の0602「琵琶引」が杜甫の「孫大娘舞劍器」詩を換骨脱胎した「演法」であることを指摘したうえ，「鳧脛何短，鶴脛何長。續之不能，裁之不可。各有天然之致。(鳧脛 何ぞ短からん，鶴脛 何ぞ長からん。之を續くること能はず，之裁ること可ならず，各々天然の 致 有り)」と言っている。兩者を等價値に評價する田氏の態度は至當である。白居易は，杜甫や王維の詩に想を得て，自作をその何倍もの長さに膨らませている。これは，先人の名作に對する挑戰でもあり，表現の限界に迫る創作意欲のあらわれでもあろうが，同時にみずからの性癖である「饒舌」を素直に樂しむ詩作の歡びの現われでもあったはずである。

　巻62の2987「裴侍中晉公以集賢林亭卽事詩二十六韻見贈，猥蒙徴和。才拙詞繁。輒廣爲五百言以伸酬獻。(裴侍中晉公，『集賢林亭卽事詩二十六韻』を以つて贈られ，猥りに和を徴するを蒙る。才拙く詞繁し。輒ち廣めて五百言と爲し，以つて酬獻を伸ぶ)」詩は，裴度から贈られた「二十六韻」の詩に應えて獻上した「五百言」からなる長編である。詩題では「才拙詞繁」と謙遜してい

るが，「……客有詩魔者，吟哦不知疲。乞公殘紙墨，一掃狂歌詞。(客に詩魔なる者有り，吟哦して疲れを知らず。公に殘紙墨を乞ふて，狂歌詞を一掃す)」と詠うごとく，「詩魔」が白氏の「饒舌」を動かしているのである。

また，卷53の2319詩の題の「餘思未盡，加爲六韻。重寄微之。(餘思 未だ盡きず，加えて六韻を爲り，重ねて微之に寄す)」[注14]という言葉に，白氏の「饒舌」ぶりと，そうせずにおれない氣持ちとを讀み取ることができる。

自己の作品に對する白居易の「愛着」は，卷28の1486「與元九書」の「……其餘雜律詩，……今銓次之間，未能刪去。(其餘の雜律詩は，……今銓次の間，未だ刪り去ること能はず)……」と言う言葉や卷45の2013「策林序」の中の「凡所應對者百不用其一、二。其餘目以精力所致，不能棄損。(凡そ應對する所の者 百に其の一、二も用ひず。其の餘目は精力の致す所なるを以つて，棄損する能はず)」という言葉に見て取ることができる。これを劉禹錫「劉氏集略說」の「……前年……書四十通，……刪取四之一，爲『集略』……(……前年……書四十通，……刪りて四の一を取り，『集略』と爲し……)」という潔い態度と比較する時，白氏の自作に對する「愛着」は，自己の分身を切り捨て得ない「未練」とも思えてくる。

卷63・洛陽・太子少傅分司・大和八年[824]・63歳
 2024「題文集櫃」(文集の櫃に題す)
   ……

我生業文字	我れ生れながらにして文字を業とし
自幼及老年	幼きより 老年に及ぶ
前後七十卷	前後 七十卷
大小三千篇	大小 三千篇
誠知終散失	誠に終には散失するを知るも
未忍遽棄損	未だ遽に棄損するに忍びず

   ……

生涯,「文字」を「業」とした白氏にとって,「三千篇」は人生の記録である。日記のどの頁も,アルバムの寫眞のどの一枚も,その人にとっては大切な思い出であるように,「一篇」たりとも,自ら「棄損」するに忍びないのである。

第5節　『文集』編集過程における「時間の層」

那波本『白氏文集』卷71の3673「白氏文集後序（＊那波本）」の冒頭に「白氏前著『長慶集』五十卷,元微之爲序。『後集』二十卷,自爲序。今又『續後集』五卷,自爲記。前後七十五卷。詩筆大小凡三千八百四十首,集有五本。（白氏の前著『長慶集』五十卷は元微之序を爲り,『後集』二十卷は自ら序を爲る。今又た『續後集』五卷,自ら記を爲る。前後七十五卷。詩筆大小凡て三千八百四十首,集は五本有り）……」と記されている。

白氏は,親友元稹が序文を記し,命名してくれた『白氏長慶集』50卷「二千一百九十一首」を核とし,これに『後集』20卷を重ね,さらに『續後集』5卷を重ねて75卷の大集とした。その『前後續集』本は「詩・文／詩・文／詩・文」の層を成している。

その75卷が完結するに至るまでの過程を辿ると,より複雑な「時間の層」が見えてくる。

白居易は,あるまとまった量に達するたびに作品を卷軸に仕立てているのである。

　　貞元十六年［800］　29歳　行卷のための自撰集。［文二十首・詩一百首］
　　元和十年［815］　　44歳　詩集15卷を編集。
　　長慶四年［824］　　53歳　『白氏長慶集』50卷。
　　大和二年［828］　　57歳　『後集』5卷,『元白唱和因繼集』16卷。
　　大和三年［829］　　58歳　『劉白唱和集』2卷。
　　大和六年［832］　　61歳　『劉白唱和集』を3卷に。
　　大和八年［834］　　63歳　洛詩を編む。［2942卷61「序洛詩」］

第 2 章　回顧錄としての『白氏文集』

大和九年 [835]	64 歳	廬山の東林寺に『白氏文集』60 卷を奉納。
		[『後集』10 卷]
開成元年 [836]	65 歳	洛陽聖善寺に『白氏文集』65 卷を奉納。
		[『後集』15 卷]
		『劉白唱和集』を 4 卷に。
開成四年 [839]	68 歳	蘇州南膳院に『白氏文集』67 卷を奉納。
		[『後集』17 卷]
開成五年 [840]	69 歳	『白氏洛中集』10 卷。
會昌二年 [842]	71 歳	『後集』20 卷を東林寺に送る。『白氏文集』70 卷。
會昌五年 [845]	74 歳	『續後集』5 卷を加えて『白氏文集』75 卷を完結。定本 5 部のうち 2 部を甥と外孫に託し，3 部を寺院に奉納。
會昌六年 [846]	75 歳	逝去。

　樹齢と共に外に向かって密になる年輪のごとく，老いへと向かって密度を増す「時間の層」は，白氏の「生きた證(あかし)」であり，「人生の年輪」であった。

第 6 節　人生の記錄

　白居易の「自らをみつめ，自らを語る詩」は，陶淵明や杜甫の影響下にあるであろうが，自らの文集に日記や回顧錄にも似た「人生の記錄」としての役割を付與した詩人のさきがけは，白居易である。この點においても，宋詩の特色の一つである「日常性」は，中唐の白居易にまで遡ることができる。
　1265「偶題閣下廳」詩で「……平生閑境思，盡在五言中。(平生　閑境の思(おもひ)，盡(ことごと)く五言中に在り)」と詠い，2912「故京兆元少尹文集序」と 3798「醉吟先生墓誌銘　幷序」で「開卷而盡可知也 (卷を開けば盡く知るべし)」と言う白居易は，3072「感舊詩卷 (舊詩卷に感ず)」で「……二十年前舊詩卷，十人酬和九人無。(二十年前　舊詩卷，十人酬和し　九人無し)」と詠い，3696「醉中見微之

舊卷有感（醉中，微之の舊卷を見て感有り）」で「今朝何事一霑襟，檢得君詩醉後吟。（今朝　何事ぞ　一たび襟を霑す，君の詩を檢し得て　醉後に吟ず）……」と詠っている。そして，0275「溢浦早多多」で「……日西溢水曲，獨行吟舊詩。……但作城中想，何異曲江池。（日は西す　溢水の曲，獨行して　舊詩を吟ず。……但だ作す　城中の想ひ，何ぞ曲江池と異らん）」と詠い，2241「對鏡吟」で「白頭老人照鏡時，掩鏡沈吟吟舊詩。（白頭の老人　鏡に照らす時，鏡を掩ひて沈吟し　舊詩を吟ず）……」と詠っている。友人の「舊詩卷」や自らの「舊詩」を，過去の感懷を再現し今の感慨を深める「よすが」としていたのである。

白居易は，文字を媒介に遠く離れた友や死別した友と語り合い，文字を介して過去の自分と對面していた。跡繼ぎの男兒に惠まれなかった彼が，自ら『文集』を編集し，75卷の『文集』を5部 [注15] 用意して後世に傳えたのは，文字を媒介として今日の我々と語り合いたかったからではなかろうか？生前，彼が自らの作品を讀み，かつての自分と再會したように，我々は，『文集』を回顧錄として讀むことで，一千年の時を越えて彼と再會することができる。

來世を信じ，「今生世俗の文字」「放言綺語」を以って「轉法輪の緣」[注16] とせんことを願った白氏は，「來生の緣會」[注17] という言葉を殘している。

[注1]　後の話の種に詩を作っておくという「張本」という言葉は，そうした白氏の創作態度を象徴している。
　　　卷17・江州より忠州に至る途中・元和十四年［819］・48歳
　　　　　1107「十年三月三十日，別微之於澧上，十四年三月十一日，夜，遇微之於峽中，停舟夷陵，三宿而別。言不盡者，以詩終之。因賦七言十七韻以贈，且欲寄所遇之地與相見之時，爲他年會話**張本**也。（十年三月三十日，微之に澧上に別れ，十四年三月十一日，夜，微之に峽中に遇ひ，舟を夷陵に停め，三宿して別かる。言の盡くさざるは，詩を以つて之を終へんとす。因りて七言十七韻を賦して以つて贈り，且しく遇ふ所の地と相見るの時とを記し，他年の會話の張本と爲さんと欲するなり）」
　　　　　……
　　　　　往事渺茫都似夢　　往事　渺茫　都て夢に似たり

第2章　回顧錄としての『白氏文集』

舊游零落半歸泉　　舊游　零落　半ば泉に歸す
　　……

卷69・洛陽・刑部尚書致仕後・會昌二年［842］・71歳
　　3566「歳暮夜長，病中燈下，聞盧尹夜宴。以詩戲之，且爲來日**張本**也。（歳暮の夜長，病中燈下に，盧尹　夜宴すと聞く。詩を以つて之に戲れ，且く來日の張本と爲すなり）」
　　……

當君秉燭銜杯夜　　君　燭を秉り　杯を銜む夜に當る
是我停燈服藥時　　是れ我れ燈を停め　藥を服するの時
　　……

［注2］　紹興本『白氏文集』の隨所に「自此後［詩］……作（これより後［の詩］は，……［官職・場所］……の作）」といった注が書き加えられている。これによって讀者は『文集』全體を有機的に前後相關連させて讀むことができる。

［注3］　「依舊」を詩語として用いる詩人はかなり偏っていて，中唐以降の詩人に集中している。張繼の「河閒獻王墓」詩に「……雅樂未興人已逝，雄歌**依舊**大風傳」の用例が有るが，この言葉を最初に多用した詩人は杜甫である。
　　「依舊」白居易20例
　　0264・0545・0573・0596・0641・0655・0655・0779・1156・1165・
　　1178・1223・1286・1322・1388・2230・2390・2551・3251・3425
　　杜甫7例／元稹6例／劉禹錫4例／皮日休4例
　　［『毛詩』・『楚辭』・『文選』李白・王維・孟浩然・錢起・韋應物・韓愈・柳宗元・李賀・孟郊は全て用例無し］

［注4］　參考までに作品番號を列記する。
　　「重到……」6例　　0422・0655・0816〜0822・0829・1226・1320
　　「重過……」4例　　0566・0815・1288［詩句］・1320［詩句］
　　「重尋……」1例　　0708

［注5］　2013「策林序」參照。

［注6］　那波本は3619詩の詩題を，「游趙村杏村」に，首句を「游村紅杏毎年開」に作る。資料的根據に乏しいが，一應，『全唐詩』の題注に從って詩題の「游」は衍字と考え，『全唐詩』や汪立名本『白香山詩集』に從って首句の「游村」を「趙村」に改める。朱金城氏は『白居易集箋校』（四）2546頁で「狂吟七言十四韻」の「游村果

熟鐫争新」を引いて，「游村」が「趙村」の別名らしいことを示唆している。ただし，この「游」字も「趙」の誤りかもしれない。おそらく行草書で書かれた字體の類似による混亂であろう。

[注7]　68歳の作である3610「不能忘情吟　幷序」にも愛馬に寄せる情が切々と綴られている。寵妓「樊素」を「虞美人」に，愛馬「駱」を項羽の「騅」にみたてての絶唱である。

[注8]　冒頭に，

　　　　十載定交契　　十載　定交の契（ちぎり）
　　　　七年鑣相隨　　七年　鑣に相隨ふ（つね）
　　　　長安最多處　　長安　最も多き處
　　　　多是曲江池　　多くは是れ曲江池
　　　　　……

と詠い，

　　　　　……
　　　　況乃江楓夕　　況んや乃ち江楓の夕べ
　　　　和君秋興詩　　君が秋興の詩に和すをや

と結ぶ元稹の「和樂天『秋題曲江』」五言十六句は，白居易の0417「曲江感秋」に唱和した詩である。

[注9]　劉禹錫の「元和十一年，自朗州承召至京。戲贈看花諸君子。（元和十一年，朗州より召を承けて京に至り，戲れに花を看る諸君子に贈る）」と「再遊玄都觀（再び玄都觀に遊ぶ）絶句　幷引」は呼應している。「重至衡陽，傷柳儀曹。（重ねて衡陽に至り，柳儀曹を傷む）幷引」は，劉禹錫が柳宗元亡きあと，かつて2人で南行した時に通った衡陽にさしかかって回顧した詩である。

　劉禹錫は，父の諱「緒」を避けて同音の「序」の文字のかわりに「引」を用いているが，詩題に添えた「引」の中で作詩の「動機」「制作時期」「いきさつ」などを詳述している。

[注10]　白居易は，全盛期に描かれた自分の「寫眞［＊肯像畫］」を折に觸れて取り出し，取り出しては繰り返し感慨に浸っている。

　　卷6・左拾遺，翰林學士・元和五年［813］・39歳
　　　　0229「自題寫眞」
　　卷7・江州司馬・元和十二年［817］・46歳

　　　　　　第2章　回顧錄としての『白氏文集』

　　　　0325「題舊寫眞圖」
　　　卷17・洛陽・刑部侍郎・元和十三年［818］・47歳
　　　　　1039「贈寫眞者」
　　　卷52・洛陽・退職後，居士・大和三年［829］・58歳
　　　　　2273「感舊寫眞」
　　　卷69・洛陽・退職後，居士・會昌二年［842］・71歳
　　　　　3542「香山寺寫眞詩　幷序」

［注11］　白居易は，長安―江州，忠州―長安―杭州と地方へ出，中央に戻るたびに商山路を通っている。先に左遷された親友元稹もここを通り，「桐花詩」を詠んでいる。1183詩の「桐樹」と「題名處」に注目。
　　　卷9・左拾遺，翰林學士・元和五年［813］・39歳
　　　　　0421「初與元九別，後忽夢見之。及寤而書適至，兼寄桐花詩。悵然感懷，因以此寄。」（初めて元九と別れ，後に忽ち夢に之を見る。寤むるに及んで書，適(たま)たま至り，兼ねて『桐花詩』を寄す。悵然として感懷し，因りて此れを以つて寄す）
　　　卷18・忠州刺史―司門員外郎・元和十五年［820］・49歳
　　　　　1182「商山路有感」
　　　卷18・忠州刺史―司門員外郎・元和十五年［820］・49歳
　　　　　2183「商山路驛桐樹。昔與微之前後題名處。」（商山路驛の桐樹。昔，微之と前後して名を題せし處）
　　　卷20・中書舍人―杭州刺史・長慶二年［822］・51歳
　　　　　1310「商山路有感　幷序」
　　　卷20・中書舍人―杭州刺史・長慶二年［822］・51歳
　　　　　1311「重感」

［注12］　白居易は，「白蓮」を江南から洛陽に持ち歸り，蘇州刺史時代を回顧する，「よすが」としている。
　　　卷55・洛陽・祕書監・大和元年［827］・56歳
　　　　　2549「種**白蓮**」
　　　卷56・洛陽・河南尹・大和六年［832］・61歳
　　　　　2693「六年秋，重題**白蓮**」
　　　卷62・洛陽・太子少傅分司・大和八年［834］・63歳

2979「感**白蓮**花」

　　巻67・洛陽・太子少傅分司・開成三年［838］・67歳

　　3386「蘇州故吏」……不獨使君頭似雪，華亭鶴死**白蓮**枯。

［注13］　白居易は2345「詩解」の中で，「舊句時時改（舊句　時時に改む）」と言っている。那波本『白氏文集』巻61の3038「七月一日作」詩は，結句の後に「是一篇重出，而少異，故依舊存之。（是の一篇　重出す。而れども少しく異なる。故に舊に依りて之を存す）」という注が付いていて，同じ巻の少し前にある3029「雨歇池上」詩と後半が重複している。「七月一日作」を推敲，削除して「雨歇池上」詩としたと考えられなくもないし，後人による改變の可能性も皆無ではないが，「白氏の性癖から推すに，自ら加筆増補して「七月一日作」としたのではなかろうか。紹興本は，3038「七月一日作」詩だけを載せている。

［注14］　汪立名本『白香山詩集』では「微之整集舊詩及文筆爲百軸以七言長句寄樂天。樂天次韻酬之。餘思未盡，加爲六韻。（微之　舊詩及び文筆を整集して百軸と爲し，七言長句を以つて樂天に寄す。樂天　次韻して之に酬ゆ。餘思　未だ盡きず，加へて六韻を爲る）」となっている。

　　元稹が贈った七言律詩「郡務稍簡，因得整比舊詩，并連綴焚削封章［諫草］。繁委筐笥，僅逾百軸。偶成自歎，兼寄樂天。（郡務　稍や簡たり，因りて舊詩を整比し，并びに封章［諫草］を連綴，焚削するを得たり。筐笥に繁委し，僅んど百軸を逾ゆ。偶たま自歎を成し，兼ねて樂天に寄す）」に白居易は，2318「酬微之（微之に酬ゆ）」の七律で應えたが，それでも言い足りないので七言十二句からなる2391詩を追加したのである。

［注15］　3673「白氏文集後序」參照。

［注16］　3598「蘇州南禪院白氏文集記」・3608「香山寺白氏洛中集記」參照。

［注17］　3598「送後集往廬山東林寺，兼寄雲皐上人。（後集を廬山の東林寺に往けて送り，兼ねて雲皐上人に寄す）」參照。

第3章　交遊錄としての『白氏文集』

第1節　白居易をめぐる人々

［1］　侯權秀才

　……問其官名，則曰無得矣。問其生業，則曰無加矣。問其僕乘囊貲，則曰日消月朘矣。問別來幾何時，則曰二十有三年矣。……
　　（……其の官名を問へば，則ち曰はく，「得る無し」と。其の生業を問へば，則ち曰はく，「加はる無し」と。其の僕・乘・囊・貲を問へば，則ち曰はく，「日々に消え，月々に朘(しば)む」と。別かれてより幾何(いくばく)の時かを問へば，則ち曰はく，「二十有三年」と。……）

（1481「送侯權秀才序（侯權秀才を送る序）」）

　官職名を尋ねると，「官職は得ておりません」と言い，暮らし向きを尋ねると，「相變わらずです」と言う。從者や乘り物や大小の生活必需品を尋ねると，「日ごとに無くなり，月を追って乏しくなっています」と言い，別れて以來の時を尋ねると，「23年になります」と言う。

　23年前と言えば貞元十五年［799］。この年の秋，私（白居易）は**侯權**と共に宣城の刺史**崔衍**殿により，鄕貢進士に推擧された。翌年の春，私は長安で進士の試驗に合格。その後，いろいろ苦難を經たものの，まがりなりにも德宗・順宗・憲宗・穆宗の四代の朝廷に仕えてきた。なのに彼はいまだに不遇のまま。宣城で別れた時は，文才も志氣もお互いに拮抗していたというのに……。

　江州・忠州の地方官を經て中央に復歸した白居易は，すでに50歳。頭はすっかり白髮に覆われている。祝賀をきっかけに，つてを求めて現われた侯權は昔の受驗仲間。その慘めな姿を目(ま)の當りにした白居易は，「序」を認(したた)める筆を走らせながら28歳の頃を思い出していた。

［2］ 鄕貢進士

　2941「唐故溧水縣令太原白府墓誌銘幷序」は，叔父白季康が宣州の溧水縣令だったことを教えてくれる。貞元元年に白居易が宣州で鄕試を受けたのは，宣州が叔父の任地だったからであろう。當時，宣歙觀察使崔衍は宣州で善政を施し，州民からも幕僚からも敬愛されていた。苛酷な取り立てで得た稅收で私腹を肥やし，上納金で天子に取り入ることが當然のごとく行なわれていた時，崔衍は政務を簡便にし，勤儉を心がけることで州の財政建て直しを計っている。當時，節度使の多くは幕僚を疎略に扱う傾向にあったが，ひとり崔衍だけは彼等に禮を盡くし敬意をもって接し，幕中の士の多くが後に榮達したという。白居易の官途は，その崔衍によって開かれた。そして，侯權もまた崔衍に見出だされた人材の1人であった。27歲の白居易は，宣城でもう1人，重要な人物と出會っている。**楊虞卿**である。後にこの人の存在が，白居易の人生に大きく關わって來る。

［3］ 進士

　鄕試に合格した白居易は，翌，貞元十六年［800］，京師長安に赴き，進士の試驗に挑む。時の知貢擧［＊主席試驗官］禮部侍郎中書舍人**高郢**は，淸廉潔白な人格者であった。試驗官を擔當した3年の間，私的な推薦を拒絕し，試驗の公正を保った人である。「今禮部高侍郎爲主司則至公矣（今，禮部高侍郎，主司たれば，則ち至公ならん）」［1484「與陳給事書」］という白居易の言葉どおり，高郢は，「至公」を貫く人であった。そして，「蓋所依者文章耳。所望者主司至公耳。（蓋し依る所は文章のみ。望む所は主司の至公のみ）」［1484］と言う白居易と「程試［＊一定の方式を定めて試驗すること］」を重視した高郢との出會いは，まさに宿命とも言うべき出會いであった。座主高郢のもとに進士科に合格した門生は17人。數え年29歲で合格した白居易の成績は第4位。17人中の最年少であった。これ

以降，呉丹・鄭餘・杜元穎・崔玄亮といった同期の門生達との交際が始まる。

　進士科に合格した翌年，貞元十七年[801]，30歳の白居易は，喜びを母親に傳えるべく，洛陽に赴いた。

　この年，白居易と同期の合格者達は，高郢の座主である蕭昕の亭子(あずまや)に集まって高郢の太常卿昇進を祝賀する宴を催し，冬には，鄭餘の「林亭」に集まって同門の誓いを立てている。この時，白居易は同期生達に，「……他日昇沈者，無忘共此筵。(他日　昇沈する者，忘るること無かれ　此の筵を共にせしことを)」[0611詩]と呼びかけている。座主と門生，そして門生同士がいかに強い絆で結ばれていたかをうかがい知ることができる。

　17人中の出世頭は杜元穎。ただし，人間的にはだいぶ問題がある。父親の「官」は「卑」かったというから，この人もやはり寒門の出である。翰林學士時代に「手筆敏速」を憲宗に評價され，穆宗の卽位と同時に宰相の地位に就いている。異例の早さで出世した切れ者である。失脚して貶謫の地で64年の生涯を閉じた杜元穎は，臨終に及んでまで，上表して贈官を乞うたというから，かなりの俗物である。李德裕と親しかったことも注目しておく必要がある。一方，鄭餘は，うだつのあがらなかった同期生の1人である。白居易が河南尹の時に始めて長水縣令という狀態であった[2986詩]。呉丹もまた出世には緣の無い人であった。54歳の白居易がこの人のために綴った神道碑銘[2926]の序には「使途二十七年」「壽命八十二歳」と記されている。だいぶ年長の同期生である。

　4歳年上の**崔玄亮**は，白居易の親友の1人。共に書判拔萃科に合格した仲でもある。白居易は崔氏の墓誌銘[2940]の中で，「正氣直聲」を以って天子に極諫した崔玄亮を「國有人焉(國に人有り)」と稱贊している。白居易は，58歳で授かった男兒を3歳の可愛いさかりに失った時，その悲しみを親友の元稹と崔玄亮に知らせている。2881詩の冒頭2句は，讀む者の心を打つ。「書報微之晦叔知，欲題崔字淚先垂。(書して微之，晦叔に報じて知らせんとし，崔の字を題さんとして　淚　先づ垂る)……」。崔玄亮の宛名の「崔」の字が「崔兒」の「崔」と重なって泣いてしまうのである。劉禹錫は，白居易が元稹・崔群・崔玄亮を相次いで失った時，「樂天見示『傷微之、敦詩、晦叔』。三君子皆有深分。因成

是詩以寄。(樂天,『微之、敦詩、晦叔を傷む』を見せ示す。『三君子』は皆な深分有り。因つて是の詩を成し,以つて寄す)」と題する詩を作っている。生前,崔玄亮には 詩・琴・酒の「三癖」が有り,自ら「三癖詩」を作って劉禹錫に寄せている。湖州刺史となった崔玄亮は,杭州刺史の白居易に酒を贈り,蘇州刺史の白居易に「紅石」で作った「琴薦（琴を載せる臺)」を贈っている。價値のわかる人には惜しみなく物をあげる。そして,白居易はその價値のわかる人であった。2928「池上篇」の序に「……博陵崔晦叔,與琴韻甚清。(博陵の崔晦叔,琴を與ふ。韻甚だ清し)……」と記している。崔玄亮は,大和七年［833］七月十一日に虢州［＊洛陽と西安の間］の官舎で66歳の生涯を閉じた。臨終に際し,文字通り「知音」である樂天に「玉磬琴」を贈り,墓誌の執筆を依賴するよう遺族に言い遺したという。崔玄亮は死の間際まで白居易を思い,白居易は崔玄亮の死後もなお彼を思い續けた。

［4］ 書判拔萃科受驗

　禮部主催の資格試驗とも言うべき難關の進士科を突破した白居易は,任用試驗である吏部主催の試驗に向けて猛勉強を再開する。書判拔萃科を受驗したのは,祖父白鍠の「鍠」が博學宏詞科の「宏」と同じ音であることから諱を避けたのだという。この時の主持は吏部侍郎鄭珣瑜。貞元十九年［803］十二月に高郢と共に宰相になる人物である。早くに父を亡くした鄭珣瑜もまた寒門の出であった。

　貞元十八年［802］十一月から貞元十九年［803］三月にかけて,吏部の試驗が實施された。この時,宏詞科には呂炅と王起が,拔萃科には元・白と李復禮・呂穎・哥舒恆そして崔玄亮が合格している。この8人の中で,元稹と崔玄亮のほかに注目すべき人物は王起である。**王起**は,白居易が會昌六年［864］75歳で亡くなった翌年の大中元年［847］に88歳で亡くなっている。白居易より12歳年長で,しかも白居易より長生きした同期生である。王起は,人材を見拔く眼力と拔群の記憶力とを有していた。後に記す「進士科再試驗事件」の時には,

第3章　交遊録としての『白氏文集』　　271

白居易と共に再審査に當たっている。

　大和二年［828］，蝗と旱魃によって穀物の價格は急騰していた。豪門はこれに便乘して暴利を目論んだ。その時，河中節度使であった王起は，法によって隱匿を禁じ，穀物を市場に放出させることで人民を救濟している。ところが，おもしろいことに，自分の家の經濟には無頓着で，俸給を使用人にかすめとられて貧窮してしまう。氣の毒に思った文宗は，雅樂を司る「仙韶院」の費用を割いて「錢二十萬」を毎月支給した。それで，「伶官［＊樂官］」と給料を分かつのは恥ずべきことだと批判されたという。

　王起もまた氣前のいい人であった。白居易が洛陽の履道里に新居を構えた時，池の橋を造る費用を援助している。白居易は，資金援助をしてくれた王起と勞働奉仕をしてくれた3人の部下に感謝して，「弊宅須重葺，貧家乏羨財。橋憑川守造，樹倩府僚栽。（弊宅は須(すべから)く重ねて葺(ふ)くべきも，貧家は羨財に乏し。橋は川守に憑りて造り，樹は府僚に倩［＊＝請］ふて栽う）……」［2399 詩］と詠っている。その後，王起が，「あの橋はどうなっているかね？」と尋ねると，「あなたと離れている間にだいぶ修理しました」［2793 詩］と答えたりもしている。この朱(あか)い橋は，2人の心の懸け橋であった。

［5］　校書郎

　任用試驗に合格した白居易は，7歳年下の元稹と共に祕書省校書郎を授かり，月に「俸錢一萬六千」を得て，馬1頭と下僕2人を持てる身分になった。借家住まいではあるが，窓から竹を眺めることもできれば，門を出て酒を買いに行くこともできる。長安の常樂里（J-6）は，東市に隣接していて，買い物にも通勤にも便利なところである。白居易は，その常樂里内の關播の私邸の東亭を借りた。そこへ親しい仲間を招きたくて五言三十二句の閑適詩 0175「常樂里閑居……」を作って呼びかけた。劉公興・王起・呂炅・呂穎・崔玄亮・元稹・劉敦質・張仲方の8人のうち5人は同期生。長安で得た友である。**劉敦質**は，間も無くこの世を去る。0016「哭劉敦質（劉敦質を哭す）」詩で，白居易は，「……

愚者多貴壽，賢者獨賤迍。(愚者は多く貴壽なるに，賢者は獨り賤迍 [＊「迍」は伸び惱むこと]) ……」と嘆く。「雅」にして「儒風」を有する劉敦質の人柄を白居易は愛した [0608 詩の句注]。白居易は，宣平坊 (I-8) に在った彼の住まいを通りかかっては思い出し [0629 詩]，長安郊外の藍田縣に在る感化寺の「破窗」の前の「塵埃」にまみれた「壁上」に記された劉敦質の名前を見ては思い出している [0783 詩]。47 歳の江州司馬白居易は病床の中で亡き友の夢を見た。それは長安城の通化門外に在る章敬寺に一緒に出掛けている夢であった。

　貞元二十年 [804] 九月，白居易は，**李紳**と靖安里 (G-9) の元稹の居所で知り合い，それ以來，李・元を「忘形」の友としている。0219「效陶潛體詩十六首 (幷序)」其七で白居易は「……我有忘形友，迢迢李與元。(我に忘形の友有り，迢迢たり李と元と) ……」と言っている。李紳は，親友元稹と同樣，外形的なことを忘れて心を通わせることのできる人であった。諷諭詩を作って文學を政治に生かそうとした同志でもある。この人もまた苦學し，文學を武器に成り上がった人である。『舊唐書』「李紳傳」は，この人の生い立ちを，「紳六歲而孤。母盧氏敎以經義。(紳，六歲にして孤なり。母の盧氏，敎ふるに經義を以つてす)」と記している。そして，「紳形狀眇小而精悍，能爲歌詩。(紳は形狀眇小にして精悍，能く歌詩を爲す)」と續けている。この人の渾名「短李」は，その小柄な體格に由來する。同年齡ということもあって，白居易と意氣投合した時代もあるが，途中，穆宗に召されて翰林學士となり，元稹・李德裕と共に「三俊」と稱されるあたりから，2 人の關係に龜裂が生じてくる。そして長慶元年 [821] の「重試」事件を迎える。この「進士科再試驗」騷動については後述する。時代は一氣に會昌六年 [846] に飛ぶ。この年の七月に淮南節度使李紳は任地で亡くなる。白居易も八月に洛陽で 75 歳の生涯を終える。そして王起もまたその翌年，88 歳の長壽を全うする。3659「予與山南王僕射起、淮南李僕射紳事，歷五朝，踰三紀。海內年輩，今唯三人榮路，雖殊交情不替。聊題長句，寄擧之、公垂二相公。(予　山南王僕射起、淮南李僕射と與に事へて五朝を歷，三紀を踰ゆ。海內の年輩，今唯だ三人，榮路　殊なると雖も，交情　替はらず。聊か長句を題し，擧之、公垂二相公に寄す)」詩は，2 人が交わした最後の記錄である。

第3章　交遊錄としての『白氏文集』

白居易は，宰相にまでなった2人を「鸞鳳」と稱え，自分を野田の鶴になぞらえた上，「曾ての同僚だと言っても誰も信じまい」と詠っている。

校書郎時代に知り合った李建を，8歳年下の白居易は，兄のごとく慕い，一番若い元稹と3人で「死生の分」（元稹「唐故中大夫尙書刑部侍郎上柱國隴西縣開國男工部尙書李公墓誌銘」）を定めた。吏部侍郎鄭珣瑜は，李建の校書郎としての働きぶりを見守っており，宰相になってから德宗に薦めて翰林院に入れ，左拾遺に取立てている。また柳宗元は，長安で翰林學士の李建と知り合い，永州に左遷されてからも文通を續けている。「與李翰林建書（李翰林建に與ふる書）」には，「……州傳遽至，得足下書。又於夢得處，得足下前次一書。……僕在蠻夷中，比得足下二書。及致藥餌，喜復何言。……敦詩在近地，簡人事，今不能致書。足下默以此書見之。（州傳　遽に至り，足下の書を得，又た夢得の處に於いて足下の前事の一書を得たり。……僕　蠻夷中に在つて，比ごろ足下の二書を得たり。藥餌を致されしに及んでは，喜び復た何んと言はん。……敦詩は近地［＊皇城を言う］に在つて，人事を簡［＊交際を制限し控える］したれば，今は書を致す能はず。足下，默して此の書を以つて之に見せよ）……」と記されている。李建は，柳宗元や劉禹錫，それに崔群とも親しかった。しかも，憲宗に奏上して李建を殿中侍御史にしたのは御史大夫高郢である。李建と白居易は共通の友人と恩人を持っていた。『舊唐書』「李建傳」は，「建字杓直，家素清貧，無舊業。與兄造，遜於荊南躬耕致養，嗜學力文。……建名位雖顯，以廉儉自處，家不理垣屋，士友推之。（建，字は杓直。家，素より清貧にして，舊業無し。兄の造，遜と與に荊南に躬ら耕して養を致し，學を嗜んで文に力む。……建，名位顯はると雖も，廉儉を以つて自ら處し，家　垣屋を理めず。士友　之を推す）……」と記している。白居易と同じ境遇で同じ友を持ち，同じ人に認められているのは，單なる偶然ではない。寒門の士が門閥に對抗するには，「文」という共通の志を核に結束し，「運命共同體」として互いに協力し合う必要があった。そうした，時代背景が，彼等をめぐり逢わせ，結び付けた。その根底には利害が働いている。しかし，純粹な友愛は利害を超越する。五言古詩0201「寄李十一建（李十一建に寄す）」は，名利を忘れさせてくれる李建の人間的魅力を傳え

ている。

外事牽我形　　外事　我が形を牽き
外物誘我情　　外物　我が情を誘ふ
李君別來久　　李君　別れてより久しく
徧畣從中生　　徧畣　中より生ず
憶昨訪君時　　憶ふ昨ごろ　君を訪ひし時
立馬扣柴荊　　馬を立て　柴荊を扣けり
有時君未起　　有時は　君未だ起きず
稚子喜先迎　　稚子　喜んで先に迎へり
連步笑出門　　連步して　笑つて門を出で
衣翻冠或傾　　衣は翻り　冠　或は傾く
掃階苔紋綠　　階を掃へば　苔紋　綠に
拂榻藤陰清　　榻を拂へば　藤陰　清し
家醞及春熟　　家醞　春に及んで熟し
園葵乘露烹　　園葵　露に乘じて烹る
看山東亭坐　　山を看て　東亭に坐し
待月南原行　　月を待ちて　南原に行く
門靜唯鳥語　　門は靜かに　唯だ鳥語のみ
坊遠少鼓聲　　坊は遠くして　鼓聲少なり
相對盡日言　　相對して　盡日　言り
不及利與名　　利と名とに及ばず
分手來幾時　　手を分かちてより　幾時ぞ
明月三四盈　　明月　三・四たび盈つ
別時殘花落　　別れし時は　殘花落ち
及此新蟬鳴　　此に及んで　新蟬鳴く
芳歲忽已晚　　芳歲　忽ち已に晚れ
離抱悵未平　　離抱　悵として未だ平かならず

豈不思命駕	豈に駕を命ぜんことを思はざらん
吏職坐相縈	吏職　坐ろに相縈はる
前時君有期	前時　君　期する有り
訪我來山城	我を訪つて　山城に來たれ
心賞久云阻	心賞　久しく云に阻まる
言約無自輕	言約　自ら輕んずること無かれ
相去幸非遠	相去ること幸に遠きにあらず
走馬一日程	馬を走らすこと一日の程

當時，李建は，長安城東南隅の曲江（J-13）の近く住んでいた［0320 詩］。盩厔縣尉の白居易は，楊家と同じ樣に，いそいそと李建宅を訪れた。「平生相見卽眉開，靜念無如李與崔。（平生　相見て卽ち眉開き，靜かに念ふこと　李と崔の如きは無し）……」［0959 詩］と詠うごとく，李建は，崔韶と同樣，會っていると嬉しくなる人であった。「徧客」（＊物欲や名利にこだわる心）から解放してくれる人であった。元和十年［815］秋，白居易は，左遷され慌しく江州に旅立つ日，見送りに來てくれた李建と別れを惜しみ，「……蕙帶與華簪，相逢是何日。（蕙帶と華簪と，相逢ふは是れ何れの日ぞ？）」［0489 詩］と詠っている。長慶元年［821］二月二十三日，李建，急逝。享年 58 八。「金丹」を作りそこなっての中毒死と推定される。韓愈は，「藥を以つて敗する者」の 1 人に李建の名を擧げている（「故太學博士李君墓誌銘」）。白居易は，1266 詩の題に，「……以藥術爲事（藥術を以つて事と爲す）……」と記し，「金丹同學都無益（金丹　同に學ぶも都て益無し）」と詠っている。李建は，突然あの世に旅立った。烏紗帽と思い出を殘して。「昔君烏紗帽，贈我白頭翁。帽今在頂上，君已歸泉中。（昔　君　烏紗帽もて，我が白頭の翁に贈れり，帽は今頂上に在り，君は已に泉中に歸す）……」と詠う 0345「感舊紗帽（舊き沙帽に感ず）」の詩題に付けられた自注には，もの悲しく「帽卽故李侍郎所贈（帽は卽ち故李侍郎の贈くる所なり）」と記されている。

元宗簡，河南の人，字は居敬。この人も校書郎時代以來の友である。白居易

は，1489「與元九書（元九に與ふる書）」の中で，張籍の古樂府、李紳の新歌行、盧拱と楊巨源の律詩、竇鞏と元宗簡の絶句に注目している。元宗簡は，とりわけ七言絶句を得意としていたらしく，元稹は，「見人詠韓舍人新律詩，因有戲贈。（人の韓舍人の新律詩を詠むを見，因りて戲れに贈る有り）」と題する詩の句注に「侍御八兄能爲七言絶句（侍御八兄は能く七言絶句を爲る）」と記している。「元八」と呼ばれるので「元九」と紛らわしいが，元宗簡は元稹の家族ではない。九歲程年上［1236 詩］の元宗簡に對して白居易は，親しみをこめて「元兄」［1220 詩］と呼びかけている。白居易が 50 歲で長安に復歸した時，元宗簡は病んでいた。柿の葉が染まる頃，かつて共に行く春を惜しんだ慈恩寺を，白居易は 1 人訪れ，「なにか悲しいことでも？」と自分に問いかける。そして，「李家哭泣元家病（李家は哭泣し　元家は病めり）」［1252 詩］と暗く答える。李建を春に失ない，それでなくとも悲しい秋に元兄は病氣。白居易は，やがて燃え盡きる柿の葉の最後の色を見つめていた。冬を越し，櫻桃の花咲く頃，元宗簡は昇平坊（I-9）の西にある邸宅で長逝した。進士に擧げられてより，御史府、尙書郎を經て京兆少尹に終わるまでの 20 年間に，元宗簡は 20 卷の文集を遺していた。「吾生平酷嗜詩。白樂天知我者。我歿，其遺文，得樂天爲之序，無恨矣。（吾れ　平生　酷だ詩を嗜む。白樂天は我を知る者なり。我　歿して，其の遺文　樂天之が爲に序するを得れば，恨み［＊心殘り］無し）」そう言い遺して世を去った。序文を依賴された白居易は，中書舍人から杭州刺史―右庶子―蘇州刺史と 3 たび官を換え，4 年の間に，長安―杭州―洛陽―蘇州を往復した。白居易は，氣にしつつも序文をしたためることなく，54 歲の冬を迎えた。政務が一段落着いた夜，白居易は，帙にくるんで筐に入れて置いた居敬の卷軸を取り出し，燭下に軸を開き，そこに記された 1 文字 1 文字から「金玉の聲」を聞いた。「古淡而不鄙，新奇而不怪。（古淡にして鄙ならず，新奇にして怪ならず）」という，その人柄のごとく調和のとれた作品群の中に，唱和詩が數十首收められていた。「……潛惻久之，怳然疑居敬在旁，不知其一生一死也。（潛測する［＊傷み悲しむ］こと之を久しくし，怳然として［＊夢のように］居敬の旁に在るかと疑ひ，其の一は生き一は死せるを知らざるなり）……」。白居易は，いろいろなことを思い出

第3章　交遊録としての『白氏文集』　　277

した。……新昌里 (J-8) に新居を構えた時，「……莫羨昇平元八宅，自思買用幾多錢。(羨む莫かれ　昇平　元八の宅，自ら思へ　買ふに用ゐしは　幾多の錢なるかを)」[1230 詩] と自ら言い聞かせたこと。「……城中展眉處，只是有元家。(城中　眉を展く處は，只だ是れ元家有るのみ)」[1209 詩] などと言いながら茶を啜ったこと。江州に左遷される前，平素最も親しい元兄の隣に家を建てようと思ったこと [0812 詩]。雨の中を元稹の詩卷を持っておしかけたこと [0844 詩]。忠州で王質夫の死を知った時，昇平里の元家で，「開眉一見君 (眉を開いて一たび君を見)」[0551 詩] たいと思ったこと。忠州から長安に戻った時，かつての同僚は皆，昇進して肩で風を切っているというのに，2 人だけ一番低い官服の靑袍をまとっていたこと [1221 詩]。春の花の季節に京兆府少尹に昇格されたと知っても，宿直に次ぐ宿直で祝賀もままならなかったこと [1220 詩]。3 日早く緋の衣を着られるようになったと言って，年甲斐も無くはしゃいだこと [1222 詩]。「章句」の中に彼の全てが祕められていた。「遂援筆草序，序成復視，涕與翰俱。(遂に筆を援せ，序を草し，序　成りて復た視，涕　翰と俱なふ) ……」。白居易は，蘇州吳郡の西園の北齋の東牖の下で，涙ながらに序 [2913] を綴った。時に寶曆元年 [825] 冬，十二月八日。短い陽は既に落ちていた。

　崔咸この人は「竹林の七賢」を思わせる不思議な魅力を持っている。元和二年 [807]，禮部侍郎崔邠が知貢擧の時に，白行簡・竇鞏らと共に進士に登第。その後，博學宏詞科にも合格している。鄭餘慶も李夷簡も一目置き，師友のごとく接したと言う。宰相裴度が宴席を設けた時のことである。反對派李逢吉に組みする京兆尹劉栖楚が，良からぬことを裴度に耳打ちしていた。それを不快に思った崔咸は，「宰相殿が耳打ちを許すというのはいけませんなぁ。罰杯としてその爵 (酒器) をお干し願いたい」と言った。裴度が笑って飲み干すと，劉栖楚は居たたまれなくなってその場を逃げ去ったという。痛快な逸話は，まだ有る。彼が陝虢觀察使だった頃の話である。崔咸は，朝から晩まで賓客や同僚と飲み續け，ずっと酩酊狀態でいた。未決の公文書が，山と積まれた。夜，やおら仕事を始めた崔咸は，次々と適確な裁決を下し，しかも少しの手落ちも無かった。それを見た下役は，「神技！」と稱えた。『新唐書』は，この人の傳記をこ

う結んでいる。「咸素有高世志, 造詣巇遠。閒游終南山, 乘月吟嘯, 至感慨泣下。諸文中, 歌詩最善。(咸, 素と高世の志有り。造詣巇遠なり。閒り終南山に游び, 月に乘じて吟嘯し, 感慨して泣下るに至る。諸文中, 歌詞最も善し)」と。崔咸は, 酒を好み, 高詠放吟することで死生を忘却していた。病氣でいよいよ最期と悟った崔咸は, 自分で自分の墓誌銘を書いている。そのことを白居易は, 3170詩の題注に記している。崔咸は, 陶淵明にならって「自ら祭る文」を作った。そして白居易もまた,「醉吟先生傳」[2953] と「醉吟先生墓誌銘」[3798] を作っている。白居易は, 崔咸に陶淵明の姿を見ていたのかもしれない。弟の白行簡の『白郎中集』の序は, この人に書いてもらうつもりでいた。兄弟ぐるみの付き合いをしていた崔咸が亡くなった時, 白居易は, 2946「祭崔常侍文(崔常侍を祭る文)」を綴り,「……嗚呼！居易兄弟, 與公伯仲, 前後科第, 同登者四五。辱爲僚友三十餘年。又膳部房, 與公同風塵之遊, 定膠漆之分。……嗚呼！重易！平生知我。寢門一慟, 可得而聞乎？嗚呼！重易！平生嗜酒。奠筵一酌, 可得而歆乎？(嗚呼！居易兄弟, 公の伯仲と與に前後して科第し, 同に登る者四・五, 僚友爲るを辱くすること三十餘年。又た膳部房 [*白行簡の當時の官職], 公と聲塵の遊を同にし, 膠漆の分を定む。……嗚呼！重易 [*崔咸の字]！平生我を知る。寢門一慟, 得て聞く可けんや？嗚呼！重易！平生酒を嗜む。奠筵の一酌, 得て歆く可けんや？)……」と泣き聲で呼びかけている。

　白居易の受驗勉強はさらに續く。今度は, 元稹と永崇坊(H-19)の華陽觀に立て籠もっての樂しい苦行である。2人は, 好敵手と對峙し, 互いに競爭心を煽り, 制擧に向かって驀進した。

[6] 才識兼茂・明於體用科受驗

　天子みずからが制して行なう制擧は, 憲宗の元和元年 [806] 四月に實施された。ただし, 正月に崩った順宗の喪中であり, かつ「制擧の人は皆な先朝の徵する所」ということで「親しく試せず」という異例の形式となった。時の中書舍人は,「雅厚信直 [*氣品が有り, 溫厚で信義を大切にし, 實直な人柄]」と稱えられた張

第3章　交遊録としての『白氏文集』　　　279

弘靖。共に制策を考査したのは「沈厚寡[＊温厚でもの靜か]」なる韋貫之。2人とも後に宰相となっている。こうした名臣達の厳しい目で，白居易と元稹の答案は審議された。才識兼茂・明於體用科の合格者16名のうち，元稹が首席，次が韋處厚，第3位が獨孤郁，白居易は第4位であった。後に宰相となる**韋處厚**は，佛門の友。また獨孤郁は，元和四年[809]十月，宦官，吐突承璀を將帥にすることに白居易と共に抗議している。韋貫之が宰相を退く時，連座して果州刺史となる崔詔もまた同期合格者。そして，同期の出世頭の1人蕭俛は，代々宰相を輩出してきた名門の出で令狐楚や皇甫鎛(こうほはく)らと共に貞元七年[791]に進士に合格している。穆宗即位の月に，令狐楚に推されて宰相となる人である。「舊唐書」は「蕭俛傳」に「俛性嫉惡(俛　性　惡を嫉(にく)む)」「俛性介獨，持法守正。(俛　性　介獨にして，法を持し，正を守る)」と記している。

[7]　盩厔縣尉

　才識兼茂・明於體用科首席合格者の元稹は左拾遺となり，白居易は盩厔縣尉となった。盩厔縣の城南には仙遊山が在り，そこに時代離れした隠者が住んでいた。**王質夫**である。陶淵明や謝靈運を思わせる詩を詠み，嵆康や阮籍を髣髴とさせる風格を持ち，俗界の雑事を忘れさせてくれる人であった。「林閒暖酒燒紅葉，石上題詩掃綠苔。(林閒に酒を暖めて紅葉を燒き，石上に詩を題して綠苔を掃く)……」[0715詩]という名句も0596「長恨歌」もこの人との出會いによって生まれた。縣尉の白居易は，王質夫と共に秋山に遊び[0182詩]，翰林學士となってからも禁中で王質夫を懷しみ[0400詩]，忠州刺史の時には，「征西」の幕僚として從軍中の王質夫に詩を寄せている[0532詩]。その王質夫と仙遊寺の前で別れて十餘年，白居易は忠州でその死を知る。「……驚疑心未信，欲哭復踟躕。踟躕寢門側，聲發淚亦俱。衣上今日淚，篋中前月書。(驚き疑ひ　心　未だ信ぜず，哭せんと欲して復た踟躕す。寢門の側に踟躕し，聲　發して　淚も亦た倶(とも)なふ。衣上　今日の淚，筐中　前月の書)……」[0547詩]。先月，王質夫からの手紙を受けとったばかりであった。白居易は，お氣に入りの仙遊寺で，

陳鴻や王質夫と酒を酌み交わし，談笑し，時には獨りで宿泊したりもしている［0185 詩］。しかし，都が戀しくなると靖恭里（J-7）の楊汝士の家におしかけ，そのまま泊めてもらう［0641 詩］。そして，ほろ醉い氣分で歸って來る［0642 詩］。盩厔縣は長安の西約 50km。程良い距離に位置していた。

楊汝士は，楊虞卿の從兄。そして，やがて白居易の義兄となる人である。白居易が「楊家に宿る」［0641 詩］を詠んだ元和二年［807］の時點では，楊家の汝士も虞卿もまだ進士になっていない。白居易は，彼等に合格の祕訣を教え，知人を紹介したに違いない。白居易の 1483「與楊虞卿書（楊虞卿に與ふる書）」に，「……始於宣城相識，迫于今十七八年，可謂故矣。又僕之妻即足下從父妹，可謂親矣。……足下未應擧時，……雖不得第，僕始愛之。……及與獨孤補闕書，……與盧侍郎書，……與高相書，……志益大而言益遠。（始め宣城に相識り，今に造(いた)るまで十七・八年，故と謂ふ可し。又た僕の妻は，即ち足下の從父妹，親と謂ふ可し。……足下　未だ擧に應ぜざる時，……第するを得ずと雖も，僕始めて之を愛す。……『獨孤補闕に與ふる書』……『盧侍郎に與ふる書』……『高相(しゃう)に與ふる書』……に及んでは……志　益々大にして，聲　益々遠なり）……」とある。「獨孤補闕」は獨孤郁。「盧侍郎」は盧坦。『舊唐書』「憲宗本紀（上）」に「（元和五年十二月）……以前宣歙觀察使盧坦爲刑部侍郎。（前宣歙觀察使盧坦を以つて刑部侍郎と爲す）……」とあり，『舊唐書』「白行簡傳」に，「……元和中，盧坦鎭東蜀，辟爲掌書記。（元和中，盧坦　東蜀を鎭(まも)り，辟(ま)かれて掌書記と爲る）……」とある。「高相」は高郢。3 人とも白居易ゆかりの人物である。楊虞卿は元和五年［810］に，楊汝士はその前年に進士に登第している。親友でもあり，妻の親戚でもある楊一族のために白居易は出來得る限りのことをしたはずである。

楊虞卿，この人は，李宗閔と親しく「牛・李の黨」の一員とみなされている。また名宰相楊於陵とその子楊嗣復の同族である。楊虞卿は，人脈にはこと缺かない立場にいた。劉禹錫は，「東城南陌昔同游，坐上無人第二流。（東城南陌昔の同游，坐上　人の第二流なるは無し）……」[「寄毗陵楊給事（毗陵の楊給事に寄す）」三首の三] と詠っている。白居易とは宣州で知り合って以來の舊友

で，白居易が楊汝士の妹を妻に迎えてからは親戚となる。正史に記されたこの人の評判は，決して良くはない。「虞卿性柔佞，能阿附權幸以爲姦利。每歲銓曹貢部，爲擧選人馳走取科第，占員闕，無不得其所欲，升沉取捨，出其脣吻。（虞卿，性　柔佞にして，能く權幸に阿附して以つて姦利を爲す。每歲　曹を貢部に銓(はか)り，擧選の人の爲(ため)に馳走して科第を取り，員の闕けたるを占め，其の欲する所を得ざるなし。升沉取捨，其の脣吻に出づ）……」（『舊唐書』「楊虞卿傳」）。この人の口先ひとつで官職に就けたり就けなかったり，官位が上ったり下ったりしたという。この人は面倒見の良い人だったらしく，『唐摭言』は，「……遇前進士陳商，啓護窮窘。公未相識問之倒囊以濟（遇たま前進士陳商，窮窘を啓護[＊救いを求める]す。公[＊＝虞卿]　未だ相識らざるに，之に問ひて，囊[＊財布]を倒(さかしま)にして以つて濟ふ）」と記している。苦學生には財布の底を叩いてまで救援の手を差し延べる。そんな一面も有った。白居易も，1483「與楊虞卿書（楊虞卿に與ふる書）」の中で，貧困と病氣に喘ぐ李弘慶や冤罪で獄に下された崔行儉の家族の面倒を見る楊虞卿の優しさを記している。白居易が江州へ流されて行く時，馬を飛ばして，辛うじて城外の滻水で追い付き，手を執って別れを惜しんでくれた人。罪無くして左遷された無念をぶちまけることのできる人。それが楊虞卿であった。『新唐書』「楊虞卿傳」は，楊虞卿の父君楊寧が陽城と親しかったことを記している。「陽城爲諫議，以正事其君。（陽城　諫議と爲り，正を以つて其の君に事ふ）……」[0023 詩]，「……直諫從如流，佞臣惡如疵。（直諫　從はるること流れの如く，佞臣　惡むこと疵の如し）……」[0102 詩]と絶贊する陽城の話を，白居易は楊虞卿からも聞いていたに違いない。大和七年[833]三月，宰相李德裕に睨まれた給事中楊虞卿が常州刺史に出される時，62歲河南尹白居易は，「……五十得三品，百千無一人。須勤念黎庶，莫苦憶交親。（五十にして三品を得たるは，百千に一人も無し。須らく勤めて黎庶[＊民眾のこと]を念ひ，苦だ交親を憶ふこと莫かれ）……」[3085 詩]と元氣づけている。大和八年[834]十二月，常州刺史楊虞卿は工部侍郎として長安に復歸し，大和九年[835]四月には京兆尹に轉じている。この年の六月，長安に不氣味な噂が流れた。鄭注が文宗のために子供の內臟を抉って仙藥金丹を調合するため，ひそ

かに無數の子供をさらっているというのである。この噂を聞いた文宗は不快に思い，鄭注も身の置き場を無くした。平素，楊虞卿の「朋黨」[＊派閥]を憎んでいた御史大夫李固言は，この時とばかり，「よからぬ噂が，京兆尹の從人から廣まっていることを突き止めました」と上奏した。怒り狂った文宗は，卽刻，楊虞卿を投獄した。これがもとで京兆尹楊虞卿は，虔州司馬から虔州司戶へと貶され，任地で世を去る。白居易は，夏の暑い盛りに南の果て虔州[＊江西省贛縣]に居る楊虞卿を思いやって，「……如何三伏月，楊尹謫虔州。(如何ぞ三伏の月，楊尹　虔州に謫せらる)」[3036詩]と詠い，虔州から遺骸となって洛陽に歸った師皐[＊楊虞卿の字]を偲んで，「……何日重聞掃市歌，誰家收得琵琶妓。(何れの日か重ねて聞かん『掃市の歌』，誰が家か　收め得たる琵琶の妓)……」[3041詩]と詠んでいる。生前，楊虞卿は琵琶が好きで，「英英」という若い家妓が亡くなった時，劉禹錫と3人で傷詩[2710詩]を唱和し合ったこともある。晚春，遠く常州[＊江蘇省武進縣無錫の近邊]の毘陵から茶を送ってくれたこともあった。醉うと，よく師皐は得意の「掃市歌」を詠ったものだ。……そんなことどもを，白居易はしみじみと思い出していた。

[8] 集賢殿校理・翰林院學士

　元和二年[807]は白居易にとって記念すべき年となった。秋に集賢殿校理となり，十一月五日には翰林院學士となる。弟の白行簡も進士に登第している。この年，白居易は，四年前に知り合った李建をはじめ，裴垍・李絳・崔群・錢徽といった錚々たる名臣と翰林院で肩を並べている。
　裴垍。この人は血筋も人柄も第一級。しかも弱冠にして進士に登第。貞元十年(794)に賢良方正・能直言極諫科に首席で合格している。吏部侍郎鄭珣瑜は，考功員外郎の裴垍に「詞」「判」の審査を依頼している。從って，白居易の書判拔萃科の答案にも眼を通していたはずである。この時，裴垍は「守正，不受請託。(正を守り，請託を受けず)」[『舊唐書』「裴垍傳」]，「研覈精密[＊答案を嚴密に審査したこと]」[『新唐書』「裴垍傳」]であったという。元和の初め，翰林院學士

第3章　交遊録としての『白氏文集』

となった裴垍は，李絳と崔群を自分と同列の翰林院學士に引き入れ，元和三年[808]九月，宰相となるや，韋貫之と裴度を知制誥に，李夷簡を御史中丞に拔擢している。惜しいことに裴垍は全盛期に中風で倒れ，元和六年[811]十二月にこの世を去ってしまう。白居易より4歳年長，まだ44歳の働き盛りであった。白居易は，晚年の裴垍を「……心苦頭盡白，纔年四十四。（心苦しみ　頭　盡く白し，纔かに年四十四なるに）……」[0234 詩]と詠んでいる。歿後にはその生前を思い出して，「……裴相昨已夭，薛君今又去。（裴相　昨ごろ已に失ひ，薛君　今又た去る）……」[0048 詩]と悲しみ，「五年生死隔，一夕魂夢通。……今朝爲君子，流涕一霑胸。（五年　生死　隔たり，一夕　夢魂　通ず。……今朝　君子の爲に，涕を流して　一たび胸を霑（うるほ）す）」[0460 詩]と哀惜している。

李絳。この人もまた元和初期の名臣の1人。「孜孜以匡諫爲己任（孜孜（しし）として匡諫を以つて己が任と爲す）」[『舊唐書』「李絳傳」]という正義感の強い人であった。白居易はこの人に危ないところを救ってもらっている。元和五年[810]，賊臣王承宗討伐が難航していた時，白居易は出兵停止を上奏し，「前後已獻三狀（前後已に三狀を獻）」じ，その 1967「請罷兵（兵を罷めんことを請ふ）第三狀」の中で「詞既繁多，語亦懇切。（詞　既に繁多にして，語も亦た懇切なり）」と記し，「伏望，讀臣此狀一・二十遍，斷其可否，速賜處分。（伏して望む。臣の此の狀を讀むこと一・二十遍，其の可否を斷じ，速（すみやか）に處分を賜らんことを）」と迫った。しかも，勢い餘って，「陛下誤れり！」[『新唐書』「白居易傳」]と言ってしまったのである。顔色を變えて退出した憲宗は，李絳に「我叵堪，此必斥之！（我れ　此れに堪へ叵（がた）し。必ず之を斥けん！）」と怒りをぶちまけた。この時，李絳は，「陛下啟言者路，故群臣敢論得失。若黜之，是箝其口，使自爲謀，非所以發揚盛德也。（陛下，言ふ者の路を啓（ひら）けり。故に群臣敢て得失を論ず。若し之を黜（しりぞ）くれば，是れ其の口を箝（ふさ）ぎ，自ら謀（はかりごと）を爲（な）して，以つて盛德を發揚する所に非ざらしむるなり」[『新唐書』「白居易傳」]と諭（さと）している。實に鮮やかな辯護である。大和四年[830]，59歳の白居易は，洛陽で李絳の死を知り，2933「祭李司徒文（李司徒を祭る文）」の中で，「……居易應進士時，以鄙劣之文蒙公稱獎。在翰林日，以拙直之道，蒙公扶持。（居易　進士に應ぜし時，鄙劣

の文を以つて，公の稱奬を蒙れり。翰林に在りし日，拙直の道を以つて，公の扶持を蒙れり）……」と偲んでいる。祭文は，その悲惨な最期を「遭罹禍亂（禍亂に遭罹す）」とだけ記している。

「禍亂」は宦官によって仕組まれた。財を貪り天子の恩寵をかさにきていた監軍使楊叔元は，前から李絳を憎んでいた。前年，南蠻が西蜀に攻め込んできた時，山南西道節度使李絳は，千人の兵を募り，蜀に赴いた。ところが，蠻軍が途中で退却したため，募卒を解散し，食料だけを與えて特に恩賞を與えることをしなかった。楊叔元は，その不滿を煽って兵卒の暴動を引き起こした。たまたま酒宴の最中に亂兵が雪崩込んだ。不意を突かれた李絳は「節（はたじるし）」だけを握りしめ，城壁に驅け登った。武將王景延は力戰して警護に當たったが，力盡きて討ち死にした。側近は，李絳に綱を使って姫墻（めがき）から逃げるよう促した。しかし，李絳はそれに從わず，慘殺されてしまう。時に67歳。この時，白居易は太子賓客分司の閑職に在って，龍門や平泉の友と詩を交わしていた。

崔群。中唐の名士が絶賛する折紙付きの名臣である。柳宗元は，「送崔群序（崔群を送る序）」の中で，「敦柔深明，沖曠坦夷。［＊溫和で思慮深く，些細なことにこだわらない性格］」の李建は崔君の「和」を慕い，「厲莊端毅，高朗振邁。［＊嚴格で剛毅朴訥，高潔で明朗豪快。］」なる韓泰は崔君の「正」を「說（よろこ）」んだと言っている。劉禹錫もまた，「擧崔監察群自代狀（崔監察群を擧げて自ら代はるの狀）」の中で，「在諸生中，號爲國器。（諸生の中に在りて，號して國器と爲す）」と記している。白居易は，同じ年に生れ，同じ日に翰林院學士となった崔群に，憧れと畏敬の念を抱いたに違いない。崔氏は山東の名門，しかも崔群は，19歳の若さで李絳，韓愈らと同期の進士科に，そして23歳の若さで裴垍・裴度・皇甫鎛・王仲舒らと同期の賢良方正・能直言極諫科に合格している。母の喪に服して下邽に退去していた40歳の白居易は，その年に齒を1本失い，白髮混じりの頭を見つめながら老病を嘆いていた。その頃，同年齢の崔群は，中書舍人として中央で活躍していた。白居易は「容光方灼灼（容光　方に灼々）」たる崔群と自分とを比較して，「……始知年與貌，衰盛隨憂樂。（始めて知る　年と貌とは，衰盛憂樂に隨ふ）……」［0483詩］と慨嘆している。崔群は，元和十一年［817］，46歳の

第3章　交遊錄としての『白氏文集』

若さで宰相にまでなっている。この人の宿敵は皇甫鎛。そして皇甫鎛の兄皇甫鏞は白居易の洛陽時代の僚友である。[＊『舊唐書』皇甫鎛傳に「鎛弟鏞」とあるが，『新唐書』「宰相表」卷75（下）「皇甫氏」では「鏞」が「鎛」の前に記されている。『白居易集箋校』1冊457頁，6冊3774頁で，「鏞」が「鎛」の「兄」であるとする朱金城氏の考證は正しい] この兄弟の人柄は全く對照的である。この2人を調べてゆくと，權力鬪爭を避けて洛陽に引き籠った白居易の心境も明らかになってくる。

兄　皇甫鏞　鏞能文，尤工詩什。樂道自怡，不屑世務。當時名士皆與之交。
（鏞は文を能くし，尤も詩什に工みなり。道を樂しんで自ら怡び，世務を屑しとせず。當時の名士　皆な之と交はる）
『舊唐書』「皇甫鎛」

弟　皇甫鎛　鎛雖有吏才，素無公望，特以聚斂媚上，刻削希恩。……器本凡近，性惟險狹，行靡所顧，文無可觀，……（鎛は吏才有りと雖も，素より公望無し。特に聚斂を以つて上に媚び，刻削にして恩　希し。……器は本もと凡近にして，性は惟だ險陿，行は顧る所靡く，文は顧る可きところ無し。……）
『舊唐書』「皇甫鎛」

　口うるさく忠告する兄をうとんだ弟の皇甫鎛は，兄皇甫鏞を洛陽に追いやった。53歳の白居易は，太子左庶子として洛陽の履道里に住み，この時，皇甫鏞と知り合う。その半生を東都で過ごし，77歳で亡くなった皇甫鏞のために，65歳の白居易は墓誌銘[2950]を書いている。「公爲人，器宇甚弘，衣冠甚偉。寡言正色，人望而敬之。至於燕遊・觴詠之閒，則其貌溫然如春，其心油然如雲也。（公の爲人は，器宇　甚だ弘く，衣冠　甚だ偉はし。寡言正色，人　望みて之を敬ふ。燕游・觴詠の閒に至つては，則ち其の貌　溫然として春の如く，其の心　油然として雲の如し）」と。この墓誌銘に「居相位，操利權。（相位に居りて，利權を操る）」とだけ記された弟の皇甫鎛は，かつて白居易の親友崔群を陷れた男である。時代は再び憲宗の元和期にもどる。元和十二年[815]七月，崔群は宰相となり，翌十三年，皇甫鎛も過酷な搾取によって得た財力にものを言

わせ，程異と共に宰相に就く。この時，崔群は裴度と共に異議を唱え，憲宗に極諫した。十四年九月，崔群は，玄宗を惑わした奸臣宇文融と李林甫になぞらえて皇甫鎛を批判した。左右の群臣は感動したが，皇甫鎛は深く「銜(ねにも)」った。これがもとで，この年の十二月，崔群は湖南觀察使に左遷されることになる。皇甫鎛は，實に巧妙かつ陰險な手口を用いた。群臣の前で，わざと「（天子の尊號に）『孝德』の二字も加えましょう」と鎌を掛ける。崔群は，「『睿聖』の中に，『孝德』の概念も含まれております」と言ってしまう。「崔殿は，『孝德』の二文字はいらないと申しましたぞ！」。これを聞いた憲宗は激怒。策略は，みごと成功したのである。白居易は，一年前の十二月に，崔群の盡力によって江州司馬から忠州刺史に移っていた。その後，還曆を迎えた白居易は，共に60歳となった崔群と劉禹錫に2242詩を送り，「山水を尋ねる筋力も有れば，管絃を聽く感受性も衰えていない。まだまだこれから。（未無筋力尋山水，尚有心情聽管弦）」と詠っている。3人は老後を一緒に洛中で送ろうと約束し合っていた。しかし，崔群は，二人を殘して大和六年 [832] 八月一日，61歳でこの世を去る。白居易は，切々と2945「祭崔相公文（崔相公を祭る文）」を綴っている。「……始愚與公，同入翰林，因官識面，因事知心。……朝案同食，夜牀竝衾。綢繆五年，情與時深。……洛城東隅，履道西偏，修篁迴合，流水潺湲。與公居第，門巷相連，與公齒髮，甲子同年。兩心相期，三徑之間，優游攜手，而終老焉。（始め愚，公と同(とも)に翰林に入り，官に因(よ)りて面(おもて)を識り，事に因りて心を知る。……朝の案(つくえ)は食を同にし，夜の床(とこ)は衾を竝べ，綢繆たること五年，情 時と與(とも)に深まる。……洛城の東隅，履道の西偏，修篁 迴合し，流水 潺湲たり。公と與に居第，門巷 相連なり，公と與に齒髮，甲子 年を同じうす。兩心 相期す，三徑の間，優游して手を攜へ，而して老いを終えんと）……」この時，白居易は洛陽に，劉禹錫は蘇州に居た。開成元年 [836]，2人は太子賓客分司として洛陽で再會する。崔群の舊宅を訪れた2人は，在りし日を偲ぶ詩を唱和し，壁に題している [3300 詩]。劉禹錫は，「樂天示過敦詩舊宅有感一篇。吟之泫然，追想昔事。因成繼和，以寄苦懷。（樂天，『敦詩の舊宅を過(おとづ)れ，感有り』の一篇を示す。之を吟じ，泫然として昔事を追想す。因りて繼和を成し，以つて苦懷を寄

す)」と題する詩に,「敦詩與予及樂天三人,同甲子。平生相約,同休洛中。(敦詩と予れ及び樂天と三人,甲子を同じくす。平生,洛中に同に休くことを相約せり)」という注を施している。同年同士3人揃って一緒に洛陽に退休しようと約束し合っていたのである。

錢徽。大暦の十才子の1人,錢起の子である。韓愈の484「與崔群書(崔群に與ふる書)」の注に「貞元十二年八月,以崔衍爲宣歙觀察使,群與李博俱在幕府。(貞元十二年八月,崔衍を以つて宣歙觀察使と爲す。群と李博と俱に幕府に在り)……」[＊馬通伯校注『韓昌黎文集校注』中華書局(香港分局)1972年3月108頁]と有り,『新唐書』「錢徽傳」に「……又辟宣歙崔衍府。(又た宣歙の崔衍の府に辟かる)……」と有る。白居易を鄕貢進士としたあの崔衍の幕下に,崔群も錢徽もいたことになる。白居易は,先の崔群と共に「……我有同心人,邈邈崔與錢。(我れ同心の人有り,邈邈たり崔と錢)……」[0219詩]あるいは,「……吾有二道友,藹藹崔與錢。(吾れ二の道友有り,藹藹たり崔と錢)……」[0307詩]と詠っている。この人とは,しばしば宿直で枕を並べ,しみじみと語り合った。……「夜深草詔罷,霜月凄凜凜。欲臥暖殘杯,燈前相對飲。(夜深くして詔を草し罷り,霜月凄として凜々。臥せんとして殘杯を煖め,燈前に相對して飲む)……」[0191詩]。あなたは,明け方の光景がお好きで,靜かに窓の外を眺めていらっしゃった。「窓白星漢曙,窓暖燈火餘。……樓臺紅照曜,松竹青扶疏。(窓は白し 星漢の曙,窓は暖かなり燈火の餘。……樓臺 紅に照燿し,松竹は青く扶疎たり)……」[0192詩]。そして,振り向いて,こうおっしゃった。「上清界の曉景はどんなだろうね?」と。そう言えば一緒に新昌里(J-8)の靑龍寺から終南山を見たこともありました[0559詩・0740詩]。松筠に降り注ぐ月の光のもとで涼風を樂しんだことも[0722詩],立春の日に曲江で語りながら手を攜えて歩いたこともありました[0739詩]。……白居易は17歳も年上の錢徽と,そうした美しい思い出をいっぱい共有していた。元和九年[814],43歳の白居易は下邽に在って眼病を患っていた。中書舎人の錢徽は,長安から見舞いの手紙を送り,それを受けとった白居易は,「……唯得君書勝得藥,開緘未讀眼先明。(唯だ君の書を得たるは藥を得たるより勝れり,緘を開き未だ讀まざるに先ず眼

明(あきら)かなり)」[0797詩] と感謝している。元和十一年 [816]，45歳の白居易は江州から，宰相の李絳，戸部侍郎の崔群，中書舍人の錢徽に詩を寄せて，「曾陪鶴馭兩三仙，親侍龍輿四五年。(曾て鶴馭に陪す兩三仙，親しく龍輿に侍すこと四・五年)……」[0953詩] と回顧している。この後，すぐに錢徽は失脚して虢州刺史となるが，長慶元年 [821]，禮部侍郎として再び中央に復歸する。この時，白居易も尙書主客郎中・知制誥として返り咲き，二月には靑龍寺のある新昌里に新居を構えていた。ところが，再會の喜びに浸るのも束の間，今度は錢徽が江州に流されることになる。

[9] 進士科再試驗事件

事件は，二月十七日に發表された進士合格者に異議申し立てがなされたところから始まる。合格者氏名の中に宰相段文昌が推す楊憑の息子楊渾之と翰林學士李紳が推す周漢賓の名前が入っていなかった。楊渾之は家寶の書畫を段文昌に贈り，段文昌は直接，錢徽に會って頼み込んでいた。李紳もまた錢徽に周漢賓を託していた。知貢擧の錢徽は，公正なる試驗官の良心に從ってことに當たった。しかし，中書舍人李宗閔の子婿蘇巢と右補闕楊汝士の季弟楊殷士が合格していたことが災いした。怒り狂った段文昌は，穆宗に鄭朗以下14名の合格者に問題有りと直訴し，穆宗は元稹・李紳の兩學士に打診した。2人は文昌の訴えに同調した。遂に再試驗ということになり，新しい試驗官に中書舍人王起と尙書主客郎中・知制誥の白居易が任命される。對立するどちらにも白居易の親友がいる。しかも李宗閔は自分の門生。楊汝士は親戚である。白居易の苦惱は，1987「論重考試進士事宜狀(重ねて進士を考試する事宜を論ずるの狀)」に祕められている。この「狀」で白居易は，前回と今回とでは試驗の條件が違うことを說明している。これは，一見，落第者への配慮のように見える。しかし，同時に合格者が異なるのは試驗官の見識のせいではないことを暗に訴えている。錢徽への責任追及を防ごうという配慮であろう。しかし，結果は知貢擧の責任を問われ，江州刺史に左遷と決まる。李宗閔は劍州刺史に，楊汝士も

開州刺史に流されてしまう。楊汝士らは，段文昌や李紳からの私信を公開して申し開きするよう錢徽に勸めた。その時，錢徽は，「……苟無愧心，……安可以私書相證耶？（苟しくも愧心無ければ……安くんぞ私書を以つて相證す可けんや？）……」[『舊唐書』「錢徽傳」]と言って，子弟にその手紙を焚かせた。錢徽は，そういう人である。こんな美談もある。錢徽が庶子の任に在った時，韓公武が「錢二十萬」の賄賂を贈ろうとしたが，錢徽は受け取らなかった。「實權を持った官に就いているわけではないのだから貰っておけばいいのに」という者もいた。しかし，錢徽は，「受けとるかどうかは，義の問題であって，官位の上下とは關係無い。(取之在義，不在官)」と言ったという[『新唐書』「錢徽傳」]。白居易は，そうした誠實な人柄に共鳴したのである。

[10] 張山人

0583「送張山人歸嵩陽（張山人の嵩陽に歸るを送る）」詩は，修行坊 (I-10) の西に在る昭國坊 (H-10) に住む太子左贊善大夫白居易を訪れた不遇の士を見送る詩である。ちょっとした運命の惡戲で2人の立場は逆轉していたかもしれない。白居易は「不遇」の悲哀をしみじみと見つめている。張氏の名前も經歷も分からない。しかし，張氏はこの詩の中に生きている。

黃昏慘慘天微雪	黃昏　慘慘　天　微かに雪ふる
修行坊西鼓聲絕	修行坊西　鼓聲　絕ゆ
張生馬瘦衣且單	張生　馬は瘦せ　衣は且つ單へ
夜扣柴門與我別	夜　柴門を扣き　我と別かる
愧君冒寒來別我	愧づ　君の寒を冒して　來たりて我と別かるるを
爲君沽酒張燈火	君の爲に酒を沽ひ　燈火を張る
酒酣火煖與君言	酒　酣に　火　煖かにして　君と言る
何事入關又出關	「何事ぞ　關に入りて又た關を出づる？」
答云前年偶下山	答へて云ふ　「前年　偶たま山を下り

四十餘月客長安　　四十餘月　長安に客たり
長安古來名利地　　長安　古來　名利の地
空手無金行路難　　空手にして　金無ければ　行路難し
朝遊九城陌　　　　朝に　九城の陌に遊べば
肥馬輕車欺殺客　　肥馬　輕車　客を欺殺し
暮宿五侯門　　　　暮に　五侯の門に宿れば
殘茶冷酒愁殺人　　殘茶　冷酒　人を愁殺す
春明門　　　　　　春明門
門前便是嵩山路　　開前　便ち是れ　嵩山路
幸有雲泉容此身　　幸ひにして　雲泉の此の身を容るる有り
明日辭君且歸去　　明日　君を辭して且つ歸り去らん」と

　『白氏文集』を繙くと，そこに記された一文字一文字から懷かしい人々の姿と白居易の瑞々しい心が浮かび上がって來る。
　白居易は，武元衡・牛僧孺・令狐楚といった中唐期の立役者とも言うべき爲政者や元稹・劉禹錫・韓愈・李翺・張籍・王建といった文學史上重要な文人達と詩文を交わし，僧侶や道士，妓女や無名の士とも交流している。そして，その一人一人の忘れ難い思い出を詩や文に定着させている。
　『白氏文集』を讀む樂しみの1つは，白居易とそして白居易をめぐる人々と邂逅する歡びにある。

第2節　白居易の友人達——その人となり——

［1］　人となり

　白居易の交際範圍は廣く，僧侶や道士はもとより妓女との交流も詩文に綴っているが，その大半は官僚である。そこで，前節「白居易をめぐる人々」では，

鄉貢進士時代から進士を經て制擧に合格し，翰林學士に至る閒に知り合った同僚に焦點を絞り，その交友關係を時閒軸に沿って記述した。

ここでは，「白居易にとって『友人』とは何か？」また「彼等の『人となり』の何處に惹かれたのか？」の２點について考察を加える。

［２］ 友人の定義

『淵鑑類函』卷252「交友一」に「說文曰友愛也。同志爲友。(說文に曰はく。友は愛なり。志を同じくするを友と爲す)」とある。「志」を同じくする人が，「意氣投合しあった人」ということであれば，日本語とほぼ同じと考えて良い。ただし，權力鬪爭による左遷と，政權交代による復權が日常化していた唐代の官界にあって，地位は時として逆轉する。また，科擧試驗の合格年齡の差によって「同年」[＊同期合格者。同年齡は「同歲」といって區別する]閒の「忘年友」も珍しくない。從って，年齡・地位の上下を越えた「友人」は，むしろ一般的であって，假に相手が先輩であっても唐代の文人は同僚を「僚友」「諸友」と呼ぶ。

白居易は，0263「友人夜訪」詩，0482「病中友人相訪」詩，1093「初著刺史緋答友人見贈」詩の中で，詩題の「友人」に相當する言葉を「故人」という詩語に置き換えている。『白氏文集歌詩索引』を引くと，これに關係する詩語として「親友」「同心」「同志」「朋友」「友朋」「知己」「知我」「知音」「僚友」「寮友」「執友」「詩友」「詩侶」「道友」あるいは「同遊」「交遊」や「交情」「交親」「交心」「定交」といった用例が有る。交友關係を象徵する詩語は枚擧に暇が無い。このことは，白詩が交遊錄としての資料的價値を持つことを意味する。もちろん書簡文をはじめ碑文・祭文・墓誌名・制誥といった散文も貴重な資料となる。

［３］ 『文集』の資料的價値

では，何故，『文集』に，かくも多くの「友」が登場し，しかも，その一人一人の「人となり」が鮮明に傳わってくるのか？

その答えは，75歳の白居易がみずからのために綴った3798「醉吟先生墓誌銘幷序」の中にある。「凡平生所慕、所感、所得、所喪、所經、所遇、所通，一事一物已上，布在文集中，開卷而盡可知也」この「開卷而盡可知也」という言葉は，54歳の白氏が亡き友，元宗簡のために綴った2912「故京兆元少尹文集序」の中に，既に用いられている。人生のすべてが文集の中に綴られているというのである。2217「題故元少尹集後二首」其二に「遺文三十軸，軸軸金玉聲。……」と詠まれた元宗簡の文集30卷は，散逸して今は傳わらない。しかし，元宗簡の「人となり」は，『白氏文集』にちりばめられた白居易の言葉によって窺い知ることができる。元宗簡の名が正史に登場するのは，『舊唐書』「白居易傳」に引かれた「與元九書」の文中1回のみである。元宗簡との唱和詩は，元稹や張籍の作品にも含まれている。しかし，資料的價値は質・量ともに白居易の詩文に遠く及ばない。『白氏文集』が，量的に高い價値をもつことは，みずから編纂した全集の大半が現存するという偶然の力が働いている。しかし，質的に高い價値をもつことは，決して偶然ではない。「開卷而盡可知也」と言う白氏の人生が『文集』の一文字一文字に託されているからである。平易な表現を心掛けた白氏の意圖も，人生の全てをありのまま傳え盡くさんばかりの饒舌さも，その資料的價値を高めている。

　そのうえ，白氏は『文集』の隨所に題注や句注を施している。その内容の大半は，當事者でなければ分からないことがらである。例えば，3341「令狐相公與夢得交情素深……」詩の「……最感一行絕筆字，尙言千萬樂天君」の句には「令狐與夢得手札後云，見樂天君，爲伸千萬之誠也」という自注が付いている。令狐楚が生前に認（したた）めた手紙が死後に劉禹錫に屆いたことは，長い詩題の「……得前月未歿之前數日書及詩，寄贈夢得……」や句注の「絕筆」の語によってわかる。しかし，「樂天君にあったらくれぐれもよろしく！」と「手札」の後に書かれていたことは，令狐楚のほかは劉禹錫と白居易だけが知っていたことである。

　備忘錄として書き込んで置いただけと考えるには，あまりにも不自然な注もある。例えば，0749「和錢員外早冬玩禁中新菊」詩の「玉山峯下客」の句のた

めに付けられた「錢嘗居藍田山下，故云」という注は，明らかに第三者を意識している。當事者ならば，この句を見ただけで思い出すであろうが，ほかの人には後世の讀者をも含めて說明を要する箇所である。

［4］　友人の種類

白居易は，それ程，親しくなくとも「友」という言葉を使っている。また，「親友」「故人」といっても，親しさの度合いも異なり，質の違いも有る。

0175「常樂里閒居。偶題十六韻。兼寄劉十五公輿・王十一起・呂二炅・呂四穎・崔十八玄亮・元九稹・劉三十二敦質・張十五仲方［原注］時爲校書郞」詩の中に，「……勿言無知己，躁靜各有徒。蘭臺七八人，出處與之俱。……」とあるように，「躁」なる同僚もいれば，「靜」なる友もいた。また，同じ親友でも，李建とは仙藥作りを通じて交わり，元宗簡とは詩作を通じて親交を深めていた。白居易は，1266「予與故刑部李侍郞早結道友，以藥術爲事，與故京兆元少尹，晚爲詩侶，……」という長い詩題の中で，「道友」と「詩侶」と區別している。

［5］　親友の條件

0034「傷唐衢二首」其一の中で，「……同宿李翶家，一言如舊識。……」と喜び，0078「傷友」（「秦中吟十首」其四）で「……曩者膠漆契，邇來雲雨睽。……」と嘆くように，友達といっても，少し言葉を交わしただけで意氣投合する友もいれば，親交の誓いを破ってしまう者もいる。「自我從宦游，七年在長安。所得惟元君，乃知定交難。……不爲同登科，不爲同署官。所合在方寸，心源無異端」と詠う0015「贈元稹」詩は，白居易と元稹とを結ぶ絆が「方寸」の「心」の中にあることを傳えている。「同署官」「同登科」は，貞元十九年［803］の書判拔萃科に揃って合格し，共に校書郞を拜命したことを指す。「同官」「同年」といった外的條件もさることながら，何よりも「心源」がピタリと合うこと。それが第一條件である。この詩では「七年在長安」と言い，元稹と「同心友」となっ

てから3年になると言っている。その間，元稹は「久要」を忘れなかった。白居易は，「久要誓不諼」と詠っている。「久要」は「舊約（＊昔の約束）」。『論語』「憲問」の「子曰，久要不忘平生言」にもとづく言葉である。0092「寓意詩五首」其三では，「……與君定交日，久要如弟兄。何以示誠信，白水指爲盟。……音信日已疏，恩分日已輕。窮通尙如此，何況死與生。乃知擇交難，須有知人明。莫將山下松，結託水上萍」と詠っている。不安定な交友は，すでに杜甫が「貧交行」に詠っている。白居易の世もうわべだけの友はいた。「山下松」は0151「澗底松」と同様，賢才を持ちながら陽の當たらない低い地位と貧寒を餘儀無くされている孤高の人を，「水上萍」は，水に漂う浮き草のように氣紛れで「久要」を忘れるような俗物を象徴する。「窮・通」「死・生」を超えて「久要」を守る人，それが白氏の考える親友であった。こうした眞の「定交」は，運命共同體としての交友關係である。「膠漆契」や「定交」が本物であったかどうかは，一方が窮地に陥ったり，一方が先に出世した時に判明する。元・白が相次いで左遷され，境遇が交互に浮沈しても，精神的・物質的に支え合い助け合ってきたことは，先人のつとに指摘するところである。經濟的援助は主に親戚・緣者に負うところが大きいが，政治的支援は多く「同門」や「同僚」に依存する。そのことは，0611「東都多日，會諸同年，宴鄭家林亭」の「……促膝齊榮賤，差肩次後先。……他日升沈者，無忘共此筵」という白居易の進士同期合格者に對する呼び掛けに象徴されている。

　しかし，何よりも「友」の效用は，心の支えとなり，向上心を高め，心の淨化を促すことにある。0054「丘中有一士二首」其二では「丘中有一士，守道歲月深。行披帶索衣，坐拍無絃琴。……我欲訪其人，將行復沈吟。何必見其面，但在學其心」と詠っている。「何必見其面，但在學其心」に共通する「……交心不交面，從此重相憶。……」（0034「傷唐衢二首」其一）という句の「交心」は，必ずしも交友に「交面」を必要としないことを傳えている。運命共同體としての交友關係は，文字通り「苦樂」を共にする肉親同様の精神的・經濟的相互扶助を特色とする。これに對して，「交心」を重視する關係は，「交面」の有無に關わらず，利害を超越した精神的共鳴・感化が特色となる。例えば，「……近歲

將心地, 迴向南宗禪。……秋不苦長夜, 春不惜流年。……昨日共君語, 與余心膂然。……」[0270「贈朸直」詩は李建と「脫俗」の境地で共鳴したことを,「……歸來經一宿, 世慮稍復生。賴聞瑤華唱, 再得塵襟清」[0176「答元八宗簡同遊曲江後明日見贈」詩は元宗簡の詩によって心が洗われることを詠っている。「唯有錢學士, 盡日繞叢行。……對之心亦靜, 虛白相向生。……」と詠う0031「白牡丹〔原注〕和錢學士作」詩は錢徽と響き合う「心亦靜」なる境地を,「外事牽我形,外物誘我情。李君別來久, 徧咨從中生。……相對盡日言, 不及利與名。……」と詠う0201「寄李十一建」詩は, 李建の感化によって俗情が淨化される喜びを傳えている。いずれも「名利」を越えた「淡交」である。

［6］ 交友の「動」と「靜」

『莊子』の「繕性篇」の「知與恬交相養」を換骨脫胎した1408「動靜交相養賦」の中で, 白居易は,『莊子』の「繕性篇」から「以智養恬」を,『周易』の「蒙卦象傳」から「蒙以養正」を抽出し,「動」と「靜」の雙方を調和させるには「時」と「理」に適った運用が必要であることを說いている。「動」なる「智」〔*頭腦の知的働き〕で「靜」なる「恬」〔*心のやすらぎ〕を養成し,「靜」なる「蒙」〔*蒙昧〕で「動」なる「正」〔*正道〕を養成するには,「時」〔*時宜〕をわきまえ「理」〔*道理〕に適っていなければならないというのである。この發想は, 白氏が座右の銘としていた「窮則獨善其身, 達則兼濟天下」[1486「與元九書」]という處世訓に通ずる。「兼濟之志」を「動」とすれば,「獨善之義」は「靜」ということになる。この相反する理念を調和させようとしたのが壯年の白居易の生き方であった。

儒・道折衷の二元論は, 3529「遇物感興, 因示子弟」詩では「剛」と「柔」・「強」と「弱」の對比によって展開される。「……寄言處世者, 不可苦剛強。……寄言立身者, 不得全柔弱。……于何保終吉, 強弱剛柔間。上遵周孔訓, 旁鑒老莊言。……」儒家の教えに從い老莊の言葉を參考にすることで,「強弱剛柔間」に「吉」を保つのが良いというのである。壯年の絕頂期に讒言によって江州に

左遷され，牛・李の朋黨に組みせず，甘露の變を洛陽で靜觀した70歳の「老人」白居易の處世訓である。

　この二元論は，白氏の交友關係にも適用することができる。勿論，人間には多面性が有り，單純に二分化するには無理がある。そもそも分類そのものが，いかようにも分類できる便宜的なものである。しかし，際立った一面に着目し，一定の基準をもとに分類整理すれば，全體的傾向が見えてくる。例えば，二人を結ぶ絆が「動」的なるものか，それとも「靜」的なるものかという點に着目し，白居易の「友人」を「靜」型と「動」型に分類すると，白居易の人となりが周邊から浮き彫りにされてくる。その際，「友人」の「人となり」が基準となる。ただし，「靜」型，「動」型を問わず，同一人物の中に「强弱剛柔」が渾然一體となっていて，時と場によって異なる性向が表面化するし，極端な場合は，多重人格の樣相を呈することさえある。

［7］　人物評價と評語

　正史といえども編纂者の主觀が入る以上，正確かつ公平な人物評價は難しい。逆に野史や詩文であっても，事實を反映していることがある。また，人は環境によって變わる。從って，どの時期のどういう面を記錄するかによって，見かけ上，別人の樣相を呈することがある。例えば，正史本傳における楊虞卿の評價は，「虞卿性柔佞，能阿附權幸以爲姦利」(『舊唐書』「楊虞卿傳」)「虞卿佞柔，善諧麗權幸，倚爲姦利」(『新唐書』「楊虞卿傳」)と甚だかんばしくない。しかし，白居易は，1483「與楊虞卿書」に，楊氏が李弘慶の貧病を救い，冤罪で投獄された崔行儉の家族の面倒を見たことを記している。『新唐書』「楊虞卿傳」に「……會陳商葬其先，貧不振，虞卿未嘗與游，悉所齎助之。……」と記され，『唐摭言』にも記された楊虞卿の別の一面を知ることができる。親友元稹を批判した言葉を『白氏文集』の中から見付け出すことはできないが，『新唐書』「元稹傳」には，宦官と癒着した元稹の汚點が，「稹素無檢，望輕，不爲公議所右。……信道不堅，乃喪所守。附宦貴得宰相，居位纔三月罷。……」と記されている。

第3章　交遊錄としての『白氏文集』

　祭文や墓誌名は，その人の一生を知る上で多くの資料を與えてくれるが，書き手の思い入れは，その人との關係によって，大きな差がある。例えば，『白氏文集』卷39・卷四十「翰林制誥」に收錄された1826「祭盧虔文」1839「祭吳少誠文」1912「祭張敬則文」には，それぞれ「質性端和」(1826)「武毅挺質」(1939・1912) といった「人となり」を象徵する評語は記されてはいるが，敕命による公用文のためもあって，格調偏重の美辭麗句に終始していて，生々しい人閒味からは程遠い。ところが，同じ祭文であっても親友崔群や僚友崔咸のために綴られた2945「祭崔相公文」や2946「祭崔常侍文」には，それぞれ，「……以忠相勉，以義相箴。朝案同食，夜床竝衾。綢繆五年，情與時深。……」「……嗚呼重易！平生知我，寢門一慟，可得而聞乎？嗚呼重易！平生嗜酒，奠筵一酹，可得而歆乎？……」といった切々たる言葉が投げ掛けられている。墓誌名も同樣で，「……在寮友閒閒知最熟。……」(2950文) というように，相手を熟知している場合は，「……公爲人，器宇甚弘，衣冠甚偉，寡言正色，人望而敬之。至於燕游觴詠之閒，則其貌溫然如春，其心油然如雲也。……達人。……偉人。……公好學，善屬文。……居易辱與公遊，迫二紀矣。……」といった具體的な記述がなされる。

　多くの詩人・文人の詩文に登場する名士は，表現は異なっても，評價はおおむね一致する。とすれば，白氏の親友のうち，比較的「質」「量」ともに資料にめぐまれた人物を取り上げれば，これがおおよその目安となるのではなかろうか？それには，基準となる人物の選定から着手する必要がある。

　61歳の白居易は，3817「與劉禹錫書」の中で，相次いでこの世を去った三人を思い出し，「……平生相識雖多，深者蓋寡，就中與夢得同厚者，深・敦・微而已。今相次而去。奈老心何！」と悲嘆している。李絳［深之］・崔群［敦詩］・元稹［微之］の三人は劉禹錫と同じくらい親しい良友であった。白居易より7歳年下の元稹，8歳年上の李絳，「同歲」の崔群。この三人はいずれも宰相にまでなった名臣である。そこで，まず，典型的な親友として，李絳と崔群を擧げ，正史の本傳から彼等の「人となり」を象徵する箇所を摘出してみよう。

「動」型——李絳「剛直」「忠直」

　　『舊唐書』「李絳傳」

　　　……孜孜以匡諫爲己任。……絳性剛訐，……人多直絳。……極言論奏，……絳以直道進退，……剛腸嫉惡，……

　　『新唐書』「李絳傳」

　　　……帝入謂左右曰，「絳言骨髓，眞宰相也」……絳曰，「陛下誠能正身勵己，尊道德，遠邪佞，進忠直。……」帝曰，「美哉斯言，朕將書諸紳」即詔絳與崔群・錢徽・韋弘景・白居易等搜次君臣成敗五十種，爲連屛，張便坐。……

「靜」型——崔群「儉素」「誠」

　　『舊唐書』「崔群傳」

　　　……常以讜言正論聞於時。……選拔才行，咸爲公當。……群有沖識精裁，爲時賢相，淸議以儉素之節，其終不及厥初。……

　　『新唐書』「崔群傳」

　　　……數陳讜言，憲宗嘉納。……群對，「……若陛下擇賢而任，待之以誠，糺之以法，則人自歸正，而不敢以欺」帝韙其言。

[8]　交友の諸相

　李絳は，翰林院で肩を竝べた同僚である。ただし，8歳年上の李絳は，友人と言うより恩人と呼ぶにふさわしい。2933「祭李司徒文」の中で，白居易は「……惟公之生，樹名致節，忠貞諒直，天下所仰。……居易應進士時，以鄙劣之文，蒙公稱奬。在翰林日，以拙直之道，蒙公扶持。……或中或外，或合或離。契闊綢繆，三十餘載。……」と言っている。ここで注目すべきことは，白氏が李氏の「忠貞諒直」に，李氏は白氏の「拙直之道」に共鳴していることである。二人を結ぶ絆は「直」なる「人となり」に在った。元和五年［810］，宦官吐突承璀に詔して王承宗討伐を命ずることに反對した白居易は，執拗な上奏を繰り返し，遂には憲宗に「陛下誤矣！」とまで言ってしまう。その時，逆鱗に觸れた白氏

第3章　交遊錄としての『白氏文集』

を辯護したのは、ほかならぬ李絳であった。『舊唐書』「李絳傳」に「……前後朝臣裴武・柳公綽・白居易等、或爲姦人所排陷、特加貶黜、絳每以密疏申論、皆獲寬宥。……」と記されている。李絳は、常に白居易等を見守り、同志の窮地を救っていた。政治的庇護者としての李絳は「動」型の典型ともいえよう。

　　崔群が、錢徽と共に「心」「源」を「一」にする親友であることを、46歳の白居易は、貶謫地江州で0307「答崔侍郎錢舍人書問因繼以詩」詩の中で「……吾有二道友、藹藹崔與錢。……應爲平生心、與我同一源。……誰謂萬里別、常若在目前。……因君問心地、書後偶成篇。……」と詠っている。「平生心」「同一源」が、0015「贈元稹」詩の「心源無異端」と重なることは注目に値する。1487「答戸部崔侍郎書」は、45歳の白居易がやはり江州で書いた宰相崔群宛ての返書である。この手紙には李絳・錢徽・蕭俛の名前が出てくる。當時、李絳は兵部尙書として、錢徽と蕭俛の二人は翰林學士として中央で活躍していた。崔侍郎からの手紙には實に濃やかな心遣いが籠もっていたらしく、白居易は文面を要約して、「……首垂問以鄙況……次垂問以體氣……次垂問以月俸……又垂問以舍弟……終垂問以心地、此最要者、輒梗槪言之。……」と綴っている。崔侍郎は、近況を尋ね、健康を氣遣い、生計を心配し、「舍弟」行簡のことまでも記していた。そうした身邊の安否もさることながら、「最要」なる「心地」を問うてくれたことが嬉しい。白居易は、0307「答崔侍郎・錢舍人書問、因繼以詩」でも「……勿言雲泥異、同在逍遙閒。因君問心地、書後偶成篇。……」と詠っている。「道友」が暗示するように、この句は『莊子』「讓王」の「逍遙於天地之閒、而心意自得」をふまえている。0307詩が「閑適」に分類されていることとも關係する。1487「答戸部崔侍郎書」の後半に白居易は、「……況廬山在前、九江在左。……平生所愛者、盡在其中。……益自適也。……此鄙人所以安又安、適又適、……」と記している。白居易は江州司馬から忠州刺史に移動させてくれた崔群に恩義を感じていた。1090「除忠州寄謝崔相公」詩で「提拔出泥知力竭、吹噓生翅見情深。……感舊兩行年老淚、酬恩一寸歲寒心。……」と感謝している。あるいは、友人というより、恩人というべきかもしれない。しかし、

少なくとも仙薬のことを語り合い，清談を語らう時の意識は「道友」であり，書簡の主たる話題が「心地」であったことからすれば，二人の關係は，やはり交友關係である。白居易は2945「祭崔相公文」で「……始愚與公，同入翰林，因官識面，因事知心。獻納合章，對揚聯襟。以忠相勉，以義相箴。朝案同食，夜床竝衾。綢繆五年，情與時深。……微之・夢得・慕巢・師皐。……與公居第，門巷相連，與公齒髮，甲子同年。兩心相期，三徑之閒。優游攜手，而終老焉。……」と記している。翰林院で面識を得，仕事を通じて「心」を通じて「心」を理解し，「忠」「義」に勵み，寢食を共にした五年閒に友情を深めていったと言うのである。白居易は，同年齡の同僚であり舊友・親友である崔群の容姿を0483「自覺二首」其一で「……同歲崔舍人，容光方灼灼。……」と贊美している。

　韓愈は，宣州で崔衍の幕僚となっていた崔群に宛てた手紙「與崔群書」の中で「……明白淳粹，輝光日新者，惟吾崔君一人。……」と言っている。崔群は，まばゆいばかりの清々(すがすが)しさを身に備えていたようである。容姿のみならず，才能も群を拔いていた。崔群は，十九歲の若さで進士科に合格している。同期の合格者に韓愈・李絳がいたことは注意しておく必要がある。

　劉禹錫は，貞元十九年[803]閏十月の日付を持つ「擧崔監察羣自代狀」に「……在諸生中，號爲國器。……」と記している。

　柳宗元もまた，「送崔群序」の中で「淸河崔敦詩，有柔儒溫文之道，以和其氣。……有雅厚直方之誠，以正其性。……」と絕贊している。柳宗元はさらに「……嘗與隴西李杓直・南陽韓安平，洎予交友。杓直敦柔深明，沖曠坦夷，慕崔君之和。安平厲莊端毅，高朗振邁，說崔君之正。余以剛柔不常，造次爽宜，求正於韓，襲和於李。就崔君而考其中焉。忘言相視，默與道合。……」と續けている。友人の「人となり」を象徵する評語として，柳宗元は，「剛」と「柔」・「正」と「和」を用いて對比させている。「敦柔深明，沖曠坦夷」なる李建［杓直］は，崔群の「和」を慕い，「厲莊端毅，高朗振邁」なる韓泰［安平］は崔群の「正」を「說(よろ)」こんだ。「剛柔不常」と言う柳宗元は，韓泰の「正」，李建の「和」に共鳴し，かくて「正」も「和」も兼ね備えた崔群と，「忘言相視，默與道合」す

第3章　交遊録としての『白氏文集』

る。柳宗元の評價に從えば，李建は「靜」で韓泰は「動」，そして崔群はその兩方を兼ね備えた「中」ということになる。しかし，白氏の「心地」を「問う」崔群の「道友」としての一面に重きを置き，「以匡諫爲己任」という李絳の「動」と比較するなら，やはり崔群は「靜」型に傾く。

　柳宗元と親しかった**李建**は，白居易の親友でもある。白居易は，八歳年長の李建を偲ぶ1458「有唐善人墓碑」の中で，「……公爲人，質良寬大，體與用綽然有餘裕。爲政廉平易簡，不求赫赫名。與人交，外淡中堅，接士多可而有別，稱賢薦能未嘗倦。好議論而無口過，遠邪諛而不忤物。……夫如是，其善人乎？……」と記している。白居易は，「……相對盡日言，不及利與名。……」(0201詩)という李建の「恬淡」さに心惹かれていたが，「稱賢薦能未嘗倦」という李建の「動」的な一面にも共感していたはずである。しかし，白氏の言う「寬大」「綽然有餘裕」は，柳氏の「和」と一致する。やはり，「靜」型に分類してよさそうである。

　諷諭詩の中に登場する不遇の同志，**張籍・孔戡・劉敦質・樊宗師・唐衢**はいずれも「動」的である。

　　0002「讀張籍古樂府」
　　　　……
　　上司神敎化，舒之濟萬民。
　　下可理情性，卷之善一身。
　　　　……
　　日夜秉筆吟，心苦力亦勤。
　　　　……
　　言者志之苗，行者文之根。
　　所以讀君詩，亦知君爲人。
　　　　……

0003「哭孔戡」
　　……
拂衣向西來，其道直如絃。
　　……
平生剛腸內，直氣歸其閒。
　　……

0016「哭劉敦質」
　　……
愚者多貴壽，賢者獨賤迍。
龍亢彼無悔，蠖屈此不伸。
　　……

0023「贈樊著作」
陽城爲諫議，以正事其君。
其手如屈軼，擧必指佞臣。
　　……
元稹爲御史，以直立其身。
　　……
其佐曰孔戡，捨去不爲賓。
　　……
雖有良史才，直筆無所申。
　　……

0033「寄唐生」
賈誼哭時事，阮籍哭路岐。
唐生今亦哭，異代同其悲。

第3章　交遊録としての『白氏文集』　　303

　　……
所悲忠與義，悲甚則哭之。
　　……
我亦君之徒，鬱鬱何所爲。
不能發聲哭，轉作樂府詩。
　　……
惟歌生民病，願得天子知。
　　……
不懼權豪怒，亦任親朋譏。
　　……

0035「傷唐衢二首」其二
憶昨元和初，忝備諫官位。
是時兵革後，生民正憔悴。
但傷民病痛，不識時忌諱。
　　……
惟有唐衢見，知我平生志。
　　……
致吾陳杜閒，賞愛非常意。
　　……

　以上6首は，元和年間の白氏全盛期の作品である。憲宗のもとで左拾遺・翰林學士として活躍していた時期の「諷諭詩」に登場する人物が「動」的傾向にあるのに對して，「閑適詩」や晩年の洛陽時代の作品に登場する人物が「靜」的傾向にあることは容易に理解し得る。
　後者の用例は枚擧に暇が無いが，

　　0181「招王質夫」

……
　窗前故栽竹，與君爲主人。
　0196「贈吳丹」
　　　……
　君心如虛舟，汎然而不有。
　　　……
　官曹稱心靜，居處隨跡幽。
　　　……
　2242「耳順吟寄敦詩・夢得」
　　　……
　五十六十却不惡，恬淡淸淨心安然。
　　　……

などは、「靜」的「淡交」の代表例といえよう。

　白居易は、「淸淨恬寂」［『容齋隨筆三筆』卷13「饒州刺史」］なる吳丹の「……身榮家給之外，無長物，無越思。素琴在左，『黃庭』存右。澹乎自處，與天和始終。……」という言葉を、2926「故饒州刺史吳府君神道碑銘　幷序」に共感をもって引用している。

　1480「代書」に登場する「文友」**廋敬休**もまた、道家的雰圍氣を持っており、「靜」型に分類される。『舊唐書』忠義下「廋敬休傳」は、その人となりを「敬休姿容溫雅，襟抱夷曠，不飲酒茹葷，不邇聲色。……」と記している。47歳の白居易は、江州で舊友の夢を見た。廋敬休・李宗閔と共に長安の春を手に手を執って靖安坊の元稹を訪(おとな)う夢であった。「夜夢歸長安，見我故親友。損之在我左，順之在我右。云是二月天，春風出攜手。……天明西北望，萬里君知否？……」と詠う0522「夢與李七・廋三十二同訪元九」詩は、卷10の「感傷」に編集されている。また、「……幽致竟誰別，閑靜聊自適。懷哉廋順之，好是今宵客」と詠う2236「寄廋侍郎」詩は、56歳の白居易が洛陽から長安の廋敬休に寄せた詩で

ある。「幽致」「閑靜」「自適」いずれも「靜」型の交友關係を象徴している。

　ここで，注意を要することは，「閑適詩」あるいは「感傷詩」や晩年の詩の中で「靜」的交友を詠っていても，意氣投合した時點での絆となる「人となり」は，むしろ「動」的傾向が強い場合があるということである。例えば52歳の白氏は，2317「張十八員外以新詩二十五首見寄，郡樓月下，吟玩通夕。因題卷後。封寄微之」詩の中で「……陽春曲調高難和，淡水交情老始知。……」と詠っている。白居易と共に樂府詩で痛烈な社會批判をした張籍も元稹も，ここでは「陽春曲調」を媒介として「淡水交情」を樂しんでいる。「諷諭詩」を通じて共鳴し合った「動」的「詩友」と共に「靜」的な「淡交」を續けているのである。

　「遊山弄水攜詩卷，看月尋花把酒盃。……」(2689「憶晦叔」詩)のように淡々とした交友だけが詩に詠われている**崔玄亮**も，白居易が綴った彼の墓誌銘（2940文）には，「……百辟在庭，無敢言者，公獨進及霤，危言觸鱗。……極言是非，血涙盈襟，詞竟不屈。……正氣直聲。……皆曰，國有人焉。國有人焉。……」と記されている。若き日の二人の激しい正義感こそ，終生續けられた「淡交」の核をなす絆であった。

　白居易は，開元の名宰相張九齡の血をひく**張仲方**とも交友している。『舊唐書』「張九齡傳」に「……父友高郢見而奇之，曰，『此子非常，必爲國器，吾獲高位，必振發之』後郢爲御史大夫，首請仲方爲御史。……」とある。張仲方もまた高郢に認められた人材であった。「儇性介獨，持法守正……」(『舊唐書』「蕭俛傳」)と評された蕭俛と仲が良かったことも記憶にとどめておく必要がある。元和九年［814］，張仲方は，李吉甫の諡の件で「用兵徴發」の弊害に言及した。たまたま「用兵」を考えていた憲宗の怒りを買った張仲方は，蕭俛と共に翰林學士の地位を剝奪されている。白居易は張仲方の墓誌銘(2951文)の中で，「……公爲人溫良沖淡，恬然有君子德。立朝直淸貞諒，肅然有正人風。在官寬重易簡，綽然有長吏體。……孝敬，……慈和，……信，……喜慍不形於色。……居易與

公少同官，老同游，結交慕德，久而彌篤。……」と言っている。「動」的要素もあるが，全體としては「靜」型に分類される。

　元稹・劉禹錫と同じ密度の詩友として特筆に値する人物は，錢徽と元宗簡である。

　大曆十才子の一人である錢起を父にもつ**錢徽**は，0807「渭村退居，寄禮部崔侍郎・翰林錢舍人詩一百韻」に「……崔閣連鑣鷟，錢兄接翼翔。……晝食恆連案，宵眠每竝床。差肩承詔旨，連署進封書。……便共輸肝膽，何曾異肺腸。……」とあるように，白居易より17歲も年長の同僚である。翰林學士として行動を共にし，宿直で枕を竝べたこともある。白居易は，「同歲」の崔群と共に錢徽を「同心人」と言い，「道友」と言っている。「錢兄」に白居易は敬愛の念を抱いていた。錢徽の交際範圍は廣く，『唐五代人交往詩索引』［上海古籍出版社］には，韓愈詩3首、章考標2題3首、王建1首、元稹1首、賈島2首、孟郊3首、白居易29題30首、劉禹錫1首、令狐楚1首の詩題が竝んでいる。韓愈は「舉錢徽自代狀」の中で「……性懷恬淡，外和內敏，潔靜精微，可以專刑憲之司，參輕重之議。……」と記し，「除崔群戶部侍郎制」の中で「……體道履仁，外和內敏。……」と記している。崔群とも親しかった韓愈は，錢徽と崔群の人物評に「外和內敏」という同じ言葉を用いている。白居易が「邈邈崔與錢」（0219詩）「藹藹崔與錢」（0307詩）と二人を併記していることを考え合わせると，二人に共通する何かが浮かび上がってくる。一つは，崔・錢ともに宣州の崔衍の幕僚だったこと，もう一つは，「恬淡」なる「人となり」である。「盛幕招賢士」（0612詩）と稱えられる崔衍のもとに鄉貢進士となった白居易が，崔・錢と翰林院で意氣投合し得たのは內なる「敏」［＊機敏な才智］と，それを外に出さない「和」［＊調和のとれた人あたりの良さ］とを白居易自身が兼ね備えていたからである。錢徽もやはり「靜」型に分類される。

　九歲年長の**元宗簡**に對して，白氏は「元兄」と呼んで慕っている。元宗簡とは校書郎時代からの付き合いである。白居易は元宗簡との仲を0812「欲與元八

第3章　交遊錄としての『白氏文集』

ト隣先有是贈」詩で「平生心跡最相親」と言っている。この「心跡」は「靜」型に屬す。そして二人の心を通わす「よすが」は，ほかならぬ「詩」そのものであった。0838「李十一舍人松園飮小酌。得元八侍御詩。序云在臺中推院，有鞫獄之苦。卽事書懷。因酬四韻」では「愛酒舍人開小酌，能文御史寄新詩。……」と詠っている。1236「酬元郞中同制加朝散大夫書懷見贈」詩の「……曩者定交非勢利，老來同病是詩篇。……」と言う言葉は，元宗簡こそ白居易に最も近い「人となり」の持ち主だったことを暗示している。元宗簡が絕句を得意としていたことは，1486「與元九書」に「……其尤長者，……元八絕句，……」とあることから知られるが，元稹の「見人詠韓舍人新律詩因有戲贈」詩の「……七字排居敬，千詞敵樂天。……」の句注に「侍御八兄能爲七言絕句。……」とあるから，とりわけ絕句に長じていたことがわかる。左遷されて江州に下る途中，白居易は，0875「江上吟元八絕句」を作り，「大江深處月明時，一夜吟君小律詩。……」と詠っている。元八の絕句は失意の心を慰めてくれる精神安定劑でもあった。元宗簡は，息子に「吾平生酷嗜詩，白樂天知我者，我歿，其遺文得樂天爲之序，無恨矣」(2912「故京兆元少尹文集序」)と言い殘して世を去ったという。白居易は，元宗簡を「詩侶」と呼び，宗簡亡き後，「自亡元後減詩情」(1266 詩)と悲嘆している。

[9]　誠實さ

若き日の白居易は，「我有鄙介性」(0025「折劍頭」)「我受鄙介性」(0265「酬張十八訪宿見贈」)という「動」的性向を自覺していた。「動」的交友の核は，強い信念に裏打ちされた「(鄙)介」という「妥協しない孤高の精神」であった。張籍・孔戡・樊宗師や李絳に共通する正義感こそ若き日の白居易の眞髓であり，それを發掘した最初の人物が，幕中から崔群・錢徽といった逸材を排出した**崔衍**で，次に「鄙性剛正」「恭愼廉潔」[＊共に『舊唐書』「高郢傳」]と謳われた**高郢**であった。

もう一人，忘れてはならない恩人に**裴垍**がいる。この「……器局峻整，持法

度。……獎勵使盡言。……」[『新唐書』「裴垍傳」]と絶賛される名宰相もまた「研覈精密，皆值才實」という目利きで「守正」「好直」[『舊唐書』「裴垍傳」]を貫いたことで知られる。従って，翰林學士時代に出會った僚友の多くは，多かれ少なかれ「剛」なる一面を持っている。しかし，一方では，李建・錢徽・元宗簡といった爽やかで温和な親友たちの感化によって，白居易は「柔」なる「人となり」を育てていった。晩年に至るまで「靜」なる交流を保ち，親友として心を通わせ續けた人物は，みな「勢・利」にとらわれない調和のとれた人物であった。

ただし，正史の評價によれば，元稹・楊虞卿の二人は例外ということになる。恐らく，この二人に對してとった白氏の態度は，舊友の良い面だけを掬い上げ，元稹とは親友として，楊虞卿とは姻戚として交わっても，つとめて「勢・利」の絡む政治的立場を離れたところで心を通わせようとしたのであろう。牛僧孺や李德裕と詩を交わし，元稹や裴度とも唱和する白居易の政治的立場は中立であった。

葉夢得は『避暑錄話』卷上に，

白樂天與楊虞卿爲姻家，而不累於虞卿。與元稹・牛僧孺相厚善，而不黨於元稹・僧孺。爲裴晉公 [＊裴度] 所愛重。而不因晉公以進。李文饒 [＊李德裕] 素不樂，而不爲文饒所深害者。處世如是人，亦足矣。推其所由得，惟不汲汲於進，而志在於退，是以能安於去就愛憎之際，每裕然有餘也。

と記している。

「白居易をめぐる人々」の「人となり」で「動」に屬する性癖を「剛直」「狷介」で代表させるとすれば，對極にある「靜」に分類される人柄は「淸廉」「恬淡」，そしてその雙方を貫く「人となり」は「誠實」である。

宰相としての元稹は，「淸廉」「恬淡」さに缺けるが，幼兒を亡くし，愛妻に先立たれた私人としての元稹は，涙もろい普通の男であり，誠實な父であった。

第3章　交遊錄としての『白氏文集』　　309

不遇時代に苦樂を共にし，その後も「久要」を守り續けた元稹は，白居易にとって常に新鮮な刺激を與えてくれる，かけがえのない「詩敵」であった。

　元稹の死後にその空虛さを埋めてくれる「詩友」が劉禹錫であったことは，「詩魔」と化した白居易にとって，生涯を通じて元宗簡のごとき「詩侶」がいかに大切な存在であったかを物語っている。『白氏文集』の中に3人の唱和詩がちりばめられていることは，詩が彼等の心を繋ぐ媒體であったことを證明する。

　年下の**元稹**，同年齡の**劉禹錫**，年上の**元宗簡**。白氏は「詩友」に惠まれていた。
　年下の**牛僧孺**，同年齡の**崔群**，年上の**李絳**。白氏は「僚友」にも惠まれていた。

　白居易が圓滿な交友關係を持續し得たのは，誠實な「人となり」によって「動」と「靜」の調和が保たれていたからではないだろうか？その「誠實」さを傳える心が，詩となり文となって，『白氏文集』に集大成されたのである。

第3節　白氏交遊錄

【元宗簡】

　白居易にとって「友人」とはいかなる存在であったか？また，彼等の人となりの何處に惹かれ，彼等から何を得たのか？この問題について，筆者は，第1節「白居易をめぐる人々」と第2節「白居易の友人達――その人となり――」において論究した。
　「白居易の友人達――その人となり――」の「まとめ」に，筆者は「年下の元稹，同年齡の劉禹錫，年上の元宗簡。白氏は『詩友』に惠まれていた」と記した。元稹と劉禹錫については，すでに他の研究者の論考があり，白居易にとっ

て，元稹は生涯の詩敵であり，劉禹錫は老後の唱和友達であったことが明らかにされている。白居易は，年下の元稹を相手に創作意欲を燃やし，同齢の劉禹錫と共に作品を老成させ續けた。元稹も劉禹錫も詩を通じて文學を磨きあう詩敵であった。白居易は3817「與劉禹錫書」の中で「……平生相識雖多，深者蓋寡。就中與劉夢得同厚者，深，敦，微而已。今相次而去，奈老心何！以此思之，遂有奉寄長句。……微既往矣，知音兼勍敵者，非夢而誰。……」と言っている。「深，敦，微」は，李絳［深之］、崔群［敦詩］、元稹［微之］である。

　では，年長の元宗簡とは，いかなる關係を有していたのであろうか？この問題を最初に究明されたのは小松英生氏である。氏が「白居易と元宗簡」［『藤原尚教授廣島大學定年祝賀記念中國學論集』溪水社1997年3月發行］の中で「元宗簡は『靜者』なのである。白居易は靜寂を愛する元宗簡にいつも安らぎを覺えた」［241頁］と記されたように，元宗簡は白氏の日常生活に"やすらぎ"と潤いを與えてくれる存在であった。

　この小論では，白居易や周邊詩人の作品をもとに，「よくよく心の知れた融通無碍に思いの通じ合う友」元宗簡［小松氏論文242頁］の"人と生活"を探究し，再現したいと思う。

　作品も傳記も現存しない中唐の一官僚詩人をとりあげ，一見平凡とも思える元宗簡の「どこに」「なぜ」白居易が惹かれたのか，またそれを「どのように」詩文に表現したかを探ることは，そのまま元宗簡という鏡に映った白居易像を描くことであり，同時に白居易の「閑適」の語に代表される唐代詩人の精神生活の一端を明らかにすることでもある。

　全體は次のごとく構成される。

　　［1］元稹や元集虛と混同された元宗簡
　　［2］李建と元宗簡
　　［3］「故京兆元少尹文集序」から蘇る元宗簡
　　［4］白居易と周邊の詩人達の詩にみる元宗簡像

第 3 章　交遊錄としての『白氏文集』　　311

　［5］白居易の詩から蘇る元宗簡
　［6］隣人としての元宗簡
　［7］元宗簡の職歴と官僚生活
　［8］元宗簡の死

［1］では先人が元宗簡を元稹や元集虛と誤解した原因を究明し，元宗簡關係資
　料の確認を行なう。
［2］では「道友」李建と「詩侶」元宗簡が白居易にとって心からうちとけるこ
　とのできる存在であったことを指摘。
［3］では元宗簡の文集のために綴られた序を分析し，
［4］では周邊詩人の間で元宗簡が昇平里に建てた新邸の主人として親しまれ
　ていたことを明らかにする。
［5］では白居易の詩を中心に交遊の流れを概觀し，白居易が理想とする「中隱」
　思想の手本となり得た元宗簡の生き方を描く。
［6］では，白氏が隣人となりたいと願った元宗簡の"ひととなり"を浮き彫り
　にし，
［7］では元宗簡の職歴と官僚生活を再現する。
［8］は元宗簡の死とその後日談である。

［1］元稹や元集虛と混同された元宗簡

　元和十年［815］，44歳の太子左贊善大夫白居易は「元九」の詩を攜えて「元
八」のもとを訪れた。

　　0844「雨中攜元九詩訪元侍御」（雨中　元九の詩を攜へて元八侍御を訪ふ）
　　微之詩卷憶同開　　微之の詩卷　同に開かんと憶ふ
　　假日多應不入臺　　假日　多く應に臺に入らざるべし
　　好句無人堪共詠　　好句　人の共に詠ずるに堪ふる無し

衝泥蹋水就君來　　泥を衝き 水を蹋んで 君に就きて來る

　「元九」は「微之」こと元稹。「元八」は「元八侍御」こと元宗簡である。排行が「八」「九」と續くので兄弟と即斷したくなるが，2939「唐故武昌章節度使……河南元公墓誌銘 幷序」によれば元稹の父親は元寛，1558「柳公綽父子溫贈尙書右僕射……元宗簡父鋸贈尙書刑部侍郎……制」によれば元宗簡の父親は元鋸である。2912「故京兆元少尹文集序」には「……居敬姓元，名宗簡，河南人。……」とあり，ともに「河南」の元氏を祖とするが，二人の關係は，「兄弟」「いとこ」といったごく近い親族ではない。Arthur Waley の名著"THE LIFE AND TIMES OF PO CHÜ-I"〔1949年初版，1951年第2版〕164頁の"Yüan Chen's cousin Yüan Tsung-chian" の譯が『白樂天』〔花房英樹譯，みすず書房，1959年初版，1987年新裝版〕では「元稹のいとこ元宗簡」となっているが，元鋸と元寛が兄弟であったとは考え難い。關連する文字〔例えば偏の文字〕で兄弟の名を統一するといった當時の習慣に合致しないからである。cousin には「親類，緣者」の意味もあるので，原著者が「いとこ」と考えていなかったとすれば，花房譯は誤譯ということになる。おそらく，Waley は，同じ「河南」の元氏ということで cousin の語を用いたのであろう。1472「草堂記」や1479「遊大林寺序」に登場する「河南」の「元集虛」にも"Yüan Chen's cousin"と記している。「河南」は元氏の郡望を記したもので，元宗簡・元稹・元集虛の關係は「親類，緣者」であっても，「いとこ」ではない。

　元稹がその詩「見人詠韓舍人新律詩，因有戲贈」の對句「……七字排居敬，千詞敵樂天。……」の下に「(元)侍御八兄，能爲七言絕句。贊善白君，好作百韻律詩」と注記を加えていることに着目した周振甫は，『白居易詩歌賞析集』〔巴蜀書社1990年4月發行〕122頁に「元宗簡是元稹之兄」と記している。しかし，この「八兄」は白居易が吳丹に贈った1280「七言十二句贈駕部吳郎中七兄」の「七兄」と同樣，年長者に對する呼び方であって，「兄」の文字が親族であることを表わしているわけではない。後に詳述するが，元宗簡は白居易より9歳年長である。白居易は2862「和微之道保生三日」の「猶勝七年遅」句の自注に「予老

第3章　交遊錄としての『白氏文集』

微之七歲」と記しているから，元稹は白居易より7歲年少である。「元八」「元九」と排行の數は1つしか違わないが，年齡差は16もあったことになる。ところで，0844詩のすぐ前に配列された0843「雨夜憶元九」の「……何況連宵雨不休。……偏梁閣道向通州」から，白居易は降り續く長雨の夜，通州刺史の元稹を偲んでいたことがわかる。また0844詩と同時期に作られた0838「李十一舍人松園飲小酌酒，得元八侍御詩。序云：『在臺中推院，有鞫獄之苦』。卽事書懷，因酬四韻」の「晩倚君是慮囚時」の句から，當時，御史臺に勤務して多忙を極めていた元宗簡が，夕方まで囚人の取り調べに從事していたこともわかる。また句末に付けられた自注「元於升［＊「昇」の略字。『白氏文集』には「昇」「升」兩方使われている］平宅新京草亭」や0812「欲與元八卜隣先有是贈」0832～5「和元八侍御升平新居四絕句」から，元宗簡の新居が長安の昇平坊にあったことまでわかってくる。こうして，關連作品を有機的に關連付けて讀みさえすれば，元稹と元宗簡が混同される危險は避けられる。ところが，それぞれ斷片的に個別に讀んだ場合，時として誤解に陷る。例えば，我國中世の說話集『十訓抄』卷中「第五　可撰朋友事」の中に，

　　元稹と樂天とは詩の友にておはしけるが，元稹はかなくなりてのち，樂天
　　その作たりし詩どもを三十卷書集て，唐大敎院の經藏におさめをかれけり。
　　　遺文三十軸　　軸々金玉聲
　　　龍門原上土　　埋骨不埋名
　　とは，是をかゝれたるなり。

と記されている。「遺文三十軸」は後に詳述するように元宗簡の殘した文集30卷である。にもかかわらず，『十訓抄』の作者は「元稹」のものと勘違いしている。これは，承和五年［838］に藤原岳守が「大唐人貨物」の中から得た「元白詩筆」を仁明帝に獻上して以來，白居易の親友といえば，すぐに元稹を想起するほど「元白」の關係が有名であったことに起因する。

　柿村重松著『和漢朗詠集考證』［大正11年4月初版，昭和48年12月，藝林舍，

再版]は卷下71頁に「故京兆元少尹文集序」を引き,『十訓抄』の誤りを正して,「案ずるに元稹にあらざること白氏の序にて明らかなり」と注記している。また,昭和4年2月發行の佐久節譯『續國譯漢文大成　白樂天詩集』(二)128頁には「哭諸故人因寄元九」の詩題があり,[字解](五)に「元郎中　郎中は官名。元稹を指す」という注が付けられている。この場合は底本にした汪立名の『白香山詩集』に盲從したために,詩題の「元九」が「元八」の誤りであることに氣付かなかったものと思われる。詩の結びに「……早晩升平宅,開眉一見君」とあり,この「升平宅」が元宗簡宅であることは,『續國譯漢文大成　白樂天詩集』(二)468頁の「欲與元八卜隣,先有是贈」詩の[題義]に「元八(卷5に元八宗簡とある)の宅の隣に卜居せんとして先づ此詩を贈ったのである」と記し,488頁の「和元八侍御升平新居四絕句」の[題義]に「元八侍御(八は排行,侍御は官名)が長安の升平里に新居を構へたのに和した詩で,當時樂天も其鄰に住んでゐた」と記した著者なら,氣付いて然るべきことである。『續國譯漢文大成　白樂天詩集』全4册は,汪立名が整理した全詩を對象とした勞作ではあるが,ままこうした不注意による誤解が有る。元宗簡に關する例をあげると,同書(二)880頁の1236「酬元郎中同制加朝散大夫書懷見贈」の第3・4句「靑杉脫早差三日,白髮生遲校九年」が「僕は君より三日早く靑杉を脫いだが,齡は君の方が僕より九歲若い」と譯されている。ここは「三日早い」のも「九年遲い」のも「僕の方」であって,「九歲若い」のは「君の方」ではない。この詩の「元郎中」が,元宗簡であることに氣付いていないのか,[題義]には,「元郎中が樂天と同時に詔を以って朝散大夫を加へられたので……」としか記されていない。白居易が元宗簡より年下であったことは,1220「和元少尹新授官」詩の中で「元兄」と呼んでいることからも明らかである。從って,元郎中と元少尹がともに元宗簡を指すことさえ分かっていれば,この誤解は免れたはずである。明治書院『新釋漢文大系 白氏文集』(四)[平成2年11月發行]は,1236「酬元郎中同制加朝散大夫書懷見贈」詩の[解題]に「……元郎中,名は宗簡,字は居敬。……」と記すものの,佐久節譯を踏襲したのか,261頁の[通釋]に「年齡は私より若く,白髮が生えるのも私より九年は遲い」と記している。こうした

誤解は,『新釋漢文大系　白氏文集』(三)［昭和63年7月發行］にもある。384頁の0941詩「題元八溪居」の［解題］に「廬山の溪谷にある元八の住居に題した詩である。元八は名は宗簡,字は居敬。廬山の東南,五老峯のふもとに居を構えた。『白氏文集』卷7［題元十八溪亭］詩（十は誤り,0302）の題下注に『亭は廬山の東南五老峯下に在り』とある」と説明されているが,これは逆である。むしろ「題元八溪居」の「元八」が「元十八」の誤りなのであって,「題元十八溪亭」が正しい。さすがに白居易研究の第一人者である朱金城氏は『白居易集箋校』(一)［1988年12月發行］383頁の「題元十八溪亭」と(二)1002頁の「題元十八溪居」において,「元十八」が「元集虛」であることを指摘し,『廬山志』卷9を引いて考證している。臺灣の羅聯添氏も『白樂天年譜』［1989年7月初版］において,「元十八」が「草堂記」や「遊大林寺序」に登場する「河南元集虛」であることを明らかにしている。『新釋漢文大系　白氏文集』(四)の31頁に收錄された1028「元十八從事南海。欲出廬山,臨別舊居,……」［解題］に「……元十八は名は集虛」と記した著者は,『新釋漢文大系　白氏文集』(三)執筆時に「亭は廬山の東南五老峯下に在り」という原注の意味に氣付いていなかったのであろうか？『新釋漢文大系　白氏文集』は完結すれば,本邦初の『文集』の完譯となる。唐代の俗語表現にまで配慮した勞作だけに小瑕が惜しまれる。初學者に對する影響力も大きい。早期改訂を望む次第である。

　水野平次著『白樂天と日本文學』［昭和5年12月發行,昭和57年5月復刻］320頁の「題元八溪居」には,小字の「元八當作元十八」という注記があり,321頁の頭注に「元八。當に元十八なるべし。卷七に江州に在りし時の詩題に元十八溪亭（亭在廬山東南五老峯下）といふあり。元八は時に京師にあり」と記されている。また,354頁「題故元少尹集後　二首」の頭注に「故元少尹。名は宗簡,字は居敬,元稹とは別人なり」とあり,355頁で「十訓抄。第五,可撰朋友事。……（元宗簡と元稹とを誤れり）」と正してもいる。しかし,この名著にも小暇が有る。327頁「酬元員外三月三十日慈恩寺相憶見寄」の頭注に「元員外。元稹なり。時に膳部員外郎たり」と記されているのである。この詩の冒頭2句「悵望慈恩三月盡,紫藤［*諸本作桐］花落鳥關關」は,『和漢朗詠集』卷上,春「藤」

にも収録されていて，『和漢朗詠集考證』121頁の［證説］に，「詩題諸本元十八に作るは非なり。是れ蓋し躑躅部に題元十八溪居の句あるを以つて，元員外元十八同人なるべしと誤認し，改めたるものなるべし。案ずるに白居易親交する所の元氏に元十八，元八卽ち元宗簡，及び元九卽ち元稹あり。而してこの句は文集を考ふるに，元和十四年卽ち居易江州司馬たりしときの作なり。當時元十八は居易と同じく廬山に住しき。元八は京師にありたれども其の官郎中たりき。然らば此の句の以上二人の寄する所に酬ふる作にあらざること明らかなり。然るに唐書本傳に據れば元稹は元和の末，膳部員外郎に除せられき。元和は十五年にて訖りぬ。則ち元員外は元稹にして從つて元十八にあらざること推して知るべきなり。故に今は之を訂す。本句は白居易江州に在り。元稹の長安より寄せし慈恩寺に於て相憶ふの詩を誦し，慈恩寺暮春の景を思ひやりての作なり。……」とある。

　しかし，卞孝萱著『元稹年譜』［齊魯書社1980年8月發行］に據れば，元稹が膳部員外郎であつた期間は，「元和十四年七月」から翌年の正月までで，柿村氏の言うように「元和十四年」の「三月三十日」に「元稹」が「員外郎」であつた可能性は無い。にもかかわらず和漢比較文學の大家である川口久雄氏もまた，「元員外（元稹）の三月三十日慈恩寺にて……」［講談社 學術文庫『和漢朗詠集』109頁］と記している。この詩の第3・4句「誠知曲水春相憶，其奈長沙老未還」の「曲水」「長沙」からすると，元員外は長安に居て，白居易は江州から應酬していることは間違いない。問題は製作年代である。「二年愁臥在長沙」の句をもつ0966「三月三日登庾樓寄庾三十二」と「風波不見三年面」の句をもつ0999「登西樓憶行簡」の間に0990「酬元員外三月三十日慈恩寺相憶見寄」が配列されていることから，この詩の製作年代は元和十二年の可能性が高い。では，0990詩の「元員外」は誰か？結論から言うなら，1252詩「慈恩寺有感」の「李家哭泣元家病」の「元家」の元氏と同一人物すなわち元宗簡である。1252詩の題下には，「時杓直初逝，居敬方病」という自注が付されている。「杓直」は李建，「居敬」は元宗簡である。1266詩「予與故刑部李侍郎……李住曲江北，元居昇平西。……」とあるように二人の住まいは曲江池の北と昇平坊の西に在った。そのい

第3章　交遊録としての『白氏文集』

ずれにも近い慈恩寺は，春を惜しむ詩を交わし合った三人の思い出の地である。元和十二年［817］三月十三日，江州司馬白居易が長安に赴く劉軻のために綴った 1480「代書」に登場する「金部元八員外」を「元宗簡」とする朱・羅兩氏の說は正しい。Waley は兩氏に先だって前揭書 124 頁に "Yüan Tsung-chian of the Metal Board" と明記している。植木久行氏は，勞作「『和漢朗詠集』所收唐詩注釋補訂（三）」［『中國詩文論叢』第九集 1990 年 10 月］において，朱說を是とした上，『校異和漢朗詠集』所引の前田侯爵家所藏傳二條爲氏筆本と岩瀨文庫所藏延慶本の二書に「酬元八三月卅日慈恩寺見寄」と題されていることに注目している。ちなみに，張籍の 184「寄元員外」詩に「外郎直罷無餘事，……朝省入頻閑日少，……」とあり，この詩もまた尙書省金部員外郎の元宗簡に寄せた詩と考えられる。

「元員外」「元郎中」を元稹と誤解するのは邦人に限らない。張籍は「哭元八少尹」と題したはずなのに諸本は「哭元九少尹」に誤り，さらに「哭元九少府」と誤るに至っている。さすがに卞孝萱編『張籍簡譜』［『安徽史學通迅』第 4・5 期，1959 年］は，この詩を長慶元年［821］に繫年し，「本年冬，元宗簡卒。……"元九"應"元八"」と詩題を正している。ただし，卒年は朱金城說の「元宗簡當卒於長慶二年三月末四月初」［『白居易集箋校 三』1430 頁］が正しい。また，中國古典基本叢書『元稹集』［冀勤點校 1982 年 8 月發行］下册の「元稹集　附錄四」には楊巨源の「和元員外題昇平里新齋」詩や張籍の「和左司郎中秋居十首之七」までが紛れ込んでおり，760 頁の張籍詩の詩題には「移居靜安坊答元八（九之訛）郎中」と記されている。楊巨源の詩題の「昇平里」に氣付いていない編者は，蛇足ともいうべき注記「（九之訛）」を施すことで，張籍と元宗簡の關係に氣付いていないことを暴露している。姚合の「和元八郎中秋居」詩の存在に留意していたなら，張籍の「和左司郎中秋居十首」も元宗簡との唱和詩であることに氣付いたはずである。

［２］李建と元宗簡

　白居易研究の雙璧ともいうべき朱・羅兩大家の考證はおおむね一致するが，時として說を異にする。例えば，兩者共に元和八年［813］の作とする0219「效陶潛體詩十六首　幷序」其七「……我有同心人，邈邈崔與錢。我有忘形友，迢迢李與元。……」の「崔」と「錢」、「李」と「元」が誰であるかについて兩氏の意見は分かれる。朱氏が「崔群」と「錢徽」、「李紳」と「元稹」であるとするのに對し，羅氏は「崔玄亮」と「錢徽」、「李建」と「元微之」であると言う。「崔群」と「崔玄亮」、「李紳」と「李建」とでは，それぞれ性格を異にする別人である。「同心」「忘形」ということでは羅說も捨て難いが，「青雲上」「邈邈」「迢迢」の詩語にふさわしい人物ということでは朱說に傾く。Waleyは前揭書87頁の注に"Li Chien"［李建］と記し，花房氏は譯書『白樂天』199頁補注(23)に「崔は崔群，錢は錢徽，元は元稹。」と記している。3說とも推定の域を出ないのは，確定するに足る資料が無いからである。

　白居易が竝稱する「李・元」にはこれと別の組み合わせがあり，人物を特定できる作品がある。0838詩「李十一舍人松園飲酒小酌酒，得元八侍御詩。……」や1252「慈恩寺有感」［自注「時杓直初逝，居敬方病。」］の「李建」と「元宗簡」である。二人とも校書郎時代からの親友である。白居易は0201「寄李十一建」の中で，「外事牽我形，外物誘我情。……相對盡日言，不及利與名。……」と言い，0176「答元八宗簡同遊曲江後明日見贈」の中で，「長安千萬人，出門各有營。唯我與夫子，信馬悠悠行。……賴聞瑤華唱，再得塵襟淸」と言っている。また0812「欲與元八卜隣，先有是贈」の冒頭で，「平生心迹最相親」と言い，1266「予與故刑部李侍郎，早結道友，以藥術爲事。與故京兆元［少］尹，晚爲詩侶，有林泉之期。周歲之間，二君長逝。李住曲江北，元居昇平西。追感舊游，因貽同志」では，生前，「李建」「元宗簡」は，かけがえのない「道友」「詩侶」であったと追想している。この長い詩題を持つ1266詩は，51歲の白氏が中書舍人であった時の作品である。諸本は詩題を「……京兆元尹……」に作るが，正しく

第 3 章　交遊録としての『白氏文集』

は「……京兆元少尹……」である。問題は詩題の「早……，晩……」である。『新釋漢文大系　白氏文集』(四) 295 頁には「……李建と早くから仙道の友人となり，……元宗簡とも晩年に詩友となり，……」と譯されている。8 歳年長の李達は拙論「白居易をめぐる人々──交遊録としての『白氏文集』──」78 頁に記したように「校書郎時代に知り合」い「元稹と三人で『死生の分』を定めた」親友であるから，「早くから仙道の友人となり」いうことでよい。しかし，「元宗簡とも晩年に詩友となり」と譯すことに抵抗を覺える。9 歳年長の元宗簡も「校書郎時代以來の友」だからである。忠州刺史白居易が 49 歳の作 0551「哭諸故人，因寄元八」で「……好在元郎中，相識二十春。昔見君生子，今聞君抱孫。……」と回顧しているように，この時すでに，「二十春」を經ており，知り合った時期は，0176「答元八宗簡同游曲江後明日見贈」詩が作られた白氏 30 歳代にまで遡ることができる。『元稹年譜』71 頁で，貞元十九年 [803] 頃，元稹は白居易の紹介で元宗簡と知り合ったと卞氏は推定している。元宗簡の死後，崔玄亮にまで先立たれた白氏は 2966「哭崔常侍晦叔」詩で「……**晩有退閑約**，白首歸雲林。……丘園共誰卜，山水共誰尋。風月共誰賞，**詩篇共誰吟**。花開共誰看，酒熟共誰斟。……」と嘆いている。4 歳年長の詩友，崔玄亮とは，共に書判拔萃科に合格して以來の仲である。元宗簡と交わした「林泉之期」も，崔玄亮と交わした「退閑約」同じ約束と考えてよかろう。「晩」は「有林泉之期」の時期を言ったもので，元宗簡との交遊が「晩年」に始まったということではない。「**晩爲詩侶，有林泉之期**」は，「**晩年になってから**，林泉に遊んで詩を交わす仲閒として一緒に退隱生活を樂しもうと**約束していた**」ということではなかろうか。

　白居易は，心からうちとけて寬げる人と一緒にいる時，「眉」を開き，口を開けて笑う。0959 詩の「平生相見卽眉開，靜念無如李與崔。……」[＊江州司馬白居易 45 歳，「李」は李建，「崔」は崔詔。]，0320 詩の「……開眉笑相見，把手期何處。……」[＊江州司馬白居易 46 歳]，0551 詩の「……早晩升平宅，開眉一見君。」[＊忠州刺史白居易 49 歳]，1209 詩の「……城中展眉處，只是有元家」[＊司門員外郎白居易 49 歳]，1243 詩の「……老去相逢無別計，強開笑口展愁眉」[＊主客郎中，知制誥白居易 50 歳] は，

江州司馬時代に會いたいと願った李建と同樣，長安復歸後，眞っ先に驅け付けたいと思う親友が元宗簡であったことを傳えている。

李建は新舊兩『唐書』に「李遜」の弟として付傳が揭載されているが，元宗簡の傳記史料は見當たらない。ただ白氏の詩文と周邊詩人の詩句だけが在りし日の元宗簡の一面を傳えてくれるにすぎない。

[３]「故京兆元少尹文集序」から蘇る元宗簡

元宗簡も白居易と同樣，詩を抜きにした生活は考えられないほど詩を酷愛していた。死の直前，元宗簡が息子の元途に言い遺した言葉を白氏は2912「故京兆元少尹文集序」の中に書き留めている。「……長慶三年［＊正しくは元年］冬，遘疾彌留，將啓手足，無他語。語其子途云：“吾平生酷嗜詩，白樂天知我者，我歿，其遺文得樂天爲之序，無恨矣。”……」と言うくだりは，讀む者の胸を打つ。元宗簡が「遺文」の「序」を「樂天」に託したのは，「白樂天知我者」という理由からであった。元宗簡の「骨」は「龍門原上土」に埋もれた。しかし，その「名」は埋もれることなく，白氏の詩文の中に今も傳わる。

白居易は2912「故京兆元少尹文集序」の前半で，元宗簡の作風を「……古淡而不鄙，新奇而不怪。吾友居敬之文，其殆庶幾乎。……」と記し，後半に「若職業之恭愼、居處之莊潔、操行之貞端、襟靈之曠淡、骨肉之敦愛、丘園之安樂、山水風月之趣、琴酒嘯詠之態，與人久要，遇物多情，皆布在章句中，開卷而盡可知也。……」と記している。この序によれば，元宗簡の殘した作品は「格詩一百八十五、律詩五百九、賦・述・銘・記・書・碣・讃・序七十五，總七百六十九章，合三十卷」有った。しかし，その詩文は『全唐詩』『全唐文』ともに收錄されておらず，傳記も『舊唐書』『新唐書』はおろか，『唐才子傳』や『唐詩紀事』にも記されていない。元宗簡は，歷史上あるいは文學史上，特筆に値する個性を持った人物ではなかったということかもしれない。「古淡而不鄙，新奇而不怪」という作風は沒個性とも受け取られかねない。にもかかわらず，『白氏文集』と周邊の詩人達の殘した關連資料から，おぼろげにではあるが，元宗

第3章　交遊錄としての『白氏文集』

簡の詩風と人柄が浮かび上がってくる。このことは，少なくとも，白居易周邊の詩人達にとって，元宗簡は魅力有る詩人の一人であったことを物語っている。事實，白居易にとって，元宗簡は大切な友であり，かけがえのない「詩侶」であった。そして，元宗簡に言及する白詩そのものが，「古淡而不鄙，新奇而不怪」ともいうべき作風となっている。白氏が元宗簡を意識して詠んだ詩に日常生活を彷彿とさせる名句が多く，我國でも古くから朗詠されてきたことは，「山水風月之趣，琴酒嘯詠之態」を詠んだ元宗簡の詩に呼應した白詩の作風が，平安貴族達の嗜好とうまく合致したからであろう。『千載佳句』現存總數 1110 首 [金子彥二郎著『增補 平安時代文學と白氏文集 句題和歌・千載佳句研究篇』496 頁] 中 535 首を占める白詩の內，8 首が元宗簡との唱和詩で，ほかに元稹が亡き元宗簡を偲んだ詩も採用されている。そして，それらがどの部に分類されているかを見ると，

　　上　「送春」117「山水」316・317「朋友」411「交友」416「感歎」522
　　下　「隣家」568「別意」900 [元稹]「送別」911「慶賀」766

　　　　　　　　　　　　　　＊3桁の數字は『千載佳句』の佳句番號

のように「山水」「隣家」といった 2912「故京兆元少尹文集序」の「居處之莊潔」「山水風月」や 0812「欲與元八卜隣，先有是贈」の「卜隣」と重なる項目に分類されていることがわかる。このことは，『白氏文集』の日常性や日記性という側面を探る上で重要である。

　白氏最晚年 75 歲の作 3798「醉吟先生墓誌銘 幷序」に「……凡平生所慕、所感、所得、所喪、所經、所遇、所通，一事一物已上，布在文集中，開卷而盡可知也。……」と記されている。この言葉が 54 歲の作 2912「故京兆元少尹文集序」の「……皆布在章句中，開卷而盡可知也。……」と重なることを看過してはならない。白居易は 2912 序において，「……與人久要，遇物多情，皆布在章句中，開卷而盡可知也。故不序。……」と記し，元稹は『白氏長慶集序』に「……至於樂天之官族景行，與予之交分淺深，非敍文之要也。故不書。……」と記し

ている。元稹が，白居易との交流の詳細を「敍文之要」ではないという理由で省略したのに對し，白居易は，作品の中から「與人久要」「遇物多情」という人柄はもとより，元宗簡の全てが傳わってくると言う。「故不序」は，一見，元稹の「故不書」と同じ言葉のように見えるが，この違いは大きい。元氏の割り切った態度に對し，白氏の言葉には「だからこそ」という積極的な意圖が込められている。元稹が『文集』の價値を文藝性に限定したのに對し，白居易は，晩年に3798「醉吟先生墓誌銘　幷序」にも「……布在文集中，開卷而盡可知也。故不備書［＊それゆえ，備(つぶさ)に書くことはしない］。……」と記したように，『文集』そのものが人生の記錄であり，その人の全てを傳える"よすが"であると考えていた。「それゆえ，あえて序に詳細を記すことはしない」白氏は，作品そのものから直接，作者の聲を聽いて欲しいのである。

　白居易は，すでに44歳の江州司馬時代に，卷軸こそ時空を超えて面會する"よすが"であることを實感していた。1486「與元九書」に「……因覽足下去通州日所留新舊文二十六軸，開卷得意，忽如會面。……不知相去萬里也。……」と綴っている。54歳の蘇州刺史時代に「開卷而盡可知也」と言い，58歳の太子賓客分司時代には2749「不出門」に「……將何銷日與誰親。……書卷展時逢古人。……」と詠んでいる。そして晩年に自分で用意した墓誌銘の序に再び「開卷而盡可知也」と記すのである。江州司馬の白居易は「卷」を「開」いて通州の元稹と「會面」し，蘇州刺史の白居易は任地で卷軸をひろげて生前の元宗簡と再會している。洛陽での閑居に「書卷」を「展」じて「古人」と「逢」ったように，白氏は「私の作品も後世の讀者との再會の"よすが"にして欲しい」と願う。2955「蘇州南禪院白氏文集記」の「……願以今生世俗文字放言綺語之因，轉爲將來世世讚佛乘轉法輪之緣也。……」という言葉は，『文集』に託した香山居士の「將來世世」へのメッセージである。2912序に記された「……其開與予唱和者數十首。燭下諷讀，懵惻久之，怳然疑居敬在傍，不知其一生一死也。……」という白氏自身の體驗が，「……開卷而盡可知也。故不序。……」という言葉に溫もりを與えている。

　元稹が「與予之交分淺深」とだけ言って詳述を避けたのには，それなりの理

由が有る。「元和」から「長慶」に年號が改まったことを記念して編纂された『白氏長慶集』の價値を「自篇章已來，未有如是流傳之廣者」に置けば，私的感情は序文の要ではなくなる。元稹が「故不書」と言ったからといって，「交分」を輕視したわけではない。白氏の2912「故京兆元少尹文集序」が追悼の涙のもとに綴られ，3798「醉吟先生墓誌銘 幷序」が遺言として綴られたことも考慮せねばならない。しかし，そうした條件の違いを差し引いても，やはり元稹の「……非敍文之要也。故不書。……」という「非……也」と白居易の「可……也」との響きの違いに，二人の個性の違いを感じないではいられない。それは，私的感情より理知的な建前を全面に据える元稹と多情多感な素顔をそのままさらけ出す白居易との資質の違いである。その資質の違いは，序文の結びにも反映されている。元稹が型通り「……長慶四年冬十二月十日微之序」と結ぶのに對して，白居易は中ほどの「燭下諷讀，憯惻久之，怳然疑居敬在傍，不知其一生一死也」と呼應させ，「寶曆元年冬十二月乙酉」の後に，「夕」「吳郡」「西園」「北齋」「東廡下」「作序」と續けて序を結んでいる。この一見，饒舌による蛇足とも見える文字には，晩年を隣人として共に過ごすことのできなかった無念さが込められている。「與人久要」「遇物多情」は白氏の"ひととなり"でもあった。

［4］白居易と周邊の詩人達の詩にみる元宗簡像

1486「與元九書」には「……且欲與僕悉索還往中詩，取其尤長者，如張十八古樂府、李二十新歌行、盧・楊二祕書律詩、竇七・元八絕句，博搜精掇，編而次之，號『元白往還詩集』。……」と記されている。通州に向かう37歳〔『元稹年譜』264頁參照〕の元稹も「見人詠韓舍人新律詩，因有戲贈」詩で「七字排居敬，千詞敵樂天」と贊美し，「侍御八兄，能爲七言絕句。贊善白君，好作百韻律詩」と注記している。元・白ともに元宗簡の絕句を評價していたことがわかる。白居易の詩に登場する詩友名と用例數を『唐五代人交往詩索引』〔上海古籍出版社1993年5月〕を參考に整理しよう。

元稹355例／劉禹錫263例／裴度48例／**李紳46例**／崔玄亮39例
牛僧孺37例／**元宗簡32例**／楊汝士31例／錢徽30例／皇甫曙30例
張籍29例／李建26例／韓愈8例／**楊巨源7例**／盧拱3例／竇鞏2例

『唐五代人交往詩索引』は1259「新昌新居書事四十韻，因寄元郎中・張博士」と1218「中書連直，寒食不歸，因懷元八」[平岡武夫著『白居易――生涯と歳時記』451頁參照]を見落しているので，これを加えると元宗簡に關連する用例は34例となる。『白氏文集』から唱和集を復元できるほどの作品を殘した元稹や劉禹錫と比較すれば桁違いではあるが，元宗簡に關連する白詩の數は決して少なくはない。また，『元白往還詩集』に收錄しようと考えた詩人「張籍・李紳・盧拱・楊巨源・竇鞏」の中では，李紳に次ぐ作品數となっており，1486「與元九書」に登場する張籍と楊巨源が元宗簡との唱和詩を殘していることも注目に値する。そこで，次に周邊詩人の元宗簡關連作品を列擧してみよう。

張籍　144〜153「和左司元郎中**秋居**」十首
　　　＊3桁の數字は『張籍歌詩索引』作品番號。
　　　＊左司郎『中国歷代職官辭典』586頁……從五品，掌都省之職，總理尙書事。
　　　184「寄元員外」／191「書懷寄元郎中」
　　　208「移居靜安坊，答元八郎中[見寄]」
　　　213「哭元八少尹」[＊諸本「哭元九少府」に誤る]
　　　290「送元宗簡」／364「答元八遺紗帽」
　　　366「送元八」／370「病中酬元宗簡」／463「雨中寄元宗簡」
元稹　「見人詠韓舍人新律詩，因有戲贈」【原注】「侍御八兄……」
　　　「酬樂天吟張員外詩見寄，因思上京每與樂天於居敬兄**升平里**詠張新詩」
　　　「元宗簡權知京兆少尹，劉約行尙書司門員外郎制」
姚合　「和元八郎中**秋居**」
楊巨源「和元員外題**昇平里**新齋」

第3章 交遊錄としての『白氏文集』

雍陶 「題友人所居」小字題注「卽故元少尹宅」
賈島 「投元郎中」[＊元宗簡か？]

以上の詩題から，中唐期に活躍した詩人の間で，元宗簡が「昇平里」に構えた新邸の主人として印象づけられていたことがわかる。張籍と姚合が元宗簡と唱和した「秋居」も「昇平里」の邸宅が舞臺と推測される。元稹は「見人詠韓舍人新律詩，因有戲贈」詩 [＊『元稹研究』は「元和十年三月二十五日，出通州司馬」(32頁) に繫年している] の後半で「……七字排居敬，千詞敵樂天。殷勤閑太祝，好去老通川。……」と言っている。七絕や長編の排律も善くする韓愈を贊美した箇所であるが，句注に「侍御八兄，能爲七言絕句。贊善白君，好作百韻律詩」とあるように元宗簡が七言絕句を得意とし，白居易が好んで百韻律詩を作ったことを踏まえての贊辭である。1486「與元九書」の「……且欲與僕悉索還往中詩，取其尤長者，如張十八古樂府、李二十新歌行、盧・楊祕書律詩、竇七・元八絕句、博搜精掇，編而次之，號『元白往還詩集』。……」の記述が想起される，しかも，1486「與元九書」に登場する楊巨源が「和元員外題昇平里新齋」を殘し，元稹が卷14「律詩」に「與楊十二巨源・盧十九經濟同遊大安亭，各賦二物，各爲五韻，探得松石」詩を殘していることを合わせ考えると，當時，それぞれが得意とする詩體で刺激しあう光景が見えてくる。もう一つ重要なことは，元稹の「與楊十二巨源……探得松石」詩から，白居易に元宗簡と張籍を加えた4人の關係が浮かび上がってくることである。元和十年 [815] に作られた白居易の0844詩「雨中攜元九詩訪元八侍御」と長慶三年 [823] に作られた元稹の「酬樂天吟張員外詩見寄，因思上京每與樂天於居敬兄**昇平里**詠張新詩」を併讀すると，4人が互いに詩を交わし，讀み合うことで結ばれていたことがわかる。長安の張籍が杭州刺史白居易に寄せた詩を，今度は白氏が自分の唱和詩を同封して同州刺史の元稹に轉送したのである。これを見た元稹は，かつて上京する每に白氏と長安昇平里の元宗簡宅で張籍の「新詩」を詠んだ日々を懷かしく思い出している。元稹45歲の「酬樂天吟張員外詩見寄……」詩の冒頭「樂天書內重封到，居敬堂前共讀時。四友一爲泉路客。三人兩詠浙江詩。……」の「居敬堂前」と

「泉路」「浙江」に注目しよう。白居易・元稹・元宗簡・張籍の「四友」の「一人」元宗簡は、長慶二年の春に「泉路」の人となり、殘り「三人」のうちの「兩」[＊元稹と張籍]が杭州刺史樂天の「浙江詩」を「詠」んでいるというのである。昇平里の元宗簡宅は、「新詩」を詠み、回覽し、論評し合う彼等のサロンであった。白氏が殘した0812「欲與元八卜鄰、先有是贈」や0832〜5「和元八侍御升平新居四絶句」を讀む時、埋田重夫氏の「身體と居住空間を繋ぐものはいったい何であったのか、その解明はおそらく、彼の閑適文學の構造を考えるうえで、必須の作業であろう」[「白居易と家屋表現（上）」『中國詩文論叢』第15集26頁]という言葉は深い示唆を與えてくれる。

[５] 白居易の詩から蘇る元宗簡

　白居易の校書郎時代に作られた0176「答元八宗簡同游曲江後明日見贈」詩[＊白氏32〜34歳の作]から、元宗簡と死別した直後の中書舍人時代に作られた0571「晩歸有感」詩[＊句注に「……元八少尹今春櫻桃花時長逝」とある。白氏51歳の作]へと制作年代順に辿り、三人の約20年間の交流を讀み進めると、元宗簡への思いの端々から白居易の〝人となり〟が傳わってくる。
　朱金城說に從って、0176詩が貞元十九年[803]〜永貞元年[805]の作とすれば、0571詩が作られた長慶二年[822]までは延べ17〜19年間となり、元和十五年[820]作の0551詩「……好在元郎中、相識二十春。……」の「二十春」が生きてくる。また、『文苑英華』所收2912「故京兆元少尹文集序」「……自擧進士、歷御史府、尙書郎、訖京兆亞尹、凡二十八年。……」の「二十八年」が正しいとすれば、元宗簡の進士科登第からほぼ８年たってから付き合い始めたことになる。2912「故京兆元少尹文集序」の「……與人久要、遇物多情。……」は元宗簡の人柄であり、同時に白居易自身の人柄でもあった。「久要」は、變わらぬ友情を誓い、その約束を守り續けること、『論語』「憲問」に「久要不忘平生之言」とある。「二十春」の間に白居易は「長安―渭村―長安―江州―忠州―長安」と轉々とし、失意の日々を送った。その間、多少の粗密はあったものの、長安

で「職業之恭愼」を維持し續ける元宗簡の存在は，いつも白居易の心の"よりどころ"となっていた。

　0257 詩「東坡秋意，寄元八」は，白氏が母の喪に服して渭村に退居していた時の詩である。この詩の結び「……唯有人分散，經年不得書」からすると，當時，長安からの便りが途絶えていたらしく，白氏の方から元八に詩を「寄」せて都を懷かしんでいる。0257 詩の中ほど「……忽憶同賞地，曲江東北隅。秋池少遊客，唯我與君俱。啼蜑隱紅蓼，瘦馬蹋青蕪。……」の情景は，0176 詩の「……唯我與夫子，信馬悠悠行。行到曲江頭，反照草樹明。……水禽翻白羽，風荷嫋翠華。……」と共に二人の思い出の地が「曲江」であったことを傳えている。0257 詩に「……當時與今日，俱是暮秋初。……」とあるが，0176 詩の「……行到曲江頭，反照草樹明。……水禽翻白羽，風荷嫋翠華。……」は暮秋の風景とは思えない。この時とは別に「曲江」を訪れていた可能性が有る。「曲江」は長安隨一の風景區だけに，白氏は，いろいろな人と，また時には一人で，春夏秋冬，幾度となく訪れたであろうが，喪中の白居易には元宗簡としめやかに訪れた「暮秋」の「曲江」がひときわ懷かしかった。田舍の蓮池で眼にした枯れた蓮の葉の「白露」の中に元宗簡の穩やかな面影が映ったのかもしれない。母を失った病身の初老の眼に映る「秋荷病葉上，白露大如珠」の悲哀は，0176 詩の 30 代前半の「病客」の「愁」よりも深い。「節物苦相似，時景亦無餘」に續く「唯有人分散，經年不得書」から，哀願にも似た聲が聞こえる。病に沈む白氏は，母の喪中に 3 歲になる可愛いさかりの長女「金鑾」にまで先立たれている。

　母の喪があけ，渭村退居から太子左贊善大夫として長安復歸した白居易は，0851「曲江夜歸，聞元八見訪」の中で，明月を見ていて歸りが遲くなり，寸暇を見付けて訪ねてくれた元宗簡と行き違いとなったことを悔やんでいる。この詩の前半に「自入臺來見面稀，班中遙得揖容輝。……」とある。この頃，元宗簡は侍御史として活躍していた。0838「李十一舍人松園飮小酌酒，得元八侍御詩。序云：『在臺中推院，有鞫獄之苦』。卽事書懷，因酬四韻」という長い題を持つ詩の中で，白氏は，「……亂松園裏醉相憶，古柏廳前忙不知。早夏我當逃暑日，晚衙君是慮囚時。……」と詠っている。李建の松園での宴席に，當時，御

史臺で罪人取り調べに忙殺されていた元宗簡は，缺席理由を記した序文付きの詩を届けている。律義な人である。「……早夏我當逃暑日，晚衙君是慮囚時。……」の「我」は44歳の太子左贊善大夫白居易，「君」は53歳の侍御史元宗簡である。2912「故京兆元少尹文集序」の「職業之恭愼」という元宗簡の誠實な人柄は，この詩によって具體性を帶びて來る。

白居易は，元宗簡の隣人となることを願った。0812「欲與元八卜隣，先有是贈」の冒頭で「平生心迹最相親，欲隱牆東不爲身。……」と言い，「……每因暫出猶思伴，豈得安居不擇隣。何獨終身數相見，子孫長作隔牆人」と結んでいる。子々孫々にわたって日常生活を共有したいというのである。元宗簡の人柄には，平凡な安らぎを感じさせる溫もりが有った。冒頭の「平生心迹最相親」と結びの「子孫長作隔牆人」から，元宗簡に親戚同樣の親しみを感じていたことがわかる。白居易の作品の中に息づく元宗簡は，當時の一般的な官僚として，ごく普通の日々を眞摯に生きている。

元宗簡の文集は散逸して見ることはできない。しかし，彼の人柄と暮らしぶりの一端は，元宗簡に寄せた白居易の詩から伺うことができる。2912「故京兆元少尹文集序」に記された言葉とそれに對應する詩句を列舉しよう。

```
        2912序の言葉      白氏の詩句
「職業之恭愼」  0266「朝歸書寄元八」……臺中元侍御，早晚作郎官。……
            0727「送元八歸鳳翔」……與君況是經年別，暫到城來又出城。
            0838「李十一舍人松園飮小酎酒，得元八侍御詩。序云：
                『在臺中推院，有鞫獄之苦』。卽事書懷，因酬四韻」
                ……古柏廳前忙不知。……晚衙君是慮囚時。……
            0851「曲江夜歸，聞元八見訪」
                自入臺來見面稀，班中遙得揖容輝。……
「居處之莊潔」  0832「和元八侍御升平新居四絕句」
                其一「看花屋」忽驚映橫新開屋，却似當簷故種花。……
                其四「松樹」  白金換得靑松樹，君旣先栽我不栽。……
```

第 3 章　交遊錄としての『白氏文集』　　329

　　　　　　　1230「題新居寄元八」……莫羨昇平元人宅，自思買用幾多錢。
「操行之貞端」　0945「夜宿江浦，聞元八改官，因寄此什」
　　　　　　　　　君遊丹陛已三遷，……劍珮曉趨雙鳳闕。……
「襟靈之曠淡」　0176「答元八宗簡同遊曲江後明日見贈」
　　　　　　　　　……賴聞瑤華唱，再得塵襟清。
　　　　　　　0875「江上吟元八絕句」
　　　　　　　　　……應有水仙潛出聽，翻將唱作步虛詞。
　　　　　　　1236「酬元郎中同制加朝散大夫書懷見贈」
　　　　　　　　　……終身擬作臥雲伴，逐月須收燒藥錢。……
「骨肉之敦愛」　0551「哭諸故人，因寄元八」……昔見君生子，今聞君抱孫。……
　　　　　　　0812「欲與元八卜隣，先有是贈」
　　　　　　　　　……可獨終身數相見，子孫長作隔牆人。
　　　　　　　1010「潯陽歲晚寄元八郎中，庾三十三員外」
　　　　　　　　　……漏盡難人報，朝迴幼女迎。……
「丘園之安樂」　0832「和元八侍御升平新居四絕句」
　　　　　　　　　其二「累土山」堆土漸高山意出，終南移入戶庭間。……
　　　　　　　　　其三「高亭」……好看落日斜銜處，一片春嵐映半環。
「山水風月之趣」0812「欲與元八卜隣，先有是贈」
　　　　　　　　　……明月好同三徑夜，綠楊宜作兩家春。……
　　　　　　　0832「和元八侍御升平新居四絕句」
　　　　　　　　　其二「累土山」……玉峯藍水應悵，恐見新山忘舊山。
　　　　　　　0875「江上吟元八絕句」
　　　　　　　　　大江深處月明時，一夜吟君小律詩。……
　　　　　　　0838「李十一舍人松園飲小酎酒，得元八侍御詩。序云：
　　　　　　　　　『在臺中推院，有鞠獄之苦』。卽事書懷，因酬四韻」
　　　　　　　　　愛酒舍人開小酌，能文御史寄新詩。……
　　　　　　　0844「雨中攜元九詩訪元八侍御」
　　　　　　　　　微之詩卷憶同開，……好句無人堪共詠，……

1209「吟元郎中白鬚詩兼飮雪水茶，因題壁上」
　　　　　　吟詠霜毛句，閑嘗雪水茶。……

「興人久要」1010「潯陽歲晚寄元八郎中，庾三十三員外」
　　　　　　……春深舊鄉夢，歲晚故交情。……

1114「京使迴，累得南省諸公書……」
　　　　　　……每勞存問媿交親。……列宿參差十五人。……

「遇物多情」0257「東城秋意，寄元八」　……秋池少遊客，唯我與君俱。

0990「酬元員外三月三十日慈恩寺相憶見寄」
　　　　　　恨望慈恩三月盡，紫藤花落鳥關關。……

1127「畫木蓮花圖，寄元郎中」
　　　　　　……唯有詩人應解愛，丹青寫出與君看。

　「開卷而盡可知也」という言葉どおり，『文集』の一文字一文字から元宗簡の面影が白居易の面影と重なりあって浮かび上がって來る。多忙を極める侍御史を實直に勤めあげ，郎中に昇格して庭園付きの邸宅を構え，少尹を拜命して閒も無く病死。その閒，絕えず，寸暇をみつけて詩を交わし，渭村・江州・忠州で逆境に沈む白氏を勵まし慰め續けた人。白氏が理想とする「中隱」[2277 詩]を實踐した官僚詩人。それが白氏の敬愛する元宗簡であった。

［6］隣人としての元宗簡

　妹尾達彥氏の勞作「白居易兩京居住表稿」[『白居易研究講座』第 1 卷「白居易と長安・洛陽」272 頁] のお蔭で，我々は，白居易の轉居先を容易に辿ることができる。この表と「長安城坊里圖」[＊第 2 部 第 1 章 第 2 節「唐代長安城の沙堤」附圖を參照。]に付された西の A から東は J までの記號と北の 1 から南は 13 までの數字の組合せを見ると面白いことに氣付く。まず，30 代前半には永樂坊 (G-8) の借家，36～39 歲の時には新昌坊 (J-8) の借家，39～40 歲の時には宣平坊 (I-8) の借家，40～43 歲の時には渭村の自宅，43～44 歲の時には昭國坊 (H-10) の借家，

44〜49歳の時には江州と忠州の官舎，50〜51歳の時には新昌坊（J-8）の自宅に居たことが一目瞭然となる。長安城東南角の曲江池が（J-13）であるから，新昌坊の（J-8）は，一番東寄りの坊で，北から8番（南から6番目）に位置することを表わしている。長安城内の轉居先の數字が，昭國坊（H-10）以外は全て8になっていることに注目しよう。283頁の「長安城坊里圖」[＊注意：7と8の間に誤記された春明門の位置を4と5の間に移動。訂正する必要がある]と282頁の「(2) 知人宅」を見ると，「元宗簡宅（昇平 I-9）」とあるから，白居易は昇平坊（I-9）のすぐ北の坊を東西に水平移動していたことがわかる。進昌坊にあった慈恩寺（H-11）や通善坊（H-12）にあった杏園から李建宅を通って曲江池（J-13）へと向かう時，(J-8)－(I-9)－(H-11)－(H-12)－(J-13) の順に元宗簡宅經由で出掛けたことが想像される。1266詩「予與故刑部李侍郎，早結道友，以藥術爲事，與故京兆元［少］尹，晩爲詩侶，有林泉之期。周歳之間，二君長逝，李住曲江北，元居昇平西，追感舊游，因貽同志」の「李住曲江北」「元居昇平西」の文字が「追感舊游」の實感を伴って響き出す。

　0812詩「欲與元八卜鄰，先有是贈」は『唐宋詩醇』や『唐詩別裁集』に採録され，我國でも『千載佳句』下「居處部」「隣家」や『和漢朗詠集』卷下「隣家」に抄録され，古くから愛唱された名作である。また，市川桃子著「ヨーロッパに於ける白居易詩受容の初期の樣相」[『中唐文學の視角』創文社1998年2月發行59頁]に據れば，フランスのエルベ・サン・ドニが『唐代の詩』[1862年]に翻譯・收錄した97首の中に2首，白詩が含まれており，「草」[＊0671「賦得古原草，送別」]と共に採用された作品が，この0812詩であるという。『唐詩別裁集』が傍點を付した「明月好同三徑夜，綠楊宜作兩家春」の對句は，かって我國でも朗詠された名句である。問題は，冒頭2句「平生心迹最相親，欲隱牆東不爲身。……」の「不爲身」をどう解釋するかである。ちなみに，『續國譯漢文大成 白樂天詩集』(二) 469頁の［詩意］には「君と僕とは平生氣心がよく合ってゐるから，今度君の東隣に僕が卜居しようとするのは，ただ僕の爲ばかりではない。君にも都合がよいだろう。……」とあり，『新釋漢文大系 白氏文集』(三) 233頁も［通釋］に「君と私は日頃から氣心知れた仲であって，今度私が君の家の東隣に

隠居しようとするのは，ただ私の爲ばかりでなく，君にとっても好都合であろう」と異口同音の解釋を繰り返している。ところが，中國では別の解釋がなされている。顧肇倉・周汝昌選註『白居易詩選』[作家出版社1962年12月，人民文學出版社1982年2月]には「欲隱墻東：隱居在墻東的意思」とあるが，問題の「不爲身」に註は無い。幸い『白居易詩歌賞析集』の122頁に，「……當據『文選』王康琚『反招隱詩』：“大隱隱朝市。”在朝做官過着大隱的生活。墻東，『後漢書・逸民・逢萌傳』稱王“君公遭亂，獨不去，儈牛（平會两家賣買之價）自隱。時人謂之論曰‘避世墻東王君公’。”這裏說，欲借官自隱，不爲身謀」とあり，梁鑑江選註『白居易詩選』[廣東人民文學出版社1986年9月重印]も22頁に『後漢書・逢萌傳』を引いて「唐代仍以“墻東”指仕途失意者的居地。身：指進身」と語注を付け，冒頭2句を「我們兩人平生志趣相同，最爲相親，大家都想找個不惹人注目的地方隱居下來，不願爲謀求進身而拋頭露面」と現代漢語譯している。

　この冒頭2句を理解するには，0176詩「答元八宗簡同游曲江後明日見贈」の「長安千萬人，出門各有營。唯我與夫子，信馬悠悠行。……賴聞瑤華唱，再得塵襟清」と1236詩の「曩者定交非勢利」とを合わせ讀む必要がある。「不爲身」は「非勢利」と同内容であって，「心迹最相親」を際立たせる言葉である。これを「自分のためだけではなく」と解釋し，「君にとっても」と續けるのは，「心」と「身」が呼應していることを看過した誤譯である。『漢語大詞典』の10冊698頁「身」を引くと，18項目の第4項に「自身；自己」とあるが，第12項には「功名；事業」とある。やはり，この「不爲身」は「不爲功名」もしくは，「不爲勢利」と置き換えるべきである。白氏が元宗簡の隣人となりたいと思ったのは，官僚として活躍しながらも「功名」や「勢利」にとらわれない元宗簡の「心迹」に共鳴したからである。0176詩では，30代前半の校書郎白居易が「歸來　一宿を經」るうちに「世慮　稍く復た生」じ，9歳年上の元宗簡の「瑤華」と形容すべき妙なる詩の響きによって「再び塵襟を清くするを得」たと言っている。中ほどの「何必滄浪去，卽此可濯纓」は，長安の曲江池でも，元宗簡と一緒なら脱俗の境地に至ることができることを詠ったもので，後の「中隱」思想に發展する處世觀が，元宗簡との交遊によって芽生えていたことを示す貴重な資料

　　　　　　　第3章　交遊録としての『白氏文集』　　　　　333

である。「秦中吟」「新樂府」で代表される「諷諭詩」で積極的に政治に參畫する若き日の白氏は，一方で「閑適詩」を唱和し合う元宗簡たちとの交遊から得られる"やすらぎ"によって，公と私，動と靜，勢利と脱俗の閒を，前者への傾きを牽制するかのように搖れ動きながら，精神の調和を保っていたのである。

　0268 詩「昭國閑居」を作った時，渭村退居から復歸して閒もない44歲の白氏は，まだ借家住まいであった。借家は元宗簡宅の在る昇平坊 (I-19) から 68m 道路を挾んで斜め西南に位置する「昭國」坊 (H-10) に在った。從って，「綠楊宜作兩家春」[0812 詩]というほど近くはない。「欲隱牆東不爲身」[0812 詩]の「牆東」は，出典を踏まえた「隱居」を意味する詩語であると同時に實際の位置關係をも言っているように思われる。其二 0834「高亭」の「**東家**留取當**西山**」や其四 0835 詩「松樹」の「幸有**西**風易憑仗」の句から推すに 0832〜5「和元八侍御升平新居四絕句」は，「元八侍御昇平新居」の東隣に賣りに出た「牆**東**」の購入予定地で作っているのではなかろうか？文字通り元宗簡の東隣に住みたいと言うのであれば，元宗簡宅は昇平坊の西に在った [＊1266 詩題「……元居昇平西……」] というから，昭國坊ではなくて昇平坊內に住む必要がある。おそらく，元宗簡が昇平坊に新居を構えるに際し，その東隣に轉居したいと考えたのであろう。しかし，その願望は叶わないまま，白氏は江州へと左遷されてしまう。忠州刺史から長安に復歸した後，靑龍寺の在る新昌坊に念願の新居を購入することが出來たものの，後に「水竹隣居竟不成」[1266 詩]と悔やむ結果に終わったのは，0268「昭國閑居」の「貧閑日高起，……勿嫌祿俸薄，……」や 1230 詩の「……莫羨昇平元八宅，自思買用幾多錢」から推すに，一緒に轉居して隣人となろうにも，當時の白居易には經濟的制約があって斷念せざるを得なかったからであろう。藍田の舊宅を賣却して昇平坊宅を買い，大金を投じて庭園を整備したと思しき元宗簡ほどの財力が，當時の白居易には無かった。0812「欲與元八卜隣，先有是贈」の次に配列された 0832〜5「和元八侍御升平新居四絕句」の題下に「時方與元八卜隣」とあり，0833 其二「累土山」の詩末に「元舊居在藍田山」の自注がある。0835 其四「松樹」冒頭2句「白金換得靑松樹，君旣先栽我不栽。……」は，元宗簡の財力を羨む白氏の氣持ちを反映している。この推論の傍證

となるのが，3272「以詩代書，寄戸部楊侍郎，勸買東鄰王家宅」である。ここでは，洛陽の履道坊に住む65歳の白居易が，妻の兄である楊汝士に「勸君買取東鄰宅，與我衡門相竝開。……」と勸めている。大和五年［831］冬に逝去した「東鄰」の王大理宅が賣りに出たのである［『白居易集校箋 四』2266頁參照］。元宗簡は，義兄楊汝士に匹敵する存在であり，隣人として親戚同樣の暮らしのできる相手であった。

　49歳の白居易は，忠州から長安の元宗簡に詩を寄せて「……好在元郎中，相識二十春。昔見君生子，今聞君抱孫。存者盡老大，逝者已成塵。早晩升平宅，開眉一見君」［0551詩］と呼び掛けている。同じ年の冬には，「……城中展眉處，只是有元家」［1209詩］と言っている。陰鬱な忠州で相次ぐ友人の訃報を受け取った白氏にとって，愁いの眉を開いてくれる人は，長安の昇平里に住む元宗簡その人であった。

［7］元宗簡の職歷と官僚生活

　2912「故京兆元少尹文集序」に「……自擧進士，歷御史府，尙書郎，訖京兆亞尹。……職業之恭愼，……」とある。白氏44歳太子左贊善大夫時代の0851「曲江夜歸，聞元八見訪」詩に「……自入臺來見面稀，班中遙得揖容輝。……」とあり，御史臺の侍御史［＊從六品下］として忙殺されていた元宗簡の樣子を0838「李十一舍人松園飮小酌酒，得元八侍御詩。序云：『在臺中推院，有鞫獄之苦』。卽事書懷，因酬四韻」の中で，「……古柏廳前忙不知。……晩衙君是慮囚時。……」と記している。李建が「松園」で酒を樂しんでいた時，元宗簡は御史臺の「推院」で「鞫獄」に追われていたのである。しかも，「早夏我當逃暑日」のことである。同時期の閑適詩0266「朝歸書寄元八」に「……臺中元侍御，早晩作郎官。……」とあり，白氏の言葉通り，元宗簡は郎中の副官である金部員外郎［＊從六品上］を經て，尙書省の戸部に所屬する倉部郎中［＊從五品上］に昇格する。皮肉にも元宗簡の「改官」の知らせを白氏は「江浦」で聞くことになる。江州司馬に左遷されたのである。0945「夜宿江浦，聞元八改官，因寄此什」に

第3章　交遊錄としての『白氏文集』

「君遊丹墀已三遷,我汎滄浪欲二年。……」とある。長安を追われて江州へ赴く舟中で0875「江上吟元八絕句」を詠んでから,失意の時が流れた。かつて校書郎時代に二人で曲江に遊んでの作0176「答元八宗簡同游曲江後明日見贈」で「何必滄浪去」などと嘯いたことを思い出し,0990「酬元員外三月三十日慈恩寺相憶見寄」で「……誠知曲江春相憶,其奈長沙老未還。……」などと邊境での生活をかこつうちに,長安の元宗簡は順調に昇格し,「侍御」から「員外」「郎中」へと「三遷」を遂げていた。1010「潯陽歲晚,寄元八郎中,庾三十二員外」では元宗簡や庾敬休の「……封事頻聞奏,除書數見名。……」を羨み,1041「十二年冬,江西溫暖,喜元八寄金石稜到。……」詩では「春瘴」を氣遣って漢方藥「金石稜」を送ってくれた元宗簡の心遣いに感謝している。また楊巨源と共に「烏が啼くと罪が解かれる」という,當時の迷信で慰める元宗簡に「……我歸應待烏頭白,慚愧元郎誤歡喜」0524「答元郎中・楊員外喜烏見寄（四十四字成）」と答え,1067「答元八郎中・楊十二博士」詩では「……誰能抛得人閒事,來共騰騰過此生？」などと強がりを言っている。江州司馬から忠州刺史になった白氏のもとに「十五人」の「南省諸公」から書簡が届き,その中に楊巨源と元宗簡の名前もあった。白氏はかつての同僚達に「雪壓泥埋未死身,每勞存問媿交親。……」［1114詩］と感謝している。そうした元宗簡へのせめてものお禮ででもあろうか,「丹青」による彩色畫に1127「畫木蓮花圖,寄元郎中」詩を添えて長安まで送り届けている。長安在住の諸友の盡力もあって,まもなく忠州から中央復歸を果たす日がやってくるが,王質夫といった舊友の訃報で滅入っていた時,白氏の心を癒してくれる人はやはり昇平里に住む元宗簡であった。0551「哭諸故人,因寄元八」詩の「……好在元郎中,相識二十春。昔見君生子,今聞君抱孫。……早晚升平宅,開眉一見君」の言葉は,隣人として子々孫々に至るまでの付き合いを願う白氏の氣持ちとそれに値する元宗簡の人となりを傳えている。「……早晚升平宅,開眉一見君」という願いは,元和十五年［820］に實現した。司門員外郎［*從六品上］として長安に復歸した49歲の白氏は1209「吟元郎中白鬚詩兼飲雪水茶,因題壁上」詩の中で「……城中展眉處,只是有元家」と詠い,しみじみとした喜びを靜かに味わっている。翌年,穆宗が卽位し,年號も長慶

に變わり，白氏は主客郎中知制誥［＊從五品上］として活躍していた。この年の春，元宗簡は京兆少尹［＊從四品下］に出世したが，花見時に8回もの宿直を重ねる白氏には祝賀に駆け付ける暇も無かった。1220「和元少尹新授官」詩「官穩身應泰，春風信馬行。縱忙無苦事，雖病有心情。厚祿兒孫飽，前驅道路榮。花時八入直，無暇賀元兄」の冒頭は，30代の作0176詩の「長安千萬人，出門多有營。唯我與夫子，信馬悠悠行。行到曲江頭，反照草樹明。南山好顏色，病客有心情。……」を意識してか「信馬」「病」「心情」の語をちりばめている。渭村退居の40代の作0257「東坡秋意，寄元八」詩に「……忽憶同賞地，曲江東北隅。……」と詠ったことも懷かしく想い起していたことであろう。1221「朝迴和元少尹絕句」に「朝客朝朝迴望好，盡紆朱紫佩金銀。此時獨與君爲伴，馬上青袍唯兩人」とあり，1222「重和元少尹」に「鳳閣舍人京亞尹，白頭俱未著緋衫。南宮起請無消息，朝散何時得入銜」とある。昇格の遲い者同志の愚癡が聞こえて來そうな詩である。

　白居易や元宗簡への辭令「白居易授尚書主客郎中知制誥制」［＊元和十二年十二月］「元宗簡權知京兆少尹・劉約行尚書司門員外郎制」［＊長慶元年春以前］は，共通の友人元稹が書いている。二人に朝散大夫の散官が加えられるという朗報を傳えたのは元稹かもしれない。白氏50歳の作1236「酬元郎中同制加朝散大夫書懷見寄」詩には，「命服雖同黃紙上，官班不共紫垣前，青衫脫早差三日，白髮生遲校九年。……五品足爲婚嫁主，緋袍著了好歸田」とある。職事官の品階は白居易の方が下であったが，二人の散官は共に「朝散大夫」［＊從五品下］であった。當時，朝服の色は散官によって制限されていた。「緋袍」は散官の品階で五品以上，三品以下に許される。その「緋袍」に白居易の方が9歳年長の元宗簡より3日早く袖を通すことができたのである。しかし，白居易は手放しで喜んではいない。7歳年下の元稹に1237「初著緋戲贈元九」詩で「……那知垂白日，始是著緋年。……我朱君紫綬，猶未得差肩」とこぼしている。元稹は長慶元年［821］に43歳で中書舍人［＊正五品上］・翰林承旨學士となり，穆宗から紫金魚袋を賜っていたからである。

　50歳の白氏が還曆に近い京兆少尹元氏に贈った1243詩は，老境を詠んだ名

第3章　交遊録としての『白氏文集』　　　　　337

　　1243「新秋早起有懷元少尹」（新秋に早起して元少尹を懷ふこと有り）
　　秋來轉覺此身衰　　秋來　轉た覺ゆ　此の身の衰へたるを
　　晨起臨階盥漱時　　晨に起き階に臨み　盥漱する時
　　漆匣鏡明頭盡白　　漆匣の鏡　明らかにして　頭　盡く白く
　　銅瓶水冷齒先知　　銅瓶の水　冷やかにして　齒　先づ知る
　　光陰縱惜留難住　　光陰　縱ひ惜しむも　留むるも住め難し
　　官職雖榮得已遲　　官職　榮んなりと雖も　得たること已に遲し
　　老去相逢無別計　　老去して　相逢はんとするは　別計無し
　　強開笑口展愁眉　　強ひて笑口を開き　愁眉を展ぜん

『千載佳句』の「老」に採録された對句「漆匣鏡明頭盡白，銅瓶水冷齒先知」から清冽な初秋の朝の老いの感慨が傳わって來る。

[8] 元宗簡の死

　1252「慈恩寺有感」詩では「自問有何惆悵事，寺門臨入却遲迴。李家哭泣元家病，柿葉紅時獨自來」とさみしく呟いている。この詩の題注に「時杓直初逝，居敬方病」とある。親友李建は二月二十三日に逝去，せめて「強開笑口展愁眉」と思っても，元宗簡もまた病床に伏していた。慈恩寺の眞っ赤に染まる柿の葉もやがて枝を去り，病身のまま冬を越えた元宗簡は，翌長慶二年［822］の春，親友を殘して「泉壤」に旅立つ。0571「晩歸有感」の「……劉曾夢中見，元家花前失。……」の句注に「……元八少尹今春櫻桃花時長逝」と記されている。1266「予與故刑部李侍郎，早結道友，以藥術爲事，與故京兆元［少］尹，晚爲詩侶，有林泉之期。周歲之間，二君長逝。李住曲江北，元居昇平西。追感舊游，因貽同志」詩の「……自亡元後減詩情。……水竹鄰居竟不成。……花時那忍到昇平。……」と1270「元家花」詩の「今日元家宅，櫻桃發幾枝。稀稠與顏色，

一似去年時。失却東園主，春風可得知」から，白氏の啜り泣きが聞こえてくる。

2912「故京兆元少尹文集序」が綴られ，2216・2217「題故元少尹集後」二首が『元少尹文集』の巻末に書かれたのは，寶曆元年 [825] 54 歳の白氏が蘇州刺史の時のことである。元途からの依頼を受けてより「四年」の月日が流れていた。2912 序には，「……旣而途奉理命，號而告予。無幾何，會予自中書舍人出牧杭州，歲餘，改右庶子，移疾東洛。明年，復刺蘇州，四年閒，三換官，往復奔命，不啻萬里。席不遑煖，矧筆硯乎。故所託文，久未果就。及刺蘇州，又劇郡，治數月，政方暇。因發閱篋裹，睹居敬所著文。……」と記されている。約束を果たせずにいた「四年」間，白氏は 30 巻の『元少尹文集』を「篋裹 [＊篋帙は巻軸を包む布と箱]」に入れて移動していたのである。形を整えるだけの文章なら，元途の面前で卽座に書きおおせるだけの手腕も自信もあったであろう。その方が氣も樂であったに違いない。しかし，白氏には感情の高まりを待つ時閒が必要であった。他ならぬ親友の文集だからこそ，亡友との時空を超えた「會面」の場で，しみじみと序を綴りたかったのである。

在りし日の元宗簡が宗上人と「唱酬」した詩を，白氏は普濟寺の法堂で見た。大和元年 [826] か二年 [827] に長安で作られた 2234「題道宗上人十韻 幷序」の序に「普濟寺律大德宗上人法堂中，有故……元少尹……今……錢左丞詩，覽其題皆與上人唱酬，閱其人皆朝賢，省其文皆義語，……」と記されている。白居易の 0266「朝歸書寄元八」に「……禪僧與詩客，次第來相看。……」とあり，姚合の「和元八郎中秋居」詩に「……郎中似散仙。……夜坐學僧禪。……」とある。張籍は「和左司元八郎中秋居」十首の其三 [146 詩] に「……見僧收酒器，迎客換紗巾。……」，其四 [147 詩] に「……山情因月甚，詩語入秋高。……」，其五 [148 詩] に「……書客多呈帖，琴僧與合絃。……」，其八 [151 詩] に「菊地纔通屐，茶房不壘階。……」と詠み，書客や詩僧を交えての樂しみが喫茶や彈琴といった淡々としたものであったことを傳えている。

張籍の七言律詩「哭元八少尹」に，白氏の五言六句からなる「元家花」詩と同じ「-i」の響きをもつ支韻が用いられ，同じ詩語「今日」「春風」が含まれているのは，決して偶然の一致ではない。

213「哭元八少尹」張籍（元八少尹を哭す）
　　平生志業獨相知　　平生　志業　獨り相知る
　　早結雲山老去期　　早に結ぶ　雲山　老去の期
　　初作學官常共宿　　初めて學官と作り　常に宿を共にし
　　晚登朝列暫同時　　晚く朝列に登り　暫に時を同にす
　　閑來各數經過地　　閑來　各おの數ふ　經過せる地
　　醉後齊吟唱和詩　　醉後　齊吟す　唱和の詩
　　今日春風花滿宅　　今日　春風　花　宅に滿ち
　　入門行哭見靈帷　　門に入りて哭を行ひ　靈帷を見る

『全唐詩』卷518所收の「題友人所居」詩には小文字の題注「卽故元少尹宅」が付されている。

「題友人所居」　雍陶（友人の所居に題す）
　　亞尹故居經幾主　　亞尹の故居　幾主を經たる
　　只因君住有詩情　　只だ君の住むに因りて　詩情有り
　　夜吟鄰叟聞惆悵　　夜吟　鄰叟　聞きて惆悵す
　　七八年來無此聲　　七八年來　此の聲無し

　かつて「莊潔」なる「居處」であった「故元少尹宅」は，「幾主」かを「經」て「七・八年」ぶりに「詩情」を「有」する主人を迎えていた。『全唐詩』によれば，この詩の作者は晩唐詩人の雍陶で，小傳には「……大和閒 [827〜835] 第進士，大中八年 [854] ……出刺簡州」と記されている。「故居」のかつての主人「元少尹」が「詩情」を「有」する人であったことを，一世代若い雍陶もその「友人」「君」も，そしておそらく「鄰叟」も知っていた。かつて名士達の集うサロンであった元宗簡宅は，次世代の詩人達の間でも語り草になっていたのであろう。

元宗簡の死後「七・八年」は大和年間に當たる。この詩が作られた時，白居易は元宗簡の卒年と同じ還暦を迎えようとしていた。

　元宗簡の死後，その空白を埋めてくれる人物が登場する。劉禹錫である。劉・白二人の唱和が頻繁になるのは，和州刺史であった劉禹錫が大和元年八月に主客郎中分司として洛陽に戻ってからのことである。

［追記］投稿後に偶然，神鷹德治氏より「『管見記』紙背の『文集』について——解說と翻字」［『懷德』第66號］の拔刷を拜受し，84頁に掲載された寫眞によって宮內廳書陵部藏『管見記』紙背の墨跡を眼にする機會を得た。毛筆で書寫された0990の詩題「酬元八員外三月卅日慈恩寺相憶見寄」の「元八員外」と「紫藤花落鳥關々」の句の「紫藤」の文字は，金部員外郎元宗簡と慈恩寺の紫藤花を彷彿とさせる貴重な資料である。また，小松英生氏は速達で「白居易と元宗簡」の拔刷を送って下さった。兩氏に感謝し，校正時［1998年8月26日］に付記する。
　　　　　　　　　　　　　　　　　　　　　　［＊『研究紀要』56號揭載時の追記］

【錢徽】

　錢徽との交遊を取り上げる理由は次の3點に要約される。

1．錢徽が白氏の敬慕する年長の同僚であったこと。
2．錢徽が韓愈や劉禹錫といった中唐期を代表する詩人達と唱和していること。
3．白氏が錢徽に贈った詩に當時の日常生活が反映されていること。

　全體は次のごとく構成される。

　　［1］　出逢いより錢徽長逝に至るまでの交遊
　　［2］　正史に記された錢徽像
　　［3］　周邊詩人の關連作品に見られる錢徽像
　　［4］　錢徽の人となり——陶淵明・王維・錢起との關連
　　［5］　元宗簡との比較にみる錢徽との交遊の特色

第3章　交遊録としての『白氏文集』

［1］出逢いより錢徽長逝に至るまでの交遊

　唐の長安城が牡丹の大輪で埋め盡くされる春，人々は「紫豔」や「紅英」の色彩に酔っていた。同じ牡丹でも「白牡丹」を好む人は稀で，奧まった寺院の庭にひっそりと咲いている。白居易は，みずからの姓が「白」ということもあって，白い花，白い鳥，白い馬が好きであった。「白蓮」「白菊」「白鶴」「白鷺」そして「白馬」。清楚で氣高い「白」は，白氏の人となりを象徴するかに思われる［埋田重夫著「白居易と家屋表現（下）の一」『中國詩文論叢』第17集107頁參照］。「白牡丹」もまた，白氏が愛した白く清楚な花であった。

　この，あまり顧みられることの無い「素華」の叢（くさむら）を，盡日しめやかに巡り歩く人がいる。錢徽である。白氏は，0031「白牡丹［寄錢學士作］」の前半に「城中看花客，旦暮走營營。素華人不顧，亦占牡丹名。開在深寺中，車馬無來聲。唯有錢學士，盡日遶叢行。……」と詠んでいる。そして，「白牡丹」を愛する理由を述べてこう續ける。「……憐此皓然質，無人自芳馨。衆嫌我獨賞，移植在中庭。留景夜不暝，迎光曙先明。對之心亦靜，虛白相向生。……」

　春の夜に淸らかな白い光を浮かび上がらせ，朝日を受けて最初に輝き出す爽やかさ。白氏は人々の見逃しがちな美を見出し，錢徽はその纖細な感性をそっと包み込む。白氏はそんな高雅で溫和な錢徽の人となりに惹かれた。

　白氏が錢徽に言及した作品は，『唐五代人交往詩索引』1450頁に掲載された詩だけで30例有り，白氏が渭村で錢徽を念頭に置いて綴った擬制も1例殘されている。さらに，1487「答戶部崔侍郎書」にも「錢・蕭二舍人」と記されており，0219「效陶潛體詩十六首　幷序」其七では「……我有同心人，邈邈崔與錢。我有忘形友，迢迢李與元。……」と言う。こうした作品群を制作年代順（朱金城氏の『白居易集箋校』に據る）に列記すると，翰林院で知り合ってより錢徽が亡くなるまで，20年を超える歳月に亙って二人の交流が續けられていたことがわかる。

作品番號	「詩題」	制作年代	朱金城［編］『白居易集箋校』
0031	「白牡丹［寄錢學士］」	元和二～六年［807～811］	朱1冊39頁
0585	「和錢員外答盧員外早春獨遊曲江見寄長句」	元和二～六年［807～811］	朱2冊641頁
0191	「冬夜與錢員外同直禁中」	元和三年［808］	朱1冊282頁
0192	「和錢員外禁中夙興見示」	元和三年［808］	朱1冊283頁
0749	「和錢員外早冬玩禁中新菊」	元和三～五年［808～810］	朱2冊825頁
0711	「同錢員外題絕糧僧巨川」	元和四年［809］	朱2冊797頁
0712	「絕句代書贈錢員外」	元和四年［809］	朱2冊798頁
0739	「立春日酬錢員外曲江同行見贈」	元和四～六年［809～811］	朱2冊817頁
0740	「和錢員外青龍寺上方望舊山」	元和四～六年［809～811］	朱2冊818頁
0748	「夜惜禁中桃花因懷錢員外」	元和四～六年［809～811］	朱2冊824頁
0720	「杏園花落時招錢員外同醉」	元和五年［810］	朱2冊803頁
0722	「同錢員外禁中夜直」	元和五年［810］	朱2冊805頁
0731	「酬錢員外雪中見寄」	元和五年［810］	朱2冊811頁
0732	「重酬錢員外」	元和五年［812］	朱2冊812頁
1822	**「錢徽司封郎中知制誥制」**　［＊渭村での擬制］	元和六～八年［811～813］	**朱5冊3194頁**
0219	「效陶潛體詩十六首并序」其七	元和八年［813］	朱1冊308頁
0797	「得錢舍人書問眼疾」	元和九年［814］	朱2冊859頁
0807	「渭村退居寄禮部崔侍郎翰林錢舍人詩一百韻」	元和九年［814］	朱2冊874頁
1487	**「答戶部崔侍郎書」**	元和十一年［816］	**朱5冊2806頁**
0953	「寄李相公崔侍郎錢舍人」	元和十一年［816］	朱2冊1011頁
0307	「答崔侍郎錢舍人書問因繼以詩」	元和十二年［817］	朱1冊389頁
0559	「登龍昌上寺望江南山懷錢舍人」	元和十五年［820］	朱2冊610頁
1167	「錢虢州以三堂絕句見寄因以本韻和之」	元和十五年［820］	朱2冊1196頁
1250	「錢侍郎使君以題廬山草堂詩見寄因酬之」	長慶元年［821］	朱3冊1262頁

第3章　交遊録としての『白氏文集』

1319「吉祥寺見錢侍郎題名」	長慶二年［822］朱3冊1322頁
1328「初到郡齋寄錢湖州李蘇州」	長慶二年［822］朱3冊1331頁
1341「錢湖州以箸下酒李蘇州以五酘酒相次寄到無因同飲聊詠所懷」	
	長慶二年［822］朱3冊1342頁
1348「小歲日對酒吟錢湖州所寄詩」	長慶三年［823］朱3冊1350頁
2544「華城西北雉堞最高崔相公首創樓臺錢左丞繼種花果合爲勝境題在雅篇歲暮獨遊悵然成詠」［時華州未除刺史］大和元年［827］朱3冊1726頁	
2571「喜錢左丞再除華州以詩伸賀」	大和二年［828］朱3冊1750頁
2572「和錢華州題少華清光絕句」	大和二年［828］朱3冊1751頁
2267「和微之詩二十三首　幷序」其十七「和自勸二首」其二	
	大和二年［828］朱3冊1484頁

　朱金城氏の考證によれば，元和二年［807］以前に二人の交遊を示す作品は無い。また，大和二年［828］以降，白詩から錢徽の名は消える。その間の20餘年，錢徽の官職が「員外」「舍人」「虢州（刺史）」「侍郎」「湖州（刺史）」「左丞」「華州（刺史）」と移り，白氏自身も翰林學士時代から「渭村退居」時代を經て，江州司馬・忠州刺史・杭州刺史・蘇州刺史を轉々とし，ある時は中央，またある時は地方と活躍場所を變えても，詩を媒介としての交流は絕えることなく續けられていた。

　第1節「白居易をめぐる人々」に「元和二年［807］は白居易にとって記念すべき年となった。秋に集賢殿校理となり，十一月五日には翰林院學士となる。……白居易は，四年前に知り合った李建をはじめ裴垍・李絳・崔群・錢徽といった錚々たる名臣と翰林院で肩を並べている。……」と記したように，憲宗を支える側近の仲間入りをした白氏は，翰林院での勤務を通じて，第一級の官僚たちとの親交を深める機會を得た。

　白居易にとって元和二年は絕頂期であった。しかし，元和元年九月十六日に母を亡くした元稹にとって，喪があける元和三年十二月までの足掛け三年の歲月は，精神的にも經濟的にも低迷期であった。元和四年二月，裴垍によって監

察御史に拔擢された元稹は，三月に劍南東川に赴き，七月には妻を亡くして咸陽に亡骸を葬っている。八月は東都洛陽に居て，白氏とは面談の機會は無い。元和五年三月に長安に召還されるが，すぐに江陵に左遷されてしまう。空間を隔てての交流は可能であったが，時間と生活の場を共有することは物理的に不可能であった。そんな空虛さを補完してくれる存在の一人に錢徽がいた。白氏の翰林學士時代に元稹とのすれ違いが重なったことと，この時期に錢徽との唱和詩が集中していることは單なる偶然ではない。0844「雨中攜元九詩訪元八侍御」の「好句無人堪共詠」という物足りなさを解消してくれる人物の１人が元宗簡であったように，錢徽は元稹に代わって唱和するに値する詩人であった。

『白氏文集』卷14 を繙くと，0709「曲江獨行」詩の題下に「自此後在翰林時作」という自注が付いており，0775「寄上大兄」詩の下には「已後詩在下邽村居作」と記されている。そして，その閒に連なる詩群の詩題に「錢員外」の文字が頻出する。

0711	「同**錢員外**題絕糧僧巨川」	元和四年 [809]
0712	「絕句代書贈**錢員外**」	元和四年 [809]
0720	「杏園花落時招**錢員外**同醉」	元和五年 [810]
0722	「同**錢員外**禁中夜直」	元和五年 [810]
0731	「酬**錢員外**雪中見寄」	元和五年 [810]
0732	「重酬**錢員外**」	元和五年 [810]
0739	「立春日酬**錢員外**曲江同行見贈」	元和四～六年 [809～811]
0740	「和**錢員外**靑龍寺上方望舊山」	元和四～六年 [809～811]
0748	「夜惜禁中桃花因懷**錢員外**」	元和四～六年 [809～811]

祠部員外郎錢徽は，元和三年 [808] 八月二十六日に　翰林學士に拔擢され，元和六年 [811] 四月二十四日に司封郎中となっている。元和二年以前に面識が有ったとしても，互いに詩を交わす機會は無かったようである。元和三年 [808] の作 0192「和錢員外禁中夙興見示」を讀むと，中で二人が共に過ごした宿直で

第3章　交遊録としての『白氏文集』　　　345

　　0192「和錢員外禁中臥興見示」(錢員外の禁中に臥に興きて示さるるに和す)
　　窗白星漢曙　　　窗は白し　星漢の曙
　　窗暖燈火餘　　　窗は暖かし　燈火の餘
　　坐卷朱裏幕　　　坐して卷く　朱裏の幕
　　看封紫泥書　　　看て封ず　紫泥の書
　　窅窅鍾漏盡　　　窅窅として　鍾漏盡き
　　曈曈霞景初　　　曈曈として　霞景初まる
　　樓臺紅照輝　　　樓臺　紅　照輝し
　　松竹青扶疏　　　松竹　青　扶疏たり
　　君愛此時好　　　君は　此時の好しきを愛し
　　迴頭時謂余　　　頭を迴らして　時に余に謂ふ
　　不知上清界　　　知らず　上清界
　　曉景復何如　　　曉景　復た何如と

　「星漢」「松竹」の清々しさも「暖」かい「燈火」や「紅」に「照輝」する「樓臺」も「錢員外」の人柄を象徴するにふさわしい「曉景」である。振り向きながら、「不知上清界、曉景復何如？」と語りかける錢徽の表情や聲までも傳わってくる。
　錢徽は生來の名士である。その父は「大曆十才子」として知られる錢起[713～780]。錢起の「外甥」は書家として名高い懷素[737～799]である。『唐才子傳』卷4「錢起」に「……翰林學士起詩體製新奇，理致清贍。……王右丞許以高格，與郎士元齊名。……子徽，孫珝能詩，外甥懷素善書，一門之中，藝名森出，可尚矣」とあり、『舊唐書』「錢徽傳」には、「錢徽字蔚章，吳郡人。父起，……起能五言詩。……」と記されている。ただし、錢という姓は、白や元と同じ樣にマイナーな姓であり、崔・盧・李・鄭といった「大姓」ではない。先祖代々、貴族や豪族を排出する名門ではなかったため、文名は高くとも權勢とは

縁遠い「寒門」であった。しかし，錢徽には錢起や懷素の遺風とも言うべき「淸贍」なる氣品があった。

錢徽も五言詩を得意としたらしく，錢徽を對象にした白詩の半數が五言で詠われている。殘念ながら錢徽の詩はほとんど散逸してしまっている。0192詩に關しても唱和の對象となった錢徽の作は見ることができない。しかし，白詩の結びから淸楚な響きが錢徽の聲と化して聞こえてくる。錢徽が示した詩には，爽やかな光景が詠われていたのであろう。二人は，錢徽の父君錢起が「晚歸藍田酬王維給事贈別」詩の結びに「……霄漢時回首，知吾靑瑣闈」と詠んだことを想起していたのかもしれない。

元和五年［810］に詠まれた0722「同錢員外禁中夜直」も宿直の詩である。

0722「同錢員外禁中夜直」（錢員外と同に禁中に夜，直す）
宮漏三聲知夜半　　宮漏　三聲　夜半を知り
好風涼月滿松筠　　好風　涼月　松筠滿つ
此時閑坐寂無語　　此の時　閑坐し　寂として語無し
藥樹影中唯兩人　　藥樹　影中　唯だ兩人

「兩人」の姿から，王維と錢起に共通する氣品が偲ばれる。ここでも0192詩に詠われた「松」が錢徽の高潔な人柄を象徵している。「藥樹」は芍藥。1274「草詞畢，遇芍藥初開。……偶成十六韻」詩に「罷草紫泥詔，起吟紅藥詩。……兩三叢爛熳，十二葉參差。……」とある。

堤留吉著『白樂天硏究』［春秋社］第6章「白詩にあらわれた交友關係」178頁に「錢徽と白樂天との關係の記事が白詩の上に多く見えるのは，白樂天の三十六七歳からの數年，つまり白樂天と翰林にあって行動をともにした期閒のようである。……」とあるように，白氏と錢徽の關係は翰林院での同僚であった。しかし，同僚と言っても錢徽のほうが17歳も年上である。0807「渭村退居，寄禮部崔侍郎・翰林錢舍人詩一百韻」詩では，「錢兄」と呼んでいる。

羅聯添撰『白樂天年譜』64頁に，「……白樂天入院時，同時學士有李程・王

涯・裴垍・李絳・崔群共五人」とあり、『舊唐書』「職官二　翰林院」に、「……尤擇名士，翰林學士得充選者，文士爲榮。亦如中書舍人例置學士六人，內擇年深德重者一人爲承旨，所以獨承密命故也。德宗好文，尤難其選。貞元已後，爲學士承旨者，多至宰相焉」と記されている。事實、白氏と同時期の翰林學士は、白氏を除いて皆な宰相に至っている［＊下定雅弘著『白氏文集を讀む』第3章「宰相になれなかった白居易」参照］。

　白氏と同時期に翰林學士であった名臣5人の年齡差と宰相就任時期を確認しておこう。

李程［上元二年761〜開成二年837］享年77　　　　白居易より11歲年長
　　『舊唐書』卷17「敬宗本紀」
　　　長慶四年［824］五月乙卯［7日］……守本官［吏部侍郎］同中書門下平章事

王涯［？〜？］　　　　　　　　　　　　　　　　白居易より10歲前後年長
　　『新唐書』卷179「文宗本紀」［白氏56－64歲］……然涯年過七十，……
　　『舊唐書』卷15「憲宗本紀」
　　　元和十一年［816］十二月丁未［16日］……中書侍郎・同平章事

李絳［廣德二年764〜大和四年830］享年67　　　　白居易より8歲年長
　　『舊唐書』卷14「憲宗本紀」
　　　元和六年［811］十二月……己丑［28日］……守中書侍郎・同中書門下平章事

裴垍［大曆三年768〜元和六年811］享年44　　　　白居易より4歲年長
　　『舊唐書』卷14「憲宗本紀」
　　　元和三年［808］九月丙申［17日］……中書侍郎・同平章事

崔群［大曆七年772〜大和六年832］享年61　　　　白居易と同年齡
　　『舊唐書』卷15「憲宗本紀」

元和十二年［817］七月丙辰［29日］，……中書侍郎・同中書門下平章事

　山東の名門出身の崔群は，19歳の若さで進士科に登第，23歳で賢良方正・能直言極諫科に合格している。劉禹錫が「國器」と稱贊する名臣である。

　白氏と同年齡の崔群は，元和十二年［817］七月に中書侍郎・同中書門下平章事となり，人臣を極めるが，白氏と錢徽の二人は，憲宗の元和年間に翰林學士に拔擢されながらも宰相になりそこねている點で共通している。『舊唐書』「錢徽傳」に「（元和）十一年，王師討淮西，詔朝臣議兵，徽上疏言用兵累歲，供饋力殫，宜罷淮西之征，憲宗不悅，罷徽學士之職，守本官」とある。錢徽もまた正論を「上疏」したがために，かえって不運を招いてしまった人である。『舊唐書』「裴度傳」には，「……朝臣多言罷兵赦罪爲便，翰林學士錢徽，蕭俛語尤切。……」とある。「語尤切」の3文字に錢徽の別の一面を見る思いがする。その激しさは，白氏と共通する正義感による愚直なまでのひたむきさの現われであった。錢徽の不幸が決定的となるのは長慶元年［811］の事件に卷き込まれたことによる［＊「白居易をめぐる人々」「進士科再試驗事件」參照］。

　長慶二年［822］，白居易は，「……性疎豈合承恩久，命薄元知濟事難。……」［1308「初罷中書舍人」］と言い殘し，中書舍人・知制誥の要職を離れて杭州へと赴き，途中，錢徽が書き殘した文字を見つけてこんな詩を詠んでいる。

1319「吉祥寺見錢侍郎題名」（吉祥寺にて錢侍郎の名を題せるを見る）
雲雨三年別	雲雨　三年の別れ
風波萬里行	風波　萬里の行
愁來正蕭索	愁ひ來って　正に蕭索
況見故人名	況んや　故人の名を見るをや

　「三年」は刺史の任期である。この詩の前後に配列された1318詩と1320詩の詩題から，白氏は杭州までの途上，「江州」に至る前に「郢州」と「吉祥寺」を訪れていたことがわかる。「吉祥寺」が鍾祥縣東三里に位置する「靈濟菴」で

第3章　交遊録としての『白氏文集』

あることは，すでに朱金城氏によって考證されている。

『舊唐書』に，「長慶元年［811］夏四月……丁丑，詔，……貶禮部侍郞錢徽爲江州刺史，……右補闕楊汝士爲開州開江令，……」と記されていることから，左遷された錢徽が「江州」に至る途中の「吉祥寺」で書きつけた一年前の墨蹟を白氏が眼にしていたことがわかる。この詩が陰鬱な響きを持つ理由は，後に明らかにする。ここでは，錢徽を「故人」と言って懷かしんでいることに注目しておこう。

翌年，杭州に着いた白氏は，1328「初到郡齋，寄錢湖州・李蘇州」で「俱來滄海郡，半作白頭翁。謾道風煙接，何曾笑語同。吏稀秋稅畢，客散晚亭空。霽後當樓月，潮來滿座風。霅溪殊冷僻，茂苑太繁雄。唯此錢塘郡，閑忙恰得中」と詠い，湖州の錢徽と蘇州の李諒に送り屆けている。この詩には，「聊取二郡一哂，故有落句之戲」という題注が付いている。湖州と蘇州は太湖を挾んで對岸に位置し，湖州の眞南に杭州が隣接している。1341「錢湖州以箬下酒，李蘇州以五醞酒，相次寄到。無因同飮。聊詠所懷」詩で，白氏が「鐺脚三州何處會」と詠う「鐺脚」は，太湖を「鐺」の口に見たて，ちょうどその「脚」の先に3州が位置することを言ったもので，地圖を見るといかに巧妙な詩藻であるかが實感される。この詩には，二人から贈られた2種類の地酒が詠われており，文化史料としても興味深いが，今はこの詩の結びに「……莫怪殷勤醉相憶，曾陪西省與南宮」と「殷勤」の語が用いられていることを指摘するに止める。「西省」は中書省，「南宮」は吏部。前者が錢徽と共に詔敕の起草に沒頭した場所であることは言うまでもない。長慶三年［823］には1348「小歲日對酒吟錢湖州所寄詩」を作って，「……一盃新歲酒，兩句故人詩。……蹉跎春氣味，彼此老心知」と吟じている。

蘇州刺史から祕書監として長安復歸を果たした白氏は，大和元年［827］に2544「華城西北，雉堞最高，崔相公首創樓臺，錢左丞繼種花果，合爲勝境。題在雅篇。歲暮獨遊，悵然成詠。［時華州未除刺史］」を作り，翌大和二年［828］，刑部侍郞となった白氏は，2571「喜錢左丞再除華州以詩伸賀」と2572「和錢華州題少華淸光絕句」を作っている。2544詩の「麗句」と2572詩の「高情雅韻」が錢

徽の詩を賛美する言葉であるのに對し，2571詩の「……民望懇難奪，天心慈易迴。……」は，就任祝いということで爲政者としての錢徽を對句で賞贊している。この贊辭が，上邊だけの社交辭令でないことは，次に記す正史の記述によって保證される。2571詩の「喜……伸賀」という慶賀の言葉は，長安に隣接する「華州」への榮轉であったことから發せられたものである。

しかし，錢徽は間も無く病沒する。2266「和微之詩二十三首　幷序」其十七「和自勸二首」其二の結句「……請看韋孔與錢崔，半月之間四人死」に付された自注には，「韋中書・孔京兆・**錢尙書**・崔華州，十五日間相次而死」と記されている。

［2］正史に記された錢徽像

正史に記された二人の官職の變遷を對照してみると，元和三年［808］に錢徽が翰林學士となってより，元和六年［811］に白氏が母の喪に服すために翰林院を離れるまでの期間を除き，殆どすれ違いばかりだったことや，二人がよく似た經歷を持ち，時に同じ役職をも經驗していたことがわかる［＊朱金城［編］『白居易集箋校』1冊39頁所引『重修承旨學士壁記』參照］。

白居易

元和二年［807］11月6日
　翰林學士となる。

錢徽

元和三年［808］8月26日
　翰林學士となる。

元和六年［811］4月3日
　翰林學士を退き渭村退居。

元和六年［811］
　祠部郎中，知制誥。

元和八年［813］
　司封郎中に改めらる。

元和九年［814］冬

元和九年［814］

喪が明けて太子左贊善大夫となる。　　　　中書舍人となる。

元和十年［815］8月
　江州刺史に出される。
　次いで司馬に貶され，10月に潯陽に至る。

　　　　　　　　　　　　　　　　　元和十一年［816］
　　　　　　　　　　　　　　　　　　春正月庚辰［11日］
　　　　　　　　　　　　　　　　　　蕭俛との上疏が退けられ，
　　　　　　　　　　　　　　　　　　翰林學士を罷免さる。
　　　　　　　　　　　　　　　　　元和十二年［817］
　　　　　　　　　　　　　　　　　　12月丙子［21日］
元和十三年［818］12月20日　　　　　韓愈の推薦により後任とし
　忠州刺史に轉ず。　　　　　　　　　て右庶子に。その後，虢州
元和十四年［819］3月28日　　　　　　刺史に貶さる。
　忠州に到着。
元和十五年［820］夏
　司門員外郎に召還さる。
同年12月28日，主客郎中・知制誥。

長慶元年［821］2月17日發表の進士科事件。　長慶元年［821］
　4月10日1987「論重考試進士事宜狀」。　　夏4月丁丑［11日］
　　　　　　　　　　　　　　　　　　　　　禮部侍郎から江州刺史に左
10月19日，中書舍人に轉ず。　　　　　　　 遷。
　　　　　　　　　　　　　　　　　　　　同年12月15日
　　　　［朱金城［編］『白居易集箋校』3冊1331頁＊］　＊尚書工部郎中に轉ず。
長慶二年［822］　　　［羅聯添『白樂天年譜』209頁＊＊］ 長慶二年［822］5月前＊＊
　7月14日　杭州刺史に出る。10月1日着。　　湖州刺史に轉ず。
長慶四年［824］5月
　太子左庶子に任じられ，秋，洛陽着。

寶暦元年［825］3月4日
　蘇州刺史に出，5月5日着。

大和元年［827］3月17日
　祕書監となる。

大和元年［827］
　春正月，丙辰［25日］
　華州刺史から尚書左丞に。
　同年冬12月癸巳［6日］
　再び華州刺史に。

大和二年［828］2月19日
　刑部侍郎となる。8月丁巳［4日］

大和二年［828］
　病により吏部尚書を以って致仕。

大和三年［829］3月
　太子賓客分司となり，4月洛陽に住む。

大和三年［829］正月9日
　＊＊＊**錢徽75歳**で卒す。

　［＊＊＊『舊唐書』卷17「文宗本紀」に「三年春正月……庚寅，吏部尚書致仕錢徽卒」とある。大和三年の「庚寅」は『唐代の暦』によると「1月9日」。『舊唐書』「錢徽傳」の「三月三日卒，時年七十五」と異なる。朱金城［編］『白居易集箋校』1485頁は後者を誤りとしている。］

　さらに，新舊『唐書』に記された錢徽の本傳を始め「憲宗本紀」や同時代人の紀事に散見する斷片資料を分析・整理すると史官の見た錢徽像が浮かび上がってくる。
　『舊唐書』卷168「錢徽傳」と『新唐書』卷102「錢徽傳」の紀事は，おおむね重複するが，錢徽の人物像を知る手がかりは後者に多い。例えば，前者が，「……徽貞元初進士擢第，從事戎幕。……」と簡潔に記すのに對して，後者は，「……徽中進士第，居穀城。穀城令王郢善接僑士游客，以財貸饋，坐是得罪。觀察使樊澤視其簿，獨徽無有，乃表署掌書記。蔡賊方熾，澤多募武士于軍。澤卒，士頗希賞，周澈主留事，重擅發軍廥，不敢給。時大雨雪，士寒凍，徽先多頒衣絮，

第3章　交遊錄としての『白氏文集』

士乃大悦。又辟宜歙崔衍府。王師討蔡,檄遣采石兵會戰,戍還,頗驕蹇。會衍病亟,徽請召池州刺史李遜署副使,遜至而衍死,一軍賴以安。……」と詳述している。『新唐書』に記された「穀城」での紀事は金品に惑わされない錢徽の清廉さを,また「……時大雨雪,士寒凍,……」のくだりは,何を優先すべきかをわきまえた上での溫情を,そして「宜歙府」で崔衍に代わる人物として李遜を招請した冷靜な判斷は,錢徽の見識を傳えている。錢徽は幕僚時代に人望を得るに値する活躍をしていたのである。さらに,『新唐書』「錢徽傳」は,「……憲宗嘗獨召徽,從容言它學士皆高選,宜預聞機密,廣參決,帝稱其長者。是時,內積財,圖復河湟,然禁無名貢獻,而至者不甚却。徽懇諫罷之。帝密戒後有獻毋入右銀臺門,以避學士。梁守謙爲院使,見徽批軍表語簡約,歎曰:「一字不可益邪!」銜之。……」と記している。憲宗に廣く翰林學士の意見に耳を傾けるよう諫言したことで錢徽が宦官に睨まれるに至ったことがわかる。「入右銀臺門」は翰林院に入ること。「銜之」の「銜」は,恨んでいつまでもねにもつこと。宦官特有の陰濕さを傳える文字に戰慄さえ覺える。梁守謙は,憲宗に甘言で近づくことで影の權力を握り,遂には憲宗を廢して穆宗を擁立する男である。『新唐書』「于頔傳」に「憲宗立,……時宦者梁守謙幸於帝,頗用事。……」とあり,『新唐書』「李逢吉傳」に,「……帝暴疾,中外阻遏,逢吉因中人梁守謙,劉弘規,王守澄議,請立景王爲皇太子,帝不能言,頷之而已。明日下詔,皇太子遂定。……」とある。その宦官梁守謙をして,「一字不可益邪!」と言わしめた錢徽の文章は,「簡約」なるがゆえに尖銳な筆致で綴られていたものと思われる。

『舊唐書』「柳公綽傳」に,「公綽天資仁孝,……性端介寡合,與錢徽,……杜元穎……文雅相知,交情款密。……」と記されている。『新唐書』「柳公綽傳」は,公綽の人となりを「性質嚴重」と言い,その文章を「屬文典正」と評している。そして『舊唐書』「杜元穎傳」は,「杜元穎,……手筆敏速,憲宗稱之。……」と記す。柳公綽［765～832］杜元穎［766～829］と錢徽の接點が「文雅」「手筆」であったことは,白氏が錢徽と翰林院における同僚として意氣投合していったことを考える上で重要である。

『舊唐書』「裴度傳」の紀事「……先是詔群臣各獻誅吳元濟可否之狀,朝臣多

言罷兵赦罪爲便，翰林學士錢徽，蕭俛語尤切，唯度言賊不可赦。……」の「語尤切」も錢徽のひたむきな忠臣ぶりを傳えている。『新唐書』「錢徽傳」はこの事件の結果を「以論淮西事忤旨，罷職，徙太子庶子，出虢州刺史。……」と記している。これには，こんな後日談がある。淮西で反旗を翻した吳元濟の討伐に反對するつもりで入朝の途についた袁滋は，道中，錢徽と蕭俛の意見が退けられたことを耳にし，急遽，正反對の提言をして天子に取り入ったという。『新唐書』「袁滋傳」に「……吳元濟之反，……滋揣天子且厭兵，自表入朝，欲議罷淮西事，道聞蕭俛，錢徽坐沮議黜去，滋翻其謀，更言必勝，順可天子意，乃得還。……」とある。

　『新唐書』「李絳傳」には，「(憲宗)帝嘗稱太宗，玄宗之盛：……絳曰：「陛下誠能正身勵己，尊道德，遠邪佞，進忠直。……」帝曰：「美哉斯言，朕將書諸紳」卽詔絳與崔群・錢徽・韋弘景・白居易等搜次君臣成敗五十種，爲連屛，張便坐。……」と記されている。名臣李絳の補佐を得た時の憲宗は名君の一面を覗かせている。その周圍に「崔群・錢徽・韋弘景・白居易」が名を連ねていることに注目したい。

　白氏も錢徽もそうした天子の善意を引き出すべく苦言を呈していたのである。白氏は「陛下誤れり！」と口走ったことさえある。二人は愚直なまでに誠實な忠臣であった。

　正史の記す錢徽像で特筆に價する紀事は，長慶元年［811］の事件である。第1節「白居易をめぐる人々」に記した「進士科再試驗事件」を引用しよう。

「事件は，二月十七日に發表された進士合格者に異議申し立てがなされたところから始まる。合格者氏名の中に宰相段文昌が推す楊憑の息子楊渾之と翰林學士李紳が推す周漢賓の名前が入っていなかった。楊渾之は家寶の書畫を段文昌に贈り，段文昌は直接，錢徽に會って賴み込んでいた。李紳もまた錢徽に周漢賓を託していた。知貢擧の錢徽は，公正なる試驗官の良心に從ってことに當たった。しかし，中書舍人李宗閔の子婿蘇巢と右補闕楊汝士の季弟楊殷士が合格していたことが災いした。怒り狂った段文昌は，

穆宗に鄭朗以下14名の合格者に問題有りと直訴し，穆宗は元稹・李紳の兩學士に打診した。2人は文昌の訴えに同調した。遂に再試驗ということになり，新しい試驗官に中書舍人王起と尚書主客郎中・知制誥の白居易が任命される。對立するどちらにも白居易の親友がいる。しかも李宗閔は自分の門生。楊汝士は親戚である。白居易の苦惱は，1987「論重考試進士事宜狀（重ねて進士を考試する事宜を論ずるの狀）」に祕められている。この「狀」で白居易は，前回と今回とでは試驗の條件が違うことを說明している。これは，一見，落第者への配慮のように見える。しかし，同時に合格者が異なるのは試驗官の見識のせいではないことを暗に訴えている。錢徽への責任追及を防ごうという配慮であろう。しかし，結果は知貢舉の責任を問われ，江州刺史に左遷と決まる。李宗閔は劍州刺史に，楊汝士も開州刺史に流されてしまう。楊汝士らは，段文昌や李紳からの私信を公開して申し開きするよう錢徽に勸めた。その時，錢徽は，『……苟無愧心，……安可以私書相證耶？（苟しくも愧心無ければ……安くんぞ私書を以つて相證す可けんや？）……』[『舊唐書』「錢徽傳」]と言って，子弟にその手紙を焚かせた」という。

[3] 周邊詩人の關連作品に見られる錢徽

錢徽の父君錢起は，大曆の十才子の1人に數えられるだけあって，『錢考功集』10卷が傳わり，『全唐詩』にも420數首收錄されている。ところが，その中には錢起の作品でないものが混入しており，曾孫の錢珝の作も含まれている。『錢考功集』卷九の「過故洛城」詩は，『全唐詩』では卷239の錢起の部と卷462の白居易の部の兩方に掲載されていて，その詩風はいかにも白詩を思わせる。

「過故洛城」 錢起（故洛城を過る）
故城門外春日斜　　故城　門外　春日斜めなり
故城門裏無人家　　故城　門裏　人家無し

市朝欲識不知處　　市朝　識らんと欲す　知らざる處
漠漠野田空草花　　漠漠たる野田　草花空し

　朱金城氏は,『白居易集箋校』6冊3824頁「外集卷上　詩文補遺一」に, 首句「故城門外」を「故城門前」に, 結句「空草花」を「飛草花」として載せ,「……又按：全唐詩卷二三九錢起卷內錄此詩, 疑非白氏之作」と注記している。一方,『全唐詩重出誤收考』[陝西人民教育出版社1996年8月] 180頁には, 「35.　過故洛城（八/239/2689）, 又作白居易（十四/462/5253）。《英華》三〇九作白詩,《絕句》七作錢, 則宋代已岐異。……二人都有可能吟此詩, 今已不可確指, 但詩之聲情平易似白, 疑《絕句》誤」と記されていて, 白詩の可能性に傾いている。この詩が誰の手になるかは別として, 錢徽の父君の詩集の中に白氏の作らしき作品が混入しており, 結句に「漠漠野田」といういかにも王維好みの文字が用いられていることに興味を覺える。王維─錢起─錢徽─白居易と連なる詩風の流れを考える際に, この混入がヒントを與えてくれるからである。

　さらに,『錢起詩集校注』浙江古籍出版社224頁に據れば,「題祕書王迪城北池亭」詩の作者は錢徽の可能性が有るという。元稹の「王迪貶永州司馬制」が長慶元年[821]の作で, 錢起の卒年が建中三・四年[782・783]の間であることから「忘年之交」ということも考えられるが, 王迪の活躍年代から推して息子の錢徽のほうが妥當であろうと言うのである。しかし,「題祕書王迪城北池亭」詩の「……還追大隱跡, 寄此鳳城陰。……」と, このすぐ後ろに續く「過王舍人宅」詩の「……大隱心何遠, 高風物自疏。……」の「大隱」は, 同一作者の言葉のようにも思える。詩題の「祕書王迪」を疑ってみる必要もあるのではなかろうか？

　ここで大切なことは,「新奇研煉, 簡淡自然」と評される錢起の詩風が錢徽にも受け繼がれており, その詩風こそ, 白氏が敬慕する王維の「清遠幽深」に通ずる境地であったということである。「過王舍人宅」詩について『錢起詩集校注』228頁には,「王舍人：當指王維……遷中書舍人……。參詩中『大隱』、『採筆』、『文星』等語與王維亦官亦隱, ……此時錢起尚沈淪下僚[藍田尉]。……」と記さ

第3章　交遊録としての『白氏文集』　　　357

れている。

　わずか1首ながら『全唐詩補編』(中) 1028 頁に錢徽の殘存作品が收められている。しかも，この詩には韓愈と王建の唱和詩が殘されていて，錢徽の詩である可能性は極めて高い。

　　　「小庭水植率爾成詩」　錢徽（？）（小庭の水植。率爾として詩を成す）
　　　泓然一罐水　　泓然たり一罐の水
　　　下與坳堂接　　下は坳堂と接す
　　　青菰八九枝　　青菰　八九枝
　　　圓荷四五葉　　圓荷　四五葉
　　　動搖香風至　　動搖して　香風至り
　　　顧盼野心愜　　顧盼すれば　野心愜（み）つ
　　　行可採芙蓉　　行きて芙蓉を採るべし
　　　長江詎云渉　　長江　詎ぞ云（こ）れ渉（わた）らん

　「泓然」は，水が深くて清らかなさま。「罐」は大きな陶製の器。おそらく「盆池」であろう。韓愈「盆池」五首の其一に「汲水埋盆作小池」，其二に「藕梢初種已齊生」，其三に「瓦沼晨朝水自清」，其四に「泥盆淺小詎成池」，其五に「拍岸纔添水數缾」とある。「坳堂」の「坳」は，くぼみ。堂の庭に作ったくぼみに「罐」を埋めて水を張ったのである。『莊子』「逍遙遊」に「覆杯水於坳堂之上，則芥爲之舟。……」とある。「野心」は野趣。「圓荷」の「荷」も「芙蓉」も韓愈詩の「藕」も蓮のこと。

　詩題に「率爾成詩」とあるから卽興の詩である。「接」葉韻・「葉」葉韻・「愜」葉韻・「渉」葉韻いずれも入聲で押韻していることが注意を引く。當時流行のガーデニングの樣子を，仄聲のそれも文字の選擇の幅が極めて狹い入聲韻を用いて「率爾」として作り上げてたところに斬新さが有る。『舊唐書』卷 168「錢徽傳」の「史臣曰：……蔚章操韻非高，而從容長者」が，「蔚章」こと錢徽の如何なる作品を評價したものであるかは定かではないが，この詩の「操韻」に關

して言えば,「非高」でありながら「従容」とした響きを醸し出している。

1167「銭虢州以三堂絶句見寄,因以本韻和之」詩についても,白氏が詩題に「以本韻和之」と断っている以上,この詩の韻字「深」「吟」「心」は,はじめに銭徽が用いた「本韻」であり,それが仄声韻であったことに意味がある。しかも,「同事空王歳月深,相思遠寄定中吟。遙知清浄中和化,祇用金剛三昧心」という白氏の内容から推すに,銭徽の詩も深い響きと佛教界の「清浄」とが調和した詩であったものと思われる。

幸い,銭徽の「小庭水植率爾成詩」には,韓愈と王建の唱和詩が残されている。

197「奉和銭七兄[徽]曹長盆池所植」 韓愈(銭七兄[徽]曹長の盆池に植うる所に和し奉る)

翻翻江浦荷　　翻翻たり　江浦の荷
而今生在此　　而今　生じて此に在り
擢擢菰葉長　　擢擢として　菰葉　長じ
芳根復誰徙　　芳根　復た誰か徙せる
露涵兩鮮翠　　露は涵して　兩つながら鮮翠
風蕩相磨倚　　風は蕩いて　相　磨倚す
但取主人知　　但だ取る　主人の知
誰言盆盎是　　誰か言ふ　盆盎　是れなりと

「和銭舎人水植詩」王建(銭舎人の水植の詩に和す)

盆裏盛野泉　　盆裏　野泉を盛り
晩鮮幽池好　　晩に鮮かにして　幽池　好し
初活草根浮　　初めて活けて　草根　浮かび
重生荷葉小　　重なり生じて　荷葉　小なり
多時水馬出　　多時　水馬　出で
盡日蜻蜓遶　　盡日　蜻蜓　遶る

朝早獨來看　　朝早に　獨り來たりて看れば
冷星沈碧曉　　冷星　碧曉に沈む

　韓愈も王建も仄聲韻を用いてはいるものの，さすがに入聲の葉韻で合わせることまではしていない。韓愈の癖の有る結びもさることながら，王建の結びの爽やかさは錢徽の氣品を見抜いたうえでの唱和である。「冷星沈碧曉」で象徵される洗練された錢徽の姿は，白氏の0192「和錢員外禁中夙興見示」に共通する清涼感を湛えている。

　遲乃鵬氏は，『王建研究叢稿』［巴蜀書社］150頁に「……今檢韓愈詩，有詩題爲《奉和錢七兄［徽］曹長盆池所植》者，爲酬錢徽之作，唐時尙書丞郎，郎中相互呼爲"曹長"。……是韓愈詩應作于元和八、九年。王建所作之《和錢舍人水植詩》同韓愈詩內容相同，當爲一時之作，亦當作于元和八、九年閒」と記している。

　韓愈は，「和虞部盧四［汀］酬翰林錢七［徽］赤藤杖歌」詩で，

　　赤藤爲杖世未窺　　赤藤杖を爲すこと世に未だ窺ず
　　臺郎始攜自滇池　　臺郎始めて攜へ　滇池よりす
　　　　……
　　南宮淸深禁闥密　　南宮は淸深にして　禁闥は密に
　　唱和有類吹塤箎　　唱和は塤箎を吹くに類する有り
　　妍辭麗句不可繼　　妍辭麗句は繼ぐ可からず
　　見寄聊且慰分司　　寄せられて聊か且く分司を慰む

と詠い，「妍辭麗句不可繼」と言っている。「不可繼」は謙遜であろうが，韓愈の口から出た言葉だけに意味深長である。

　太子右庶子韓愈が刑部侍郎に轉任する際，錢徽を後任に推擧しているから，韓愈が錢徽に一目置いていたことは閒違い無い。その時の推薦文「擧錢徽自代狀」を韓愈は，「尙書刑部，朝散大夫，守太子右庶子，飛騎尉錢徽。右臣伏準，

建中元年正月五日敕，常參官授上後三日內擧一人以自代者，前件官，器質端方，性懷恬淡，外和內敏，潔淨精微，可以專刑憲之司，參輕重之議。況時名年輩，俱在臣前，擢以代臣。必允衆望。伏乞天恩，遂臣誠請，謹錄奏聞，謹奏」と綴っている。この「器質端方，性懷恬淡，外和內敏，潔淨精微」という人物評價が，正史の評語同樣，正鵠を射たものであることは前節に記した史料で裏付けられるであろう。

　韓愈は「奉酬盧給事雲夫四兄曲江荷花見寄，幷呈上錢七兄［徽］閣老・張十八助敎」では，「曲江千頃秋波淨，平鋪紅雲蓋明鏡。……」と詠っている。

　賈島もまた「寄錢庶子」で，

　　曲江春水滿　　曲江　春水滿ち
　　北岸掩柴關　　北岸　柴關を掩ふ
　　只有僧鄰舍　　只だ僧の舍を鄰りする有り
　　全無物映山　　全く物の山に映ずる無し
　　樹陰終日掃　　樹陰　終日掃ひ
　　藥債隔年還　　藥債　年を隔てて還へす
　　猶記聽琴夜　　猶ほ記す　琴を聽きし夜
　　寒燈竹屋閒　　寒燈　竹屋の閒を

と詠っている。『長江集新校』上海古籍出版社146頁に「元和十二年［817］/寄詩太子右庶子錢徽，當在本年或稍後」とある。また，「秋夜仰懷錢・孟二公琴客會」で賈島は，

　　月色四時好　　月色　四時に好し
　　秋光君子知　　秋光　君子知る
　　南山昨夜雨　　南山　昨夜の雨
　　爲我寫淸規　　我が爲めに淸規を寫す
　　獨鶴聳寒骨　　獨鶴　寒骨聳ゑ

高杉韻細颾	高杉　韻細く颾し
仙家縹緲弄	仙家　縹緲として弄し
髣髴此中期	髣髴として此の中に期す

と詠んでいる。『全唐詩人名考證』[陝西人民教育出版社 1996 年 8 月] 861 頁に,「……錢・孟二公,當是錢徽・孟簡,與韓愈・賈島均有唱和」とあるが,「孟簡」より「孟郊」の可能性が高いのではなかろうか？孟郊も賈島と共に韓愈のグループに屬する詩人である。

孟郊は,「送淡公」十二首の其一で,

燕本氷雪骨	燕の本は氷雪の骨
越淡蓮花風	越の淡は蓮花の風
五言雙寶刀	五言は雙寶刀
聯響高飛鴻	聯の響きは高く飛ぶ鴻
翰苑錢舍人	翰苑の錢舍人
詩韻鏗雷公	詩韻は鏗なる雷公
……	

と詠っている。「燕本」は,河北范陽の人,無本こと賈島。「越淡」は,越の人,淡公である。「錢舍人」は錢徽。その「詩韻」を「鏗」と評している。これについて『孟郊詩集校注』人民文學出版社 389 頁の注は「……言錢詩聲韻響亮如雷音之鏗鏗」と説明し,この詩の制作年代について 584 頁に「……當不出元和七年 [812]……」と記している。

『唐五代交往詩索引』1450 頁には,この詩の下に「和宣州錢判官使院廳前石楠樹」と「和錢侍郎甘露」が列記されているから,編纂者は合計 3 首が錢徽に關する孟郊の詩であると考えているようである。しかし,『孟郊詩集校注』566 頁には,「貞元十八 [802]。壬午。東野五十二歳。/……有《和宣州錢判官使院廳前石楠樹》……貞元十七,八年閒東野尉溧陽失意時。……錢判官,生平不詳。……」

と記すだけで，明言を避けている。ところが，『千唐誌齋藏誌』所收「(宜歙釆石軍副使) 大理司直兼殿中侍御史弘農楊公 (夫人河南長孫氏墓) 誌銘」に，「(宜歙) 池等州觀察判官，將仕郎，監察御史里行吳興錢徽撰」と記されていることから『全唐詩人名考證』593頁は，「錢判官，錢徽」と斷定し，制作時期を「誌闕其年月，時當在貞元末」と推定している。面白いことに『全唐詩人名考證』692頁には，「《答崔・錢二補闕》。崔補闕，崔群。……錢補闕，錢徽。《新書》本傳："入拜左補闕，以祠部員外郎爲翰林學士"」とある。念のため活字本『全唐詩』5290頁を開くと，卷465に楊衡の逸句として，「隴首降時雨，雷聲出夏雲」の10文字が殘されている。5279頁の小傳には，「楊衡。字仲師。吳興人。初與符載・崔群・宋濟，隱廬山，號山中四友。後登第，官至大理評事。詩一卷」と記されている。奇しくも「大理司直兼殿中侍御史弘農楊公」が「楊衡……大理評事」と結びつき，「(宜歙) 池等州觀察判官」が「宣州錢判官」と結びつくのである。「判官」は節度使の幕僚で「大理評事」の補佐役であるから，『舊唐書』卷168「錢徽傳」の「徽貞元初進士擢第，從事戎幕。元和初入朝，……」と記す「從事戎幕」の具體的職歷を補うことが出來る。『舊唐書』卷168「錢徽傳」の「貞元初」から「元和初」までの空白を埋める貴重な史料かもしれない。楊衡は「詩一卷」しか殘さなかった人であるが，崔群と共に「廬山」に「隱」れていたという記錄が注意を引く。さらに，符載の「劍南西川幕府諸公寫眞讚　幷序」[『全唐文』卷690]に，「戊辰歲尚書韋公授鉞之四年也。……因述寫眞讚。十三章，……各明其爲人也」とあり，十三章の其十二に「大理錢評事徽字文美」とあり，讚に「和順中積，英華外發。碧海靈珠，秋天朗月。風度可法，文章無轍。何許鳳樓，峩峩雙闕」と記されている。「戊辰歲」は貞元四年[788]。「韋公」は戶部尚書兼成都尹、御史大夫、劍南西川節度使の韋皋である。假に，この「大理錢評事徽字文美」が「宣州錢判官」と同一人物であるとすれば，錢徽は樊澤や崔衍といった節度使に仕える前に韋皋の幕僚であったことになる。ただし，『舊唐書』卷140「韋皋傳」は，「……皋在蜀二十一年，重賦斂以事月進，卒致蜀土虛竭，時論非之。……」と記す。あまり評判の良くない人物である。もうひとつ問題が有る。正史の記す錢徽の字は「蔚章」であるが，符載は「文美」と記し

第3章　交遊錄としての『白氏文集』　　　363

ている。別人の可能性も在る。

　では、「和錢侍郎甘露」詩はどうであろうか？「……一方難獨占，天下恐爭論。側聽飛中使，重榮華德門。……」に付けられた『孟郊詩集校注』389頁の注には「……『側聽』，傍聽，傾耳而聽。『飛』，形容迅速。『中使』，指帝宮廷中派的使者。多由宦官充任。……『華』，光耀。此作動詞。『德門』，封建時代謂循守禮法之家。此指錢侍郎。以上兩句謂錢侍郎承受帝王恩寵，惟史實已難稽考」と記されているが、「錢侍郎」が錢徽であるとは言っていない。假に『唐五代交往詩索引』に從って、「和錢侍郎甘露」詩の「錢侍郎」が錢徽であるとすれば、韓愈が錢徽を「太子右庶子」に推薦した時の「可以專刑憲之司，參輕重之議」という言葉が生きてくる。だだし、『孟郊詩集校注』590頁に、「……以暴疾卒……時元和九年[814]八月己亥日。……」と有るように、錢徽[755〜829]が禮部侍郎となった長慶元年[821]には、既に孟郊[751〜814]はこの世を去っている。孟郊の卒年に誤りがないとすれば、「和錢侍郎甘露」詩の詩題に問題が有るか、この詩そのものが別人の作であるかといった問題が發生する。劉禹錫[772〜842]は、錢徽の子である錢可復を送る詩「和州送錢侍御自宣州幕拜官便於華州覲省」[*『劉禹錫詩集編年箋注』山東大學出版361頁に「作于寶曆元年[825]至二年[826]任和州刺史期間」とある]を作っているから、「和錢侍郎甘露」詩の「錢侍郎」が「錢可復」であるとすれば、孟郊死後の作品ということになる。ただし、今は解決するに足る資料が無い。

　長慶元年4月、「郢州刺史」となった令狐楚[768〜837]は、長慶元年[821]夏4月丁丑[11日]に禮部侍郎から江州刺史に左遷された錢徽に秋になってから五言律詩を送っている。

「秋懷寄錢侍郎」令狐楚（秋懷。錢侍郎に寄す）
晚歲俱爲郡　　晚歲　俱に郡と爲り
新秋各異鄉　　新秋　各々異鄉
燕鴻一聲叫　　燕鴻　一聲叫び
郢樹盡青蒼　　郢樹　盡く青蒼

山露侵衣潤　　山露　衣を侵して潤ひ
江風捲簟涼　　江風　簟を捲いて涼し
相思如漢水　　相思ふこと　漢水の如く
日夜向尋陽　　日夜　尋陽に向かふ

　「晩歳」には年末の意もあるが，ここでは晩年ということであろう。時に錢徽60歳，令狐楚47歳である。「新秋」は舊曆の「七月」。「郢州」は「漢水」の東，「江州」「尋陽」の北に位置する。
　令狐楚と親しかった劉禹錫は，大和二年[823]春，長安への歸還途中の華州で，錢徽と共に城北の樓に登り，そこで眼にした宰相經驗者李絳・崔群・令狐楚の3人が揮毫した唱和詩［＊『劉禹錫詩集編年箋注』山東大學出版社403頁參照］に追和している。「李・崔・令狐三相國」は，かつて翰林院で「草詔」に明け暮れた「舊侶」である。

「途次華州，陪錢大夫，登城北樓，春望。因覩李・崔・令狐三相國唱和之什。翰林舊侶，繼踵華城。山水清高，鸞鳳翔集。皆忝宿眷，遂題此詩。」（途々華州に次し，錢大夫に陪して城北樓に登り，春望す。因りて李・崔・令狐三相國　唱和の什を觀るに，翰林の舊侶，踵を華城に繼ぐ。山水清高にして，鸞鳳翔集す。皆な宿眷を忝うす。遂に此の詩を題す）　　＊【宿眷】これまで受けた恩愛。

城樓四望出風塵　　城樓　四望　風塵出づ
見盡關西渭北春　　見盡す　關西　渭北の春
百二山河雄上國　　百二の山河　上國に雄たり
一雙旌斾委名臣　　一雙の旌斾　名臣に委ぬ
壁中今日題詩處　　壁中　今日　題詩の處
天上同時草詔人　　天上　同時　草詔の人
莫怪老郎呈濫吹　　怪しむ莫れ　老郎の濫吹を呈すを
宦途雖別舊情親　　宦途　別ると雖ども　舊情親しむ

この詩の調べが明るいのは，春のせいばかりではない。長年の左遷から開放され，ようやく名誉回復に漕ぎ着けた劉禹錫は，間も無く長安城に到着する。この時，錢徽は華州刺史として劉氏を案内しながら，自慢の「果樹園」を説明して回ったことであろう。「城北樓」は，前任者の崔群が築き，後任の錢徽が「花果」を中心に造園したのである。
　ところが，白氏は同じ場所で，時を異にし，こんな暗い詩を詠んでいる。

2544「華城西北，雉堞最高，崔相公首創樓臺，錢左丞繼種花果，合爲勝境，題在雅篇。歳暮獨遊，悵然成詠。」(華城西北の雉堞の最も高きところ，崔相公，首めに樓臺を創り，錢左丞，繼いで花果を種え，合して勝境と爲せり。題して雅篇に在り。歳暮，獨り遊んで，悵然として詠を成す)【題注】時華州未除刺史 (時に華州，未だ刺史に除せられず)

高居稱君子	高居は君子に稱ひ
瀟灑四無鄰	瀟灑は四もに鄰無し
丞相棟梁久	丞相　棟梁久しく
使君桃李新	使君　桃李新たなり
凝情看麗句	情を凝らして　麗句を看
駐步想淸塵	步を駐めて　淸塵を想ふ
況是寒天客	況んや是れ　寒天の客
樓空無主人	樓空しく　主人無きをや

　錢徽は長慶年間に一度華州刺史となり，「崔相公」の「雅篇」に唱和して「麗句」を壁に題した。その後，文宗が即位し，尚書左丞を拝命した錢徽は再び華州刺史を授かる。題下の自注は，錢徽がまだ華州刺史再任前の作であることを言う。大和元年[827]の冬「歳暮」，56歳の白氏が長安から洛陽に向かう途中に立ち寄った「華城西北」の「樓臺」には，錢徽も崔群も居ない。この時，崔群は宣州刺史であった。崔氏が築かせた樓臺の「棟梁」は色褪せ，錢徽の植えた桃や李の木は若木のまま。崔群を賛美した錢徽の「麗句」にみとれながら偲ぶ

「丞相」の「清塵」。「清塵」は，崔群の高潔なる人德を稱える言葉である。謝靈運の「述祖德詩」二首其二に「……苕苕歷千載，遙遙播清塵。清塵竟誰嗣，明哲垂經綸。……」とある。白詩には「清塵」が他にもう１例，3260「喜與楊六侍御［＊郎の誤り］同宿」の中に「……濁水清塵難會合，高鵬低鷃各逍遙。……」と詠われている。老いて太子少傅分司となった自分を「濁水」「低鷃」と卑下し，戶部侍郎に出世した楊汝士を「清塵」「高鵬」と美化したものであるが，同時に身分違い故の邂逅の難きことを言う。曹植の「七哀詩」に「……君若清路塵，妾若濁水泥。浮沈各異勢，會合何時諧。……」とある。2544詩「……歲暮獨遊，悵然成詠」の孤獨感は，權力鬭爭の修羅場を避けて東都に向かう白氏と「丞相」にまで上り詰めた崔群の「清塵」との對比によって增幅される。崔群が白氏と同年齡の翰林學士時代の同僚であったことを思うと「寒天客」の足取りは一層重く感じられるのである。劉詩と同じ「塵」字を含む平聲「眞」韻は錢徽の「題壁詩」の韻に合わせたものと考えられる。

　章孝標の「次韻和光祿錢卿二首」と「贈廬山錢卿」の「錢卿」を『唐五代交往詩索引』は錢徽と考えているが，『全唐詩』の小傳に，「元和十四年［819］進士第。大和中，試大理評事」とあるから，錢徽より一世代後の人である。「錢卿，錢朗」とする『全唐詩人名考證』745頁の「……《眞仙通鑑》卷45：“錢隱居，名朗，……開成初……後爲光祿卿，歸隱廬山，……」は說得力を持つ。ただし，「……昭宗世……時朗已一百五十餘歲」の數字は信憑性を缺く。

　元稹も白詩を介して錢徽との唱和をしている。白氏の次の詩と同じ平聲「虞」韻が用いられている。

　　0712「絕句代書贈錢員外」白居易（絕句もて書に代へ錢員外に贈る）
　　欲尋秋景閑行去　　秋景を尋ねて閑行し去らんと欲するも
　　君病多慵我興孤　　君は病んで　慵きこと多からん　我が興は孤なり
　　可惜今朝山最好　　惜しむ可し　今朝　山　最も好し
　　强能騎馬出來無　　强いて能く　馬に騎りて出で來るや無や

「和樂天招錢蔚章看山絕句」　元稹(「樂天の錢蔚章を招いて山を看る」の絕句に和す)

碧落招邀閑曠望　　碧落招き邀ふ　閑曠の望
黃金城外玉方壺　　黃金城外　玉方壺
人閒還有大江海　　人閒還た有り　大江海
萬里煙波天上無　　萬里煙波　天上無し

　病める錢徽を勵ますに，白居易は語り掛けるような口調を用い，元稹は雄大な自然で元氣を喚起する。あたかも杜甫と李白の化身が，病める摩詰を見舞うかの感が有る。元白の掛け合いに錢徽はどう反應したのであろうか？卞孝萱氏は『元稹年譜』の 108 頁に「……元和三年八月后，白不應稱錢徽爲『員外』。根據以上兩點理由，白詩作于元三年七八月閒。元詩稍后作」と考證している。

孟郊 [751~814] / **錢徽** [755~829] / 王建 [766~830] / 韓愈 [768~825] / 令狐楚 [768~837] / **白居易** [772~846] / 劉禹錫 [772~842] / 元稹 [777~831] / 賈島 [779~843] ＊年齡順の生卒年。

［4］錢徽の人となり──陶淵明・王維・錢起との關連

　白氏は好んで「殷勤」[＊「慇懃」とも綴る]という言葉を用いる。『白氏文集歌詩索引』で「殷勤」39 例・「語殷勤」2 例・「慇懃」5 例の合計 46 例を檢索することができる。「-in」の韻母を二つ重ねた疊韻語「殷勤」は，視覺的にも謹嚴で實直な印象を與える。誠意に滿ちた濃やかな心遣いを表わす言葉である。白氏が錢徽に惹かれる心情を探る手がかりは，この言葉に祕められている。

　『舊唐書』卷 168「錢徽傳」が，「……貞元初進士擢第，從事戎幕。……」と記す「從事戎幕」の四文字を『新唐書』「錢徽傳」は，「……觀察使樊澤，……澤卒，士頗希賞，……不敢給。時大雨雪，士寒凍，徽先多頒衣絮，士乃大悅。又辟宜歙崔衍府。……」と詳述する。雪に凍える士卒に對する錢徽の心遣いは「衣

絮」にもまして溫かい。

　白氏は，母の喪に服して渭村に退居していた時，錢徽のやさしさを身にしみて感じていた。

　　0797「得錢舍人書問眼疾」（錢舍人の書もて眼疾を問ふを得たり）
　　春來眼闇少心情　　春來　眼闇く　心情少なし
　　點盡黃連尚未平　　黃連を點じ盡すも　尚ほ未だ平かならず
　　唯得君書勝得藥　　唯だ君の書を得たるは　藥を得たるに勝る
　　開緘未讀眼先明　　緘を開き　未だ讀まざるに　眼　先づ明かなり

　「黃連」は眼病に效く藥草である。『本草綱目』卷13（人民衛生出版社1977年3月第2冊777頁）に「眼目諸病……劉禹錫傳信方：羊肝丸：……頭目昏暗羞明，及障翳靑盲。用**黃連**一兩，羊子肝一具，……」「暴赤眼痛，……滴目內」「目卒痒痛乳汁浸**黃連**，頻點皆中。……」とある。白氏も「點」と言っているから，點眼劑にこの藥草のエキスが用いられたのであろう。白氏は，かつて元稹を見舞う0730「聞微之江陵臥病，以大通散・碧腴垂雲膏寄之，因題四韻」詩の結びで「……到時想得君拈得，枕上開看眼暫明。（到る時　想い得たる　君が拈り得て，枕上　開き看て　眼暫く明かならんことを）」と想像している。白氏は，この結びのすぐ前に，「……未必能治江上瘴，且圖遙慰病中情。（未だ必ずしも江上の瘴を治す能はざらんも，且し遙かに病中の情を慰めんことを圖る）」とことわっている。藥は效かなくとも，私のこの氣持で回復の氣力を取り戻してほしいというのである。

　錢徽からの「書_{てがみ}」が藥效に勝るのは，「慇懃」なる心遣いが，治癒力を喚起してくれると信じているからである。白氏は，見舞われる立場でそのことを實感している。

　　0807「渭村退居寄禮部崔侍郎翰林錢舍人詩一百韻」
　　　（渭村に退居して禮部崔侍郎・翰林錢舍人に寄する詩一百韻）

第3章　交遊録としての『白氏文集』

……
眼爲看書損　　眼は書を看しが爲に損ひ
肱因運甓傷　　肱は甓を運びしに因りて傷つく
……
藥物來盈裏　　藥物　來りて裏に盈ち
書題寄滿箱　　書題　寄せられて箱に滿つ
殷勤翰林主　　殷勤なり　翰林の主
珍重禮闈郎　　珍重す　禮闈の郎
……

「崔侍郎」は崔群,「翰林錢舍人」は錢徽。「藥裏」や「書箱」にいっぱいになった書簡や藥は,翰林院時代の同僚からの勵ましである。「盈」「滿」「殷勤」「珍重」[＊「珍重」の用例は,ほかに0418・0421・0808・1011・1131],いずれも白氏に寄せる友達の「思い遣り」が,「あふれんばかりの量」と「濃やかな密度」とそして「質の高さ」とを有していることを象徴している。そして,この「殷勤」という詩語こそ,白氏と錢徽に共通する「純朴なるやさしさ」を象徴する言葉であり,二人の交遊を永續せしめた主たる要因である。

0219「效陶潛體詩十六首　幷序」其七に「……我有同心人,邈邈崔與錢。我有忘形友,迢迢李與元。……」と詠う「忘形」「同心」の根源に「殷勤」なる心遣いで結ばれた信頼感が在る。0226「效陶潛體詩十六首　幷序」其十四の「……亦有同門生,先升青雲梯。貴賤交道絶,朱門叩不開。……」という不滿によって,崔・錢・李・元の存在の有り難さがよりいっそう際立つ。そして0220「效陶潛體詩十六首　幷序」其八の「……有客忽叩門,言語一何佳。云是南村叟,挈檻來相過。……」という「南村叟」の思い遣りに,渭村に退居する白居易の心を癒す「殷勤」の本質が潜んでいる。

陶淵明は「與殷晉安別」に「遊好非久長,一遇盡殷勤。(遊好　久長に非らざるに,一遇　殷勤を盡す)……」と詠い,「飲酒　幷序」二十首の其二十に「……區區諸老翁,爲事誠殷勤。(區區たり諸老翁,事を爲す　誠に殷勤なり)……」

と詠っている。前者は殷鐵と一度會っただけで「眞心を盡くす」仲になったことを言い,後者は兩漢の經學者達が「懇切丁寧」な注釋の仕事をしたことを言う。0807 詩の「殷勤」は,陶淵明の前者の用例に近い。そして次の白詩は,後者の用例に近い。

0732「重酬錢員外」(重ねて錢員外に酬ゆ)
雪中重寄雪山偈　　雪中　重ねて寄す　雪山の偈
問答殷勤四句中　　問答　殷勤なり　四句の中
本立空名緣破妄　　本　空名に立つは　妄を破るに緣る
若能無妄亦無空　　若し能く妄無くんば　亦た空無からん

この詩の前に次の詩がある。

0731「酬錢員外雪中見寄」(錢員外の雪中に寄せられしに酬ゆ)
松雪無塵小院寒　　松雪　塵無く　小院寒し
閉門不似住長安　　門を閉ぢて　長安に住むに似ず
煩君想我看心坐　　君を煩はし想はしめたり　我　心を看て坐すと
報道心空無可看　　報へ道ふ　心空なれば　看る可き無しと

先づ,錢徽が長安の雪に觸發されて詠んだ詩を白氏に贈り,白氏は 0731 詩で應酬した。すると,それをもとに錢徽が再度絕句を贈る。それに應へた詩が 0732 詩である。殘念ながら,この時の錢徽の詩も今は見ることができない。「雪山偈」は,『織田　佛教大辭典』に「諸行無常の四句偈なり,雪山大士雪山に於て此の偈を聞きたる故この名あり」とある。さらに「雪山大士」の項に「又,雪山童子と云ふ。釋尊過去世に在りて菩薩の道を修するとき,雪山に於て苦行しければ雪山大士,雪山童子など云ふ。……【止觀二】に『雪山大士絕形深澗,不涉人閒。結草爲庵,被鹿皮衣』」とある。「雪山」はヒマラヤ。「四句偈」は「諸行無常,是生滅法。生滅滅已,寂滅爲樂」である。

第3章　交遊録としての『白氏文集』

白氏が0307「答崔侍郎錢舍人書問，因繼以詩」で「……吾有二道友，藹藹崔與錢。……」という「道友」の「道」は佛道である。0807「渭村退居……」詩では「……漸閑親道友，因病事醫王。息亂歸禪定，存神入坐亡。……」と言っている。また，1167「錢虢州以三堂絶句見寄，因以本韻和之」詩では，「同事空王歲月深，相思遠寄定中吟。遙知清淨中和化，秖用金剛三昧心」の後に「予早歲與錢君同習讀『金剛三昧經』，故云」という自注が殘されている。
0731・2詩が作られた翰林學士時代の作にこんな詩がある。

0711「同錢員外題絶糧僧巨川」（錢員外と同に絶糧僧巨川に題す）
三十年來坐對山　　三十年來　坐して山に對し
唯將無事化人閒　　唯だ無事を將て人閒に化す
齋時往往聞鐘笑　　齋時　往往　鐘を聞いて笑ふ
一食何如不食閑　　一食　何んぞ如かん　食はざるの閑に

さらに忠州刺史時代には，こんな詩も詠んでいる。

0559「登龍昌上寺望江南山懷錢舍人」（龍昌上寺に登り江南の山を望んで錢舍人を懷ふ）
騎馬出西郭　　馬に騎り　西郭に出づ
悠悠欲何之　　悠悠　何くにか之かんと欲す
獨上高寺去　　獨り高寺に上り去り
一與白雲期　　一たび白雲と期す
虛檻晚蕭灑　　虛檻　晚に蕭灑
前山碧參差　　前山　碧　參差
忽似青龍閣　　忽も似たり　青龍の閣
同望玉峯時　　同に望む　玉峯の時
因詠松雪句　　因りて詠む　松雪の句
永懷鸞鶴姿　　永く懷ふ　鸞鶴の姿

六年不相見　　六年　相見ず
況乃隔榮衰　　況んや乃ち　榮衰を隔つをや
　　【原注】昔常與錢舍人登青龍寺上方，同望藍田山，各有絕句。錢詩云：「偶來上寺因高望，松雪分明見舊山。(昔，常に錢舍人と青龍寺の上方に登り，同に藍田山を望んで，各々絕句有り。錢詩に云ふ：「偶ま上寺に來り高きに因りて望む，松雪　分明　舊山を見る」と)

　0559 詩の「悠悠欲何之」には陶淵明の「與殷晉安別」詩の「悠悠東去雲」が，そして「一與白雲期」の句には王維の名句の影がちらついている。王維の「早秋山中作」に「……寂寞柴門人不到，空林獨與白雲期」とある。ここで，注目すべきことは，白氏が「昔常與錢舍人登青龍寺上方，同望藍田山，各有絕句。錢詩云：『偶來上寺因高望，松雪分明見舊山』」という自注を付していることである。
　白氏は忠州でこの 0559 詩を詠みながら，翰林學士時代に 0740 詩を作ったことを回顧している。

　　0740「和錢員外青龍寺上方望舊山」(錢員外の青龍寺上方にて舊山を望む)
　　舊峯松雪舊溪雲　　舊峯の松雪　舊溪の雲
　　悵望今朝遙屬君　　悵望す　今朝　遙かに君に屬するを
　　共道使臣非俗吏　　共に道ふ　使臣は俗吏に非ずと
　　南山莫動北山文　　南山　動かすこと莫かれ　北山の文を

　「舊山」の「舊峯」「舊溪」が，「藍田山」であることは，0559 詩の自注に明記されている。白氏は，錢徽の「松雪」「舊山」という言葉を受けて，0740 詩の首句を構成している。「北山文」は「北山移文」[『文選』卷 43「書（下）」]。會稽の「北山」こと鍾山に隱栖した周顒は詔に應じて齊の朝廷に仕え，海鹽縣の令となった。その後，この山に戻ろうとしたところ，孔稚珪が山靈の意を借りて，「移文」[＊回覽文] を書き，周顒の變節を批難した。文中に「……南嶽獻嘲，北壟騰笑。……請迴俗士駕，爲君謝逋客」とある。「使臣非俗吏」，「俗士」扱いは困

第3章　交遊録としての『白氏文集』

ると言わんばかりの辯解めいた白氏の口調が效いている。「半官半隱」を正當化するには、「非俗吏」を強調する必要があった。「南山莫動北山文」は、「藍田山よ我々は朝廷に仕えてはいても俗吏ではないから快く迎え入れて欲しい」ということである。

「藍田」には錢徽の父君錢起が交流した王維の輞川莊が在り、錢徽が「嘗居藍田山下」ということも 0749「和錢員外早冬玩禁中新菊」詩の自注に記されている。白氏は、錢起や王維の話を錢徽から聞いていたはずである。二人の共通の話題が「禪定」であったことも、注意を引く。

念のため生卒年を確認しておこう。

王維　［長安元年 701～上元二年 761］享年 61　　　　錢起より 12 歲年長
錢起　［先天二年 713～建中元年 780］［＊3 說の 1］　　王維より 12 歲年少
錢徽　［天寶十四載 755～大和三年 829］享年 75　　　　6 歲の時に王維逝去
白居易［大曆七年 772～會昌六年 846］享年 75　　　　錢徽より 17 歲年少

青龍寺は長安城內の新昌里に在り、小高い丘に建っている。當時は、ここから樂遊原、曲江池はもとより、遠く終南山までもが一望された。錢徽の父君は、かつて新昌里に住んだことがある。白氏もまた新昌里に新居を構えた時の詩を殘している。また、王維は「青龍寺曇壁上人兄院集　幷序」に「……高原陸地，下映芙蓉之池，竹林果園，中秀菩提之樹，八極氛氳，萬彙塵息，太虛寥廓，南山爲之端倪。……詩五韻，坐上成」と記し、「高處敞招提，虛空詎有倪。……限界今無染，心空安可迷」と詠っている。弟の王縉は、これに「林中空寂舍，階下終南山。高臥一牀上，迴看六合閒。浮雲幾處滅，飛鳥何時還。問義天人接，無心世界閑。誰知大隱客，兄弟自追攀」と唱和し、さらに、王昌齡も「……簷外含山翠，人閒出世心。……」と詠い、裴迪も「……向下看浮雲，逶迤峯岫列。……」と唱和している。

父君錢起が「藍溪休沐寄趙八給事」詩で「……夕陽入東籬，爽氣高前山。……」と詠んだ「藍溪」も、「晚歸藍田酬王維給事贈別」詩で「卑棲却得性，每與白雲

歸。……」と詠った「藍田」も，錢徽が父と共に過ごした青少年期における根據地であり，中年を過ぎて都會の生活に疲れた錢徽の腦裏に浮かぶ懷かしい田園風景であった。

　錢起の子錢徽は出仕前，長安南郊の藍田山のふもとに住んでいた。そこはかつて錢起と王維が詩を交わし，脱俗の境地を逍遙した「別乾坤」である。

　植木久行著『唐詩の風景』［講談社學術文庫］97頁に「大暦の十才子の一人錢起も輞川莊に近い藍田縣の藍谷（藍溪）に山莊を持ち，天寶十三載（七五四）ごろから至德載（七五七）ごろまで，藍田縣の尉（補佐官）をつとめ，王維と交遊・唱和した。／錢起の「藍田溪雜詠」二十二首は，みずからの藍谷の別業を歌った五言絕句の連作であり，すぐれた自然描寫に富んでいる。……その中の一首，「竹嶼」（竹の生える小島）には，／新篁壓水低　新篁　水を壓して低る／昨夜鴛鴦宿　昨夜　鴛鴦宿せり／という。若竹が水面をはらってしだれているのは，昨日，鴛鴦（チョウセンガモ？［青木正兒說]）がその上で一夜をあかしたからであろう，と。風景の美を的確に捉えるセンスのよさがきわだつ」と記されている。

　藍田には官界の憂さを忘れさせ，歸田の喜びを蘇らせてくれる清らかな自然があった。錢起は「藍溪休沐，寄趙八給事。（藍溪休沐。趙八給事に寄す）」詩の中で，秋の藍田での安らぎを「蟲鳴歸舊里，田野秋農閒。……夕陽入東籬，爽氣高前山。……侍臣黃樞寵，鳴玉青雲閒。（蟲鳴き　舊里に歸り，田野　秋に農閒なり。……夕陽　東籬に入り，爽氣　前山に高し。……侍臣　黃樞の寵，鳴玉　青雲の閒）……」と詠っている。「夕陽入東籬，爽氣高前山」は，陶淵明詩の變奏曲とも言うべき爽快な響きを持っている。錢起が「藍溪休沐寄趙八給事」詩で「藍溪」の風景を「……夕陽入東籬，爽氣高前山。……」と詠うのは，終南山を廬山に見たて，自ら陶淵明を氣取ってのことである。

　父錢起とともに暮らした若き日の錢徽は，かくも惠まれた環境で，田園詩人としての感性を育んでいた。白居易が錢徽に引かれる要因として陶淵明・王維・錢起に共通する「自然回歸の喜び」をあげることができるであろう。

　「仙郎小隱日，心似陶彭澤」の句を持つ次の詩は，白氏が惹かれた錢徽の香氣を傳えている。

第3章　交遊録としての『白氏文集』

0749「和錢員外早冬玩禁中新菊」(錢員外の「早冬に禁中の新菊を玩ぶ」に和す)

禁署寒氣遲　　禁署　寒氣遲く
孟冬菊初拆　　孟冬　菊初めて拆く
新黃閒繁綠　　新黃　繁綠に閒り
爛若金照碧　　爛として金の碧を照らすが若し
仙郎小隱日　　仙郎　小隱の日
心似陶彭澤　　心は似たり　陶彭澤
秋憐潭上看　　秋に憐れんで　潭上に看
日慣籬邊摘　　日に慣れて　籬邊に摘む
今來此地賞　　今來　此地に賞し
野意潛自適　　野意　潛かに自適す
金馬門內花　　金馬　門內の花
玉山峯下客　　玉山　峯下の客
寒芳引淸句　　寒芳　淸句を引き
吟玩煙景夕　　吟玩す　煙景の夕べ
賜酒色偏宜　　酒を賜はり　色偏へに宜しく
握蘭香不敵　　蘭を握れば　香　敵せず
淒淒百卉死　　淒淒として　百卉　死れ
歲晚氷霜積　　歲晚　氷霜　積む
唯有此花開　　唯だ　此花のみ開く有り
慇懃助君惜　　慇懃に　君が惜しむを助く

【原注】錢嘗居藍田山下, 故云（錢嘗て藍田山下に居る。故に云ふ）。

　白居易の自注「錢嘗居藍田山下, 故云」と父君錢起「藍溪休沐寄趙八給事」詩の「蟲鳴歸舊里, 田野秋農閑。……夕陽入東籬, 爽氣高前山。……」とを合わせ讀む時, 若き日の錢徽の暮らしぶりと白氏の憧れの原點とも言うべき「小

隱」の幻影が浮かび上がってくる。41歳の白氏は 0250「遊藍田山卜居」の中で「……行歌望山去，意似歸鄉人。朝躋玉峯下，暮尋藍水濱。擬求幽僻地，安置疎慵身。……」と言っている。

［５］元宗簡との比較にみる錢徽との交遊の特色

　年長の詩友という点では，「元兄」と呼びかけた 11 歳年長の元宗簡もまた生涯を通じて交流を續けた仲であった。しかし，親しさの質において元宗簡と錢徽とでは違いが有る。

　元宗簡が李建と共に「仙道」を通じての「道友」であったのに對し，錢徽は崔群と共に「佛道」を通じての「道友」であった。また，元宗簡が白氏にとって「隣人として親戚同樣の付き合いをしたい」と願うほどのうち解けた先輩であったのに對し，錢徽は憧れにも似た敬愛の念を抱かせる名士であった。錢徽から漂う氣品に一歩距離を置いて包まれるやすらぎ。翰林院での激務を終えたひとときを共有する喜び。畏敬の念を持って接する白氏と敬愛の念で迎え入れる錢徽。二人の交遊は，ゆかしく楚々としたものであった。遠慮勝ちの白氏に錢徽のほうからぽつりと聲をかける。白氏はそれに靜かに應える。そんな光景が白詩に描かれている。

　錢徽の人となりは，詩人としての一面から言えば「靜謐」「慇懃」，官僚としての一面から言えば「謹嚴」「實直」の語を以って評することが出來よう。そして，「靜謐」「實直」な錢徽の性格は，元宗簡に共通する美德であり，人格形成上，白氏が二人から受けたかけがえの無い「感化」という「人生の賜物」であった。それは，7歳年少の「詩敵」元稹には無い，圓熟した氣高く謹嚴なる生き方でもある。

　『唐會要』卷79「謚法（上）」にこんな記載がある。

　　　「貞」……外內用情曰貞。圖國忘死曰貞。內外無壞曰貞。直道不撓曰貞。
　　　　　……贈太子太保高郢，……贈禮部尙書盧坦，贈太子太保裴均，贈太子

第3章　交遊録としての『白氏文集』　　　377

太保鄭餘慶，贈故潤州節度使路隨，贈右僕射**錢徽**，贈兵部尙書孔戣，贈右僕射李造，贈司徒李絳，贈太保韓皋，……

死後「貞」の「謚」を贈られた人物の中に「錢徽」の名が見える。「高郢」「孔戣」「李絳」いずれも白氏の敬愛する人物であり，中唐の憲宗を補佐した名臣達である。「外內用情」の錢徽もまた「直道不撓」の信念を貫いた人であった。

【李建】

李建との交遊を取り上げる理由は次の3點に要約される。

1. 李建が白氏の敬慕する年長の同僚であり，年少の元稹とともに3人で「死生の分を定め」た仲であること。
2. 李建が仲兄の李遜と共に正史に傳記を殘す官僚で，中唐期を代表する韋貫之や崔群といった名臣や柳宗元・韓愈・劉禹錫といった文人との交流があったこと。
3. 李建の死因が仙藥による中毒死であり，元・白や韓愈らが殘した散文が當時の風潮を知る上で貴重な資料となっていること。

全體は以下のごとく構成される。

［1］李建の死　　　①死生の分
　　　　　　　　　②李建の死因
　　　　　　　　　③李建と道術
［2］李建の人となり　①苦學
　　　　　　　　　②外淡中堅
［3］李建の交遊　　①利と名に及ばず
　　　　　　　　　②鄜州刺史李建と翰林學士白居易

　　　　　　　　③李建と元稹
　　　　　　　　④李建と韓愈・柳宗元
　　　　　　　　⑤李建と元和期の名臣たち
　［４］年長の友（元宗簡・錢徽との比較）

［１］李建の死

　①　死生の分

　白居易は８歳年上の李建を兄のように慕った。李建と會っていると官界の俗事を忘れ，眉間の皺をのばすことができた。絶頂期も，失意の時も白氏の心は李建に會うことで癒されていた。白氏は李建の死後もなお，繰り返し彼を想い出し，詩の中で對面している。

　『唐五代人交往詩索引』769頁には，李建に關連する白詩が22例列記されている。この索引のおかげで施肩吾に１例，元稹に９例，韓愈に１例有ることが一目瞭然となる。殘念なことに，この索引には時として誤脱がある。李建に關しては，白氏の大切な作品0345「感舊紗帽」が缺けている。この詩には「帽卽故李侍郎所贈」という題注があり，「烏紗帽」が生前に李建から贈られたものであることを告げている。

　この詩は，『白居易集箋校』１冊421頁に從えば，長慶二年［822］51歳の白居易が，長安を離れ，杭州刺史として任地へと赴く途中の作である。白氏は「藍田縣南輞谷內」の「清源寺」に宿り，商山路に在る「桐樹館」で詩を作っている。0345「感舊紗帽」に詠われた「岐山」は，陝西省鳳翔縣の東25kmに在って，長安の西に位置する。假に，この詩が「岐山」での作であるとすると，白氏は目的地とは逆方向に進んだことになる。おそらく，白氏は南下する旅の途中で，李建の形見の「烏紗帽」を見つめながら，亡き友の眠る「岐山」に思いを馳せたのであろう。

　　0345「感舊紗帽」（舊紗帽に感ず）

第3章　交遊録としての『白氏文集』

[題注] 帽卽故李侍郎所贈（帽は卽ち故李侍郎の贈る所なり）。

昔君烏紗帽	昔　君　烏紗帽もて
贈我白頭翁	我が白頭の翁に贈れり
帽今在頂上	帽は今　頂上に在り
君已歸泉中	君は已に泉中に歸せり
物故猶堪用	物は故りても猶お用ふるに堪へたるに
人亡不可逢	人は亡ずれば逢ふ可からず
岐山今夜月	岐山　今夜の月
墳樹正秋風	墳樹　正に秋風

「昔あなたがくださった黒い烏紗帽を，白髪頭のこの翁が今も頭上に頂いております。なのにあなたは地底の黄泉の國。物は古くなってもまだこうして使用に堪えますのに，人は一度亡くなるともう二度と逢うことはかないません。今宵，岐山を照らす月明かりのもと，墳墓(おはか)の樹に秋風だけが寂しく吹いていることでしょう」。

長慶元年 [821] 2月23日夜，長安の修行里の私邸で亡くなった李建は，5月25日に岐山の裾野にある先祖代々の陵墓に葬られた。享年58。この時，50歳の白居易は李建のために1458「有唐善人墓碑」を綴り，43歳の元稹は「唐故……刑部侍郎……李公墓誌銘」を記している。元稹の「與樂天同葬杓直（樂天と同(とも)に杓直を葬る）」詩は，この時のことを詠んだ五言絶句である。祭文は2人の連名で白氏が記している。1453「祭李侍郎文」に「……況稹也不才，居易無似，辱與公游，十九年矣。（況んや稹や不才，居易は無似なるに，辱(かたじけな)くも公と遊ぶこと十九年なり）……」とある。貞元19年 [803]，32歳の白氏が25歳の元稹と共に書判拔粹科に合格し，祕書省校書郎を拜命してより，「十九年」におよぶ「つきあい」であった。元稹は3人で「死生の分を定めた」と墓誌に記している。そして白居易も0608「代書詩一百韻寄微之」の中で「憶在貞元歳，初登典校司。……分定金蘭契，言通藥石規。……（憶ふ貞元の歳に在りて，初め

て典校の司に登るを。……分は定む金蘭の契り，言は通ず藥石の規）……」と詠っている。「分」は「本分」，『孟子』「盡心」（上）に「……君子所性,雖大行不加焉。雖窮居不損焉。分定故也。（君子　性とする所，大いに行なはると雖も加はらず，窮居すと雖も損はず。分　定まるが故なり）……」とあり，『後漢書』「鄧騭傳」に「……常母子兄弟,內相勅勵。……上全天恩,下完性命。刻骨定分,有死無二。……（常に母子兄弟,內に相勅ひ勵ます。……上は天恩を全うし，下は性命を完うす。骨に刻んで分を定め，死することあるも二なること無し。……）」とある。3人は，「生涯にわたって，得意の時も失意の時も，肉親同樣に，變わらぬ交遊を續けよう」と約束した。「金蘭契」は，金のごとく堅く蘭のごとく氣高い交遊の約束をいう。『世說新語』「賢媛」に「山公與嵇・阮一面,契若金蘭。（山公　嵇・阮と一たび面し，契ること金蘭の若し）……」とある。山濤が嵇康・阮籍と1度合っただけで意氣投合し，「金蘭」のごとき「契」りを結んだことをいう。『易』「繫辭上」の「……二人同心,其利斷金,同心之言,其臭如蘭。（二人　心を同うし，其の利なること金を斷ち，同心の言，其の臭しきこと蘭の如し）」をふまえる言葉。「藥石規」は，良藥のごとき箴規。戒めとなる言葉の比喩。『左傳』「襄公二十三年」の「……季孫之愛我,疾疢也。孟孫之惡我,藥石也。（季孫の我を愛するは，疾疢なり。孟孫の我を惡むは，藥石なり）……」をふまえる。李建の進言が心に響く良藥であったことは，白氏が兄のごとく慕う理由の一つとして留意する必要がある。

　李建との約束は生涯守られ續けた。白氏が元稹と共に地上の墓碑と地下の墓誌銘とを分擔して執筆し，筆を走らせながら李建の亡骸と語り合うのも，3人の結びつきの固さを物語っている。死後もなお白氏が詩を媒介として李建に語りかけ續けることもまた「分定」の「故」である。『孟子』「盡心」（上）は「……君子所性,仁・義・禮・智根於心。其生色也,睟然見於面,盎於背,施於四體,不言而喩。（君子の性とする所は，仁・義・禮・智にして心に根ざす。其の色に生ずるや睟然として面に見はれ，背に盎はれ，四體に施り，言はずして喩る）……」と續く。君子の本性は心に根ざす「仁・義・禮・智」であり，その四德は淸らかな顏に現われ，からだじゅうからあふれ出てくるという。白氏は墓碑

に，李建の「人となり」は「質良寛大」で，「外淡中堅」であったと記している。

　白氏は68歳の作3413「病中五絕」其三に注記して「李・元皆予執友也。(李・元は皆な予が執友なり) ……」と言い，71歳の作3545「感舊　幷序」の「序」に「故李侍郎㲼直，長慶元年春薨。元相公微之，大和六年秋薨。崔侍郎晦叔，大和七年夏薨。劉尚書夢得，會昌二年秋薨。四君子，予之執友也。二十年間，凋零共盡，唯予衰病，至今獨存，因詠悲懷，題爲感舊。(故李侍郎㲼直，長慶元年春 薨る。元相公微之，大和六年秋薨る。崔侍郎晦叔，大和七年夏薨る。劉尚書夢得，會昌二年秋薨る。四君子は，予の執友なり。二十年間，凋零して共に盡き，唯だ予のみ　衰病するも，今に至るまで獨り存す。因りて悲懷を詠じ，題して『感舊』と爲す)」と記している。「執友」は志を同じくする友。李建・元稹・劉禹錫・崔玄亮の4人に先立たれた晩年の白氏の「悲懷」は3545詩の「……人生莫羨苦長命，命長感舊多悲辛。(人生　苦はだ長命なるを羨む莫かれ，命長ければ舊に感じて悲辛すること多し)」の2句に收斂されている。4人の中で最も先に別れを告げた李建の存在は長兄に匹敵する存在であった。

②　李建の死因

　ARTHUR WALEY は名著『THE LIFE AND TIMES OF PO CHÜ-I』の第10章に「820年の冬，……2月23日に，白居易と元稹のいずれにも親友であった李建が，突然，市の東南隅にある修行里の，彼の家でなくなった。白は，記念のために建てられた碑に銘をかき，元稹は墓のために銘を書いた。元稹は，李建の家族が，床をとり圍んで，病を祓い淨めてもらうために，巫女を呼びに行かせてほしいと賴んだ時，頭を横に振ったことを，李建にとって非常に名譽なこととして述べている。魔術者の助けをかりるのは，道德的弱さのしるしと見なされていた。勇氣ある人閒は，宿命の送って寄こすものを受け容れるのである」[＊『白樂天』(花房英樹譯) 294頁] と記している。これを讀むと李建の死因が，病原菌感染や臟器疾患などによる「いわゆる病氣」であったかのように考えてしまう。それは，「病を祓い淨めてもらうために」(to exorcize his sickness) と書かれているからである。

『舊唐書』「德宗本紀（下）」貞元十年正月の紀事に「……己亥，昭義節度使，檢校司空，平章事李抱眞請降官，乃授檢校左僕射。時抱眞病，巫祝言：『宜降爵。』故有是請。（己亥，昭義節度使，檢校司空，平章事李抱眞，降官を請ひ，乃ち檢校左僕射を授かる。時に抱眞病み，巫祝言ふ：『宜しく降爵すべし。』と。故に是の請有り）」とあるから，病根を絶つために「巫祝」を呼ぶ習慣があったことは確かである。しかし，62歳で急死した李抱眞の死因は「服丹」による中毒死であった。

　元稹は李建の墓誌銘に「……一夕無他恙，而奄忽將盡。舉族環之，請召呪妖巫，搖首若不欲者。（一夕　他恙無くして，奄忽ち將に盡きんとす。族を舉げて之を環り，呪妖の巫を召すを請ふに，搖首して欲せざるが若し）……」と記しているが，「病を祓い淨めてもらう」とは言っていない。「他恙」の「恙」は「疾」すなわち病氣，「奄忽」は突然。「將盡」は，臨終ということである。元稹が「無他恙」と言っている以上，死因は病氣ではない。李建の最期について，元稹は「ひと晩のうちに，これといった病氣では無く，突然，いまにも息絕えんと言う狀態に陷った。家族全員は李建のまわりを取り卷いて，呪術師を呼ぶよう要請したが，首を振り，それを望んではいないようであった」と言っているのである。家族が延命のために呼ぼうとしたが首を振って「呪妖巫」を辭退したようであったという。

　白居易が「善人」の碑文に「無疾卽世于長安修行里第。（疾無くして長安修行里の第に卽世る）」とだけ記しているのは，不自然な最期を憚ってのことである。元稹は「竟不克言而遂薨。（竟に言ふを克くせずして遂に薨ず）」と記している。口がきけない狀態で死んで行く。しかもそれが病氣で無いとすれば，考え得る死因は藥物中毒である。0489詩に「……所憎別李君，平生同道術。（憎しむ所は　李君と別れしこと，平生　道術を同にす）……」とあり，1266「予與故刑部李侍郎，早結道友，以藥術爲事。……二君長逝。李住曲江北，元居昇平西。追感舊遊，因貽同志。（予　故刑部李侍郎と早に道友を結び，藥術を以つて事と爲す。……二君長逝す。李は曲江の北に住み，元は昇平の西に居る。舊遊を追感し，因つて同志に貽る）」詩に「從哭李來傷道氣，自亡元後減詩情。金丹同學

都無益,水竹隣居竟不成。(李を哭してより來(このかた) 道氣を傷(そこな)ひ,元を亡(うしな)ひてより後 詩情を減ず。金丹 同に學ぶ(とも) 都(すべ)て益無く,水竹 隣居 竟に成らず)……」とある。しかも,元・白は李建の生前の言葉を聞いている。「今杓直復不以疾聞於許,一旦發其喪,其兄何如哉?(今 杓直 復た疾を以つてせずして,許に聞こへしめ,一旦にして其の喪を發すれば,其の兄 何如せん?)」という元稹の記述に據れば,李建は「藥物中毒による突然死を兄の李遜に知られることを氣にしていた」のである。

地中に埋められる墓誌銘にだけ記された元稹の言葉は何を傳えたかったのであろうか?

「……至是稹與白哭泣不自勝,且相謂曰:『杓直常自言,……而伯兄先杓直歿,今杓直復不以疾聞於許,一旦發其喪,其兄何如哉?』許信至,果誨其猶子訥曰:『爾父有不朽行,宜得知者銘。吾悲撓不忍爲,爾其告若父之執。』子訥遂來告曰:『爲誌且銘。』銘曰:(是に至りて稹と白と哭泣して自ら勝へず。且つ相謂ひて曰はく:『杓直 常に自ら言へり,……而して伯兄 杓直に先んじて歿し,今 杓直 復た疾を以つてせざるを許に聞こへしめ,一旦(たちまち) 其の喪を發せば,其の兄 何如?』と。許信 至り,果して其の猶子訥に誨(おし)へて曰はく:『爾(なんぢ)の父は不朽の行ひ有り。宜しく知者の銘を得べし。吾 悲撓して爲すに忍びず。爾(なんぢ)其れ 若(なんぢ)の父の執に告げよ。』と。子訥 遂に來たりて告げて曰はく:『爲めに誌し且つ銘せよ。』と。銘に曰はく:)……」[＊『元氏長慶集』卷54「唐故中大夫尚書刑部侍郎上柱國隴西縣開國男贈工部尚書李公墓誌銘」]

文中の「許」は「許州」今の河南省許昌市。忠武節度使李遜の任地である。「許信」は許州からの書信。「猶子」は兄弟の子,ここでは李遜の弟である李建の子「訥」。「發喪」は死亡通知を出すこと。

翌年,李建の後を追うようにして,李遜も63歳でこの世を去る。『舊唐書』「李遜傳」は「……尋改鳳翔節度使,行至京師,改以疾陳乞,改刑部尚書。長慶三年正月卒。年六十三。(尋いで鳳翔節度使に改められ,行きて京師に至り,疾を以って陳乞し,刑部尚書に改めらる。長慶三年正月卒す。年六十三)」と記し,『新唐書』「李遜傳」は「……未幾,徙節鳳翔,過京師,以疾求解爲刑部尚書。

卒，年六十三。(未だ幾くならずして、徙りて鳳翔に節し、京師に過りて、疾を以つて解かるるを求め、刑部尚書と爲り、卒す。年六十三)……」と記している。「行至京師，改以疾陳乞」「過京師，以疾求解」の「疾」は退任を願い出る際の理由である。「鳳翔」には李建の墓碑が立つ「岐山」が在る。李遜は，李訥に「私は悲しみのあまり取り亂して書けないので……」といって「銘」の執筆者を元稹に依賴させている。當然，弟李建の死因を知っていたであろうし，おそらく「有唐善人墓碑」も見たはずである。

③ 李建と道術

『唐才子傳校箋』第3冊140頁に「肩吾字希聖，睦州人。元和十五年，盧儲榜進士第後，謝禮部陳侍郎云：『九重城裏無親識，八百人中獨姓施。』不待除授，卽東歸。張籍羣公吟餞。人皆知有仙風道骨，寧戀人閒升斗耶？而少存箕穎之情，拍浮詩酒，搴擥煙霞。……(肩吾　字は希聖，睦州の人。元和十五年，盧儲　進士の第に榜されて後，禮部陳侍郎に謝して云ふ：『九重城裏　親識無く，八百人中　獨り施を姓とす』と。除授を待たずして，卽ち東歸す。張籍羣公　吟じて餞す。人　皆な仙風道骨有るを知る。寧ぞ人閒の升斗を戀はんや？而して少くして箕穎の情を存し，詩酒に拍浮し，煙霞に搴擥す。……)」とあり，【校箋】に「……『登科記考』卷十八載，『元和十五年，進士科有施肩吾名，狀元盧儲，知貢擧太常少卿李建』……故施肩吾及第後，有『上禮部侍郎陳情』，乃上李建詩，『唐才子傳』以爲『謝禮部陳侍郎』，誤。(『登科記考』卷十八に載す。『元和十五年，進士科に施肩吾の名有り。狀元は盧儲，知貢擧は太常少卿李建』と。……故に施肩吾及第後，『禮部侍郎に上りて情を陳ぶ』有り。乃ち李建に上りし詩なり。『唐才子傳』以つて『禮部陳侍郎に謝す』と爲すは，誤りなり)」とある。『唐才子傳』に引かれた施肩吾の詩は，『登科記考』卷18の記載によれば，元和十五年〔820〕に「知貢擧太常少卿」李建によって進士科に合格した施肩吾が，及第後に感謝の意をこめて詠ったものである。

施肩吾の詩は『全唐詩』卷494に收錄されている。

第3章　交遊錄としての『白氏文集』

「上禮部侍郎陳情」施肩吾（禮部侍郎に上りて情を陳ぶ）

九重城裏無親識	九重城裏　親識　無く
八百人中獨姓施	八百人中　獨り施を姓とす
弱羽飛時攢箭險	弱羽　飛ぶ時　攢箭　險しく
寒驢行處薄冰危	寒驢　行く處　薄冰　危し
晴天欲照盆難反	晴天　照らんと欲して　盆　反し難く
貧女如花鏡不知	貧女　花の如くなるも　鏡　知らず
却向從來受恩地	却つて　從來　恩を受けし地に向かひ
再求青律變寒枝	再び　青律　寒枝を變ふるを求む

　冒頭２句は，若き日の李建の姿と重なる。「寒驢」も「寒枝」も苦學して官途に就いた李建には切々と傳わったことであろう。

　『唐才子傳』の「仙風道骨」の４文字は，白氏の「道友」であった李建が，施肩吾を評價した理由の一端を傳えている。「人閒升斗」は「俗世間の俸祿」。「箕潁」は隱棲。李建が主査を擔當したこの時の人選は甚だ評判が悪い。『舊唐書』「李建傳」には「……徵拜太常少卿，尋以本官知禮部貢舉。建取捨非其人，又惑於請託。故其年選士不精。坐罰俸料。……（……徵せられて太常少卿を拜し，尋いで本官を以つて禮部貢舉に知たり。建の取捨は其の人に非ずして，又た請託に惑ふ。故に其の年の選士は精ならず。罰俸料に坐す。……）」と記されている。白氏は「在禮部時，由文取士，不聽譽，不信毀。……（禮部に在りし時，文に由りて士を取り，譽を聽かず，毀を信ぜず。……）」と1458「有唐善人墓碑」に相應しい公明正大なる「善人」に李建を仕立てているが，史官の見解は異なる。

　朱金城氏は『冊府元龜』の「穆宗元和十五年正月即位。是年禮部侍郎李建知貢舉。建取捨非其人，又惑於請託。故其年不爲得士。……（穆宗　元和十五年正月，即位す。是の年　禮部侍郎李建　貢舉に知たり。建の取捨は其の人に非ずして，又た請託に惑ふ。故に其の年　士を得たりと爲さず。……）」という紀事を引いて，1458「有唐善人墓碑」の言葉は「譽飾之詞」であろうと言ってい

る。事實，李建が選拔した施肩吾は，「文に由」るといえるだけの「文才」の持ち主かどうかは疑わしいし，「士を取る」あるいは「士を得る」と言えるほどの名士ではない。李建の意識では白氏が言うように「不聽譽」「不信毀」ということであったかもしれないが，仙道に通じていた詩人ということ以外に施肩吾を印象付ける史料は無い。「惑於請託」については，反對派の中傷も有ったであろうから，史書といえども額面どおりに受けとめる必要は無いかもしれない。

問題は，李建の「道術」が人選を誤らせ，さらには「藥術」が李建の生命をも奪ったという事實である。

韓愈は，「故太學博士李君墓誌銘」の中で，親しく交流していた「工部尙書**歸登**・殿中御史**李虛中**・刑部尙書**李遜**・遜弟刑部侍郎**建**・襄陽節度使，工部尙書**孟簡**・東川節度使，御史大夫**盧坦**・金吾將軍**李道古**」の「六七公」が，仙藥中毒によって悲惨な最期を迎えたことを記している。「……刑部且死，謂余曰：『我爲藥誤』其季建，一旦無病死。（刑部　且に死なんとし，余に謂ひて曰はく：『我藥の爲めに誤まれり』と。其の季の建，一旦　病無くして死す）……」という韓愈の證言に據れば，李遜は藥物中毒であることを死の直前に韓愈に言い遺して死んだことになる。李建については，「一旦」と「一夕」の違いはあるが，「無病死」という記述は元稹が記した李建の墓誌と一致する。

李建も李遜も「以藥敗者（藥を以つて敗する者）」であるというが，果たして二人とも單なる「藥の誤飮による事故死」であろうか？

永州に左遷されていた柳宗元は，元和四年［809］，李建に宛てた手紙「與李翰林建書」の冒頭で，「杓直足下。州傳遽至，得足下書。又於夢得處，得足下前次一書。意皆勤厚。……僕在蠻夷中，比得足下二書，及致藥餌，喜復何言！……所欲者補氣豐血，強筋骨，輔心力。有與此宜者，更致數物。忽得良方偕至，益善。（杓直足下。州傳　遽に至り，足下の書を得たり。又た夢得の處に於いて，足下の前次の一書を得たり。意　皆な勤厚。……僕　蠻夷の中に在りて，比ごろ足下の二書を得，藥餌の致せられしに及び，喜び復た何をか言はん！……欲する所の者は氣を補ひ血を豐かにし，筋骨を強め，心力を輔けんことなり。此の輿に宜しき者有らば，更に數物を致されよ。忽ち良方偕な至るを得たれば，

第 3 章　交遊録としての『白氏文集』

益ます善からん）……」と言っている。柳氏は李建から 2 通の書簡と「藥飼」を得ており，最初の手紙は劉禹錫のところで得ていたことがわかる。柳氏は，體力増強のために「數物」と「良方」の追加を李建に要請している。劉禹錫は「因論七篇」其一「鑒藥」に「……客有謂予：……乃今我里有方士，……然中有毒，須其疾瘳而止，……予受藥以餌，……予昧者也，泥通方而狃既效，……逮再餌半旬，厥毒果肆，岑岑周體，如痁作焉。……異日，進和藥，乃復初。（客の予に謂へる有り：……と。乃ち今我が里に方士の醫に淪跡するもの有り。……然れども中に毒有り，其の疾の瘳ゆるを須つて止めよ。……と。予　藥を受けて餌ひ，……。予は昧き者たるや，通方に泥んで既效に狃れ，……再び餌ふこと半旬に逮び，厥の毒　果して肆まり，岑岑として體を周り，痁の作るが如し。……異日　和藥を進めて乃ち初に復せり）……」と記すように藥物中毒の危險性を體驗したことのある人物である。柳宗元にも處方箋の重要性を諭したであろう。その柳宗元から「良方」を依賴された李建が，後に藥物中毒で急死することになる。

　白詩に，李建が「道術」「藥術」を試みていたことを告げる文字が記されているから，李建については「仙藥」による事故死の可能性がある。また，劉禹錫が「答道州薛郎中論方書書」の中で「……非博極遐覽之士，孰能知其從來哉？……病則委千金於庸夫之手，至於甚殆，……（博極遐覽の士に非ざれば，孰れか能く其の從ひ來るを知らん？……病めば則ち千金を庸夫の手に委ね，甚だ殆きに至る。……）」と言うように，藥方は博識を必要とするにもかかわらず，未熟な「庸夫」に「千金」を積んで得た「靈藥」で命を落とす者も多かったであろうから，李遜については主治醫の處方ミスということも考えられる。しかし，兄弟が相次いで藥物による事故死を遂げると言うのは，尋常ではない。

　李燕捷著『唐人年壽研究』(大陸地區博士論文叢刊 71 文津出版社)「第 8 章　唐代人口死亡原因統計與分析」によれば「死亡原因」を「確定」できる 189 人のうち 14 人が「服長生藥」で中毒死しており，そのうちの 1 人は無位無官，皇帝が 3 人，8 人が三品以上の高級官僚で，その「平均死亡年齡（實歲）」は「51.50」歲であるという。李建も李遜も 14 人の中に數えられている。卒年 57 の韓愈

(768〜824) も享年53の元稹 (779〜831) も不審な突然死を遂げているが,「第8章」の「唐代人口死亡原因表」の中には記されていない。しかし, 2981「思舊」詩の「……退之服硫礦, 一病訖不痊。(退之 硫礦を服し, 一たび病んで 訖(つひ)に痊(い)えず) ……」という句が, 韓愈の「丹藥」服用を詠ったものであるという陳寅恪『元白詩箋證稿』說や「……韓愈は當時の風潮の影響を受けており, 硫礦を飲んだのは健康保持のためであろう。……」と記す羅聯添『韓愈研究』說に從えば, 韓愈も仙藥を飲んだことになる。また元稹の最期も不自然で,『舊唐書』「元稹傳」は「……五年七月二十二日暴疾, 一日而卒于鎭。時年五十三。……(……[大和] 五年 [831] 七月二十二日, 暴疾により, 一日にして鎭に卒す。時に年五十三。……)」と記すだけで病名を明らかにしていない。韓愈も元稹も服藥事故による急死の疑いが有るが, 實證に足る史料は無い。

　李建と李遜とでは事情が異なるかもしれないし, 藥物死の全てが奸臣の陰謀による毒殺ということでもなさそうである。しかし, 中唐期の名だたる諫官達が相次いで「疾」に因らない「死」を迎えていることはやはり異常事態であり, 事故死が相次いだのは「單なる偶然」であるとは考えにくい。方士の柳泌らがもたらした「仙藥の流行」のほかに, これに便乘した「謀殺」も考慮する必要が有るのではなかろうか?

　元稹や韓愈と共通する李建の性癖は「直言」である。『新唐書』「李建傳」の「順宗立, 李師古以兵侵曹州, 建作詔諭還之, 詞不假借。王叔文欲更之, 建不可。(順宗立ち, 李師古 兵を以つて曹州を侵す。建 詔を作り, 之に還らんことを諭す。詞 假借せず。王叔文 之を更へんと欲す。建 不可とす) ……」の「詞不假借」という激しい諫言が反對派の反感を先銳化させて行ったであろうことは想像に難くない。

　假に本人が「不老不死」の仙藥と信じて飲んだとしても, その「仙藥」の副作用を意圖的に惡用した人物がいたとすれば,「謀殺」である。しかし,「不疾」「無病」の急死としか記錄されないような不祥事は, 核心に觸れる證據が有っても隱滅される傾向にある。かくて事件の眞相は闇に葬られ, 風聞による憶測だけが殘る。

『舊唐書』「憲宗本紀（下）」に曰はく：「……是夕，上崩於大明宮之中和殿。享年四十三。時以暴崩，皆言內官陳弘志弑逆。史氏諱而不書。（是の夕べ，上大明宮の中和殿に於いて崩ず。享年四十三。時に暴かに崩ずるを以つて，皆な內官陳弘志の弑逆と言ふ。史氏諱みて書かず）……」と。

［2］李建の人となり

① 苦學

正史に記された李建の人物像を見てみよう。『舊唐書』「李建傳」は「……家素淸貧，無舊業。與兄造，遜於荊南躬耕致養，嗜學力文。（家は素と淸貧にして，舊業無し。兄の造，遜と荊南に躬ら耕して養を致し，學を嗜んで文に力む）……」と記し，『新唐書』「李建傳」は「初，建爲學時，家苦貧。兄造知其賢，爲營丐，使成就之。故遜，建皆擧進士。（初め，建 學を爲す時，家 苦だ貧し。兄の造 其の賢なるを知り，爲めに丐を營み，之を成就せしむ。故に遜，建 皆な進士に擧げらる）……」と記している。「荊南」は湖北省江陵縣。「營丐」は，無心し，物乞いすること。李建たちが勉學を續けられるようにと長兄の李造が犧牲となって家計を支えていたのである。

元稹は「唐故中大夫尙書……李公墓誌銘」の中で，「……杓直常自言，在江陵時無衣食，賴伯兄造焦勞營爲，縱兩弟游學。（杓直 常に自ら言う，江陵に在りし時 衣食無く，伯兄の造の焦勞營爲して，兩弟の游學を縱にするに賴る）……」と記している。「焦勞」は「焦慮勞累」の意，思い煩うこと。「營爲」は，暮らし向きの心配。白詩 0187「官舍小亭閑望」に「……葛衣禦時暑，蔬飯療朝饑。持此聊自足，心力少營爲。（葛衣 時暑を禦ぎ，蔬飯 朝饑を療す。此を持して聊か自ら足り，心力 營爲少し）……」とある。寒門の出身で苦學したことは，白氏と共通する。しかし，白氏は李建について 1458「有唐善人墓碑」の中で「……幼孤，孝養太君，（幼くして孤，太君を孝養し）……」とだけ記して貧困には言及せず，老母に對する李建の孝行ぶりへと話題を轉じている。白氏は，陽の目を見ずに終わった李造への言及は避け，李建が成功したことについての

み「……公養有餘力，讀書屬文，業成，與兄遜起應進士，俱中第。（公　養いて餘力有り，書を讀み文を屬り，業成り，兄の遜と與に起ちて進士に應じ，俱に第に中る）……」と記している。李建の兄弟について，『舊唐書』は「李遜傳」の中で「遜幼孤，寓居江陵，與其弟建，皆安貧苦，易衣併食，講習不倦。遜兄造，知二弟賢，日爲營丏，成其志業。建先遜一年卒。兄弟同致休顯，士君子多之。謚曰恭肅。造早卒。（遜　幼にして孤，江陵に寓居し，其の弟建と與に，皆な貧苦に安んじ，衣を易へ食を併はせ，講習して倦まず。遜の兄　造，二弟の賢なるを知り，日々　爲めに營丏し，其の志業を成さしむ。建　遜に先ずること一年にして卒す。兄弟　同に休顯を致し，士君子　之を多とす。謚して曰はく：『恭肅』。造　早くに卒す）」と記している。「易衣併食」は『禮記』「儒行」の「易衣而出，幷日而食。（衣を易へて出で，日を幷せて食らふ）」を４文字に短縮した言葉。互いに着物を交換し合って出かけ，１日分の食事を２・３日分に當てて切り詰めることをいう。「休顯」は榮達すること。

　白氏の1458「有唐善人墓碑」に「李造」の文字が無いのはなぜであろうか？元稹の「……杓直常自言（杓直常に自ら言ふ）……」という記述から推すに，李遜・李建の成功の陰に李造の犠牲があったことは，白氏も李建自身の口から聞いて知っていたはずである。白氏は，なぜ李造の獻身ぶりを記さなかったのであろうか？不遇に終わった李造の存在は，李建の「善人」を強調する際に不都合と判斷し，故意に避けたのであろうか？それとも，あまりにも身につまされる李造の話を記したのでは，李建の存在が霞むと判斷したのであろうか？おそらく，そのいずれでもない。無位無官で終わった人をとりたてて記述するほうが，當時の墓碑の形式から外れるのであって，白氏の書式は當時の禮に適った書き方と見るべきであろう。元稹の「唐故……刑部侍部……李公墓誌銘」は「……不數年，與仲兄遜舉進士，竝世爲公卿。而伯兄先杓直歿，今杓直復不以疾聞於許，一旦發其喪，其兄何如哉？（數年ならずして，仲兄遜と與に進士に舉げられ，世に竝んで公卿と爲る。而るに伯兄は杓直に先んじて歿せり。今　杓直　復た疾を以つてせずして許に聞し，一旦にして其の喪を發すれば，其の兄　何如せん？）」と續く。「發喪」は「發哀」，死亡通知。元稹が李建自身の言葉と

して記した個所は,「長兄亡き後,仲兄より先に死んでは申し譯無い」という李建の兄弟思いの心を傳える必要から記されたものであって,元稹に李造の犠牲を美談として傳えようとする意圖はない。やはり,李建の言葉がそのまま引用されたために李造の存在が偶然明らかになったものと考えるべきである。

② 外淡中堅

元和九年 [814] 43 歳の白氏が下邽退居時代に詠った 0798「還李十一馬(李十一に馬を還す)」からは,やさしい李建のさりげない心遣いが傳わる。

傳語李君勞寄馬　　傳語す　李君　馬を勞ひ寄すと
病來唯挂杖扶身　　病來　唯だ杖に挂りて身を扶く
縱擬強騎無出處　　縱ひ強ひて騎らんと擬ふも　出づる處無し
却將牽與趁朝人　　却つて將牽して　朝に趁く人に與へよ

「むしろ朝廷に參内する人にあげて下さい。……」と辭退する言葉にも樂天のやさしさが現われている。心温まる忘れ難い小品である。0245「歸田三首」其二で白氏は「……賣馬買犢使,徒歩歸田廬。(馬を賣り　犢を買つて使ひ,徒歩して田廬に歸る)……」と詠っている。李建は,白氏が子牛を買うために馬を手放したことを知って,「それでは何かと不自由でしょうから……」と申し出たのである。

李建の「やさしさ」は,貧窮の辛さを知っている人の「やさしさ」である。先に記した李造の話は,自分のことのように白氏の胸に響いたに違いない。30歳の白氏が從祖兄のために綴った 1446「祭符離六兄文(符離の六兄を祭る文)」に「……矧兄遇疾于路。路無藥石,歸全于家,家無金帛。環堵之室,不容弔客。稚齒之子,未知哀戚。……春草之中,盡爲墓田。……(矧んや兄　疾に路に遇ひ。路に藥石無し。全を家に歸するも,家に金帛無し。環堵の室は,弔客を容れず。稚齒の子,未だ哀戚を知らず。……春草の中,盡して墓田と爲す)……」とある。貧困の辛さは,仕官前の白氏が身にしみて感じてきたことである。

私人としての「やさしい」李建は公人としての「嚴しさ」をも持っている。前者は友人達の詩歌に現われ，後者は歷史書などの散文に現われる。

李建の人物像に關して，『新唐書』の「李建傳」が，公人李建に關する具體的な情報を與えてくれる。例えば「……與兄俱客荆州。鄕人爭鬭，不詣府而詣建，平決無頗。（兄と俱に荆州に客たり。鄕人 爭鬭し，府に詣らずして建に詣り，平決し頗（かたよ）ること無し）……」と記されており，鄕民から信賴できる人物として慕われていたことがわかる。李建の人望の高さを示す貴重な資料である。このことは，白氏の1458「有唐善人墓碑」に「……及長，居荆州石首縣。其居數百家，凡爭鬭，稍稍就公決，公隨而評之，寖及鄕。人不詣府縣，皆相率曰：『請問李君』（……長ずるに及び，荆州石首縣に居る。其の居 數百家，凡（すべ）て爭鬭し，稍稍 公に就いて決す。公隨つて之を評し，寖（やうや）く鄕に及ぶ。人（たみ） 府縣に詣でず。皆な相率（したが）ひて曰はく：『李君に問ふを請はん』と）……」と記されていて，より詳細な情報を得ることができる。

『新唐書』「李遜傳」は，「……德宗思得文學者。或以建聞，帝問左右，宰相鄭珣瑜曰：『臣爲吏部時，常補校書者八人，它皆藉貴勢以請，建獨無有』帝喜，擢左拾遺，翰林學士。（德宗 文學者を得んことを思ふ。或ひと建を以つて聞す。帝 左右に問ふ。宰相鄭珣瑜曰はく：『臣 吏部爲りし時，常に書を校する者八人を補ふ。它は皆な貴勢を藉りて以つて請ふに，建のみ獨り有ること無し』帝喜び，左拾遺，翰林學士に擢づ）……」と記している。このことは，元稹が「唐故中大夫尙書……李公墓誌銘」に異口同音に記している。鄭珣瑜は『新唐書』に本傳が有り，「……少孤，……以養母，不干州里。……性嚴重少言，未嘗以私託人，而人亦不敢謁以私。（……少くして孤，……母を養ふを以つて，州里を干（もと）めず。……性 嚴重にして言少なし。未だ嘗つて私を以つて人に託さず，而して人も亦た敢へて謁するに私を以つてせず）……」と記されている。李建を評價した人物が李建と共通する「生い立ち」と「公正」にして「嚴格」なる「人となり」を有していたことを看過してはならない。

『新唐書』「李遜傳」には，「順宗立，李師古以兵侵曹州，建作詔諭還之，詞不假借。王叔文欲更之，建不可。左除太子詹事。（順宗立ち，李師古 兵を以つて

曹州を侵す。建 詔を作り諭して之を還す。詞 假借せず。王叔文 之を更へんと欲す。建不可とす。左されて太子詹事に除せらる)……」とある。「詞不假借」「建不可」の記述から剛直な一面を窺い知ることができる。『舊唐書』「李建傳」は，この事件を「……元和六年，坐事罷職，降詹事府司直。(元和六年，事に坐して職を罷め，詹事府司直に降る)……」と略述し，「……高郢爲御史大夫，奏爲殿中侍御史，遷兵部郎中，知制誥。(高郢 御史大夫と爲り，奏して殿中侍御史と爲し，兵部郎中，知制誥に遷す)……」と續けている。高郢は，科擧試驗の座主として白氏の文才を見抜き官界に導いてくれた恩人である。「高郢」との關係に言及した個所は『舊唐書』「李建傳」に有って『新唐書』「李建傳」に無い。雙方參照する必要がある。『舊唐書』が「……自以草詔思遲，不願司文翰，改京兆尹。(自ら詔を草するに思ひの遲きを以つて，文翰を司るを願はず。京兆尹に改めらる)……」と記す個所を『新唐書』は「……宰相有竄定稿詔者，亟請解職，除京兆少尹。(宰相の稿詔を竄定する者有り，亟に解職を請ひ，京兆少尹に除せらる)……」と記している。前者には表向きの辭意が，後者には李建の本心が記されている。『舊唐書』の「京兆尹」は「京兆少尹」の誤りである。元稹の「唐故……刑部侍郎……李公墓誌銘」は「……丞相視草時，微有竄益，遂不復出，樂爲少京兆。(丞相 視を草る時，微かに竄益有り。遂に復たび出でず。樂しんで少京兆と爲る)……」と記し，白氏の1458「有唐善人墓碑」は「……知制誥時，筆削閒有以自是不屈者，因請告，改少尹。(知制誥の時，筆削の閒に是れより屈せざらんと以ふこと有り。因りて告を請ふて，少尹に改めらる)……」と記している。「請告」は「退職願い」を出すこと。李建は相手が權力者であっても妥協せずに信念を貫いている。白氏は，さらに「……少尹時，與大尹議，歲減府稅錢十三萬。(少尹の時，大尹と議し，歲に府稅錢十三萬を減ず)……」と續けている。

元稹が「……樂爲少京兆」と記し，白居易が「請告，改少尹」と記した李建の「潔さ」は，妥協してまで「知制誥」の地位に執着しない高邁なる精神を象徴している。

李建と白氏の關係を理解するには，李建の官僚としての側面を知る必要があ

る。祭文の中に李建の履歴が記されている。白氏は李建の官僚の履歴を「……公官，歷校書郞・左拾遺・詹府司直・殿中侍御史・比部・兵部・吏部員外郞・兵部・吏部郞中・京兆少尹・澧州刺史・太常少卿・禮部・刑部侍郞・工部尙書。……」と列記したうえで，時代ごとに「爲校書時，以文行聞。(校書爲りし時，文行を以つて聞こゆ)」「翰林時，以視草不詭隨，退官詹府（翰林の時，草を視て詭隨［＊惡しきに妥協追隨すること］せざるを以つて，官を詹府に退く)」「詹府時，以貞恬自處，不出戶，輒逾月。(詹府の時，貞恬を以つて自ら處り，戶を出でざること，輒ち月を逾ゆ)」「鄜帥路恕高之，拜爲副。在鄜時，以非類者至，以病去。(鄜帥の路恕 之を高しとし，拜して副と爲す。鄜に在りし時，類に非ざる者の至るを以つて，病を以つて去る)」「爲御史時，上任有遏其行事者，作『謬官詩』以諷。(御史爲りし時，任に上るに其の行事を遏むる者有り。『謬官詩』を作りて以つて諷す)」「爲吏部郞時，調文學科，……今選部用其法。(吏部郞爲りし時，文學科に調せらる。……今選部 其の法を用ふ)」「知制誥時，筆削閒，(知制誥の時，筆削の閒)……」「少尹時，與大尹議，(少尹の時，大尹と議し，)……」「在澧時，不鞭人。不名吏；居歳餘，人人自化。(澧に在りし時，人に鞭せず。吏を名とせず。居ること歳餘にして，人人 自ら化す)」「在禮部時，由文取士，不聽譽，不信毀。(禮部に在りし時，文に由りて士を取り，譽を聽かず，毀を信ぜず)……」と紹介し，「爲政，廉平易簡，不求赫赫名。(政を爲すに，廉平易簡にして，赫赫たる名を求めず)」と總括している。

　白氏は1466「除李建吏部員外郞制」の中で「……兵部員外郞李建，文行才理，……」と記しており，祭文も「爲校書時，以文行聞。(校書爲りし時，文行を以つて聞こゆ)」と記すように，「文行」が李建の「才理」と共に重要な資質であったことがわかる。また，「翰林時」の「視草不詭隨」と「知制誥時」の「筆削閒」からは，天子の詔に攜わる文官としての「誇り」と妥協を許さない李建の「嚴しさ」や「激しさ」が傳わってくる。「爲吏部郞時，調文學科……今選部用其法」について，元稹は「……始命由文由課而仕者，歳得調，編類條式，以便觀者，罷成勞書。凡成否之狀，急一月。人皆便之。(始め文に由り課に由りて仕ふる者に命じ，歳ごとに調を得，編類條式して，以つて觀る者に便にし，勞書を成

すを罷めしむ。凡そ成否の狀，急きこと一月。人　皆な之を便とす）……」と說明している。李建は吏部が擔當する任用人事の書類手續きを合理化したのである。白氏は，その結果，「無緣爲姦（緣りて姦を爲す無し）」すなわち「不正の餘地が無くなった」と評價している。

李建が澧州刺史となったいきさつについて，兩『唐書』の記述は異なる。『舊唐書』の「……與宰相韋貫之友善，貫之罷相，建爲澧州刺史。（宰相韋貫之と友として善し。貫之　相を罷め，建　澧州刺史と爲る）……」と記し，『新唐書』は「……會遜被讒，……出爲澧州刺史。（會たま [＊李] 遜　讒を被り，……[＊李建] 出だされて澧州刺史と爲る）……」と記す。後者によって，兄の李遜が讒言に遭っていたことがわかる。

この時，白氏はこんな詩を詠んでいる。

0320「秋日懷杓直」（秋日　杓直を懷ふ）

[題注] 時杓直出牧澧州（時に杓直　出でて澧州に牧たり）。

晚來天色好	晚來　天色好し
獨出江邊步	獨り出でて　江邊に步む
憶與李舍人	憶ふ　李舍人と與に
曲江相近住	曲江に　相近く住むを
常云遇淸景	常に云ふ　淸景に遇はば
必約同幽趣	必ず約して　幽趣を同にせんと
若不訪我來	若し　我を訪うて來らずんば
還須覓君去	還た須らく　君を覓めて去かん
開眉笑相見	眉を開き　笑つて相見
把手期何處	手を把つて　何處にか期する
西寺老胡僧	西寺の老胡僧
南園亂松樹	南園の亂松樹
攜持小酒榼	小酒榼を攜へ持ち
吟詠新詩句	新詩句を吟詠す

同出復同歸	同に出でて　復た同に歸り
從朝直至暮	朝より直ちに暮れに至る
風雨忽消散	風雨　忽ち消散し
江山眇迴互	江山　眇かに迴互す
潯陽與澧陽	潯陽と澧陽と
相望空雲霧	相望めば　空しく雲霧
心期自乖曠	心期　自ら乖曠し
時景還如故	時景　還た故の如し
今日郡齋中	今日　郡齋の中
秋光誰共度	秋光　誰と共にか度らん

　白氏は江州司馬，李建は澧州刺史。いずれも政敵の讒言によって長安を追われた敗殘の身の上であった。

　白氏の1458「有唐善人墓碑」は，「少尹時，與大尹議，歲減府稅錢十三萬。(少尹の時，大尹と議し，歲に府稅錢十三萬を減ず)」「在澧時，不鞭人。不名吏；居歲餘，人人自化。(澧に在りし時，人に鞭せず。吏を名とせず。居ること歲餘にして，人人自ら化す)」と記し，李建が上に嚴しく下に優しい官僚であったことを强調している。

　李建の資質は詩人ではなかったらしく，詩に關する記錄が無い。唯一，「謬官詩」の文字が現われるが，殘念ながら，詩そのものは見ることができない。

　晚年の李建は仙道に迷ったふしがあるが，若き日の李建は別の一面を持っていた。白氏は1458「有唐善人墓碑」で李建の「人となり」を「……與人交，外淡中堅。接士，多可而有別。稱賢薦能，未嘗倦。好議論，而無口過。遠邪諛，而不忤物。(人と交わるに，外淡中堅。士に接するに，多く可として別有り。賢を稱へて能を薦め，未だ嘗つて倦まず。議論を好んで，而も口過無し。邪諛を遠ざけて，物に忤はず) ……」と總括している。白氏は「無口過」(*失言によるトラブルが無い)「不忤物」(*人と對立しない)と言っているが，實際は「有別(*人を見て態度を變える)」「好議論」といった李建の性癖が，反對派の恨みをかっ

ていた。李建の剛直な一面は、官職が變わるたびに衝突を繰り返していることからも窺い知ることができる。これは寒門出身者に共通する「激しく」そして「悲しい」「習性」である。李建は、白氏にとって「成り上がり」の悲哀を共有し得る身近な存在であった。それだけに、同志に對する溫和さは、頼もしく、そして心地よいものであった。

「外淡中堅」なる李建との「淡」「交」は、死別してなお、白氏の想い出と夢の中で續けられていた。

［3］李建の交遊

① 利と名に及ばず

李建は、やさしい表情や語り口で何時の間にか物欲や名譽欲から解放してくれる人であった。白氏は 0201「寄李十一建」で「外事牽我形，外物誘我情。李君別來久，褊吝從中生。……相對盡日言，不及利與名。(外事　我が形を牽き、外物　我が情を誘ふ。李君と別れてより久うして、褊吝　中より生ず。……相對して盡日言ふも、利と名とに及ばず) ……」と詠っている。「褊吝」(＊那波本は「褊悋」に作る) は、狹小な心によるこだわり。白氏は、李建と久しく離れていると「物欲や名利にこだわる心が湧いてくる」と告白している。

この詩は 30 代半ばの白氏の僞らざる心境を傳えている。當時、白氏は盩厔の縣尉として野心に燃えていた。盩厔縣は長安の西に位置する近郊で、長安城內へは馬で日歸りできる距離にある。研究員に相當する校書郎を經ての實地訓練とも言うべき盩厔縣尉は、官位は低いがエリート官僚への道に向かうスタート地點に位置するポストである。當時、白氏は 0006「觀刈麥 (麥を刈るを觀る)」で「田家少閑月，五月人倍忙。……吏祿三百石，歲晏有餘糧。念此私自愧，盡日不能忘。(田家　閑月少なく、五月　人　倍して忙し。……吏祿　三百石、歲晏に餘糧有り。此を念ふて　私かに自ら愧ぢ、盡日　忘るること能はず)」と自戒し、0013「月夜登閣避暑 (月夜　閣に登りて暑を避く)」で「旱久炎氣甚，中人若燔燒。……獨善誠有計，將何救旱苗。(旱久うして　炎氣　甚しく、人に

中たりて 燔燒するが若し。……獨善 誠に計有るも，何を將つてか早苗を救はん)」と自問しながら，爲政者としてのあるべき姿を摸索していた。地方官の實務を通して試行錯誤を繰り返し，より高位の中央官僚となる準備を續けていたのである。0184「病假中南亭閑望（病假中 南亭にて閑望す)」で「……始知吏役身，不病不得閑。（始めて知る 吏役の身，病まざれば 閑なるを得ず）……」と詠い，0203「酬楊九弘貞長安病中見寄（楊九弘貞の長安にて病中に寄せられしに酬ゆ)」で「伏枕君寂寂，折腰我營營。（枕に伏して 君は寂寂，腰を折りて 我は營營たり）……」と詠うように，病氣にでも罹らない限り雜務から解放されることはなかった。文學的誇張は有るにしても，校書郎時代に「……營營各何求，無非利與名。而我常晏起，虛住長安城。（營營として 各々何をか求むる，利と名とに非るは無し。而して我れ 常に晏く起き，虛しく長安城に住む）……」(0180「早送擧人入試（早に擧人の試に入るを送る)」）と詠うほど，時間的精神的「ゆとり」に惠まれていた白氏には，縣尉着任後の仕事は豫想以上の激務に感じられた。0436「酬李少府曹長官舍見贈（李少府曹長の官舍にて贈くられしに酬ゆ)」では「低腰復斂手，心體不遑安。一落風塵下，始知爲吏難。公事與日長，宦情隨歲闌。……往往簿書暇，相勸強爲歡。（腰を低くし復た手を斂め，心體 遑安ならず。一たび風塵の下に落ち，始めて吏と爲ることの難きを知る。公事 日と與に長く，宦情 歲に隨いて 闌ふ。……往往 簿書の暇に，相勸めて強ひて歡を爲す）……」と訴えている。白氏は「簿書」整理などの「公事」に追われる日々の中で，休日の貴重な時間を割いて私的交流の詩作を續けていた。後に1950「論和糴狀」に「……臣近爲畿尉，曾領和糴之司。（臣 近ごろ畿尉と爲り，曾て和糴の司を領せり）……」と記すように，白氏は地方の稅務官として「粟」や「麥」を徵收する任に就いていた。0047「納粟（粟を納る)」に「有吏夜扣門，高聲催納粟。……猶憂納不中，鞭責及僮僕。昔余謬從事，內愧才不足。（吏有り 夜 門を扣き，聲を高くして 納粟を催す。……猶ほ憂ふ 納れて中たらず，鞭責の僮僕に及ぶを。昔 余 謬つて從事し，內に才の足らざるを愧づ）……」と回顧するに至る過酷な現實に直面している。

こうした公的憂事から解放されるために，白氏は，ある時は陳鴻や王質夫と

仙遊寺で楊貴妃の悲戀を語り，またある時は長安城内に住む楊汝士や錢徽，元宗簡といった知己を訪ねては，杯を交し，談笑し合った。李建が「小酌酒」を好んだことも，適量の酒でほろ醉いを樂しむ白氏にとっては嬉しいことであった。彼等はアルコールで再度釀した濃い酒を小さな杯で樂しんだようである。

② 鄜州刺史李建と翰林學士白居易

　元和三年［808］左拾遺・翰林學士となった37歳の白氏は，李建の留守中に彼の「東亭」を訪れ，「松臺」に「上」って，「相思夕上松臺立，蟪思蟬聲滿耳秋。惆悵東亭風月好，主人今夜在鄜州。（相思ひ　夕べに松臺に上りて立ち，蟪思蟬聲　耳に滿つる秋。惆悵す　東亭　風月好しきに，主人　今夜　鄜州に在るを）」［0704「題李十一東亭（李十一の東亭に題す）」］と詠っている。「鄜州」は陝西省鄜縣。長安の北に位置する。

　この時，李建は鄜州に居た。『新唐書』「路嗣恭傳」の付傳に「……年纔三十，爲懷州刺史。……恕私第有佳林園，自貞元初……迄于元和末，僅四十年，朝之名卿，咸從之遊，高歌縱酒，不屑外慮，（年纔か三十にして，懷州刺史と爲る。……恕の私第は佳林園有り，貞元の初めより……元和末に迄るまで，僅四十年，朝の名卿，咸な之に從つて遊び，高歌して酒を縱にし，外慮を 屑(かへり)みず）……」と記された路恕は，「鄜坊觀察使，太子詹事」になっている。その路恕に見込まれて，補佐役となった李建は，白氏が祭文に「在鄜時，以非類者至，以病去。（鄜に在りし時，類に非ざる者の至るを以つて，病を以つて去る）」と記すように，人間關係のもつれから鄜州を去っている。元稹は墓誌に，「……會恕復取不宜爲賓者，公罷去。（會たま恕　復た賓爲(た)るに宜しからざる者を取る。公　罷めて去る）……」と記している。李建が殿中御史の時に「謬官詩」を作ったことについて，元稹は，「……先是襄帥均獻在邸，丞相命俟節以獻之，公力爭，不果，意作『謬官詩』。（是より先，襄の帥［裴］均の 獻(みつぎもの)は邸に在り。丞相　節を俟つて以つて之を獻ずるを命ず。公　力爭して，果たさず。『官を 謬(あやま)るの詩』を作らんことを 意(おも)ふ）……」と記している。白氏が1959「論裴均進奉銀器狀」の中で「貪殘」「邪巧」と記す奸臣裴均は，『新唐書』「裴均傳」で「……以財交

權倖, 任將相凡十餘年, 荒縱無法度。(財を以つて權倖に交はり, 將相に任ぜらるること凡て十餘年, 荒縱 法度 無し) ……」と酷評されている。その裴均を敵にまわし,「力爭」して敗れた李建は「謬官詩」を作って「行事[＊使者の勤務上の仕事]」を「遏（とど）む」者を諷したという。残念ながら, この詩は散逸して今は見ることができない。

③ 李建と元稹

翌年[809]の春には, 0710「同李十一醉憶元九（李十一と同に醉ふて元九を憶ふ）」を作り,「花時同醉破春愁, 醉折花枝作酒籌。忽憶故人天際去, 計程今日到梁州。(花時 同に醉ふて 春愁を破り, 醉ふて花枝を折つて酒籌を作る。忽ち憶ふ 故人の天際に去るを, 程を計るに 今日 梁州に到らん)」と詠っている。

白行簡の「三夢記 幷序」に「元和四年……予與仲兄樂天, 隴西李杓直同游曲江, 詣慈恩佛舍, ……日已晚, 同詣杓直修行里第, 命酒對酬, 甚懽暢。兄停杯久之曰：『微之當達梁矣。』命題一篇於屋壁, 其詞曰：『春來無計破春愁, 醉折花枝作酒籌。忽憶故人天際去, 計程今日到梁州。』實二十一日也。十許日, 會梁州使適至, 獲微之書一函, 後寄『紀夢詩』一篇, 其詞曰：『夢君兄弟曲江頭, 也向慈恩院裏遊。驛吏喚人排馬去, 忽驚身在古梁州』日月與遊寺題日月率同。(元和四年……予 仲兄樂天, 隴西李杓直と同に曲江に游び, 慈恩佛舍に詣づ, ……日 已に晚く, 同に杓直が修行里の第に詣で, 酒を命じ對酬して, 甚だ懽暢たり。兄 杯を停め之を久うして曰はく：『微之 當に梁に達すべし』と。命じて一篇を屋壁に題さしむ。其の詞に曰はく：『春來りて 計の春愁を破る無く, 醉うて花枝を折りて 酒籌を作る。忽ち憶ふ 故人 天際に去るを, 程を計るに今日梁州に到らん』と。實に二十一日なり。十許日, 梁州使の適たま至るに會ひ, 微之の書一函を獲て, 後に『紀夢詩』一篇を寄す。其の詞に曰はく：『夢む 君兄弟 曲江の頭, 也た慈恩院の裏に遊ぶを。驛吏 人を喚んで馬を排べ去らしむ。忽ち驚く 身の古梁州に在るを』と。日月 寺に遊んで題せし日月と率ね同じ) ……」とある。

第3章　交遊録としての『白氏文集』

一方，元稹は「使東川　幷序（東川に使す　幷びに序）」に，こう記している。

[序] 元和四年三月七日，予以監察御史使東川，往來鞍馬間，賦詩凡三十二章。祕書省校書郎白行簡，爲予手寫東川卷，今所錄者，但七言絶句長句耳。起「駱口驛」盡「望驛臺」二十二首云。

（元和四年三月七日，予　監察御史を以つて東川に使し，往來　鞍馬の閒に，詩凡て三十二章を賦す。祕書省校書郎白行簡，予の爲めに東川卷を手寫す。今錄する所の者，但だ七言絶句・長句のみ。「駱口驛」起り「望驛臺」盡で二十二首と云ふ）

「清明日」

[題注] 行至漢上，憶與樂天，知退，杓直，拒非，順之輩同遊。（行きて漢上に至り，樂天，知退，杓直，拒非，順之の輩と同に遊びしを憶ふ）

常年寒食好風輕	常年　寒食　好風　輕く
觸處相隨取次行	觸るる處　相隨ひ　次を取りて行く
今日清明漢江上	今日　清明　漢江の上
一身騎馬縣官迎	一身　騎馬　縣官　迎ふ

「梁州夢」

[題注] 是夜宿漢川驛，夢與杓直・樂天同游曲江，兼入慈恩寺諸院。倏然而寤，則遞乘及階，郵使已傳呼報曉矣。（是の夜　漢川驛に宿り，杓直・樂天と同に曲江に遊び，兼ねて慈恩寺の諸院に入りしを夢む。倏然として寤むれば，則ち遞乘　階に及び，郵使　已に傳呼して曉を報ず）

夢君同遶曲江頭	夢みる　君　同に曲江の頭を遶り
也向慈恩院院遊	也た慈恩に向りて　院院　遊ぶを
亭吏呼人排去馬	亭吏　人を呼んで　馬を排去せしむ
忽驚身在古梁州	忽ち驚く　身　古梁州に在るを

元・白2人の各文集所收の詩と白行簡の「三夢記」所引の詩とで，字句に異同が有るのは，それぞれ個別に手が加えられたためであろう。「序」の「祕書省校書郎白行簡，爲予手寫東川卷，今所錄者，但七言絕句長句耳」という箇所は，『元氏長慶集』の編集過程を知る上でも貴重な記録である。

朱金城氏は『白居易集箋校』2冊796頁に白行簡「三夢記」を引いて「其說殊荒誕」と記しているが，全てが「荒誕」というわけではない。「樂天」が「李杓直」と共に「曲江」に「游」び，「慈恩佛舍」に「詣」で，「晚」に「修行里」に赴いたであろうことは，元・白兩氏の他の詩から確認できる。例えば元詩「題李十一修行里居壁（李十一が修行里の居壁に題す）」に「雲闕朝迴塵騎合，杏花春盡曲江閑。憐君雖在城中住，不隔人家便是山。（雲闕　朝より迴りて　塵騎合し，杏花　春盡きて　曲江閑たり。憐む君　城中に住むと雖ども，人家を隔てずして便ち是れ山）」とあり，白詩に0320「秋日懷杓直（秋日　杓直を懷ふ）」[題注]時杓直出牧澧州。（時に杓直　出でて澧州に牧たり）」「晚來天色好，獨出江邊步。憶與李舍人，曲江相近住。（晚來　天色好ろし，獨り出でて　江邊に步む。憶ふ　李舍人と，曲江　相近く住むを）……」1285「曲江憶李十一（曲江にて李十一を憶ふ）」「李君歿後共誰遊，柳岸荷亭兩度秋。獨遶曲江行一匝，依前還立水邊愁。（李君　歿して後　誰と共にか遊ぶ，柳岸　荷亭　兩度の秋。獨り曲江を遶りて　行くこと一匝り，前に依り　還た水邊に立ちて愁ふ）」1252「慈恩寺有感（慈恩寺にて感ずること有り）」[題注]時杓直初逝，居敬方病。（時に杓直初めて逝き，居敬方に病めり）」「自問有何惆悵事，寺門臨入却遲迴。李家哭泣元家病，柹葉紅時獨自來。（自ら問ふ　「何の惆悵する事か有る？」と，寺門入るに臨んで却って遲く迴る。李家　哭泣し　元家　病む，柹葉　紅なる時　獨り自ら來る）」とある。

白行簡の言うように樂天・杓直が「命酒對酬」しながら元稹を思い出したことも事實であろう。「三夢記」の「日月與遊寺題日月率同」の信憑性はともかく，二人は共に「花枝」で「酒籌」を作りながら，「甚懽暢」の時に，ふと元稹を思い出し，監察御史として蜀の地「東川」に向かう詩友の旅程を想像したのである。文學的脚色はあっても元・白の唱和詩は虛構ではない。「酒籌」は飲酒の獻酬ゲームに用いる抽選用スティック [＊王昆吾著『唐代酒令藝術』9頁「籌令」參照]。「梁

州」は興元府, 今の漢中市。目的地まで倍以上の距離が残っている。しかも「蜀の桟道」の難所が控えている。翰林院で活躍する白氏は憲宗のもとで得意の日々を送っていたが, 元稹の前途には危険が立ちはだかっていた。

④ 李建と韓愈・柳宗元

　永貞元年[805], 韓愈は, 江陵へ向かう途中, 王涯・李建・李程の３人に五言の百四十句からなる長編を寄せている。

029「赴江陵途中, 寄贈王二十補闕・李十一拾遺・李二十六員外翰林三學士。」韓愈（江陵に赴く途中, 王二十補闕・李十一拾遺・李二十六員外翰林三學士に寄贈す）

| 孤臣昔放逐 | 孤臣　昔　放逐され |
| 泣血追愆尤 | 泣血して　愆尤（けんいう）を追ふ |

……

| 同官盡才俊 | 同官は盡く才俊 |
| 偏善柳與劉 | 偏へに柳と劉とに善し |

……

三賢推侍從	三賢　侍從を推し
卓犖傾枚鄒	卓犖（たくらく）として枚・鄒を傾く
高議參造化	高議　造化に參し
清文煥皇猷	清文　皇猷　煥たり

……

| 遺風邈不嗣 | 遺風　邈として嗣がず |
| 豈憶嘗同裯 | 豈に嘗て裯を同にするを憶はんや |

……

茲道誠可尙	茲の道　誠に尙ぶべく
誰能借前籌	誰か能く前籌を借さむ
殷勤謝吾友	殷勤　吾が友に謝す

明月非暗投　　明月　暗に投ずるに非ざらん

　この詩は，柳宗元・劉禹錫と韓愈の關係のほかに，中央で活躍する「翰林三學士」と韓愈の關係を知る上で重要である。長安復歸を切望する韓愈は「豈憶嘗同裯（豈に嘗て裯を同にするを憶はんや）」と舊友の情にうったえ，「誰能借前籌（誰か能く前籌を借さむ）」「明月非暗投（明月　暗に投ずるに非ざらん）」と賣り込んでいる。韓愈は張良が劉邦の食卓の箸を使って項羽攻略の策を提言した故事［＊『漢書』「張良傳」］を用いて自己推薦の言葉とし，鄒陽が獄中から梁の孝王に宛てた書簡の言葉［＊『史記』「鄒陽傳」］を使って推擧が徒勞に終わらないであろうことを強調している。しかし，この詩を受け取った時，韓愈が期待した「翰林三學士」の地位と權力は既に剝奪されていた。李建は，左拾遺・翰林學士の任を解かれ，閑職「太子詹事」に左遷されていたのである。

　永州に左遷されていた柳宗元は，亞熱帶の蠻地で風土病に喘いでいた。元和四年［809］，37歳の柳宗元は，「與李翰林建書（李翰林建に與ふる書）」を綴り，李建にこう嘆願している。「……足下適在禁中，……然常州未嘗有書遺僕。僕安敢先焉。裴應叔・蕭思謙・僕各有書，足下求取觀之，相戒勿示人。敦詩在近地，簡人事，今不能致書。足下默以此書見之，勉盡志慮。（足下　適たま禁中に在り，……然れども常州未だ嘗つて書の僕に遺ること有らず。僕　安んぞ敢て先にせんや。裴應叔・蕭思謙・僕　各おの書有り，足下　求め取りて之を觀よ，相戒めて人に示すこと勿かれ。敦詩は近地に在りて，人事を簡す，今　書を致すこと能はず。足下　默して此書を以つて之に見せ，勉めて志慮を盡せ）……」と。この時，李建は殿中侍御史，李遜は常州刺史，「敦詩」崔群は翰林學士であった。「裴應叔・蕭思謙」は裴垍・蕭俛。いずれも當時を代表する名臣である。これより先，柳宗元は「送崔群序（崔群を送る序）」を綴っていて，「厲莊端毅，高朗振邁」なる韓泰と「敦柔深明，冲曠坦夷」なる李建と親交があったことがわかる。韓・李の2人の「人となり」は好對照をなす。柳宗元は，崔群が併せ持つ「和」「正」なる品格に惹かれていた。柳宗元の書簡は，李建を介して崔群に救援を求める言葉で終わっている。

第3章　交遊録としての『白氏文集』

⑤　李建と元和期の名臣たち

　白居易は，崔群とは別の崔氏と李建とを併記した作品を残している。
　堤留吉著『白樂天研究』159頁に「……『平生相見て卽ち眉開く，靜かに念ふに李と崔に如くは無し』と，氣持ちよい人物であるといい，李・崔二人にまさる者はないとまでいっている。この前後の詩には李と崔とをならべることが多いようである」と記されている。しかし，堤氏は「崔」が誰で，なぜ「李と崔とをならべることが多い」のかということにまで言及していない。この2點は補完を必要とする。結論から言えば，「李・崔二人」は「李建」と「崔韶」で，「この前後の詩」は，「那波本」において0959「聞李十一出牧……」詩の「前」に位置する0445「感逝寄遠」0571「晚歸有感」0908「東南行一百韻……」である。

　『唐五代人交往詩索引』は461頁【崔韶】の下に元稹の「元和五年，予官不了，罰俸西歸，三月六日，至陝府，與吳十一兄端公・崔二十二院長愴曩遊。因投五十韻」「送崔侍御之嶺南二十韻」「酬樂天東南行詩一百韻」「使東川　幷序『駱口驛』二首」「使東川　幷序『郵亭驛』」「送嶺南崔侍御」と白居易の0445「感逝寄遠」0571「晚歸有感」0908「東南行一百韻……」0924「宿西林寺，早赴東林滿上人之會，因寄崔二十二員外」0959「聞李十一出牧……」1016「送客春遊嶺南二十韻」1114「京使回累得南省諸公書……」を列記しているが，これも鵜呑みにしてはいけない。朱金城『白居易集箋校』1068頁の【校】に「……城按：崔韶是時方爲果州刺史，安能遠遊嶺南？……元稹貶時江陵時又作有『送嶺南崔侍御』，『送崔侍御之嶺南二十韻』，『紀懷贈李六戶曹崔二十功曹五十韻』等詩，疑『崔侍御』即『崔二十功曹』，乃元和元年元稹同登才識茂明於體用科之崔琯，……」とある。從って，『唐五代人交往詩索引』461頁【崔韶】から「嶺南」の文字を含む上記の元詩2首と白詩1首を削除する必要がある。殘る元・白合計11首のうち，李建と崔韶が同時に登場する詩は，元稹の「酬樂天東南行詩一百韻」と白居易の0445「感逝寄遠」0571「晚歸有感」0908「東南行一百韻……」0959「聞李十一出牧……」4首である。これを製作年代順に並べ替え，必要個所を抽出してみると「李・崔二人」を併記する理由が浮かび上がってくる。

0959「聞李十一出牧澧州・崔二十二出牧果州，因寄絶句」
　　　白居易 45 歳　江州司馬

平生相見即眉開　　平生　相見て　即ち眉開き
靜念無如李與崔　　靜念　李と崔とに如く無し
　　……

0445「感逝寄遠……」白居易 45～47 歳　江州司馬

　　　[題注] 寄通州元侍御・果州崔員外・澧州李舍人・鳳州李郎中。

　　　　　　[＊元稹] [＊崔韶] [＊李建] [＊李？]

　　……

平生知心者　　平生　心を知る者
屈指能有幾　　指を屈して　能く　幾か有る
　　　　　　　　　　　　　　いくばく
通果澧鳳州　　通・果・澧・鳳州
眇然四君子　　眇然たり　四君子
　　……

應歎舊交友　　應に歎くべし　舊交友
凋落日如此　　凋落して　日に此の如きを
何當一杯酒　　何當にか　一杯の酒もて
　　　　　　　いづれのとき
開眼笑相視　　眼を開き　笑つて相視ん

0908「東南行一百韻」

寄通州元九侍御 [＊元稹]・澧州李十一舍人 [＊李建]・果州崔二十二使君 [＊崔韶]・開州韋大員外 [＊韋處厚]・庾三十二補闕 [＊庾敬休]・杜十四拾遺 [＊杜元穎]・李二十助教員外 [＊李紳]・竇七校書 [＊竇鞏]　白居易 46 歳　江州司馬

　　……

崔杜鞭齊下　　崔・杜　鞭　齊しく下し
元韋轡竝驅　　元・韋　轡　竝び驅る

第3章　交遊録としての『白氏文集』

名聲逼楊馬　　名聲は楊・馬に逼り
交分過蕭朱　　交分は蕭・朱に過ぐ
　……
論笑杓胡卼　　論は笑ふ　杓の胡卼なるを
談憐羋嘔嚅　　談は憐む　羋の嘔嚅を
李酣尤短寶　　李は酣にして　尤も寶を短り
庾醉更鶱迂　　庾は醉ふて　更に鶱迂
　……
卽日辭雙闕　　卽日　雙闕を辭し
明朝別九衢　　明朝　九衢に別かる
播遷分郡國　　播遷　郡國を分かち
次第出京都　　次第に　京都を出づ

　［句注］十年春，微之［＊元稹］移佐通州。其年秋，予［＊白居易］出佐潯陽。明年冬，杓直［＊李建］出澧州。崔二十二［崔韶］出牧果州。韋大［＊韋處厚］牧開州。

秦嶺馳三驛　　秦嶺　三驛を馳せ
商山上二邠　　商山　二邠を上る

　［句注］商山險道中有東西二邠。
　……

　　　　cf.　元稹「酬樂天東南行詩一百韻」
　　　　　……
　　二妙馳軒陛　　二妙　軒陛に馳せ
　　三英詠袴襦　　三英　袴襦を詠む

　　［句注］庾三十二・杜十四竝居北省・李十一［＊李建］・
　　　　崔二十二［＊崔韶］・韋大［＊韋處厚］各典方州。
　　　　　……

0571「晚歸有感」　白居易51歲　　中書舍人

朝弔李家孤　　　朝に弔ふ　李家の孤
暮問崔家疾　　　暮に問ふ　崔家の疾
　　［句注］時李十一侍郎［＊李建］諸子尙居憂，崔二十二員外［＊崔韶］三年臥病。
迴馬獨歸來　　　馬を迴して　獨り歸り來り
低眉心鬱鬱　　　眉を低れて　心　鬱鬱たり
　　……

　この元・白の詩合計５首を照らし讀むと，背後に時事問題が絡んでいることに氣付く。

　『舊唐書』「憲宗本紀（下）」に「元和十一年……九月丁卯，……丙子，新除吏部侍郎韋貫之再貶湖南觀察使。辛未，貶……考功郎中韋處厚爲開州刺史，禮部員外郎崔韶爲果州刺史，並爲補闕張宿所構，言與貫之朋黨故也。（元和十一年……九月丁卯，……丙子，新に除せられし吏部侍郎韋貫之　再び湖南觀察使に貶さる。辛未，貶して……考功郎中韋處厚を開州刺史と爲し，禮部員外郎崔韶を果州刺史と爲す，並びに補闕張宿の構ふる所と爲る。貫之の朋黨と故たるを言ふなり）……」とある。また，『舊唐書』「李建傳」には「……與宰相韋貫之友善，貫之罷相，建爲澧州刺史。（宰相韋貫と友として善し，貫之　相を罷め，建　澧州刺史と爲る）……」と記されている。李建も崔韶も韋貫之の「朋黨」として連坐の憂き目に遇っていたのである。「韋貫之」は元・白が才識兼茂・明於體用科を受驗した際に２人の制策を考査した人物であり，「崔韶」もまた元・白と共に韋貫之によって見出された同期合格者16人の１人である（＊第１節「白居易をめぐる人々」參照）。

　『新唐書』「韋顗傳」に「顗字周仁，……及長，身不衣帛。……歷御史・補闕，與李約・李正辭更進諷諫，數移大事。裴垍・韋貫之・李絳・崔群・蕭俛皆布衣舊，繼爲宰相，朝廷典章多所咨逮，嘗曰：『吾儕五人，智不及一韋公』長慶初爲大理少卿。（顗　字は周仁，……長ずるに及んで，身に帛を衣ず。……御史・補闕を歷て，李約・李正辭と與に更に諷諫を進め，數しば大事を移す。裴垍・韋貫之・李絳・崔群・蕭俛は皆な布衣の舊，繼ぎて宰相と爲り，朝廷の典章　咨

り逮する所多し。嘗つて曰はく：『吾儕五人，智一韋公に及ばず』と。長慶の初め大理少卿と爲る）……」とある。「韋貫之」も「李絳」も「崔群」も白氏と親交のあった名臣であり，無位無官の「布衣」から宰相にまでのぼりつめた人物である。

李建が韋貫之と共に失脚した背景には寒門出身者の結束が裏目に出たという事情がある。校書郎時代の同僚として始まった李建・白居易・元稹の交遊に，少し遅れて崔韶が加わり，まず元・白が左遷され，次いで韋貫之に連座して李・崔が同時に追放された。4人は，同門の同志として悲運をも共有していたのである。

「李と崔とをならべる」ことは堤氏が「多い」というほどの數ではない。しかし，併記する理由が，時を同じくして「左遷された」「朋黨」という點にあったことを知る上で，氏の指摘は看過できない。元稹は「西歸絕句十二首」其三に546「同歸諫院韋丞相，共貶河南亞大夫。今日還鄉獨憔悴，幾人憐見白髭鬚。(同に歸る　諫院　韋丞相，共に貶さる　河南　亞大夫。今日　鄉に還り　獨り憔悴，幾人か　憐れみ見る　白髭鬚)」と詠んでいる。「韋丞相」は韋貫之，「河南亞大夫」は裴度。元和十年［815］正月，37歲の元稹が，召還されて長安に戻る際の作で，韋貫之との關係を知る上で貴重な資料である。元稹は「元和十年二月」に上京して，「三月」に通州司馬に「再」び左遷されている。

［4］年長の友（元宗簡・錢徽との比較）

共に白氏より年長の友でありながら李建が元宗簡・錢徽と大きく異なる點は，唱和を示す「酬」「和」「次韻」の文字をもつ詩題が李建を對象とする白詩に殘されていないことである。李建は白氏の「執友」ではあっても「詩友」ではなかった。李建を特色付ける詩語は「小酌酒」や「道友」「藥術」「道術」である。李建の死後に作られた追懷の作が多いことは，李建が急死した事と關連している。

白氏は李建から中隱思想と共に仙藥の危險性をも學んでいた。

開成二年[837]67歳の作2953「醉吟先生傳」の中で，白氏は「……設不幸吾好藥，損衣削食，鍊鉛燒汞，以至于無所成，有所誤，奈吾何？今吾幸不好彼。(設し不幸にして吾れ藥を好んで，衣を損ひ食を削り，鉛を鍊り 汞を燒き，以つて成る所無く，誤る所有るに至らば，吾れを奈何？今吾れ幸ひにして彼を好まず)……」と述懷している。

洛陽で太子賓客分司の閑職に就いていた64歳の白氏は，韋弘景・李建・崔玄亮の夢を見，覺めて後，3034「因夢有悟(夢に因りて悟ること有り)」詩を詠んだ。詩中，李建が登場する「……中遇李侍郎，笑言甚怡怡。(中ごろに 李侍郎に遇ふ，笑言して 甚だ怡怡たり)……」の句は，「なぜ白氏が李建を慕ったのか？」という素朴な疑問に答えてくれる。

苦境に在って「獨善」を模索する44歳の太子左贊善大夫は，その心境を吐露して，こう詠う。

```
0270「贈杓直」白居易（杓直に贈る）
世路重祿位        世路　祿位を重んじ
栖栖者孔宣        栖栖たる者　孔宣
……
我今信多幸        我れ今　信に多幸
撫己但自愧        己を撫して　但だ自ら愧づ
已年四十四        已に年　四十四
又爲五品官        又た五品の官と爲る
……
自吾得此心        吾れ此の心を得てより
投足無不安        投足して　安らかならざる無し
體非道引適        體　道引に非ずして適ひ
意無江湖閑        意　江湖　無くして閑なり
有興惑飮酒        興あれば　或ひは酒を飮み
無事多掩關        事無ければ　多く關を掩ふ
```

……
委形老小外　　形を老小の外に委ね
忘懷生死閒　　懷を生死の閒に忘る
昨日共君語　　昨日　君と共に語り
與余心臀然　　余と心・臀のごとく然り
此道不可道　　此の道　道ふ可からず
因君聊強言　　君に因りて　聊か強ひて言ふ

　その翌年，45歳の江州司馬が「平生相見卽眉開，靜念無如李與崔。（平生　相見て卽ち眉開き，靜かに念ふは　李と崔とに如く無し）……」（0959詩）と慕うのは，李建が後輩の愚癡を笑顏で聞いてあげるだけの「懷の廣さ」を持っていたからである。

　李建の「溫かく包み込むような」人柄こそ，元宗簡・錢徽といった年長の「執友」に共通する大切な要素の一つであった。

【元稹・劉禹錫】

元稹・劉禹錫の二人を同時に取り上げる理由は次の3點に要約される。

　1．元稹が白居易の主に前半生の「詩敵」であったこと
　2．劉禹錫が白居易の主に後半生の「詩友」であったこと
　3．年下の元稹と同年齡の劉禹錫とでは白居易の交遊のありかたに異なる一面があり，これを比較することで白氏の人となりがより鮮明になること

全體は次のごとく構成される。

　［1］　白居易・元稹・劉禹錫に關するこれまでの研究
　［2］　白居易の「詩敵」元稹と「詩友」劉禹錫

［３］　白居易・元稹・劉禹錫の關係
　［４］　裴度・令狐楚との交遊における白・劉・元の態度
　　　①裴度と白居易と劉禹錫
　　　②令狐楚と劉禹錫と白居易
　　　③裴度と令狐楚と元稹
　　　④宰相元稹と元老裴度
　［５］　白居易・元稹・劉禹錫の詩作
　　　①詩作の場
　　　②寓言詩

［１］　白居易・元稹・劉禹錫に關するこれまでの研究

　『新唐書』「白居易傳」に「……初，與元稹酬詠。故號『元・白』，稹卒，又與劉禹錫齊名，號『劉・白』。（初め，元稹と酬詠す。故に『元・白』と號せらる。稹　卒して，又た劉禹錫と名を齊しくし，『劉・白』と號せらる）……」とある。現存する『元氏長慶集』と『劉賓客文集』に收錄された作品群をみると，白居易との唱和詩や白氏を念頭に置いた詩文が壓倒的に多く，「元・白」あるいは「劉・白」と併稱された歷史事實を如實に反映している。
　彼らが詩人として詩という藝術を洗練させ，新しい試みによって文學の改革を試みたことは，先人達の多くの論考によって明らかにされている。しかし，これまでの研究は「元・白」と「劉・白」がそれぞれ個別に論じられているため，「白居易の唱和の對象が元稹から劉禹錫へと移行する過程」や「元・劉の關係」あるいは「元・白・劉の關係」については，ほとんど明確にされていないと言って良い。また，その多くは「元・白」や「劉・白」が文學史上どのような役割を果たしたかという點に比重が置かれており，「精神生活」という內面については，必ずしも論じ盡くされているわけではない。
　本論考の主旨は，「なぜ白氏が好んで元氏や劉氏を相手に唱和したのか？」また，その結果，「白氏は元・劉から何を得，そして彼らに何を與えたのか？」と

第 3 章　交遊錄としての『白氏文集』

いった「交遊の實態と心の推移」を「詩文を媒介とした心の交流」という觀點から考察することにある。

　白居易・元稹・劉禹錫に關するこれまでの研究のうち，上記の考察を進める上で重要な業績を列記し，必要個所を抄出する。
　白居易と元稹の交遊を知る上で大切な論考は，

〔1〕平岡武夫著『白居易』〔中國詩文選 17〕
〔2〕王拾遺著『元稹傳』
〔3〕金在乘著「白居易と元稹」〔『白居易研究講座』第 2 卷〕

である〔*以下，書名を〔1〕～〔7〕で表わす〕。
　〔1〕は全 304 頁の單行本で，「はしがき」「自敍傳を書く」「白居易と元稹」「白居易の官途」「元稹の任官と左遷」「白居易の辨護」「友の左遷を送る」「和答詩十首とその序」「『思歸樂』の詩に和す」「『四皓廟』の詩に答える」「白居易の生活」「宰相武元衡暗殺事件」「江州左遷と詩魔の發見」の全 13 章から構成される。「はしがき」18 頁に，「二人の人間關係はどのように結ばれていたのか。そもそも白居易と元稹は如何なる人物であったのか。……『白氏文集』の中から若干の詩と散文を選び出し，自敍傳成立の背景を見」たものであることが明記されている。「この本がよかった理由は二つある。一つは本全體にみなぎっている熱である。もう一つは，事實が正確・精密なことである」（高島俊男著「獨斷！中國關係名著案内 64」）と絶贊された名著で，「白居易の傳記ではあるが，白居易と元稹との友情に重點を置いて書かれている」。ただし，「白居易四十四歲，江州司馬に左遷されたところで終わっている」ため，その後の二人については割愛されている。
　〔2〕は，『白居易生活繋年』の編著者でもある王拾遺氏の勞作で，全 214 頁からなる元稹の傳記である。第 1 章では元氏の幼少期を，第 2 章では靑春期を，第 3 章では 30 歳までの左拾遺時代を，第 4 章では監察御史時代を記し，第 5 章

では「江陵謫居」，第6章では「通州司馬」，第7章では「3ヶ月の宰相」，第8章では「浙東での7年」，第9章では「顎州で急死」と題して，元稹の生涯を簡明な筆致で紹介している。

〔3〕は「一　前言」「二　元稹の生涯」「三　白居易と元稹の出會い」「四　管・鮑の交わり」「五　元・白の往復書簡」「六　文友・詩敵」「七　結語」の全7章で構成されており，これによって元・白の交遊の全貌を概観することができる。

白居易と劉禹錫の交遊を知る上で大切な論考は，

〔4〕卞孝萱・卞敏共著『劉禹錫評傳』
〔5〕陳慧星ほか『劉禹錫詩集編年箋注』
〔6〕齋藤　茂著「白居易と劉禹錫」〔『白居易研究講座』第2巻〕

である。

〔4〕は，唐代の文學と史學を專門とする卞孝萱と中國哲學史專攻の卞敏との合作で，思想家でもあり詩人でもある劉禹錫の生涯を親子2代でまとめあげた全402頁の大著である。全體は，第1章「劉禹錫的家世」，第2章「青少年學習期」，第3章「踏上仕途與永貞革新時期」，第4章「貶謫時期」，第5章「回朝，再出及閑居東都時期」，第6章「政治思想」，第7章「哲學思想」，第8章「人生觀」，第9章「文學思想與成就」，第10章「劉禹錫在文學史上的影響」の全10章からなる。

〔5〕は，陳慧星ほか3名の手になる劉禹錫詩の箋注で，「德宗貞元九年［793］」から「開成元年［836］至會昌二年［842］在洛陽所作其他詩」まで，現存する全ての詩を高志忠の『劉禹錫詩文繫年』（廣西人民出版社1988年9月）に基づいて配列し，「未編年」詩を末尾にまとめて掲載している。

〔6〕は，「一　交友」「二　劉白唱和集」「三　兩者の比較」の3部構成。瞿蛻園『劉禹錫集箋證』卷末「附錄二　劉禹錫交遊錄（白居易）」，羅聯添『劉禹錫年譜』，橘英範「中唐唱和詩研究の問題點」（中國中世文學研究22）といった業

第3章　交遊録としての『白氏文集』

績を消化したうえで劉白の關係を簡潔明瞭にまとめている。

〔1〕から〔6〕のほかに特筆に價する業績は，堤留吉著『白樂天研究』である。その「第六章　白詩にあらわれた交友關係」の冒頭2節〔7〕ａ．「一　元稹（微之・元九）」と〔7〕ｂ．「二　劉禹錫（夢得）」を讀めば，元・白と劉・白の交友の大略を知ることができる。例えば〔7〕ａ．には，「……白樂天の元稹に對する記述や贈答の詩の數は，一つの波をなしているようである。前述[元和五年[810]]の三十九歳を波頭の第一とすると，第二は四十四歳の江州左遷の時であり，第三は五十二歳から五十四歳にわたる期間で，白樂天は杭州・蘇州の刺史であり，元稹は浙東觀察使，越州刺史として任地が隣りしていた時であり，第四は五十七・八歳，樂天は刑部侍郎に，元稹は尚書に拜せられた時である。……第四波頭を過ぎると急にこの種の詩が少なくなり，元稹の急死を迎えた六十歳から六十三歳までは少ないながらも續いているが，六十四歳頃からしばらくとぎれ，また六十八歳から七十一歳頃までは毎年一・二首詠まれ，それで終っている。……」と記されている。

また〔7〕ｂ．には「……白樂天が五十二歳の時，杭州に在って『杭州春望』（後集五卷二十）の詩を，夔州に居る劉禹錫に送った……その後唱和應酬の詩がぽつぽつあって，五十七八歳頃と，六十，六十一二歳頃と，六十六歳前後とにもっとも多くを數えることができる。白樂天が六十歳の時，無二の親友元稹を，翌年に崔群（敦詩）を，さらにその翌年には崔玄亮（晦叔）を失った。……白樂天はこの頃から急に劉禹錫と友情を交わすこととなった。六十一歳の作『寄劉蘇州』（後集十一卷五十六）には，……と元稹・崔群の死を哭するとともに，劉蘇州を除いては同年同病同心事の者はほかにいないのだと，劉禹錫を思うこと切なるを訴えている。……要するに，劉禹錫は，……詩は國手といわれるほど優れていたが，運命には抗することはできず，二十三年間ものながい間，才名のために挫かれて來たのである。これに對し白樂天は，自己の性格を省みて心から同情するとともに，そうした傾向から出て來る劉禹錫の地味ではあるが内からにじみ出る力を有している作風に，大きな敬意をはらっている」と記されている。

堤留吉著『白樂天研究』「第六章」の冒頭で,「……錯誤・疑問の個所も少なくないと思う。後日の詳細な調査研究を待たねばなるまい」と断っておられるように, その記述の一部は修正・加筆を必要とする。例えば〔7〕b.の「(劉禹錫と) 白樂天との交わりはいつ頃から始まったか, それは元稹と同様明らかではない。……」という個所は書き改める必要がある。〔5〕『劉禹錫詩集編年箋注』によれば, 劉禹錫は元和三年 [808] に「翰林白二十二學士見寄詩一百篇, 因以答貺」詩を白居易に贈っている。〔7〕a.についても「白樂天との交わりはいつ頃から始まったか明らかでないが, 白樂天は三十一歳, 元稹は二十四歳の頃, すでに詩の贈答をしたらしい。白樂天は三十一歳頃の作と思われる『秋雨中贈元九』には……」とあるが,「代書詩一百韻寄微之」の「憶在貞元歳, 初登典校司。身名同日授, 心事一言知。(憶ふ貞元の歳に在り, 初めて典校の司に登る。身名　同日に授けられ, 心事　一言にして知る)……」の句に, 白居易が「貞元中, 與微之同登科第, 俱授祕書省校書郎, 始相識也。(貞元中, 微之と同に科第に登り, 俱に祕書省校書郎を授かり, 始めて相識るなり)」という自注を付していることに言及しておく必要がある。

[2] 白居易の「詩敵」元稹と「詩友」劉禹錫

平岡武夫著『白居易』は,「はしがき」に「白居易を主人公にするこの書物が, 元稹の生活と文學を記述するために多くの紙幅を割いていることに, 讀者は奇異の感をもたれるかもしれない。しかし白居易の人生と文學は元稹を除外しては考えられないのである。二人は世にも珍しい親友關係にあった。二人の性格は必ずしも一致しておらず, むしろ相反する面もあるが, 或いはそれ故にこそひき合ったのであろうか, 二人の交渉はきわめて緊密である。單に生活の面における人間關係の問題だけではない。このころ, 贈答唱和が文學の制作と鑑賞の主要な場になっていた。そして元・白の二人はきわめてすばらしい文友詩敵であった。白居易の作品を論ずる時に, それを裏付けるものとして, 或いはそれに反響するものとして, 元稹の作品に言及せずにすませないのである」と記

第3章　交遊錄としての『白氏文集』

されている。また，同書の「白居易と元稹」において，「元稹がこの時にやはり書判拔萃科に及第していることは，奇緣である。彼はもともと明經科の出身であった。十五歲で合格している。……元稹はこの年に，白居易とともに拔萃科に合格した。白居易に追いつき，七歲の年齡差をも埋めてしまった。元・白の出會いはここに始まり，世にも稀な親交がここに始まる」と記されている。

「この時」というのは，貞元十九年［803］である。時に，白居易32歲。7歲年下の元稹は25歲である。二人の交遊は大和五年［831］に53歲の元稹が武昌で急死するまで續く。しかし，平岡武夫著『白居易』は，元和十年［815］の「江州左遷と詩魔の發見」を最終章として，それ以降の白氏の人生は付錄の「白居易略年譜」にまとめられているだけである。

そこで，本論考では白居易と元稹のその後の交遊に重點を置き，唱和の相手が劉禹錫へと移行する過程に注目したいと思う。

白居易は2930「劉白唱和集解」の中で「……常戲微之云，僕與足下二十年來爲文友詩敵。（常に微之に戲れて云ふ，僕と足下と二十年來，文友詩敵爲りと）……」と言い，「……夢得，夢得文之神妙，莫先於詩。（夢得，夢得文の神妙なるは，詩より先なるは莫し）……」と言っている。一方，元稹は白居易を李紳らと共に「友人樂天・李公垂輩」（「樂府古題序」）と呼び，劉禹錫は白居易と崔群をそれぞれ「友人樂天」（「鶴歎二首　幷引」「金陵五題　幷序」）「友人敦詩」（「歷陽書事七十韻　幷引」）と呼んでいる。

平岡武夫著『白居易』「白居易略年譜」において，元稹は「文友詩敵」，劉禹錫は「同年の詩敵」と記されている。確かに劉・元ともに白氏の「詩敵」と呼ぶにふさわしい「友人」ではあったが，本論考では，あえて元稹を「詩敵」，劉禹錫を「詩友」と呼んで區別したい。

白居易は「詩敵」という詩語を劉禹錫にあてた詩［2770詩・3061詩］の中でのみ用い，錢徽や元宗簡らには「詩侶」［0585詩・1266詩］という詩語を用いている。元稹に對しては「詩敵」とも「詩友」とも言っていない。また，『全唐詩』における「詩友」の詩語は，全14例中6例が杜荀鶴で，杜甫にも1例あるが，白居易は用いていない。しかし，元稹は，常に白居易に先んじて新しい作詩に

挑戰し、「新樂府」運動や「元和體」といった文學改革に白居易を誘導し、時には「近作二十三首」を寄せて「……奉煩只此一度，乞不見辭。(煩はし奉るは只だ此の一度，乞ふ辭せられざれ) ……」[＊2250「和微之詩二十三首　幷序」の「序」に引かれた元稹の言葉] と迫っている。さらに、白居易は2250「和微之詩二十三首　幷序」の「序」で「……意欲定覇取威，置僕於窮地耳。……今足下果用所長，過蒙見窘。然敵則氣作，急則計生。……以足下來章惟求相困。(意ふに覇を定め威を取り，僕を窮地に置かんと欲するのみ。……今足下，果して長ぜる所を用ひて，過ちて窘しめらるるを蒙る。然れども敵するときは則ち氣作り，急なるときは則ち計生ず。……以ふに足下の來章，惟だ相困しめんことを求む) ……」と言うように、元稹は、極めて特殊な文字を韻字に用いた「三月三十日」と題する五言四十韻を含む「近作二十三首」で白居易の創作意欲を喚起している。こうしたライヴァル意識旺盛な挑戰的態度は、まさに「詩敵」と呼ぶにふさわしい。

　これに對して、劉禹錫は、白居易が2925「與劉蘇州書」で「……微之先我去矣，詩敵之尅者，非夢得而誰。(微之，我に先んじて去り，詩敵の尅なる者，夢得に非ずして誰ぞや) ……」と言い、3905「與劉禹錫書」で異口同音に「……微既往矣，知音兼尅敵者，非夢而誰。(微 [＊微之こと元稹] 既に往けり。知音にして尅敵 [＊強敵] を兼ぬる者，夢 [＊夢得こと劉禹錫] に非ずして誰ぞや) ……」と言うごとく、元稹亡き後、彼に代わる唯一無二の「強敵」であり、元稹と同樣に白居易の「詩敵」と呼ぶに値する「詩豪」(2930「劉白唱和集解」) であった。しかし、その唱和にみられる關係は、むしろ「詩友」とも呼ぶべき溫厚で平穩な雰圍氣に包まれている。白居易は2925「與劉蘇州書」で「……朝觴夕詠，頗極平生之歡。(朝觴夕詠し、頗る平生の歡を極む) ……」と言い、3817「與劉禹錫書」で「……如此之樂，誰復知之。(此くの如きの樂しみ，誰か復た之を知らん) ……」と言っている。齋藤氏が、「白居易と劉禹錫」(『白居易研究講座』第2卷) 62・64頁に記した「……機知や諧謔を交えたやりとりが、二人の唱和詩の一つの見所である。……白は、音樂に詳しく、酒令 (酒席での遊び) が巧みで、風流の技に長けていた。劉のほうも、劣らぬ強者であった。……詩友として、また風流の

第3章　交遊錄としての『白氏文集』

遊びをともにする『雅友』として，彼の存在を求めていたのであり，そこに兩者の唱和のポイントがある。……」という指摘は傾聽に値する。65歳の白居易が3283「齋戒滿夜戲招夢得」詩で「……明朝又擬親杯酒，今夕先聞理管絃。（明朝　又た杯酒に親しまんと擬し，今夕　先づ管絃を理むるを聞く）……」と詠むと，劉禹錫は「答樂天戲贈」詩で「才子聲名白侍郞，風流雖老尚難當。詩情逸似陶彭澤，齋日多如周太常。（才子　聲名　白侍郞，風流　老いたりと雖も尚ほ當たり難し。詩情　逸なること　陶彭澤に似，齋日　多く　周太常の如し）……」と應えている。劉禹錫は老いてなお盛んなる白居易の「風流」と閑逸なる「詩情」とを賞讚しているのである。

では，「詩敵」と「詩友」の違いは何に由來するのであろうか？

劉禹錫は白居易と同年齡で，二人の交遊のピークが悠悠自適の老後になってからのことである。これに對し，元稹は年下であるにも關わらず，貞元十九年の制科において首席で合格，四位合格の白居易よりも先に左拾遺というエリート・コースに就いている。以來，元・白は死別するに至るまで，競い合うように互いの詩文を磨き合っている。年齡と經歷とが，元・白と劉・白2組の交遊の違いに反映していることは間違いない。

ここで注目すべきことは，2925「與劉蘇州書」にも3817「與劉禹錫書」にも急死した元稹を偲ぶ言葉が綴られていることである。しかも，後者で「……平生相識雖多，深者蓋寡。就中與夢得同厚者，深・敦・微而已。（平生，相識多しと雖も，深き者，蓋し寡なし。就中，夢得と同に厚き者は，深・敦・微のみ）……」と言い，前者で「……誠知老醜冗長爲少年者所嗤。……捨此何以啓齒而解頤哉。（誠に老醜冗長の少年なる者の嗤ふ所と爲るを知る。……此れを捨てて何を以ってか啓齒して解頤せんや）……」と言っている。4人の知音のうち「深（李絳）・敦（崔群）・微（元稹）」の3人に先立たれた老詩人白居易にとって，大きく口を開いて笑うひとときを共有できる「詩友」は劉禹錫だけであった。

［３］　白居易・元稹・劉禹錫の關係

　白居易・元稹・劉禹錫の現存する作品の中で最も早い時期に交わされた唱和詩を比較すると，その後の交遊の特色が見えてくる。

　劉・白については，元和三年［808］に白居易から劉禹錫に閑適詩を含む詩百篇が贈られ，劉氏から作品評價を得ていることは純然たる「詩友」の關係を象徵している。また，元・劉については，元和五年に劉禹錫から元稹に激勵の詩と「文石枕」が贈られ，元稹から返禮の詩と「竹鞭」が劉禹錫に屆けられていることは，剛直ゆえに左遷された者同士の中央復歸への渴望を象徵している。

　元和三年に繫年される劉禹錫の「翰林白二十二學士見寄詩一百篇，因以答貺」詩に「吟君遺我百篇詩，使我獨坐形神馳。……郢人斤斲無痕跡，仙人衣裳棄刀尺。（君が我れに遺れる百篇の詩を吟ずれば，我れをして獨坐して形神馳せしむ。……郢人　斤斲して痕跡無く，仙人の衣裳　刀尺を棄つ）……」とある。憲宗に召されて翰林學士となった白居易が朗州司馬に左遷されていた劉禹錫に「百篇の詩」を送付し，劉氏はその返禮に天衣無縫ともいうべき白詩「一百篇」の出來ばえを『莊子』「徐無鬼」に登場する「匠石」の故事を用いて「郢人斤斲無痕跡」と賞贊したのである。劉・白ともに37歳。白居易が劉禹錫に送った詩百篇は，「使我獨坐形神馳（我れをして獨坐して形神馳せしむ）」や「玉琴淸夜人不語（玉琴淸夜　人語らず）」といった句から想像するに閑適詩に分類される作品だったものと考えられる。例えば『白氏文集』卷５「閑適」に收められた0188「早秋獨夜」の「井梧涼葉動，鄰杵秋聲發。獨向簷下眠，覺來半床月。（井梧　涼葉動き，鄰杵　秋聲發る。獨り簷下に眠り，覺め來れば半床の月）」や0189「聽彈古淥水（古淥水を彈くを聽く）」の「聞君古淥水，使我心和平。欲識慢流意，爲聽疎汎聲。西窗竹陰下，竟日有餘淸。（聞く君が古淥水，我をして心和平ならしむと。慢流の意を識らんと欲し，疎汎の聲を聽くを爲す。西窗　竹陰の下，竟日　餘淸有り）」に見られる境地は，劉氏のことばに合致する。また0211「淸夜琴興」の「……是時心境閑，可以彈素琴。淸泠由木性，恬淡隨人心。（是の時

心境閑にして，以つて素琴を彈ず可し。清泠は木性に由り，恬淡は人心に隨ふ）……」に見られる詩風は，元和二年の作とされる0188・0189詩に共通している。ただし，0211詩は，「余退居渭上，……」で始まる0212「效陶潛體詩序」の前に收錄されており，これまでの研究では下邽退居の期間（元和六年から元和八年）に作られたとされている。しかし，このすぐ前に位置する0210詩が貞元十六年の作であることから，この卷に配列の亂れが生じていることがわかる。從って，0211詩も0188・0189詩同樣，劉禹錫に送った詩百篇に含まれていた可能性が有る。0195「禁中」詩の「門嚴九重靜，窗幽一室閑。好是修心處，何必在深山。（門は嚴にして九重靜に，窗は幽にして一室閑なり。好し是れ修心の處，何ぞ必ずしも深山に在らん）」や元和三年，錢徽と共に禁中に宿直しての作0192「和錢員外禁中夙興見示」詩の「……不知上清界，曉景復何如。（知らず上清界，曉景　復た何如）」からわかるように，白氏は翰林學士の要職にあっても「閑」なる「心境」を保っていた。元和元年九月十八日に母を喪った元稹は元和四年まで三年の喪に服していた。その缺を埋めるかのごとく登場するのが，年長の同僚である錢徽であり，同年齢の劉禹錫である。官界の激務に忙殺されていた白氏は，精神の安定を圖るための「詩友」を求めていた。白居易が百篇の詩を劉禹錫に送った背景には「元稹の服喪」が有る。

　元和四年［809］，足掛三年の喪が明け，監察御史に拔擢された元稹は，水を得た魚のように職務遂行に專念し，不正摘發に乘り出した。「正色摧強禦，剛腸嫉喔咿。（正色　強禦を摧き，剛腸　喔咿を嫉）」（白詩0608）んだ元稹の凄まじいまでの活躍ぶりは，「元和五年二月，案じていたことが起こった。元稹がやりすぎたのである」と記す平岡武夫著『白居易』「元稹の任官と左遷」に活寫されている。元稹は，河南尹房式らの不法を彈劾し，三月に長安に召還される途上，敷水驛で中使の劉士元と公館の宿を爭い，江陵府［＊湖北省］士曹參軍に左遷されてしまう。

　元和五年［810］，朗州司馬劉禹錫は，監察御史から江陵府士曹參軍に降格された元稹に「文石枕」を贈り，七言絕句「贈元九侍御文石枕，以詩獎之」を添えて勵ましている。元稹は劉氏の「厚意」に感謝し，「壁州［＊四川省通江縣］」特產

の竹で造った馬の「鞭」[＊元稹は後に0047「野節鞭」詩の中で「長鞭」が良いと言い、「我有鞭尺餘（我れ鞭の尺餘なるを有す）」といっている。]を贈り、七言八句からなる「劉二十八以文石枕見贈。仍題絶句、以將厚意。因持壁州鞭酬謝、兼廣爲四韻」詩を送付した。この詩を詠んだ劉氏は「酬元九侍御文贈壁州鞭長句」詩を作って應酬している。「頭をこの石枕で冷やして安眠できますように」という劉禹錫に對して、元稹は「泥醉風雲我要眠（風雲に泥醉して 我れ眠るを要す）」と應じている。そして「この鞭を末長く御愛用下さい」という元稹に對して、劉禹錫は「何時策馬同歸去（何れの時か馬に策うちて同に歸去せん）」と呼びかけている。劉氏39歳、元氏32歳のことである。

　元稹と劉禹錫の關係は、元・白や劉・白の關係にくらべて注目されることが少なかった。しかし、元・劉の唱和に白氏がどう關わっていたかを調べることで、元・白と劉・白の交遊の相違點と共通點が浮かび上がってくる。そこで、まず元稹と劉禹錫が交わした詩を中心にその題名を年代順に揭げてみよう。

元和五年［810］
　＊「贈元九侍御文石枕、以詩獎之」劉禹錫
　　「劉二十八以文石枕見贈。仍題絶句、以將厚意。
　　　　　　　　因持壁州鞭酬謝、兼廣爲四韻」元稹
　＊「酬元九侍御贈壁竹鞭長句」　劉禹錫

元和八年［813］
　＊「酬竇員外郡齋宴客偶命柘枝因見寄、兼呈張十一院長・元九侍御」劉禹錫
　　「？」　元稹　(散逸)
　＊「酬元九院長自江陵見寄」劉禹錫

元和十年［815］
　＊「留呈夢得・子厚・致用（題藍橋驛）」元稹

長慶元年［821］
　＊「和展上人？」（散逸）元稹
　　「碧潤寺見元九侍御和展上人詩、有『三生』之句。因以和」劉禹錫

第3章　交遊錄としての『白氏文集』　　423

長慶三年［823］

* 1364「杭州春望」白居易

「白舍人自杭州寄新詩有『柳色春藏蘇小家』之句。
　　　　　　　　因而戲酬，兼寄浙東元相公」劉禹錫

「？」（散逸）元稹

寶曆元年［825］

* 「述夢四十韻　幷序」李德裕

「奉和浙西大夫李德裕『述夢四十韻』。大夫本題言『贈於夢中詩賦以
寄一二僚友，故今和者亦止述翰苑舊游而已』次本韻。(第十七句缺一字)」元稹

「浙西李大夫『述夢四十韻』幷浙東元相公酬和，斐然繼聲」劉禹錫

* 「(霜夜對月聽小童薛陽陶吹）篳篥歌」（散逸）李德裕

2203「小童薛陽陶吹觱篥歌（和浙西李大夫作）」白居易

「和浙西李大夫霜夜對月聽小童吹觱篥歌。依本韻」劉禹錫

「奉和浙西李大夫霜夜聽小童薛陽陶吹觱篥歌」（散逸）元稹

大和元年［827］

* 「？」（散逸）韓愈

「？」（散逸）元稹

「遙和韓睦州・元相公・二君子」劉禹錫

* 「和浙西李大夫晚下北固山，喜徑松成陰，悵然懷古，偶題臨江亭，幷浙東
元相公所和。依本韻」劉禹錫

大和三年［829］

* 「春深二十首」（散逸）元稹

2653「和春深二十首」白居易

「同樂天和微之『深春（＊「春深」の誤りか？）二十首』(同用「家」「花」「車」「斜」
四韻)」劉禹錫

* 「月夜憶樂天，兼寄微之。(一作「月夜寄微之，憶樂天」)」劉禹錫

2281「酬集賢劉郎中對月見寄，兼懷元浙東」白居易

「？」（散逸）元稹

＊「歎梅雨鬱蒸？」（散逸）元稹

　「浙東元相公書歎梅雨鬱蒸之候，因寄**七言**」劉禹錫

　　cf. 2816「甞黃醅新酎，憶微之」白居易　［詩句］……元九計程殊未到……

＊「洛中作？」（散逸）白居易

　「？」（散逸）元稹

　「樂天寄洛下新詩，兼喜微之欲到，因以抒懷也」劉禹錫

大和四年［830］

＊「藍橋懷舊？」（散逸）元稹

　「微之鎮武昌中路見寄『藍橋懷舊』之作，悽然繼和，兼寄安平」劉禹錫

　　　［詩］今日油幢引，他年黃紙追。同爲三楚客，獨有九霄期。
　　　　　宿草恨長在，傷禽飛尙遲。武昌應已到，新柳映紅旗。

大和五年［831］

＊2880「哭崔兒」白居易

　2881「初喪崔兒報微之・晦叔」白居易

　　「吟白君『哭崔兒』二篇，愴然寄贈」劉禹錫

同年七月，元氏暴卒。

＊「？二首」（散逸）李德裕

　「西川李尙書知愚與元武昌有舊，遠示二篇，吟之泫然，因以繼和二首」劉禹錫

大和六年［832］

＊「虎丘寺見元相公二年前題名，愴然有詠（前年濠橋送之武昌）」劉禹錫

大和七年［833］

＊3078〜9「微之・敦詩・晦叔相次長逝，歔然自傷，因成二絕」白居易

　「樂天見示傷微之・敦詩・晦叔三君子，皆有深分，因成是詩以寄」劉禹錫

開成元年［836］

＊「再經故元九相公宅，池上作」劉禹錫

　上記の作品を通觀するに，元稹詩は散逸が多く，元稹が劉禹錫に宛てた詩は

わずか3首しか見ることができない。ところが，劉禹錫が元稹に宛てた詩は20作（＊複數首からなる連作は1作と數える）現存する。ただし，20作のうちの5作は元稹亡き後の作であるから，生前の唱和詩は15作ということになる。そのうちの5作が元・白・劉3者の間で唱和された詩である。

　元・劉の關係を知る上で重要な作品は元和十年[815]に作られた「留呈夢得・子厚・致用（題藍橋驛）」である。秦嶺を越えた元稹は長安城に入る前に藍橋驛の目立つところにこの詩を揮毫し，劉禹錫（夢得）・柳宗元（子厚）・李景儉（致用）の3人と共に中央復歸の喜びを分かち合おうとした。「……心知魏闕無多地，十二瓊樓百里西。（心に知る　魏闕は多地無し，十二瓊樓　百里の西）」という結びから，間もなく長安に辿り着く元稹の晴れやかな笑顔が見えてくる。劉禹錫は「酬元九院長自江陵見寄（元九院長の江陵より寄せらるるに酬ゆ）」詩の結びで「黃紙除書每日聞（黃紙　除書　每日聞く）」と詠うように，皇帝からの詔敕で名譽回復が實現するこの日を待ちわびていた。江陵に流されていた元稹と朗州司馬の劉禹錫は，折に觸れ詩を通じて勵ましあっている。皮肉なことに江州司馬に貶された白居易は元和十年秋に同じ道を通って南へと向かう。「感傷」の部に收められた0864「藍橋驛見元九詩」で「藍橋春雪君歸日，秦嶺秋風我去時。每到驛亭先下馬，循牆遶柱覓君詩。（藍橋　春雪　君　歸るの日，秦嶺　秋風　我　去るの時。驛亭に到る每に　先づ馬を下り，牆を循り柱を遶りて　君が詩を覓む）」と詠う白居易の姿は，春に意氣揚揚と上京した元稹と好對照をなす。劉禹錫は「元和十年，自朗州承召至京，戲贈看花諸君子。（元和十年，朗州自り承召されて京に至り，戲れに花を看る諸君子に贈る）」詩を作り，長安の春を樂しんだのも束の間，すぐまた連州にとばされてしまう。柳宗元もまた柳州に左遷と決まり，二人は湘水のほとりまで同行した。そして，これが永久の別れとなる。この時點における劉禹錫と柳宗元の關係は白居易と元稹と同樣，詩文を通じての親友であり，劉禹錫と元稹の關係は名譽回復の意欲に燃える政治上の同志であった。元和三年に白居易が劉禹錫に送った詩百篇が「使我獨坐形神馳（我れをして獨坐して形神馳せしむ）」という「閑雅」な效果をもたらすものであったのに對し，元和期の劉・元の唱和はより現實的な效用を狙ったもの

であった。この違いは，元・白・劉の李德裕との唱和において，より顯著となる。

　元・白・劉が李德裕と唱和した時，元・劉が比較的積極的であるのに對して，白居易は「風雅」のための「おつきあい」として唱和に參加している。周建國氏は「白居易と中晚唐の黨爭」(『白居易研究講座』第2卷「白居易の文學と人生」所收)の中で，「……長慶・寶曆の時期……白居易は前後して杭州・蘇州の刺史となった。時に德裕は浙西觀察使となったが，二州はその管轄下であった。親友の元稹・劉禹錫と德裕とが詩を唱和していたので，白居易もそれに參加し，德裕に奉和した詩が三首殘されている。……長慶四年[824]，彼は杭州で「奉和李大夫題新詩二首各六韻」(卷二十)を作る。……德裕の原唱は散逸しているが，白氏の和篇を見ると，專ら出處進退について述べ，また德裕の治績と風雅の情への贊美を含んでいて，同僚としての友情に溢れるものである。……二人が都から地方に出された原因はそれぞれ異なるが，中央の政治に失望し，不滿を抱いていた點では一致していた。……白・李・元・劉らの風雅の情と當時の彼らの唱和の頻繁さを生き生きと反映している。元稹は長慶三年[823]の冬より浙東觀察使の任にあった。元と德裕は早くから友人で，詩は常に杭州刺史の白居易を通じてやりとりしていた。彼らの友情の深さが，これによってわかる。……」(橘英範氏譯)と述べ，「……宋代の人の記載では，白居易が吉甫父子の機嫌を害ねたと言い，今の論者も從っているが，根據のない憶測である。……」と言っている。周氏は，「……現在も定說になっている。……この說を論破できた。……」とまで言っているが，果たして「同僚としての友情に溢れるものである。……白・李・元・劉らの風雅の情と當時の彼らの唱和の頻繁さを生き生きと反映している。……」と言い切って良いかは疑問である。周氏自身が言うように「親友の元稹・劉禹錫と德裕とが詩を唱和していたので，白居易もそれに參加し」たことは間違いない。しかし，「同僚としての友情」は元稹と李德裕の關係に，「唱和の頻繁さ」は劉禹錫と李德裕の關係に，それぞれ當てはまるものの，白居易と李德裕の關係にこれを流用することはできない。李德裕と交わした詩が『劉禹錫集』に20首有り，散逸の多い『元氏長慶集』でさえ6首(「酬

李浙西先從事見寄之作」「寄浙西李大夫四首」「奉和浙西大夫李德裕『述夢四十韻』……」）有るのに對して,『白氏文集』には「德裕に奉和した詩が三首殘されている」に過ぎない。しかも, 現存する李德裕の詩に元稹と交わした詩が3首, 劉禹錫と交わした詩が2首殘っているにも關わらず, 白居易に寄せた詩は殘されていない。從って「唱和の頻繁さ」は劉・李についてのみ首肯できるが,「彼ら」の中に白氏を加えることはできない。「詩は常に杭州刺史の白居易を通じてやりとりしていた」という個所は,「詩は劉禹錫を通じてやりとりされていた」と改める必要がある。劉禹錫の「吐綬鳥詞」の序に「滑州牧尙書李公以『吐綬鳥詞』見示, 兼命繼聲。蓋尙書前爲御史時所作, 有二翰林學士同賦之。今所謂追和也。鳥之所異, 具於首篇」とあり, この詩が李德裕の求めに應じて追和したものであることがわかる。また劉禹錫の「浙西李大夫『述夢四十韻』幷浙東元相公酬和, 斐然繼聲」という詩題から, 先に李德裕の『述夢四十韻』が作られ, これに元稹と劉禹錫が唱和したこともわかる。元稹の「奉和浙西大夫李德裕『述夢四十韻』。大夫本題言, 贈於夢中, 詩賦以寄一二僚友, 故今所和者亦止述翰苑舊友而已。次本韻」からも李德裕に「奉和」していたことが確認できる。元稹のこの詩には, 要所要所に「近蒙大夫寄『觱篥歌』」「大夫與稹偏多同直」「稹與大夫, 相代爲翰林承旨」「自『阿閣』而下, 皆言稹同在翰林日, ……」「學士無過從聚會之例。大夫與稹, 時時期於寺觀閑行而已矣」といった句注が付いていて, 元稹もまた李德裕と共に翰林學士として活躍した日々を懷かしんでいたことがわかる。ここで注目すべきは,「有二翰林學士同賦之」と「翰苑舊友」という言葉である。周氏は「白氏の和篇を見ると, ……同僚としての友情に溢れるものである」といっているが,「同僚としての友情に溢れる」作品は「白氏の和篇」ではなく,「元氏の和篇」である。李德裕が翰林學士時代の仲間と共通の意識で唱和しても, 白居易はこれには參加しようがない。劉禹錫の「和浙西李大夫晚下北固山, 喜徑松成陰, 悵然懷古, 偶題臨江亭, 幷浙東元相公所和。依本韻」が作られた時にも李・劉・白の唱和に加わっていない。「斐然繼聲」「悵然懷古」という感懷を李・劉・元は共有できても, 白氏にはできなかったはずである。白居易に2203「小童薛陽陶吹觱篥歌（和浙西李大夫作）」が有り, 劉禹

錫に「和浙西李大夫霜夜對月聽小童吹觱篥歌。依本韻」が有り，羅隱の「薛陽陶吹觱篥歌」の自注に「平泉爲李德裕，曾作『薛陽陶觱篥歌』。蘇州刺史白居易，越州刺史元稹幷和篇」と有ることから，李德裕の「(霜夜對月聽小童薛陽陶吹)篳篥歌」(散逸)に元稹も「奉和浙西李大夫霜夜聽小童薛陽陶吹觱篥歌」(散逸)で唱和し，李氏の原唱に劉・元・白の3氏がそろって唱和していることがわかる(花房英樹著『白居易研究』「白居易交遊考」135頁參照)。しかし，白居易の興味は「觱篥歌」を吹く「小童薛陽陶」に在って，「霜夜」に「月に對」して長安を偲ぶ「李德裕の感傷」にはない。劉禹錫がしみじみと「……謝公高齋吟激楚，戀闕心同在羇旅。(謝公　高齋に激楚を吟じ，闕を戀いて　心同に羇旅に在り)……」と詠っても，白居易は「……明旦公堂陳宴席，主人命樂娛賓客。(明旦公堂に宴席を陳ね，主人　樂を命じて賓客を娛します)……」程度の詩句で濟ませている。『劉禹錫評傳』は，劉禹錫と李德裕の關係が，劉禹錫の父親劉緒と李德裕の祖父李栖筠の時代にまで遡ることを立證し，「上淮南李相公啓」を引いて朗州に左遷されていた劉禹錫が宰相李吉甫に援助を求めていたこと(＊14頁參照)を記している。また，李德裕と唱和した「酬滑州李尙書『秋日見寄』」を引いて劉禹錫が李氏に深い「感慨」を寄せていると言い(＊同98頁)，「奉送浙西李僕射相公赴鎭」詩の題注「奉送至臨泉驛，書札見徵拙詩，時在汝州」と冒頭2句「建節東行是舊遊，歡聲喜滿吳州。(建節　東行　是れ舊遊，歡聲　喜び吳州に滿つ)」を引いて，「觀其語氣，他們兩人的感情比較融洽」と記している(＊106頁)。さらに，李德裕の「秋聲賦」と劉禹錫の「秋聲賦」の引言「況伊鬱老病者乎。吟之斐然，以寄孤憤」を引いて，劉禹錫が李德裕の「遲暮之悲」を打ち消し，精神を振るいたたせている(＊114頁・115頁)と言う。さらに注目すべき作品は，劉禹錫の「西川李尙書知愚與元武昌有舊，遠示二篇，吟之泫然，因以繼和。(西川李尙書　愚の元武昌と舊有るを知り，遠く二篇を示す。之を吟じて泫然たり。因りて繼和す)二首」である。この詩には「來詩云，元公令陳從事求蜀琴，將以爲寄，而武昌之訃聞，因陳生會葬。(來詩に云ふ，元公陳從事をして蜀琴を求め令む，將に以つて寄するを爲さんとして，武昌の訃聞あり，因りて陳生會葬す)」という原注が付いている。詩題から李德裕が劉禹錫と元稹に舊交

第3章　交遊錄としての『白氏文集』　　429

があったことを知っていたことがわかる。そして題注からは、李德裕が元稹の求めに應じて「蜀琴」を贈ろうと思っていた矢先に元氏の訃報を聞いたことがわかる。

　周建國氏のいうように、「元と德裕は早くから友人で、詩は常に杭州刺史の白居易を通じてやりとりしていた。彼らの友情の深さが、これによってわかる」というのであれば、「西川李尙書知愚與元武昌有舊、遠示二篇、吟之泫然、因以繼和。二首」に關連する唱和詩が『白氏文集』に殘されていてもよさそうなものである。「元と德裕」が詩の「やりとり」していたことは間違いないが、仲介役は白居易ではなく劉禹錫である。「詩は常に杭州刺史の白居易を通じてやりとりしていた」という周氏の記述は正確さを缺く。

　李德裕に對する白氏の態度は、劉・元とは異なり、社交辭令の域を出ないものであったと考えられる。白居易と劉・元の交遊を考える際に、親疎の度合いが何に左右されるかを念頭に置く必要がある。

[４] 裴度・令狐楚との交遊における白・劉・元の態度

　ここでは、裴度と令狐楚に焦點を絞り、中唐期を代表する２人の宰相との唱和詩を通じて、白・劉・元が權力者達とどのように接したかを比較し、その「人となり」の違いを浮き彫りにする。

　既に西村富美子・柴格朗・橘英範・梅田雅子４氏をはじめ多くの研究者が、それぞれの觀點で裴度・令狐楚・劉禹錫・白居易に關する論考を發表されている。また、その要旨が下定雅弘氏によって簡潔に紹介されている（＊『白居易研究講座』・『白居易研究年報』參照）。

　そこで、先行論文とは少し視點を變えて、日常生活にみられる白氏の「人となり」を中心に考察を加える。

　裴度（765〜839）と令狐楚（768〜837）を同時にとりあげる理由は３つある。

1．共に元和年間に相次いで宰相となった名臣で，文・武兩道に長じていたこと
2．共に當時の詩人たちの理解者であり支援者であったこと
3．裴・令狐に對する白・劉・元の接し方に親・疎の差が見られること

① 裴度と白居易と劉禹錫

　長安の興化里には裴度の豪邸が在った。邸内には「西池」が在り，そのほとりには亭(あずまや)が在った。3724「宴興化池亭送白二十二東歸聯句」（裴度・劉禹錫・白居易・張籍）、3725「首夏猶清和聯句」（裴度・白居易・劉禹錫・行式・張籍）、3726「薔薇花聯句」（裴度・劉禹錫・行式・白居易・張籍）、3727「西池落泉聯句」（裴度・行式・張籍・白居易・劉禹錫）は，全てここで作られた。3725〜7は大和二年［828］，3724は翌大和三年［829］の作である。3724の聯句は，題の「送白二十二東歸」から，白氏の送別の作であることがわかる。刑部侍郎白居易は，この年の春，長安を離れ，太子賓客分司として洛陽に赴く。この時，劉・白は58歳，7歳年長の裴度は65歳であった。『資治通鑑』「唐紀六十」に「（大和三年）……浙西觀察使李德裕爲兵部侍郎，裴度薦以爲相。會吏部侍郎李宗閔有宦官之助。甲戌，以宗閔同平章事。（浙西觀察使李德裕　兵部侍郎と爲り，裴度　薦して以つて相(しょう)と爲さんとす。會(たま)ま吏部侍郎李宗閔　宦官の助け有り。甲戌，宗閔を以つて同平章事とす）」とある。裴度が李德裕を推したにもかかわらず，宰相の座には，宦官と癒着した李宗閔（？〜846）が就いている。李宗閔は「牛・李の黨」の中心人物である牛僧孺（779〜847）と同期の進士で，共に一派をなしていた。李德裕をとりまく李黨には楊氏一族が加わっていて，白居易の妻の兄楊汝士は，白氏の門生である牛僧孺と對立し，汝士の從弟楊虞卿は李宗閔と通じていた。『北夢瑣言』に「……初，文宗命德裕論朝中朋黨。首以楊虞卿・牛僧孺爲言。楊・牛卽白公密友也。（初め，文宗　德裕に命じて朝中の朋黨を論ぜしむ。首づ楊虞卿・牛僧孺を以つて言を爲す。楊・牛は卽ち白公の密友なり）……」と記されている。また『牛羊日曆』には，「僧孺新昌第與虞卿挾街對門。虞卿別起高榭於僧孺之墻東，謂之南亭。列燭往來，里人謂之『半夜亭』，號此亭

第3章　交遊録としての『白氏文集』

爲『行中書』。裴度大和中再在中書，推引宗閔，宗閔旣得志，長譖度。度謂人曰，『養蝦蟆，得水病報』……（僧孺の新昌の第　虞卿と街を挾んで門を對す。虞卿別に高榭を僧孺の墻東に起こす。之を南亭と謂ふ。燭を列ねて往來し，里人之を『半夜亭』と謂ひ，此の亭を號して『行中書』と爲す。裴度　大和中　再び中書に在り，推して宗閔を引く。宗閔　旣に志を得て，長（つね）に度を譖（そし）る。度人に謂ひて曰はく，『蝦蟆を養ひて，水病の報ひを得たり』と）……」と記されている。『新唐書』「李宗閔傳」にも「……虞卿日見賓客於第，世號『行中書』。（虞卿　日び賓客を第に見ゑ，世に『行中書』と號せらる）……」とある。大和元年〔827〕に作られた楊汝士の「宴楊僕射新昌里第（楊僕射の新昌里の第に宴す）」詩は，その「半夜亭」での盛況振りを傳えている。白居易の2531「和楊郎中賀楊僕射致仕後楊侍郎門生合宴席上作（楊郎中の『楊僕射の致仕を賀して後，楊侍郎の門生の合宴の席上にて作る』に和す）」もその時の作である。詩題の「楊郎中」は楊汝士，「楊僕射」は楊於陵，「楊侍郎」は楊嗣復である。大醉した汝士は詩のできばえを自慢して，席上，「我今日壓倒元白（我れ今日　元・白を壓倒せり）」と息卷いたという。この『唐摭言』の逸話は，史實と異なる記述がある（＊『白居易集箋校』4冊1714頁參照）ものの，「門生」を一堂に會して有頂天になってはしゃぐ楊氏一族の豪奢な祝宴の雰圍氣を傳えている。

洛陽の集賢里には裴度の豪邸「午橋莊」が在り，邸内には「綠野堂」が在った。3730「喜遇劉二十八偶兩韻聯句」（裴度・劉禹錫・白居易・李紳）、3731「劉二十八自汝赴左馮塗經洛中相見聯句」（裴度・白居易・李紳・劉禹錫）、3732「度自到洛中與樂天爲文酒之會……聯句」（裴度・白居易・劉禹錫）は，ここで作られた。3730・1は大和九年〔835〕，3732は開成二年〔837〕の作である。開成二年に劉・白は66歳，裴度は73歳になっている。白居易は，楊憑が所有していた洛陽履道里の舊宅を購入して餘生を送った。履道里は集賢里に隣接しており，名士の集う「綠野堂」の主人である裴度は，白居易にとって，羽振りの良い隣人であった。また詩名の高い白居易は，裴度にとって，ステータスを高めてくれる上客であった。

大和八年〔834〕，白氏63歳の作に履道里の自宅の「林園」を相手に白氏が自

問自答した連作がある。3176「代林園戲贈（林園に代りて戲れに贈る）」3177「戲答林園（戲れに林園に答ふ）」と3178「重戲贈（重ねて戲れに贈る）」3179「重戲答（重ねて戲れに答ふ）」である。3176詩に「裴侍中新修集賢宅成，池館甚盛。數往遊宴，醉歸自戲耳。（裴侍中　新たに集賢の宅を修して成り，池館　甚だ盛んなり。數しば往きて遊宴し，醉ふて歸へり自ら戲るるのみ）」という題注を付け，3179詩で「……林園莫妬裴家好，憎故憐新豈是人。（林園　妬む莫れ裴家の好きを，故を憎んで新を憐むは豈に是れ人のみならんや）」とまとめている。白氏は3178詩で「豈獨西坊來往頻，偸閑處處作遊人。（豈に獨り西坊のみ來往頻りならんや，閑を偸んで處處に遊人と作る）……」と辯解しなければならないほど「西坊」の裴度宅に足繁く通っていた。3187「夜宴醉後留獻裴侍中（夜宴醉後，裴侍中に留獻す）」では，「九燭臺前十二姝，主人留醉任歡娛。……坐久欲醒還酩酊，夜深初散又踟躕。（九燭臺前　十二姝，主人　留醉して　歡娛に任す。……坐すること久しうして　醒めんと欲して還た酩酊し，夜深くして初めて散じ　又た踟躕す）……」と詠っている。3189「集賢池答侍中問（集賢池にて侍中の問ひに答ふ）」では，「主人晚入皇城宿，問客裴回何所須。池月幸閑無用處，今宵能借客遊無。（主人　晚に皇城に入りて宿す，客に問ふ　裴回して何の須つ所ぞと。池月　幸に閑にして　用ふる處無し，今宵　能く客に借して　遊ばしむるや無や）」と，うち解けた會話を交わしている。

大和九年［835］には，こんな詩を詠んでいる。

3208「和劉汝州酬侍中見寄長句，因書集賢坊勝事戲而問之」
　　　（劉汝州の『侍中の長句を寄せられしに酬ゆ』に和し，
　　　　因りて集賢坊の勝事を書して戲れて之に問ふ）
　　洛川汝海封畿接　　洛川　汝海　封畿　接し
　　履道集賢來往頻　　履道　集賢　來往　頻りなり
　　一復時程雖不遠　　一復　時程　遠からずと雖も
　　百餘步地更相親　　百餘步の地　更に相親しむ
　　朱門陪宴多投轄　　朱門　宴に陪して　多く轄を投じ

第3章　交遊錄としての『白氏文集』

青眼留歡任吐茵	青眼　歡を留めて　茵に吐くに任（まか）す
聞道郡齋還有酒	聞（き）く道（な）らく　郡齋に還た酒有りと
風前月下對何人	風前　月下　何人（なんびと）にか對する

「朱門……」と「青眼……」の對句から集賢坊に在る裴度の豪邸での酒宴の熱氣が傳わってくる。「投轄」は車轄を井戶に投げ入れて客を引き止めたという『漢書』「陳遵傳」の故事。（＊『漢書』卷92「陳遵傳」に「……遵耆酒，每大飲，賓客滿堂，輒關門，取客車轄投井中，雖有急，終不得去。……」とある）「吐茵」は，馭吏が醉って吐き，丞相の車の敷物を汚したが，許されたという『漢書』「魏相丙吉傳」の故事である（＊『漢書』卷74「陳遵傳」に「……吉馭吏耆酒，數逋蕩，嘗從吉出，醉歐丞相車上。西曹主吏白欲斥之，吉曰：『以醉飽之失去士，使此人將復何所容？西曹地忍之，此不過汙丞相車茵耳。』遂不去也」とあり，『古今事文類聚』別集卷16「吐茵不問」に「丙吉爲丞相有馭吏嗜酒。嘗從吉出，醉嘔吐丞相車茵中。吉亦不以醉飽之失去士」とある）。

白氏は前半第四句の補足として「汝去洛程一宿。履道・集賢兩宅，相去一百三十步。（汝は洛を去ること程一宿。履道・集賢兩宅は相去ること一百三十步）」という自注を付けている。「百餘步地更相親」の句から，豪放磊落で寬大な隣人裴度の厚意に甘える樂天の氣安さが傳わってくる。

同じく大和九年［835］の作に，「綠野堂」の樣子を詳述した詩がある。

3235「奉和裴令公新成午橋莊綠野堂卽事」白居易
　　（裴令公の「新に午橋莊の綠野堂を成す。卽事」に和し奉る）

舊徑開桃李	舊徑　桃李　開き
新池鑿鳳皇	新池　鳳皇を鑿つ
只添丞相閣	只だ　丞相の閣を添へ
不改午橋莊	午橋莊を改めず
遠處塵埃少	遠き處　塵埃　少く
閑中日月長	閑中　日月　長し
青山爲外屛	青山　外屛を爲し

緑野是前堂	緑野　是れ前堂
引水多隨勢	水を引いて　多く勢(いきほひ)に隨ひ
栽松不趁行	松を栽(お)ゑて　行を趁(お)はず
年華玩風景	年華　風景を玩び
春事看農桑	春事　農桑を看る
花妒謝家妓	花は謝家の妓を妒(ねた)み
蘭偸荀令香	蘭は荀令の香を偸(ぬす)む
遊絲飄酒席	遊絲　酒席に飄(ひるがへ)り
瀑布濺琴床	瀑布　琴床に濺ぐ
巢許終身穩	巢・許は身を終るまで穩れ
蕭曹到老忙	蕭・曹は老に到るまで忙し
千年落公便	千年　公の便に落ち
進退處中央	進退　中央に處る

「巢・許」は巢父と許由、堯の時代の隱者。「蕭・曹」は蕭何と曹參、漢の宰相。この對句は、洛陽に退居してからも重職が與えられる裴度を贊美している。この詩の末尾に「時裴加中書令（時に裴中書令を加へらる）」という原注が付いていて、この詩が大和九年［835］十月に裴度が中書令となった時の作であることを傳えている。『周禮』「夏官司馬第四」に「……凡邦國、三歲則稽士任、而進退其爵祿。（凡そ邦國、三歲にして則ち士の任を稽へて其の爵祿を進退す）」、『韓非子』「揚權第八」に「……事在四方、要在中央。（事は四方に在り、要は中央に在り）……」、『管子』「君臣下」に「……制令之布於民也、必由中央之人。……賢不肖之知於上、必由中央之人、財力之貢於上、必由中央之人。（制令の民に布くや、必ず中央の人に由る。……賢不肖の上に知らすは、必ず中央の人に由り、財力の上に貢ぐは、必ず中央の人に由る）……」とある。結びの「進退處中央」は、天下を統率する宰相職を拜命した裴度を慶賀する祝辭である。ただし、「中書令」は名譽職で、實權は大和九年九月に「同中書門下平章事」となった李訓（？～835）や舒元輿（791～835）にある。舒元輿は嘗て裴度の推薦で「興

元書記」(『新唐書』卷179「列傳」第104)になった事があり,李訓の寵愛を受けて宰相になった男である。白氏は3224「詔授同州刺史病不赴任因詠所懷(詔して同州刺史を授けられ,病んで任に赴かず。因りて懷ふ所を詠む)」で,「同州慵不去,此意復誰知。誠愛俸錢厚,其如身力衰。……野心惟怕鬧,家口莫愁飢。賣却新昌宅,聊充送老資。(同州　慵くして去かず,此の意　復た誰か知る。誠に俸錢の厚きを愛するも,身力の衰へたるを其如せん。……野心　惟だ鬧しきを怕れ,家口　愁飢莫し。新昌の宅を賣却し,聊か老を送るの資に充てん)」と詠んでいるが,白氏が九月に同州刺史を辭退した最大の理由は,「奸臣」李訓や宦官が牛耳る中央政權に對する不信感と權力鬪爭に卷き込まれる危機感にあったと考えられる。「長安の自宅が在る『新昌』里には『行中書』(＊陰の宰相。『新唐書』「李逢吉傳」參照)と噂された楊氏一族の豪邸も在る。楊虞卿の一味と勘ぐられては危い。中央は派閥爭いで『鬧』しい。かといって同州に出てまで稼ぐ氣も無い。いっそ老病にかこつけて洛陽に避難しよう」というのであろう。十一月には,李訓も舒元輿も「甘露の變」に失敗して,宦官仇士良(781〜843)に殺されている。

　裴度に對する白居易の思いを「宰相でありながら,しかも閑居を悠々と樂しむ。兼濟と獨善を最高のレベルで達成しているこの人に對して,白居易は,憧憬にとどまらず,深い羨望を抱いていた」と推察する下定雅弘氏は,大著『白氏文集を讀む』(勉誠社)第三章「宰相になれなかった白居易」補篇「白居易における裴度」の結びに「裴度は,兼濟を達成した人としてあまりにもまばゆい存在である。そしてまた,そうであればこそ獨善の快適を誰よりも存分に味わう人である。その赫赫たる兼濟の榮光と,獨善の充實は,白居易の中の兼濟への思いを引き出し,自分の獨善の價値を低くして,洛陽閑居の己の境涯を卑小で寂しいものにしてしまう。洛陽閑居に滿足し,自己を誇る白居易の精神は,その對極にこの思いを持っていたのであり,彼の詩と精神はいつもこの振幅の中に在る」と記している。「兼濟と獨善」を兩立させた先達としての裴度に注目した下定氏の慧眼に敬意を表したい。

　そこで,氏の業績を踏まえながら,別の角度から「隣人としての裴度」に注

目し,「裴度に對する白居易の思い」を探ることとする。白居易が,裴度に對して「憧憬」と「羨望」の念を抱いたとしても,それは裴度の權威に對してであって,人格者としてではない。白居易が「理想的な宰相」として「憧憬」の念を抱いた「まばゆい」人物は,「裴垍」であって裴度ではない。裴度に「羨望」の念を抱いたとすれば,その「運の強さ」と心身ともに強靭な彼の「したたかさ」に對してである。白氏は全盛期を過ぎてなお政界を離れられないでいる裴度を見て,「同情」の念を抱いたのではなかろうか？ 3235詩の結びの「進退處中央(進退　中央に處る)」と3003「和裴令公一日日一年年雜言見贈(裴令公の『一日日一年年』の雜言もて贈らるるに和す)」の「……公有功德在生民,何因得作自由身。(公　功德の生民に在る有り,何に因りてか自由の身と作るを得ん)……」は,裴度に對する贊辭ではあるが,「自由の身」でいられない元老に對する同情から出た「慰勞」の言葉でもある。『資治通鑑』「唐紀六十一」は「(大和九年)李訓所獎拔,率皆狂險之士,然亦時取天下重望以順人心,如裴度・令狐楚・鄭覃皆累朝耆俊,久爲當路所軋,置之散地,訓皆引居崇秩。(李訓の獎拔する所,率ね皆な狂險の士,然れども亦た時に天下の重望を取りて以つて人心を順はしむ。裴度・令狐楚・鄭覃の如きは皆な累朝の耆俊にして,久しく當路の軋する所と爲りしが,之を散地に置く。訓　皆な引いて崇秩に居らしむ)……」と記している。裴度・令狐楚といった「耆俊」(＊老齡の名臣)は,「散地」(＊閑職)に配屬され,「崇秩」(＊高い俸祿)によって骨抜きにされていたのである。

　大和二年[828],裴度は,白居易のお氣に入りの鶴を求めて,「白二十二侍郎有雙鶴。留在洛下。予西園多野水長・松,可以棲息。遂以詩請之。(白二十二侍郎　雙鶴有り。留めて洛下に在り。予の西園は野水・長松多し。以つて棲息す可し。遂に詩を以つて之を請ふ)」詩を作った。白氏は2586「答裴相公乞鶴(裴相公の『鶴を乞ふ』に答ふ)」[＊一作「酬裴相公乞予雙鶴」。(一に『裴相公の予に雙鶴を乞ふの作に酬ゆ』に作る)]で答え,劉禹錫は「和裴相公寄白侍郎求雙鶴(裴相公の『白侍郎に寄せて雙鶴を求む』に和す)」で,張籍は139「和裴司空以詩請刑部白侍郎雙鶴(裴司空の『詩を以つて刑部白侍郎に雙鶴を請ふ』に和す)」で唱和した。白氏は2626「送鶴與裴相臨別贈詩(鶴を送りて裴相に與ふるとき別れに臨んで

第3章　交遊録としての『白氏文集』　　437

詩を贈る）」も作っている。確かに，張籍が言うように，洛陽の留守宅に置いておくより「丞相」の「西園」のほうが，「池塘」に「野水」が通じていて環境も良いし，賓客と「賞望」するにも好都合である。しかし，蘇州から運んできた「太湖石」同様，大切に連れ帰った「華亭」の「雙鶴」は，樂天にとって，「江南」を偲ぶ大切な「よすが」であり，洛陽の邸宅を守って主人を出迎える「かわいい」お留守役でもあった。鶴を乞われた時は，「……白首勞爲伴，朱門幸見呼。（白首　伴を爲すに勞す，朱門　幸にして呼ばる）……」（2586詩）と答えたものの，手放してみるとやはり寂しい。2726「問江南物（江南物を問ふ）」詩で「……別有夜深惆悵事，月明雙鶴在裴家。（別に夜に深く惆悵する事有り，月明らかなるに雙鶴は裴家に在り）」と，白居易は本音をもらしている。「揚子津」で合流して樂天と共に上洛の旅をした劉禹錫にとっても，白氏が舟で2羽の雛を可愛がっていたことを知っているだけに，とりわけ思い入れのある鶴であった。「鶴歎二首（幷引）」の「引」で劉禹錫は「友人白樂天，去年罷吳郡，挈雙鶴雛以歸，余相遇于揚子津。……今年春，樂天爲祕書監，不以鶴隨，置之洛陽第。一旦，予入門，問訊其家人，鶴軒然來睨，如記相識，徘徊俯仰，似含情顧慕塡膺而不能言者，因作鶴歎以贈樂天。（友人白樂天，去年　吳郡を罷め，雙鶴雛を挈へて以つて歸る。余　揚子津に相遇ふ。……今年の春，樂天　祕書監と爲り，鶴を以つて隨へず，之を洛陽の第に置く。一旦，予　門に入り，其の家人に問訊す。鶴　軒然として來りて睨む，相識を記したる如し，徘徊し俯仰して，情を含んで顧慕し，塡膺して言ふ能はざる者に似たり。因りて『鶴歎』を作りて以つて樂天に贈る）」と記している。裴度は「聞君有雙鶴，羇旅洛城東。（聞く君に雙鶴有りて，洛城の東に羇旅すると）……」と詠っている。「白氏お氣に入りの鶴」であることを知っていて，裴度はわざと白氏の反應を試したのである。

　開成元年［836］に同州から洛陽に戻った劉氏に裴度が詩で問いかけ，白氏がこれに唱和している。

　　3284「和令公問劉賓客歸來稱意無之作」白居易
　　　（［裴］令公の『劉賓客に歸り來りて意に稱ふや無やを問ふ』の作に和

	す）
水南秋一半	水南　秋一半
風景未蕭條	風景　未だ蕭條たらず
皁蓋迴沙苑	皁蓋　沙苑に迴（めぐ）り
藍輿上洛橋	藍輿　洛橋に上る
閑嘗黄菊酒	閑にして黄菊の酒を嘗（な）め
醉唱紫芝謠	醉ふて紫芝の謠（うた）を唱ふ
稱意那勞問	意に稱ふこと　那（なん）ぞ問ふを勞せん
請錢不早朝	錢を請ふも　早に朝（と）せず

　詩題の「歸來」は，同州刺史の劉禹錫が太子賓客分司として洛陽に歸還したことをいう。裴度の「歸來稱意無？」(3284詩)という問いかけは，意味深長である。官僚としての劉禹錫は少なくとも2回は裴度の世話になっている。1回は元和十年[815]，播州（＊貴州省）に再度左遷されかかった時，「劉禹錫には八十過ぎの老母がいるので氣の毒」ということで連州刺史に變更してもらった時，もう1回は，大和二年[828]，主客郎中として長安復歸し，集賢殿學士に取り立てられた時である。いづれも裴度の口利きによる。『劉禹錫詩集編年箋注』は「兩如何詩謝裴令公贈別二首」其二(583頁)の注①に「作者時由汝州刺史改任同州刺史，裴度當時任東都留守。作者由汝州赴同州，經洛陽，與裴度・白居易・李紳相會」と記し，⑨に「此句言願借裴度之力而昇遷」と言っている。劉禹錫は，裴度の力で中央復歸できることを期待して同州に赴いていた。大和九年十月に白氏の代わりに劉氏を同州に派遣した人物が舒元輿だったと考えると辻褄が合う。おそらく，裴度を「中書令」に推薦したのも舒元輿である。『新唐書』「舒元輿傳」に「……加禮舊臣，外釣人譽。先時，裴度・令狐楚・鄭覃皆當路所軋，致閑處，至是悉還高秩。（禮を舊臣に加へ，外に人の譽れを釣る。先時，裴度・令狐楚・鄭覃は皆な當路の軋して，閑處に致す所と爲るも，是に至つて悉く高秩に還へす）」と記されている。

　71歳の裴度は老いてなお矍鑠（かくしゃく）たる[＊「氣力彌精堅（氣力　彌いよ精堅）」3004詩]元

第3章　交遊録としての『白氏文集』

老である。自らの洛陽住まいそのものが不本意であったであろう。劉氏にも「不稱意」の返事を期待したかもしれない。劉氏が同州に赴任する際に裴度は，「立ち寄ってくれたことは嬉しいが，……」と言いながら，轉任については祝賀の意を保留している。裴度・白居易・李紳・劉禹錫が合作した3731「劉二十八自汝赴左馮塗經洛中相見聯句（劉二十八　汝より左馮に赴き　塗みち洛中を經て　相見る）聯句」で，裴度は，「……唯喜因過我，須知未賀君。（唯だ喜ぶは我を過よぎるに因る，須らく知るべし　未だ君を賀せざるを）……」と詠っている。「滿足しているに決まっておりましょうぞ！聞くまでもござらぬ。早朝出勤無しで高給が入ってくるのですから……」という3284詩の結びは，白氏が劉氏の代辯を裝った牽制ではなかったか？劉禹錫は太子賓客分司（＊正三品），白氏は太子少傳分司（＊正二品），ともに64歳，定年の「七十致仕」までまだ6年ある。しかし，3039「春遊」詩で「……我今六十五，走若下坂輪。假使得七十，祗有五度春。（我　今　六十五，走ること坂を下る輪わだちの若し。假使たとひ　七十を得るも，祗た だ五度の春有るのみ）……」と詠う白氏には，名利より平凡な日常生活に費やす時間の方が大切だったのである。

　大和九年［835］九月に白氏は同州刺史に任じられたが，彼はこれを斷る。代わって劉氏が十月に同州に派遣され，十一月二十一日には「甘露の變」が勃發する。長安では「牛・李の黨」の私怨による對立が激化し，これに乘じた宦官による裏の權力が強大化していた。64歳の白氏は3160「閑臥（一作居）有所思二首」其二で「權門要路足身災，散地閑居少禍胎。（權門　要路　身災足おほく，散地　閑居　禍胎少すくなし）……」と詠っている。樂天は權力鬪爭を嫌って一足先に樂隱居を決め込んだが，夢得には「もう一旗擧げたい」という野心も氣力も殘っていた。

　開成元年［836］，65歳の劉禹錫は，白詩［3239「閑臥寄劉同州（閑臥して劉同州に寄す）」］の「……可憐閑氣味，唯缺與君同。（憐む可し　閑なる氣味，唯だ君と同とも にするを缺く）」を受けて，「酬樂天閑臥見憶（樂天の閑臥して憶はるるに酬ゆ）」詩を作り，「……同年未同隱，緣缺買山錢。（同年にして　未だ同とも に隱れざるは，山を買ふ錢を缺くに緣る）」と答えている。「買山」は『世說新語』

「排調」の「未聞巢由買山而隱（未だ巢・由の山を買ひて隱くるるを聞かず）」に基づく。劉詩の先行例に顧況の「送李山人還玉溪（李山人の玉溪に還るを送る）」詩が有る。于頔が「匡廬符戴山人」に乞われて「錢百萬」を與えたという逸話も殘っている（『雲溪友議』「襄陽傑』，『唐語林』「豪爽」）。顧況が「幽人獨缺買山錢（幽人 獨り缺く 山を買ふ錢）」と言うように，隱遁生活にも資金が必要であった。劉氏の諧謔を額面道理に受け取る必要はないが，白氏ほどの經濟力が無かったことは確かである［＊3425「酬夢得貧居詠懷見贈」］。

當時の３人の關係を象徵する詩がある。開成元年［836］に繫年される白居易の3288「長齋月滿，攜酒先與夢得對酌，醉中同赴令公之宴，戲贈夢得。（長齋の月滿ち，酒を攜へて先づ夢得と對酌し，醉中 同に令公の宴に赴き，戲れに夢得に贈る）」と劉禹錫の「酬樂天齋滿日裴令公置宴席上戲贈（樂天の『齋滿つる日 裴令公 宴を置き 席上 戲れに贈る』に酬ゆ）」である。この２首の詩題から，30日間の齋戒があけた白居易が最初に劉禹錫と「對酌」し，醉った勢いで，裴度のところに押しかけたことがわかる。3299「對酒勸令公開春遊宴（酒に對して令公に春遊の宴を開かんことを勸む）」詩では裴度に，「……宜須數數謀歡會（宜しく須らく數數 歡會を謀るべし）……」と勸めてもいる。また，3307「令公南莊花柳正盛。欲偸一賞，先寄二篇。（令公の南莊の花柳 正に盛んなり。一賞を偸まんとして，先づ二篇を寄す）」其一では「……擅入朱門莫怪無（擅に朱門に入るも 怪しむ莫きや無や）」とさえ言っている。「隣人のよしみ」ということもあって打ち解けたもの言いをしている。

同じく開成元年［836］，裴度と白居易の親密さを傳える詩が作られている。

「雪中酢諸公不相訪」裴度
（雪中に諸公の相訪はざるを訝る）
憶昨雨多泥又深　　憶ふ 昨ろ 雨 多く 泥も又た深きに
猶能攜妓遠過尋　　猶ほ能く 妓を攜へて 遠く過へて 尋ねたるを
滿空亂雪花相似　　滿空の亂雪 花 相似たり
何事居然無賞心　　何事ぞ 居然として 賞心無き

3294「酬令公雪中見贈訝不與夢得同相訪」白居易
　　（令公の『雪中に贈られ夢得と同に相訪はざるを訝る』に酬ゆ）
雪似鵝毛飛散亂　　雪は鵝毛に似て　飛んで散亂し
人披鶴氅立裴回　　人は鶴氅を披て　立つて裴回す
鄒生枚叟非無興　　鄒生　枚叟　興無きに非ず
唯待梁王召卽來　　唯だ梁王の卽ち來たれと召くを待つのみ

「答裴令公雪中訝白二十二與諸公不相訪之什」劉禹錫
（裴令公の『雪中に白二十二の諸公と相訪はざるを訝るの什』に答ふ）
玉樹瓊樓滿眼新　　玉樹　瓊樓　滿眼新たなり
的知開閣待諸賓　　的に知る　閣を開いて　諸賓を待つを
遲遲未去非無意　　遲遲として未だ去かざるは　意無きに非ず
擬作梁園坐右人　　梁園の坐右の人と作らんと擬す

　「この前は妓女を連れて雨や泥濘をおして遊びにきてくれたのに，こんな風流な雪の日にどうしてやってこないのか……」。しびれを切らす裴度に，樂天は「お呼びがかかるのを待っておりました」と應え，夢得も「さぞや待ちわびておいででしたでしょう」と續ける。裴度の詩の「攜妓」が氣にかかる。彼は「諸公」もさることながら，「妓女」の方を待っていたのかもしれない。白氏は畫贊として3373「題謝公東山障子（「謝公東山」の障子に題す）」詩を作り，「……唯有風流謝安石，拂衣攜妓入東山。（唯だ有り　風流　謝安石，衣を拂つて　妓を攜へて東山に入る）」と言っているから，3373詩の場合の「攜妓」は典故を踏まえた修辭にすぎない。しかし，賓客が妓女を連れ歩いていたことは0988「醉中戲贈鄭使君（醉中　戲れに鄭使君に贈る）」の題注に「時使君先歸，留妓樂重飲。（時に使君　先に歸る。妓樂を留めて重ねて飲む）」とあり，「鄭使君」が連れてきた妓女を殘して先に歸ったことでもわかる。また，3307「令公南莊……二篇」其一には「……擬提社酒攜村妓，擅入朱門莫怪無？（社酒を提げ村妓を

攜へんと擬す，擅に朱門に入るも怪しむこと莫きや無や？)」とあり，妓女を「[裴]令公」宅に連れて行こうとしていたこともわかる。

ここで重要なことは，3人が唱和した作品の詩題から，「諸公」の中で，裴度が最初に誘いかけた相手が白居易で，白氏に次ぐ存在が劉禹錫であったことである。裴度と白居易は氣輕に冗談を交わしたり，無理を言ったりすることのできる間柄であった。劉禹錫は，その觸媒となり，緩衝材となって絶妙な均衡を保っている。

裴度は馬と引き換えに白氏が寵愛する歌妓を所望した。開成三年［838］，74歳の裴度 (765〜839) から「君若有心求逸足，我還留意在名姝。(君　若し心の逸足を求むる有らば，我　還た意を留めて名姝に在り)」と切り出された白氏は，3346「酬裴令公贈馬相戲 (裴令公の馬を贈りて相戲るるに酬ゆ)」詩で「安石風流無奈何，欲將赤驥換青娥。不辭便送東山去，臨老何人與唱歌。(安石が風流奈何ともする無し，赤驥を將つて青娥に換へんと欲す。便ち東山に送り去るを辭せざるも，老に臨みて　何人か與に唱歌せん)」と受け流している。「安石」は晉の謝安石。「東山」に隱棲する時に妓女を伴った「風流人」。裴度が「もし，貴君が駿馬を欲しいというのであれば，こちらは美人の名妓が所望ぢぁ……」ともちかけてきたのに對し，67歳の白氏は「この年になって，この妓を失っては誰が歌の相手になってくれましょう……」と應えたのである。白居易が，わざわざ3346詩に「裴詩云，君若有心求逸足，我還留意在名姝，蓋引妾換馬戲，意亦有所屬也。(裴の詩に云ふ，『君　若し心有りて逸足を求むれば，我　還た意を留めて名姝に在り』と。蓋し「妾もて馬に換ふ」を引いて戲れしは，意も亦た屬する所有るならん)」と題注を付けていることを看過してはならない。この「亦」は「冗談だけでなく本心も」ということであり，「所屬」は，「具體的に念頭にあること」すなわち「お目當ての妓」ということである。『玉泉子』「李福女奴」の中で，李福の妻「裴氏」が「不能知公意所屬何人？ (公の意の屬する所，何れの人なるかを知る能はざるか？)」と言う箇所がある。宋之問の「春湖古意」詩にも「……含情不得語，轉盻知所屬。(情を含んで語るを得ず，轉盻して屬する所を知る) ……」という豔かしい句があり，白氏の題注の「所屬」

第3章　交遊錄としての『白氏文集』　　　443

を解釋する上で參考となる。白氏は「『妾換馬』の故事を引いて冗談をおっしゃっているが、裴公のお氣持ちの中にも實際にお目當ての妓がおありのようだ」と言っているのである。裴度は、冗談半分に持ちかけて相手の顔色を窺う。白氏は眉を寄せて返事を濁す。『獨異志』（卷中）に「魏曹璋性偶儻。偶逢駿馬，愛之。其主所惜也。璋曰，予有美妾可換。惟君所選。馬主因指一妓。璋遂換之。馬號曰白鵲。後因獵獻於文帝。（魏の曹璋　性偶儻。偶たま駿馬に逢ひ、之を愛す。其の主の惜しむ所なり。璋　曰はく『予に美妾の換ふ可き有り。君の選ぶ所に惟（したが）はん』と。馬主　因りて一妓を指さす。璋　遂に之に換ふ。馬　號して曰はく『白鵲』。後、獵に因りて文帝に獻ず）」とある。曹操の息子「曹彰」の故事は、駿馬欲しさに、自分の愛妾の中から氣に入った美女を相手に選ばせて交換する話である。この話の主眼は「馬」に在る。裴度は、張籍にまで馬をくれてやる［＊第２部・第２章・第１節「樂天の馬」７．「節度使が寄贈する馬」參照］「豪士」であるから、「馬」に對する執着は裴度には無い。一方、白居易には自慢の「家妓」が居て、美人でしかも歌がうまい。そこで、「ひとつ交換といこう」と裴度が冗談めかしに言う。ところが、冗談で終わりそうもないから、白氏は3346詩で「臨老何人與唱歌（老に臨んで何人（なんびと）か與（とも）に唱歌せん）」と困り顔をしてみせるのである。唐の李玫が書いたとされる『纂異記』に「酒徒鮑生，家富畜妓。開成初，行歷陽道中，止定山寺，遇外弟韋生下第東歸，同憩水閣。……韋戲鮑曰，能以人換，任選殊尤。鮑欲馬之意頗切，密遣四弦，更衣盛粧，頃之乃至。……韋乃召御者，牽紫叱撥以酬之。（酒徒鮑生、家富み妓を畜ふ。開成の初め、歷陽に行く道中、定山寺に止まる。外弟韋生の下第して東歸するに遇ひ、同に水閣に憩ふ。……韋　鮑に戲むれて曰はく、『能く人を以つて換へんや、殊に尤なるを選ぶに任せん』と。鮑　馬を欲するの意、頗る切なり。密かに四弦［家妓の名］を遣はし、更衣盛粧せしむ。之を頃（しば）くして乃ち至る。韋　乃ち御者を召して、紫叱撥［馬の名］を牽かしめ以つて之に酬ゆ）……」とある。『纂異記』の逸話でも「韋戲鮑曰，『能以人換，任選殊尤』……」のように「韋生」は「鮑生」に「戲」れて「曰」うのであるが、「家妓」は「換馬」のための犠牲となっている［＊第２部・第２章・第２節「『妾換馬』考」參照］。

「雙鶴」を求めた時と同樣,裴度は,白居易の反應を樂しんでいるのである。ふたりのやりとりの「面白さ」は,お目當ての「歌妓」と交換に,氣に入った「駿馬」を自由に選ばせてやろうという點にある。ここで,「馬」から「家妓」へと主眼が逆轉している。しかも馬の持ち主のほうが「豪士」裴度で,「愛妾」の主人が人一倍「多情」な白居易であるという「落ち」まで付いている。曹彰の逸話のパロディとしても裴・白のやりとりは「面白い」。「樂天お氣に入りの『鶴』を所望してとり上げたり,『妓女』を差し出せとほのめかす裴度も裴度であるが,樂天は樂天でチャッカリ『弄水偸船惱令公(水を弄し船を偸んで令公を惱ます)』[＊3310『贈夢得(夢得に贈る)』の句]ことをやっているから,どっちもどっちである」[＊第2部・第2章・第2節「妾換馬」考]。

　裴度の死後,集賢里の「舊宅」を通りかかった68歳の白氏の眼には涙が浮んでいる。『舊唐書』「裴度傳」に「……度素稱堅正,事上不回,……及晚節,稍浮沉以避禍。(度　素と堅正を稱へられ,上に事へて回はず。……晚節に及んで,稍く浮沉して以つて禍を避く)……」とあり,『新唐書』「裴度傳」に「……度見功高位極,不能無慮,稍詭迹避禍。(度　功高く位極まれるを見,慮り無きこと能はず。稍く詭迹して禍を避く)……」とある。頂點を極めても「禍を避」け續けねばならなかった裴度にとって,白居易や劉禹錫との詩酒の交わりは「外憂內患」から逃れるための方便であり,洛陽の「綠野堂」は長安に安住できない名士たちの避難場所であった。

　磊落な裴度は,無理難題をもちかけて困らせたかと思うと,眞っ先に雪見の宴に誘ってくれたりもする。そんな無邪氣で孤獨な一面を見せる「隣人」を樂天は慕った。3424詩の「涙」は,裴度を偲ぶ「感懷と同情」の涙であろうか。

3424「雪後過集賢裴令公舊宅有感」白居易
　　(雪後　集賢の裴令公の舊宅を過りて感有り)
　梁王捐館後　　梁王　館を捐てて後
　枚叟過門時　　枚叟　門を過る時
　有涙人還泣　　涙有りて　人還た泣き

無情雪不知　　情無くして　雪知らず
臺亭留盡在　　臺亭　留まりて　盡(ことごと)く在り
賓客散何之　　賓客　散じて何(いづ)くにか之(ゆ)く
唯有蕭條雁　　唯だ　蕭條たる雁のみ有り
時來下故池　　時に來りて　故池に下る

②　令狐楚と劉禹錫と白居易

　『寒泉』の『全唐詩』「卷354～365　劉禹錫」の「檢索字串」欄に「令狐」の2文字を入れて檢索すると，畫面上に「共計〔64〕筆」と出る。ただし，この中には「令狐相公自天平移鎭太原以詩申賀」詩の續篇である「重酬前寄」詩と外集（『劉禹錫集箋證』1055頁）の「洛中白監同話游梁之樂因寄宣武令狐相公」詩は含まれていないので，この2首を加えれば合計66首になる。『唐五代人交往詩索引』は，【劉禹錫】1305～1307頁と【令狐楚】1434～1437頁のいずれにも65例の詩題しか載せておらず，1306頁の第2列と1435頁の第3列に配列されるはずの「送國子令狐博士赴興元覲省」詩が缺落している。劉禹錫が令狐楚と唱和した合計66首の詩題をみると，「白監」「白閣老」「樂天」「白二十二」「白賓客」「白侍郎」といった白氏の名が明記されている詩が9首ある。この「66首」「9首」という數字は，「令狐僕射與余投分素深……」と語る劉禹錫の言葉や「令狐相公與夢得交情素深，眷予分亦不淺。……」と呼應する白居易の言葉と符合する。一方，『全唐詩』卷334に收錄された令狐楚の詩44篇のうち白居易と唱和した詩は3篇あるが，その3首の詩題全てに劉禹錫の名前が併記されている。この3首のほかに「一字至七字詩」の「賦詩」を白居易が，「賦山」を令狐楚が，それぞれ作ったとされているが，『白居易集箋校』3862頁の【箋】によれば，いずれも僞作の可能性がある。令狐楚にとって唱和の主たる對象は劉禹錫であり，白居易は劉氏に次ぐ存在であったことが確認される。令狐楚の現存する詩の題の中に李逢吉の名前はあっても元稹の名前は出てこない。また元稹の現存する詩の題の中に李紳や李德裕の名前はあっても令狐楚の名前は出てこない。『舊唐書』「令狐楚傳」に「……時元稹初得幸，爲學士。素惡楚與鑄膠固希寵。（時

に元稹初めて幸を得て，學士と爲る。素より[令狐]楚と[皇甫]鎛と膠固して寵を希むを惡む）……」とあり，『舊唐書』「李逢吉傳」に「……楚與逢吉相善。（[令狐]楚 [李]逢吉と相善し，……學士李紳 寵有り，逢吉 之を惡む）……」，『舊唐書』「李景儉傳」に「……與元稹，李紳相善。（[李景儉]元稹，李紳と相善し）……」とある。一方，『全唐詩』に收錄された令狐楚の詩44篇のうち劉・白兩氏を同時に對象とした作品は3篇ある。令狐楚は「節度宣武酬樂天夢得」詩で「蓬萊仙監[樂天]客曹郎[劉爲主客]，曾柱高車客大梁。（蓬萊仙監 客曹郎 曾て枉げて高車して大梁に客たり）……」と詠い，「春思寄夢得樂天」詩で「花滿中庭酒滿樽，平明獨坐到黃昏。（花は中庭に滿ちて 酒は樽に滿ち，平明 獨り坐して黃昏に到る）……」，「皇城中花園譏劉白賞春不及」詩で「五鳳樓西花一園，低枝小樹盡芳繁。（五鳳 樓西 花一園，低枝 小樹 盡芳繁し）……」と詠っている。

　幸い劉・白・令狐3氏が唱和した詩が殘っているので，これを併記しよう。

「洛中逢白監同話游梁之樂因寄宣武令狐相公」劉禹錫
（洛中にて白監に逢ひ游梁の樂しみを同に話す。因りて宣武の令狐相公に寄す）

曾經謝病各遊梁	曾經て病を謝して 各おの梁に遊び
今日相逢憶孝王	今日 相逢ひて 孝王を憶ふ
少有一身兼將相	有ること少なり 一身の將・相を兼ね
更能四面占文章	更に能く四面に文章を占むるは
開顏坐上催飛盞	開顏して坐上に飛盞を催し
回首庭中看舞槍	回首して庭中に舞槍を看る
借問風前兼月下	借問す 風前 月下を兼ね
不知何客對胡牀	知らず 何れの客か 胡牀を對する

　　＊白居易2418「宣武令狐相公以詩寄贈……」詩に
　　　　「戰將功高少有文（戰將は功高くして 文有ること少なり）」とある。

第3章　交遊録としての『白氏文集』　　　447

2554「早春同劉郎中寄宣武令狐相公」白居易
　　　（早春　劉郎中が宣武の令狐相公に寄するに同ず）
梁園不到一年强　　梁園に到らざること　一年强
遙想淸吟對綠觴　　遙に想ふ　淸吟　綠觴に對するを
更有何人能飮酌　　更に何人か能く飮酌する有らん
新添幾卷好篇章　　新たに幾卷の好篇章を添へたる
馬頭拂柳時迴轡　　馬頭　柳を拂つて　時に轡を迴し
豹尾穿花暫亞槍　　豹尾　花を穿つて　暫く槍に亞ぐ
誰引相公開口笑　　誰か相公を引きて口を開けて笑はしめん
不逢白監與劉郎　　白監と劉郎とに逢はざれば

「節度宣武酬樂天夢得」令狐楚
（宣武に節度たり　樂天・夢得に酬ゆ）
蓬萊仙監（樂天）客曹郎（劉爲主客）　蓬萊の仙監（樂天）と客曹郎（劉爲主客）
曾枉高車客大梁　　曾て枉げて高車して大梁に客たり
見擁旌旄治軍旅　　旌旄を擁して軍旅を治めしめられ
知親筆硯事文章　　筆硯に親しみ文章を事とするを知る
愁看柳色懸離恨　　愁ひて看る　柳色の離恨を懸くるを
憶遞花枝助酒狂　　憶ひて遞ふ　花枝の酒狂を助くるを
洛下相逢肯相寄　　洛下に相逢ひて　肯て相寄せ
南金璀錯玉淒涼　　南金は璀錯　玉は淒涼たり

　大和二年［828］の「早春」，洛陽で劉・白の二人は「一年强」も會っていない令狐相公を想い出し，「梁園」での酒宴の話に花を咲せた。「游梁之樂」の「梁」は汴州（＊今の河南省開封市）の古稱「大梁」。「樂」は「淸吟」「飮酌」の樂しみをいう。二人が懷かしく「同話」した「游梁之樂」の具體的內容は，白居易の五言四十四句（合計220文字の長編）2412「奉和汴州令狐相公二十二韻」詩で再現することができる。2412詩が白氏54歳の寶曆二年［826］冬の作であるとすれ

ば，2554詩の「梁園不到一年強」と符合する。冒頭に「客有東征者，夷門一落帆。二年方得到，五日未爲淹。（客に東征する者有り，夷門 一たび帆を落す。二年にして方めて到るを得たれば，五日は未だ淹しと爲さず）……」とある。長安を出發した白氏は，初め東に向かい，さらに洛陽から船に乘って蘇州に向かう途中，令狐邸を訪うため夷門（＊開封市東南偶）で上陸した。この句には「相府領鎭隔年，居易方到。既到，陪奉遊宴，凡經五日。（相府 鎭を領し，年を隔てて，居易 方めて到る。既に到りて，遊宴に陪し奉ること，凡て五日を經たり）」という自注が付いていて，「五日」間逗留したことがわかる。第12・13句で「文律操將柄，兵機釣得鈴。（文律 柄を操り將ち，兵機 鈴を釣り得たり）」と文武兩面にわたって傑出した令狐楚を贊美している。酒宴の樣子は後半に描かれていて，豪華な室內裝飾や華麗な妓女の歌舞をはじめ，酒の肴に用意された陸海の珍味まで歌い込まれている。「……陸珍熊掌爛，海味蟹螯鹹。（陸珍 熊掌爛たり，海味 蟹螯鹹たり）……」。とろりとした熊の掌のゼラチン質や鹽味の效いた蟹のハサミに樂天は舌鼓を打ったに違いない［＊第2部・第2章・第3節「唐代詩人の食性―蟹・南食・筍」參照］。

開成元年［836］，劉禹錫は「和令狐相公南齋小燕聽阮咸（令狐相公の『南齋に小燕して阮咸を聽く』に和す）」詩を詠み，白居易は3326「和令狐僕射小飲聽阮咸（令狐僕射の『小飲して阮咸を聽く』に和す）」を詠んでいる。白居易は「……時移音律改，豈是昔時聲。（時移り音律改まる。豈に是れ昔時の聲ならんや）」と結び，劉禹錫は「……一毫不平意，幽怨古猶今。（一毫 平かならざるの意，幽怨 古 猶ほ今のごとし）」と結んでいる。地味で物悲しい「阮咸」の音に，靜かに眼を瞑る令狐楚の橫顔が見えてくる。

開成二年［837］十一月，白居易は令狐楚の最後の言葉を劉氏あての手紙で知る。

劉禹錫は死者からの詩と手紙を受け取った。手紙には「白君によろしく！」という傳言が添えられていた。劉禹錫は「令狐僕射與余投分素深，縱山川阻修，然音問相繼。今年十一月，僕射疾不起聞。予已承訃書，寢門長慟。後日，有使者兩輩持書幷詩。計其日時，已是臥疾。手筆盈幅，翰墨尙新，律詞一篇，音韻

第3章　交遊録としての『白氏文集』

彌切。收淚握管，以成報章。雖廣陵之弦於今絶矣，而蓋泉之感猶庶聞焉。焚之總帳之前，附于舊編之末。(令狐僕射　余と分を投ずること素より深く，縦ひ山川阻むこと修しといへど，然れども音問　相繼ぐ。今年十一月，僕射　疾んで起聞せず。予に已に訃書を承け，寢門に長慟す。後日，使者兩輩有りて書幷びに詩を持す。其の日時を計るに，已に是れ疾に臥せり。手筆　幅に盈ち，翰墨尚ほ新たなり。律詞一篇，音韻　彌いよ切なり。涙を收め管を握り，以つて報章を成す。廣陵の弦　今に絶ゆと雖も，而れども蓋泉の感　猶ほ聞くに庶し。之を總帳の前に焚き，舊編の末に附す)」詩で，こう詠っている。

前日寢門慟	前日　寢門に慟き
至今悲有餘	今に至るも　悲しみ餘り有り
已嗟萬化盡	已に萬化の盡くるを嗟げき
方見八行書	方に八行の書を見る
滿紙傳相憶	紙を滿たして　相憶ふを傳へ
裁詩怨索居	詩を裁りて　索居を怨む
危弦音有絶	危弦　音　絶ゆる有り
哀玉韻由虛	哀玉　韻　虛由りす
忽歎幽明異	忽ち歎く　幽明を異にするを
俄驚歲月除	俄に驚く　歲月の除るを
文章雖不朽	文章は不朽と雖も
精魂竟焉如	精魂は竟に　焉にか如く
零淚霑青簡	零淚　青簡を霑し
傷心見素車	傷心　素車を見る
悽涼從此後	悽涼たり　此れ從り後
無復望雙魚	復た雙魚を望むこと無し

「投分」は意氣投合して交流すること。駱賓王の「夏日遊德州贈高四(夏日德州に遊んで高四に贈る)」詩に「……締交君贈縞，投分我忘筌。(締交して

君は縞を贈り，投分して 我は筌を忘る）……」とある。「阻修」は，遠く隔てられているの意。白居易の0223「效陶潛體詩（陶潛の體に效ふ詩）十六首」其十一に「……我豈不欲往，大海路阻修。（我豈に往くを欲せざらんや，大海 路阻むこと修し）……」とある。「寢門」は奥御殿の門。葬儀で朋友が哭禮を行う場所。『禮記』「檀弓上」に引かれた孔子の言葉に「……朋友，吾哭諸寢門之外。（……朋友は，吾れこれを寢門の外に哭す）……」とあり，白居易の0551「哭諸故人，因寄元八。（諸故人を哭し，因りて元八に寄す）」詩に「昨日哭寢門，今日哭寢門。借問所哭誰，無非故交親。（昨日 寢門に哭し，今日 寢門に哭す。借問す 哭する所は誰ぞ，故交親に非ざる無し）……」とある。「萬化盡」は，肉體の變化が終り，死に至ること。『莊子』「大宗師」の「……若人之形者，萬化而未始有極也。（人の形の若き者は，萬化して未だ始めより極まり有らざるなり）……」に基づく言葉。盧照鄰の「同崔錄事哭鄭員外（崔錄事の鄭員外を哭すに同ず）」詩に「……如何萬化盡，空嘆九飛魂。（萬化の盡を如何せん，空しく九飛の魂を嘆く）……」とある。「索居」は，友と離れて暮らすこと。『禮記』「檀弓上」に引かれた子夏の言葉に「吾離群而索居，亦已久矣。（吾れ群を離れて索居すること，亦た已に久し）」とあり，江淹の「雜體詩三十首 張黄門［＊協］苦雨」（『文選』卷31）に「……高談玩四時，索居慕疇侶。（高談して四時を玩び，索居して疇侶を慕ふ）……」とある。

これに感動した白居易は3341「令狐相公與夢得交情素深，睠予分亦不淺。一聞薨逝，相顧泫然。旋有使來，得前月未歿之前數日書及詩寄贈夢得。哀吟悲歎，寄情於詩。詩成示予。感而繼和。（令狐相公 夢得と交情素より深く，予を睠みること分亦た淺からず。一たび薨逝を聞き，相顧みて泫然たり。旋て使の來る有りて，前月未だ歿せざるの前數日の書及び詩の夢得に寄贈するを得たり。哀吟悲歎して，情を詩に寄す。詩成りて予に示す。感じて繼和す）」を作り，

  緘題重疊語殷勤　　緘題　重疊　語　殷勤
  存没交親自此分　　存没　交親　此れ自り分かる
  前月使來猶理命　　前月　使來りしとき　猶ほ理命なるも

第3章　交遊錄としての『白氏文集』

今朝詩到是遺文	今朝　詩到るは　是れ遺文
銀鉤見晩書無報	銀鉤　見ること晩くして　書の報ゆる無く
玉樹埋深哭不聞	玉樹　埋むること深くして　哭するも聞こへず
最感一行絶筆字	最も感ず　一行　絶筆の字
尙言千萬樂天君	尙ほ言ふ　千萬　樂天君と

と詠い，詩の最後に白氏自らこんな注を付している。「令狐與夢得手札後云：見樂天君，爲伸千萬之誠也。（令狐の夢得に與ふる手札の後に云ふ：『樂天君に見はば，爲に千萬の誠を伸べよ』と）」。詩の中の「理命」は，意識がはっきりしている狀態での遺言。「遺文」は，死後に遺された文章である。

劉氏が「今年十一月，僕射疾不起聞。予，已承訃書，寢門長慟。後日，有使者兩輩持書幷詩。計其日時，已是臥疾」と言い，白氏が「前月未歿之前數日書及詩」あるいは「前月使來猶理命，今朝詩到是遺文」と記していることに注目しよう。

朱金城氏は，『白居易集箋校』（四）2330頁の【箋】に岑仲勉の說を引いて「唐實錄書法，於外臣之卒，率以報到日爲準，……據『通典』一七五，興元去西京，取駱谷道六百五十二里，快行五日可達。丁丑，十七日也」と記している。『舊唐書』「文宗紀」が記す「（開成二年十一月）丁丑（十七日），興元節度使令狐楚卒」という記錄は令狐楚の死亡通知が長安に屆いた日付で，實際に亡くなった日は，「十二日」であった可能性が高い。劉禹錫は，「令狐楚集紀」に「開成二年十一月十二日，薨於漢中官舍，享年七十」と明記している。當時の交通事情による時差が，「死者からの手紙」を屆ける結果を招いた。文字通り絶筆となった「見樂天君，爲伸千萬之誠也」という言葉が，白居易の心を動かし，白詩を讀む我々の胸を絞めつける。

ここで注意すべきことは，令狐楚からの「手札」を直接受け取ったのは劉禹錫であって，白居易は劉氏を通じて間接的に「くれぐれもよろしく」と傳えられたということである。

劉氏が「素深」と言い，白氏が「不淺」という親密度の差は，いったい何に

由來するのであろうか？

　『劉禹錫集箋證』附錄二「劉禹錫交遊錄」「令狐楚」に「……禹錫與楚似交誼頗篤，然楚之所敵者皆禹錫所厚也。（禹錫は楚と交誼頗る篤きに似たり，然れども楚の敵する所の者は皆な禹錫の厚くする所なり）……」とある。令狐楚は，白居易と親しかった裴度・崔群・元稹・李紳と敵對していた。しかし，劉禹錫は對立する政敵同士の垣根を越えて交流している。文人としての令狐楚は，詩才のほかに劉禹錫と共鳴し合う「何か」を有していた。その「何か」のひとつに瞿蛻園氏が言う左遷に因る「同病相憐」がある。元和十五年[820]，令狐楚は左遷されて衡州に赴く途中，洛陽を通った。折りしも劉禹錫は母の喪に服すため洛陽に居た。「彭陽唱和集後引」の中で，劉禹錫は「貞元中，予爲御史，彭陽公從事於太原，以文章相往來有日矣。無何予受譴南遷，十餘年間，公登用至宰相，出爲衡州，方獲會面。輸寫薀積，相視泫然。……」と言っている。この時の「涙の違い」を卞孝萱氏は『劉禹錫評傳』の第五章で「……劉禹錫是痛苦的眼涙，無罪被貶十四年，朋友也抛棄了自己；令狐楚是慙愧的眼涙，自己熱衷做官，怕受牽連，抛棄了朋友十四年。……」と説明している。さらに，卞氏は劉禹錫の「城内花園頗曾游玩……書實以答令狐相公見謔」詩の「樓下芳園最占春，年年結侶採花頻。繁霜一夜相撩治，不似佳人似老人」を引いて，「筆調雅謔，耐人尋味」と評している。「諧謔」は，劉禹錫と令狐楚の「交情」を深める觸媒であった。

　詩題に「令狐」の2文字を含む白詩19首の中の5首に「劉郎中」「夢得」の文字が記されていることは，劉禹錫が令狐楚と白居易の仲介役を果たしていたことを物語っている。白居易は，2554「早春同劉郎中寄宣武令狐相公（早春　劉郎中の宣武令狐相公に寄するに同ず）」で「……誰引相公開口笑，不逢白監與劉郎。（誰か相公を引いて口を開きて笑はしめん，白監と劉郎とに逢はざれば）」と詠い，2556「雪中寄令狐相公兼呈夢得（雪中　令狐相公に寄せ兼ねて夢得に呈す）」で「……今日相如身在此，不知客右坐何人。（今日　相如　身は此に在り，知らず客右　何人をか坐せしむる）」と，2627「令狐相公拜尚書後，有喜從鎭歸朝之作。劉郎中先和，因以繼之。（令狐相公　尚書を拜して後，鎭より朝に

第3章　交遊録としての『白氏文集』　　453

歸るを喜ぶの作有り。劉郎中　先づ和す。因りて以つて之に繼ぐ）」で「……尙書首唱郎中和，不計官資只計才。（尙書　首めに唱ひ　郎中和し，官資を計らずして只だ才を計る）」と，2770「和令狐相公寄劉郎中，兼見示長句。（令狐相公の劉郎中に寄せ，兼ねて長句を示さるるに和す）」で「……酒軍詩敵如相遇，臨老猶能一據鞍。（酒軍　詩敵　如し相遇はば，老いに臨んで　猶ほ能く一たび鞍に據らん）」と，3061「早春醉吟寄太原令狐相公・蘇州劉郎中（早春に醉吟して太原令狐相公・蘇州劉郎中に寄す）」で「……別來少遇新詩敵，老去難逢舊飲徒。（別れ來りて新詩敵に遇ふこと少に，老い去りて　舊飲徒に逢ふこと難し）……」とそれぞれ詠んでいる。

　ただし，白居易は常に劉氏を媒介に交流していたわけではない。令狐楚は自ら白居易宅を訪問したいと言うこともあったし，生前，白居易宛の「手札」に「二篇」の詩を添えて贈ってもいる。

　2740「令狐尙書許過弊居。先贈長句」白居易
　　　（令狐尙書の弊居に過らんことを許す。先づ長句を贈る）
　不矜軒冕愛林泉　　軒冕に矜らずして　林泉を愛し
　許到池頭一醉眠　　池頭に到りて一たび醉ふて眠るを許す
　已遣平治行樂徑　　已に行樂の逕を平治せ遣め
　兼敎掃拂釣魚船　　兼ねて釣魚の船を掃拂せ敎む
　應將筆硯隨詩主　　應に筆硯を將りて詩主に隨ふべし
　定有笙歌伴酒仙　　定めて笙歌有りて酒仙に伴はん
　祇候高情無別物　　高情を祇候するに　別物無し
　蒼苔石筍白花蓮　　蒼苔　石筍　白花蓮

　2568「將發洛中，枉令狐相公手札，兼辱二篇寵行。以長句答之」白居易
　　　（將に洛中を發せられんとし，令狐相公の手札を枉げられ，
　　　　兼ねて二篇の寵行を辱うす。長句を以つて之に答ふ）
　尺素忽驚來梓澤　　尺素　忽ち驚く　梓澤より來るを

雙金不惜送蓬山　　雙金　惜しまず　蓬山に送る
八行落泊飛雲雨　　八行　落泊として　雲雨を飛ばし
五字鎗鏦動珮環　　五字　鎗鏦として　珮環を動かす
玉韻乍聽堪醒酒　　玉韻　乍ち聽いて　酒を醒すに堪へ
銀鉤細讀當披顏　　銀鉤　細しく讀んで　當に顏を披くべし
收藏便作終身寶　　收藏して　便ち終身の寶と作さん
何啻三年懷袖間　　何ぞ啻に　三年　袖間に懷くのみならん

　卞氏は前掲書の第六章において，劉禹錫の「汴州刺史廳壁記」「天平軍節度使廳壁記」と『舊唐書』「令狐楚傳」の記述を引いて，汴州刺史時代と鄆州刺史時代の令狐楚の治績を高く評價し，「……令狐楚廉潔自律，興學勸藝，革除弊政，賞罰分明，使汴州軍民的面貌渙然一新。……經過令狐楚治理，軍紀得到整頓，人民安居樂業，流民紛紛返鄉。……」と記している。「汴州刺史廳壁記」は大和元年［827］に，「天平軍節度使廳壁記」は大和五年［831］に書かれている。後者が書かれた時，劉・白ともに60歳。この年の七月二十二日に元稹は武昌で急死，劉禹錫は十月十二日に蘇州刺史になっている。還暦を迎えた白氏は58歳の時に授かった男兒阿崔を失っている。「地方政治に再起を賭けて意欲に燃える」劉氏と「洛陽退居を考え佛門への關心を深める」白氏とでは，令狐楚を見つめる眼差しも交流の仕方も違っていた。4歳年長の權力者「令狐相公」に積極的に近づく劉氏を通じて，白氏は遠慮がちに令狐楚と唱和している。

③　裴度と令狐楚と元稹

　令狐楚は，李逢吉と親しく，二人で唱和して「斷金集」をまとめているが，裴度とは頻繁に詩を交わす仲ではなかった。李逢吉が裴度と敵對していたからである。『資治通鑑』「唐紀五十六」に「（元和十二年）李逢吉不欲討蔡。翰林學士令狐楚與逢吉善。度恐其合中外之勢以沮軍事。（李逢吉　蔡を討つを欲せず。翰林學士令狐楚　逢吉と善し。度　其の中外の勢を合せて以つて軍事を沮むを恐る）……」とある。しかし，令狐楚は，李逢吉（758～835）が作った「奉酬忠

武李相公見寄（忠武李相公の寄せらるるに酬ひ奉る）」詩に唱和して「奉和僕射相公酬忠武李相公見寄之作（僕射相公の『忠武李相公の寄せらるるに酬ゆ』に和し奉る）」詩を作り、裴度と李逢吉の二人を「……才出山西文與武、歡從塞北弟兼兄。（才は山西に出づ　文と武と、歡は塞北從りす　弟と兄と。……）と贊美している。また、裴度は、劉禹錫・張籍・行式と共に作った「西池送白二十二東歸兼寄令狐相公（西池にて白二十二の東歸するを送り兼ねて令狐相公に寄す）聯句」を令狐楚に寄せている。

『劉禹錫集箋證』（下）「劉禹錫交遊錄」1629頁に「楚與裴度大和二三年間同在朝、自不復尋前隙、故禹錫外集卷二有『西池送白二十二東歸兼寄令狐相公聯句』、度詩云：『促坐宴回塘、送君歸洛陽。彼都留上宰、爲我說中腸』蓋度亦知劉・白皆與楚相厚善也。（楚は裴度と大和二・三年［828・829］の間、同に朝に在るも、自ら復た前隙に尋ばず。故に禹錫外集卷二に『西池送白二十二東歸兼寄令狐相公（西池にて白二十二の東歸するを送り兼ねて令狐相公に寄す）聯句』有り、度の詩に云ふ、『宴に坐し塘を回るを促し、君の洛陽に歸るを送る。彼の都は上宰を留む、我が爲めに中腸を說け』と。蓋し度も亦た劉・白皆な楚と相厚く善きことを知るならん）」とあるから、裴度は、劉・白が令狐楚と親しいことを知っていたものと思われる。しかし、裴度が進んで二人に仲介を依賴したとは思えない。おそらく、劉禹錫が、白居易の送別ということで、令狐楚に聯句を寄せる相談を持ち出したのであろう。裴度が參加した「春池泛舟聯句」（裴度・劉禹錫・崔群・賈餗・張籍）「西池落泉聯句」（裴度・行式・張籍・白居易・劉禹錫）「首夏猶淸和聯句」（裴度・白居易・劉禹錫・行式・張籍）「薔薇花聯句」（裴度・劉禹錫・行式・白居易・張籍）「喜遇劉二十八偶書兩韻聯句」（裴度・劉禹錫・白居易・李紳）「劉二十八自汝赴左馮塗經洛中相見聯句」（裴度・白居易・李紳・劉禹錫）「度自到洛中與樂天爲文酒之會時時搆詠樂不可支則慨然共憶夢而夢得亦分司至止歡愜可知因爲聯句」（裴度・白居易・劉禹錫）「宴興化池亭送白二十二東歸聯句」（裴度・劉禹錫・白居易・張籍）のいずれの聯句にも劉禹錫が參加している。劉禹錫は、「西池……聯句」に先立って「洛中逢白監、同話遊梁之樂、因寄宣武令狐相公。（洛中にて白監に逢ひ、同に遊梁の樂しみを話し、因りて宣

武令狐相公に寄す）」詩を令狐楚に送っている。この詩も上記の聯句もすべて大和二年［828］劉・白ともに57歳の時の作品である。

　白居易は同時期に裴度と令狐楚のそれぞれに詩を贈っているが，二人の仲介役を果たしたとおぼしき作品は無い。2623「宿裴相公興化池亭……」と2627「令狐相公拜尙書後……」は，57歳の白氏が刑部侍郎の時の作品。また2736・7「酬裴相公見寄二絕」と2740「令狐尙書許過弊居……」は，58歳の白氏が太子賓客分司の時の作品。さらに，2770「和令狐相公寄劉郎中……」と2780・1「寄兩銀榼與裴侍郎……」は，60歳の白氏が河南尹の時の作品である。白居易の作品の詩題に，令狐・劉の併記は有っても裴・令狐の併記は無い。ところが，劉禹錫は大和二年［828］の冬に「和令狐相公以司空裴相見招南亭看雪（令狐相公に和すに『司空裴相公の南亭に招かれ，雪を看る』を以つてす）四韻」を作っている。この時，令狐楚は戸部尙書として長安に召還され，劉禹錫は宰相裴度に推擧されて集賢殿學士となっている。名譽回復と中央復歸に意欲を燃やす劉禹錫にとって，裴度も令狐楚も援助の手を差し伸べてくれた恩人であった。中立の立場を保とうとする白居易とは違って，劉禹錫には兩雄の關係の改善を望む氣持ちがあったのであろう。

　では，元稹はどうか？

　元和十三年［818］に長安復歸の援助を求めて「上門下裴相公書」を綴り，翌元和十四年［819］に5卷の詩を添えて「上令狐裴度相公啓」を獻上した元稹は，元和十五年［820］に知制誥となるや恩人の令狐楚と疎遠になり，長慶元年［821］に翰林學士となるや長老の裴度と對立するに至る。

　元和十四年［820］宰相令狐楚は，元稹の文才を評價し，膳部員外郎として長安に召還した。元稹は「上令狐相公詩啓」で「……竊承相公特於廊廟開道稹詩句，昨又面奉敎約令獻舊文。（竊かに相公　特に廊廟の閒に於いて稹の詩句を道はるるを　承り，昨ろ又た　面に敎約を奉じ舊文を獻ぜしむ）……」と感謝している。憲宗が謀殺されて穆宗が卽位しても運良く失脚を免れた宰相令狐楚は，山陵使を兼任することとなり，元稹を山陵使判官に推擧した。しかし，「工徒」の賃金「十五萬貫」を「羨餘」と僞って獻上したという「贓汚」事件が

もとで，令狐楚は，中央から宣歙觀察使に出され，次いで衡州刺史に貶されてしまう。皮肉にも，その辭令の草稿を祠部郎中知制誥の元稹が書くことになる。結果として恩を仇で返すことになったわけである。元稹は「貶令狐楚衡州刺史制」の中で，罪狀を「……密隳討伐之謀，潛附奸邪之黨。(……密かに討伐の謀を隳り，潛かに奸邪の黨に附す)……遂忝臺階，實妨賢路。(遂に臺階を忝くして，實に賢路を妨ぐ)……」と記して，令狐楚に「深く恨まれた」(『舊唐書』「令狐楚傳」) という。令狐楚が皇甫鎛と密接な關係にあり，皇甫鎛が「史臣曰，奸邪害正，自古有之，(史臣曰はく，奸邪の正を害するは，古より之有り)……未有如[裴]延齡，皇甫[鎛]之甚也。(未だ[裴]延齡，皇甫[鎛]の如きの甚しきは有らざるなり)……」(『舊唐書』「皇甫鎛傳」) と酷評される奸臣であったことは事實である。

しかし，眭達明氏が「古代公文寫作犯"忌"現象撷趣」「十七忌偏頗」の中で，「……而令狐楚處處得到皇甫鎛的關照，最后又是皇甫鎛推薦他回朝擔任宰相，這一切都是事實。但皇甫鎛和令狐楚是同一年考取的進士，俗稱"同年"，而唐憲宗又很欣賞令狐楚的才華，在這種情況下，皇甫鎛處處關照和推薦令狐楚，在那箇時代，于公于私都很正常，硬要說令狐楚"潛附奸邪之黨"，令狐楚自然難以接受。他惱恨元稹，也是可以理解的。……」(http://www.wforum.com/shishi/posts/48028.shtml ＊2008年7月現在このサイトは閉鎖されている) と記すように，令狐楚の行爲は「同年」の進士である皇甫鎛から推薦を受けただけのことで，當時にあっては普通のことである。それを懇意にしていた元稹に「奸邪の黨」と書かれたのであるから，令狐楚にしてみれば飼い犬に手を嚙まれたという思いがしたであろう。糺彈した元稹について，王拾遺氏は『元稹傳』159頁に令狐楚が「奸邪」皇甫鎛と癒着した點に注目して，「……文中"潛附奸邪之黨"，指楚與皇甫鎛勾結事，是公允的；從而也證明元稹不徇私情的美德。……」と記し，「私情にとらわれない美德」と贊美している。王氏は「……令狐楚讀到制書以后，非常生氣，認爲元稹忘恩負義，不給他留一點情面。……」と記した手前，「忘恩負義」のイメージを和らげる意圖で，元稹の「公正」さを強調したのかもしれない。しかし，元稹にしてみれば立場上，彈劾する側の判決文を忠實に綴っただけのことで，「不徇私情」

とは別の次元であったはずである。元稹の配慮を探るのであれば，令狐楚の文才に言及した點に注目すべきではなかろうか。元稹は罪狀を記す前に「……早以文藝，得踐班資。憲宗念才，擢居榮近。(早くに文藝を以つて，班資を踐むを得たり。憲宗　才を念ひ，擢でて榮近に居らしむ)……」という一文を添えている。

　元稹の中央復歸のきっかけは令狐楚が作り，宰相への入り口は宦官魏弘簡が開いた。『資治通鑑』唐紀五十八に「(長慶元年)……翰林學士元稹與知樞密魏弘簡深相結，求爲宰相。由是有寵於上，每事咨訪焉。稹無怨於裴度，但以度先達重望，恐其復有功大用，妨已進取。故度所奏畫軍事，多與弘簡從中沮壞之。(翰林學士元稹，知樞密魏弘簡と深く相結び，宰相と爲るを求む。是れに由りて上に寵有り，事毎に咨訪す。稹は裴度に怨み無きも，但だ度の先達・重望なるを以つて，其の復た功有り大いに用ひられ，己の進取を妨げんことを恐る。故に度の軍事を奏畫する所，多く弘簡と中より之を沮壞す)……」と記されている。

④　宰相元稹と元老裴度

　白居易は3810「諫請不用奸臣表」の中で，「……今天下欽度者多，奉稹者少。陛下不念其功，何忍信其奸臣之論。況度有平蔡之功，元稹有囂軒之過。……臣素與元稹至交，不欲發明。伏以大臣沈屈，不利於國。方斷往日之交，以存國章之政。(今天下 [＊裴] 度を　欽ふ者多く，[＊元] 稹を奉ずる者少し。陛下其の功を念はず，何ぞ其の奸臣の論を信ずるに忍びん。況んや度に平蔡の功有り，元稹に囂軒の過有り。……臣　素と元稹と至交あるも，發明するを欲せず。伏して以へらく大臣　沈屈するは，國に利あらず。方に往日の交りを斷ち，以つて國章の政を存せん)……」と記している。王拾遺氏は『元稹傳』168頁にこの3810「論請不用奸臣表」を引いて，「……有人懷疑這箇表奏不是白居易寫的，認識白居易不是這種輕易放棄朋友的人。……白居易嫉惡如仇，當他聽說元稹刺殺時，必然義憤塡膺，起而與之斷交，是很可能的。當然，一旦他知道元稹是受了冤枉的，自然也會立卽願諒元稹，待之如初的。元稹到同州之后，主動寄詩給

第3章 交遊錄としての『白氏文集』

白居易,特意解釋誤會,可能與白居易與他斷交有關。……」と記している。また朱金城氏は『白居易集校箋』6冊3934頁に『文苑英華辯證』卷6の「按:表言元稹尙居臺司,裴度爲東都留守事。又云職爲諫列。然元・白交分始終不替,方元傾裴時,白亦不在諫列。而本集亦無之。斷爲僞作無疑。(按ずるに,表に元稹は尙ほ臺司に居り,裴度は東都留守の事を爲すと言ふ。又た職は諫列爲りと云ふ。然れども元・白交分始終替はらず,方に元の裴に傾むく時,白も亦た諫列に在らず。而して本集にも亦た之無し。斷じて僞作爲ること疑ひ無し)」という僞作說を引いている。3810「諫請不用奸臣表」が僞作か否かは別として,「臣素與元稹至交,……方斷往日之交」は白居易の當時の心境を知る手がかりとなる。ただし,王氏の言う「必然義憤塡膺」の箇所は從い難い。もっと複雜な心境だったはずである。假に白氏が「斷交」を表明したとしても,それは政治的な交わりを斷つということであって,詩友としての「交遊を續けない」ということではない。朋黨の嫌疑による連座の危險を熟知していた白居易は,官僚としての立場から陰濕な政治鬪爭に卷き込まれてゆく元稹の單純さに身の危險を感じ,「失脚への道を驅け上る彼の性急さ」に舊友として「憐憫の情」さえ抱いたのではなかろうか? 硏ぎ澄ました刃(やいば)のような明晰な頭腦と纖細すぎるほどの感受性を併せ持つ元稹の本質を見拔いていた白居易の眼には,微之の器が,宰相としては,あまりにも小さく脆すぎるように映ったはずである。

太田次男著『白樂天』「【六】詩と佛敎に生きる」「2――長安,新昌里に住む」に「……官僚としての生きかたに關しては,いつのまにか,二人には大きく距たりが生じたようだ。……元稹・裴度の對立をめぐり,白居易自身もすこぶる微妙な立場にあったというべきであろう。この閒,白居易が歸京し,長安に在る元和十五年から長慶二年に杭州へ出るあいだ,ともに長安にありながら,兩者の詩の往復はきわめて少ない。白居易から元稹への二篇(1218, 1237)と,元白贈答詩は一回あるだけである。その白居易の詩は,『漏を待って闇に入らんとして,事を書して元九學士閣老に贈り奉る』(卷19・1225)とあるように,役所に入る途中で贈ったものであり,妙に形式ばっているところに,まず白居易の特別の意圖が感じられる。……この閒,ほかの詩の往來がないのは,多忙で

あったこともあろうが，互いに遠慮することもあったのではないか」と記されている。

『元稹研究』213頁の對照表に列記された元・白唱和詩134組のうち，2人とも長安に居た時の作は30組で，そのうちの12首が一まとまりの新樂府であるから，全體の約9割が文通によるものであることがわかる。その大半が元和四年と元和十年に集中している。元和四年は元稹が母の喪があけて二月に監察御史として復歸した年であり，元和十年は元稹が劉禹錫や柳宗元らと共に詔によって地方から長安に召還された年である。また元和四年は白居易が左拾遺・翰林學士として活躍していた時期で，元和十年は白居易の母の喪が前年冬に明け，太子左贊善大夫として長安に復歸した年である。この頃の元・白は憲宗のもとで中央政權の復興に燃えて，「元和體」の詩作に沒頭していた。

「白居易が歸京し，長安に在る元和十五年から長慶二年に杭州へ出るあいだ」元稹が「多忙であった」ことは，『元稹研究』「作品綜合表」の後半に列記された作品番號1108〜1137の「制誥」に「元15〜長1」とあることからも推察される。祠部郎中・知制誥の元稹が當時，天子のための公文書作成に追われていたことは事實である。ただし，二人がともに長安で暮らした時間が短い上に，元稹の作品の大半が散逸しているため，數字だけで交遊關係の粗密を判斷するのは危險である。

そこで，『元稹集編年箋注』が元和十五年[820]に繋年する「內狀詩寄楊白二員外（時知制誥）」から檢討を始めよう。詩に「天門暗闢玉琤鎝，晝送中樞曉禁淸。彤管內人書細膩，金奩御印篆分明。衝街不避將軍令，跋敕兼題宰相名。南省郎官誰待詔，與君將向世間行。（天門　暗に闢き　玉琤鎝，晝に中樞に送り　曉禁淸し。彤管　內人　書細膩，金奩　御印　篆分明。街を衝いて將軍の令を避けず，敕に跋して兼ねて宰相の名を題す。南省の郎官　誰か詔を待つ，君と將に世間に行はれん）」と詠われている。禁中に出入りすることで裏の人事權を握った元稹の得意顏が浮かび上がってくる。「內狀」は內廷の公文書。「曉禁」は明け方の禁中。楊巨源の「酬令狐舍人」詩に「曉禁蒼蒼換直還（曉禁　蒼蒼　換直して還る）」とある。「內人」は宮中の女官。「楊白二員外」は尙書省に所屬

する虞部員外郎楊巨源と司門員外郎白居易である。「南省」は尚書省,「郎官」は員外の上司にあたる「郎中」,ここでは祠部郎中の元稹自身をいう。この時,元稹は祠部郎中・知制誥であったから,尚書省における彼らの上司であり,しかも天子の辞令を起草する立場にあった。太田次男著『白樂天』「白樂天年譜」の「元和十五年［820］白氏49歳」261頁の欄に「尚書司門員外郎,ついで主客郎中,知制誥となる」と記されている。正確には「十二月二十八日」である。この時の辞令「白居易授尚書主客郎中知制誥」を元稹が書いている。

　白氏は,この時の心境をこう語る。

1215「初除主客郎中・知制誥與王十一・李七・元九三舍人中書同宿,話舊感懷」
　　（初めて主客郎中・知制誥に除せられ王十一・李七・元九三舍人と中書に同宿し,舊を話りて感懷す）

閑宵靜話喜還悲	閑宵に靜かに話りて　喜び還た悲しむ
聚散窮通不自知	聚散　窮通　自ら知らず
已分雲泥行異路	已に　雲泥　異路に行くを分とし
忽驚雞鶴宿同枝	忽ち　雞鶴　同枝に宿るを驚く
紫垣曹署榮華地	紫垣の曹署　榮華の地
白髮郎官老醜時	白髮の郎官　老醜の時
莫怪不如君氣味	怪しむ莫れ　君が氣味に如かざるを
此中來校十年遲	此の中　來り校ぶれば　十年遲し

　王起（760～847）・李宗閔（？～846）・元稹（799～831）は,この時,中書舍人であった。王起は「元和末」に昇進していた。李宗閔は元和十五年九月に,元稹は長慶元年二月に相次いで中書舍人を拝命した。白居易（772～846）が49歳で主客郎中（＊從五品上）となった時,7歳年下の元稹は一足先に二階級上の中書舍人（＊正五品上）となっている。
　元和十三年に通州司馬であった元稹が,裴度に宛てた「上門下裴相公書」が

功を奏して病氣の通州刺史の代行となり，閒も無く虢州長史（＊正六品上）となった頃，白居易は忠州刺史（＊正四品上）であった。虢州は洛陽の在る河南省に屬しているが長安に近い。忠州は長江の三峽の上流に位置する陰鬱な山地である。とは言うものの官品は元稹より上である。ところが，長安に還ってみると僅か１年ほどの閒に年少の元稹の方が上司となり，「內狀詩寄楊白二員外（時知制誥）」のような詩を送りつけるようになる。立場が逆轉したのである。白居易は1237「初著緋戲贈元九（初めて緋を著て，戲れに元九に贈る）」詩で「……我朱君紫綬，猶未得差肩。（我は朱にして君は紫綬，猶ほ未だ肩を差ぶるを得ず）」と愚癡をこぼす。「不如君氣味」と冴えない白氏に元稹のほうも白け始めたに違いない。白居易にとって氣の休まる相手が年長の元宗簡や錢徽であったことや，元・白共通の良き先輩であった李建が長慶元年［821］二月二十三日に急逝したことは，すでに詳述した。

白居易が中書舍人となると，今度は元稹が翰林學士となって李紳・李德裕と共に「三俊」と併稱される。『舊唐書』「李紳傳」に「……（李紳）與李德裕・元稹同在禁署，時稱三俊，情意相善。（李德裕・元稹と同に禁署に在り。時に三俊と稱せられ，情意　相善し）……」とある。

かつて憲宗のブレーンとして活躍した37歳の輝きを失った，冴えない「五十」男の白氏は弱音を吐く。

1256「自問」
黑花滿眼絲滿頭　　黑花　眼に滿ち　絲　頭に滿つ
早衰因病病因愁　　早衰は病に因り　病は愁に因る
宦途氣味已諳盡　　宦途　氣味　已に諳んじ盡せり
五十不休何日休　　五十にして　休めざれば　何れの日にか休めん

「休」は，一時的な休息ではない，「退休」して役人生活を終えたいというのである。0572・3「曲江感秋二首（幷序）」でも「……昔壯今衰，慨然感懷。（昔壯にして今衰へ，慨然として感懷す）……」（序）と嘆き，「……銷沈昔意氣，

改換舊容質。（銷沈す　昔の意氣，改換す　舊の容質）……」と沈み込んでいる。また0567「西掖早秋直夜書意（自此後中書舍人時作）」では「……五品不爲賤，五十不爲夭。若無知足心，貪求何日了。（五品　賤と爲さず，五十　夭と爲さず。若し足るを知るの心無くんば，貪求　何れの日か了らん）」とも言っている。1256詩から「宦途」の醜い裏側を見てしまった白氏の「愁」が傳わってくる。これ以降，白居易の思いは洛陽退居へと傾いてゆく。

　元稹は宦官と癒着し，裴度と對立するに至るが，白居易は，どちらにも加擔せず，中立の立場を保ち續けている。

[5] 白居易・元稹・劉禹錫の詩作

　① 詩作の場

　白居易と元稹・劉禹錫の交遊を考える際に，文人としての私的立場と官僚としての公的立場の兩面から見ておく必要がある。「公」「私」の立場は，「詩作の場」の違いによって樣相を異にする。そこで，[2]では，「詩敵」としての元稹と「詩友」としての劉禹錫の違いを「文人としての私的立場」に視點を置き，[4]では裴度や令狐楚との唱和詩をもとに「官僚としての公的立場」の違いに注目して考察した。[1]と[3]は，共に次章を導くための準備である。

　「公的立場」からの考察で知り得たことは，次の5點に集約することができる。

　〔1〕劉禹錫にとって，裴度も令狐楚も官界における恩人であり，文壇における良き理解者であった。
　〔2〕白居易は，劉禹錫の仲介で令狐楚と交遊し，韓愈と親しかった張籍らと共に裴度と詩酒の交りを樂しんだが，政治的には特定の人物に加擔せず，終始，中立の立場を保っていた。
　〔3〕元稹は，政治上，裴度や令狐楚と衝突することがあり，劉・白と立場を異にしていた。
　〔4〕李德裕と元・劉の交遊においては，白氏の影が薄い。

〔5〕裴・令狐と劉・白の交遊においては，元氏の影が薄い。

また，「私的立場」からの考察で知り得たことは，白居易は，同年齢の劉禹錫と年下の元稹とでは，それぞれ「付き合い方」を異にしているということである。

② 寓言詩

最後に，「公」「私」兩面にわたって３人に共通する交友關係を提示して結びとする。その關係は3661～3672「禽蟲十二章　幷序」に集約されている。白氏は「序」の中で，「……頃如此作多與故人微之・夢得共之。微之・夢得嘗云，『此乃九奏中新聲，八珍中異味也。有旨哉。有旨哉』今則獨吟，想二君在目，能無恨乎？（……頃(このごろ)，此(かく)の如き作は，多く故人の微之・夢得と之(こ)れを共にす。微之・夢得，嘗て云ふ，『此れ乃ち九奏中の新聲，八珍中の異味なり。旨有るかな(むね)。旨有るかな』今則ち獨吟し，二君を想ふて目に在り。能く恨み無からんか？）」と記している。「如此作」が寓言詩を指すとすれば，元稹の「有鳥二十章」（＊『元稹研究』315頁「作品總合表」は制作時期を「元和六年」としているが，『元稹集編年箋注』384頁は「元和五年」に繫年している）や劉禹錫の「聚蚊謠」「百舌吟」「飛鳶操」（＊『劉禹錫集箋證』583頁【箋證】に「……疑此詩在元和十年［武］元衡被刺以後」とある）「秋螢引」（＊『劉禹錫集箋證』585頁【箋證】に「……疑在元和十一，二年間，……」とある）「有獺吟」が想起される。殘念ながら元・劉の文集はいずれも作品の散逸が多く，「頃(このごろ)」が何時であるかを特定するに足る資料は無い。しかし，「微之・夢得嘗云……」と言うからには，元・劉の２人は「如此作」を眼にしていたはずである。また，「想二君在目」の言葉から，白氏が２人の「故人(とも)」を偲びながら，この「序」を綴っていることがわかる。元稹は大和五年［831］七月に53歳で，劉禹錫は會昌二年［842］七月に72歳で亡くなっている。「序」に「……予閒居乘興，偶作一十二章。頗類志怪放言。每章可致一哂。一哂之外，亦有以自警其衰耄・封執之惑焉。（予閒居して興に乘じ，偶(たま)たま一十二章を作る。頗る志怪の放言に類す。每章，一哂(まどひ)を致す可し。一哂の外，亦た以つて自ら其の衰耄・封執の惑(いまし)を警(いまし)むる有り）

第3章　交遊録としての『白氏文集』

……」(*「封執」は［權力などへの］執着。『漢語大詞典』2-1257頁は『莊子』「齊物論」の「未始有封」を「未嘗封執」と置き換えた唐・成玄英の疎を引いて「原謂執事物的界域，后引申爲固執，執着」と説明している)とあるからといって，「一十二章」が連作として一氣呵成に作られたとは限らないし，「序」の成立が「約作於會昌三年[843]至會昌六年[846]」(『白居易集箋校』2585頁)であっても，12首の中に生前の元稹の寓言詩に觸發されて詠まれた詩句が含まれていてもおかしくはない。元和期に元稹が作った「有鳥二十章(庚寅)」其九の「有鳥有鳥眾蝙蝠，長伴佳人佔華屋。妖鼠多年羽翮生，不辨雌雄無本族。(鳥有り　鳥有り　蝙蝠　眾し，長に佳人に伴ひ　華屋を佔む。妖鼠　多年　羽翮　生じ，雌雄を辨ぜずして　本族　無し)……」と3671「禽蟲十二章(幷序)」其十一の「一鼠得仙生羽翼，眾鼠相看有羨色。(一鼠　仙を得て　羽翼　生じ，眾鼠　相看て　羨色　有り)……」の類似は偶然ではない。3671詩が元稹の死後に作られたとしても，白氏の腦裏に元稹の寓意は生きている。

「禽蟲」に假託して政爭の愚かしさを「一哂」する構想は以前から有ったし，寓言詩を白氏は折にふれて書いている。『白居易集箋校』は「烏鳶爭食雀爭窠(烏鳶は食を爭ひ　雀は窠を爭ふ)……」と詠う3157「問鶴」と「鷹爪攫雞雞肋折(鷹爪　雞を攫へ　雞肋折る)……」と答える3158「代鶴答(2175頁)」を大和八年[843]に繫年している。編著者の朱金城氏は「……烏・鳶・雞・鵝，次第嘲噪。諸禽似有所誚。(烏・鳶・雞・鵝，次第に嘲噪す。諸禽　誚る所有るに似たり)……」の自注を持つ3589～3596「池鶴八絶句」を會昌元[841]，二年[842]の作と考え，【箋】に「卷三十七『禽蟲十二章』俱係假寓言感事之作，可參看」(2532頁)と記している。開成五年[840]白氏69歳の作とされる3478「山中五絶句」其四「澗中魚」の「……鯨吞蛟鬬波成血，深澗遊魚樂不知。(鯨は吞み　蛟は鬬ひ　波　血と成るも，深澗の遊魚は樂んで知らず)」や3479「山中五絶句」其五「洞中蝙蝠」の「千年鼠化白蝙蝠，黑洞深藏避網羅。(千年の鼠は化す　白蝙蝠，黑洞に深く藏れて　網羅を避く)……」なども「如此作」と考えて良いであろう。

「禽蟲十二章　幷序」は，元・劉との「交遊」から生まれた「樂天の人生と文

學の集大成」とも言うべき作品である。白居易は元・劉の2人を偲びながら「禽蟲十二章」の「序」を綴り，四章では「……須知年老憂家者，恐是二蟲虛苦辛。（須らく知るべし　年老いて家を憂ふる者，恐らくは是れ二蟲の虛しく苦辛するを）」と自戒し，七章では「蟭螟殺敵蚊巢上，蠻觸交爭蝸角中。（蟭螟　敵を殺す　蚊ごの上，蠻・觸　交ごも爭ふ　蝸角の中）……」と詠っている。白居易にとって，「封執」の「惑」を脱却できないまま中央の權力闘爭に翻弄され續けた元稹も，洛陽で「衰耄」を「警」めながら老後を樂しみあった劉禹錫も，「公」「私」ともに強い絆で結ばれた「人生と文學」の「故人」であった。

「公的立場」で書き上げた 2694～2696「元相公挽歌詞三首」を「元相公」の靈前に奉げたあと，白居易は「私的立場」で 3759「哭微之」を詠い，「地下」の「微之」に「今在豈有相逢日，未死應無暫忘時。從此三篇收淚後，終身無復更吟詩。（今在るも　豈に相逢ふ日有らんや，未だ死せざれば　應に暫くも忘るる時無かるべし。此れ從り三篇　淚を收めし後，終身　復た更に詩を吟ずること無からん）」と語りかけている。

その 11 年後，「詩敵」元稹亡きあとの唯一の「詩友」であった劉禹錫をも失った彼は，3601「哭劉尙書夢得二首」其一で「四海齊名白與劉，百年交分兩綢繆。同貧同病退閑日，一死一生臨老頭。杯酒英雄君與操，文章微婉我知丘。賢豪雖歿精靈在，應共微之地下遊。（四海　名を齊しうす　白と劉と，百年　交分　兩つながら綢繆。同貧　同病　退閑の日，一死　一生　臨老の頭。杯酒の英雄は君と [*曹] 操と，文章の微婉は我れ [*孔] 丘を知る。賢豪　歿すと雖も精靈在り，應に微之と共に地下に遊ぶべし）」と詠い，「地下」に「遊」ぶ2人の冥福を祈っている。

白・元・劉の3つの精靈が邂逅するのは，その5年後の會昌五年 [845] 秋八月のことである。

【張籍】

白居易ほど張籍の人と文學を愛し，そして深く彼に同情した人物はいないの

第3章　交遊録としての『白氏文集』

ではなかろうか。張籍が詩を寄せれば、白居易がこれに答え、白居易が詩を贈れば、張籍がそれに酬いる。二人の詩集を合わせ讀む時、通い合う二人の心が傳わる。

　白居易の年譜は『白居易研究』(花房英樹著)に收録されており、張籍にも『張籍年譜』(羅聯添編)がある。『白居易集校箋』(朱金城著)には、それぞれの作品の【箋】に作者の年齡と官職が記され、關連する詩人などの考證が施されている。以下、先人の業績に導かれつつ、張籍と白居易の交遊の跡を辿る。

［１］共通の「座主」高郢

　貞元十五年[799]、張籍は、公正無私な試驗官として知られる高郢のもとに進士科に合格した。その翌年、白居易もまた同じ試驗官のもとに登第している。後に張籍は、「登策早年同座主(登策　早年　座主を同じうす)」(236「寄蘇州白二十二便君」)と詠っている。張籍と白居易を結ぶ絆は「同座主」ということであった。しかも、張籍の從弟張徹と白居易とは、いっしょに進上のための受驗勉強をした間柄である。

　張籍を官界に導いてくれた恩人は韓愈である。それ故、張籍がもっとも親しく交遊したのは韓愈である。白居易はその次であった。0265「酬張十八訪宿見贈(張十八の訪宿して贈られしに酬ゆ)」詩で、白居易は、

　　　……
　　問其所與游　　其の與に游ぶ所を問ふに
　　獨言韓舍人　　獨り言ふ　韓舍人と
　　其次卽及我　　其の次は　卽ち我に及ぶ
　　我愧非其倫　　我は愧づ　其の倫に非ざるを
　　　……

と詠っている。その韓愈は、元和二年[806]の夏の終りに、國子博士として洛

陽に赴く。張籍にとって，白居易は，京師長安における最も親しい友人の一人となった。

[2] 太常寺太祝張籍

　元和三年[808]，43歳の張籍は，卑官である太常寺太祝（正九品上）に低迷したまま，貧窮と眼病に苦しんでいた。一方，6歳年下の白居易は，前年，時事を規誡した樂府および詩百餘篇を憲宗に認められ，翰林學士に召されていた。そして，制詔の起草に意欲を燃やし續けていた。
　この元和三年のある日，張籍は白居易に詩を寄せている。

　　292「寄白學士」張籍
　　自掌天書見客稀　　天書を掌りて自り　客に見ゆること稀なり
　　縱因休沐鎖雙扉　　縱ひ休沐に因るも　雙扉を鎖す
　　幾迴扶病欲相訪　　幾迴か　病ひを扶けて　相訪ねんと欲する
　　知向禁中歸未歸　　知んぬ　禁中より　歸るや未だ歸らざるや

「天子の文書を掌るようになられてからは，來客に會われることが稀で，休暇の日であっても雙扉を鎖しておられる。何回か病いをおして訪問しようと思いました。宮中からお歸りでしょうか？」
　白居易は，これにこう答えている。

　　0716「答張籍因以代書」白居易
　　　　（張籍に答へて因りて以つて書に代ふ）
　　憐君馬瘦衣裘薄　　憐む君　馬瘦せて　衣裘薄きも
　　許到街東訪鄙夫　　街東に到りて　鄙夫を訪ぬるを許すを
　　今日正閑天又暖　　今日　正に閑にして　天　又た暖かなり
　　可能扶病暫來無　　能く病ひを扶けて　暫く來る可きや無や

「お氣の毒なことに，あなたの馬は瘦せ衣裳も薄っぺら。それなのにわざわざ街東に鄙夫を訪ねて來て下さる。今日は，ちょうど閑だし，天氣も暖か。病いをおして，ちょっとお出でにはなれませんか？」

4句いずれにも細やかな心遣いが窺われる。白居易は，張籍と同じ「扶病」の詩語を用い，「歸未歸」に對して「暫來無」と呼應させて結んでいる。

當時，白居易は新昌里に新居を構え，楊氏を妻に迎えていた。そして毎月「二百」枚の「諫紙」に心血をそそぎ，年間「三十萬」の俸給を得ていた。0584「醉後走筆，酬劉五主簿長句之贈（醉ひて後，筆を走らせ，劉五主簿長句の贈……に酬ゆ）……」詩で白居易は，

　　　……
　　身賤每驚隨內宴　　身　賤しうして　每(つね)に內宴に隨ふを驚き
　　才微常愧草天書　　才　微にして　常に天書を草するを愧づ
　　晚松寒竹新昌第　　晚松　寒竹　新昌の第
　　職居密近門多閉　　職　密近に居りて　門　多く閉ず
　　……
　　月慚諫紙二百張　　月に慚づ　諫紙　二百張
　　歲愧俸錢三十萬　　歲に愧づ　俸錢　三十萬
　　……

と詠っている。先の「自掌天書見客稀，縱因休沐鎖雙扉」(292 詩)という張籍の言葉と符合する。白居易は多忙であった。

［３］翰林學士・左拾遺白居易

元和四年［809］秋七月，京兆尹楊憑が臨賀縣尉に左遷された。折しも，宿病に纏われたまま嘆息と焦燥の日々を送っていた張籍は，この事件に定め無き官

界の悲劇を見た。そして「傷歌行」の樂府題のもとに，左遷事件に象徴される官僚の運命を悲傷した(第1部・第2章「張籍『傷歌行』とその背景——京兆尹楊愚左遷事件——」參照)。

その頃，張籍は，左拾遺となった白居易に，愚癡にも似た詩を寄せている。

462「病中寄白學士拾遺」
　　　（病中　白學士拾遺に寄す）
　　秋亭病客眠　　秋亭　病客　眠り
　　庭樹滿枝蟬　　庭樹　滿枝の蟬
　　涼風繞砌起　　涼風　砌を繞つて起こり
　　斜影入牀前　　斜影　牀前に入る
　　梨晩漸紅墜　　梨　晩くして　漸く紅墜ち
　　菊寒無黃鮮　　菊　寒くして　黃の鮮なる無し
　　倦遊寂寞日　　倦遊す　寂寞の日
　　感嘆蹉跎年　　感嘆す　蹉跎の年
　　塵歡久消委　　塵歡　久しく消え委み
　　華念獨迎延　　華念　獨り迎延す
　　自寓城闕下　　城闕の下に　寓してより
　　識君弟亭焉　　君と識りて　弟事せり
　　君爲天子識　　君は　天子の識るところと爲り
　　我方沈病纏　　我は　方に　沈病に纏われり
　　無因會同語　　會ひて同に語るに因無し
　　悄悄中懷煎　　悄悄として　中懷　煎る

「秋の亭に，病んだ客(*作者張籍自身)が眠っている。庭の樹には，枝いっぱいの蟬。涼風が砌を繞って立ち起こり，斜影が牀前に射し込む。梨の木は深まる秋に紅葉を墜し始め，菊の花は寒さに黃の色も薄れ枯れ委んでいる。仕官に疲れ，寂寞たる日々を送り，嘆息のうちに蹉跎の年月を過して來た。世俗の歡び

は久しく消え萎んでいるが，華やいだ念いだけは心に迎え入れている。長安城下に寓居してから，君と面識になり，弟事した。君は天子のお目にとまり，私は長患いにつきまとわられている。膝を交えて語り合う因も無く，憂いに心ばかりが焦れてならない」。

張籍は，自分の心情をそのまま吐露せずにはおれない人であった。

白居易は，なだめすかすように酬和する。

0418「酬張太祝晩秋臥病見寄」
　　　（張太祝の晩秋に病に臥して寄せられしに酬ゆ）

高才淹禮寺	高才　禮寺に淹まり
短羽翔禁林	短羽　禁林に翔る
西街居處遠	西街　居處　遠く
北闕官曹深	北闕　官曹　深し
君病不來訪	君は病んで　來たり訪はず
我忙難往尋	我は忙しくして　往きて尋ね難し
差池絡日別	差池たり　終日の別れ
寥落經年心	寥落たり　經年の心
露濕綠蕪地	露は濕す　綠蕪の地
月寒紅樹陰	月は寒し　紅樹の陰
況茲燭愁夕	況んや茲の獨愁の夕べ
聞彼相思吟	彼の相思吟を聞くをや
上歎言笑阻	上は言笑の阻たるを歎じ
下嗟時歲侵	下は時歲の侵すを嗟く
容衰曉窗鏡	容は衰ふ　曉窗の鏡
思苦秋絃琴	思ひは苦し　秋絃の琴
一章錦繡段	一章　錦繡の段
八韻瓊瑤音	八韻　瓊瑤の音
何以報珍重	何を以つて珍重に報ひん

慚無雙南金　　慚づらくは雙南金無きことを

　「才長けたあなたが太常寺太祝の貧官に淹まり，短才の私が翰林學士・左拾遺として禁中で飛翔しております。あなたは遠い西街に住まわれ，私は宮城の奧深い官署につめっきり。あなたは病氣ゆゑに來訪されないし，私は多忙ゆゑに尋ねて往きかねます。行き違って終日會えず，心さみしく一年を經ました。露が濕す綠敷く草地，寒々と冴えた月の紅樹の陰。まして，この獨り愁うる夕閒暮，あの『相思吟』を聞くとは。はじめに久しく談笑していないことを歎じ，あとに歲月が盡きて行くことを嗟いておられる。明け方の窓に見る鏡は衰えた容貌を寫し，秋に澄む琴の音は苦しい思いをいや增すと詠われる。一篇の錦繡の段，八韻の美玉の響き。その貴重な作品に何をもって報いたらよいものでしょう。はずかしいことに，それに見合う雙南金がございません」。

　「古詩十九首」の「上言長相思，下言久離別」が，すぐ前の句の「遺我一書札」の「書札」の內容であると同樣，白居易の詩の第13句・14句「上歎言笑阻，下嗟時歲侵」は第12句「聞彼相思吟」の「相思吟」（＊すなわち張籍が白居易に寄せた詩）の內容である。ところが，「上」「下」が記述の順序であり，白居易詩の「歎言笑阻」が張籍詩の「無因會同語，悄悄中懷煎」を，「嗟時歲侵」が「倦遊寂寞日，感嘆蹉跎年」を受けるとすれば，「上」「下」は逆である。あるいは，ほかに「相思吟」なる張籍の別の作品があったのかもしれない。しかし，張籍詩の「倦遊寂寞日，感嘆蹉跎年」と白居易詩の「差池終日別，寥落經年心」、張詩の「梨晚漸紅墜，菊寒無黃鮮」と白詩の「露濕綠蕪地，月寒紅樹陰」は實に良く符合する。しかも，白居易が「八韻瓊瑤音」と詠う如く，張詩は「八韻」十六句である。2詩は，一組の（あるいは少なくとも同じ時期の）作品と見做して良いのではなかろうか。

　白詩の最後の2句「何以報珍重，慙無雙南金」は，張載の「擬四愁詩」（『文選』卷30）其四の「……佳人遺我綠綺琴，何以贈之雙南金。（佳人　我に綠綺の琴を遺れり，何を以つてか之に贈らん　雙南金）……」を踏まえる。「南金」は南方產の美金。『詩經』（魯頌「泮水」）に「……元龜象齒，大賂南金。（元龜象齒，大

いに南金を賂る）」とある。

［4］太子左贊善大夫白居易

　元和九年［814］の春，白居易は眼病を患った。0780「眼暗」と題する詩の中で，

　　早年勤倦看書苦　　早年　勤倦して　書を看ること苦し
　　晚歲悲傷出淚多　　晚歲　悲傷して　淚を出すこと多し

と嘆き，病狀を，

　　夜昏乍似燈將滅　　夜　昏くして　乍(あたか)も燈の將に滅へんとするに似たり
　　朝闇長疑鏡未磨　　朝　闇くして　長く鏡の未だ磨かざるかと疑ふ

と訴えている。白居易は，この時はじめて，身をもって張籍の病苦を實感した。
　この年の冬，白居易は入朝して太子左贊善大夫を拜した。閑職である。0811「初授贊善大夫，早朝，寄李二十助敎」（初めて贊善大夫を授かり，早に朝し，李二十助敎に寄す）と題する詩で，43歲の白居易は，

　　病身初謁靑宮日　　病身　初めて靑宮に謁するの日
　　衰貌新垂白髮年　　衰貌　新たに白髮を垂るるの年

と歌い起こし，

　　一種共君官職冷　　一種に君と共に官職冷かなり
　　不如猶得日高眠　　猶ほ日高くして眠るを得るに如かず

と結んでいる。當時，國子助敎であった李紳に寄せた詩である。後に白居易は，「老張知定伏，短李愛應顚。(老張は知りて定めて伏せん，短李は愛して應に顚ずべし)」(1009「江櫻夜吟元九律詩成三十韻」)と歌い，張籍を「老張」，李紳を「短李」と愛稱で呼んでいる。三人はそうした仲であった。

　白居易が贊善大夫の閑職に就いてから後，張籍は，しばしば昭國里の白居易宅を訪れ，時には語り明かすこともあった。白居易は0265「酬張十八訪宿見贈」詩の詠い出しで，

　　　　昔我爲近臣　　昔　我　近臣爲りしとき
　　　　君常稀到門　　君　常に門に到ること稀なり
　　　　今我官職冷　　今　我　官職　冷かなり
　　　　唯君來往頻　　唯だ　君　來往すること頻りなり

と言い，中ほどに，

　　　　落然頰簷下　　落然たり　頰簷の下
　　　　一話夜達晨　　一話　夜　晨に達す
　　　　床單食味薄　　床は單つに　食味　薄きも
　　　　亦不嫌我貧　　亦た我が貧を嫌わず

と述べ，

　　　　憐君將病眼　　憐む　君　病眼を將って
　　　　爲我犯挨塵　　我が爲に　挨塵を犯し
　　　　遠從延康里　　遠く延康里より
　　　　來訪曲江濱　　曲江の濱に來訪するを
　　　　所重君子道　　重んずる所は　君子の道なり
　　　　不獨愧相親　　獨り相親しむを愧づるのみにはあらず

第3章　交遊録としての『白氏文集』

と結んでいる。

　當時，張籍は西街の延康里に借屋住いをしていた。しかも，官職は相變らず太常寺太祝である。0818「張十八」(「重到城絶句」其三) で，白居易は，

　　諫垣幾見遷遺補　　諫垣　幾たびか遺補に遷るを見
　　憲府頻聞轉殿監　　憲府　頻しば殿監に轉るを聞く
　　獨有詠詩張太祝　　獨り有り　詩を詠ずる張太祝
　　十年不改舊官銜　　十年　舊き官銜を改めず

と，張籍の不遇に同情している。しかし，それは單なる同情ではなく，適材を適所に充當することをしない「お上」への憤りであった。白居易は，0003「孔戡」詩でも，

　　　……
　　或望居諫司　　或ひは諫司に居らんことを望む
　　有事戡必言　　事　有らば　戡　必ず言わん
　　或望居憲府　　或ひは憲府に居らんことを望む
　　有邪戡必彈　　邪　有らば　戡　必ず彈ぜん
　　惜哉兩不諧　　惜しい哉　兩つながらに諧はず
　　　……

と詠っている。「諫司」は左拾遺などの諫官，「憲府」は御史臺である。張籍こそ，「諫垣」や「憲府」で活躍すべき人物である。そう白居易は考えた。張籍が「君子の道」を重んずる言行一致の儒者であることを知っているからである。

　元和期における白居易の張籍評價の全ては，『白氏文集』卷1「諷諭」の開卷第二首0002「讀張籍古樂府」詩に凝縮されている。それ故，この詩 (特にその前半) は，先人によって幾度も論述され，引用されて來た。ここでは，前半を割愛

し後半のみを揚げる。それは，張・白二人の交遊を理解するには，以下に引く後半こそ重要であると考えるからである。

　　……
始從青衿歲　　　青衿の歲より始め
迫此白髮新　　　此の白髮の新たなるに迫ぶ(およ)ぶまで
日夜秉筆吟　　　日夜　筆を秉(と)りて吟じ
心苦力亦勤　　　心苦しみ　力も亦た勤む
時無采詩官　　　時に采詩の官無く
委棄如泥塵　　　委棄せられて　泥塵の如し
恐君百歲後　　　恐らくは　君　百歲の後
滅沒人不聞　　　滅沒して　人　聞かざらんことを
願藏中祕書　　　願はくは　中祕書に藏(をさ)め
百代不湮淪　　　百代　湮淪せざらんことを
願播內樂府　　　願はくは　內樂府に播(の)せ
時得聞至尊　　　時に至尊に聞するを得んことを
言者志之苗　　　言は志の苗
行者文之根　　　行は文の根
所以讀君詩　　　所以(ゆえ)に　君が詩を讀めば
亦知君爲人　　　亦た君が爲人(ひととなり)を知る
如何欲五十　　　如何ぞ　五十ならんと欲(す)るに
官小身賤貧　　　官は小に　身は賤貧なる
病眼街西住　　　眼を病んで　街西に住み
無人行到門　　　人の行きて門に到るなし

　白居易は，「恐君百歲後，滅沒人不聞」と心配した。しかし，白居易のこの詩の効果もあって，445「董公詩」，446「學仙詩」を含む張籍の古樂府の一部は，「百歲後」を遙かに超え，千年以上も後の今日に傳わる幸運を得ている。

[5] 張籍の古樂府

元和十年 [815] の秋, 白居易は 0271「寄張十八 (張十八に寄す)」を詠んだ。後半に

……	
同病者張生	病ひを同じうする者　張生
貧僻住延康	貧僻にして　延康に住む
慵中毎相憶	慵中　毎(つね)に相憶ふ
此意未能忘	此の意　未だ忘る能はず
迢迢青槐街	迢迢たり　青槐の街
相去八九坊	相去ること　八・九坊
秋來未相見	秋來　未だ相見ず
應有新詩章	應に新詩章有るべし
早晩來同宿	早晩　來りて同宿せよ
天氣轉清涼	天氣　轉(うた)た清涼なり

と言う。張籍の住む西街の延康里と白居易宅のある東街の昭國里とは,「相去八九坊」, 南北に3坊, 東西に5坊, 距離にして4kmから5kmほど隔たっている。

その昭國里の直ぐ斜め北西の靖安里で, 宰相武元衡が暗殺された。同年六月三日未明のことである。この事件を知った白居易は, 憲宗に秩序をとり戻すためにもすぐさま賊を捕らえるべきであると上奏した。贊善大夫でありながら, 左拾遺時代からの正義感と使命感を抑え切れなかったのである。越權行爲であった。しかし, 中央の反對派は, 白居易の母が花を賞でつつ井戸に落ちて事故死したことにかこつけ, 彼が「賞花」や「新井」の詩を作っていることを口實に白居易を地方に追放しようと企んだ。越權行爲としてではなく, 根も葉も

無い「不孝」の罪としてである。

　『白居易研究』(花房英樹著) の 57 頁に,「白居易にとっては, もはや致命的な事態となった。七月に入って作られた,『張十八に寄す0271』の詩では,『經旬不出門 (旬を經て門を出でず), 竟日不下堂 (日を竟えて堂より下らず)』ともいう。『病』を口實にして蟄居し, 苦悶の日びを送らざるを得なかったのである」とある。

　同年八月, 白居易は江州刺史に出され, ついで江州司馬に貶された。

　この詩に張籍がどう答えたのか, 今となっては知る由も無い。『張司業集』に酬詩が殘されていないからである。幸い, 白居易が「同病者張生」と呼びかけた氣持は 0249「寄同病者 (病ひを同じうする者に寄す)」詩によって推し量ることが出來る。

三十生二毛	三十にして　二毛を生じ
早衰爲沈痾	早衰　沈痾を爲す
四十官七品	四十にして　官　七品
拙宦非由他	拙宦　他に由るに非ず
年顏日枯槁	年顏　日びに枯槁し
時命日蹉跎	時命　日びに蹉跎たり
豈獨我如此	豈に獨り我のみ此の如からんや
聖賢無奈何	聖賢も　奈何ともする無し
迴觀親舊中	親舊の中を迴觀すれば
擧目尤可嗟	目を擧げて　尤も嗟く可し
或有終老者	或ひは　終老する者の
沉賤如泥沙	沉賤すること　泥沙の如き有り
或有始壯者	或ひは　始めて壯なる者の
瓢忽如風花	瓢忽として　風花の如き有り
窮餓與夭促	窮餓と夭促と
不如我者多	我に如かざる者　多し

[＊「年顏」を「面顏」に作るテキストもあるが従わない]。

以此反自慰	此れを以つて　反つて自ら慰め
常得心平和	常に心の平和を得たり
寄言同病者	言を寄す　同病の者
迴歎且爲歌	歎を迴らし　且（しば）く歌を爲（な）せ

　第2句の「沉病」・第6句の「蹉陀」は，先の張籍詩462「病中寄白學士拾遺」の第八句「感嘆蹉蛇年」と第14句「我方沉病纏」を想起させる。

　江州司馬に流された白居易は，元和十年も終ろうとする十二月，元稹に宛てて手紙を書いた。有名な1486「與元九書（元九に與ふる書）」である。書中，「詩者，根情，苗言，華聲，實義。（詩は情を根とし，言を苗とし，聲を華とし，義を實とす）」と言い，「之を經とするに六義を以つてす。（經之以六義）」と言う。0002「讀張籍古樂府」詩でも白居易は，「六義互鋪陳（六義互に鋪陳す）」と詠い，「言者志之苗，行者文之根。（言は志の苗，行は文の根）」と詠っていた。張籍の古樂府は，まさに白居易の文學理論に合致するものであった。また書中に詩人の不遇を述べて，「況詩人多蹇（況んや詩人は蹇多し）」，「張籍五十，未離一太祝。（張籍は五十にして　未だ一太祝を離れず）」と言っている。白居易は，張籍の古樂府や李紳の新歌行等を編集して，『元白往還詩集』を作るつもりでいた。元・白や張・李は，志を同じうする詩友であった。

［6］江州司馬白居易

　元和十二年［817］，白居易は江州（＊江西省德化縣），元稹は通州（＊四川省達縣）に居た。二人は詩を交わし合うことで心を通わせていた。先に引いた1009「江櫻夜吟元九律詩成三十韻」は，白居易が元稹から送られて來た數十篇の詩を讀んで作った排律である。冒頭に，

昨夜江樓上	昨夜　江樓の上
吟君數十篇	君が數十篇を吟ず

と言い，中ほどに

  老張知定伏　　老・張　知りて定めて伏せん
  短李愛應顛　　短李　愛して應に顛ずべし

と言う。この時，長安に居た張籍や李紳に元稹の「數十篇」を詩筒に入れて轉送したのであろう。白・元・張・李の關係は，それぞれが死別するまで續く。時空を超えてそれぞれの志を繋ぐものは，萬感の思いを籠めた詩篇の數々であった。白居易は，この詩の後半で，元稹に語りかけて，

  各有詩千首　　各おの　詩千首あり
  俱拋海一邊　　俱に海の一邊に拋つ

あるいは，

  酬答朝妨食　　酬答して　朝に食を妨げ
  披尋夜廢眠　　披尋して　夜に眠りを廢す

と言う。そして最後に，不遇の詩人，李白と陳子昂を引いた上で，

  相悲今若此　　相悲しむこと　今此（かく）の若（ごと）し
  溢浦與通川　　溢浦と通川と

と結んでいる。湘浦に居る江州司馬も，通川に居る通州司馬も，共に左遷の身の上であった。

［7］祕書郎張籍

　元和十五年［820］正月二十七日，憲宗が崩じ，閏月三日，穆宗が卽位した。
　この年の夏，張籍は國子助敎（＊從八品上）から祕書郞（＊從六品上）に昇進した。この時，「授張籍祕書郞制」（＊『全唐文』卷648・『文苑英華』卷400）を，既に長安に復歸し，五月に祠部郞中・知制誥となった元稹が書いている。

　　「授張籍祕書郞制」
　　敕張籍。傳云，王澤竭而詩不作。又曰，采詩以觀人風。斯亦警予之一事也。以爾籍雅尙古文，不從流俗，切磨諷興，有助政經，而又居貧宴然，廉退不競，俾任石渠之職，思聞木鐸之音。可守祕書郞。

　　「張籍に祕書郞を授くるの制」
　　張籍に敕す。傳に云ふ，「王澤　竭きて　詩　作らず」と。又た曰はく，「詩を采りて以つて人風を觀る」と。斯れも亦た予を警むるの一事なり。爾籍は雅に古文を尙び，流俗に從はずして，諷興を切磨し，政經を助くる有り，而も又た貧に居りて宴然，廉退にして競はざるを以つて，石渠の職に任ぜ俾め，木鐸の音を聞かんと思ふ。祕書郞を守るべし。

　「王澤竭而詩不作」は『毛詩』序や『孟子』に基づくが，直接には班固の「兩都賦序」の言葉。「采詩以觀人風」は『禮記』「王制」の「陳詩以觀民風」に據る。「切磨諷興，有助政經」は白居易の，0002「讀張籍古樂府」詩の

　　爲詩意如何　　詩を爲る意如何
　　六義互鋪陳　　六義　互ひに鋪陳し
　　風雅比興外　　風・雅・比・興の外
　　未嘗著空文　　未だ嘗つて　空文を著はさず

を，そして「居貧宴然，廉退不競」は，

  如何欲五十　　如何ぞ　五十ならんと欲るに
  官小身賤貧　　官は小に　身は賤貧なる
  病眼街西住　　眼を病んで　街西に住み
  無人行到門　　人の行きて　門に到る無し

を想起させる。嘗て白居易が懷いた

  願藏中祕書　　願はくは　中祕書に藏め
  百代不湮淪　　百代　湮淪せざらんことを
  願播內樂府　　願はくは　內樂府に播せ
  時得聞至尊　　時に至尊に聞するを得んことを

という思いと同じ心を，元稹の制の「俾任石渠之職，思聞木鐸之音」という言葉に看て取ることができる。

　この年の秋九月から冬にかけての間に，張籍は宰相裴度から馬を賜った。前年の四月に，張籍は183「送裴相公赴鎭太原」詩を作って裴度に餞けしている。馬は，その「太原」すなわち裴度の任地である幷州(＊山西省)から，はるばる長安の張籍のもとへと送り届けられた(＊劉禹錫「裴相公大學士見示答張祕書謝馬詩幷群公屬和，因命追作」詩の第2句に「丞相幷州寄馬來」とある)。張籍は187「謝裴司空寄馬」(一作「蒙裴相公賜馬，謹以詩謝」)詩を作って謝意を表わした。詩中，

  乍離華廄移蹄澁　　乍めて華廄を離れて　蹄を移し澁り
  初到貧家擧眼驚　　初めて貧家に到りて　眼を擧げて驚く

と詠い，

```
長思歲旦沙堤上　　長に思ふ　歲旦　沙堤の上
得從鳴珂傍火城　　鳴珂に從ひ　火城に傍るを得んことを
```

と結んでいる。これに對して裴度が「酬張祕書因寄馬贈詩」を詠むと，韓愈をはじめ元稹・李絳・張賈・劉禹錫といった名士が相い前後して唱和した。白居易もまた1211「和張十八祕書謝裴相公寄馬」詩を作り，結び二句で，

```
丞相寄來應有意　　丞相が寄せ來たるは　應に意有るべし
遣君騎去上雲衢　　君をして騎り去りて　雲衢に上ら遣めん
```

と詠っている。

　十二月二十八日，白居易は主客郎中・知制誥を授けられた。「授白居易尙書主客郎中・知制誥制」を，これまた元稹が書いている。

　50代半ばの張籍も，そして年が明ければ齢50となる白居易も，共に老境に入っていた。

［8］新昌里の白居易と靖安坊の張籍

　長慶元年［821］正月，改元。
　春二月，白居易は新昌里に新居を購った（＊王拾遺編著『白居易生活繫年』148頁參照）。白居易は律詩1230「題新居寄元八」の後半に，

```
階庭寬窄纔容足　　階庭　寬窄　纔かに足を容れ　　［＊「階庭」を「階墀」に作る
牆壁高低粗及肩　　牆壁　高低　粗ぼ肩に及ぶ　　　テキストもあるが從わない］
莫羨昇平元八宅　　羨む莫かれ　昇平　元八が宅
自思買用幾多錢　　自ら思へ　買ふに　幾多の錢を用ひたるかを
```

第3章　交遊錄としての『白氏文集』　　483

と詠っている。

　この頃，張籍もまた轉居していた。律詩208「移居靜安坊答元八郎中」の前半で，張籍は，

　　長安寺裏多時住　　長安の寺裏に　多時　住まひ
　　雖守卑官不厭貧　　卑官を守ると雖ども　貧を厭はず
　　作活每常嫌費力　　活を作すに　每常に　力を費すを嫌ふ
　　移居秖是貴容身　　居を移すは　秖だ是れ　身を容るるを貴ぶのみ
　　　……

と詠っている。長らく寓居していた長安の寺から靖安里（＊靜安坊）へと引越したのである。

　この年の七月二十六日，前年，國子祭酒として長安に召還されていた韓愈は兵部侍郎となる。張籍が韓愈の推薦で國子博士（＊正五品上）となったのは，それ以前のことと考えられる。國子祭酒となった韓愈は，張籍を自らの許に引き寄せるべく694「擧薦張籍狀」を書いたのであろう。「學有師法，文多古風。（學に師法有り，文に古風多し）」というのが，その推薦理由であった。

　白居易は1259「新昌新居書事四十韻。因寄元郎中・張博士」詩の中で，

　　　……
　　博士官猶冷　　博士は　官　猶ほ冷かなり
　　郎中病已痊　　郎中は　病　已に痊えたり
　　多同僻處住　　多く同じくす　僻處の住
　　久結靜中緣　　久しく結ぶ　靜中の緣
　　　……

と詠っている。「郎中」は張・白共通の友人「元八」こと元宗簡である。

　祕書郎の從六品上から正五品上に昇格したものの，國子博士はやはり冷職で

第 3 章　交遊錄としての『白氏文集』

あった。張籍は元宗簡に寄せた 191「書懷寄元郎中」詩の中で,

　　……
　　重作學官閑盡日　　重ねて學官と作り　閑なること盡日
　　一離江塢病多年　　一たび江塢を離れて　病むこと多年
　　……

と心境を語っている。「重作學官」は, 先に國子助敎となり, 今, 再び國子博士として國子監の敎官となったことを言う。

　十月十九日, 白居易は中書舍人に轉じた。

　この年の冬, 張籍は中書舍人白居易と吏部郎中嚴休復に 190「早朝寄白舍人・嚴郎中」詩を寄せている。詩の前半にこう詠う。

　　鼓聲初動未開雞　　鼓聲　初めて動き　未だ雞を聞かず
　　羸馬街中踏凍泥　　羸馬　街中に　凍泥を踏む
　　燭暗有時衝石柱　　燭　暗く　時として石柱に衝る有り
　　雪深無處認沙堤　　雪　深く　處として沙堤を認むる無し
　　……

夜明け前, 嚴寒の長安城を大明宮へと向う張籍の登朝風景である。

[9] 水部員外郎張籍

　長慶二年 [831] 早春。長安の遊樂地である曲江に獨り赴いた白居易は 3678「曲江獨行, 招張十八」詩を作って張籍を招いた。

　　曲江新歲後　　曲江　新歲の後
　　冰與水相和　　冰　水と相和す

南岸猶殘雪　　南岸　猶ほ雪を殘し
東風未有波　　東風　未だ波有らず
偶遊身獨自　　偶ま遊びて　身　獨自
相憶意如何　　相憶ふ　意　如何
莫待春深去　　春の深まり去くを待つこと莫かれ
花時鞍馬多　　花時　鞍馬　多し

張籍は，117「酬白二十二舍人早春曲江見招」詩を作ってこれに應えている。

曲江冰欲盡　　曲江　冰　盡きんと欲し
風日已恬和　　風日　已に恬和
柳色看猶淺　　柳色　猶ほ淺きを看
泉聲覺漸多　　泉聲　漸く多きを覺ゆ
紫蒲生濕岸　　紫蒲　濕岸に生じ
青鴨戲新波　　青鴨　新波に戲る
仙掖高情客　　仙掖　高情の客
相招共一過　　相招く　共に一たび過さんと

張籍が，白居易と韓愈の仲立ちをするのは，この頃である。韓愈は376「早春，與張十八博士籍遊楊尚書林亭，寄第三閣老，兼呈白・馮二閣老」詩や380「同水部張員外，曲江春遊，寄白二十二舍人」詩を作り，白居易もまた1263「和韓侍郎題楊舍人林池見寄」詩や1269「酬韓侍郎・張博士雨後遊曲江見贈」詩を作っている。

この春，張籍は尚書省水部員外郎（*從六品上）となった。官品こそ低いが，國子監から尚書省への異動は榮轉である。今度は，白居易が1550「張籍可水部員外郎制」を書いている。その中に，

　　……

第3章　交遊錄としての『白氏文集』

文敎興則儒行顯，　　文敎　興れば，則ち儒行　顯はる。
王澤流則歌行作。　　王澤　流るれば，則ち歌行　作る。
若上以張敎流澤爲意，若し，上，敎へを張り澤を流すを以つて意と爲さば，
則服儒業詩者，　　　則ち儒に服し詩を業とする者，
宜稍進之。　　　　　宜しく稍進すべし。
　……

とある。白居易の「服儒業詩者」という張籍評價は終始一貫している。白居易は 1275「喜張十八博士除水部員外郎」詩を作って祝福した。

老何歿後吟聲絕　　老何　歿して後　吟聲　絕え
雖有郎官不愛詩　　郎官　有りと雖も　詩を愛せず
無復篇章傳道路　　復た篇章の道路に傳はる無く
空留風月在曹司　　空しく風月を曹司に留む
長嗟博士官猶屈　　長く嗟く博士の　官　猶ほ屈するを
亦怒騷人道漸衰　　亦た恐る　騷人の道　漸く衰へんことを
今日聞君除水部　　今日　君が水部に除せらるるを聞き
喜於身得省郎時　　身の省郎を得たる時よりも喜し

「老何」は六朝の梁の詩人何遜，字は仲言。詩文を善くし，その文章は劉孝綽と共に「何・劉」と並稱される。尙書水部郎となったことから「何水部」と呼ばれる。この人の傳記は『梁書』卷 49 にある。

「自分が中書舍人となった時よりも嬉しい」と詠う白居易の言葉に，張籍は如何ばかり感激したことであろう。211「新除水曹郎答白舍人見賀」詩で，張籍はこう應えている。

年過五十到南宮　　年五十を過ぎて　南宮に到り
章句無名荷至公　　章句　名無くして　至公に荷ふ

黄紙開呈相府後	黄紙　開きて呈す　相府の後
朱衣引入謝班中	朱衣　引きて入る　謝班の中
諸曹縱許爲仙侶	諸曹　縱ひ仙侶爲るを許すも
群吏多嫌是老翁	群吏は多く是れ老翁なるを嫌ふ
最幸紫微郎見愛	最も幸ひなるは　紫微郎に愛せられ
獨稱官與古人同	獨り官の古人と同じきを稱せられしこと

「南宮」は尙書省,「紫微郎」は中書舍人すなわち白居易,「古人」は何遜のことである。

張籍は肩身の狹い思いをしていた。「年五十を過ぎ」, 57歳でようやく尙書省の水部員外郞となった「老翁」を「群吏の多くが嫌う」。自嘲的でさえある。しかし,「中書舍人のあなただけは, 私が何遜と同じ水部郞になったことを喜んで下さる。私には, それが何よりも嬉しい」。思ったことを思ったままに詠う。張籍はそういう人である。

春風が櫻桃の花をそよがす頃, 張籍と白居易は詩友元宗簡の死を悼んでいた。張籍は 213「哭元八少尹」(＊四部叢刊本は「哭元九少府」に誤る。詳しくは第3部・第3章・第3節［1］「元稹や元集虛と混同された元宗簡」參照) 詩で,

平生志業獨相知	平生　志業　獨り相知り
早結雲山老去期	早に結ぶ　雲山　老去の期
初作學官常共宿	初め學官と作りて　常に宿を共にし
晚登朝列暫同時	晚に朝列に登りて　暫く時を同じくす
閑來各數經過地	閑來　各々數ふ　經過の地
醉後齊吟唱和詩	醉後　齊しく吟ず　唱和の詩
今日春風花滿宅	今日　春風　花　宅に滿つ
入門行哭見靈帷	門に入り　哭を行なひて　靈帷を見る

と慟哭し, 白居易は 1270「元家花」詩で,

第3章　交遊錄としての『白氏文集』

今日元家宅	今日　元家の宅
櫻桃發幾枝	櫻桃　幾枝か發く
稀稠與顏色	稀稠と顏色と
一似去年時	一に似たり　去年の時に
失却東園主	失却す　東園の主
春風可得知	春風　知るを得可けんや

と悲傷している。

　前年，親友李建の死を哭泣（1453「祭李侍郎文」）したばかりの白居易にとって病の床に臥したまま李建の後を追うようにして世を去った元宗簡の死は，さなきだに衰老にうちひしがれる白居易の心を，暗く味氣ない孤獨へと追ひ遣る悲しい出來事であった。白居易は，0576「衰病無趣，因吟所懷」詩の後半に，

病姿引衰相	病姿　衰相を引き
日夜相繼至	日夜　相繼いで至る
況當尙少朝	況んや當に尙ほ朝すること少なく
彌慙居近侍	彌々　近侍に居るを慙づ
終當求一郡	終に當に一郡を求むべし
聚少漁樵費	聚は　漁樵の費少なし
合口便歸山	合口つて　便ち山に歸り
不問人間事	人間の事を問はず

と語っている。「地方官を希望し，人間關係の煩わしい中央の官界を去り，一家そろって生活費の安い田舎へでも引き籠りたいものだ」と言う。張籍は，そうした白居易に258「寄白二十二舍人」詩を寄せ，結び二句で，

三省此來名望重	三省　此來　名望重し

肯容君去樂樵漁　　肯に君の去りて樵漁を樂しむを容さんや

と詠っている。「三省」は中書省・門下省・尚書省，中央官廳の中樞である。「肯」は『詩詞曲語辭匯釋』が「肯，猶豈也」と說明する如く，反語を示す助辭である。「中央では，この頃，あなたの名望は並み一通りではありません。どうしてのんびり地方に引き籠ることなど許してくれましょう」というのである。張籍は白居易を引き留めたかった。しかし，白居易は中央政府に失望していた。宰相となった元稹に望みを託したのも束の間，裴度と對立した元稹は，六月三日，同州刺史に出された。七月十四日，遂に白居易は，中書舍人を罷め，杭州刺史として襄漢路（靑山定雄著『唐宋時代の交通と地誌地圖の研究』8頁參照）を通って任地へと赴いた。

　七月三十日，白居易は內鄉縣（河南省）の南亭で1310「商山路有感　幷序」を作っている。

　　　憶昨徵還日　　憶ふ　昨ごろ　徵されて還るの日
　　　三人歸路同　　三人　歸路同じ
　　　此生都是夢　　此の生　都て是れ夢
　　　前事旋成空　　前事　旋ち空と成る
　　　杓直泉埋玉　　杓直　泉に玉を埋め
　　　虞平燭過風　　虞平　燭に風を過らす
　　　唯殘樂天在　　唯だ殘るは　樂天　在るのみ
　　　頭白向江東　　頭白くして　江東に向ふ

「杓直」は李建の字，「虞平」は崔韶の字である。「序」に「二君已逝，予獨南行。(二君已に逝きて，予れ獨り南行す)」とある。

　折しも，張籍もまた商州（*陝省商縣）を訪れていた。官命により水部員外郎として水利漕運を巡視していたのであろう。224「贈商州王使君」詩の結び二句に，

　　　　　第3章　交遊錄としての『白氏文集』　　　　　　491
　明朝從此醉君去　　明朝　此從り　君に辭して去る
　獨出商關路漸長　　獨り商關を出でて　路　漸く長し

とある。白居易が，1311「重感」詩で，

　停驂歇路隅　　驂を停めて　路隅に歇み
　重感一長吁　　重ねて感じて　一たび長吁す
　擾擾生還死　　擾擾たり　生還た死
　紛紛榮又枯　　紛紛たり　榮又た枯
　困支青竹杖　　困れて支る　青竹杖
　閑捋白髭鬚　　閑かに捋る　白髭鬚
　莫歎身衰老　　歎く莫かれ　身は衰老し
　交遊半已無　　交遊　半ば已に無きを

と長嘆しつつ杭州へと向う同じ路筋を，張籍もまた襄陽(＊湖北省)に向けて「獨り商關を出で」ていた。二人は邂逅した。その時の感懷を白居易は，1312「逢張十八員外籍」詩にこう詠み込んでいる。

　旅思正茫茫　　旅思　正に茫茫
　相逢此道傍　　相逢ふ　此の道傍
　晩嵐林葉闇　　晩風　林葉　闇く
　秋露草花香　　秋露　草花　香ばし
　白髮江城守　　白髮　江城の守
　青衫水部郎　　青衫　水部郎
　客亭同宿處　　客亭　同宿する處
　忽似夜歸鄉　　忽ち似たり　夜　鄉に歸るに

「正」の字には「人戀しく思っていたちょうどその時に」という喜びが，そし

て「此」の字には「まさかこんな處で」という驚きが籠められている。そして結び2句からは，氣心の知れた張籍と同宿する白居易の安堵感がほのぼのと傳わって來る。

その後，白居易は十月一日に任地杭州に到着。張籍は襄陽から江陵（＊湖北省）に至り，冬の初めには長安に歸還している。

[10] 杭州刺史白居易

長慶三年［823］，52歳の白居易は，畫工に描かせた繪に詩を題して，58歳の張籍に贈った。その繪と詩には，江樓から眺めた杭州の晩景が描かれていた。白居易が1378「江樓晩眺景物鮮奇，吟翫成篇，寄水部張員外」詩で，

澹煙疎雨閒斜陽	澹煙　疎雨　斜陽に閒はり
江色鮮明海氣涼	江色鮮明にして　海氣　涼し
蜃散雲收破櫻閣	蜃　散じ　雲　收まり　樓閣を破り
虹殘水照斷橋梁	虹　殘し　水　照らして　橋梁を斷つ
風翻白浪花千片	風は　白浪を翻して　花　千片
雁點青天字一行	雁は　青天に點じて　字　一行
好著丹青圖寫取	好し　丹青を著けて　圖に寫し取り
題詩寄與水曹郎	詩を題して　水曹郎に寄與せん

と詠めば，張籍は，215「答白杭州郡樓登望畫圖見寄」詩で，

畫得江城登望處	江城登望の處を畫き得て
寄來今日到長安	寄せ來りて　今日　長安に到る
乍驚物色從詩出	乍ち物色の詩從り出づるを驚き
更想工人下筆難	更に工人の筆を下し難きを想ふ
將展畫堂偏覺好	將に畫堂に展げ　偏へに好しきを覺ゆ

第3章　交遊録としての『白氏文集』　　　　　493

毎來朝客盡求看　　毎來　朝客盡く看るを求む
見君向此閑吟意　　君の此に向ひて閑吟するの意を見たり
肯恨當時作外官　　肯へて　當時　外官と作るを恨まん

　　　　　　　［＊「下筆」を「下手」に作るテキストがあるが，百名家本に従う］

と詠う。美を共有し得る知音同士の喜びが，二人の律詩に定着されている。「こんなに素晴らしい眺めを一人占めするには忍びない。長安の張水部殿にもお目にかけよう」白居易はそう思い立った。「好著丹青圖寫取，題詩寄與水曹郎」の「好」の字に白居易の無邪氣な表情を見て取らねばならない。これを受けた張籍は，先ず最初に白居易の題詩を讚美する。「まるで風景が詩の中から飛び出すようです」と。「工人」の手になる繪は二の次である。「忽驚」と手放しで驚き，「偏覺好」とひたすら感動する。張籍らしい詠いぶりである。前年，張籍は白居易を長安に引き留めるべく，「三省此來名望重，肯容君去樂樵漁」(258 詩)と歌った。にもかかわらず，白居易は地方に出でて「外官」となった。張籍は白居易の眞意を圖り兼ねていたのではなかろうか。しかし，江樓から眺望する晩景に「閑吟」する白居易の「意」を「見」，杭州の自然に蘇生した白居易の様子に張籍は安心した。「肯恨當時作外官」という反語は，258 詩の結びを意識しているかに響く。

　この年の秋から翌年の夏にかけて，長安の張籍、杭州の白居易、越州の元稹の間で，詩筒が交わされた。先ず長安の張籍が新作の詩 25 首を杭州の白居易に寄せ，これを受けた白居易は，月下の樓上で夜通し張詩を吟賞し，卷末に次の詩を題して，越州の元稹に轉送した。

2317「張十八員外以新詩二十五首見寄。郡樓月下，吟翫通夕。
　　　因題卷後，封寄微之」
秦城南省淸秋夜　　秦城の南省　淸秋の夜
江郡東樓明月時　　江郡の東樓　明月の時
去我三千六百里　　我を去ること三千六百里

得君二十五篇詩　　　君が二十五篇の詩を得たり
　　陽春曲調高難和　　　陽春の曲調　高くして和し難し
　　淡水交情老始知　　　淡水の交情　老いて始めて知る
　　坐到天明吟未足　　　坐して天明に到るも　吟ずること未だ足らず
　　重封轉寄與微之　　　重ねて封じ　轉寄して　微之に與へん

「秦城」の「南省」は長安の尚書省，すなわち張水部の勤務先。「江郡」は杭州，白居易の任地である。

　轉送された詩卷を手にした元稹は，嘗て上京のたびに白居易と共に昇平里の元宗簡宅で張籍の新作の詩を讀んだことを思い出し，卷末の白詩の韻字「時」「詩」「知」「之」をこの順に次韻して唱和した。

　「酬樂天吟張員外詩見寄。
　因思上京每與樂天於居敬兄昇平里詠張新詩」元稹
　　樂天書內重封到　　　樂天　書內　重封　到り
　　居敬堂前共讀時　　　居敬　堂前　共に讀みし時
　　四友一爲泉路客　　　四友の一(ひとり)は　泉路の客と爲(な)り
　　三人兩詠浙江詩　　　三人の兩(ふたり)は　浙江の詩を詠む
　　別無遠近皆難見　　　別れは　遠近と無く　皆な見(あ)ひ難し
　　老減心情自各知　　　老いは　心情を減じ　自ら各々知る
　　杯酒與他年少隔　　　杯酒は　他(か)の年少と隔たる
　　不相酬贈欲何之　　　相酬贈せずして　何(いづく)にか之(ゆ)かんと欲(す)る

「重封」は開封後，前の封に重ねて封をし直したものであろう。「居敬」は元宗簡の字。

　「樂天の手紙の中の重封の詩卷が届き，居敬の家の座敷の前で一緒に張君の新詩を讀んだことを思い出しました。四友の一人(元宗簡)は黃泉路の客(ひと)となり，三人のうちの二人は杭州と越州を流れる浙江の詩を詠んでいます。別れは遠近

に關わりなく，いずれも會い難く，老いが心情を減ずることは，私もあなたもそれぞれよく自覺しております。杯の酒もあの若い連仲とは隔たりが出來てしまいました。せめて唱和の詩を交わさずして，一體どうしようというのでしょう？」

　張籍は傷心癒えやらぬ元稹を氣遣わずにはおれなかった。張籍はやはり白詩と同じ韻字を同じ順に用いてこう慰めている。

　　235「酬杭州白使君，兼寄浙東元大夫」張籍
　　相印暫離臨遠鎭　　相印　暫く離れ　遠鎭に臨み
　　披垣出守復同時　　披垣　出でて守ること復た同時
　　一行已作三年別　　一行　已に作す　三年の別かれ
　　兩處空傳七字詩　　兩處　空しく傳ふ　七字の詩
　　越地江山應共見　　越地　江山　應に共に見るべし
　　秦天風月不相知　　秦天　風月　相知らず
　　人間聚散眞難料　　人間　聚散　眞に料り難し
　　莫歎平生信所之　　歎く莫かれ　平生　之く所に信すを

　「人間聚散眞難料」は杜甫の「送殿中楊監赴蜀見相公」詩の中の4句，

　　　……
　　人生在世間　　人生まれて　世間に在り
　　聚散亦暫時　　聚散も亦た暫時
　　離別重相逢　　離別　重ねて相逢ふ
　　偶然豈定期　　偶然　豈に定期あらんや
　　　……

を一句に凝縮したもの。

　「元君は暫時，宰相の印を手放し，刺史として遙かなる越州の地を治め，白君

は時を同じうして中書省を出でて杭州刺史となられました。一たび去ったまま，已に三年の別れとなり，長安と杭州・越州とで會えないまま，ただ七言詩を傳えることで心を通わせています。越州は杭州と臨接しているため，お二人は共に江山を見ることができましょうが，こちら長安の空の風月などおかまいなし。人の世の離合集散は眞に料り難いもの。過ぎし日のままならぬことなど歎きなさるな！」

張籍は，元詩の「四友」「三人」の對句に呼應して「一行」「兩處」と歌い，「別無遠近皆難見」に對して「越地江山應共見」と反論している。

張籍と元稹・白居易の「次韻相酬」は，まさに「三千六百里」を天翔ける「淡水交情」の結晶であった。

[11] 蘇州刺史白居易

寶曆元年 [825] 春三月，張籍は 830 字から成る長編の五言古詩 466「祭退之」を詠んでいる。前年の十二月二日にこの世を去った韓愈の靈を祭るにふさわしい，詩で綴った祭文である。詩中，張籍は「……出則連轡馳，寢則對榻床。搜求古今書，事事相酌量。（出れば則ち轡を連ねて馳せ，寢れば則ち榻床を對す。古今の書を搜し求めて，事事 相い酌量す）……」と在りし日を偲んでいる。

前年の秋に杭州から洛陽に歸った白居易は，三月四日に蘇州刺史に任じられ，二十九日に洛陽を出發，五月五日に蘇州に到着している [2919「蘇州刺史謝上表」]。

白居易は，2411「除蘇州刺史別洛城東花（蘇州刺史に除せられ洛城の東の花に別る）」で，

亂雪千花落	亂雪　千花　落ち
新絲兩鬢生	新絲　兩鬢に生ず
老除吳郡守	老いて　吳郡の守に除せられ
春別洛陽城	春　洛陽城に別かる
江上今重去	江上　今　重ねて去り

```
城東更一行    城東　更に一たび行く
別花何用伴    花に別るるに　何を用つてか伴ふ
勸酒有殘鶯    酒を勸むるに　殘鶯有り
```

と詠い，翌年，2465「三月二十八日贈周判官」で「去年今日別東都」と回顧している。

その頃，主客郎中張籍は長安で，こんな詩を白居易に寄せていた。それは，白氏が蘇州に着任した翌年〔寶曆二年〕の春に送付された236「寄蘇州白二十二使君」詩である。

```
三朝出入紫微臣    三朝　出入す　紫微の臣
頭白金章未在身    頭白くして　金章　未だ身に在らず
登第早年同座主    登第　早年　座主を同じくし
題詩今日異州人    題詩　今日　州人を異にす
閶門柳色煙中遠    閶門　柳色　煙中に遠く
茂苑鶯聲雨後新    茂苑　鶯聲　雨後に新たなり
此處吟詩向山寺    此處　詩を吟じて　山寺に向らん
知君忘却曲江春    知る　君　曲江の春を忘却せしを
```

「元和・長慶・寶曆と三代にわたって中央と地方で活躍され，中書舍人にも拔擢されたあなたは，白髮まじりのお年になられたというのに，いまだに宰相の金印は着けていらっしゃらない。かつて，二人とも同じ高郢殿のもとに進士に合格しましたが，今あなたは州を異にして蘇州の民を對象に詩を詠んでおいでです。閶門には，うすもやに包まれた新綠の柳が遠くかすみ，茂苑では，さわやかな雨上がりに鶯が囀っていることでしょう。いま頃，あなたは虎丘の山寺で詩を口ずさみ，曲江の春などすっかり忘れておいでなのでしょう」。

「三朝」は，憲宗の元和・穆宗の長慶・敬宗の寶曆の三代。「出入」は，中央と地方で活躍したことをいう。白居易は，翰林學士・忠州刺史・中書舍人・杭

州刺史・太子左庶子・蘇州刺史を歴任し、長安―忠州―長安―杭州―洛陽―蘇州と「出入」を繰り返している。「紫微」は中書省の美稱。長慶元年［821］に、白居易が中書舍人知制誥となったことをいう。寶曆元年の作2421「紫微花」で白居易は「紫微花對紫微翁，名目雖同貌不同。（紫微の花は對す　紫微の翁、名目　同じと雖も　貌　同じからず）……」と詠んでいる。「金章」は宰相が佩びる金印。白詩2419「自詠」に「金章未佩雖非貴，銀楮常攜亦不貧。（金章　未だ佩びず　貴なるに非ずと雖も、銀楮　常に攜へて　亦た貧ならず）……」とある。「頭白」は、54歳の白氏のあせりを代辯したもの。白居易は、やはり寶曆元年の作である2437「對酒吟」の冒頭で、「一拋學士筆，三佩使君符。未換銀青綬，唯添雪白鬚。（一たび拋つ　學士の筆、三たび佩ぶ　使君の符。未だ銀青の綬を換へずして、唯だ雪白の鬚を添ふ）……」と歎いている。那波本卷54に收められた寶曆年間の詩群［2411～2511］は、蘇州刺史時代の生活ぶりを傳える。

　「同座主」についてはすでに記した。問題は「異州人」である。羅氏の『張籍年譜』に、「異字百家本，全唐詩幷作『是』。案籍先人居吳郡，故以吳人自命，本集作『異』疑誤」とあるが、從い難い。「是」では、「同」と「異」の對句が崩れてしまう。ここは、「州人を異にす」すなわち、杭州の民から蘇州の民へと「題詩」の對象が移ったことをいうのではなかろうか。2417「去歲罷杭州，今春領吳郡，慚無善政。聊寫鄙懷，兼寄三相公。（去歲　杭州を罷め、今春　吳郡を領す。善政　無きを慚ぢ、聊か鄙懷を寫し、兼ねて三相公に寄す）」の結びに「……杭老遮車轍，吳童掃路塵。虛迎復虛送，慚見兩州民。（杭老　車轍を遮り、吳童　路塵を掃ふ。虛しく迎へ　復た虛しく送り、慚づらくは　兩州の民を見るを）」とあり、2422「自到郡齋僅經旬日……仍呈吳中諸客」に、「……版圖十萬戶，兵籍五千人。……敢辭稱俗吏，且願活疲民。（版圖　十萬戶、兵籍　五千人。……敢へて俗吏と稱せらるるを辭せん、且つ願はくは　疲民を活かさん）……」とある。2425「登閶門閒望（閶門に登りて閒望す）」の「……十萬夫家供課稅，五千子弟守封疆。（十萬の夫家　課稅を供し、五千の子弟　封疆を守る）……」もまた蘇州の民に言及した句である。いずれも杜甫を敬愛した張籍好みの詩である。張籍が、白詩の中から「州人」に言及した句に惹かれた可能性は

第3章　交遊錄としての『白氏文集』

高い。

「山寺」は，虎丘山下に在った武丘寺。2479「題東武丘寺六韻」に「……海當亭兩面，山在寺中心。（海は亭の兩面に當り，山は寺の中心に在り）……」とある。「茂苑」について，『張籍集注』[黄山書社 1988 年] 210 頁の注に「④茂苑：漢武帝陵園。在今陝西興平東北」とあるが，これは「茂陵」と混同したのであろう。これが誤りであることは，白詩 2425「登閶門閑望」によって明らかとなる。張詩の「閶門」「茂苑」「山寺」は，白詩 2425 の「閶閶城碧鋪秋草」「雲埋虎寺山藏色」「曾賞錢唐建嫌茂苑」の句と呼應する。朱金城『白居易集箋校』には，「[閶門] 蘇州西面之城門。又號破楚門」「[虎寺] 虎丘寺」「[茂苑] 指蘇州」と記されている。ところで，『張籍歌詩索引』の底本に用いた中華書局本『張籍詩集』には，白詩 2498「武丘寺路宴留別諸妓」が，260「蘇州江岸留別樂天」と題して收錄されている。朱氏は，『白居易集箋校』1688 頁の「箋」で，「各本張籍集中均不載此詩。……全詩卷三八五載此詩，亦沿才調集，英華之誤」と記している。

では，なぜこうした混入が生じたのであろうか？白詩 2492「武丘寺路」の前半に，「自開山寺路，水陸往來頻。銀勒牽驕馬，花船載麗人。（山寺の路を開きて自り，水陸　往來　頻りなり。銀勒　驕馬を牽き，花船　麗人を載す）……」とあり，白詩 2498 の「銀泥裙映錦障泥，畫舸停橈馬簇蹄。（銀泥裙は錦障泥に映じ，畫舸は橈を停め　馬は蹄を簇む）……」と符合する。「武丘寺路」は，「蘇州江岸」に開かれた路で，白居易は，妓女を伴って馬と船で往來していたのである。おそらく白居易の 2498 詩が，「蘇州江岸留別」の詩題の下に「樂天」の作であるという注記を施して張籍の作品集の中に併錄されていたのであろう。小字の題注が大文字に誤って詩題に組み込まれた可能性も有る。張籍は，白氏の 2914「自詠」2417「去歲罷杭州……」2421「紫薇花」2422「自到郡齋僅經旬日……」2425「登閶門閑望」2438「對酒吟」2498「武丘寺路宴留別諸妓」などの詩群を眼にしていたのではなかろうか。少なくとも，236「寄蘇州白二十二使君」は，2438「對酒吟」の冒頭と 2425「登閶門閑望」によって得られる情報を含んでいることだけは確かである。

白氏は，2464「蘇州柳」で「金谷園中黃嫋娜，曲江亭畔碧婆娑。老來處處遊

行徧，不似蘇州柳最多。(金谷園中　黄　嫋娜たり，曲江亭畔　碧　婆娑たり。老來　處處　遊行すること徧きも，似かず　蘇州の柳の最も多きに) ……」と言っている。洛陽の金谷園や長安の曲江亭の柳も良いが，「柳最多」という點では「蘇州」に敵わないと言うのである。那波本卷54の詩群[2411～2511]に長安の「曲江春」を懷かしむ言葉は無い。蘇州の春のとりことなった「白使君」に，張籍は，「知君忘却曲江春（知る　君　曲江の春を忘却せしを）」と不滿を漏らす。この236「寄蘇州白二十二使君」詩の結びは，張籍が蘇州の白氏に向かって「長安復歸をお忘れか」と叱責しているかに響く。

[12] 杏園の春

大和二年[828]二月十九日，57歳の白居易は，刑部侍郎となった。病氣を理由に蘇州刺史の任を辭し，長安に祕書監として戻ってのちの昇進である。

この年，張籍は，洛陽での主客郎中分司東都の任を終え，國子司業として長安に戻っている。

劉禹錫もまた時を同じくして長安にいた。王叔文に連座し，永貞元年[805]，朗州に左遷された劉氏は，實に24年もの間，地方勤めを餘儀無くされた。元和十年[815]に一度，歸京を許されたものの，すぐまた連州に追放されてしまう。大和元年[827]に張籍の後任として主客郎中分司東都を勤め，翌二年[828]，劉氏は集賢學士主客郎中としてようやく中央復歸したのである。

張籍は63歳，そして白居易と劉禹錫は共に57歳，「三老」は，杏園で唱和した。

2579「杏園花下贈劉郎中」白居易（杏園花下　劉郎中に贈る）
怪君把酒偏惆悵　　怪しむ　君が酒を把りて偏へに惆悵するを
曾是貞元花下人　　曾て是れ　貞元　花下の人
自別花來多少事　　花に別れてよりこのかた　多少の事ぞ
東風二十四迴春　　東風　二十四迴の春

第3章　交遊錄としての『白氏文集』

「酬和白樂天杏園花」元稹（白樂天の杏園の花に酬和す）
劉郎不用閑惆悵　　劉郎　用ひざれ　閑として惆悵するを
且作花開共醉人　　且し作らん　花開　共に醉ふ人に
算得貞元舊朝士　　算へ得たり　貞元の舊朝士　　＊楊軍（箋注）『元稹集編年箋注』
幾員同見太和春　　幾員か同に見る　太和の春（三秦出版社 2002 年 6 月 924 頁。）

357「同白侍郎杏園贈劉郎中」張籍（白侍郎と同に杏園にて劉郎中に贈る）
一去瀟湘頭已白　　一たび瀟湘を去つて　頭　已に白く
今朝始見杏花春　　今朝　始めて見る　杏花の春
從來遷客應無數　　從來　遷客　應に無數なるべし
重到花前有幾人　　重ねて花前に到るは　幾人か有る

「杏園花下酬樂天見贈」劉禹錫（杏園花下　樂天の贈られしに酬ゆ）
二十餘年作逐臣　　二十餘年　逐臣と作り
歸來還見曲江春　　歸り來たりて　還た見る曲江の春
遊人莫笑白頭醉　　遊人　笑うこと莫かれ　白頭の醉ふを
老醉花間有幾人　　老いて花間に醉ふは　幾人か有る

　劉禹錫は，かつて「重至衡陽傷柳儀曹　幷引」に，「元和乙未歲［819］與故人柳子厚臨湘水爲別，柳浮舟適柳州，余登陸赴連州。（元和乙未歲，故人柳子厚と湘水に臨んで別かれを爲し，柳は舟を浮べて柳州に適き，余は陸に登つて連州に赴く）……」と記し，「憶昨與故人，湘江岸頭別。（憶ふ昨ごろ　故人と，湘江の岸頭に別かれしを）……」と詠っている。元和十年［815］に長安に召還され，すぐまた柳宗元と共に放逐された時の光景を回顧した名作である。「湘水」の分岐點「衡陽」は，柳州に適く柳氏と連州に赴く劉氏を分かつ，辛く悲しい思い出の岸邊である。張籍もこの詩を讀んで感銘を受けていたのであろう。357「同白侍郎杏園贈劉郎中」の首句の「瀟湘」は，洞庭湖の遙か南に流された

「遷客」を引き出すための伏線となっている。柳宗元は，元和十四年[819]に柳州で病沒している。

　劉禹錫は和州刺史時代の寶曆元年[826]に，張籍からの223「寄和州劉使君」詩に唱和して，「張郞中遠寄長句。開緘之日，已及新秋。因擧目前，仰酬高韻」詩を送っている。張氏の「別離已久猶爲郡，閑向春風倒酒缾。(別離　已に久しくして　猶ほ郡を爲(をさ)め，閑かに春風に向って酒缾を倒(し)す)……」という春の詩に，劉氏が「……京邑舊遊勞夢想，歷陽秋色正澄鮮。(京邑の舊遊　夢想を勞し，歷陽の秋色　正に澄鮮たり)……」と應えたのは，半年後のことである。そして，長安から屆いた春の詩の封緘を開いたのは，秋になってからのことであった。和州は，歷水の陽(きた)，今の馬鞍山市の西に在る。翌，寶曆二年冬，白氏は蘇州刺史を，そして劉氏は和州刺史を辭し，それぞれ洛陽に向かう途中，揚州で合流した。この時，白氏は2522「醉贈劉二十八使君(醉ふて劉二十八使君に贈る)」で「……亦知合被才名折，二十三年折太多。(亦た知る　合(まさ)に才名に折せらるべきを，二十三年　折せらるること太だ多し)」と詠い，劉氏は「酬樂天揚州初逢席上見贈(樂天の揚州にて初めて逢ひ席上に贈くらるるに酬ゆ)」で「巴山楚水淒涼地，二十三年棄置身。(巴山　楚水　淒涼たる地，二十三年　棄置の身)……」と答えている。揚州から北上して楚州に至った二人は，ここでも唱和詩を見せ合っている。今度は劉氏が先に「楚澤雪初霽，楚城春欲歸。……與君同旅雁，北向刷毛衣。(楚澤　雪　初めて霽れ，楚城　春　歸らんと欲す。……君と同に旅する雁，北向して毛衣を刷る)」「歲杪將發楚州呈樂天(歲杪　將に楚州を發(と)たんとして樂天に呈す)詩」と詠み，白氏が「共作千里伴，俱爲一郡迴。歲陰中路盡，鄕思先春來。(共に千里の伴(とも)と作(な)り，俱に一郡に迴るを爲す。歲陰　路を中(なかば)にして盡き，鄕思　春に先だちて來(きた)る)……」白詩2225「除日答夢得同發楚州(除日　夢得の同に楚州を發つに答ふ)」と答えている。白居易の2579「杏園花下贈劉郞中」の「東風二十四迴春」と劉禹錫の「杏園花下酬樂天見贈」の「二十餘年作逐臣」は，この時の唱和の延長線上にある。白氏の作品は何層にも重なって深みを增す。そして，張籍の參入が觸媒となってより効果を高めているのである。

第3章 交遊錄としての『白氏文集』

[13] 聯句

　大和二年［828］の初夏，裴度や劉禹錫を交えて張籍は白氏と聯句を樂しんでいる。485「首夏猶清和聯句」486「薔薇花聯句」487「西池落泉聯句」は，何れも裴度の「東閣」「興化亭」「西池」での風情を詠んだ4人の合作である。白氏や劉氏らとの聯句には，張籍が元和元年［806］に韓愈・孟郊・張徹と合作した482「會合聯句」に見られる「離別言無期，會合意彌重。（離別　言に期無く，會合意　彌々重し）……」という詠い起しの沈鬱さや途中の句の「……瘴衣常腥膩，蠻器多疎冗。（瘴衣は常に腥膩，蠻器は多く疎冗）……」といった粗野で深刻な表情は無い。前者が左遷されていた江陵の地における韓愈の苦難を念頭に置いて作られていたのに對し，後者は功成り名を遂げた裴相公の豪邸における酒宴の歡樂に作詩の主眼が有る。韓・孟の詩風や劉・白の詩風に張籍が同調したことと作詩の場と參加者の年齡が張籍の語り口に反映されているのである。張籍は485「首夏猶清和聯句」を「……唯思奉歡樂，長得在西池。（唯だ思ふ　歡樂を奉じて，長く西池に在るを得んことを）」と結び，486「薔薇花聯句」では「……奈花無別計，只有酒殘杯。（奈(いか)んぞ花に別計無く，只だ酒の殘杯のみ有る）」と結んでいる。この煌びやかな明るさは，庭園の風物を愛で，詩酒の歡樂を共にすることで，老後の限られた時閒を惜しもうとする文人達の殘照である。487「西池落泉聯句」の中で，樂天は「……色青塵不染，光白月相和。（色青く　塵染めず，光白く　月　相和す）……」と詠い，文昌は「……對吟時合響，觸樹更搖柯。（對吟　時に響を合し，樹に觸れて　更に柯を搖する。……」と詠う。そして，夢得は靜かに「日斜車馬散，餘韻逐鳴珂。（日斜いて　車馬散じ，餘韻鳴珂を逐ふ）」と結ぶ。「劉白の聯句について」［『中國中世文學研究』31］橘英範氏は，詳細な分析を加えるにあたって，「はじめに」重要な指摘をしている。すなわち，「韓孟の聯句は自らの詩才を鍊磨する場」であるのに對し，劉白は「別の目的をも持って聯句を行って」おり，その目的は「友情確認」にあったと言うのである。ただし，「友情確認」は，482「會合聯句」についても，さらには他

のグループの唱和にも共通する要素である。張籍を含む「劉白の聯句」について，その重要な特色は「忘年（老いを忘れる）」のための酒宴における「限り有る時聞をいとおしむ心」にこそある。とすれば，「友情確認」を更に限定して「老後の健在確認」と言っても良さそうである。時に裴度［765～839］64歳，張籍［768？～830？］61歳（？）劉禹錫［772～842］57歳，白居易［772～846］57歳。485「首夏猶淸和聯句」の「殘鶯戀好枝」も，486「薔薇花聯句」の「只有酒殘杯」も「殘」の1文字に萬感の思いが込められている。前掲の白詩2411「除蘇州刺史別洛城東花（蘇州刺史に除せられて洛城東花に別かる）」の「……別花何用伴，勸酒有殘鶯。（花に別かるるに　何ぞ伴を用ひん，酒を勸むるに　殘鶯有り）」という言葉が想起される。

　この年の初秋，白氏は國子司業の張籍を新昌坊の自宅に招いた。

　　2616「雨中招張司業宿」白居易（雨中　張司業を招いて宿せしむ）
　　過夏衣香潤　　夏を過ぎ　衣香　潤ひ
　　迎秋簟色鮮　　秋を迎へ　簟色　鮮かなり
　　斜支花石枕　　斜めに支ふ　花石の枕
　　臥詠蕊珠篇　　臥して詠む　蕊珠の篇
　　泥濘非遊日　　泥濘　遊日には非ず
　　陰沉好睡天　　陰沉　好睡の天
　　能來同宿否　　能く來たりて　同宿するや否や
　　聽雨對牀眠　　雨を聽き　牀を對して眠らん

　466「祭退之」詩で，張籍が「……出則連轡馳，寢則對榻床。（出づれば則はち轡を連ねて馳せ，寢れば則はち榻床を對す）……」と回顧していたことを思い出す。招きに應じた張籍は白氏と「對牀」して，しみじみと「雨」を「聽」いたことであろう。これより先，白氏は，2528「新昌閑居招楊郎中兄弟」詩で「紗巾角枕病眠翁，忙少閑多誰與同。……暑月貧家何所有，客來唯贈北窗風」と詠んでいる。夏には親戚の楊汝士兄弟を招いていた。秋に招かれた張籍は，親

第3章 交遊録としての『白氏文集』　　　　　　505

友でもあり親戚でもあった楊氏と同等の扱いを受けていた。
　白氏と張籍は限り有る時閒を「いとおしんで」いる。

[14] 刑部白侍郎の雙鶴

　長安に祕書監として召還された白居易は，蘇州刺史時代に愛玩していた鶴を連れ歸った［＊小松英生氏「白居易と鶴」『岡村貞雄博士古稀記念中國學論集』白帝社1999年8月發行］。その鶴を劉禹錫は「揚子津」で見ている。白氏は，2197「北亭臥」詩で「……蓮開有佳色，鶴唳無凡聲。(蓮開いて　佳色有り，鶴唳いて　凡聲無し)……」と詠い，2429「郡西亭偶詠」で「……共閑作伴無如鶴，與老相宜只有琴。(閑を共にして伴を作すは鶴に如くは無く，老と相宜しきは只だ琴有るのみ)……」と言っている。「北亭」も「西亭」も蘇州の官舍である。ふと洛陽が戀しくなった白氏は，2516「憶洛中所居」で，「忽憶東都宅，春來事宛然。……醉敎鶯送酒，閑遣鶴看船。(忽ち憶ふ　東都の宅，春來　事宛然たらん。……醉うて鶯を敎へて酒を送らしめ，閑にして鶴を遣て船を看せしむ)……」と詠い，蘇州を去る決意をほのめかせていた。2497「自喜」では，歸還途中の情景を「……身兼妻子都三口，鶴與琴書共一船。(身は妻子を兼ねて都て三口，鶴は琴書と共に一船)……」と詠っている。鶴は，家族と同じ船で琴書と共に大切に運ばれたのである。劉禹錫は，「鶴歎二首　幷引［＊諸本は「序」に誤まる］」に，「友人白樂天，去年罷吳郡，挈雙鶴雛以歸。予相遇於揚子津，閑翫終日，翔舞調態，一符相書。信華亭之尤物也。今年春，樂天爲祕書監，不以鶴隨，置之洛陽第。一旦予入門，問訊其家人，鶴軒然來睨，如記相識。徘徊俛仰，似含情顧慕，塡膺而不能言者。因以作鶴歎，以贈樂天。(友人白樂天，去年　吳郡を罷め，雙鶴雛を挈へて以つて歸る。予　揚子津に相遇ひて，閑翫すること終日，翔舞・調態，一に相書に符す。信に華亭の尤物なり。今年春，樂天　祕書監と爲り，鶴を以つて隨はせずして，之を洛陽の第に置く。一旦　予　門に入り，其の家人に問訊するに，鶴　軒然として來りて睨み，相識を記へたるが如し。徘徊・俛仰し，情を含んで顧慕し，塡膺(＊思いで胸がいっぱいになる)して言ふ能はざる者に似た

り。因りて以つて『鶴歎』を作り，以つて樂天に贈る)」と記し，五言律詩二首を付して贈った。白氏は，これに二首の七言絕句2558・2559「有雙鶴留在洛中，忽見劉郎中，依然鳴顧。劉因爲鶴歎二篇寄予。予以二絕句答之。(雙鶴の留めて洛中に在る有り，忽ち劉郎中を見，依然として鳴顧す。劉　因りて『鶴歎二篇』を爲りて予に寄す。予　二絕句を以つて之に答ふ)」で應えている。「華亭」は，今の江蘇省松江の西の平原村。陸機が，處刑前にもう一度「華亭」の鶴の鳴き聲を聞きたいと言った故事をふまえる。白氏が，「華亭」の鶴に魅せられたのは，杭州刺史の時である。2377「求分司東都，寄牛相公十韻」の「……萬里歸何得，三年伴是誰。華亭鶴不去，天竺石相隨。(萬里　歸ること何ぞ得ん，三年　伴は是れ誰ぞ。華亭の鶴　去らず，天竺の石　相隨ふ)……」に「余罷杭州，得華亭鶴，天竺石，同載而歸。(余　杭州を罷め，華亭の鶴，天竺の石を得て，同に載せて歸る)」という自注が付いている。2928「池上篇　幷序」の序でも，「……樂天罷杭州刺史時，得天竺石一，華亭鶴二以歸。……罷蘇州刺史時，得太湖石・白蓮・折腰菱・靑版舫以歸。(樂天　杭州刺史を罷めし時，天竺の石一，華亭の鶴二を得て以つて歸る。……蘇州刺史を罷めし時，太湖石・白蓮・折腰菱・靑版舫を得て以つて歸る)……」と記している。洛陽の履道里に在った楊憑の故居を購入して，老後に備えた白居易は，「十七畝」[＊約13500㎡]の土地に池を作り，お氣に入りの「江南名物」を少しずつ持ち歸っては，分相應の庭園造りを樂しんでいた。

　その鶴に眼をつけた人物がいる。裴度である。

「白二十二侍郎有雙鶴留在洛下。予西園多野水長松，可以栖息。遂以詩請之。」裴度（白二十二侍郎　雙鶴の留めて洛下に在る有り。予が西園は野水・長松多く，以つて栖息べし。遂に詩を以つて之を請ふ）
聞君有雙鶴　　聞く君に雙鶴有りて
羈旅洛城東　　洛城の東に羈旅すと
未放歸仙去　　未だ放たれて　仙に歸し去らず
何如乞老翁　　何如にか　老翁に乞はん

第3章　交遊錄としての『白氏文集』　　　　　　507

且將臨野水　　且將に野水に臨ましめんとす
莫閉在樊籠　　閉じて樊籠に在らしむること莫かれ
好是長鳴處　　好し是れ　長く鳴く處
西園松徑中　　西園　松徑の中

　「樊籠」は，鳥籠。「長鳴」は，長く聲を引いて鳴くこと。詩題の「可以栖息」を受けて「西園」が永住可能な適地であることをいう。裴度の「西園」について，朱金城氏は『白居易集箋校』1762頁に「西園蓋即裴度長安之興化池亭也」と指摘している。裴度は，長安の興化坊の豪邸で白居易たちを招き，池に舟を浮かべて酒宴を樂しんでいた。「白露」を「松徑」に作るテキストがあるが從わない。詩題の「長松」を詠んだとも考えられるが，これでは季節感が無くなるばかりか，白詩の歌い出しの效果まで消えてしまう。

2586「答裴相公乞鶴」白居易（裴相公の鶴を乞ふに答ふ）
　　　　［＊『文苑英華』は「酬裴相公乞予雙鶴（裴相公の予に雙鶴を乞ふに酬ゆ）」に作る］
警露聲音好　　露を警めて　聲音　好く
沖天相貌殊　　天を沖きて　相貌　殊なる
終宜向遼廓　　終に宜しく　遼廓に向かふべし
不稱在泥塗　　泥塗に在るに稱はず
白首勞爲伴　　白首　勞して伴と爲し
朱門幸見呼　　朱門　幸ひに呼ばる
不知疏野性　　知らず　疎野の性
解愛鳳池無　　鳳池を愛するを解すや無や

　白氏は，「長鳴」と「白露」を受け，「警露聲音好」の5文字で詠い始める。八月に白露が降り，草の上に流れ滴る音が聞こえ出すと，鶴は「高鳴」して，ねぐらを移すよう仲間に警告するという。『藝文類聚』卷3「秋」に『風土記』を引いて「鳴鶴戒露，白鶴也。此鳥性儆。至八月白露降，即高鳴相儆。（「鳴鶴

露を戒む」は白鶴なり。此の鳥　性徹。八月、　白露降るに至りて，即ち高鳴して相儆(いまし)む)」とある。白居易の「終宜向遼廓」は裴度の「未放歸仙去」を受ける。「遼廓」は，遼闊。遠く廣い大空をいう。『藝文類聚』卷90「鳥部上」「白鶴」に，「『續搜神記』曰：遼東城門……忽有一白鶴集，徘徊空中，言曰，"有鳥有鳥丁令威，去家千歲今來歸。城郭如故人民非。何不學仙去，空伴冢累累。"遂上沖天。(『續搜神記』に曰はく：遼東の城門に……忽ち一白鶴の集まり，空中を徘徊すること有り，言ひて曰はく，"鳥有り　鳥有り　丁令威，家を去つて千歲今來り歸る。城郭は故の如くして人民は非なり。何ぞ仙を學んで去らずして，空しく冢の累累たるに伴ふ。"と。遂に上りて天を沖く)」とある。白氏は，鳥が高く飛翔する樣を詠った他の詩（0121・3135・3333詩）では，同音の「寥郭」の文字を用いている。「沖天」と共に丁令威の故事を踏まえ，「はるかなる遼東の城郭」という掛詞としてこの文字を用いたとすれば，「終宜向遼廓」は「丁令威が，鶴と化して里歸りしたように，最後は古巢に歸るのが良い」ということになる。白詩2633「雙鸚鵡」の「丁鶴」も，丁令威の故事をふまえている。劉禹錫もまた「遙和白賓客分司初到洛中，戲呈馮尹。(遙に白賓客分司の『初めて洛中に到る』に和し，戲れに馮尹に呈す)」詩で「……冥鴻何所慕，遼鶴乍飛回。（冥鴻　何の慕ふ所ぞ，遼鶴　乍ち飛び回(めぐ)る）……」と詠っている。丁令威の故事は，當時の文人の常識であった。

　張籍は，裴度の「歸仙去」と白氏の「沖天」「遼廓」を受けて次のように唱和する。

139「和裴司空以詩請刑部白侍郎雙鶴」張籍
　　（裴相公の詩を以つて刑部白侍郎に雙鶴を請ふに和す）
　皎皎仙山鶴　　皎皎たり　仙山の鶴
　遠留閑宅中　　遠く留む　閑宅の中
　徘徊幽榭月　　徘徊す　幽榭の月
　嘹唳小亭風　　嘹唳す　小亭の風
　丞相西園好　　丞相　西園　好し

第3章 交遊録としての『白氏文集』

池塘野水通	池塘　野水　通ず
欲將來放此	將來して此に放たんと欲す
賞望與賓同	賞望　賓と同にせよ

　「仙山鶴」を「仙家鶴」とするテキストもあるが，從わない。裴度詩の「未放歸仙去［路］」のテキストも「何不學仙去」と關連させることで，「仙去」が「仙路」より優れていることがわかる。張籍の「徘徊」も「徘徊空中」と重なる。裴度の「羇旅洛城東」を「遠留閑宅中」と補足した機轉は，張籍の面目躍如といったところである。むすびの「賞望與賓同」は，來賓と一緒に滿月を鑑賞するの意。鶴を獨り占めして洛陽履道里の「閑宅」に置くのはもったいない。長安の「丞相西園」のほうが，より多くの賓客の眼を樂しませることができますよ，と說得しているのである。
　劉禹錫は，白・張兩氏の詩語を鏤め，さらりとまとめる。

「和裴相公寄白侍郞求雙鶴」劉禹錫
（裴相公の白侍郞に寄せて雙鶴を求むるに和す）

皎皎華亭鶴	皎皎たり　華亭の鶴
來隨太守船	來たり隨ふ　太守の船
青雲意長在	青雲　意　長く在り
滄海別經年	滄海　別れて年を經たり
留滯清洛苑	留滯す　清洛の苑
徘徊明月天	徘徊す　明月の天
何如鳳池上	何如ぞ　鳳池の上
雙舞入祥煙	雙舞　祥煙に入らん

　張詩の「皎皎」を受けて詠い始め，白詩の「鳳池」でおさめる手腕はさすがである。もちろん裴詩の「何如」も忘れてはいない。さりげない心遣いとほのかな氣品。劉禹錫ならではの魅力である。前半四句は，上述した1806・7「鶴歎

二首」と 2558・2559「有雙鶴留在洛中……」詩の延長線上に在る。後半二句で張詩，結び二句で裴詩に呼應させている。蘇州―洛陽―長安へと流れる時間と空間。白氏を象徴する「太守」「青雲」と宰相裴度を象徴する「鳳池」「祥煙」の晴れやかさは，集賢院學士に復歸した劉氏自身の心境を反映している。

結局，白氏の愛した鶴は，裴度のものとなる。白氏が「雙鶴」を手放すに至る感動的な過程は，小松英生氏の論考「白居易と鶴」に詳しい。ここでは，その後の白氏の心境を記すに止める。

  2726「問江南物」白居易（江南の物を問ふ）
  歸來未及問生涯　　歸來して　未だ生涯を問ふに及ばずして
  先問江南物在耶　　先づ問ふ「江南の物　在りや？」と
  引手摩挲青石笋　　手を引いて青石笋を摩挲し
  迴頭點檢白蓮花　　頭を迴らして白蓮花を點檢す
  蘇州舫故龍頭闇　　蘇州の舫は故りて　龍頭　闇く
  王尹橋傾鴈齒斜　　王尹の橋は傾きて　雁齒　斜なり
  別有夜深惆悵事　　別に夜深うして　惆悵する事有り
  月明雙鶴在裴家　　月明くして雙鶴　裴家に在り

[15] 白賓客分司東都

　大和三年［829］三月の盡きようとする頃，張籍は長安で洛陽に赴く白氏を見送っている。

  237「送白賓客分司東都」張籍（白賓客分司東都を送る）
  赫赫聲名三十春　　赫赫たる聲名　三十春
  高情人獨出埃塵　　高情の人獨り　埃塵を出づ
  病辭省闥歸閑處　　病んで省闥を辭して　閑處に歸り
  恩許官曹作上賓　　恩もて官曹を許され　上賓と作る

第3章　交遊録としての『白氏文集』

詩裏難同相得伴　　詩裏同じくし難きも　相い伴なふを得たり
酒邊多見自由身　　酒邊　多く見る　自由の身
老人也擬休官去　　老人も也た　官を休めんと擬ふ
便是君家池上人　　便ち是れ君が家の池上の人

　白氏は2718「病免後,喜除賓客。(病んで免ぜられし後,賓客に除せられしを喜ぶ)」詩を「……從今且莫嫌身病,不病何由索得身。(今從り且し身病を嫌ふこと莫れ,病まざれば何に由りてか身に索め得ん)」と結んでいる。張籍詩の第3句「病辭省闥歸閑處」は,白氏のそうした心境を察しての物言いである。そして,「この老いぼれも……」と「老人」張籍もまた退休の意圖を仄めかす。しかし,484「宴興化池亭送白二十二東歸」で聯句の殿を務めた張籍は,「……雖有逍遙志,其如磊落才。會當重入用,此去肯悠哉。(逍遙の志有ると雖も,其れ磊落の才の如し。會づ當に重ねて用に入るべし,此を去れば肯に悠ならんや)」と大らかな言葉で餞としている。
　この時,張籍は次の詩を詠んでいる。

480「賦花」張籍（花を賦す）
　　　白樂天分司東都,朝賢悉會興化亭送別。酒酣各賦一字到七字詩,以題爲韻。(白樂天　東都に分司し,朝賢　悉く興化亭に會して送別す。酒酣にして各々一字より七字に到る詩を賦し,題を以つて韻と爲す)

花　　　　　　　　花は
落早　　　　　　　落つること早く
開賒　　　　　　　開くこと賒し
對酒客　　　　　　酒客に對し
興詩家　　　　　　詩家を興す
能迴遊騎　　　　　能く遊騎を迴らし
毎駐行車　　　　　毎に行車を駐む
宛宛清風起　　　　宛宛として清風起こり

茸茸麗日斜　　　　茸茸として麗日斜く
且願相留懽洽　　　且し願ふ　懽洽を相留むるを＊【懽洽】よろこび和らぐこと
惟愁虛棄光華　　　惟だ愁う　虛しく光華を棄つるを
明年攀折知不遠　　明年　攀折　遠からざるを知り
對此誰能更歎嗟　　此に對して　誰か能く更に歎嗟する

　李紳は「月」を，令狐楚は「山」を，元稹は「茶」を，そして白氏は「詩」をそれぞれの題と韻にして「一字到七字詩」を賦している。

3796「賦詩」白居易（詩を賦す）
詩　　　　　　　　詩は
綺美　　　　　　　綺美にして
瓌奇　　　　　　　瓌奇なり
明月夜　　　　　　明月の夜
落花時　　　　　　落花の時
能助觀笑　　　　　能く觀笑を助け
亦傷別離　　　　　亦た別離を傷つく
調清金石怨　　　　調べは清し　金石の怨み
吟苦鬼神悲　　　　吟ずること苦し　鬼神の悲しみ
天下只應我愛　　　天下　只だ應に我れ愛すべきのみ
世閒唯有君知　　　世閒　唯だ君の知る有るのみ
自從都尉別蘇句　　都尉の蘇に別かるる句より
便到司空送白辭　　便ち司空の白を贈るの辭に到る

　「都尉」こと李陵が「蘇」武と別れる時に作った「句」を「司空」こと裴度が「白」氏への餞の「辭」にみたてている。おそらく裴度も「一字到七字詩」を作っていたのであろう。しかし，裴度の作は今は見ることが出來ない。
　この後，文獻上，張籍の消息は途絶える。白氏59歳の大和四年[830]前後に

第3章 交遊錄としての『白氏文集』

張籍はこの世を去ったものと推定される。大暦三年 [768] 生まれとすれば,還暦を過ぎて間も無くのことである。

白氏交遊錄［引用書・參考文獻一覽］

書名	著者	出版社	發行年月	［備考］
『白香山集』	白居易	商務印書館	1933 年 12 月	
			［『萬有文庫』底本『白氏文集』那波（道圓）本］	
『白樂天』［THE LIFE AND TIMES OF PO CHÜ-I］ARTHUR WALEY（著）				
	花房英樹（譯）みすず書房		1959 年 12 月初版・1987 年 8 月新裝	
『白氏文集の批判的研究』	花房英樹	朋友書店	1960 年 3 月初版・1974 年 7 月再版	
『白樂天研究』	堤　留吉	春秋社	1969 年 12 月	
『白居易研究』	花房英樹	世界思想社	1971 年 3 月	
『白樂天』	太田次男	集英社	1983 年 1 月	［中國の詩人 10］
『白居易』	平岡武夫	筑摩書房	1977 年 12 月	［中國詩文選 17］
『白居易生活繫年』	王拾遺	寧夏人民出版社	1981 年 6 月	
『白居易資料彙編』	陳友琴（編）	中華書局	1986 年 1 月	
『白居易研究』	朱金城	陝西人民出版社	1987 年 4 月	［唐代文學研究叢書］
『白居易集箋校』	朱金城	上海古籍出版社	1988 年 10 月	
『白氏文集歌詩索引』	平岡武夫（編）	同朋社	1989 年 10 月	
『白居易研究講座』	太田次男（主編）	勉誠社	1993 年 7 月	
			［第 2 卷　白居易の文學と人生］	
『「白氏文集」諸本作品檢索表【稿】』	神鷹德治ほか			
		帝塚山學院大學	1996 年 3 月	［中國文化論叢特刊］
『元氏長慶集』	元稹	中文出版社	1972 年 6 月	
『元稹研究』	花房英樹（編）	彙文堂	1977 年 3 月	
『元白詩箋證稿』	陳寅恪	上海古籍出版社	1978 年 8 月	［陳寅恪文集之六］
『元稹集』	元稹	中華書局	1982 年 8 月	
『元稹傳』	王拾遺	寧夏人民出版社	1985 年 2 月	

『元稹集編年箋注』楊軍　　　　　三秦出版社　　　2002年 6 月
『劉禹錫集箋證』瞿蛻園　　　　　上海古籍出版社　1989年12月
『劉禹錫叢考』　卞孝萱　　　　　巴蜀書社　　　　1988年 7 月
『劉禹錫評傳』　卞孝萱・卞敏　　南京大學出版社　1996年 1 月
『劉禹錫詩集編年箋注』陳慧星ほか　山東大學出版社　1997年 9 月
『張籍歌詩索引』　丸山 茂（編）　朋友書店　　　　1976年 3 月
『唐五代人交往詩索引』吳汝煜（主編）上海古籍出版社 1993年 5 月
『唐人生卒年錄』　王輝斌　　　　貴州人民出版社　1989年11月

＊上記資料のほかに『文淵閣　四庫全書　電子版』と東吳大學（臺灣）が公開している電子檢索システム『寒泉』および北京大學の『全唐詩電子檢索系統』『全唐詩分析系統（試用版本）』を用いた。

附　編

附編A　I.「王維の自己意識」

1. 王維の後姿

　華奢な椅子に腰掛け，肘掛にのせた左の袖から，女性のような白い手首をのぞかせ，か細い指をそっとのばした後姿がある。『晩咲堂畫傳』の「王摩詰」像である。王維の詩と「人となり」を熟知した畫家の機知は，後ろ向きに畫くことで，その素顔を觀る者の想像に委ねている。王維の顔は，その作品を讀む人の資質や素養や年齢によって千變萬化する。もし，あの世で，老いた王維が，若き日の自分を思い出しながら，人知れずそっと自畫像を畫くとしたら，胸中の鏡に映った後姿を，薄墨の線描でさりげなく畫くのではなかろうか？そんな想像を掻き立てる畫である。

　王維は他の詩人のように「鏡」に向かって「老」いを嘆くようなことはしない。北京大學電子檢索系統『全唐詩』で「覽鏡」を檢索すると，この2文字を含む詩題は18首，2文字を含む詩句は18例檢出される。その中に，李白・杜甫・白居易らの「老」いを「嘆」く作が含まれているが，王維の詩は1首も無い。「鏡」の文字を含む王維の詩は7例有るが，いずれも「嘆老」が主題ではない。例えば，王維は「冬晚對雪憶胡居士家（冬晚，雪に對して，胡居士の家を憶ふ）」詩の中で，「寒更傳曉箭，清鏡覽衰顏。（寒更　曉箭を傳へ，清鏡　衰顏を覽る）……」と詠ってはいるものの，この「衰顏」に「白髮」の嘆きは無い。王維が「白髮」を嘆かなかったというのではない。詩題または句中に「白髮」の文字を含む王維の詩は5首有り，その内の2首は「歎白髮（白髮を歎く）」と題する詩である。しかし，この2首にも他の3首にも「鏡」は登場しない。例えば，岑參が「歎白髮（白髮を歎く）」詩で「白髮生偏速，教人不奈何。今朝兩鬢上，更覺數莖多。（白髮　生ずること偏へに速く，人をして奈何ともせざらしむ。今朝　兩鬢の上，更に覺ゆ　數莖多きを）」と詠い，韋應物が「歎白髮（白髮を歎く）」詩で「還同一葉落，對此孤鏡曉。絲縷乍難分，楊花復相逐。（還た

一葉と同に落ち，此の孤鏡に對するの曉。絲縷 乍ち分かち難く，楊花 復た相遘る）……」と詠い，呂溫が「**鏡中**歎白髮（鏡中，白髮を歎く）」詩で「年過潘嶽纔三歲，還見星星**兩鬢**中。(年 潘嶽を過ぐること纔かに三歲，還た見る 星星 兩鬢の中）……」と詠っても，王維だけは「歎白髮（白髮を歎く）」詩を「我年一何長，鬢髮日已白。俯仰天地閒，能爲幾時客。惆悵故山雲，徘徊空日夕。何事與時人，東城復南陌。(我が年 一に何ぞ長き，鬢髮 日に已に白し。俯仰す 天地の閒，能く幾時の客と爲る。惆悵す 故山の雲，徘徊すれば 日夕空し。何事ぞ 時人と，東城 復た南陌）」と詠い，「白」くなった「鬢髮」を凝視せずに，視線を「天地の閒」に轉じている。王維は，他の詩人たちのように「兩鬢」の「莖（かみのけ）」を數えたり，鏡に向かって老いを嘆いたりはしない。「……惆悵故山雲，徘徊空日夕。……」と詠い，「鬢髮日已白」と感じている自分を，大自然を徘徊する點景人物として畫くのである。

　王維も鏡に映った自分の白髮を見てはいたであろうが，王維が詩に詠む「鏡」は，「敕借岐王九成宮避暑應敎（敕して岐王に九成宮を借して避暑せしむ。應敎）」詩の「……隔窗雲霧生衣上，卷幔山泉入鏡中。(窗を隔てて 雲霧 衣上に生じ，幔を卷けば 山泉 鏡中に入る）」のように美しい「山泉」を映す「淸淨なる」キャンバスであった。そこに畫かれる女性は，何遜が「詠鏡（鏡を詠む）詩」で「……對影獨含笑，看光時轉側。聊爲出繭眉，試染夭桃色。(影に對して 獨り笑を含み，光を看て 時に轉側す。聊か出繭（まゆ）の眉を爲し，試みに夭桃の色に染む）……」と詠うような化粧慣れした女性ではない。「扶南曲歌詞五首」其五の「朝日照綺窗，佳人坐臨鏡。散黛恨猶輕，插釵嫌未正。(朝日 綺窗を照らし，佳人 坐して鏡に臨む。黛を散じて 猶ほ輕きを恨み，釵を插んで 未だ正しからざるを嫌ふ）……」のように，朝日に照らされ，慣れぬ手つきで薄化粧する，淸楚な「佳人（おとめ）」である。

　レンブラントは，自畫像を畫く時，鏡に向かって，自分の眼を凝視し，光線のもたらす陰影によって顔の輪郭を浮かび上がらせた。王維は鏡ではなく大自然に向かい，「もう一人の自分」を山水の景物の「ひとつ」として畫く。王維の畫く光は，「鹿柴」詩の「……返景入深林，復照靑苔上。(返景 深林に入り，

Ⅰ.「王維の自己意識」

復た青苔を照して上る)」のように,地上の「青苔」を染めて移動する殘照であり,「書事(事を書す)」の「輕陰閣小雨,深院晝慵開。坐看蒼苔色,欲上人衣來。(輕陰 閣に小雨ふり,深院 晝 開くに慵し。坐して看る 蒼苔の色の,人衣に上り來らんと欲するを)」のように,「小雨」にぬれた「蒼苔」が「人衣」に「上」り,いまにもモスグリーンに染めてしまいそうな「色」である。作者の顏を直接照らし出す油繪の光ではない。

宋の李覯が「孤懷」詩で「……古人不可作,垂涕沾吾衣。(古人 作す可からず,垂涕 吾が衣を沾うるほす)」と詠うように,自分の着る衣を「吾衣」と詠い,自分を前面に浮かび上がらせることもできたであろう。しかし,「吾衣」と言わずに,王維は「人衣」と詠う。王維が「山中」詩で「荊溪白石出,天寒紅葉稀。山路元無雨,空翠濕人衣。(荊溪 白石出で,天寒くして 紅葉稀なり。山路 元と雨無きも,空翠 人衣を濕うるす)」と詠い,「濕吾衣」としないのは,「もう一人の自分」を客觀的な點景人物として畫きたいからである。「寒食汜上作」に「廣武城邊逢暮春,汶陽歸客淚沾巾。落花寂寂啼山鳥,楊柳青青渡水人。(廣武城邊 暮春に逢ひ,汶陽の歸客 淚 巾を沾す。落花 寂寂 山に啼くの鳥,楊柳 青青 水を渡るの人)」と詠われた「歸客」も「渡水人」も,點景人物と化した王維自身である。

白居易の「閑適詩」にも影響を與えたであろう「春園卽事」詩で,王維は「宿雨乘輕屐,春寒著弊袍。開畦分白水,閒柳發紅桃。草際成棋局,林端擧桔橰。還持鹿皮几,日暮隱蓬蒿。(宿雨 輕屐に乘り,春寒 弊袍を著る。畦を開いて 白水分かれ,柳に閒まじりて 紅桃發ひらく。草際 棋局を成し,林端 桔橰を擧ぐ。還た鹿皮の几を持し,日暮れて 蓬蒿に隱る)」と詠い,「輕屐」を履き「弊袍」を着,「鹿皮几(鹿の皮を張った脇息ひじかけ)」を「持」して登場する。「高人」王維は素顏を見せることなく,文人の小道具である「鹿皮几」だけをクローズアップさせている。李頎が「送康洽入京進樂府歌(康洽の京に入るを送り,樂府を進むる歌)」で「……白夾春衫仙吏贈,烏皮隱几臺郞輿。(白夾の春衫は仙吏贈り,烏皮の隱几は臺郞與あたふ)……」と詠い,元の張翥が「還自臨江省親鄞之長山元日有作(還るに臨江自りし,鄞の長山に省親して元日に作有り)」で「苑屋**鹿皮**

几，柴扉**烏角巾**。(苑屋　鹿皮の几，柴扉　烏角の巾)……」と詠うように，當時の文人たちは頭に「紗帽」や「角巾」を載せ，「几」に寄りかかって「閑居」した。王維は「慕容承攜素饌見過(慕容承の素饌を攜へて過ぎ見る)」詩でも「紗帽**烏皮几，閑居**懶賦詩。(紗帽に烏皮の几，閑居して　詩を賦するに懶し)……」と「烏皮几(黒い皮を張った脇息)」に寄りかかって「閑居」している。

「崔濮陽兄季重前山興(崔濮陽兄季重が前山の興)」詩で，王維は「秋色有佳興，況君池上閒。悠悠西林下，自識門前山。千里橫黛色，數峯出雲閒。嵯峨對秦國，合沓藏荊關。殘雨斜日照，夕嵐飛鳥還。故人今尚爾，歎息**此頹顏**。(秋色　佳興有り，況んや君は池上に閒なり。悠悠たり　西林の下，自ら識る　門前の山。千里　黛色　橫たはり，數峯　雲閒に出づ。嵯峨として　秦國に對し，合沓として　荊關を藏す。殘雨　斜日照り，夕嵐　飛鳥還る。故人　今　尚ほ爾り，歎息す　此の頹顏を)」と自分の「頹顏」を曝け出す。釋清潭は，この結び二句を「此等の景色を故人は昔より今に至るまで賞觀するも，僕は歎息す此の頹顏に及んで永賞する能はざることを」(『續國譯漢文大成　陶淵明集・王右丞集』全國書房，昭和4年7月發行，87頁) と解釋している。『王右丞集箋注』は「頹顏」に「駱賓王詩『祇應傾玉體，時許寄頹顏。(祇だ應に玉體を傾け，時に頹顏を寄するを許すべし)』」と注記し，陳鐵民氏は『中國古典文學基本叢書　王維集校注』(479頁) の〔六〕に「『古詩十九首・客從遠方來』，『相去萬餘里，故人心尚爾』此二句謂，故人(指崔)之心絲毫未變，只爲彼此這衰老的容顏而歎息。(『相去ること　萬餘里，故人　心尚ほ爾り』の2句は，『故人』[崔氏を指す]の心は少しも變わってはいない，ただ，互いの老いさらばえた顏のために歎息するの意)」と解說している。「古詩十九首・客從遠方來」は「客從遠方來，遺我一端綺。相去萬餘里，故人心尚爾。(客　遠方從り來り，我に一端の綺を遺る。相去ること萬餘里，故人　心尚ほ爾り)……」と詠うように，「遠方」から「我」を思って「綺」を「遺」ってくれる「客」を「故人」と置き換え，「遠方」に在っても變わらぬ心を「心尚爾」と言っている。錢起も「夜宿靈臺寺寄郎士元(夜，靈臺寺に宿して郎士元に寄す)」詩で「……萬里**故人**能**尚爾**，知君視聽我心同。(萬里　故人　能く尚ほ爾らん，知る君　我が心の同じきを視聽するを)」とこ

I.「王維の自己意識」

の典故を用いている。しかし，王維の「故人今尙爾」は「古詩十九首」以上に謝朓の「和王主簿季哲怨情（王主簿季哲の『怨情』に和す）」詩の「……徒使春帶賒，**坐惜紅顏變**。（徒に春帶をして賒め，坐に紅顏の變れるを惜しましめん）……**故人心尙爾**，故心人不見。（故人 心尙ほ爾るに，故心 人見ず）」を意識している。王維は「崔濮陽兄季重前山興（崔濮陽兄季重が前山の興）」詩で，「佳興」「閒」「悠悠」と崔兄の「前山興」を思い，その閑居を贊美している。ところが，同じ雄大な大自然に向かっても感興は異なる。自然が悠久であるのに，人間である私は衰微し續ける。王維は「古詩十九首」の「心」を「今」に變え，「此頹顏」を大きくクローズアップして「嘆息」する。「此頹顏」の「此」は「君」でもなければ「我々」でもない。「この私の衰顔」である。「頹顏」を見合って互いに「歎息」し合っているのではない。「彼此……」という陳氏の說明は感心しない。「あなたは今もなお昔と同じでおいでなのに，私のこの顔だけがこんなにも衰え，變化してしまいました」と言うのである。「故人」が「今尙」閑居を樂しんでいるのとは對照的に，王維は衰微した容貌を嘆いている。山に向かって人間のはかなさを思う感慨，それが，王維の「興(おもい)」である。大自然を女性に見立て，「……千里橫黛色，數峯出雲間。（千里 黛色 橫はり，數峯 雲間に出づ）……」と詠い，「黛色」と「此頹顏」を對比させたところに王維の強い自己意識が働いている。

「冬夜書懷」で，王維は「冬宵寒且永，夜漏宮中發。草白靄繁霜，木衰澄淸月。麗服映頹顏，朱燈照華髮。漢家方尙少，**顧影慙朝謁**。（冬宵 寒くして且つ永く，夜漏 宮中に發す。草白くして 繁霜靄たり，木衰へて 淸月澄む。麗服 頹顏に映じ，朱燈 華髮を照らす。漢家 方に少きを尙ぶ，影を顧みて 朝謁を慙づ）」と詠い，自分の「頹顏」を「麗服」と比べ，「華髮」を「朱燈」と對比させている。王維は鏡の中の「華髮」には向かわず，あたかも部屋の片隅で「もう一人の自分」をそっと見守るかのように靜觀している。そこには，「影(シルエット)を顧み」て「朝謁を慙」じる官僚の姿が在る。王維は，「晏性自喜又好色。動靜粉白不去手，行步顧影。（晏 性 自ら喜び又た色を好む。動靜に粉白 手を去らず，行步に影を顧みる）」（『通志』卷79下）と記された何晏のような輕薄

なナルシストではない。「悲夫！士生之不辰，愧**顧影**而獨存。(悲しい夫！士生の辰はずして，影を顧みて獨り存するを愧づ)……」と「悲士不遇賦(士の不遇を悲しむの賦)」を綴った司馬遷ほど氣骨のある人物でもなければ，「……**顧影**獨盡，忽焉復醉。(影を顧みて獨り盡くし，忽焉として復た醉ふ)……」(「飲酒二十首」序)「……傾壺事幽酌，**顧影**還獨盡。(壺を傾けて幽酌を事とし，影を顧みて還た獨り盡くす)……」(「北山獨酌寄韋六(北山に獨酌して韋六に寄す)」)と「獨酌」した陶淵明(斯波六郎著『中國文學における孤獨感』岩波文庫192頁參照)や李白ほどの酒好きでもなかった。「少さ」を「尙」ぶ「漢家」に疎外感を抱く「顧影」には，屈折した劣等感にも似た王維の孤獨感が漂っている。

2．王維詩の原點

青少年期の王維を知る上で重要な作品は，次の３首である。

Ⅰ「題友人雲母障子」(友人の雲母の障子に題す) [時年十五]
君家雲母障　　君が家の雲母の障
持向野庭開　　持して野庭に開く　　　【向】場所を示す虛辭。
自有山泉入　　自ら山泉の入る有り
非因采畫來　　采畫に因りて來るには非ず

Ⅱ「九月九日憶山東兄弟」(九月九日　山東の兄弟を憶ふ) [時年十七]
獨在異鄕爲異客　　獨り異鄕に在りて　異客と爲り
每逢佳節倍思親　　佳節に逢ふ每に　倍ます親を思ふ
遙知兄弟登高處　　遙かに知る　兄弟　高きに登る處
遍插茱萸少一人　　遍く茱萸を插して　一人を少くを

Ⅲ「息夫人」〔時年二十〕
莫以今時寵　　今時の寵を以つて

能忘舊日恩　　能く舊日の恩を忘るる莫からんや
看花滿眼淚　　花を看て　滿眼に淚し
不共楚王言　　楚王と共に言はず

　Ⅰは敍景詩, Ⅱは敍情詩, Ⅲは怨情詩として, 後の王維詩の原點ともいうべき作品であり, 王維の詩風を特色付ける作品である。ⅠとⅡは「反射」という點で共通し, ⅡとⅢは「情愛」という點で共通する。またⅠとⅢは「非人情」と「人情」という點で對比される。それぞれ關連の仕方に差異は有るものの, この3首に共通する特色は「1つの實體がAとBの2つに分かれる」という點にある。
　ⅠはA「『野庭』の『山泉』」とB「『雲母障』に映った『采畫』に『非』ざる虛像」, ⅡはA「『山東』にいる『兄弟』を『憶』う自分」とB「想像上の兄弟に『少一人』と意識されるもう一人の自分」, ⅢはA「『舊日』の『恩』を『忘』れることのできない『息夫人』」とB「『楚王』からの『今時』の『寵』を受ける主人公」の2つに分かれる。
　主題となる景物や人物は, 2つに分かれた後, 渾然一體となって融合したり, 循環したり, 葛藤したりする。
　Ⅰの詩想は, 王維の「敕借岐王九成宮避暑應敎(敕して岐王に九成宮を借して避暑せしむ。應敎)」詩にも見ることができる。ここでは「……隔窗雲霧生衣上, 卷幔山泉入鏡中。(窗を隔てて　雲霧　衣上に生じ, 幔を卷けば　山泉　鏡中に入る)」と詠まれ, 「九成宮」の「山泉」が「鏡中」に「入」る虛像となって現われる。「鏡」に映った「山泉」の虛像を詠ったこと自體, 新鮮であるが, 王維の獨創ではない。『唐詩鼓吹』は, この王維の句に注記して, 周の庾信「東宮行雨山銘」の中の「……翠幔朝開, 新粧旦起。樹入床前, 山來鏡裏。(翠幔　朝<ruby>あした</ruby>に開き, 新粧　旦<ruby>あした</ruby>に起く。樹は床前に入り, 山は鏡裏に來る)……」の4句を紹介している。注目すべきことはⅠの詩に付された「時年十五」という原注である。この感性が15歲の少年に芽生えていることも驚嘆に値するが, 王維の早熟ぶり以上に大切な點は, 後に, 自ら前世では「畫師」であったに違い

ない（「偶然作六首」其六「……宿世謬詞客，前身應畫師。（宿世　詞客に謬らるるも，前身は應に畫師なるべし）……」）と言う畫家の眼が，すでに「非因采畫來（采畫に因りて來るには非ず）」の句の中で輝いていることである。

Ⅱの詩想は，陶淵明の「形影神三首」其一「形贈影」における「……適見在世中，奄去靡歸期。奚覺無一人，親識相追思。（適ま世中に在るを見るに，奄ち去つて　歸る期靡し。奚ぞ覺らん，一人も親識の相追思するもの無きを）……」という「分身」同士の「對話」に類似する。この陶淵明の發想は，さらに『莊子』「齊物論」篇の「胡蝶の夢」にまで遡る。ただし，王維の「少一人」は，自分を客觀的に見つめる「もう一人の自分」であって，「胡蝶」のような化身でもなければ，「形・影・神」に分解された部分的な象徴でもない。王維が腦裏に畫く「もう一人の自分」である。「遙」かに「憶」いを馳せる王維の腦裏に，かつて樂しく過ごした「山東」の「佳節」の團欒が想起され，そこに登場する「兄弟」の眼に「少一人」の空白が映る。その虛像が，「私」を思い出して寂しがってくれているであろう兄弟の「憶」いとなって，ふたたび現實の長安に戻ってくる。「獨在異鄕爲異客」の「獨」1文字と「異」2文字で強調される孤獨と疎外感は，「少一人」の「少」によって增幅され，循環する。李白が「月下獨酌」詩でたわむれた「月」と「影」が李白の孤獨感を強めるように，記憶の中の「山東」に住む胸中の「兄弟」という虛像に反射して浮かび上がる「もう一人の自分」が，「異鄕」の「異客」と意識する王維の孤獨感を深めている。その姿は，どこか漢代の嚴忌に似ている。斯波氏は嚴忌の「哀時命」の二句「廓として景を抱いて獨り倚つ　廓抱景而獨倚兮／超として永く故鄕を思う　超永思乎故鄕」を引いて，「その『景を抱く』といえるところに，自分で自分の孤獨を悲しみ憐れむ氣持がよく出ておる。つまり第二の我が第一の我を，影において凝視するのである。そしてそのように凝視しておる自分の姿を客觀的に畫いたのが，この句である」（『中國文學における孤獨感』63頁）と分析している。

Ⅲ「息夫人」の詩想は，中唐の張籍の「節婦吟」（拙論「張籍樂府『節婦吟』について」日本大學人文科學研究所『研究紀要』29號參照）に登場する「二人の男性からの愛の挾閒で搖れ動く生身の女性の葛藤」の先驅けをなす。

I.「王維の自己意識」

　小林太市郎博士は集英社の漢詩大系『王維』（昭和39年8月發行）110頁に「前に李陵が匈奴に捕らわれて單于に仕え，漢家のために死ぬことができなかった苦衷に切々の同情を注いだように，ここでも王維は，楚王にとらわれてその愛を受けて，息侯のために死ぬことができなかった息夫人の哀愁に殊に深く共鳴している。これらの詩を詠んだとき，王維はすでに四十年後に安祿山にとらわれて僞官を受け，唐朝のために死ぬことができない自分の運命をふしぎに豫感していたのであろうか。非情で非人間的な道德に對する人間性のしずかな抵抗ということが，しだいに彼の課題となり，存在の意義となり，藝術の本質となってゆくその力づよい發足を，すでにこれらの若年の作のうちにみとめうるのは頼もしい」と記している。「四十年後」，弟の王縉を推薦するために綴った「責躬薦弟表（躬を責めて弟を薦むるの表）」の中で，王維は「僞官を受け，唐朝のために死ぬことができな」かった「自分」を「……臣年老，力衰，心昏，眼暗。自料涯分其能幾何。久竊天官，每憨尸素。頃又沒于逆賊，不能殺身。負國偸生，以至今日。（臣　年老い，力衰へ，心昏く，眼暗し。自ら涯分を料るに其れ能く幾何ぞ。久しく天官を竊み，每に尸素を憨づ。頃ごろ又　逆賊に沒して，身を殺す能はず。國に負き生を偸んで，以つて今日に至る）……」と告白している。宋之問の「息夫人」詩が「可憐楚破息，腸斷息夫人。仍爲泉下骨，不作楚王嬪。楚王寵莫盛，息君情更親。情親怨生別，一朝俱殺身。（憐れむ可し　楚　息を破り，息夫人を腸斷せしむるを。仍ほ泉下の骨と爲るも，楚王の嬪と作らず。楚王　寵盛んなる莫くして，息君　情更に親しむ。情親しんで　生別を怨み，一朝　俱に身を殺す）」と詠んだのに對し，王維の「息夫人」詩は「……看花滿眼淚，不共楚王言。（花を看て　滿眼に淚し，楚王と共に言はず）」という句で終わっており，後の「不能殺身（身を殺す能はず）」という言葉に共通する態度を暗示している。この煮え切らない曖昧な態度を誰よりも憎んだのは，他ならぬ「もう一人の王維」であり，それを許そうとするのも王維自身であった。

　その矛盾を矛盾のまま都合良く合理化した王維流の「維摩居士」的處生術が，「半官半隱」を貫き，在俗居士であり續ける王維を支えていた。そして，現實の「官」と理想の「隱」を融和させ，自己意識を淨化させる妙法，それが詩であり

畫であった。

3.「觀別者」詩の中の「もう一人の王維」

　都留春雄氏は中國詩人選集『王維』(岩波書店)の「解說」に「陶(淵明)・杜(甫)にとっては，自然は結局自分の歸着すべき究極の場所ではなかった。それに反して王維にとっては，此の詩(「田園樂」七首其六)のように自然こそ人生の究極の場所なのである。すなわち，彼自身美しき自然に溶け込み，その完全な一點景と化することによって，人間としての本來の姿を獲得し，みずからの生命が生き生きと流動する。一方自然もまた，彼を吸收同化することによって，はじめてその眞價を發揮する。……」と記している。自然詩人としての王維の本質を指摘したみごとな解說である。

　王維は自らを山水田園の中に置き，「もう一人の自分」を大自然と共に「觀照」している。

　　「觀別者」(別るる者を觀る)
　　青青楊柳陌　　青青たり　楊柳の陌
　　陌上別離人　　陌上　別離の人
　　愛子遊燕趙　　愛子　燕・趙に遊び
　　高堂有老親　　高堂に　老親有り
　　不行無可養　　行かざれば　養ふ可き無く
　　行去百憂新　　行き去れば　百憂新たなり
　　切切委兄弟　　切切として　兄弟に委ね
　　依依向四隣　　依依として　四隣に向かふ
　　都門帳飲畢　　都門　帳飲畢はり
　　從此謝親賓　　此れ從り　親賓に謝し
　　揮涕逐前侶　　涕を揮つて　前侶を逐ふ
　　含悽動征輪　　悽を含んで　征輪を動かし

I.「王維の自己意識」

車徒望不見　　車徒　望むも見へず
時見起行塵　　時に行塵の起つを見る
余亦辭家久　余も亦た　家を辭して久し
看之淚滿巾　之を看て　淚　巾に滿つ

　この詩ほど，王維の自己意識が顯著に現われた例はない。詩題に「觀別者」とあるように，王維は「老親」を殘して旅立つ青年を傍觀している。往年の西部劇のラストシーンのごとき兩句「……含悽動征輪，車徒望不見。(悽を含んで征輪を動かし，車徒　望むも見へず) ……」は，歐陽詹の「高城已不見，況復城中人。(高城　已に見へず，況んや復た城中の人をや) ……」や蘇軾の「……登高回首坡隴隔，時見烏帽出復沒。(高きに登つて首(かうべ)を回(めぐ)らせば　坡隴隔たり，時に烏帽の出でて復た沒するを見る) ……」と共に「語雖不同，其惜別之意，則同也。(語は同じからずと雖も，其の惜別の意は，則ち同じ)」(『庚溪詩話』)と評された名句で，この２句から再現される映像は，ここで幕を下ろして靜かに餘韻を樂しみたいほど印象的である。しかし，「別るる者を觀」る王維自身を意識する「もう一人の王維」は，「……余亦辭家久，看之淚滿巾。(余も亦た　家を辭して久し，之を看て　淚　巾に滿つ)」と，みずからの姿をクローズアップさせてしまう。注意深い讀者は，「揮涕」と「淚滿巾」の對比に氣付くはずである。前者は粗野な青年らしく，腕を「揮」って「淚」を拭い，後者の「余」は「淚」をそっと「巾(ハンケチ)」で覆う。この動作の違いが，「辭家久」の三文字と相俟って，時閒と共に推移した生活環境の變化を暗示する。長安で洗練された王維は，「涕」を「揮」う粗野な若者の姿に上京前の田舍者だった昔の自分を重ね，あたかも雲母の障子(びょうぶ)に入った「山泉」と肉眼に映る實際の「山泉」を重ねて「觀」るように，二重寫しの自分を觀照しているのである。

　王維が，親子ほど年の離れた裴迪に「酌酒與裴迪 (酒を酌んで裴迪に與ふ)」詩を贈り，「山中與裴秀才迪書 (山中にて裴秀才迪に與ふるの書)」を綴り，共に『輞川集』を唱和したのは，「觀別者」詩の中の「別離人」を傍觀する「余」の眼と「愛子」を見守る「老親」の眼で裴迪を觀照し，裴迪という「鏡」に映

る「もう一人の自分」と對話したかったからかもしれない。

4．「渭城曲」の「柳色」と「故人」

「……勸君更盡一杯酒，西出陽關無故人。（君に勸む　更に盡せ　一杯の酒，西のかた陽關を出づれば故人無からん）」と愛唱されてきた「渭城曲」は，送られる「元二」を主人公とすべき送別詩であるにもかかわらず，「安西」に「使」いすること以外，「元二」の姿は見えてこない。それは「朝雨」に洗われた「青青」たる「柳色」が「あまりにも淸々しく（すがすがしく）」，後の「一杯」を「勸」める場面（シーン）が「あまりにも切々としている」からである。

伊藤正文氏は，『中國の詩人⑤　審美詩人　王維』(集英社) 160 頁に「……『王維集』の兩宋本・元刻本，『樂府詩集』『萬首唐人絕句』などから『全唐詩』に至るまで，いずれも『柳色**春**』に作る。また一本は第 2 句を『客舍依依楊柳春』に作るという。このように見ると，『柳色**新**』に作る側のテキストで權威あるものは『文苑英華』しかなく，『柳色**春**』に作るテキストの傳承の確かさには及ぶべくもない。しかし，普及度において『柳色**新**』が勝るのは，歌唱の影響によるのであろう。この作品が歌唱されたときには『柳色**新**』によることが多かったことは，元の『陽春白雪』所收の大石調陽關三疊詞が『柳色**新**』に作っていることによっても分かる」と記し，「……私はテキストにおいても勝る『春』のほうが，詩意においても優れると考えている。『新』ならば，朝の雨に洗われて，柳はひときわ新鮮さを增すというのであろうが，上の句ですでに『客舍靑靑』と言って，雨後の感を表現しているので，重複を冤れないが，『春』を用いるならば，綠々した色彩感とともに，萬物が生育する春の季節感が表現されて，その春を自分たちと共有できない君は，西域に旅立たねばならぬ，という離別を悲しむ感情をより增幅するように思われる」と主張している。

しかし，伊藤說には缺陷がある。結論から言えば，この「第二句」は「客舍靑靑柳色春」でもなければ，「客舍依依楊柳春」でもない，やはり「客舍靑靑柳色新」でなければならない。

I.「王維の自己意識」　　　　　529

　白居易の2238「醉題沈子明壁（醉ふて沈子明の壁に題す）」詩に「……愛君簾下唱歌人，色似芙蓉聲似玉。我有陽關君未聞，若聞亦應愁殺君。（愛す　君が簾下に歌を唱ふ人の，色は芙蓉に似　聲は玉に似たるを。我に陽關有り　君未だ聞かずや，若し聞かば　亦た應に君を愁殺すべし）」，2676～2680「對酒五首」其四に「……相逢且莫推辭醉，聽唱陽關第四聲。（相逢ひて　且つ醉ふを推辭すること莫れ，陽關第四聲を唱ふを聽け）」，2744「答蘇六（蘇六に答ふ）」詩に「……更無別計相寬慰，故遣陽關勸一杯。（更に別計の相寬慰する無し，故に遣らん陽關の一杯を勸むるを）」，3311「晚春欲攜酒尋沈四著作先以六韻寄之（晚春に酒を攜へて沈四著作を尋ねんと欲し，先づ六韻を以つて之に寄す）」詩に「……最憶陽關唱，眞珠一串歌。（最も憶ふ　陽關の唱，眞珠　一串の歌）［沈有謳者,善唱西出陽關無故人詞。（沈に謳ふ者有り，善く『西のかた陽關を出づれば故人無からん』の詞を唱ふ）］」とあり，劉禹錫の「與歌者何戡（歌ふ者何戡に與ふ）」詩に「……舊人唯有何戡在，更與殷勤唱渭城。（舊人　唯だ何戡の在りて，更に與に殷勤に渭城を唱ふ有るのみ）」とあることから，「渭城曲」が中唐詩人の間で愛唱されていたことがわかる。また，中唐の張祜が「奉和池州杜員外南亭惜春（池州杜員外の『南亭惜春』に和し奉る）」（『全唐詩補逸』卷8）で「草霧輝輝**柳色新**（草霧　輝輝として　柳色新なり）」と詠い，買棱が「御溝新柳」で「章溝柳色**新**（章溝　柳色新なり）」と詠い，高駢が「殘春遣興」で「畫舸輕橈**柳色新**（畫舸　輕橈　柳色新なり）」と詠い，晚唐の杜荀鶴が「御溝柳」詩で「溝邊**柳色新**（溝邊　柳色新なり）」と詠っていることは，この時すでに「客舍青青柳色**新**」と歌われていたであろうことの傍證となる。もし，「……柳色**春**」と歌われていたとすれば，『全唐詩』に「……柳色**春**」で終わる詩句が有って良さそうである。「寒泉」の『全唐詩』を檢索しても「楊柳**春**」は16例，「柳色，春……」は4例有るが，「……柳色**春**」は一例も無い。伊藤氏は「『柳色**新**』に作る側のテキストで權威あるものは『文苑英華』しかなく，『柳色**春**』に作るテキストの傳承の確かさには及ぶべくもない」と言うが，『四庫全書』のCD-ROMで電子檢索をかけると，以下に列記するように，「……柳色**新**」で終わる北宋の詩人たちの句が10例檢出される。これに對して，「……柳色**春**」で終わる句は1例

も無い。「柳色春」の3文字を含む詩ならば,宋の寇準の『忠愍集』巻中「南陽春日」詩「……千門柳色春煙淡,獨倚高樓聞暮鶯。(千門 柳色 春煙淡く,獨り高樓倚りて 暮鶯を聞く)」と宋の歐陽修の『文忠集』巻55「舟中望京邑(舟中にて京邑を望む)」「……青門柳色春應遍,猶自留連杜若洲。(青門 柳色 春應に遍かるべし,猶ほ自ら留連す 杜若洲)」の2例みつかるが,七言のリズムは「千門柳色」「青門柳色」であって「柳色春」ではない。

① 虞儔『尊白堂集』巻3「休日……正月三十日」
　　朝雨城南**柳色新**,溪光溶漾宛如銀。……

② 趙湘『南陽集』巻3「太皇太后閤春帖子」
　　殘氷未放溝聲滑,小雨頻催**柳色新**。……

③ 胡宿『文恭集』巻3「感舊」
　　……曾迷玉洞花光老,却過金城**柳色新**。……

④ 劉敞『公是集』巻28「答杜九重過東門船戲作」
　　……却尋陳迹愁先亂,況復**青青柳色新**。

⑤ 曾鞏『元豐類藁』巻6「遊天章寺」
　　籃輿朝出踏**輕塵**,拂面毿毿**柳色新**。……

⑥ 韓維『南陽集』巻14「太皇太后閤六首」其六
　　殘氷未放溝聲滑,小雨頻催**柳色新**。……

⑦ 張舜民『畫墁集』巻1「京兆……自畫**陽關圖**幷詩……」
　　……分明**朝雨**挹**輕塵**,**客舍青青柳色新**。……

⑧ 晁以道『景迂生集』巻8「次韻張姑丈感舊」
　　聞道江頭**柳色新**,可憐不識洛陽**塵**。

⑨ 李復『潏水集』巻13「再過方山驛」
　　春過方山驛,依然**柳色新**。……

⑩ 謝邁『竹友集』巻7「和董彥光立春日二首」其一
　　梅蕊飛翻**柳色新**,雪泥乾盡已成**塵**。……

I.「王維の自己意識」

①④⑤は明らかに王維を意識しての句作りであるし，⑦の用例は詩題に「陽關圖」とある。從って，北宋の詩人たちにとっても，「客舍青青柳色**新**」の方が一般的であったことがわかる。

宋代に編纂された書籍に引かれた例を見ても，『唐詩紀事』卷16を始め，『雍錄』卷7「渭城」の「王維之詩」，『演繁露』卷7「覇陵折柳」の「王維」詩，『能改齋漫錄』卷3「陽關圖」の「王維送元二詩」，『古今事文類聚』後集卷23・別集卷24の「陽關三疊」，『全芳備祖』後集卷17の「七言絶句」「王維」，全て「客舍青青**柳色新**」になっている。宋の施徳操の『北牕炙輠錄』卷上には「陽關詞，古今和者不知幾人。彦柔偶作一絶句云，客舍休悲**柳色新**，東西南北一般春。……（『陽關詞』は，古今和する者 幾人なるかを知らず。彦柔［＊陳剛中の字(あざな)］の偶作一絶句に云ふ，『客舍 柳色新なるを悲しむを休めよ，東西南北 一般の春なれば。……』と）」と記されている。このことは，王維の名句が宋代において既に「客舍青青柳色**新**」として當時の文人たちに認識されていたことを物語っている。『四庫全書總目』卷186「集部」39『才調集［江蘇巡撫採進本］十卷』に「王維渭城曲客舍青青楊柳春句，俗本改爲柳色新。（王維の『渭城曲』の『客舍青青楊柳春』の句，俗本は改めて『柳色新』と爲す）」とあるからといって，「俗本」の語に惑わされて，「楊柳**春**」のテキストを善しとする必要はない。

「渭城」の黄土は，降っても晴れても泥濘や土煙(つちけむり)となって旅人を惱ませる。當時の旅は，早朝に距離を稼ぐのが常であった。「渭城曲」の冒頭2句は，そうした風土にあって，幸運にも「輕塵」を「浥」す「朝雨」に惠まれたことを詠っているのであって，「春」という漠然とした季節感に主眼があるのではない。

王維の「渭城曲」における「**新**」のイメージには，伊藤氏が言う「雨後の感」も含まれているが，それ以上に，「早朝の爽快感」に重きがある。他の唐宋詩人の用例を見ても，「柳色**新**」が「雨後」の景に限定されていないことが分かるし，曾鞏が「遊天章寺（天章寺に遊ぶ）」詩で「籃輿朝出踏輕塵，拂面毿毿**柳色新**。（籃輿 朝に出でて 輕塵を踏み，面を拂ふこと毿毿として 柳色新なり）……」と詠うように，「柳色**新**」の「**新**」には，「籃輿朝出踏輕塵（籃輿 朝に出でて 輕塵を踏み）」の「朝」と結びつく，「新鮮な朝日」に照らされた「柳色」の「清々

しい爽やかさ」がある。従って「雨後の感を表現しているので，重複を免れない」という伊藤氏の言葉には説得力がない。「青青」は「青春」の「青」を連想させ，「柳色**春**」とするほうが，却って「春」と重複する。第一，開延びした「**春** chun」[合口三等]の韻では，「**新** xin」[開口四等]の韻の清澄な透明感は期待できない。賈至「春思二首」詩の「草色青青柳色黄，桃花歴亂李花香。(草色　青青　柳色黄なり，桃花　歴亂　李花香（か ぐ は）し)……」や高騈の「邊方春興」の「草色青青柳色濃，玉壺傾酒滿金鐘。(草色　青青　柳色濃く，玉壺　酒を傾けて　金鐘を滿たす)……」のように，「李花香」や「滿金鐘」といった馥郁たる香りや豪華な黄金のイメージを導くのであれば，「黄 huang」[合口一等]や「濃 nong」[合口三等]のおおらかな響きが相應しいであろうが，「輕塵 qingchen」[＊「輕」は開口四等，「塵」は開口三等]「青青 qingqing」[開口四等]に續く響きは，やはり「**新** xin」の「i」でなければならない。「普及度において『柳色**新**』が勝るのは，歌唱の影響による」というのは，むしろ逆で，『柳色**新**』が美しく響いたからこそ「歌唱」され「普及」したのである。

　　　＊印刷の都合上，「開口四等」音の「新」の響きと「合口三等」音の「春」の響きの違いを現代漢語の拼音表記「i」と「u」で示したが，音韻學に關心の有る方は，中古音を復元した『廣韻聲系』沈兼士〔編〕中文出版社 1969 年 10 月發行の國際音標を參照されたい。

　伊藤氏が「『故人』は『友人』」と置き換えるだけで濟ましていることも問題である。「陽關までの途中は故人も有らんが，陽關を出で去らば，必ず故人無からん」(釋清潭『續國譯漢文大成　陶淵明集・王右丞集』579 頁)という譯も「西出陽關」の「出」に注目したという點では幾分ましではあるが，「途中は故人も有らん」では「西出」の效果は半減する。「西出陽關」は，「元二」が「陽關」を越えて「安西」にまで「使」いする，その苦難と危險を思い遣ったのであって，「故人」の存在する範圍を示したのではない。「無故人」を岩波文庫本『王維詩集』のように「友人はいない」と譯すだけでは，王維がこの詩を「故人」で終えた意圖も「更盡一杯酒」の「更」と「一」にこめられた王維の氣持ちも傳えることはできない。この「故人」は「こうして飲みあえる友人」(都留氏『王維』82 頁)である。「こうしてギリギリまで別れを惜しむ友」であって，ただの「友

人」ではない。この「故人」は王維自身である。「邊境の果て『安西』には打ち解けて飲み明かす『私』のような友はいないのだから，この『私』からの最後の一杯を今ここで飲み乾して欲しい」というのである。

「積極的な愛酒家ではない」（入谷仙介著『王維研究』創文社，昭和51年3月發行，458頁參照）王維が朝までつきあい，最後の一杯を勸めるのは，「送李睢陽（李睢陽を送る）」詩の結びに「……須憶今日斗酒別，愼勿富貴忘我爲。（須らく憶ふべし　今日　斗酒の別れ，愼しんで富貴　我を忘るるを爲すこと勿れ）」と詠うように「今日斗酒別」という場面の中の「我」をいつまでも憶えておいて欲しいからである。

「元二」は，太守「李睢陽」ほどには氣がねする必要のない相手であった。「送別」詩の「下馬飲君酒（馬を下りて君に酒を飲ましむ）……」，「送綦母潜落第還鄉（綦母潜の落第して鄉に還るを送る）」詩の「……置酒臨長道（置酒して長道に臨む）……」，「酌酒與裴迪（酒を酌んで裴迪に與ふ）」詩の「酌酒與君君自寬（酒を酌んで君に與ふ　君自ら寬うせよ）……」と，王維は「名利」と無緣な「故人」に酒を勸めて慰めている。王維に見送られた「元二」もまた「不遇の士」の一人であったのであろう。もし，「元二」の個性が具體的に詩に詠み込まれていたなら，「渭城曲」は普遍性を失い，かくも愛唱され續けることはなかったかもしれない。「元二」を詩中の畫面から消し去り，焦點を「一杯の酒」を勸める「故人」に絞る「王維の自己意識」が，前半の敍景の清々しさによって淨化され，普及の名作となったのである。

5. 送別詩の中の王維

「送魏郡李太守赴任（魏郡の李太守の任に赴くを送る）」で，王維は「……前經洛陽陌，宛洛故人稀。故人離別盡，淇上轉驂騑。企予悲送遠，惆悵睢陽路。（前に洛陽の陌を經，宛洛　故人稀なり。故人　離別し盡くし，淇上　驂騑を轉ず。予を企んで　遠く送るを悲しみ，睢陽の路に惆悵せん。……）」と詠っている。「企」は，「望み見る」「心を寄せる」の意。王維は，あたかも自分が「赴任」

する「李太守」であるかのように，想像上の「洛陽の陌」を「經」，想像上の「淇上」で「驂騑」を「轉」じて，「遠くに行く（李太守を）悲しい氣持ちで見送る王維を思い出し，（李太守は）睢陽の路で（王維という『故人』との別れを）惆悵むことでしょう」と詠っている。送別の詩で旅の前途を想像して詠うことは特別なことではないが，かくも複雜な構造で見送る作者の姿を前面に出した例は珍しい。ここでの「故人」は，李太守の「友人」である。しかし，「故人稀（故人稀なり）」「故人離別盡（故人 離別し盡くし）」と伏線を張って相手の「惆悵」を引き出すところに，「私だけが『悲送遠（遠く送るを悲）』しむ『故人』なのですよ」と主張する王維の「自己意識」が働いている。

　都留氏は，王維の「送別（『全唐詩』作「齊州送祖二」）」詩を「送君南浦淚如絲／君を南浦に送りて 淚　絲の如し／君向東州使我悲／君は 東州に向い我をして悲しましむ／爲報故人憔悴盡／爲に報ぜよ　故人は 憔悴し盡くし／如今不似洛陽時／如今は似ず　洛陽の時にと」（『王維』75頁）と訓讀し，注に「故人 舊友。王維自身を指す」と明記した上で，後半二句を「君達の舊友である彼王維は，憔悴はて，今では，かつての洛陽時代とは似ても似つかぬよ」と譯している。ところが，入谷氏は，「爲に故人に報ぜよ憔悴し盡し／如今は洛陽の時に似ずと」（『王維研究』352頁）と訓讀し，「故人」の解釋について，「送られる人が東州において會すべき故人への傳言を王維が依賴する」という說と「故人，すなわち王維が君と別れて悲しみのあまりやつれきったことを，やがて君に知らせることとなろう」という說を紹介し，「所で，この詩，どこで作られたかも問題である。……」と話題を轉じている。確かにこの「爲報……」以下は問題で，「故人」を王維の友人とするか王維自身とするかで內容は變わってくる。また，「故人」を「報」の目的語とみるか「憔悴」の主語とみるかでも解釋は變わる。例えば，喜多尾道誠氏は『王維詩評釋』彙文堂書店（大正12年12月22日發行）の35頁に「……さて君が向うへ着かれたならば，どうか彼地の舊知人へ傳言してもらいたい事である。『自分を初めとし君等の舊友仲間は此頃親友に續々去られ，朝に一友を送り夕に他友と別れ，かくて我々は落膽の極ガッカリ弱りきつてしまつて，今日の處，君らが洛陽にゐて共々面白く遊んだ頃の元氣といふ

ものは殆どなくなり，悄氣返つてゐる』」と記し，釋清潭は『王右丞集』581 頁に「……君の爲めに報示するが，我等の故人は多くは憔悴し盡きて，今日は昔日洛陽にて相往來して樂しみし時とは似ざるなり」と記している。いったい誰の解釋が正しいのであろうか？「涙如絲」が王維の涙，「使我悲」の「我」が王維である以上，「憔悴盡」の主語も王維のはずである。「我々」でもなければ「我等の故人」でもない。また「如今不似」というから，「昔」はこれほど「憔悴してはいなかった」と嘆くのは，王維自身である。とすれば，都留氏のように「故人」を「憔悴」の主語とみたほうがよさそうである。王維は，昔の面影を失くした今の自分の姿を「(君が) 東州で會うであろう故人」にそのまま傳えて欲しいのである。從って，後半 2 句は，「(君や旅先の友人にとっての)『故人』(王維) は『憔悴』し『盡』していたよと (彼らに) 傳えて欲しい」と譯すべきである。

「齊州送祖三」（齊州にて祖三を送る）
相逢方一笑　　相逢ふて　方めて一笑し
相送還成泣　　相送りて　還た泣を成す
祖帳已傷離　　祖帳　已に離るるを傷み
荒城復愁入　　荒城　復た入るを愁ふ
天寒遠山淨　　天寒くして　遠山淨く
日暮長河急　　日暮れて　長河急し
解纜君已遙　　纜を解いて　君已に遙かなり
望君猶佇立　　君を望んで　猶ほ佇立す

あたかもナルキッソスが水面に自分の姿を映したように，「もう一人の王維」は，感傷に浸る自分の姿を別れの風景の中に浮かび上がらせている。祖詠とは二十年來の付き合いが有り，王維が「喜祖三至留宿（祖三の至りて留宿するを喜ぶ）」詩を作って「……不枉故人駕，平生多掩扉。……早歲同袍者，高車何處歸。(故人の駕するを枉げず，平生　多く扉を掩ふ。……早歲　袍を同じうす

る者、高車　何れの處にか歸る）」と詠えば、祖詠が「答王維留宿（王維の『留宿』に答ふ）」詩で「四年不相見、相見復何爲。……語嘿自相對、安用傍人知。（四年　相見ず、相見て復た何をか爲す。……語嘿（ごもく）して自ら相對す、安んぞ傍人の知るを用ひん）」と答える間柄である。「贈祖三詠（祖三詠に贈る）」詩で王維は「……結交二十載、不得一日展。……良會詎幾日、終日長相思。（交りを結ぶこと二十載、一日も展ぶるを得ず。……良會　詎（いづく）んぞ幾日ぞ、終日　長く相思ふ）……」と言っている。

「渭城曲」で「……勸君更盡一杯酒、西出陽關無故人。（君に勸む　更に盡せ一杯の酒、西のかた陽關を出づれば　故人無からん）」と「元二」を送る「故人」も、「齊州送祖三（齊州にて祖三を送る）」詩で「……望君猶佇立（君を望んで猶ほ佇立す）」と佇む友も、美しい。背景となる風景は悠遠で廣大である。その美しいラストシーンに登場するのは、見送られる「元二」や「祖三」ではなく、見送る側の王維自身である。

勿論、王維のどの送別詩にも「もう一人の自分」が登場するわけではない。

「送邢桂州」（邢桂州を送る）
鐃吹喧京口　　鐃吹　京口に喧し
風波下洞庭　　風波　洞庭に下る
赭圻將赤岸　　赭圻（しゃき）　將（ま）た赤岸
撃汰復揚舲　　撃汰し　復た揚舲（れい）す　　【汰】大波【舲】こぶね
日落江湖白　　日落ちて　江湖白く
潮來天地青　　潮來りて　天地青し
明珠歸合浦　　明珠　合浦に歸り
應逐使臣星　　應に使臣の星を逐ふべし

最後に「應……」と餞（はなむけ）の言葉を發するまで、この詩のどこにも王維は登場しない。しかし、よく視ると敍景の背後に「もう一人の王維」が潛んでいることに氣付く。王維は、『楚辭』「涉江」の詩語である「撃汰」を用い、「桂州」に

在る「合浦」を詠み込ながら，あたかも自分が旅人であるかのように旅程を詳述している。

松原朗氏は『中國離別詩の成立』(研文出版2003年6月發行) 208頁に「送別詩の一次的な讀者は，受け手（被送者）を含んで，實際には更に送別の宴の出席者全體にまで擴大しており，『送別詩』は，その衆多の人々に納得されるように作られることになる。そこで重要な意味を持つのは，作者（送者）が被送者との間にひそかに取り結ぶ，閉ざされた私的關係（最たるは惜別の哀情）ではなく，被送者とは濃淡樣々な社會的關係にあってその場に會した人々に**等距離**に訴えかけることのできる，普遍的で客觀的な項目でなければならない。普遍的に認知された文獻に基づいて構成される，任地に向かう沿線の敍景表現こそは――送別詩の形式要件を滿足させつつ――詩人の修辭的技倆を客觀的に示しうる，最も相應しい項目となるだろう」と記し，「沿路の敍景という手法」を「送別詩の歷史的展開の中で」實にみごとに「考察」している。

入谷氏は「次の詩になると，もはや對象となる人物は事實上姿を消し，自然ばかりが全面に出ている」（『王維研究』335頁）と前置きして「送邢桂州（邢桂州を送る）」詩を引き，「王維は官吏の赴任を送りながら，ほとんど彼らを見ていなかった。彼が見ていたのは，きらびやかにいでたつ一行を呑み込んでいく，非情に無關心な自然である」（『王維研究』337頁）と記し，「官吏に與えた送別詩の大部分は，冷靜，より端的に言えば儀禮的な詩で……物質的利益の源泉であったかもしれない。……彼が好んで取った慣用手段は，送られる人物の旅に關心を持つかのごとく裝いつつ，いつのまにか視點を巧妙に移動させて，眼を彼の關心の眞の對象，中華大陸の美しい自然の描寫に向け變えてしまう。……これは一種の詩的トリックである」（『王維研究』357頁）と記している。

「送邢桂州（邢桂州を送る）」詩は「儀禮的な詩」である。しかし，王維は「彼」を「見ていなかった」わけではない。王維は「冷靜」に「邢桂州」を見ている。「儀禮的」な「官吏の赴任」であっても，王維は「彼らを見て」いる。「彼ら」を「見て」はいても，「美しい自然」や「もう一人の自分」に焦點が絞られると，「彼ら」は意識から消え，いつしか「見えなくなって」しまうのである。「關心

を持つかのごとく裝」う必要の無い相手であっても,「いつのまにか視點」が「美しい自然」や美化された「別れの感傷」へと「うつり變わってしまう」。これは,「自己意識」が別れの光景に反應してしまう王維の「習性」のなせる「業(わざ)」であって,「トリック」などというマヤカシの「技(わざ)」ではない。王維は立場の公・私に關係無く,「被送者」が同僚であろうと親友であろうと,「物質的利益の源泉」になろうとなるまいと,送別詩を美しく詠わずにはおれないのである。

　王維の送別詩が「冷たく」「美しい」のは,惜別の情が,美しい自然によって「淨化」されているからである。その「淨化」の極地を次の詩にみることができる。

　　「送別」
　　下馬飲君酒　　馬を下りて　君に酒を飲ましむ
　　問君何所之　　君に問ふ　何(いづ)くの所にか之(ゆ)くと
　　君言不得意　　君は言ふ　意を得ず
　　歸臥南山陲　　南山の陲(ふもと)に歸臥せんと
　　但去莫復問　　但だ去れ　復た問ふこと莫し
　　白雲無盡時　　白雲　盡くる時無し

　この詩が自問自答のように響くのは,「君」と作者があまりにも類似しているからである。「君」が終南山のふもとに歸隱しようとする人物であれば,それが王維の「故人(とも)」であろうと王維自身であろうと,「もう一人の王維」であることにかわりはない。

　橋本循氏は『中國文學思想論考』秋田屋(昭和23年2月)「王維の研究」に「……官は右拾遺より監察御史となり左補闕となり庫部郎中となり累遷してゐる。心は山林にありながら身は魏闕に在り,藜杖を策して桃源に歸りたいと云ひながら,一向に塵網を捨て,世喧を辭しようとしない。こゝに自家撞着の感があるが,『與魏居士書』に次の一節がある。……惡外者垢內。病物者自我。……異見起而正性隱。色事礙而慧用微。……抑も外部から感覺に入り來る者に是非,善

惡、美醜、好惡の區別を爲すことは，物を對立的に考へる自我の強い證據である。……結局人間は心の持ち方一ツであって，何れが是，何れが非といふ樣のことはなく，又，さういう考へ方は餘り自己に捕はれ，餘りに外物に拘った見方である。自己を空しうしたならば何も彼も同じである。差別の心が起れば物の眞性は隱れる，外物に捕はれると慧用といって空朗なる心の働きが衰へるものだ。……此文を見て王維が超世出塵の志を有しながら，猶ほ一生を仕進のうちに送ったといふ一見矛盾に見へて矛盾でない彼の人生觀，處世觀が明白となった。……」(「一 生涯の一面」〔へ〕超世出塵の志)と記し，小林博士は，「王維は高人であるが，凡人であった。凡人中の高人であったとも言ひ得る。……彼にとっては此の世の現實が，そのあらゆる汚穢と慘苦とを以て，常に堪へ難き重壓と感じられる。……彼にとって最も苦しきは，彼自らもまたその嫌惡せる現實の一部をなせることであった。……」(『王維の生涯と藝術』「一 王維の爲人とその詩」124頁)と記している。

　王維の「自己意識」は，ナルキッソスや何晏のような外見的な「自己陶醉」ではない。感傷に浸る「もう一人の自分」に醉うことはあっても，現實の自分に陶醉することはない。「もう一人の自分」を見つめないでいられない「習性」が，官僚としての自分に向かう時，王維の「自己意識」は，「陶醉」どころか自己嫌惡や現實逃避に似た感情に變化する。未成熟な少年期に，若くして都の汚濁にまみれざるを得なかった「生身の王維」は，「在俗の摩詰」へと昇華させるための精神的「自己防衞機能」が必要だったのかもしれない。

6．「輞川集」の中の幻影

　『輞川集』の第一首の「孟城坳」に「新家孟城口，古木餘衰柳。來者復爲誰，空悲昔人有。(新たに家す　孟城口，古木　衰柳を餘す。來者は復た誰とか爲す，空しく悲しむ　昔人の有)」の「來者」と「昔人」について，喜多尾氏は『王維詩評釋』52頁の中で，「……あゝ我がいつか世を去つた後には，將來誰が之を領有するのだろうか。此衰柳を植ゑた所の故人が已に世を辭し去つて，再び相見

る事のできなくなつたのを今我が歎ずるが如くに，未來の相續者も，亦我に對して同歎を發するに相違あるまい。……」と記し，「昔人とは來者より見て摩詰自身を指していうたのである」と說明している。集英社の漢詩大系『王維』310頁の脚注によれば，小林博士の遺した「ノート」には「未來と過去にはさまれたこの現在のおのれのはかなさ」「無限の追慕の情あり」と記されていたという。ところが，入谷氏は中國詩文選『王維』（筑摩書房，昭和48年12月30日發行）159頁で，「……王維の最後の句は，ふつうの解釋では，作者が前所有者の宋之問のことを悲しむと取るが，私は悲の主格は來者で，王維も宋之問もひっくるめた昔人を悲しむと取ったほうが，味が深いとおもう。もちろん實際に悲しんでいるのは王維だが，來者を設定してそれに感情移入をすることで，奧行きが深くなるのである。……」と記している。中國古典文學作品選讀『王維孟浩然詩選』（上海古籍出版社，1996年6月發行）は【說明】に「……初唐詩人宋之問原本住在這裏，貶死而去，只留下衰柳搖風作態。以此景象看待世事，前不見古人，後不見來者，不禁唏噓作嘆。(初唐詩人の宋之問はもともとここに住んでいたが，左遷されて死去し，風に搖られて靡く衰柳だけが殘っている。この光景を「前に古人を見ず，後に來者を見ず」という世事に重ね，嘆きすすり泣くことを禁じ得ないのである)」と記し，【解釋】の②に「昔人──指宋之問」と明記している。また，『王維詩選』（人民文學出版社，1959年7月第一版，1983年4月再版）は「〔來者二句〕謂：後我而來此居住的不知是誰，那麽，又何必爲此地昔日的主人而悲傷呢！（〔來者の二句〕は，「私の後に訪れて住む人が誰かは知る由も無い。ならば，この土地の昔の持ち主のために悲傷することなどないではないか！」の意）」と注し，王友懷氏の『王維詩選注』（陝西人民出版社1988年9月發行）も陳貽焮氏の『王維詩選』と異口同音に「以上兩句意思是：以後來此居住而追念我們現在的又是何人？那我又何必徒然地悲嘆這裏的舊主人空有當初的勝境呢！（以上の二句の意味は：我等の今を偲ぶ後の住人は，誰であろう？ならば，私が徒(いたずら)に，この地の嘗ての持ち主が空しく以前の景勝を所有していたことを悲嘆するには及ばないではないか！ということである)」と說明している。陳・王兩氏は「昔人」を「此地昔日的主人」「這裏的舊主人」と置き換えただけで，「宋

之問」とは言っていない。

「作者が前所有者の宋之問のことを悲しむと取る」のは、『徐氏筆精』卷3「……『來者復爲誰，空悲昔人有』注皆未分明。蓋輞川舊爲宋之問別業，摩詰後改爲莊。此二句，蓋指之問而言。(『來者は復た誰とか爲す，空しく悲しむ　昔人の有』の注　皆　未だ分明ならず。蓋し輞川は舊(ふる)くは宋之問の別業爲(た)り，摩詰後に改めて莊と爲(な)す。此の二句，蓋し之問を指して言ふならん)……」や『唐音癸籤』卷21「輞川舊爲宋之問別業。摩詰後得之爲莊。昔人似指之問，非爲昔人悲。悲後人誰居此耳。總達者之言。(輞川は舊(ふる)くは宋之問の別業爲(た)り，摩詰後に之(これ)を得て莊と爲(な)す。昔人は之問を指すに似たり，昔人の爲めに悲しむには非ず。後人の誰か此に居るかを悲しむ耳(のみ)。總(すべ)て達者の言なり)」といった明代の舊說を踏襲した解釋であって，必ずしも「ふつうの解釋」ではない。入谷氏の「來者を設定してそれに感情移入を」したと見る解釋こそ，喜多尾・小林兩說の延長線上に在る「ふつうの解釋」であって，入谷氏の創見ではない。『王維研究』613頁では「王維も宋之問もひっくるめた昔人」とは記さず，「……『孟城坳』は必ずしも幻想的な作品とはいえないが，將來の所有者はかつて昔人，そのころはすでに過去の人物となった自分がこの土地を所有していたことを悲しむであろうという，複雜な想像を風景に對して馳せているのである。……」と記している。しかし，「悲しむ」對象は，過去の人物となった自分が「所有していたこと」ではなく，所有者が「過去の人物となってしまう」ことである。さすがに，都留氏は「この句は普通には，王維が空しく昔人の所有者を偲び悲しむ意にとる。その際には，この昔人とは，この別莊の前の所有者宋之問を含んでいよう。然しながら私は，『過去の所有者について悲しく思うとともに，將來自分もまた過去の所有者として悲しまれる身であることを悲しむ』意ととっておく」(『王維』40頁)と注釋している。

「來者」という詩語から陳子昂「登幽州臺歌（幽州臺に登るの歌）」の「前不見古人，後不見來者。(前に古人を見ず，後に來者を見ず)……」を連想した『王維孟浩然詩選』の說明も，この詩の感懷の源流を王羲之『蘭亭序』に遡って解說した王友懷氏の「……人生無常之感，也因之引起『後之視今，亦猶今之視昔』

(王羲之『蘭亭序』)的悲嘆。可以看出,『孟城坳』這首詩在一定程度上還表現出『諸行無常』的佛教思想。(人生無常の感もまた,『後の今を視るも,亦た猶ほ今の昔を視るがごとし』(王羲之『蘭亭序』) という悲嘆を引き起こしている。このことから,この『孟城坳』詩に有る程度『諸行無常』という佛教思想が現われていることがわかる)」という指摘も傾聽に値する。ただし,「不知是誰」を理由に「何必……呢!」などと言う解釋には贊成しかねる。

「新家」と「孟城口」は人間の營爲における新舊の對比,「古木」と「衰柳」は樹齡における長・短の對比である。「古木」は,「新家」を營む「來者」も「昔人」も見守ってきた。なのに,「衰柳」だけはやがて消えてゆく,王維はその「はかない命」を「空」しく「悲」しんでいる。「衰柳」こそ王維自身の姿であり,その「衰柳」を見て悲しむ王維を畫中の點景人物に仕立てて「空」しく「悲」しむ「もう一人の王維」がいる。「來者復爲誰(來者は復た誰とか爲す)」という轉句の「誰」という文字を見た瞬間,場面は「超自然的な他界の風景に轉化」(入谷氏『王維研究』613頁)し,王維の化身が登場する。魏の曹操が「氣出唱」三首其二で「來者爲誰(來者は誰とか爲す)」と歌った後,仙界の「赤松」や「王喬」を登場させ,「樂共飲食到黃昏(共に飲食するを樂しんで黃昏に到る)」と謳い,「萬歲長,宜子孫(萬歲 長とこしへに,子孫に宜よろし)」と壽ことほいだのとは反對に,王維は「空悲昔人有(空しく悲しむ 昔人の有)」と悲嘆にくれながらこの詩を結ぶ。あたかも王羲之が「……固知一死生爲虛誕,齊彭殤爲妄作。後之視今,亦猶今之視昔。(固より知る 死生を一にするは虛誕たり,彭・殤もとを齊しくするは妄作たるを)……」と記した後に,「悲夫(悲しい夫かな)!」と嘆いたように。

顧可久本は「新家……,古木……」の句に「見在」,「來者……」の句に「後來」,「空悲……」の句に「過去」の割注を付け,「佛家三世語意,人事代謝之感不窮。(佛家の三世の語意,人事代謝の感,窮まらず)……」と注記している。「昔人」は,腦裏に浮かぶ「來世の王維」が,再び「來者」となって「昔人」と意識するであろう「現世の王維」自身である。すなわち,「來者」も「昔人」も王維が腦裏で演じた一人二役の虛像に過ぎない。

この手法の原點は,I「題友人雲母障子(友人の雲母の障子に題す)」とII「九

月九日憶山東兄弟（九月九日，山東の兄弟を憶ふ）」に在る。Ⅰにおいて實像の「山泉」が「雲母障子」に「入」った虛像のように，Ⅱにおいて長安の王維が「山東」の「兄弟」を「憶」う想像の光景の中の想像上の「兄弟」が「少一人」と意識する虛像となって登場するように，やがて「來者」となる來世の王維が，現世の自分を「昔人」と意識する「もう一人の自分」となって登場し，眼前の「新家孟城口，古木餘衰柳。（新たに家す　孟城口，古木　衰柳を餘す）……」もまた「來者」が觀るであろう虛像と化す。そして輪廻の如く，結びの「……昔人有」から冒頭の「新家……」へと循環するのである。「來者」もやがて「昔人」となる「無常」を，「來者」と化した王維が「空」しく「悲」しむ。止めようのない時間の流れを象徴する「衰柳」のごとき現世の自分が，「もう一人の自分」となって來世もまた存在するであろう「孟城坳」の「古木」を觀照している。

　「王維が輞川莊をここを素材として自由に藝術家の腕をふるえる，カンバスのごときものと見ていた」（入谷氏『王維研究』615頁）とすれば，『輞川集』は，王維が詩で畫いた「山水長卷」であり，「……詩中在畫，……畫中在詩。（……詩中に畫在り，……畫中に詩在り）」と評された王維の『輞川集』の白眉とも言うべき「竹里館」は，王維の自畫像である。「明月來相照（明月　來りて相照らす）」の結句から浮かび上がる「獨坐」して「彈琴復長嘯（彈琴　復た長嘯）」する摩詰の姿は，「……薄暮空潭曲，安禪制毒龍。（薄暮　空潭の曲，安禪して毒龍を制す）」（「過香積寺〔香積寺を過る〕」詩）に通ずる「禪」味を帶びている。王維は詩中に畫かれた畫中の「摩詰」を，あたかも牧谿の水墨畫中の「白衣觀音」のように氣高く崇高に仕上げている。ここにも王維の自己意識が働いている。

　『輞川集』にはもう一首，自畫像とも言うべき詩がある。「古人非傲吏，自闕經世務。偶寄一微官，婆娑數株樹。（古人は傲吏に非ず，自ら經世の務を闕く。偶ま一微官に寄せ，婆娑す　數株の樹）」と詠う「漆園」詩である。喜多尾氏は「……郭璞の詩に『漆園有傲吏』と作ったのは，勿論莊子の事で，それを受けて茲に古人というたのも，莊子を指したものである。……」と説明し，「……

莊子を傲吏だと云へば云ふものゝ，強ちさうでもなく，元來高踏的な趣味に捉はれ，氣隨に振舞ふ事もあるので，自然に經世の勤めを缺くが如き狀に見えるのだ。自分も一微官に繋がれて身を心に任せぬながらも，怡然として樂しむ所あり。……」と記している。釋清潭は『王右丞集』(續國譯漢文大成) 545 頁の「餘論」に「此の詩は，莊周を歌ふを以つて，而して自況する意あり，非傲吏と謂ひ，自闕と謂ひ，微官と謂ひ，漆園の題目に託して右丞自身を詠うものの如し，顧可久が評して，此漆園，不必有景色，自與古人高情會と曰ふは，實に我が心を獲たり。……」と記し，入谷氏は集英社『王維』190 頁に「全體はもちろん莊子に事よせた王維自身の心境である」と記し，岩波文庫『王維詩集』もまた「『古人』は莊子を指す」と注記している。都留氏もまた『王維』64 頁に「古人は莊子を指し，傲は，おごる，たかぶる。……」という注を付けている。また，王友懷氏は前掲書 170 頁に「這首詩看似評論莊子，其實是借莊子自喩。王維在輞川過着半官半隱的生活，他又追及避世辭喧恬淡隱逸的生活情趣，那『偶寄一微官，婆娑數株樹』的處世態度，正是他心理的寫照。(この詩は一見，莊子を評論しているかにみえるが，實は莊子を自らに喩えているのである。王維は輞川で半官半隱の生活を送り，俗世の喧騷を避け，恬淡なる隱逸生活の情趣を追及した。その『偶<ruby>ま<rt>たまた</rt></ruby>一微官に寄せ，婆娑す　數株の樹』という處世態度こそ，彼の心理描寫そのものである）……」と說明している。しかし，王友懷氏の「借莊子自喩」は「古人非傲吏」＝「莊子非傲吏」と置き換えたがための誤解である。「漆園」詩の「古人非傲吏」の「非」は「一微官」の王維自身を引き出すための「仕掛け」に過ぎない。王維は，「上張令公（張令公に<ruby>上<rt>たてまつ</rt></ruby>る)」詩で「……賈生非不遇，汲黯自堪疏。(賈生は不遇に非ず，汲黯は<ruby>自<rt>みづか</rt></ruby>ら<ruby>疏<rt>そ</rt></ruby>なるに堪へたり)……」と詠い，「……學易思求我，言詩或起予。(易を學んで我に求むるを思ひ，詩を言ひて<ruby>或<rt>あるひ</rt></ruby>は予を起す)……」と續けて，「求我」「起予」を導いている。「賈生」が「不遇」であったという當時の常識を「非……」という否定詞でひっくり返すことで讀者を引き付けたように，王維は，わざと當時の常識をはぐらかし，「漆園」〜「古人」〜「莊子」の連想を「非傲吏」で斷ち切ったのである。

喜多尾氏は「古人」を「莊子を指したもの」と言い，岩波文庫本も中國詩人

選集『王維』も「莊子を指」すと言うが，この「古人」は「莊子」ではない。入谷氏は「『輞川集』の詩題はすなわち輞川莊の名處であるが，その大部分は既成の地名ではなく，王維の命名にかかるようである。……漆園は詩中にも見えるように，莊子が蒙の漆園の吏であったという傳說をふまえ（史記卷六十），郭璞の『遊仙』の『漆園に傲吏有り』の句をも意識していた」，「思想的にも文學的にも莊子」を「愛していた」（『王維研究』615頁）と言い，「自らを莊子になぞらえた漆園」（同書616頁）と記している。「漆園」から「莊子」を連想するのは自然ではあるが，「古人」すなわち「莊子」と考えるのはあまりにも短絡的過ぎはしまいか？王維が郭璞の詩をひねって「漆園有傲吏」の「有」を「非」に置き換えた時點で，「古人」の姿は「もう一人の王維」にすりかわっている。王維が「傲吏」に「非」ずと詠っているのであるから，「傲吏」ではない「古人」は，少なくとも郭璞の「遊仙」詩における「莊子」ではない。そのことは，すでに小林博士が「王維は莊周の如き傲吏ではない。仍て『古人のごと傲吏に非ず，自ら經世の務を闕けり』と云ふ」（『王維の生涯と藝術』245頁）と說明している。原田憲雄氏は小林說に沿って「古代のような『傲吏』ではない／政治の才能がないだけのはなし／偶然　下っぱの役人になり／數本の木下でサバサバといる」（カラー版　中國の詩集『王維』角川書店，昭和47年6月發行201頁）と譯している。

　小林博士を始め王維研究にたずさわった我國の先人たちは，「婆娑」の2文字に託されたイメージに氣付いていないようである。都留氏までも「莊先生の（人）生哲學にあやかって，何本かの庭木の下で，氣ままにぶらぶらする」と「莊先生」のイメージを引き摺っている。「……偶寄一微官，婆娑數株樹。（偶ま一微官に寄せ，婆娑す　數株の樹）」の「微官」が，かつて「微官易得罪，謫去濟川陰。（微官　罪を得易く，謫せられて濟川の陰に去る）……」（「初出濟州，別城中故人。〔初めて濟州に出だされ，城中の故人に別かる〕」詩）と嘆き，「……歸歟紲微官，惆悵心自咎。（歸らん歟　微官を紲けん，惆悵　心自ら咎む）」（「晦日遊大理韋卿城南別業〔晦日に大理韋卿の城南の別業に遊ぶ〕四首」其二）と詠った現實の王維を象徵する詩語であることは，容易に氣付く。ところが，「婆娑」が「もう

一人の王維」を導く言葉であることを先人は見落としている。この「古人」は,「漆園」の持ち主であり,「婆娑數株樹」で暗示される「誰か」である。ではその「誰か」とは誰か？「一微官」が化けた「老莱子」である。『晉書』卷72の「列傳」第42「郭璞」に「……莊周偃蹇於漆園,老莱婆娑於林窟。(莊周は漆園に偃蹇し,老莱は林窟に婆娑す)……」とある。「老莱」は孔子と同時代の楚の人。亂世を避けて蒙山の陽に耕した。楚王が彼を召したが,妻と共に江南に留まったという(『古列女傳』卷2「賢明傳」,『高士傳』卷上「老莱子」)。『藝文類聚』卷20に引かれた『列女傳』には,「老莱子孝養二親,行年七十,嬰兒自娛,著五色釆衣。嘗取漿上堂趺仆。因臥地爲小兒啼,或弄鳥鳥於親側。(老莱子は二親に孝養,行年七十にして嬰兒のごと自ら娛しみ,五色の釆衣を著く。嘗て漿を取つて堂に上つて趺仆す。因つて地に臥して小兒の啼を爲し,或ひは鳥鳥を親の側に弄す)」とある。『王右丞集』の中に,この典故を踏まえた「老莱衣」という詩語が2例有る。「送錢少府還藍田(錢少府の藍田に還るを送る)」詩の「……手持平子賦,目送老莱衣。(手は持つ 平子の賦,目は送る 老莱の衣)……」も「送友人南歸(友人の南歸するを送る)」詩の「……懸知倚門望,遙識老莱衣。(懸かに知る 門に倚りて望み,遙に老莱の衣を識むるを)」も,親元に歸る友人の後姿を「二親」に「孝養」を盡くした「老莱」にみたてたものである。

　先人は郭璞の「遊仙」詩「……漆園有傲吏,莱氏有逸妻。(漆園に傲吏有り,莱氏に逸妻有り)……」の「莱氏」にどうして氣付かなかったのであろう？

　原因の一端は評注の妄信にある。『類箋王右丞全集』の注は「郭璞詩,漆園有傲吏」の次に「注,楚威王……」を引くのみで,「莱氏有逸妻」以下の句を省いている。しかも,「毛詩注,婆娑舞貌。晉書,大司馬府有老槐樹。殷仲文對而歎曰:『此樹婆娑,生意足矣』(毛詩注,婆娑は舞ふ貌。『晉書』,大司馬府に老槐樹有り。殷仲文對して歎じて曰はく:『此の樹 婆娑として,生意足る』)」といった見當違いな先行例を提示している。『晉書』卷99「列傳」第69「殷仲文」傳には「府中有老槐樹。顧之良久而歎曰:『此樹婆娑,無復生意』。(府中に老槐樹有り。之を顧みて良久しくして歎じて曰はく:『此の樹 婆娑として,復た生意無し』と)」と有り,『類箋王右丞全集』が引く「『晉書』」とは字句を異にしてい

る。王友懷氏は「此樹婆娑，無復生意」を「意思是這樹枝葉婆娑，已沒有生機了，其形徒存，其神已去。(この樹は枝葉が婆娑として，已に生氣が無く，形だけが徒(いたずら)に存在して，その精神は已に去っているの意)」と説明した上で，王維の「……偶寄一微官，婆娑數株樹」2句を「莊子偶然做了箇漆園吏小官，不過是借這裏寄存形骸：其實如那『婆娑數株樹』，精神早已超脫了。(莊子は，たまたま漆園の小役人をしているが，ここを借りて形骸を寄せたに過ぎない：實際は『婆娑たる數株の樹』のように，精神はとっくに超脫しているのである)」と解釋し，「婆娑」の句まで莊子と關連付けてしまっている。また陳鐵民氏は『王維集校注』に〔一〕「……『文選』郭璞『遊仙詩七首』其一：『漆園有傲吏，萊氏有逸妻。(漆園に傲吏有り，萊氏に逸妻有り)』」「〔四〕「婆娑：『文選』班固『答賓戲』：『婆娑乎術藝之場。(術藝の場に婆娑す)』李善注：『婆娑，偃息也。(婆娑は，偃息なり)』郭璞『客傲』：『莊周偃蹇(偃臥不事事之意)於漆園，老萊婆娑於林窟。(莊周は漆園に偃蹇〔偃蹇はマイペースで働くの意〕し，老萊は林窟に婆娑す)』句謂偃息於林下(〔王維の結びの〕句の意味は，林下に偃息すること)」という周到な校注を付けておきながら，最後は「全詩借寫莊周以自況。(全詩，莊周を自分に喩えている)」と「莊周」だけに集約し，「老萊」には言及していない。さすがに中國には劉德重氏のように「……『婆娑』用以狀人，形容老萊子放浪山林，縱情自適。王維用在這裏，似乎兩者兼而取之，言樹『婆娑』，是以樹伴人。總之，做這麼一箇小官，與這麼幾棵相伴，隱于斯，樂于斯，終于斯，又復何求哉！(『婆娑』で人の樣子をあらわし，老萊子が山林を放浪し，悠々自適するさまを形容している。王維は，ここで，〔人と樹の〕兩者を重ね，樹が『婆娑』としていることをあらわすことで，樹を人の伴侶に仕立てているようである。要するに，こんな小役人となってはいるが，樹々たちと連れ立って，ここに隱れ，ここに樂しみ，ここに〔生涯を〕終える，このほかに一體，何を求めるというのか！ということである)……」(『唐詩鑑賞辭典』上海辭書出版社 182 頁)と解說する研究者がいる。欲を言えば，「老萊」が楚の人であることに注目して，宋玉の「神女賦」(『文選』卷 19)の「……志解泰而體閑，既姽嫿於幽靜兮，又**婆娑乎人閒**。(志は解泰にして體は閑なり。既に幽靜に姽嫿(きくわく)し，又た人閒に婆娑

す)……」を引いて欲しいところである。岑參が「優缽羅花歌」の「序」に「……乃於府庭内，栽樹種藥，爲山鑿池，**婆娑乎其閒**，足以寄**傲**。(乃ち府の庭内に，樹を栽え藥を種え，山を爲り池を鑿ち，其の閒に婆娑し，以つて傲を寄すに足る)……」と記した「婆娑乎其閒」の「婆娑」と同様，王維の「婆娑數株樹」の「婆娑」は「漆園」に植えられた「數株樹」の閒を「ゆったりと徘徊するさま」である。ちなみに，白居易は3043「夏日作」詩で「……**婆娑庭前步**，安穩窗下眠。(婆娑として　庭前に步み，安穩として　窗下に眠る)……」と詠い，3543「**閒題家池寄王屋張道士**(閒に家池に題し，王屋の張道士に寄す)」詩で「……有叟頭似雪，**婆娑乎其閒**。進不趨要路，退不入深山。(叟有り　頭は雪に似たり，其の閒に婆娑す。進むも要路に趨かず，退くも深山に入らず)……」と詠っている。

小林博士は「……卽ち彼は經世の才でないことを自認して，唯だ平凡な一個の人閒が微官となり，その仕官の憂さを木の少しある山莊に忘るるにすぎないといふ。……斯やうにこの詩には一個の凡人たる王維の僞らざる告白がある。……」(『王維の生涯と藝術』245頁)と記している。亡き妻の代わりに親子ほど年の離れた裴迪を伴って「輞川莊」を逍遙する「一個の凡人」の姿は，賢妻に惠まれ，兩親に「孝養」を盡くし，70歲にして「五色采衣」を着たという「老萊子」とはほど遠い存在である。「五彩斑斕」の衣を着た「嬰兒」のような格好は「摩詰」には似合わない。

「婆娑」という疊韻語の呪文が，まるで「幻聽」のように響くと，現實の「王維」は「漆園」を逍遙する「古人」と化し，「老萊子」となって登場する。清楚な白裝束[東京國立博物館藏「李白吟行圖」參照]を纏い，「老萊子もどき」に變身した虛像の「王維」は，腦裏のキャンバスに畫かれた春秋時代の「數株樹」を逍遙して消えて行く。

その先には，「椒園」が在って，「老萊子もどき」は，「桂尊迎帝子，杜若贈佳人。椒漿奠瑤席，欲下雲中君。(桂尊もて帝子を迎へ，杜若もて佳人に贈る。椒漿もて瑤席に奠し，雲中の君を下さんと欲す)」と香草づくしのお供えで「神女」を招く祭典を始めるのである。老萊が「嘗て漿を取つて堂に上つて跌仆」した

ように,「雲中の君を下さんと欲す」る「もう一人の王維」は,「椒漿」を取って「瑤席」に「奠(そな)」える。「帝子」「杜若」「椒漿」「雲中君」と『楚辭』の言葉を連ねるのは,「老萊子」が楚の國の人だからである。「帝子」「佳人」が湘水ならぬ輞川に潛む「神女」であるとすれば,「雲中君」は,結ばれて間も無く白雲の彼方へと消え去った亡き妻の幻影であろうか?

「……輞川諸詠は,一見非常に單純な敍景詩的な詩に見えて,實は高度な象徵詩であることが多いが,竹里館はそのもっとも完成されたものである。ここには輞川莊の二重の性格,世俗の侵入から自己を守る場であるとともに,明月に象徵される內面的な交わりの場であるという,が明確に表現され,輞川集の事實上の總括となっている。……」(中國詩文選『王維』187頁)と記し,「文杏館,白石灘にただようエロティシズム」(同書191頁)を感知し,「すぐれた母親を持つ人には女性崇拜の氣持ちが強くなりやすい。……早く妻を失った孤獨の生活の中に,王維はますますそうした心情をつのらせ,もはや現實の女性よりも,自分が作品世界で創造した女性のほうに,より實在感を感じるに至ったのではないだろうか。そのような自分の夢の中の女性を置く場所として,輞川莊の最奧の場所を選んだのではあるまいか」(同書192頁)と想像した入谷氏の言葉は注目に値する。

また,「竹里館」の「明月來相照」の「相」に着目した喜多尾氏は,「唯天上一輪の明月のみ心ありげに昏づれて來て,我が淸興を助けてくれる」と譯し,「天上の月のみ我が友なるかの如くに……」と續けている。「相」の文字に,「人不知」という地上の「人」ではない「我が友」を察知した喜多尾氏の直感はさすがである。ただし,この「明月」は李白の「獨酌」に付き合うような「友」ではない。崔涯が「別妻(妻に別る)」詩で「隴上泉流隴下分,斷腸嗚咽不堪聞。嫦娥一入月中去,巫峽千秋空白雲。(隴上の泉流 隴下に分かれ,斷腸の嗚咽 聞くに堪へず。嫦娥 一たび月中に入りて去り,巫峽 千秋 白雲空し)」と詠った,美しい嫦娥の住む「月」世界からの光である。「竹里館」の「明月」に天界の「人」の氣配があるとすれば,王維の思い出の中で美化された女性であり,「もう一人の王維」の幻影である。

「文杏梁」と「浣紗」は，王琚の「美女篇」に「東隣美女實名倡，絕代容華無比方。……桂樓椒閣木蘭堂，繡戶雕軒**文杏梁**。屈曲屛風繞象牀，菱蕤翠帳綴香囊。(東隣の美女は實に名倡，絕代の容華は比方無し。……桂樓 椒閣 木蘭の堂，繡戶 雕軒 文杏の梁。屈曲せる屛風は象牀を繞り，菱蕤せる翠帳は香囊を綴る）……」と華麗に描かれ，李白の「西施」に「西施越溪女，出自苧蘿山。秀色掩今古，荷花羞玉顏。**浣紗**弄碧水，自與淸波閒。皓齒信難開，沉吟碧雲閒。(西施は越溪の女，苧蘿の山より出づ。秀色 今古を掩ひ，荷花 玉顏を羞づ。紗を浣うて碧水を弄し，自ら淸波と閒なり。皓齒 信に開き難く，碧雲の閒に沉吟す）……」と豔麗に詠われている。「文杏館，白石灘にただようエロティシズム」は，「文杏梁」と「浣紗」の詩語が傳える「美女」の色香である。王維は「雜詩」で「……王昌是東舍，宋玉次西家。小小能織綺，時時出**浣紗**。(王昌は是れ東舍，宋玉は西家に次ぐ。小小 能く綺を織り，時時 出でて紗を浣ふ）……」と「豔かしく」詠っている。ところが，『輞川集』では「**文杏**裁爲梁，香茅結爲宇。不知棟裏雲，去作人閒雨。(文杏 裁ちて梁と爲し，香茅 結んで宇と爲す。知らず 棟裏の雲，去つて人閒の雨と作るを）」「淸淺白石灘，綠蒲向堪把。家住水東西，**浣紗**明月下。(淸淺たる白石灘，綠蒲 向んど把るに堪へたり。家は住む 水の東西，紗を浣ふ 明月の下)」と「豔麗」なイメージは「淨化」されている。「浣紗」「雲雨」といった美女を連想させる詩語から淸楚な香氣が漂うのは，「湘妃」に，王維が幼兒期に見た慈母の面影や獨身時代に逢った「佳人」や雲閒に消えた亡き妻の姿が，理想化され，「淨化」されて投影されているからである。王維は，詩中の「湘妃」と靜かに對話している。

王維は，「坎坎擊鼓，魚山之下。吹洞簫，望極浦。女巫進，紛屢舞。陳瑤席，湛淸酤。風淒淒兮夜雨，神之來兮不來。使我心兮苦復苦。(坎坎として 鼓を擊つ，魚山の下。洞簫を吹いて，極浦を望む。女巫進んで，紛として屢しば舞ふ。瑤席を陳ねて，淸酤を湛へ。風淒淒として夜雨ふる，神の來るや來らざるや。我が心をして苦み復た苦しましむ）」(「魚山神女祠歌二首」其一「迎神曲」)と「瑤席」に「淸酤」を供えて「神女」を迎える光景を畫き，「神女」を見送る情景を「紛進拜兮堂前，目眷眷兮瓊筵。來不語兮意不傳，作暮雨兮愁空山。悲急

管兮思繁弦, 靈之駕兮儼欲旋。俟雲收兮雨歇, 山青青兮水潺湲。(紛として進んで堂前に拜す, 目は眷眷として瓊筵あり。來りて語らず　意傳へず, 暮雨と作つて空山を愁へしむ。急管を悲しんで繁弦を思ひ, 靈の駕するや儼として旋らんと欲す。俟ち雲收まり雨歇み, 山は青青として水は潺湲たり)」(其二「送神曲」)と詠っている。

　「妻亡不再娶, 三十年孤居一室, 屛絶塵累。(妻亡じて再びは娶らず, 三十年一室に孤居し, 屛いて塵累を絶つ)」(『舊唐書』王維傳)というから, 王維は, ほぼ30歳の若さで「孤居」したことになる。「文杏館」の「棟裏の雲」が「人閒の雨」となるのは, 「椒園」における「欲下雲中君(雲中の君を下さんと欲す)」という祈りが通じ, 幻想の中で「神女」と再會した瞬間であり, 「白石灘」を照らす「明月」の下に「紗」を「浣」うのは, 「輞川」に住む「神女」である。

　「晩年長齋, 不衣文綵。(晩年長齋して, 文綵を衣ず)」「焚香獨坐, 以禪誦爲事。(香を焚いて獨坐し, 禪誦を以つて事と爲す)」(『舊唐書』王維傳)と言うから, 輞川莊の「精舍」で僧侶と語り, 「幽篁」に「獨坐」する在俗居士「摩詰」には, 白衣觀音のごとき「素衣」が似合う。しかし, 輞川莊を「亡親宴坐之餘, 經行之所。(亡親　宴坐の餘, 經行の所)」となし, 後に輞川莊を母の菩提をとむらうためのお寺とし, 「事母崔氏以孝聞(母崔氏に事へ孝を以つて聞こゆ)」(『舊唐書』王維傳)と評された王維が纏う着物は, 「孝養二親」を實踐した「老萊子」が「著」けた「五色采衣」でなければならない。ところが, 「雲中君」を招魂する王維は, 「椒園」に漂う楚の國の香氣のみを詠って, 色彩を感じさせる詩語を用いてはいない。若くして父を失い, 妻をも失った王維にとって, 「二親」を持ち「逸妻」と共に長壽を全うした「老萊子」は, 「婆娑」という幻聽と同樣, はかない幻影にしか過ぎなかった。そういえば, 冒頭に配置された「孟城坳」詩も無彩色で畫かれていたはずである。最初と最後の詩に色彩が缺落していることで, 『輞川集』全體が水墨で畫かれた「洛神賦圖」に見えてくる。

　王維が輞川を楚の國の湘水に見たて, 輞川莊の敷地全體を湘妃と共に暮らす「別乾坤」と感じていたと考えると, 「無常」感漂う「孟城坳」詩から詠い始め, 禪味を帶びた「樵人不可知(樵人　知るべからず)」「空山不見人(空山　人を

見ず）」「深林人不知（深林　人知らず）」「澗戸寂無人（澗戸　寂として人無し）」の句の中に神仙色の強い「金屑泉」詩の「……翠鳳翔文螭，羽節朝玉帝。（翠鳳　文螭を翔らせ，羽節　玉帝に朝す）」を配し，最後に『楚辭』風の招魂詩「椒園」を詠って『輞川集』を結んだ謎が氷解する。そして，序章の「孟城坳」詩の「昔人」も終章の「漆園」詩の「古人」も，全て「もう一人の王維」が脳裏のキャンバスに畫いた「摩詰の化身」であることも了解されるのである。

「輞川莊を營めるは一つには孝養の爲にして，そこに彼がさまざまの景を構へ，また茅亭樓宇の設らへをなしたのも，ただ山林の靜安を樂しめる老母の心を慰むるためであった」（『王維の生涯と藝術』77頁）。そして，母の死後，王維は「請施莊爲寺表（莊を施して寺と爲さんことを請ふ表）」を綴って「……臣遂于藍田縣營山居一所。草堂・精舎，竹林・果園竝是亡親宴坐之餘，經行之所。（臣，遂に藍田縣に山居一所を營む。草堂・精舎，竹林・果園は竝に是れ亡親が宴坐の餘，經行の所なり。……）」と言っている。「竹林・果園」が點在する現實の「輞川莊」は，經營者の王維に收入をもたらす實利的な不動産であったが，繪筆を執り，五絕の畫贊を揮毫する「もう一人の王維」の「意境」に在っては，「雲中君」の住む仙界であり，「山僧」が訪れる寺院の境內であった。

合理的でしたたかな官僚「王維」の自畫像が「與魏居士書（魏居士に與ふるの書）」，老醜を正直に晒した自畫像が「責躬薦弟表（躬を責めて弟を薦むるの表）」であるとすれば，氣高い「摩詰」の自畫像は「輞川集」である。王維の自己意識は，少年期の「少一人」から壯年期の「余亦辭家久（余も亦た家を辭して久し）」を經て，「余別業在輞川山谷（余の別業は輞川の山谷に在り）……」（「輞川集序」）の「余」へと成長し，老成していた。

II. 書評　赤井益久（著）『中唐詩壇の研究』

　創文社の『東洋學叢書』には中國古典研究の名著が收められていて，

　　『經書の成立』　　　　平岡武夫
　　『唐代社會文化史研究』　那波利貞
　　『六朝文學への思索』　　斯波六郎

をはじめ，歷代の錚々たる碩學の名が列なる。

　2004年10月10日，この叢書に待望の新作が加えられた。赤井益久博士の大著『中唐詩壇の研究』（全590頁）である。

　卷末には所收論文の「初出一覽」が有り，これを發表年代順に並べ替えると1980年から2000年に至る赤井氏の研究生活を追跡することができる。

　　1980年　① 韋應物と白樂天──諷諭詩を中心として──
　　　　　　② 孟郊詩風詩論
　　　　　　③ 張王樂府論（上）
　　1981年　④ 同（下）
　　　　　　⑤ 中唐詩壇諷諭詩の系譜
　　1982年　⑥ 孟郊遊適詩考──「石淙十首」の位置──
　　1984年　⑦ 韋應物の屛居
　　　　　　⑧ 大曆期の聯句と詩會
　　1990年　⑨ 元稹の文學理念について（上）
　　1991年　⑩ 同（下）
　　　　　　⑪ 中唐の「意境說」をめぐって
　　1992年　⑫ 劉禹錫の賦について
　　1993年　⑬ 白居易と韋應物に見る「閑居」

　　　　　⑭ 先行文學と白居易
　　　　　⑮ 中唐における「吏隱」について
　1996 年　⑯ 郡齋詩について
　　　　　⑰ 白詩風景小考——「竹窗」と「小池」を中心として——
　1998 年　⑱ 大曆から元和へ——「中唐」の文學史的意味——
　2000 年　⑲ 劉長卿詩論——長洲縣尉時の左遷を中心に——
　　　　　⑳ 「王孟韋柳」評考

　赤井氏の研究は，1980 年に韋應物と白樂天を中心に据えた中唐期の諷諭詩研究から始まり，1993 年の「白居易と韋應物に見る『閑居』」へと推移している。1950 年生まれの著者は，30 代に「政治と文學」の研究に着手し，初老に至って「人生と文學」の世界へと踏み入ってゆく。その間，「文學理念」を考察し，「中唐の『意境説』」へと視野を擴大し，絕えず巨視的な視點で「文學史的意味」を考え續けている。瞠目すべきは，1981 年に「中唐詩壇諷諭詩の系譜」が書かれていることである。この時點で既にこの大著の基盤をなすテーマと手法が確立している。
　1992 年の「劉禹錫の賦について」も注目に値する。「天論」を代表作に持つ劉禹錫は，これまで思想家として評價されてきたが，近年，詩人としての評價も高まり，文學研究の對象として見直され始めている。しかし，散文作家としての劉禹錫研究は，漸く途に着いたばかりである。そうした狀況下で，逸早く「劉禹錫の賦」に着目した著者の慧眼は賞贊に値する。今後，劉禹錫研究は，國學院で薫陶を受けた石村貴博君が繼承發展させてゆくであろう。
　1996 年に發表された「郡齋詩について」と「白詩風景小考——『竹窗』と『小池』を中心として——」も微視的なテーマでありながら，『中唐詩壇』研究という大伽藍を印象付ける「小窗」として異彩を放っている。前者は「韋應物の文學を理解するよすが」(464 頁) であり，後者は「白詩の用語『閑居』を考えるうえでは，東晉の詩人陶淵明にはじまり，中唐の詩人韋應物らを先蹤とする系譜の上に位置づけ，解釋しなければならない」(184 頁) という必要性から記され

た論考である。「小を以って大を觀れば, 則ち天下の理盡く」(203頁) とは, 第5節「小風景の意味」の副題であるが, 奇しくも「小」考を以って「大」局を「觀」んとした著者の手法を象徴する評語となっている。詩人の「處世觀の徵證」としての「小風景」を描くこの「小考」に, 日中の先行論文の成果を凝縮した15項もの注記が用意されていることを見逃してはならない。こうした緻密な考證は, 埋田重夫氏や澤崎久和氏の得意とする所で, 中唐文學會會員諸氏の論文を併讀すると白居易周邊の風景が見えてくる。この「小考」は, 中唐期に流行したガーデニングや盆栽について, あるいは我國の茶室における「小」に「大」を見る風尙について考える上で, 鮮烈な示唆を與えてくれる。

　赤井氏の周到な研究態度は, 2000年に「劉長卿詩論」を執筆する前に, 1998年の「大曆から元和へ——『中唐』の文學史的意味——」を準備しているところに見ることができる。「中唐前期すなわち大曆期を代表し, その時期の詩風の特徴を有すると目されるのが劉長卿と韋應物である。兩者の詩風を考察することが, いわば『宋調』に至る價値基準の本質を探ることになるだろう」(8頁) という著者自身の言葉は,『中唐詩壇の硏究』の中核をなす章が第Ⅰ部の「劉長卿試論」と「韋應物試論」であることを教えてくれる。勿論, 第Ⅲ部の「張王樂府論」と「元稹の文學理論」も, 第Ⅳ部の「孟郊論」も, それぞれ中唐詩壇を考察する上で缺かせない論考であることは言うまでもない。孟郊は齋藤茂氏が, 張・王は橘英範・畑村學兩氏が, 元稹は姜若氷女史が, 關心を示すであろうし, 劉長卿も, 『大曆の詩風』の蔣寅氏が注目するに違いない。

　著者自ら「卒業論文以來, ……」(11頁) と語るように,「本書」は20年の硏究生活の總括である。「韋應物や白居易を通してみた中唐詩壇の硏究という色合いが濃い」ことも事實である。從って「本書」を上梓するに際して, 赤井氏がもっとも苦慮した工程は目次作成だったのではなかろうか？

　「本書」の第Ⅴ部には「周邊からの照射」として「吏隱」や「意境說」といった論考も收錄されているが, 欲を言えば, 赤井氏の一連の書評もこの大著の中に加えるべきであったと思う。

書評　川合康三（著）『終南山の變容　中唐文學論集』
書評　松本　肇（著）『柳宗元研究』
書評　蔣　　寅（著）『大曆詩風』
書評　孟　二　冬（著）『中唐詩歌之開拓與研究』

は，いずれも中唐研究の最先端を概觀するに「有益な史料」であるばかりか，著者が先人の業績をいかに丹念に吟味精讀した上で活用しているかを傳えてくれる「格好の資料」でもあるからである。

　赤井氏の論考が説得力を持つのは，多くの作品群から適切な詩句を嚴選し，緻密な作品分析を試みているからである。その典型を第Ⅱ部「韋應物の『雜體』五首」に見ることができる。著者は，まず「白詩との關連が指摘される二首，竝びに『雜體五首』全體の主題に係る作品の内容について述べる」と前置きした上で，「其の二」を引き，「全篇にみなぎる異樣な緊張は，即物的な教訓を超えて，禽類に假託して人事をよむことに由來しよう」と說く。次に「古宅」「枯樹」「祅鳥」「鬼物」「人室」が，それぞれ順に「腐敗政權」「その政權に寄生する貪官汚吏」「國家」を比喩していることを指摘し，「直臣の以つて奸邪を逐ふを思ふなり」（『詩比興箋』卷3）という陳沆の注解に觸れ，「韋應物の歌行『鳶奪巢』と相俟って，白の新樂府『秦吉了』と繼承關係がある」という陳友琴の指摘を紹介する。こうした先人の業績を踏まえた上で，0172「秦吉了」詩と『雜體五首』「其の三」の原詩を列記し，比較檢討を加える。赤井氏の澄んだ眼光は，先人の說の缺陷を見拔く。136頁の「陳友琴氏は，兩者の思想上での共通性を言い，白の作は韋の作に比較して，比喩が生新で，暢達であると指摘する。しかし，この差異は，五言古詩と歌行體詩の樣式のもつ文藝性の違いを表わすものであって，必ずしも兩者の相違點であるとは言えない」という反論は，鋭い。著者は「つまり，歌行體は委曲を盡くし，……五言古詩は直截に言おうとする對象に迫る。……」と續け，白詩0155「四繚綾」の4句と韋詩『雜體五首』「其の三」の4句を併記分析した上で，「白が韋の『雜體五首』を參照し，己の作品に反映させたことは，諷諭詩の先驅としてみとめたことに他ならない。要する

に，五言古詩の連作を諷諭詩の樣式として採用したと考えられる」と結論付けている。第Ⅱ部第2節を「連作中に見られる『豈無』『何異』『豈思』『豈非』『豈存』という散文的なつよい反語は，婉曲で敘事的な歌行體詩にくらべて，直截に説理を強調するあらわれであると考える」と結ぶ赤井氏は，『ことばと文學』（汲古選書）の田中謙二氏を連想させる言語感覺の持ち主でもある。

　中唐を代表する詩人として，劉長卿・韋應物・張籍・王建・孟郊・劉禹錫・白居易・元稹の8人に多くの頁が割かれているが，最も強く著者の思い入れが傳わってくる人物は，韋應物である。例えば，第Ⅳ部第3章「孟郊論」第3節「江南客遊」で「鄉貢進士に擧げられる以前の他の一つの交遊は，貞元五年（789）から翌年にかけて蘇州刺史であった韋應物との閒のものである。韋應物との關係を物語るものに，『贈蘇州韋郎中使君』（卷六，紀贈）の詩と『春日同韋朗中使君……』（卷八，送別下）の詩とがある。とりわけ，前者は往時の孟郊の詩風を窺う上で重要である。……」と記し，第Ⅴ部第1章「中唐における『吏隱』について」の第5節「元和期の『吏隱』」でも「陶淵明の處世をふまえ，その『閑居』を自らの處世としたのは韋應物である」と記している。さらに第Ⅴ部第2章第4節では「六朝および初盛唐期から中唐期に及ぶ『郡齋詩』の變遷を考える際に，重要な位置を占めるのが韋應物であろう」と記している。そもそもデビュー作とも言うべき「韋應物と白樂天──諷諭詩を中心として──」をもとに構成された第Ⅱ部第1章「韋應物と白居易」自體，第3節の標題「『諷諭』と『閑適』の先驅者韋應物」や第7節の標題「『陶韋』と閑居」が物語るごとく，その主役は韋應物であり，陶淵明は先行例，白居易は後繼者という觀點で論じられている。これに續く第2章「諷諭詩考」も，その副題に「韋應物の歌行・雜體詩の影響を中心として」とあるように，韋應物の諷諭詩の存在を際立たせる脇役として白居易が登場する。

　從來，『中國文學史』と銘打つ書物の中で，韋應物は王維の後繼者として脇役の地位に置かれていた。その「盛唐を中心とする古い目盛りの鯨尺」を「中唐を中心とする新しい定規」に持ち替え，韋應物を白居易の敬慕する主役に引き上げ，「高雅」な詩人として蘇生させた恩人は，赤井氏である。彼は「大曆から

元和期」に至る「處世觀」を考える上で重要なキーワードを「閑居」に設定し，韋應物を「中唐の新旗手」に，白居易をその「崇拜者」に位置付けている。曰はく，「……『安史の大亂』後の士大夫の意識は從來の處世觀ではすでに自律できなくなっており，新たな展開を模索していた。その典型に韋應物がいる。……江南地方に避難していた折，韋應物に接し，その文學と名刺史の聲望にあこがれた白居易は，士大夫の意識の持ち方として，また新たな處世觀の典型として意識されたのである。……」（181頁）と。

　赤井氏の研究論文の魅力は，端正な文章にその祕密がある。「抑制の效いた筆致で淡々と述べられるところに，かえってその情が窺われる」という「『王孟韋柳』評考」（97頁）に記された彼自身の言葉は，そのまま彼の文體への贊辭として轉用することができる。

　なぜ彼が韋應物を研究對象とするのか？なぜ彼は中唐の社會矛盾を痛烈に批判した論述の中でさえ絕叫しないのか？といった疑問の答えは，彼の溫厚な人柄と謹嚴な生活態度を知る者には必要無いであろう。「押さえ切れぬ憤怒，奈何ともし難い悲哀」はケレンミの無い言葉によってより效果を發揮することを彼は知っている。そして，それを自身の文章で實踐している。だからこそ韋應物の人と文學の眞髓に迫ることができるのである。

　「唐代小說や古文研究との相關」（「あとがき」530頁）も「清朝における唐詩研究」も有意義な仕事ではあるが，私が「あなた」に望むライフ・ワークは『韋蘇州集』の全譯と『韋應物評傳』の執筆である。

附編B　I.「樂天の筆力」

「偉大なる凡人」白居易は，話好きである。しかも，語り口がうまい。

例えば「長恨歌」の後半，天界の「太眞」がベッドから跳び起き，「方士」の待つ門へと向かうシーンには，報道記者がハイヴィジョン・カメラをかついで追いかけ，追い抜き，先回りして待ち構えているかのような臨場感がある。

　　攬衣推枕起徘徊　　衣を攬り　枕を推し　起きて徘徊し
　　珠箔銀屏邐迤開　　珠箔　銀屏　邐迤として開く
　　雲鬢半垂新睡覺　　雲鬢半ば垂れて　新たに睡りより覺め
　　花冠不整下堂來　　花冠整へずして　堂を下り來たる

「徘徊」も「邐迤」も共に同じ母音で揃えた疊韻語。見た目も響きも美しい言葉である。「徘徊」は「新睡覺」と，「邐迤」は「下堂來」と呼應し，時間と空間が具體化される。「……したばかり」という「新」も「迫り來る」感じの「來」も効果的である。

『文選』を愛讀した清少納言は，この句から「古詩十九首」其十九の「憂愁不能寐，攬衣起徘徊。(憂愁へて寐ぬる能はず，衣を攬りて起きて徘徊す)」を想起したかもしれない。『文集』を熟讀した紫式部は，新樂府「驪宮高」の「高高驪山上有宮，朱樓紫殿三四重。(高高たり　驪山　上に宮有り，朱樓　紫殿　三四重)」も併せ讀んだであろう。研究者タイプの道眞も「そうそう，白氏の『素屛謠』に『……爾不見，當今甲第與王宮，織成步障銀屛風。綴珠陷鈿貼雲母，五金七寶相玲瓏。貴豪待此方悅目，晏然寢臥乎其中。(爾見ずや　當今　甲第と王宮と，織成の步障　銀屛風。珠を綴り鈿を陷め雲母を貼って，五金・七寶相玲瓏たり。貴豪此を待ちて　方に目を悅ばせ，晏然として其中に寢臥す)』とありましたなぁ。温庭筠の『酒泉子』にも『掩銀屛，垂翠箔。(銀屛掩ひ，翠箔

垂る)』とありますぞ」などと薀蓄を傾けるかもしれない。

　　　九華帳裏夢魂驚　　九華帳裏　夢魂驚く

　「太眞」は突然の知らせに慌てふためいている。何から先に身に着けてよい
かわからない。「徘徊」のテンポは速い。右往左往する楊貴妃は，「古詩十九首」
の主人公のように眠れずに時間をもてあましているのではない。五言より七言
のほうが躍動的であることは，１小節中の音符の數の違いを考えればわかる。
樂天は「推枕」２文字を加えて七言にすることで，手の動きに彈みをつけ，足
の動きを速め，そして一連の動作を心理描寫と化した。

　「邐迤」を「連續する貌」とか「つらなるさま」と置き換えるだけの注釋は，
物足りない。「連綿」と違って，「邐迤」には紆餘曲折や時間差が含まれている。
元稹は「黃明府詩」で蛇行しながら登る「七盤路」を「邐迤」と形容し，唐の
王諲は「花萼樓賦」で「飛樓」を「橫邐迤而十丈（橫に邐迤として十丈）」と記
している。白居易は「霓裳羽衣歌」の「擊擪彈吹聲邐迤」の句を「次第發聲（次
第に聲を發す）」と說明し，劉禹錫は「和浙西尙書……製新樓因寄之作」で「油
幕朱門次第開（油幕朱門次第に開く）」と詠う。「海上」の「仙山」に浮かぶ「五
雲」。何層にも連なる「樓閣」。斜面に建てられた壯大な「金闕」。陳鴻の「長恨
歌傳」では「西廂」の門に「玉妃太眞院」と記されており，「五金七寶」で飾ら
れた寢室は，幾重もの「瓊戶（＊玉で飾った戶）」で閉ざされている。「太眞」は寢
室の「珠箔」を抜け「銀屛」を避け，次々開く「瓊戶」の奥から現われる。「邐
迤開」と「下堂來」の行間から仙宮の複雜な構造と「玉妃」の逸る心が見えて
くる。

　「琵琶行」の演奏直前のシーンは，コンサートの開演を待つ聽衆の氣分にさせ
てくれる。「轉軸撥弦三兩聲，未成曲調先有情。（軸を轉じ弦を撥して三兩聲，
未だ曲調を成さざるに先づ情有り）」。往年の名妓が四弦琵琶の「大弦（低音弦）」
と「小弦（高音弦）」を搔き鳴らす淒絕な中盤は，錄音レヴェルの針が振り切れ
てしまう。そして，終盤「曲終收撥當心畫，四弦一聲如裂帛。（曲終りて撥を收

め
心(むね)に當(あ)てて畫(えが)き，四弦一聲 帛(きぬ)を裂くが如し)」。その後(あと)に續く靜けさ。「東船西舫悄無言，唯見江心秋月白。(東船　西舫　悄として言無く，唯だ見る　江心　秋月の白きを)……」。

「暮江吟」の映像美も忘れがたい。

　　一道殘陽鋪水中　　一道の殘陽　水中に鋪き
　　半江瑟瑟半江紅　　半江　瑟瑟　半江　紅なり
　　可憐九月初三夜　　憐む可し　九月初三の夜
　　露似眞珠月似弓　　露は眞珠に似　月は弓に似たり

「瑟瑟(エメラルドグリーン)」をキラキラと冷たく燃やす「紅(サフアイヤレッド)」の帶。「可憐」と感銘の聲をもらす樂天。視線は夕燒け空から川面(かわも)へ，岸邊から夜空へと移り，三日月も西の落日を追いかけるように去って行く(ゆうひ)……。時々刻々と變化する色彩の妙は，「青苔」の上を這う夕陽の「赤」を畫いた王維の五絕「鹿柴」と雙璧をなす。

李賀の「雁門太守行」の不氣味な「燕支(臙脂)(えんじ)」も張藝謀(中國の映畫監督)の鮮烈な「紅(あか)」も印象的であるが，親友元稹あての長編詩「山石榴寄元九(山石榴。元九に寄す)」に詠われた樂天の「山つつじ」の「あか」も強烈である。

　　日射血珠將滴地　　日は血珠を射(い)つて將(まさ)に地に滴(したた)らんとし
　　風翻火焰欲燒人　　風は火焰(ほのほ)を翻(ひるがへ)して人を燒(す)かんと欲(す)

散文も凄い。樂天は時折，梁楷の墨畫に描かれた禪僧の「鉈(なた)」のように，視る者を「ぎりぎりの省筆」で震撼させる。「與師皐書(師皐に與ふるの書)(しかうあた)」の六文字「迸血髓，磔髮肉。(血髓を迸(ほとばし)らせ，髮肉を磔(たく)す)」を凝視したその瞬間，我々の「目」は現場に驅けつけた檢證醫の「眼」に變わる。「琵琶行」で「銀缾乍破水漿迸(銀缾(ぎんぺい)　乍(たちま)ち破れて　水漿(すゐしやう)　迸(ほとばし)る)」と詠った「迸」の文字から，生臭い「どろり」とした血糊(ちのり)が噴(ふ)き出し，「磔」の文字を映す網膜に，髪の毛の

ついた肉片が「べとり」と貼りつく。長安の靖安里に在る邸宅の朱門を出てすぐの「通衢(おおどおり)」。首の無い「暗殺された宰相」武元衡の屍骸(しがい)が、靜かに夜明けを待っている。

「句容郡王世績碑」の中で、元の虞集は、割れた頭骸骨から流れ出る血を「血髓淋漓」と記した。「有敵將一人以戟入陣刺王者。王擗其戟揮大斧碎其首。(敵將一人　戟(げき)を以つて陣に入(い)りて王を刺す者有り。王　其の戟を擗(さ)け、大斧を揮つて其の首(かうべ)を碎(くだ)く)」と綴られた「接戰」22文字の迫力もさることながら、「迸」の1文字で、刺客が振り下ろす凶刃の勢いまでも傳える白氏の「省筆」は、いつもは「饒舌」な樂天だけに、却って鬼氣迫るものがある。

白居易が『左傳』を凌ぐ筆力を有することを忘れてはならない。

Ⅱ.『白氏文集』流行の原因

　和漢比較文學研究の方法について，今後の展望を考察するには，まず，先人の業績を概觀しておく必要がある。以下の報告は，日本古典文學に甚大なる影響を與えた『白氏文集』が，平安期に傳來してより盛行するに至った原因についての諸說を整理したものである。なお，この研究は平成元年度日本大學人文科學研究所共同研究（阿部好臣・丘山新・辻勝美の３氏と小生の計４名が參加）の助成金によるものである。

1. 平安期に傳來してより盛行するに至るまで

　白居易は，自分の作品が日本に傳わっていることを知っていた。「白氏集後記」には，

　　其日本新羅諸國及兩京人家傳寫者，不在此記。

と記されている。藤原嶽守が「大唐人貨物」の中から得た「元白詩筆」を仁明帝に獻上したのが，承和五年［838］，白居易67歳の詩である。圓仁が，長安で得た『白家詩集』六卷を攜えて歸國したのも，惠萼が，蘇州の南禪寺で書寫した『文集』を持ち返ったのも，すべて白居易生前のことである。（太田晶二郎「白氏文集の渡來について」參照）
　大江千里が寬平六年［894］に選進した『句題和歌』の現存句題115句中，74句が『白氏文集』の詩句であり，寬平年閒から２～30年位のちに成立したと推定される『千載佳句』の現存收載總數1110首のうちの535首までが白樂天の詩句であるという。（金子彥二郎『平安時代文學と白氏文集』）『句題和歌』『千載佳句』同樣，『和漢朗詠集』の採錄された白居易の詩句の壓倒的な多さは，撰者藤原公任をはじめ多くの平安貴族に，いかに『白氏文集』が愛好されたかを物語って

いる。

　唐人詩文 234 首中
　　白居易 135 首
　　元稹 11 首
　　許渾 10 首
　和人詩文 354 首中
　　菅原文時 44 首
　　菅原道眞 38 首
　　大江朝綱 30 首
　和歌 216 首中
　　貫之 26 首
　　躬恆 12 首
　　人麿八首

(講談社學術文庫『和漢朗詠集』川口久雄解說「朗詠集の作者とそのベストテン」より，上位各 3 名を拔粹)

　嵯峨天皇・菅原道眞・藤原定家といった第一級の文化人に愛讀された『白氏文集』は平安貴族必讀の書となった。そして，當時，『文集』と言えばそれだけで『白氏文集』を指していた。淸少納言が『枕草子』に，「書は文集、文選、詩賦、史記、五帝本紀、願文、表、博士の申し文」と記し，紫式部が『日記』に，「宮の御まへにて文集のところどころよませ給ひなどして……」と記していることから，平安朝の女御達にも『文集』が愛讀されていたことが分かる。紫式部が，いかに深く『文集』を讀み込み，いかに巧みに白居易の文學を『源氏物語』の中に取り入れているかは，丸山キヨ子の名著『源氏物語と白氏文集』に詳しい調査・硏究がある。また，『白氏文集』が菅原道眞の詩文にいかに大きな影響を與えているかは，金子彦二郎の大著『平安時代文學と白氏文集──道眞の文學硏究篇第二册──』に詳述させている。さらに，平安時代のみならず鎌

倉，室町時代から江戸時代に至るまで，いかに多くの作品が白居易の詩文を受容しているかは，水野平次の勞作『白樂天と日本文學』に記されている。

2．先人の說

では，一體何故，我が國で，こんなにも『白氏文集』が流行したのであろうか？

岡田正之は，昭和4年［1929］9月10日發行の『日本漢文學史』第9章の中で，「抑々白氏文集の流行せし所以のものは，思うに少なくとも左の三大原因を有せり」とのべたあとで，

第一は白詩が盛に唐に在りて行われたりしことなり。
第二には白詩が平易流暢なりしことなり。
第三は白詩は佛敎味を有せしことなり。

という3點を擧げて說明し，「白氏文集の我が邦に行われし原因としては，猶他にも幾何か有らん。然れども如上の三點が重大なる原因なることは爭うべからざるなり」と結んでいる。
また青木正兒は，昭和7年［1932］9月刊の岩波講座「日本文學」の「國文學と支那文學奈良朝及び其の前後三和文勃興時代」（『青木正兒全集』第2卷362頁）に「詩は白樂天の影響が最も大きかつたことは衆目の見る所である。流行の原因は樂天の詩名が當時支那に於て高かつた事と，其詩が平易で情趣にも富み我邦人にも妙味が解し易かつた爲とであらう」と記している。これに次いで，1943年に，金子彦次郎は，『平安時代文學と白氏文集――句題和歌・千載佳句研究篇――』の「白氏文集尊重流行の因由についての新考察」で，「從來世に行はれてゐた代表的見解」として岡田說の3大原因を列記［ただし，第三の「白氏」が「白詩」になっている］した上，「精神風土などの面」から「更に補正せらるべき見解の二三」として，

第一　白詩の背景をなす社會生活と，我が平安時代のそれとが，極めて相酷似せしこと。

第二　白樂天の地位身分と，我が平安時代文學者のそれとが，又頗る相酷似せしこと。

第三　白樂天の性格・趣味・人となり等が，又殆ど我が平安時代に於ける典型的日本人とも稱すべき類型のそれなりしこと。

第四　白氏文集七十餘卷が，量的・質的兩方面より觀て，我が平安時代の文學者に取って，完備せる一大文學事典兼辭典的性格の存在たりしこと。

と言う4項目を加えて，補説を試みている。更に，1948年に神田秀夫は，「白樂天の影響に關する比較文學的一考察」の第6節で，岡田・金子の兩說を再檢討している。氏は，先ず岡田說の第一について，阿倍仲麿と交友關係のあった盛唐の李白・王維や中唐において「元・白」と並び稱された元稹を例に擧げ，「唐に於て盛に行はれたから直ちに日本に於ても盛に行はれるといふものではない」「本國に於ける流行と，日本に於ける流行とは，二つの事柄であり，別樣の原因を有つ。直接の因果關係に立ってゐるわけではない」と反對し，第二の「平易流暢であったこと」については，「恐らく何人も異存なき流行原因の一つであらう。一つは語學力の方から見て，一つは國民性の方から見て，一つは後宮の女房に學び易かった點から見て私も勿論肯定する理由の一つである」と贊成している。そして，第三の「佛敎味を帶びてゐたこと」については，香山寺白氏洛中集自記が69歳，六讚偈が70歳，醉吟先生傳が67歳の作であることを指摘した上で，「日本に於て，狂言綺語を過ちとし，轉じて以つて讚佛乘の因たらしめよう」といふ白樂天晚年の文句或は思想は榮華物語・倭漢朗詠集を除いては主として鎌倉時代以後の作品に反映してゐるもので，平安時代に於ける白樂天流行の原因を，ここに求めることはできない」と退けている。次に，氏は金子說の第1・2項を岡田說の第一項について述べたのと同じ理由で否定し，第3項

II. 『白氏文集』流行の原因

については,「白樂天でなければならないという特殊性を,もう一歩限定する必要が有らう」と批判し,「唐朝人中,白樂天のみが有する個性にして,而も平安朝人の共通性と一致するといふ如き二重三重の限定に堪へる性格といふものは少い,殆ど有り得ないからであるが,この第3項は非常の重要であることは勿論私もみとめている」と言い,「白樂天の性格・趣味・及び,彼の生涯が,我が平安時代に於ける日本人の規範として好都合なるものなりしこと」と修正している。氏は,第4項のみに賛同し,「日本人が白樂天を斷章として受け容れる傾向が強かつた事」を説いた第三節「斷章的吸收」で「偶然渡來した白氏文集といふ個人の詩文集に隨喜の涙を流し,之を唐詩選に代用しようとした無理の結果が,句題和歌や倭漢朗詠集その他の斷片化の一因である」と述べ,「『辭典的存在』選集の代用品として,一句一聯を切り放して理解することになると,白樂天といふ人物全體を批判する必要はなくなり,その思想體系に觸れる機會を失つてしまひ」「參考書的存在になりさがつてしまふ」といっている。結局,氏は「作者と讀者とを對立させて考へないで,手本と學習者との關係として考へ」,「平安朝人があやかりたい幾多の資格を一身に兼ね備へ」た白樂天は「手本となるに宜い人であつた」と言い,

一　七十五歳の長壽を全うして死んだ。(殺されたり自殺したのではない)
二　晩年は相當に地位も高かった。(落魄してゐたのではない)
三　儒教・老莊・佛教の不思議な融合を示してゐた稀なる人物で,圓滿な常識家である。
四　長恨歌の作ある如く,大衆の親しめる人物である。思ひやりがある。
五　岡田正之博士の說の如く,その詩は「平易流暢」,性情に本づく自然さ,平凡さ,妥當さ,なだらかさをもっている。
六　金子彦二郎の說の如く,その集は,「辭典的存在」で,經歷詩人の面目躍如たる一の自敍傳である。己れの日常生活を歌ひ拔くとはいかにするものかを教えて餘薀なき集である。

の6項目を『文集』流行の原因として掲げている。

　この神田說が現れてから34年後の1982年,「神田氏の考えは,白樂天が『あやかりたい』人物であるならばそれが知られるまでにかなり白詩が流行し,受容されていなければならないのではないか,という基本的な疑問を」抱き,「順序が逆なのではなかろうか」と言いだす人が出てきた。久しく絕版になっていた目黑書店の水野平次著『白樂天と日本文學』を,京都の大學書店から補注・訂正を付けて復刻した**藤井貞和氏**である。氏は,解說の中で,「岡田氏の第一說のような,唐で流行していたから,という考えは」「ほとんど何も言ったことにならない」と言い,「ここで思うのは,先に述べた菅原道眞が,白樂天の詩文の重要な受容者であったが,同時に學問家の總師であったということである。ある學問家が,白詩文集を取りいれ,自家のものにすると,他の學問家も,競合するようにして,やはりそれを取りいれ,自家のものにした,という競爭關係が白氏文集の流行をうながした,ということはなかっただろうか。家ごとに少しずつちがった訓みや解釋が學問として行われたであろう。新樂府(白氏文集第三卷,第四卷)の流行は,そうした各學問家の學問の成果として,諸本が行われている,と判斷される。紫式部も,學問家に生まれたのである。源氏物語に新樂府の影響が見られるのは,そうした家の學をいち早く創作に應用したからではなかろうか」と推定している。

3. 受容者の側から見た流行の原因

　水野平次は,昭和5年［1930］發行の『白樂天と日本文學』第9章「白樂天の影響(其二)」で「殊に嵯峨帝の御代,帝は叡才煥發,辭藻富贍,聖作も亦頗る多く,下には小野篁の奇才,橘逸勢の妙手があり,新歸朝の空海,最澄の偉傑があり,上下相應じて文學は愈隆昌を致したのである。而も其詠ずる所は,稀に初唐の風味のあるものがないでもなかつたが,染潤の久しき,依然として六朝の綺麗,潘射の舊調を脫することなく,敕撰の詩集も亦文選の體を踏襲するのみであった。で舊來の詩調はいつしか飽かれて,而も未だ新調文學は興らな

い。不言不語の間に，人は皆詩壇に向かつて何物かを渴望して已まなかつたのである。所が恰も好し，此の沈滯した我詩海に，突如として一つの波瀾が起こつた。茲に尤も國人の好尙に適した新文學が來たのである。元白淸新の詩風が卽ち是である。白詩が我國に傳たのは，實に其時を得たものと謂ふべきである。忽ちにして平靜和易なる我國人の歡迎を受け，遂に王朝文學の生命を支配する樣になつたのである。又其所を得たといふべきである」と言っている。氏は特に『文集』流行の原因として述べたわけではないが,「文選の體を踏襲」した「舊來の詩調」に飽きた平安人にとって，白詩は「好尙に適した新文學」であったという指摘は，受容者側から見た『文集』流行の原因の一つと見做すことができる。

4．最近の說

1985年5月に發行された**猪口篤志**著『日本漢文學史』（角川書店）の「第三章　平安朝の漢文學」に「白詩の流行とその理由」として以下の五點が擧げられている。

(イ) 白樂天の詩はやさしくて流麗，口調がよいこと。
(ロ) 本場の中國でも非常に流行していたらしいこと。
(ハ) 詩數が多く，その取材の範圍が上下社會のあらゆる階層にわたり，語彙も豐富で作詩・作文上の模範となったと思われること。
(ニ) 白樂天の人柄が淸廉潔白・忠鯁謹直で權力に追隨せず，また時世を達觀して煙霞風流を希求したこと。
(ホ) その思想は極めて穩健で，儒佛道三敎合一の考えを有し，當時日本の思想界は神儒佛合一の傾向にあり，受容しやすかったこと。

先人の諸說を越える項目はないが，明快に凝縮された說明の中には「當時の邦人が中國のことを勉強しようとすれば，知識の寶庫の觀があったろうと思わ

れる。『白氏文集』を讀まないものは知識人とは言われなかったに相違いない。高級官吏養成所でもあった大學の教科目に『白氏文集』が擧げられているのも，その間の消息を物語るものといえよう」といった新しい見解も示されている。

　1986年11月に書かれた太田次男氏の「『千載佳句』から『和漢朗詠集』へ——白詩を中心として——」（『和漢比較文學叢書』第4卷1987年2月）は，「日中をパラレルにして考察すべく，當時の中國の事情にかなり比重を置いて，これをわが國と對比するという遣り方で取上げて述べ」たものである。氏は，「白氏の詩文がわが國に將來されて以來，彼土に勝るほどに盛行した」理由として，

（一）先ず第一にこれは中國においてもすこぶる有效であったが，それにも增してわが國で決定的なことはその作風が平易で理解し易いこと，しかもそれに加えて詩の數が多數であり，それが中國において先ず大流行したこと……

（二）は受容する側たるわが文人にとって，官人という社會的關係においてその詩を身近に感ずる共感……

（三）はその詩文の內容が驚くほど新鮮に感じられたこと……

を擧げている。

「その選書はむろん主として商品として觀點からする以外にはなく，それは當時の彼土の流行に基づく」「それだけの數の白氏文集や短篇の白詩や詩文類が中國において流布していたことを意味する」「自己周邊のいわば日記的題材を自在な表現に託し，遂に3840篇という唐代ではまことに希なほどの大きな數となった」という指摘は注目に值する。

5．先人諸說の再檢討

　金子彥次郎が，『平安時代文學と白氏文集——句題和歌・千載佳句研究篇——』の「白氏文集尊重流行の因由についての新考察」で指摘した4項目のうち最も

II．『白氏文集』流行の原因

重要な發見は，「第四項」の「白氏文集七十餘卷が，量的・質的兩方面より觀て，我が平安時代の文學者に取って，完備せる一大文學事典兼辭典的性格の存在たりしこと」である。氏はこの項の補說としてこう述べている。「白樂天の詩句がもっとも大量に攝取されてゐる現存文獻中の最古のものは，さきに記述した通り，大江千里の句題和歌であるが，それには，其の百十五首の句題中七十四首までが白詩であること，次いでかの倭漢朗詠集に先行せる纂輯物であった大江維時（888〜963）撰するところの『千載佳句』に於ても，亦（一）唐人約百五十人，詩句およそ千餘聯採收してゐるが，その中には白詩が實に其の半數の五百餘聯の多きを占めて，自餘約百五十名の作家の句數合計とも相頡頏してゐること，（二）しかして更に驚くべきことは，其の上下兩卷中の部門二百五十八のうち，白詩句の採收揭載されてゐる部門が實に百八十に亙り，（三）しかも白詩のみを以って成立してゐる部門がまた總部門の三分の一に近き七十六を數へ，（四）それら白詩を含めるすべての部門に於ける詩句の排列をみるに，殆ど常に白詩句が先づ其の筆頭に揭載されてゐると言ふ有樣である。（中略）さて飜つてかの白氏文集の內容であるが，その三千數百篇に上る詩筆中には，實は四季三百六十日の各季節や日々の文學素材は固より，樂天十六歲の處女作よりはじめて，其の七十五歲に至る凡そ六十年間にわたる各年齒・勤學力文。出仕任官・官廷府衙・私邸・山居・登山臨水・顯榮貶謫・宿直退衙・宴遊歌舞・哀傷歡娛・春夏秋冬・朝夕晝夜・哲學・宗敎等々・かの千載佳句二百五十八部門に亙り，およそ我が平安時代文學者達の，あらゆる生活態樣の詠出描寫にも卽應し得るに足る詩藻とが，此の一個人の集中に，鬱然渾然として包含され，集大成されてゐたのである」。

この指摘は，白居易自身の言葉「凡そ平生，慕ふ所、感ずる所、得る所、經る所、逼る所、通ずる所，一事一物已上，布きて文集中に在り。卷を開けば盡く知るべし。（凡平生，所慕、所感、所得、所經、所逼、所通，一事一物已上，布在文集中，開卷而盡可知也）」（「醉吟先生墓誌銘序」）と符號する。氏の發見でさらに重要な記述は，同書526頁「第七節　千載佳句收載白詩の思想性及び文學性一斑」に記されている。「（前略）今，右の如き觀點から，千載佳句中へ選擇

収載された其の五百三十五首の樂天詩句を通讀してみると,かの日本國民性と稱されてゐる淡白性・現實性・樂天性・草木自然に對する愛好性などの濃厚に表現されてゐるものが特に多い點に注意せしめられるであらう。『水能性淡爲吾友。竹解心虚卽我師』の如きは,言ふまでもなく其の淡白性が喜ばれた著例である。が,其の最も顯著な傾向は,自然や草木に對する愛好性に卽應する選句に於て顯現してゐる」と。

「自然や草木に對する愛好性に卽應する選句」を金子氏に代わって具體的に例示し,補足しよう。例えば,『千載佳句』の冒頭,「四時部」「立春」に引かれた「柳無氣力條先動,池有波文氷盡開」や「早春」の「先遣和風報消息,續敎啼鳥說來由」,「首夏」の「長恨春歸無覓處,不知轉入此中來」といった名句に見られる纖細な季節感は平易な表現でありながら實に銳い觀察眼によってとらえられた自然のひとこまである。また『千載佳句』の「春興」と『倭漢朗詠集』卷上「春」の「花」に收められた「池色溶溶藍染水,花光焰焰火燒春」,『千載佳句』の「蓮」と『倭漢朗詠集』卷上「夏」の「蓮」に收められた「葉展影翻當砌月,花開香散入簾風」,『千載佳句』の「詩酒」と『倭漢朗詠集』卷上「秋興」に收められた「林閒暖酒燒紅葉,石上題詩掃綠苔」,『千載佳句』の「冬夜」と『倭漢朗詠集』卷上「冬」の「歳暮」に收められた「寒流帶月澄如鏡,夕吹和霜利似刀」の句などは,いずれもそのまま日本の風景に置き換えて鑑賞することができる。作詩のみならず和歌の世界にも流用し得る詩藻を求めていた撰者にとって,溫和で優美な自然描寫を得意とする白居易の『文集』は,難解な『文選』に比べてより使い勝ってのよい重寶な『文學辭典』だったのである。

水野平次著『白樂天と日本文學』98頁に引かれた後中書王(具平親王)の「贈心公古調詩」の句「韻古潘與謝,調新白將元」は,元・白の詩が新鮮なものとして平安貴族に歡迎されていたことを傳えている。水野氏の「白詩の我國に傳つたのは,實に其時を得たものと謂ふべきである」という指摘も受容者側から見た理由の一つとして重要である。また,太田次男氏「その選書はむろん主として商品という觀點からする以外になく,それは當時の彼土における流行に基づく」という指摘も看過できない。これは,元稹が「長慶四年十二月十日[824]」

に記した「白氏長慶集序」の原注「楊越間多作書模勒樂天及豫雜詩，賣於市肆之中也」や藤原嶽守が「大唐人貨物」の中から「元白詩筆」を得て仁明帝に獻上したという承和五年 [838] の紀事によって裏付けられる。

6. 展望

諸説の集大成としては**猪口篤志**氏のまとめがもっとも完備しているので，要約は割愛し，これに補足した上で展望を記して結びとする。

まず補足すべきことは，「白居易自身が編集した『白氏文集』は實に良く整理分類されていた」ということである。すなわち，「諷諭」「閑適」「感傷」「律詩」「格詩」といった內容・詩體別に卷を分け，同一卷の中は同じ時期の作品がまとめて配列されていたりする。これは『元氏長慶集』についても共通する特色であるが，他の唐代詩人の別集には見られない編纂様式である。複数の作者の作品からなる『文選』の部立が完備していたことを考える時，個人の作品である『文集』の整った分卷も受容者にとってははなはだ便利なものであったに違いない。ただし，白居易の生前からその作品が散發的に渡來していたわけであるから，これはあくまで原因の一つに過ぎない。

先人が指摘したいくつかの原因理由のひとつひとつはすべて必要條件であっても必ずしも十分條件であるとは限らない。いろいろな要素が複雑に組み合わされて『文集』(單發の作品も含む) の盛行をもたらしたものと考える必要がある。従って神田秀夫氏のごとく個々の原因をひとつひとつ切り離して反論を加えようとすることには無理がある。

今後の課題は，「なぜ漢字文化圏のほぼ全域に白居易の作品が傳播し愛讀されたか」という問題である。それには (一) どのような作品が (二) どのように傳えられ (三) どのように受容されたかを，まず中國本土，つぎに西域，朝鮮，越南の順にそれぞれ究明されねばならない。特に朝鮮における受容は重要である。

III. 「十訓抄序」と『白氏文集』

　一般に，著者の創作意圖および執筆態度は，その序に記されるものである。それ故，「十訓抄序」において，白居易の文學論が引かれていることは，「十訓抄」における『白氏文集』の受容のみならず，我國における『文集』受容史上の問題としても注目に値する。今，「十訓抄序」と『白氏文集』を比較し，『十訓抄』の執筆態度と狂言綺語觀と，この二つの問題について檢討する。

1. 執筆態度

『十訓抄』(岩波文庫本)　　　　　　『白氏文集』(京都大學人文科學研究所校定本)
　序　　　　　　　　　　　　　　　0124「新樂府序」
……其詞，和字を先として，か　　　序曰：凢九千二百五十二言，斷爲五十
ならずしも**筆の費をかゝず。見**　　篇。篇無定句，句無定字。繫於意，不
んものゝめやすからんことをお　　繫於文也。首句標其目，古十九首之例
もふゆへなり。この例　漢家を　　也。卒章顯其志，詩三百篇之義也。**其**
次にして，廣く文のみちをとぶ　　　**辭質而俚。欲見者之易諭也。**其言直而
らはず。**きかむものゝ，みゝち**　　切。欲**聞者**之深誡也。其覈而實。使來
かからむことをおもふゆへなり。　者之傳信也。其禮順而律。使可以播於
惣じてこれをいふに，むなしき　　樂章歌曲也。**惣而言之，**爲君爲臣爲民
こと葉をかざらず，たゞ實のた　　爲物爲事而作。不爲文而作也。
めしをあつむ。道の傍の碑文を　　　　0147「靑石」激忠烈也。
ばねがはざる心なり。……　　　　　……不願作官家**道傍德政碑**。
　　　　　　　　　　　　　　　　　不鐫**實錄**鐫**虛詞**。……
　　　　　　　　　　　　　　(0080「立碑」……立作**路傍碑**。……『那波本』)

III.「十訓抄序」と『白氏文集』

　藤岡繼平氏の『十訓抄考』の附言に，「平易通俗に解り易く改め，其大意は容易に解する事を得しめ，論斷に孔孟の說を用て釋老の敎を說くにせよ，毫も高尙拮掘に亙るの議論なく，奇句もなく，警語もなく，極めて平穩流水の如き，此平易簡要なるは，却て其長とする所にして，蓋し敎訓書の本體を得たりと云ふ可し」という。その「平易通俗」こそ，『十訓抄』が廣く世に容れられ，永く後世に傳わり得た直接の原因であり，そして，『白氏文集』の比類なき流行の祕密もまた，その「平易通俗」なる特徵にあった。今人，陳友琴氏は，その論文「白居易詩歌藝術的主要特徵」（『唐詩』研究論文集，第3集）の冒頭に「從來對白居易詩歌藝術的主要特徵有一箇大致相同的看法，就是大家都認爲他的作品不易，淺切，通俗易懂。平易就不至于艱險怪僻，矯揉造作；淺切就能夠不作深文奧義，而是恰如其分地反映眞實；通俗易懂就能夠大衆化・不至于僅僅成爲少數人所能欣賞的東西」と述べ，白居易の藝術における主要なる特徵が，「平易」「淺切」「通俗易懂」である點を指摘している。この「平易通俗」[注1]なる特徵は，享受層を廣げんとする著者の確乎たる意圖のもとに生み出されたものであり，「詩道」[注2]の立場に立つ文學觀を伴った表現樣式のなせるわざであった。

　「詩道」の立場に立つ文學，その最も典型的な作品が，樂天38歲，左拾遺となって2年目，元和四年［809］に作られた「新樂府」である。その五十首におよぶ一連の諷諭詩に冠せられた序が，「新樂府序」であり，それは，白居易みずから，その制作意圖とそのための表現方法とを力强く宣言したものである。その意圖は，後年，彼が，親友，元稹に宛てた手紙，「與元九書」で明らかな如く，「時政を補察し」「人情を洩導す」ることにあった。さればこそ「君のため，臣のため，民のため，物のため，事のために作って，文のために作らず」という態度をとったのである。そして，その主張を實現するためには，それに適った表現手段が必要であった。

　　其辭質而俚。欲見者之易諭也。
　　其言直而切。欲聞者之深誡也。

虚飾を去った嚴格な對句の中に，その表現方法と目的とを的確に打ち出している。

『十訓抄』の作者は，この「新樂府序」をもとに，「新樂府」第二十三首「青石」の中の，「不願作官家道旁德政碑。不鐫實錄鐫虛詞」の句を折込んで，みずからの序を構成している。先行する古典から必要な部分を截り取って，それを自家の文章に再構成する『十訓抄』作者の手腕は，『十訓抄』の隨所に見られる文章上の特色の一つであるが，もとよりその手法は，日本の古典にも向けられている。そして，この手法が，序の冒頭から用いられているのである。たとえば，

「十訓抄序」 夫　世にある人，ことわざしげきふるまひにつけて……
「古今集序」　……世の中にある人，事わざ繁きものなれば，……

こうした所にも「文筆の才あり，詩歌の道に深い造詣があった」とされる作者[注3]の一面が窺える。その「文筆の才」が，白居易の詩文を引く際に，遺憾なく發揮されていることを見るため，先に比較對照した「十訓抄序」と『白氏文集』の關係箇所をさらに分析してみよう。

A
其辭（質而俚）。欲見者之易諭也。
　其詞 b①見んものゝめやすからんことをおもふゆへなり。
其言（直而切）。欲聞者之深誡也。
　この例，b②聞かむものゝ，みゝちかゝらむことをおもふゆへなり。
惣而言之。（爲君爲臣爲民）
　惣じてこれをいふに，
不鐫實錄鐫虛詞。
　むなしきこと葉をかざらず，たゞ實のためしをあつむ。
不願作官道秀德政碑。

Ⅲ.「十訓抄序」と『白氏文集』

道の傍の碑文をばねがはざる心なり。

B
（其詞，） b①和字を先として，かならずしも筆の費をかゝず。
　　　　　　　　（見んものゝめやすからんことを……）
（この例，） b②漢家を次にして，廣く文のみちをとぶらはず。
　　　　　　　　（聞かんものゝみゝちかゝらむことを……）

　Aについて見ると，『十訓抄』の作者が，白居易の文の對句を生かしつつ，それを「見んものゝめ」「聞かんものゝみゝ」の如く，縁語を用いて引き伸ばしていることが分かる。更にまた，「惣じてこれをいふに」の次に，「新樂府序」の結びである，「爲君爲臣爲民爲物爲事而作。不爲文而作也」の句を引かず，同じ「新樂府」ではあるが，「青石」の詩を引くことによって極めて自然に原作のすり替えを濟ませている。
　次に，Bについて見ると，白居易の對句の中の「質而俚」「直而切」に相當する部分に『十訓抄』作者みずからの對句を入れ，主旨を自分の手元に引き戻している。實は，この，作者の手腕によって變えられた部分こそ，『文集』受容の樣相を窺う上での重要な手がかりなのである。
　花房英樹氏の『白居易研究』第三章の一（「詩道」の定立）に，「『秦中吟』の十首や，『新樂府』の五十首は，首都長安を中心とした，生活と精神との腐敗の諸相を，各階層にわたって抉出したものである。意圖は，白居易その中に在る，社會の缺點を突き，それを變革しようとするところにあった。作品は現實への抗議に成立していた。批判的精神による自己主張が，その支柱となっていたのである。内部には，書かずにはいられない制作衝動が渦卷き，表現には強烈な主體内容があった。作品はすさまじいまでに緊張していた」とある。その根底をなす思想は，氏の言葉を借りて言えば，「政治的現實主義と道徳的理想主義とを結合する思想」である。
　これに對し，『十訓抄』作者の意圖する所は，「吉方をばこれをすゝめ，惡筋

をばこれをいましめつゝ、いまだ此道をまなびしらざらむ少年のたぐひをして、心をつくるたよりとなさしめ」(「十訓抄序」)んとするにある。ここで注意せねばならないことは、その對象を「少年のたぐひ」と言っていることである。決して「少年」だけに限定してはいない。「いまだ此道をまなびしらざらむ」者という意味で「少年のたぐひ」とやわらげたにすぎない。このことは、白居易が平易通俗な語を用いることにより、享受層の下限をひき下げ、その對象をより擴大しようとしたのと同じこころである。しかし、このことは、決して、內容までを低俗幼稚化して迎合しようとするのではない。『十訓抄』作者は、「夫世にある人、ことわざしげきふるまひにつけて、たかきいやしき品をわかたず、賢は德おほく、愚なるは失おほし」(「十訓抄序」)という意識のもとに、「昔今の物語を種として、よろづのことの葉の中より、聊その二のあとを詮としとりて」(「十訓抄序」)「少年のたぐひ」を訓蒙敎化しようとするのである。彼の根本思想は、「吉方をばこれをすゝめ、惡筋をばこれをいましめ」んとする勸善懲惡の思想であり、「おごれるをきらひ、直しきを勸る」(「十訓抄序」)倫理道德思想である。

　白居易の痛烈な政治批判に對し、『十訓抄』作者の溫厚な訓戒という對照は、道德思想という共通の基盤を有しつゝも、その差違は、左拾遺(君主の過失を拾いあげて諫める官)と京方六波羅廳に仕える下役という立場の相違にも由來しよう。また、「新樂府」の語調の激しさに比して、「十訓抄序」の溫和さという對照は、諫官となって2年目、28歲という若さの白居易と「蓮のうてなを西の雲にのぞむ翁」という兩者の年令差にもよるであろう。漢文・和文の特質も無關係とは言えないであろう。しかし、違いの最も大なる所は、兩者の意圖する所の差違が文體の響きとなって表面化した點である。先のAにおいて、「惣じてこれをいふに」の次に「新樂府序」の結びを引かず、「靑石」の句を引いて「道の傍の碑文をばねがはざる心なり」と改めたこと、また、Bにおいて、對句の「質而俚」「直而切」の部分を「和字を先として、かならずしも筆の費をかゝず」「漢家を次にして、廣く文のみちをとぶらはず」と置き換えたこと、すべて『十訓抄』作者の意圖によるものである。卽ち、『十訓抄』の作者は、「新樂府序」

Ⅲ.「十訓抄序」と『白氏文集』

の根本精神をなす「諷諫」と「敎化」のうち，前者を去り，後者のみを受容し，その手段である「平易通俗」という表現方法を用いたのである。

このことは，「青石」の詩について分析檢討を加えることによって，一層明確となる。そこで，先ず問題とすべきは，詩全體で白居易が言わんとすることは何か，また，『十訓抄』作者の截り取った句が「青石」詩の如何なる部分を占めるかということである。

0147「青石」激忠烈也。
青石出自藍田山　兼車連載來長安
工人磨琢欲何用　石不能言我代言』①
不願作人家墓前神道碣　墳土未乾名已滅
不願作官家道旁德政碑　不鐫實錄鐫虛詞』②
願爲段氏顏氏碑　彫鏤大尉與大師
刻此兩片堅貞質　狀彼二人忠烈姿
義心若石砣不轉　死節若石確不移
如觀奮擊朱泚日　似見叱呵希烈時
各於其上題名諡　一置高山一沈水
陵谷雖遷碑獨存　骨化爲塵名不死』③
長使不忠不烈臣　觀碑改節慕爲人
慕爲人　勸事君』④

0080「立碑」
勳德旣下衰　文章亦陵夷
但見山中石　**立作路傍碑**
銘勳悉太公　敍德皆仲尼
復以多爲貴　千言直萬貨
爲文彼何人　想見筆下時
但欲愚者悅　下思賢者嗤
豈獨賢者嗤　仍傳後代疑
古石蒼苔字　安知是愧詞
我聞望江縣　麴令撫惸嫠
在官有仁政　名不聞京師
身歿欲歸葬　百姓遮路岐
攀轅不得歸　留葬此江湄
至今道其名　男女涕皆垂
無人立碑碣　唯有邑人知

白居易は，この「青石」詩において，藍田山から出る青石の口を借りて①，「墓碑や頌德碑に作りたいとは思わない。なぜなら，虛飾のみを鐫り，事實を紀そうとしないからである②。むしろ，段秀實や顏眞卿の碑と爲って，その眞の業績を彫み，長くその忠烈の姿を傳えたい③。そして，不忠不烈の臣に節を改めさせ，段・顏兩氏の爲人(ひととなり)を慕わせ，天子に事(つか)うる道を全うさせたいものだ④」

と訴えている。「新樂府序」の「卒章顯其志」の言に從えば，白居易の言わんとする志は，その「卒章」即ち④に明らかにされているはずであり，事實，「激忠烈也」という題注と④の内容は一致し，これが「青石」詩の主題であることが分かる。

では，「十訓抄序」に引かれた「不願作官家道旁德政碑　不鐫實錄鐫虛詞」の部分は，白氏の原詩において如何なる地位を占める句であろうか。結論から言えば，それは第二の主題とも言える句である。このことは，「秦中吟」十首の六「立碑」の詩を參照すれば，より明白となる。白居易は，「青石」詩における副主題とも言うべき，「實錄を鐫らずして虛詞を鐫る」という問題を，「秦中吟」の中で「立碑」の題のもとに正面から取り組んでいるのである。この詩は，大きく二段に分かれ，その前半では，大した勳功や德行の無い者の碑に，太公望や孔子の如き勳德を刻む時世を嘆き，萬金を投じて長文を求める依賴者の愚と，それに應じて後代に「疑(いつわり)」を傳える碑文の作者を鋭く批判している。また，後半では，碑碣を立てずとも，生前の仁政が邑人(むらびと)の心中に永く傳わる例として，望江の縣令，麴信陵の逸事を引いて對照せしめ，本來のあるべき姿を考えさせている。白居易は，さらに，卷48「策林」第68の2085「議文章」において，「……故歌詠詩賦碑碣讚詠之製。往往有虛美者矣。有媿辭者矣。若行於時。則誣善惡而惑當代。若傳於後。則混眞僞而疑將來」（那波本）と激しい口調で，「虛美」「媿辭」に滿ちた「碑碣」の類が，當代のみならず後世にまでも惡影響を及ぼすことを說いている。さればこそ，みずから「新樂府序」に「其覈而實。使來者之傳信也」と述べ，「新樂府」五十首をもって實踐しているのである。

『十訓抄』の作者が，「新樂府序」「青石」はもとより，「立碑」をも合わせ讀んでいたであろうことは，0004「凶宅」と0163「杏爲梁」，0160「李夫人」と0596「長根歌」，2217「題故元少尹集後」（二首の一）と3465「繼之尙書……」の如く，類似せる内容を持つ詩を巧みに組み合わせて引く例から類推されるが，「青石」と「立碑」を合わせて一つの文章にしているその着眼と技倆は稱讚に値するもの有りと言えよう。そして，その斷句の適切なること，對句・緣語を用いての和譯の妙，『十訓抄』作者の面目躍如たるものが有る。ただし，「十訓抄

III.「十訓抄序」と『白氏文集』

序」の言葉は,「新樂府序」に對する白居易の作品の如くには實行されていない。なるほど,「和字を先として」「漢家を次に」せることは,「(一) 支那の例大略四十三項。(二) 天竺の例と稱するもの大略三項。本邦の例大略二百十六項」(『十訓抄考』)の如く,「漢家」の例の約五倍を「和字」が占めており,「むなしきこと葉をかざらず,たゞ實のためしをあつむ」ることも,原典を重視し,「昔今の物語」を忠實に引いていると言う意味では實行されている。しかし,「むなしきこと葉をかざらず」という句を,「美辭麗句による虛飾は避ける」と言う意味にとれば,序の「……**もしほ草かき**あやまれることの**はもかず つもり,梓弓引**見んひとの嘲も**はづれ**がたくおぼえながら……」の如き,枕詞・縁語を驅使した美文は避けらるべきはずのものである。また,訓戒を忘れ,興味に惹かれた「第十　可庶幾才能・藝業事」の中の詩歌管絃の佳話には,王朝文化への懷古的憧憬が現われている。さらに,「漢家を次にして,廣く文のみちをとぶらはず」と言いながらも,『十訓抄』には,五十種近くの漢籍より,二百餘句もの故事・警句が引かれているのである (*誤解や誤讀が二,三見られ,全部が全部,原典より直接引かれたのではないことが分かるが,序の言葉は,いささか謙辭の嫌いがある)。

　要するに,『十訓抄』作者の執筆態度は,時相の轉換期にあって,事實へと新たなる關心が向けられた鎌倉期の時代風潮として,原典を重視し,實錄を尊ぶと言う形で實行されているのであって,「道の傍の碑文をはねがはざる心」とは,「新樂府序」の句で言えば,「其覈而實, 使來者之傳信也」と言う心である。(ただし,その「心」には,政治性の有無という點で相違がある)『十訓抄』「第二　可離嬌慢事」の小序の「或は數寄につけてわらはるゝ有。是むかしの人はこと心すきて,花月をいたづらにすごさざりけり。今は時世あらたまりて,おもしろき事も,それにのみしみかへりては,心一をやり,人めにあまる難あり。……むかしをいみじとしのび,ものを面白とおもふとも,人目をはゞかり世のそしりをつゝしみて,心にまかすまじきなり」というくだりは,平安文化への懷古的憧憬と鎌倉期の現實にあって葛藤する著者の姿を傳えるものであるが,かかる葛藤の中で,後者の精神を擔う句として,儒家思想を背景に持つ「新樂府序」と「青石」詩の句が引かれているのである。

2. 狂言綺語觀

『十訓抄』（岩波文庫本）
序
……抑，かやうの**手すさび**の起をおもふに，**口業の因**をはなれざれば，賢良の諫にもたがひ，佛教のをしへをそむくにゝたりといへども，しづかに諸法實相の理を案ずるに，**狂言綺語**の戲，還て**讚佛乘の緣**たり。況や又おごれるをきらひ，直しきを勸る旨，をのづから法門の心に，あひかなはざらめや。かたがたなにの憚かあらむ。……

『白氏文集』（那波本）
3608「香山寺白氏洛中集記」
……我有本願。願以**今生世俗文字之業**。**狂言綺語**之過。轉爲將來世世讚佛乘之因。**轉法輪之緣**也。……

「十訓抄序」には，いま一つ『白氏文集』とのかかわり合いにおいて，重大な問題が含まれている。即ち，狂言綺語觀の問題がそれである。
　そもそも，「狂言綺語」とは，2955「蘇州南禪院白氏文集記」の「……凡三千四百八十七首。其間根源五常。枝派六義。恢王敬而弘佛道者。多則多矣。然寓興放言。緣情綺語者。亦往往有之。……」の語によれば，「寓興の放言，緣情の綺語」即ち，「文學のための文學」である。そして，それは，「王敎を恢め，佛道を弘むる」「敎化のための文學」に對して用いられた語である。寒門出身の白居易は，「文章」によって官界に躍り出，そしてまた，「文章」によって左遷された人であった。彼が，政治に働きかけ得る文學こそ最も意義あるものと考え，載道文學の立場に立つ諷諭詩を第一としたのは，彼の根本精神をなす儒家思想による。しかし，自ら「寓興の放言，緣情の綺語なる者も亦，往往にして之を

III.「十訓抄序」と『白氏文集』

有す」と述べる如く，政治から離れて閑適詩の類をも作っている。彼は，一方で「政治のための文學」を提唱し，「文學のための文學」を退けつつも，また一方では，その「文學のための文學」を創っているのである。彼は，この葛藤の救濟を佛に求めた。願文は繰り返し綴られている。

2955「蘇州南禪院白氏文集記」
……且有本願。願以今生世俗文字放言綺語之因。轉爲將來世世讃佛乘轉法輪之緣也。……

3608「香山寺白氏洛中集記」
……我有本願。願以今生世俗文字之業。狂言綺語之過。轉爲將來世世讃佛乘之因。轉法輪之緣也。……

3611「六讃偈序」
……樂天常有願。願以今生世俗文筆之因。翻爲來世讃佛乘轉法論之緣也。……

何如に切實な願いであったかが知れる。そして，「世俗文字の業」「狂言綺語の過」と言いながらも「幼きより老年に及」んだ彼の「生業の文字」(3024「題文集櫃」) 即ち，彼の人生とも言うべき『文集』を，「讃佛乘」(佛乘を讃嘆して人を敎化すること)，「轉法輪」(佛の敎法を說くこと) の因として下さいと言うところに，彼の文學そのものに對する全身的傾倒と自信とを見ることが出來るのである。

この句の我が國に及ぼせる影響は深く，平安期の『三寶繪詞』には，

十五日ノ前ニハ，法花經ヲ講シ，タニハ彌陀佛ヲ念シテ，ソノヽチニハ，曉ニイタルマテ佛ヲホメ，法ヲホメ，世ノ世俗文字ノ業，狂言綺語ノアヤマリヲモカヘシテ，當來世々讃佛乘ノ因，轉法輪ノ緣トセムトイヘル願ヲ

偈誦シ，又，此身何足愛，萬劫煩惱ノ根，此身何足厭，一聚虛空ノ塵トイヘル詩ナトヲ誦スル。……

とあり，攝關期に行なわれた勸學會においてこの句が「偈誦」されたことを傳えている。さらに，この句は，『和漢朗詠集』に收められ，朗詠句として廣く世に受け容れられ，この句を引く作品は，中世文學だけでも，『古來風體抄』『柿本講式』『敎訓抄』『袋草子』『古今著聞集』『沙石集』『榮華物語』『曾我物語』『平家物語』『源平盛衰記』『花傳書』等々と枚擧に暇がない。

『十訓抄』もまた例外ではなく，序において旣に現われているが，さらに面白いことに，先の願文が朗詠の形で傳えられている樣子を示す例が見受けられるのである。

第十　可庶幾才能・藝業事　二十三
　妙音院大臣殿，尾張國におはしましける時，よるよるあつたの宮へまいり給ひけるが，七日に滿ける夜，月のくまなかりけるに，びはをひきすまして，「**願は今生世俗文字の業**」といふ**朗詠**をし給へければ，寶殿おびたゞしくゆるぎたりけり。世の末なれども，道きはまりぬる，いとめでたきことなり。

このように，狂言綺語觀が中世文學に廣く影響を與えたことは前述の如くであるが，『十訓抄』の作者もまた，文學を「手すさび」と「觀」じ，「口業の因」と考える中世の人であった。そして，中世と言えば，無常觀が暗く世の中を覆った時代であった。『十訓抄』の序が，敎戒の精神を前面にうち出しているのに對し，跋の言葉は無常觀におし流されている。

　抑，難波の言の葉の，よしあしに付つゝ，昔今の物語を集め見るに，其身は，左ながら苔の下に朽にげれば，僅に埋れぬ名ばかりを，しるしとゞむる哀さよ。なきは數そふ世の有樣，おもひつゞけられて，いつか身の上に

III. 「十訓抄序」と『白氏文集』

とのみ心ぼそし。夢也。まぼろし也。古人去て不歸。有とやせん。なしとやせむ。舊友かくれて殘すくなし。……むかしを今になし難き習ひにて、我世も人の世も、たゞあだなるかりの宿なれば、かゝる筆のすさみまで、いつかむかしの跡といはれんと、哀にあぢきなく覺てなむ。

大きく分けて、『十訓抄』の作者は、三つの性格を有する。

①詩歌・管絃・藝能にまつわる佳話に興味を示さずにおれない文人としての貴族的性格。[注5]
②承久の亂後、壓倒的に迫り來る鎌倉方に對處せねばならない京方・六波羅廳に仕えた下役としての儒家的性格。
③跋に見られるが如き無常觀の救いを佛道に求めた「蓮のうてなを西の雲にのぞむ翁」(序)としての佛敎的性格。

である。①と②の葛藤については、既に、「1．執筆態度」で述べた。ここで問題とする狂言綺語の問題は①と③の葛藤である。しかし、『十訓抄』の作者の本質は①であり、②と③は、いはば建て前であった。

「むかしをいみじとしのび、ものを面白とおもふ」貴族的性格に流された執筆は、儒家思想の立場からすれば、「賢良の諫にたがう手すさび」(序)であり、佛敎の立場からすれば、「をしへをそむく口業の因」(序)である。『十訓抄』の作者は、この二つの葛藤を一氣に解決する大義名分を必要とした。それが文學をもって敎化の具とすることであった。そしてそれに關連した言葉として、白氏の願文が引かれたのである。ただし、白氏の願文の根底に意識されるものが、「文學のための文學」をも含む自己の文學に對する自信であるのに對し、「十訓抄序」の根底に流れるものは、「かたがたなにの憚かあらむ」(序)と辯解せざるを得ない彼の徹し切れない弱さである。そこに、「十訓抄序」における『文集』受容の際の原典との「ズレ」を認めることが出來るのである。

［注１］　『白氏文集』卷９の2918「錢唐湖名記」に「欲讀者易曉。故不文其言」とあることから，實際，平易な表現に，白氏が意を用いていたことが窺われ，「嫗解」の逸話の傳承も理由のあることが分かる。

［注２］　1486「與元九書」に「僕常痛**詩道**崩壞。忽忽憤發」とある。

［注３］　永井義憲氏『十訓抄――その成立と作者――』所引の湯淺宗業說は，最も有力な說であり，『『十訓抄』の內容みずからの語る作者像』の「要說」は參考に値する。

    １．建長四年［1252］この書述當時にあっては京にあり六波羅に仕えており，その暇を見て此の書を執筆し老境に入っていた。（序）出家は許可を得なければならず，同時に致仕しなければならなかったのであるから，剃髮入道はこの書執筆以後であった。

    ２．一族の長老としてこの鎌倉の力が壓倒的であり，實力本位の變轉する時代の動きに對していかに對處すべきかを少年（必ずしも年少者のみではない）に敎戒しようとしてこの書を編んだ。（序）

    ３．亡び去った平淸盛や重盛に對して好意を持ち，他書に見出すことの出來ぬ自己の見聞に係る逸話を收錄した。（第一，第七）

    ４．佛敎に深く歸依し，時茂が六波羅北方の任にあった康元元年（1256）以後出家し，二郞左衞門入道とよばれた。ただし，この佛敎は淨土敎に近いものではない。（第八小序，妙覺寺本奧書）

    ５．文筆の才あり，古今の典籍を博覽し，詩歌の道に深い敎養をもっていた。（特に第十）

［注４］　『十訓抄』第二の五，第五の七，第九の五。

［注５］　このことは，「第十 可庶幾才能・藝業事」の卷が他の卷よりはるかに段數の多いことでも知れる。

第一	可定心操振舞事	57段
第二	可離憍慢事	5段
第三	不可侮人倫事	16段
第四	可誡人上多言等事	19段
第五	可撰朋友事	18段
第六	可忠信・廉直旨事	38段

Ⅲ.「十訓抄序」と『白氏文集』

第七　可專思慮事　　　32段
第八　可堪忍諸事事　　10段
第九　可停怨望事　　　 8段
第十　可庶幾才能・藝業事　79段

附編C Ⅰ. 唐代文化研究基礎資料『入唐求法巡禮行記』札記
―――圓仁的人物評價―――

人物評價

　　　評語　　則　〔花山文藝出版社『入唐求法巡禮行記校注』〕

　「殷勤」211/254/259/274/277/280/293/309＊＊/310/360/384

　「殷重」515

　「有道心」273/278/291/297/300＊＊/309/365/371/384

　「足道心」301

　「發心」110

　「孝順」515/520「心平」280/291/295/363/304

　「心直」272「心性直好」280「人心好」521

○善　「柔善」277「用心亦善」515「和軟」519

　　「高恕」254「周匝」362/382

　　一般　「不惡」258「不惡不好」255「初見不肯，終……」273
　　　　「雖貧，布施齋飯。」307「雖未解佛法，自出齋飯。」304

　　×惡　「無禮」271「不解主客之禮」357「見客不善」359
　　　　「不殷勤」305/510
　　　　「無周匝」369「再三嗔罵」273「**見客嗔慢，撥遣數度。**」309
　　　　「**家婦嗔怒，夫解拼戲。**」276「**師僧心鄙，怕見客僧**」307
　　　　「人心極猛惡，溫柔者稀。」518「禪僧……心，極鬧亂」310
　　　　「急惡不善」503「奸惡」508「粗惡」276/508/517「粗剛」277
　　　　「無道心」298/299「僧心庸賤」306
　　　　「麁〔粗〕賊」363「賊心算人」308
　　　　「**主人慳極。……非錢不與**」279

附編　C

「主人〔貪〕愛停客取宿錢。」279

『校註』頁／則	場　所		『中公文庫』頁
×　［481/508］	楚州～登州	大使鐸語竭力將養，見道：「從楚州至登州，……**人心粗惡**。……向北州縣**人心粗惡**。」淮南道，揚，楚州縣**人奸惡**，大難把捉。……	595
＊同上	中李村藤峯宅	……到中李村。有廿餘家。經五六宅，覓宿處，家家多有病人不許客宿。最後到一家，**又不許宿，再三嗔罵**。更到**藤峯**宅宿。**主人有道心**。	310
×＊239/276	潘村　潘家	……到潘村潘家斷中。**主人心粗惡，不作禮教**。就主人乞菜・醬・酢・鹽・總不得。遂出茶一斤，買得醬菜，不堪吃。……	312
×	三埠村［店］劉清宅	三埠村［店］劉清宅宿。**家婦嗔怒，夫解抂戲**。	312
○	240/278　王耨村　趙家	……到王耨村趙家斷中。**主有道心**，供菜飽足。	314
×＊214/279	孤山村　宋家	……到孤山村宋家修飡。**主人慳極**。一撮鹽，一匙醬酢，**非錢不與**。……	315
○	金嶺驛東　王家	……到金嶺驛東王家宿。**主人心性直好**。	328

○	251/291	長山縣古縣村廓家	……到長山縣界古縣村廓［郭？］家宿。	
	*鍛工		主人鍛工，本是沛州人，**心平有道心**。	329
○	254/296	臨邑縣 隻龍村 張家	……到臨邑縣界隻龍村張家。晚來雨下。**主人心平**。	334
×	254/298	仙公村 趙家	……到仙公村趙家宿。通夜雷電雹雨。至曉雷雨止。**主人無道心**。	336
○	257/300	沛州夏津縣形開村趙家	……到沛州夏津縣形開村趙家斷中。**主人有道心**。施齋飯，菜蔬飽足。……	337
	259/304	*清河縣合章流村劉家	……到清河縣界合章流村劉家斷中。**主人雖未解佛法**，與僧等斷中。……	341
×	260/305	*堂陽縣 覺觀寺	……到堂陽縣，入城內覺觀寺宿。寺舍破落。無有僧徒，只有知寺僧一人，**見客不慇懃**。房床鋪設，總不勾當。	341
○*	261/307	秦丘村 劉家	……到秦丘村劉家斷中。**主人雖貧，布施齋飯**。	342
×	261/308	鎮州 大廓縣 劉家	……到鎮州大廓縣界作護驛劉家宿。**主人賊心算人**。	343
	263/310	南樓 劉家	……到南樓劉家斷中。**主人從來發心**。長設	

×	同上	行唐縣 西禪院	……到鎮州界行唐縣，入城內西禪院。有廿餘禪僧，**心極鬧亂**。	345

[五臺山]

× 326/357	清源縣 普通院	……院主不解主客之禮。	437
328/361	孝義縣 涅槃院	……右桂輪座主，初見則不喜，後話始歡喜。	440
331/365	益昌驛	……主人雖有道心，極貧。……	443
× 333/369	龍門縣 招提院	……院主僧**無周匝**。	445
○ 345/382	長安皇城內 內護國天王寺	……衆僧見窗周匝。	455
○ 347/384	長安 [資聖寺內] 淨土院	……院主僧師有道心，見客僧**慰問殷勤**。	457
× 476/503	汴州已來	……汴州已來，傍河路次**人心急惡不善**，能似所吃汴河水之急流揮濁。……	589
cf. 277/323	五臺山	……聖靈之地，使人自然對境起崇重之心也。	368
× 484/510	漣水縣	……到漣水縣。縣屬泗 [州] ……先入新羅坊。坊人相見，**心不殷勤**。	589
○ 487/515	海州 懷仁	……到懷仁──管 [在] 海川。**人心孝順，見客殷重**，等閑相接。縣司**用心亦善**。	603
× 488/517	密州 莒縣	……到莒縣──管在密州。縣司，百姓粗惡。	604
× 488/518	密州	……到密州。**人心極猛惡，溫柔者稀**。	604
○ 488/519	高密縣	……高密縣。**人心和軟**。	605

Ⅰ．唐代文化研究基礎資料『入唐求法巡禮行記』札記

○ 489/520　卽墨縣　　　　　……到卽墨縣――管在萊州。**人心孝順**，能安在客。　　605

○ 487/521　昌陽縣　　　　　……昌陽縣――萊州管。**人心好**。　　605

［恩人］

元行存

　　9/9　　淮南鎮　江口　　……判官元行存在水路邊申云：「今日已晚，夜頭停泊。」隨言留居，勞問殊深。兼加引前之人。　　30

劉勉

　　11/11　海陵鎮　　　　　……海陵鎮大使劉勉來慰問使等，贈酒餅兼設音聲。……　　33

蕭慶中

　　242/281　青州　節度使幕僚府判官　　……姓蕭名慶中。　　317

　　243/282　蕭判官宅　　　……赴蕭判官請，到宅吃粥。湯藥茗茶周足。判官解佛法，有道心，愛論義。見遠僧，殷勤慰問。……　　317

　　248/288　蕭處士宅　　　……赴蕭處士請，到宅斷中。　　325

　　249/290　蕭判官宅　　　……蕭判官宅吃粥。……黃昏，入幕府判官盲宅，謝施路糧，辭別判官。　　326

　　250/291　城門　　　　　三日，平明發。幕府判官差行官一人送過城門。幕府從初相見之時心極殷勤，在寺之時每日有恩施，慰問不絕。發行之時差人送路，兼示道路。……　　327

頭陀［托鉢僧］

　　317/348　五臺山　花嚴下寺　　……頭陀自從臺山爲同行，一路已來，勾當粥飯茶，無所闕少。　　428

僧令雅

322/356	大業寺 律大德院	……齋後辭別院中衆僧，始向長安去。頭陀云：「余本心欲送和上直到汾州，在路作主人。今到此閒勾十數日閒，當事未了，不免停住不遂本請」，云云。同巡臺僧令雅云：「余欲得送和上向長安去。」頭陀囑云：「替余勤勾當行李，努力侍奉，莫令遠客在路寂寞。」便爲同行發。頭陀云：「相送同出城，共巡禮西山去。」……　　　　　　　　　　432

李元佐〔新羅人〕

433/478	長安	……爲求歸國，投左神策軍押衙李元佐——是左軍中尉親事押衙也。信敬佛法，極有道心。本是新羅人。宅在永昌坊。入北門西廻第一曲，傍牆南壁上。當護國寺後牆西北角。一到宅相見，許計會也。　　　　　　　536
465/497	長安	……李元佐因求歸國事，投相識來近二年，情分最親。客中之資，右所闕者，盡能相濟。緣功德使無道心故，諮歸國事，不蒙縱許。在府之閒，亦致飯食氎褥等，殷勤相助。　576
465/498 ＊	長安	……李侍御與外甥院十三郎同來相問。一頭勾當行李，來去與買氎帽等，又入寺檢校文書籠馱等。……　　　　　　　　　　579
466/498 ＊	長安	……李侍御，樓座主同相送，到春明門外吃茶。……　　　　　　　　　　　　　　　579
466/498 ＊	長安	……楊卿使及李侍御不肯歸去，相送到長樂坡頭，去城五里一店裏，一夜同宿語話。……惜別殷勤，乃云：「……和上今遇王難，卻歸本國去。弟子計今生應難得再見。……

I. 唐代文化研究基礎資料『入唐求法巡禮行記』札記

	請莫忘弟子」, 云云。又云:「和上所着納袈裟請留與弟子, 將歸宅裏, 終身燒香供養。」 既有此言, 便以送之。…… 581
楊敬之・楊魯士 465/498 ＊『注釋』467〜469頁	……楊敬之……令專使來問:「何日出城, 取何路去?」兼賜團茶一串。……楊卿差人送書來云:「弟子書狀五通兼手書付送前路州縣舊識官人處, 但將此書通人, 的有所益者。……楊魯上前曾相奉, 在寺之時慇勤相問, 亦曾數度到寺檢校, 曾施絹褐衫褌等。今交郎君將書來, 送路絹二疋, 團茶一串, 錢兩貫文, 付前略書狀兩封。別有手札。…… 580
[楊敬之書狀的效果]	
470/500 [五月] 廿二日	過潼關, 是國城之咽喉也。渭南縣, 花陰縣, 永寧縣皆有楊卿書狀, 並通入訖。 585
471/501 [六月] 一日	到東都崔太傅宅, 送楊卿書。太傅專使來, 傳語安存, 施絹一疋。 585
472/502 [六月] 九日	到鄭州刺史李舍人處, 有楊卿書;任判官處, 亦有楊卿書。將書入州見刺史及判官, 並已安存慇勤。 585
476/503 [六月] 十三日	到汴州。節度副使裴郎中處有楊郎中書狀, 竹兵馬使處有楊卿書, 並通送訖。郎中存問慇勤。 …… 588
477/505 [六月] 廿二日	渡淮到盱眙縣, 去楚州望東二百里。本意擬從此到楚州, 覓船過海。縣家對:「遞向揚州去。」通狀申論, 縣令不與道理。不免向揚州去。 …… 590
	＊以後, 書狀無效。

崔暈第十二郞

484/510　　　　　　　……隅崔暈第十二郞曾爲淸海鎭兵馬使，在登州赤山院時一度相見，便書名留期云「和上求法歸國之時，事須將此名祇到漣水，暈百計相送，同往日本。」相期之後其人又歸到新羅，遇國難，逃至漣水住。今見便識，情分不疏。竭力謀停住之事，苦覓認識。……崔十二郞供作主人。　　　　　　　　　　599

486/511　　　　　　　……崔十二郞雇船，排比路糧，塊疊菜蔬等。一切可備，……　　　　　　　　601

張詠［新羅人］

491/525　　　　　　　……敕平盧軍節度使同十將兼登州諸軍事押衙張詠當文登縣界新羅人戶，到宅相見便識，歡喜，存問殷勤。去開成五年從此浦入五臺去時，得此大使息力，專勾當州縣文牒公驗事發送。今邰到此，又殷勤安存。……又相喜云：「……再得相見。大奇！大奇！……余管內苦無異事，請安心歇息，不用憂煩。**未歸國之間，每日齋糧余情願自供。但飽食卽睡」**……　　　　　　　　　　　　　　　615

495/527　　　　　　　……大使家人高山就便船往楚州。……大使處分：于寺莊中一房安置。飯食大使供也。……大使處分：客中事一切，委令勾當。……大使頻有事狀，送糧食，安存殷勤。　615

496/528　　　　　　　……大使來到莊上，相看安［存］。……　616

499/531　　　　　　　……大使勾當，發送其船。……　　621

504/543　　　　　　　……張大使從去年冬造船，至今二月功畢，專

I．唐代文化研究基礎資料『入唐求法巡禮行記』札記　　597

	擬載圓仁等發送歸國。	626
505/544	……有人讒侫張同十將：「……貪造舟，不來迎接天使，云云。副使等受其讒言，深怪。……張大使不敢專拒，仍從文登界過海。歸國之事不成矣。……	626
506/545	……出行。主人張大使二十里**相送始別**。	629

張詠的弟弟和母親

511/558	……登州張大使舍弟張從彥及孃皆送路。	635
514/567	……到登州界泊船。勾當新羅使同十將張詠來船上相看。……	638
514/568	……得張大使送路信物。……	638

[付記]

　以上の「札記」は，1993年2月24日に開催された北京大學中文系主催「學術講座」における發表資料の一部である。以下に全體の構想を揭げ，この「札記」の位置付け［4．文學性。］と『入唐求法巡禮行記』が有する唐代文化研究の基礎資料的價値の一端を示す。

1．『入唐求法巡禮行記』的吸引力
　　阿倍仲麿。小野篁／空海。最澄／圓仁（794～864）・惠蕚
2．在旅途中遇到的艱難
　　a．航海・山坂・原野／b．病患・蚊虻／c．糧食・飲食・借宿／
　　d．公驗・譯語・筆書／e．圓仁的責任感・精神力
3．政治・經濟・地理・文化
　　a．政冷　「文化人革命」和武宗的暴政的「會昌排佛」［李德裕・李紳］
　　　　　　藩鎭・廻鶻＊破壞文物　　cf．破壞大自然
　　b．經濟／c．地理／d．文化［省略］

4．文學性
　　a．臨場之感／b．風景／c．季節／d．人物評議／e．講夢
5．『入唐求法巡禮行記』的研究略史
　　［1291］　　正應四年兼胤書寫古抄本發見
　　［明治中期］　三上參次博士／京都東寺觀智院／
　　［1907］　　『續續群書類聚』第十二所收
　　［1914］　　『四明餘霞』付錄。
　　［1915］　　高楠順次郎［訓點］『遊方傳叢書』『大日本佛教全書』第七十二卷所收
　　［1926］　　觀智院本影印／『東洋文庫論叢』第七
　　　　　　　　　　　岡田正之博士解說『東洋學』研究論文3篇
　　［1935］　　堀一郎博和譯『國譯一切經』1963年改定再版
　　　　　　　　　1961年『古典日本文學全集』15［一部分のみ現代語譯］
　　［1936］　　中華民國　無名氏刊　石印本
　　［1937］　　海上佛教淨業社［袁希濂題簽］本
　　［1955］　　元日本大使　E. O. Reischauer博士［美國的雷夏］。
　　　　　　　　Ennin's Diary. Ennin,s Travel in T'ang China.
　　［1963］　　E. O. ライシャワー［著］田村完誓［譯］
　　　　　　　　『世界史上の圓仁　唐代中國への旅』［原書房 1984年再版］
　　［1964］　　福井康順『慈覺大師研究』
　　［1964～1968］小野勝年『入唐求法巡禮行記の研究』全4卷
　　［1970・1984］足立［1947］原稿を鹽入が整理。
　　　　　　　　　　足立喜六［譯注］・鹽入良道［補注］
　　　　　　　　　『入唐求法巡禮行記』全2卷［東洋文庫 157・442］平凡社
　　［1986］　　佐伯有清『慈覺大師傳の研究』
　　［1986］　　顧承甫・何泉達『入唐求法巡禮行記』
　　　　　　　　　　　　　　　　　　　上海古籍出版社［繁體字・點校本］
　　［1989］　　佐伯有清『圓仁』人物叢書
　　［1990］　　深谷健一［譯］『入唐求法巡禮行記』

中公文庫［原文・現代日本語譯］
[1992]　白化文ほか『入唐求法巡禮行記校注』
　　　　　　　　　　　　　　花山文藝出版社［簡體字・校注］

Ⅱ．『入唐求法巡禮行記』的文學性

1．『入唐求法巡禮行記』的吸引力

＊平等精神　「道心」的國際性。
＊觀察力　　廣泛的好奇心。記錄性。如實地描寫。
＊文學性　　遇到的艱難。風景・文物
　　　　cf.『入唐求法巡禮行記』上海古籍出版社
　　　　　　……入唐記述及我國唐代社會的政治，經濟，宗教，文化等許多方面，「內容豐富詳瞻」還述及中日關係，各種僧俗人物以及時令風俗等，內容豐富詳瞻，文筆生動細膩，簡直是一部波瀾壯闊，絢麗多彩的歷史畫卷。……

2．在旅途中遇到的艱難［內容豐富詳瞻］

a．航海／山坂・原野

［航海］
　　　　日本の年号
　去路　承和五年＝開成三年［836］

　　　　　　　頁／則『校注』［花山文藝出版社］　　　　　『中公文庫』頁
＊「無風」　1/1　　……緣無順風，停宿三箇日。　　　　　　　19
　　　　　2/2　　……爲無信風，五箇日停宿矣。　　　　　　　20
　　　　513/563　……無風信，經十五日發不得。　　　　　　 636
＊「暴風」　5/7　　……風吹不變。海淺波高，衝鳴如雷。……爰東風切扇，
　　開成二年［838］濤波高猛，船舶卒然趣昇海渚。乍驚落帆，柂角摧折兩度。
　　六月廿八日　　東西之波，互衝傾舶，柂葉着海底。舶艫將破，仍載桅棄柂，舶即隨濤漂蕩。東波來，船西傾；西波來，東側。

Ⅱ.『入唐求法巡禮行記』的文學性　　　　601

洗

7月23日　流船上，不可勝計。船上一衆，憑歸佛神，莫不誓祈。人人失謀，便頭以下至於水手，裸身緊逼褌。船將中絶，遷走艫舳，各覓全處。結構之會，爲瀾衝，咸皆差脫。左右欄端，結繩把牽，競求活途。注水汎滿，船卽沈居沙土。官私雜物，隨淦浮沈。　　　25

*「沙埋」7/8　……曉，潮涸，淦亦隨竭。令人見底，底悉破裂，沙埋橃栿……仍倒桅子，截落左右艫棚。於舶四方建桙，結纜橃栿。　　　26

8/9　……舶沈居泥，不前不却，爰潮水強邁，掘決舶邊之淤泥，泥卽逆沸，舶卒傾覆，殆將埋沈。人人驚怕，競依舶側，各各帶褌，處處結繩，繋居待死。不久之頃，舶復左覆，人隨右遷。隨覆遷處，稍逮數度。又舶底第二布材折離流去。人人銷神，泣淚發願。……　　　30

途中　開成四年 [839]

*「波浪」134/139　……不久之頃，雨下。艮風稍切，**波浪猛涌，諸船**
　　開成四年　　**踊騰**。小澳多船數有相觸，**驚怕殊多**。……新羅
　　四月一日　　水手申云：「……今得南風，更到彼山**修理船**，卽從彼山渡海，甚可平善。」節下應之，而諸官人不肯。　156

「雷雨」138/143　……入夜，自亥時雷鳴洪雨，大風切吹。雷電之
　同年四月五日　聲不可聽聞，麁雨惡風不可相當。……　　　166

「暴風」154/162　……霧雨。此泊舶之處結纜，纜斷，風吹浪高，近日
　　四月廿四日　　下八箇纜其三箇纜碇幷斷落，所餘之纜甚少。設逢暴風，不能繋住。**憂怕無極**。　　　190

160/181　……夜比至丑時，雷鳴電耀，洪雨大風。不可相

附編　C

| | | 五月十九日 | 當。艣纜悉斷，舶卽流出。乍驚，下碇，便得停住。舳頭神殿蓋葺之板爲大風吹落，不見所在。人人戰怕，不能自抑。 | 202 |

歸途　會昌六年 [846]

＊「瓢流」	508/551	［五月］十八日	……瓢流終日竟夜。	631
	552	［五月］十九日	瓢到海中鐺脚島邊泊船。艱辛。	631
「逆風猛浪」	554	［五月］廿四日	早發。三更到淮水海住。緣逆風猛浪，不獲入淮。路糧罄盡，悃屑無極。	632

[山坂・原野]

去路

141/145	海州　興國寺
	……天晴雲氣，從山裏行，越兩重石山，涉取鹽處，泥深路遠。巳時，到縣家。都使宅齋。齋後騎驢一頭，儻從等竝步行。…… 169
143/146	海州　東海山～東海縣
	……從東海山宿城村至東海縣一百餘里，惣是山路，或駕或步，一日得到。[＊一日 60km] 173
218/255	龍泉村　斜山館
	知館人梁公度在館裏住，不惡不好。**緣脚痛不得發行。便於館宿**。 285
222/260	赤山浦
	……乍行山坂，踏破脚，策杖膝步而行矣。…… 290

歸途

487/514	海州
	……從海州向北無水路，雖傍海行而不見海，終日過野便入山。 603
488/516	海州

……山野行。草木高深，希逢人。終日上山入谷，蹋泥水，辛苦無極。　　　　　　　　　　　　　　　　　　　　604

489/522　登州

……從海州直到登州已來，路境不可行得。**曠野路狹，草木掩合，寸步過泥**。頻失前路。若無知道人引，卽一步不可行也。**出野入山，出山入野**。山坂峻，溝谷幽深。**澗水流而寒冷，涉者入骨覺痛**。入山行，卽一日百逼踰山，百逼渡水；入野行，卽樹稠草深，微徑難尋。見草之動，**方知人行也**。蚊虻如雨，打力不及。**草下淤泥至膝至腰。路次州縣但似野中之一堆矣**。……蓬來縣牒送牟平縣。向東南傍海岸：川野難過，山坂重重。　　　608

b．病災・蚊虻

［蚊虻］

13/13　［七月］十三日
　　　　　……白初漂着以來，蚊虻甚多，其大如蠅，入夜惱人，辛苦無極。……　　　　　　　　　　　　　　　　　35

14/16　［七月］十八日……入夜多蚊，痛如針刺。極以艱辛。……　37
19/19　［七月］廿一日……蚊虻甚多，辛苦罔極。……　　　　42
489/522　［八月］一－六日……蚊虻如雨，打力不及。……　　608

［病災］　小野『入唐求法巡禮行記の研究』401 頁［註］23 參看。

13/13　赤痢　　　　……申時，留學僧來，同居寺裏。患赤痢。　35
＊20/21　肚裏不好　　……留學僧肚裏不好。　　　　　　　　　　44
21/21　下痢　　　　……依准判官藤原貞敏卒爾下痢，諸船於此館前停宿。　　　　　　　　　　　　　　　　　　　　　　　　45
22/23　患痢　　　　……人人患痢。……　　　　　　　　　　47

31/31	身腫死	……聞：……船中人五人身腫死。……	53
32/33	患痢	……船師佐伯金成患痢，經數日。	55
34/35	病死	……入夜，比々丑時，病者金成病死。	56
37	死去	……即聞：水手長佐伯全繼在掘港鎭死去。	57
107/106	臥病	……本國朝貢第一舶使下水手，射手六十餘人皆竝臥病辛苦。	121
*114/116	臥病 死去	……又聞：大使以下惣臥病，辛苦無極。病後漸可。第二舶判官藤原豐竝路閒臥病，不任辛苦，死去。……	135
123/123	沈病	……官人等在京之日沈病辛苦。……	143
*142/146	緣病	……押衙道：「……良判官緣病，未上舶船。……」	173
	病在舶上	……此聞其和錄事病在舶上。……	173
*147/151	臥病 死去	……水手一人，從先臥病，申終死去。裹之以席，推落海裏，隨波流却。波色稍淸。……	177
148/153	病苦 死去	……水手一人病苦死去，落却海裏。……	178
153/160	死却	……挾抄一人死却，載艇，移置島裏。	189
*157/169	病人未死	……丑時，水手一人，自先沈病，**將臨死。未死之前，纏裹其身載艇送棄山邊**，送人却來云：「棄着岸上，病人未死，乞飯水。語云：『**我病若愈，尋村里去**』」船上之人**莫不惆悵**。	197
162/183	久疾	……舶上，卜部目先久疾。晚頭，下舶。	203
184	於岸上死	早朝，聞卜部於岸上死。……	204
*268/316	無病累	……慙愧，在路竝無病累。	354
*428/475	八個月病	……弟子惟曉，從去年十二月一日病，至今年七月，都八個月病。會昌定年[當日本承和十年]七月廿四日，夜二更盡身亡。……	534
cf.	無錢買地	……右弟子惟曉身亡，竝無錢買地。伏乞三綱和尙慈悲，	

Ⅱ.『入唐求法巡禮行記』的文學性　　　　　　605

　　　　　　賜與一墓地埋殯。……綱維判與一墓地。　　　　534

c．糧食・飲食・借宿

［糧食］

244/284　　登州・青州
　　　　　　……從登州文登縣至此青州，三四年來蝗蟲災起，喫却五穀，官私饑窮。登州界專喫橡子爲飯。客僧等經此險處，糧食難得。粟米一斗八十文，粳米一斗一百文。無糧可喫。便修狀。進節度副使張員外乞粮食。　　　　321

475/503　　汴州
　　　　　　……京牒不說程粮，在路自持粮食。　　　　589

［飲食］

149/154　　東海縣冲～登州冲
　　　　　　……請益僧違和，不多好，不喫飯漿，入夜洪雨，辛苦無極。
　　　　　　　　　　　　　　　　　　　　　　　　180

256/299　　黄河 北岸
　　　　　　……過河北岸斷中。四人每人喫四碗粉粥。主人驚怪：「多喫冷物，恐不消化矣。……」。　　　　337

490/522　　海州～登州
　　　　　　……山村縣人飡物麁硬，愛喫鹽茶粟飯，澀吞不入，喫卽胸痛。山村風俗：不曾煮羹喫，長年唯喫冷菜。上客慇重極者，便與空餅，冷菜，以爲上饌。……　　　　608

［借宿］

137/143　　密州
　　　　　　……船人等云：「吾等從密州來，船裏載炭，向楚州去。本是新羅人，人數十有餘。和尙等今在此深山，絕無人家。亦當今無船往密州，夜頭宿住否？爲復尋村裏行。如久在此，不知風雨，隱居

何處?」僧等在此絕澗，忽逢斯等，不知所爲。所賫隨身物乃至食物，惣與船人，不留一物。更恐謂有金物，同心殺害，便道：「向村裏去」船人等語云：「從此南行，踰一重山，廿餘里，方到村裏。今交一人送去」便一人相從進行。石巖險峻，下溪登嶺，未知人心好惡，疑慮無極。涉浦過泥。……　　　　　　165

237/273　平李村　藤峯宅
……行廿里到平李村。有廿餘家。經五六宅，覓宿處，家家多有病人不許客宿。最後到一家又不許宿，再三嗔罵。更到藤峯宅宿。主人有道心。　　　　　　　　　　　　　　　　　　310

d.　公驗・譯語・筆書・口語

[公驗] 記錄性

46/50　……長判官云：得相公牒稱：「請益法師向台州之狀，大使入京奏聞，得報符時，卽許請益僧等發台州者。未得牒案。　　66

214/250　……李明才早朝入縣。衙時過，押衙牒：長官未判，未得公驗。」唐國風法：官人政理一日兩衙（朝衙，晚衙），須聽鼓聲，方知坐衙。公私賓客候衙時卽得見官人也。　　　　　　　　280

251　……緣長官淸［請？］暇不出，未得公驗。……　　281

＊464/497　……早朝，入京兆府，請公驗。恐無公憑在路難爲歟。……府司判與兩道牒。……然從**會昌元年已來**，經功德使通狀請歸本國，**計百餘度**。又曾屬數箇有力人，**用物計會**，又不得去。……**緣功德無道心故**，諮歸國事，**不蒙縱許**。……　　　　577

cf.『圓仁 唐代中國への旅』15 頁
……圓仁はまた當時のとるに足らない片田舍の官吏たちが用いた數多くの公文書をテキストの中に書き込んでいる。

Ⅱ.『入唐求法巡禮行記』的文學性

[譯語] 金正南　7 /33/86/105/129/142/143
　　　　劉慎悟 131/132/447/453/483/507/508/509/527/530/531/538/556/557
　　　　道玄　146/148/162/164/167/173/200/207
　　　「通事」12/58/116/146/148/198/200/527

5/7	……大使……新羅譯語金正南申云：「聞道揚州掘港難過，……」	
		25
12/12	……通事大宅年雄，……	34
142/146	……紀［春主］通事，……	173
142/146	……新羅譯語道玄等同在舶上，……	173
166/198	……新羅通事押衙張詠……	215
480/507	……新羅譯語劉慎悟，相接，存問慇懃。……	594
481/508	……共家下到劉譯語宅。……仍共劉［譯］語商量。……	597
484/510	……緣楚州譯語有書付送漣水鄉人，……	600
495/527	……楚州譯語劉慎悟……	616
495/527	……張［寶高］大使天長元年［824］到日本國，……解日本國語，便爲通事。……	616

[筆書]

13/14	……登時，開元寺僧元昱來，筆言通情，頗識文章。	35
21/22	……兩僧筆書通情。……	45
25/26	……開元寺貞順慰問。筆書問知府寺名幷法師名，兼贈上物。	48
41/44	……筆言述慰，兼問得長安都唐消息。……	62
54/64	……筆書云：「……大奇，大奇！……珍重，珍重！」爰筆書報云：「……大幸，大幸！……珍重，珍重！」	75
107/107	……天臺山禪林寺僧敬文來相見。書云：「……蘇州，知日本國有使進獻，有大和尙相從，故此尋訪。……敬文忽聞二大德在，故	

此尋訪受［矣の誤字？］。」請益僧書：「……緣敕未下，暫往此寺，不得進發。請照之。」敬文書云：「……敕下來使即發還本國，如何更得從容？」云云。請益僧問：「……幾僧幾座主在？」敬文答云：「國淸寺常有一百五十僧久住。……」云云。多有語話。……到暮歸去。　　　　　　　　　　　　　　　　　　124

110/108　……敬文又亦來，筆言通情。已後相續來語話。……　125
138/143　……申時，到宿城村新羅人宅。……爰村老王良書云：「和尙至此處，自稱新羅人，見其言語非新羅語，亦非大唐語。……請示以實示報，莫作妄語。……」……　　　165

[口語] 會話

290/327　人云：「是千年凍凌，年年雪不消，積爲凍凌。谷深而背陰，被前巖遮，日光不曾照着，所以自古已來，雪無一點消融之時矣」。
　　　　　　　　　　　　　　　　　　　　　　　　　391

cf. 『圓仁　唐代中國への旅』15頁
　　……日記の最初の部分は，彼が中國に渡った當初，ほとんど中國語の會話ができなかったことを明らかにしているが，九年間の滯在期間中に日常會話の可成りの知識を獲得したに違いない。その結果，彼の日記は中國の古典的な文語體と，九世紀に現われ始めた近代中國語の口語體との奇妙な結びつきとなったのである。……

e．圓仁的責任感・精神力　　　＊佐伯有淸著『圓仁』147頁

306/339　南臺　七佛敎誡院［日本僧靈仙和渤海僧貞素］
　　……從臺頂向南下，行十七里許，於谷里有一院。屋舍破落，無人。名爲七佛敎誡院。院額題云：「八地超蘭若」。日本僧靈仙曾居此處，身亡。渤海僧貞素哭靈仙上人詩於板上書，釘在壁上。

寫之如後：「哭日本國內供奉大德靈仙和尙詩幷序，「……元和八年，窮秋之景，逆旅相逢。一言道合，論之以心。素至於周恤，小子非其可乎？……長慶五年［寶曆元年］，日本大王遠賜百金，達至長安。小子轉領金書，送到鐵勤。仙大師領金訖，將一萬粒舍利，新經兩部，造敕五通等，囑咐小子，請到日本答謝國恩，小子便許。一諾之言，豈憚萬里重波。得邃鍾無外緣，期乎遠大。臨廻之日，又附百金。以大和二年四月七日。却到靈境寺求訪仙。大師亡來日久泣我之血，崩我之痛。便泛四重溟渤，視死若歸，連五同行李，如食之頃者，則應公之原交所致焉。吾信始而復終，願靈几兮表悉。空留澗水嗚咽千秋之聲；仍以雲松惆悵萬里之行。四月冀落加一，首途望京之耳。……」 420

463/495　長安
……心不憂還俗，只憂所寫聖敎不得隨身將行。……　　574

3. 文學性［文筆生動細膩］描寫力

A. 旅途的敍述［揚州～長安］

344/382　……日本國僧圓仁，弟子僧惟正，惟曉，行者丁雄萬右圓仁等，去開成三年四月，隨本國朝貢便上船過海。至七月二日，到揚州海陵縣白潮鎭。八月內，到揚州，寄住開元寺，過一冬。開成四年二月，離揚州到楚州，寄住開元寺。至七月，到登州文登縣赤山院，住過一冬。至今年二月，離登州，三月，到青州，權住龍興寺。十月已來，遂於節度使掌尙書邊請公驗。五月一日，到五臺山巡禮聖迹。七月一日，從五臺山來。今月廿二日，到城。……牒件狀如前，謹帖。開成五年八月廿四日，日本國求法僧圓仁帖。……　　456

B．臨場之感

［航海］3/5 　揚州沖　　開成二年［承和五年］［838］六月廿四日
　　火信　　　望見第四舶在前去，與第一舶相去卅里許遙西方去。……亥時，**火信相通，其貌如星**，至曉不見。雖有艮巽風變，而無漂遷之驚。大竹，蘆根，烏賊，貝等隨瀾而流，**下鈎取看，或生或枯。海色淺綠，人咸謂近陸地矣**。
　　大魚　　　申時，**大魚隨船游行**。
［水路］14/16 揚州　東梁豐村　　同年七月十八日
　　　　　　　　　　　　　　　　　　　cf. 上海古籍4頁「歷史畫卷」
　　水牛　　　……水牛二頭以繫卅餘肪，或編三艘爲一船，或編二隻爲
　　隋煬帝　　一船，以攬繽之。前後之程，離聞，相喚甚。征稍疾。掘溝寬二
　　　　　　　丈餘，直流無曲。是即隋煬帝所掘矣。……　　　　　　　　7

　　　　15/17 揚州　東梁豐村～赤岸村　同年七月十九日
　　鷄聲　　　……寅時，水牛前牽進發。暗雲無雨。卯時，聽鷄聲。
　　吳竹林　　始有吳竹林及粟小角豆等。……　　　　　　　　　　　　38
　　　　16/18 揚州　赤岸村　　同年七月廿日
　　　　　　　……船行太遲，仍停水牛，更編三船以爲一番，每番分水手七人
　　　　　　　令曳舫而去。暫停人疲，更亦長繽繫牛曳去。左右失謀，疲上益
　　　　　　　疲。多人難曳，繫牛疾征。爰人皆云：
　　楊柳相連　「一牛之力卽當百人矣。……比至午時，水路北岸楊柳相連。
　　　　　　　未時，到如皋茶店，暫停。掘溝北岸，店家相連。……　　　40
　　　　37/41 揚州沖　　同年八月廿五日
［傳聞］　　　卽第四舶爲高波所漂，更登高瀨，難可浮迴。水手等乘小船往舶
　　　　　　　上，未達中途，潮波逆曳，不至舶上，不知所向，但射手一人入
　　　　　　　潮，溺流，有白水拯之。　　　　　　　　　　　　　　　　59

Ⅱ．『入唐求法巡禮行記』的文學性

37/143　密州界　開成四年［839］四月五日
[恐怖]　……僧等四人留住山岸，爲齋時尋水入山澗。不久之間，有聞多人聲，驚恠，望見有一船到泊船處，拾有餘人，下碇停住。從船處來，問僧等在此之由。……僧等在此絕澗，忽逢斯等，不知所爲。所賚隨身物乃至食物，總與船人，不留一物。更恐謂有金物，同心殺害。……　165

162/188　乳山～赤山沖
電光　……晚頭，西北兩方電光耀耀，雲色騷暗。入夜，舶忽
狐　　然振偏，驚恠無極。戌時，泊西北岸上，狐鳴，其聲遠響，久而不息。不久之會，雷電鬥鳴，聞之耳塞，電光之輝不堪瞻視，大雨似流。驚怕辛難。舶上諸人不能山人。　206

狗吠 251/293　長山縣　不村
　　　　　　……竟夜狗吠，恐懼不眠。　33

[黃河]
256/299　黃河渡口
　　　　　　……到黃河渡口。……水色黃渥，駛流如箭。河關一町五
風俗　　　段許，向東流也。黃河源出崑崙山，……此藥家口多有舟船，貪載往還人。每人出五文，一頭艫十五錢。……　337

cf. 334/372　河中
　　　　　　……黃河從城西邊向南流。黃河從河中府已北向南流，到河中府南便向東流。從北入，舜西門出，側有蒲津關。到關得勘入。便渡黃河。浮船造橋，闊二百步許。黃河
浮船造橋　西流，造橋兩處。南流不遠，兩派合。……　447

[寺院]
261/307　趙州　關元寺
　　　　　　……熱氣如蒸。……屋舍破落，佛像尊嚴……　343

264/311　普通院

狗	……有一黃毛狗，**見俗嗔咬，不憚杖打，不論主客，振尾猥馴**。……	347

 * 288/362　五臺山　中臺

……南頭置文殊像，騎雙獅子；東頭置維摩像，坐四角座。

維摩像	**老人之貌**：頂髮雙結，嚰色素白而向前覆，如戴蓮荷。著黃丹衣及白裙。於衣上襲披皮裘，毛色斑駁而赤白黑。兩手不入皮袖，右膝屈之著於座上。竪其左膝而踏座上。右肘在案几之上，仰掌以申五指。左手把塵尾，以腕押左膝之上。**開口顯齒，似語笑之相**。……　　　　　　　　　　　　　　　　　388

[五臺]

　　292/328　五臺山　東臺

洞窟	……窟內濕潤而水滴。戶闊六尺，窟內黑暗，**宜有龍潛藏矣**。日晚，却到供養院宿。時欲黃昏，天色忽陰，於東谷底白
霹靂	雲靉靉，忽赤忽白。而飛揚雷聲，霹靂在深谷紛鬪。**人在高頂低頭而視**，風雨共雹亂墜。夜深而息。　　　　　　　395

[蟲害]

　　336/375　洛河

……從洛河西，穀苗黃蟲吃盡。村鄉百姓愁極。　　　449

[住居]

　　386/418　長安　永昌坊　八月十三日

……李元佐……宅在永昌坊。入北門，西廻第一曲，傍墻南壁上。當護國寺後墻西北角。到宅相見，許計會也。　　　536

C. 風景

　　137/143　密州界

……諸人臨別莫不惆恨。此至辰時，九箇船 [擧] 帆進發，任風

Ⅱ.『入唐求法巡禮行記』的文學性　　　　　　　613

　　　　　　　指東北直行。登岸望見白帆綿連行在海裏。……　　166

　　260/306　新河口
　　　　　　　……平原遙遠，人家希絕。……　　　　　　　　　342

［對句］

　　267/315　張花　普通院
　　　　　　　……過院西行十里，踰大復嶺。**嶺東溪水向東流，嶺西溪水向西流**。過嶺漸下，**或向西行，或向南行**。峯上松林，谷里樹木直而且長。竹林麻園，不足爲喩。**山巖崎峻，欲接天漢。松翠碧與青天相映**。嶺西木葉未開張。草未至四寸。……　　350

［流淚］

　　268/316　停點　普通院
　　　　　　　……五頂之圓高，不見樹木，**狀如覆銅盆**。望遙之會，**不覺流淚**。樹木異花，不同別處，奇境特深。此卽淸涼山金色世界。……暮際雷鳴雨下。……慚愧，在路竝無病累。　　353

　　277/323　淸涼山
　　　　　　　……此淸涼山，五月之夜極寒。尋常着綿襖子。嶺上谷裏樹木端長，無一曲戾之木。入大聖境地之時，見極賤之人亦不敢作輕蔑之心。若逢驢畜，亦起疑心。……聖靈之地，使人自然對境起崇重之心也。　　　　　　　　　　　　　　　　　　　370

［軟草］

　　286/326　五臺
　　　　　　　……臺頂，中心有玉花池，四方各四丈許，名爲龍池。池中心小島上有小堂，置文殊像。時人呼之龍堂。池水清澄，深三尺來。在岸透見底砂，淨潔竝無塵草。……五臺周圓五百里外便有高峯重重，隔谷高起，繞其五臺，而成牆壁之勢。其峯參差，樹木鬱茂，唯五項半腹向上竝無樹木。然中臺者，四臺中心也。遍臺水湧，**地上軟草長者一寸餘，茸稠密，覆地而生，蹋之卽伏，擧**

脚還起。步步水濕，其冷如冰。處處小窪，皆水滿中矣。遍臺砂石閒錯，石塔無數。細軟之草閒莓苔而蔓生。**雖池水溫而無滿泥，綠莓苔軟草布根稠密，故遂不令遊人污其靴脚**。奇花異色滿山而開。從谷至頂，**四面皆花如鋪錦，香氣芬馥薰人衣裳**。人云：「今此五月猶寒，花開未盛。六七月閒花開更繁」云云。看其花色，人閒未有者也。…… 387

287/326 臺頂

……莓苔軟草，磐石石塔，奇異花草不異於中臺。地上水涌，潛停於草下，窪處水停。…… 388

297/335 五臺山渥樂院

……天色美晴，**空色青碧，無一點翳**。共惟正，惟曉，院中數僧於院閣前庭中見色光雲，光明暉曜，其色殊麗，**炳然流空，當於頂上，良久而沒矣**。…… 401

301/338 南臺

……軟草稠茂，零凜香花遍臺芳馥。臺體西北及東南，長嶺高低，邐迤而漸遠。東西北面峻涯臨於邃谷。在頂西北遙見四臺，歷然在眼前。回首遍觀五頂：圓高

[上・下] 超然，秀於衆峯之上。千峯百嶺，松杉鬱茂，參差閒出。五頂之下，深溪邃谷，不見其底。幽泉澗水，但聞流響。異鳥級翔衆峯之上，羽翼凌高而飛臺上頂者稀矣。五頂之地，五百里外四面皆有高峯張列，圍擁五臺而可千里。竝其鋒刃而有重壚周繞之勢。峯谷重

[對句] 重，不知幾重。且從東入臺山，入山谷行五百里，上至巉巖之頂，下至深谷之底，動經七日，方得到五臺山地。

其餘三方四維，亦是遠涉山谷，方到五臺。誠知五臺山乃萬峯之中心也。五百毒龍潛山而吐納風雲四時八節[不]輙雷，電頻降矣。天色急晴，遊人不見長明之光景。每晴明時，觀於五臺是淺黃之色。臺上忽見一點雲起，俄爾之閒，重雲遍山。入此山者，

自然起得平等之心。山中設齋，不論僧俗男女大小，平等供養。
不看其尊卑大小，於彼皆生文珠之想。……　　　　　　　　413

[付記]

　本稿は，『研究紀要』第 48 號〔1994 月所收「唐代文化研究基礎資料『入唐求法巡禮行記』札記――圓仁的人物評議――」の續編である。前稿同樣，本稿もまた，主に中國の日本文化研究者と中國學を專攻する日本の研究者を對象とした基礎資料である。從って，原典の抄出。分類に紙面の大半を費やしている。本稿の全體の構想における位置付けは，前稿の［付記］に記した。今回は，國文學および日本の佛教研究者の讀者をも想定し，本稿の意圖とこの資料の必要性について，以下に解說を加える。

[解說]

　ドナルド・キーン［著］金關壽夫［譯］『百代の過客』の「序　日本人の日記」「文學的な位置」に，「文學的な意圖をもって書いた日記と，一人物の生活に起こった事件を單に記錄したものとしての日記とは，はっきり區別したほうがよさそうである」とあり，「非文學的な日記は，天候とか，以後全く世に知られなくなった知人とかに關する，不必要としかおもわれぬ事柄を，こと細かく述べ立てて，大抵の場合退屈である。しかし，そうした日記の，まさに非藝術性こそが，それの持つ眞實性の證左であることが多く，それが今も私達の興味を唆る事件や人物に觸れていれば，よそでは到底望みようのない『人間味』を，それは味わわせてくれるのである」と記されている。

　キーン氏は，「日本人の書いた最も初期の」「かなり面白い」「漢文で書いた日記の中で，最も詳細なものとして」圓仁の『入唐求法巡禮行記』を紹介している。ところが氏は，『圓仁　唐代中國への旅』の著者であるライシャワー教授の言葉を引き，「圓仁という人物の個性は，皆目傳わって來ない」と記している。確かにキーン氏が言うように「圓仁の日記は，人の愛憎，嫉妬など，今も昔も變わらぬ人間感情を描いた日記と比べる時，どうしても感動が少ない」かに思

われる。しかし、果たしてこの日記から「圓仁という人物の個性は、皆目傳わって來ない」のであろうか？本當に「自分が體驗した苦しみについて」「自分の窮狀を訴えた」「作者の心からの叫びに近いもの」を圓仁は、「ただほんの時たま」『入唐求法巡禮行記』の中に「書いている」に過ぎないのであろうか？

　九世紀半ばの僧侶圓仁をライシャワー博士のごとく「自分の情事のことをためらわずに書き込」んだ「十八世紀に生きたスコットランド人ボズウェル」と比較し、キーン氏のように「わざわざ女のふりをし」「最後まで女に化け通して」「藝術的に意圖された形態」をとった紀貫之や「正眞正銘の女」道綱の母をはじめ多くの女流作家たちによって「かな」でつづられた「內省的」な日記と、漢字で綴られた「中國詩人特有の力強い敍述」を彷彿とさせる圓仁の記錄とを比較すれば、ある種の物足りなさを感ずるのかもしれない。

　しかし、圓仁自ら、卷一の承和五年十月二十一日に「爲後記之（後の爲に之を記す）」と記すように、『入唐求法巡禮行記』は備忘錄としての役割を擔った實用書である。實用書に文藝書と同等・等質の藝術性を要求すること自體、無理がある。キーン氏が圓仁の日記を「形も何もない言葉の集積」と評し、ライシャワー博士が「圓仁は、華々しい獨創性や創造力には惠まれなかった」と言うのは、かなり極論に近い相對的評價なのである。

　博士は、「日記作者としての圓仁は、正確を期すのにすこぶる細心、またその記述は詳細を極めた」と言い、氏も「彼の日記は、文珠菩薩にまつわる傳說を、この上なく詳細に記錄している」と評している。兩氏の評價は、「詳細な記述」という點で共通している。この點は同感である。ただし、兩氏が、圓仁の日記を西洋の自傳や日本の「かな」文學と比較しながら、中國古典文學の形式による「紀行文」と比較していないことに不滿が殘る。比較するなら、漢字で書かれた旅日記を無視すべきではない。さすがにライシャワー博士は、『圓仁　唐代中國への旅』に「玄奘・圓珍と成尋」の章を設け、「追憶を記した」『西域記』や「斷片にすぎない」『行歷抄』や「精力的な巡禮者であったばかりでなく根氣のいい日記作家でもあった」成尋の業績を紹介したうえで、圓仁の日記を「生きた色彩溢れる人閒的記錄」であり「日本人による第一級の偉大な日記である

II.『入唐求法巡禮行記』的文學性

ばかりでなく，中國の生活樣式に關する最初の綿密な記錄」として位置付けしている。キーン氏もまた『百代の過客』の冒頭に『入唐求法巡禮行記』を置き，「後の日本の『日記文學』は，他ならぬこうした漢文日記という下地の上に，創始されたのである」と認めている。兩氏ともに『入唐求法巡禮行記』を無味乾燥な單なる實用書とは區別している。にもかかわらず『入唐求法巡禮行記』の持つ「文學性」に關する分析・評價はなされていないのである。

圓仁の「文學性」を評價する前に，少し實驗をしてみよう。

＊十一日……到黃河渡口。……水色黃渥，駛流如箭。……黃河源出崑崙山。
　（十一日……黃河の渡口に到る。……水色 黃渥にして，駛流は箭の如し。……黃河の源は崑崙山に出づ，）

＊廿六日……未時第一船，第三船已下八箇船，自淮入港，到橋籠鎭前停住。第二船不入港，從淮直行，當鎭西南，於淮中停住。……從海口一船來，便問：「何處來？」船人答云：「從海州來。……出海州到東海縣。……」云々。……

　（廿六日……未の時，第一船，第三船已下八箇の船，淮より入港し，橋籠鎭の前に到りて停住す。第二船は入港せずして，淮より直行し，鎭の西南に當り，淮中に停住す。……海口より一船來り，便ち問ふ：「何處より來たるか？」と。船人答えて云ふ：「海州より來たる。……海州を出でて東海縣に到る。……」云々と。……

＊廿八日……巳時，至白水。其色如黃泥。……未時，海水亦白，人咸驚恠。
　（廿八日……巳の時，白水に至る。其の色 黃泥の如し。……未の時，海水亦た白し，人咸な驚き恠しむ。）

＊二十九日辛巳，入白水洋。其源出靺鞨，故作白色。是夜擧火，三舟皆應矣。黃水洋卽沙尾也。其水渾濁且淺。舟人云：「其沙自西南而來，橫于洋中

千餘里,卽黃河入海之處。」……第一舟幾遇淺,第二舟午後三舵幷折。……

(二十九日辛巳、白水洋に入る。其の源は靺鞨に出づ。故に白色を作(な)す。是の夜、火を擧げ、三舟 皆な應ず。黃水洋は卽ち沙尾なり。其の水 渾濁して且つ淺し。舟人 云ふ:「其の沙は西南より來たり、洋中千餘里に橫たはる。卽ち黃河の海に入るの處なり」と。……第一舟 幾たびか淺に遇ふ、第二舟 午後、三舵 幷(あは)せ折る。……)

*乙未。……大抵大峨之上,凡草木禽蟲,悉非世閒所有,……數日前,雪大降。木葉猶有雪漬瀾斑之迹。草木之異,有如八仙而深紫。有如牽牛而大數倍。有如蓼而淺靑。聞春異花尤多。但是時山寒,人鮮能識之。草葉之異者,亦不可勝數。

(乙未。……大抵、大峨の上、凡て草木禽蟲、悉く世閒に有る所には非ず、……數日前、雪大いに降る。木葉に猶ほ雪漬瀾斑の迹有り。草木の異、八仙の如くにして深紫なる有り。牽牛の如くにして大なること數倍なる有り。蓼の如くにして淺靑なる有り。春に異花 尤も多しと聞く。但し是の時は山寒く、人 能く之れを識ること 鮮(すくな)し。草葉の異なる者も亦た數ふるに勝ふべからず)

*十六日……曠野路狹,草木掩合。寸步過泥,頻失前路。……

(十六日……曠野 路狹く、草木 俺合す。寸步すれば泥を過ぎ、頻(しばし)ば前路を失ふ。……)

*廿日……人云:「今此五月猶寒,花開未盛。……」云云。看其花色,人閒未有者也。

(廿日……人云ふ:「今 此は五月にして猶ほ寒く、花の開くこと未だ盛んならず。……」云々と。其の花の色を看るに、人閒に未だ有らざる者なり)

*廿七日……過院西行十里,踰大復嶺。嶺東溪水向東流,嶺西溪水向西流。

過嶺漸下,或向西行,或向南行。峯上松林,谷里樹木直而且長。竹林麻園,不足爲喩。山巖崎峻,欲接天漢。松翠碧與青天相映。嶺西木葉未開張。草未至四寸。……

(廿七日……院を過ぎ西に行くこと十里,大復嶺を踰ゆ。嶺東の溪水は東に向って流れ,嶺西の溪水は西に向って流る。嶺を過ぎて漸く下り,或ときは西に向って行き,或ときは東に向って行く。峯上の松林,谷里の樹木は直くして且つ長し。竹林・麻園 喩へを爲すに足らず。山巖 崎峻として,天漢に接れんと欲し,松の翠碧は青天と相ひ映ず。嶺西の木葉は未だ開張せず。草は未だ四寸に至らず。……)

以上は二種の日記を合成したものである。どの部分が圓仁の文章か容易に判別できるであろうか？

「二十九日辛巳……」は,徽宗皇帝の宣和年間に高麗に派遣された宋の徐兢[1092~1155]が明州から朝鮮半島に向かう航海を記した『使高麗錄』の中の一節。「乙未。……」は,成都から長江を下って臨安に向かう宋の范成大[1126~1193]が峨眉山に登っての見聞を記した『吳船錄』の一節である。前者は,『入唐求法巡禮行記』卷一の承和五年三月二十六日の「未時第一船……」や卷一の承和五年六月二十八日「巳時,至白水。其色如黃泥。……」や卷二の開成五年四月十一日「……到黃河渡口。……」を,そして後者は,卷三の開成五年四月二十七日の「……過院西行十里……」や卷三の開成五年五月二十日の「……人云:『今此五月猶寒,花開未盛。……』云云。……」や卷四の會昌五年八月十六日の「……曠野路狹,草木掩合,寸步過泥,頻失前略。……」を連想させる。前者は「船」と「舟」,「二十」と「廿」を統一すれば同一人物の筆になるものと勘違いしそうであるし,後者も觀察眼の確かさと適確な漢字表現は甲乙付け難い。三者の文章を連記して,違和感を生じないのはなぜか？それは,圓仁が學んだ多くの中國の古典が,同時に徐兢や范成大にとっての一般教養であり,二者ともにその傳統に則って表現しているからである,彼等の文章上の師が中國古典の作者たちであったことがその主たる原因であって,決して偶然

の一致ではない。圓仁の「漢文」が，中國の文人の文章と等質であるからこそ，日本の僧侶の文章であることを感じさせないのである。圓仁の「筆力」が，本場中國の文人と比較してなんら遜色の無い水準に達していればこそ，國籍や時代の差を越えて讀者に等質の感銘を與え續けるのである。勿論，『入唐求法巡禮行記』全禮を見れば，第三者にとっては退屈な記録の連續も有れば，「和習」による不自然な箇所も有る。しかし，一見「單語の羅列」に見える記録も，圓仁にとってなぜ必要であったかを考える時，突如，「興味深い」「有機體」と化して胎動を始めるであろう。前稿「圓仁の人物評論」の資料は，『行記』四卷に散亂する「單語の羅列」を分類・整理することで相互に關連付け，資料そのものから，圓仁の意圖を語らせようとしたものである。では，「和習」はどうか？圓仁の「和習」については稿を改めて檢討する必要があるが，中國の文人の解讀を妨げるほどの障害とはなっていないことだけは確かである。森鷗外が「閭丘」の複姓を「閭」と勘違いして「丘胤」と書いたからといって「寒山拾得」の作品全體の價値が損なわれないのと同等の，あるいはそれよりも些細な小暇に過ぎない。例えば，天候の記録に，「雨下」「雪下」といった記述が散見されるが，これらは中國人の目から見れば不自然な語順である。「雪」を名詞として主語に用いるのであれば，范成大のように「雪大降」と動詞「降」を述語にする。文語では普通「大雪［大いに雪ふる］」と「雪」を動詞に用いる。「雪下」は，日本語の語順につられての「和習」であろう。おもしろいことに，卷一の承和五年［838］十二月二十日の時點では，「夜頭下雪」と記し，卷二の開成四年九月二十七日にも「下雪」と記しているが，卷三の開成五年十一月三日では「雪下」と記している。「夜頭」は當時の唐人も用いた俗語である。そして，「下雪」は，現代漢語でも用いる「中國語の語順」である。十二月二十日の記述が口語的であるのに對して，九月二十七日の記事の後半二句は，中國の文人の作かと思うほど自然な文語である。

廿七日，下雪。自九月中旬已來，寒風漸起。山野無青草，澗泉有凍氣。
（廿七日，雪下る。九月中旬より已來，寒風漸く起る。山野に青草無く，

澗泉に凍氣有り）

　この「山野無靑草，澗泉有凍氣」の二句は，そのまま五言詩に使えるほど調和のとれた對句を構成している。『入唐求法巡禮行記』の中に圓仁自作の詩をみることができないのは，いかにも惜しい。しかし，彼の詩才は『行記』の隨所にみられる。五臺山の風景描寫には，『文選』をはじめ中國古典から學んだと思われる賦の素養さえ感得される。散文の素養は，卷二の五月二十五日の「不久之頃」，二十六日の「不久之會」，六月五日の「俄爾之頃」を見ただけでわかる。同内容を異なる文字に書き分け，變化を持たせるくらいの力量はあったし，響きを四文字に整えるリズム感も，圓仁は持ち合わせていた。七月十日，十一日に至っては，散文詩とも言える名調子にまとめあげている。

　七月十日，十一日，海裏無風，波浪猛騰。徹底涌沸，浪聲如雷。泊船漂振，驚恠不少。
　　（七月十日，十一日，海裏 風無く，波浪 猛騰す。徹底涌沸して，浪聲 雷の如し。泊船 漂振し，驚恠 少なからず）

　卷一の承和五年七月十四日の記事に，「開元寺僧元昱來，筆言通情，頗識文章。（開元寺の僧元昱來り，筆言して情を通はす。頗る文章を識れり）」と記している。上陸して一ケ月後の記事である。まだ中國語には慣れていなかったが，この時すでに圓仁は，中國僧と筆談をし，意思疎通を圖っている。しかも，相手の文章力を見拔くだけの見識を備えていたのである。圓仁の「和習」が，素養の缺如によるものではないことを銘記せねばならない。
　圓仁の日記は，「行記」であって，「自傳」でもなければ，「私小説」でもない。主眼は，「敍事」にあって「敍情」にはない。にもかかわらず，時として圓仁は「心の叫び」を發している。發しなくとも，行閒から聞こえてくる。むしろ我々はそこにこそ，圓仁の個性を看て取るべきではなかろうか？
　例えば，卷三の會昌元年五月十四日の記事は，わずか四文字「喫菰美熟」と

記されているだけである。その前後をみると「二日」「六月十一日」と、日付がとんでいる。内容も「三日」は佛畫について、「六月十一日」は「今上」皇帝の「降誕日」についてであって、五月十四日の記事とは何の脈絡も無い。つまり斷片資料が唐突に現われるのである。にもかかわらず、『入唐求法巡禮行記』を卷頭から讀み進み、圓仁と共に苦難の旅を續けてきた讀者の口には、甘く美事に熟れた「菰（うり）」の舌觸りと香りが、この上もなく爽やかにひろがり、一時、長安の眞夏の酷暑を忘れさせてくれるのである。

　キーン氏が指摘するように、圓仁の日記の「面白さ」は、その大半が記録された事柄にある。しかし、その事柄が、どのような視點から、どのように描寫されているかという「文學性」を抜きにしては、『入唐求法巡禮行記』の「面白さ」は語れない。ただし、ここで言う「文學性」の「文學」とは、情念の世界を描いた私小説に代表される「文藝」でもなければ、キーン氏が日本文學の典型とみる「心の内側」を語る狹義の「文學」でもない。ライシャワー博士の言う「生きた色彩溢れる人間的記錄」をも含む廣義の「文學」である。そして、ここで問題にする「文學性」は、森羅萬象、眞・善・美のいずれをも對象とする圓仁の飽く無き「好奇心」と、佛典をはじめ『史記』や『文選』にいたる多くの中國古典から會得したであろう彼の「描寫力」に支えられている。

　讀者の興味を喚起するのは、事實そのものであっても、そこから傳わる感銘なり感動の大きさは、どのように描かれているかということで決まる。例えば、卷一の開成四年四月十三日と十五日の記事を比較しよう。

　　　十三日……入海不久、水手一人、從先臥病、申終死去。裹之以席、推落海裏。隨波流却。波色稍清。……
　　　（十三日……海に入りて久しからずして、水手一人　先ごろより病に臥せる　申（さる）の終りに死去す。之れを裹（つつ）むに席を以つてし、海裏に推し落とせり。波に隨ひて流却す。波の色　稍く清し。……）

　　　十五日……水手一人、病苦死去。落却海裏。……

Ⅱ.『入唐求法巡禮行記』的文學性　　　　　　　　　　623

（十五日……水手一人，病苦し死去す。海裏に落却す。……）

　十三日の記録は，要點のみを記せば，十五日のようにまとめることができる。しかし，「裹之以席」があることで，略式ながら鄭重に葬られていることが分かるし，「隨波流却。波色稍淸」があることで，「病苦」を終えた死者の亡骸が靜かに波に漂い，やがてその魂が淸らかな海の色に淨化されてゆくのである。十五日の記載は，十三日を踏まえたうえで簡略化されているに過ぎない。
　次に記す卷二の開成四年五月二日丑時［午前二時］の記録は，瀕死の水夫を岸邊の山に置き去りにする悲慘な內容そのものが讀者の目を引く。

　　丑時，水手一人，自先沈病，將臨死。未死之前，纏裹其身，載艇送棄山邊。
　　送人却來云：「棄着岸上，病人未死，乞飯水。語云：『我病若愈，尋村里去』」
　　船上之人，莫不惆悵。
　　（丑の時，水手一人　先ごろより病に沈み，將に死に臨まんとす。未だ死
　　せざるの前，其の身を纏裹し，艇に載せて山邊に送りて棄つ。送人 却り來
　　りて云ふ：「岸上に棄着せしとき，病人 未だ死せずして，飯水を乞へり。
　　語りて云ふ：『我が病　若し愈えなば，村里を尋ね去かん』と」。船中の人
　　惆悵せざるなし）

　この日の出來事は，これだけではなかったであろうし，この時の狀況を上記の「水手一人病苦死去，落却海裏」や卷二の開成四年四月豆二十二日の「挾抄一人死却，載艇移置島裏。（挾抄一人 死却す。艇に載せて島裏に移し置く）」のように簡潔な記述で濟ますこともできたはずである。なのに，圓仁は，岸に運んだ人から聞いた話をもとに「船上の人」の視點から「傳奇小說」を思わせる手法で事件を活寫している。努めて客觀的に描いてはいるが，水夫自身の言葉を傳える八文字を綴りながら，圓仁は，文末の「惆悵」の文字に至る前に，感極まっていたに違いない。「俺がもし治ったら，村里を尋ねてゆくんだから」と「飯水」を乞う「水手」を，「送人」は「送棄」してきた。火葬するゆとりのな

い船旅にあって，腐敗してゆく「屍」は，疫病の心配もあって，船に乗せておけなかったのであろう。それにしても，「死却」せる「挾抄」が「移置（移動し安置する）」されたのに對して，「臨死」の「病人」が「送棄（運び捨て去る）」され「棄着（置き去りにしままにする）」されたことに驚かされる。我々は，その驚きが「棄」によって強められていることに氣付く。『釋名』「釋喪制」に「不得埋曰棄。謂棄之於野也。(埋むるを得ざるを棄と曰ふ。之れを野に棄つるを謂ふなり)」とある。「棄」には「埋葬せずに野晒しにする」の意も含まれているからである。「棄」の文字に，見捨てられ，置き去りにされる「水手」の哀れさが凝縮されていることを見落としてはならない。「纏裹」された「臨死」の「水手」が，「飯水」を求めて「我病……」としゃべり出す意外性と悲慘さ！圓仁は，「送人却來云」の中にさらに「語云」と記すことで，「病人」の肉聲を響かせている。こうした手法によって，讀者は，懇願する水夫の死臭を帶びた口臭すら嗅ぎ取れそうな距離にまで引き込まれて行く。二度繰り返される「未死」「語云」に至って始めて用いられる「我」，そして假定を示す「若」，いずれも「棄」と同樣，取捨選擇を經た「文學性」を有する言葉なのである。圓仁の「文學性」の最大の特徴は，その透徹した「臨場感」にある。

キーン氏は，「中國の大都市を見て，日本人旅行者なら，例外なく口にしそうな驚きや讚歎の聲さえ，彼の口からは出て來ることがない」と言う。果たして，そうであろうか？卷一の開成三年［838］七月二十五日申時［午後四時］の記録を見てみよう。

　　申時，發去。江中充滿大舫船積蘆船小船等不可勝計。申畢，行東郭水門。
　　酉時，到城北江，停留。大使等，登陸宿住，未逢府司。請益留學僧等，未
　　離船上。入夜雨下。辛苦尤劇。
　　　（申の時，發して去く。江中に大舫船，積蘆船，小船等充滿し，計（かぞ）うるに
　　勝ふべからず。申の畢り，東郭の水門に行く。酉の時，城の北江に到り，
　　停留。大使等は登陸して宿住するも，未だ府司に逢はず。請益・留學僧
　　等は未だ船上を離れず。夜に入りて雨下る。辛苦 尤も劇（はげ）し）

揚州府の運河に浮かぶ無數の船を見ての記述である。「日本人旅行者なら，例外なく口にしそう」かどうかは別として，「充滿」の二文字と「不可勝計」の四文字が「讚歎の聲」でなくしてなんであろう？「辛苦尤劇」もまた圓仁の自らが「體驗した苦しみ」であり，「窮狀を訴えた」「心からの叫び」である。

圓仁が訪れた名所の中で，感動の地として取り上げるべきは「大都市」ではなく，「五臺山」である。圓仁の「讚歎の聲」を聞くなら，卷二の後半を開くがよい。開成五年四月二十八日の記事に，こう記されている。

　　五頂之圓高，不見樹木。狀如覆銅盆。望遙之會，不覺流淚。
　　（五項の圓高，樹木を見ず。狀は銅盆を覆せたるが如し。望遙の會，覺ゑず淚を流す）

圓仁は「不覺流淚」と記しているではないか！崇高なる感銘の淚。これ以上の讚美は無い。猪口篤志著『日本漢文學史』は，「入唐僧の日記」の中で，「全部漢文で書かれ簡潔であるが，文意は暢達し，やはり一流の作家たる實力を備えている」と圓仁の「筆力」を絶贊し，卷三の「五臺山の中臺を記した一節」と「東臺の供養院に宿った時の事」を引いた上で，「その筆力の勁拔なる，尋常でないことがわかる」と記している。猪口氏が引用した箇所は，風景描寫である。ここにも，「臨場感」を傳える圓仁の「文學性」が發揮されている。

キーン氏が『百代の過客』に引いた「心からの叫びに近い」という一例は，開成五年三月二十五日に圓仁が張員外に宛てた陳情書の一部である。陳情書の例を引くのであれば，むしろ會昌三年七月二十五日を引くべきである。

　　日本國僧圓仁弟子亡僧惟曉
　　右弟子僧惟曉，身亡竝無錢買地。伏乞三綱和尙慈悲賜與一墓地埋殯。……
　　（日本國僧圓仁の弟子，亡き僧惟曉右，弟子僧惟曉，身亡んで竝(まった)く錢の地を買ふ無し。伏して三綱和尙に乞ふ，慈悲もて一墓地の埋殯するを賜與

せよ。……)

「竝」は「無」を強める副詞。「まったく」。「無錢買地」「賜與一墓地埋殯」の「買地」と「埋殯」は名詞の後ろから「……するための」と限定する言葉で，現代中國語の「沒有錢買東西（ものを買うお金がない）」や「請給我東西吃（食べるものを下さい）」と同じ語法である。それはさておき，この請願書が客死した弟子のために書かれていることに意味がある。そして陳情せざるを得ない情況を「身亡竝無錢買地」と訴えていることに意味がある。さらに重要なことは，この公用文の前に「……都計八箇月病（都て計八ケ月病む）」という説明が有り，最後に「綱維判與一墓地（綱維は判して一墓地を與ふ）」と結果が記されていることである。讀者は圓仁と共に，「八箇月」に眉をひそめ，「判與」に安堵するのである。

キーン氏が引いた「この異國から來た哀れな僧のために……」といった直接表現だけが「心からの叫び」ではない。一見，淡々と記した記述の中にも，聲にならない聲が有り，その無聲の聲は，時として嘆聲以上に強く讀者の心に響く。前稿に列擧した「圓仁の人物評論」も，一見，無味乾燥な「言葉の集積」にしか見えないかもしれない。しかし，異國を旅する托鉢僧にとって，宿主の態度の善し惡しは重大なる關心事であり，一夜の宿といえども死活問題であったことを忘れてはならない。楚州から登州に向かい五臺山に至る行程で遭遇した民家の主人の應對ぶりを，善きにつけ惡しきにつけ逐一丹念に記録し續ける圓仁の姿は，感動的ですらある。圓仁は，卷二の開成五年四月十九日の記事の中で，秦丘村の劉氏について「主人雖貧，布施齋飯。（主人は貧と雖も，布施し齋飯す）」とだけ記している。圓仁は，「有り難かった」とも「嬉しかった」とも言ってはいない。しかし，「雖貧」の二文字に萬感の謝意を込めているのである。これが，本稿の主題「圓仁の文學性」の本質である。

圓仁の描寫力は，卷四の會昌四年［844］七月十五日の記事に看て取ることができる。中國の史官を彷彿とさせる圓仁の筆力は，讀者を戰慄させる。

II. 『入唐求法巡禮行記』的文學性

尋常街裏，被斬屍骸滿路，血流濕土爲泥。天子時時看來，旗鎗交橫遼亂。見說：「被送來者不是唐叛人。但是界首牧牛・耕種百姓，枉被捉來。國家兵馬元來不入他界。恐王悋無事，妄捉無罪人，送入京也」兩軍健兒每斬人了，割其眼肉喫。諸坊人皆云：「今年長安人喫人！」

（尋常の街裏に斬られたる屍骸は路に滿ち，血流 土を濕ほして泥と爲る。看る人 道路に滿つ。天子 時々看來し，旗・鎗 交橫して遼亂たり。見說く，「送られ來たるものは是れ唐の叛人にはあらず。但だ是れ界首の牧牛・耕種の百姓，枉げて捉はれ來たるものなり。國家の兵馬は元來，他界に入らず。王の事無きを悋しむを恐れ，妄りに無罪の人を捉へ送って京に入る」と。兩軍の健兒は人を斬り了る毎に，其の眼肉を割いて喫ふ。諸坊の人皆な云ふ，「今年 長安の人 人を喫ふ！」と）

もう一例擧げよう。卷四の會昌五年［845］五月十五日の記事である。この日の前後は，圓仁の人となりとその周邊の人物との關係を知るうえで極めて重要な箇所である。長文なので，資聖寺の知玄に關する記述で代表させる。

去年歸鄉，不得消息。今，潛來，裹頭，隱在楊卿宅裏。令童子淸涼將書來。書中有潛別之言。甚悲慘矣。

（去年，鄉に歸り，消息を得ず。今 潛かに來たり，頭を裹み，隱れて楊［敬之］卿の宅の裏に在り。童子の淸涼をして書を將らして來たらしむ。書中に「潛別」の言あり。甚だ悲慘なり）

武宗の佛敎彈壓に遭遇して，難を避けていた知玄は，直接會って別れを惜むことができず「そっとお別れいたします」と記した圓仁宛ての手紙を使者に託した。圓仁は，その手紙の「潛別」の二文字に感動したのである。常時の狀況のすべては，この「潛」一文字に集約されている。そして圓仁の「心からの叫び」は，「悲」を越えて「慘」となり，「甚」で强められ，「矣」で結ばれた四音節「甚悲慘矣」に凝結されてゆく。假にキーン氏が女流文學に求めた日本の

敍情を「甘口の敍情」とするなら，圓仁のそれは，「辛口の敍情」である。

本稿に分類・列擧した用例は，そうした圓仁の「辛口の文學」の醍醐味を資料そのものに語らせ，『入唐求法巡禮行記』全體を鳥瞰できるように意圖したものである。

『入唐求法巡禮行記』（上海古籍出版社）の前言に曰はく，

> ……入唐記述及我國唐代社會的政治，經濟，宗教，文化等許多方面，還述及中國關係，各種僧俗人物以及時令風俗等，內容豐富詳瞻，文筆生動細膩，簡直是一部波瀾壯闊，絢麗多彩的歷史畫卷。
>
> （……『入唐記』は，唐代社會の政治，經濟，宗教，文化等あらゆる方面のことに言及したうえ，日中關係，僧侶や在俗のさまざまな人物・時令・風俗等にも言及している。內容は豐富にして詳細，文筆［描寫］は生動にして緻密，まさに波瀾萬丈にして豪華絢爛たる一幅の歷史繪卷である。……）

西洋人によって再發見された圓仁の日記は，その「文學性」を現代中國の研究者によって再評價されている。圓仁の日記を「日本文學」としてではなく，東洋のラテン語ともいうべき「漢文」で書かれた「國際文學」とみなし，本稿を漢字文化圈の視野から考察する唐代文化研究の基礎資料として提示したい。

掲載論文初出一覽

1. 唐代諷諭詩考――中唐の元和期を中心に――
    『漢學研究』（日本大學）33 號　　　　　　平成 7 年 3 月 31 日　1995
2. 張籍「傷歌行」とその背景――京兆尹楊憑左遷事件――
    『東方學』63 輯　　　　　　　　　　　　昭和 57 年 1 月 30 日　1982
3. 韓愈の張籍評價について
    『漢學研究』（日本大學）15 號　　　　　　昭和 52 年 3 月 30 日　1977
4. 張籍樂府における篇法の妙
    『研究紀要』（日本大學文理學部人文科學研究所）23 號
    　　　　　　　　　　　　　　　　　　　　昭和 55 年 3 月 25 日　1980
5. 張籍樂府「節婦吟」について
    『研究紀要』（日本大學文理學部人文科學研究所）29 號
    　　　　　　　　　　　　　　　　　　　　昭和 59 年 3 月 31 日　1984
6. 唐代詩人の通った街道と宿驛（中央研究院歷史語言研究所專刊之八十三嚴耕望
    『唐代交通圖考』第 1～5 卷 1985 年 5 月～1986 年 5 月）
    『東方』（東方書店）第 71 號　　　　　　昭和 62 年 2 月 1 日　1987
7. 唐代長安城の沙堤
    『沼尻正隆先生古稀紀念論文集』（汲古書院）　平成 2 年 11 月 28 日　1990
8. 樂天の馬――唐代文學の文化史的研究――
    『白居易研究年報』（勉誠出版）第 2 號　　平成 13 年 5 月 31 日　2001
9. 「妾換馬」考
    『白居易研究年報』（勉誠出版）第 5 號　　平成 16 年 8 月 10 日　2004
10. 唐代詩人の食性――蟹・南食・筍
    『松浦友久博士追悼記念　中國古典文學論集』（研文出版）
    　　　　　　　　　　　　　　　　　　　　平成 18 年 3 月 31 日　2006
11. 自照文學としての『白氏文集』――白居易の「寫眞」――

12. 回顧錄としての『白氏文集』
    『日本中國學會報』第47集　　　　　　平成7年10月7日　1995
13. 白居易をめぐる人々――交遊錄としての白氏文集――
    『白居易研究講座』（勉誠社）第2卷　　平成5年7月30日　1993
14. 白居易の友人達――その人となり――
    『栗原圭介博士頌壽記念論文集』（汲古書院）　平成7年3月31日　1995
15. 白氏交遊錄――元宗簡―― Bai Juyi's（白居易）friend Yuan Zongjian（元宗簡）
    『研究紀要』（日本大學文理學部人文科學研究所）56號
    　　　　　　　　　　　　　　　　　　　　平成10年10月30日　1998
16. 白氏交遊錄――錢徽――（上）　Bai Juyi's（白居易）friend Qian Hui（錢徽）Ⅰ
    『研究紀要』（日本大學文理學部人文科學研究所）58號
    　　　　　　　　　　　　　　　　　　　　平成11年10月15日　1999
17. 白氏交遊錄――錢徽――（下）　Bai Juyi's（白居易）friend Qian Hui（錢徽）Ⅱ
    『研究紀要』（日本大學文理學部人文科學研究所）59號
    　　　　　　　　　　　　　　　　　　　　平成12年1月31日　2000
18. 白氏交遊錄――李建――（上）　Bai Juyi's（白居易）friend Li Jian（李建）Ⅰ
    『研究紀要』（日本大學文理學部人文科學研究所）61號
    　　　　　　　　　　　　　　　　　　　　平成13年1月31日　2001
19. 白氏交遊錄――李建――（下）　Bai Juyi's（白居易）friend Li Jian（李建）Ⅱ
    『研究紀要』（日本大學文理學部人文科學研究所）62號
    　　　　　　　　　　　　　　　　　　　　平成13年9月29日　2001
20. 白氏交遊錄――元稹・劉禹錫――（上）
    Bai Juyi's（白居易）friends Yuan Zhen（元稹）and Liu Yuxi（劉禹錫）Ⅰ
    『研究紀要』（日本大學文理學部人文科學研究所）65號
    　　　　　　　　　　　　　　　　　　　　平成15年2月20日　2003
21. 白氏交遊錄――元稹・劉禹錫――（中）

（上に『研究紀要』（日本大學文理學部人文科學研究所）34號　　昭和62年3月30日　1987 が先頭にあり）

Bai Juyi's（白居易）friends Yuan Zhen（元稹）and Liu Yuxi（劉禹錫）Ⅱ
　　　『研究紀要』（日本大學文理學部人文科學研究所）67 號
　　　　　　　　　　　　　　　　　　　　　　　　　平成 16 年 2 月 25 日　2004
22. 白氏交遊録——元稹・劉禹錫——（下）
　　　Bai Juyi's（白居易）friends Yuan Zhen（元稹）and Liu Yuxi（劉禹錫）Ⅲ
　　　『研究紀要』（日本大學文理學部人文科學研究所）第 74 號
　　　　　　　　　　　　　　　　　　　　　　　　　平成 19 年 9 月 30 日　2007
23. 張籍と白居易の交遊（上）
　　　『漢學研究』（日本大學）20 號　　　　　　　昭和 58 年 2 月 1 日　1983
24. 張籍と白居易の交遊（中）
　　　『漢學研究』（日本大學）21 號　　　　　　　昭和 59 年 2 月 20 日　1984
25. 張籍と白居易の交遊（下）
　　　『中國語中國文化』（日本大學大學院中國學專攻）1 號
　　　　　　　　　　　　　　　　　　　　　　　　　平成 12 年 5 月 1 日　2000
26. 書評　赤井益久（著）『中唐詩壇の研究』
　　　『國學院雜誌』106 卷 3 號　　　　　　　　平成 17 年 3 月 31 日　2005
27.「王維の自己意識」（上）
　　　『中國語中國文化』（日本大學大學院中國學專攻）3 號
　　　　　　　　　　　　　　　　　　　　　　　　　平成 18 年 3 月 25 日　2006
28.「王維の自己意識」（下）
　　　『中國語中國文化』（日本大學大學院中國學專攻）4 號
　　　　　　　　　　　　　　　　　　　　　　　　　平成 19 年 3 月 25 日　2007
29.「樂天の筆力」
　　　新釋漢文大系『白氏文集　五』季報 99　（明治書院）
　　　　　　　　　　　　　　　　　　　　　　　　　平成 16 年 2 月 10 日　2004
30.『白氏文集』流行の原因
　　　『研究紀要』（日本大學文理學部人文科學研究所）40 號
　　　　　　　　　　　　　　　　　　　　　　　　　平成 2 年 9 月 30 日　1990

31.「十訓抄序」と『白氏文集』

　　『漢學研究』（日本大學）13・14 合併號　　　昭和 50 年 11 月 15 日　1975

32.　唐代文化研究基礎資料『入唐求法巡禮行記』札記 ——圓仁的人物評價——

　　『研究紀要』（日本大學文理學部人文科學研究所）48 號

　　　　　　　　　　　　　　　　　　　　　　平成 6 年 9 月 30 日　1994

33.『入唐求法巡禮行記』的文學性

　　『研究紀要』（日本大學文理學部人文科學研究所）50 號

　　　　　　　　　　　　　　　　　　　　　　平成 7 年 9 月 30 日　1995

　　　　　　　　　　　　　　　　　　　　　　　　　　　　　　以上

あとがき

　家族をはじめ實に多くの人々に支えられ勵まされて本書『唐代の文化と詩人の心』は生まれた。この「漢字文化の賜物」は私の第3子である。缺點だらけではあるが，老いてから授かっただけに「いとおしい」。
　間も無く還曆を迎える今，香山居士のように自分の『文集』を紐解き，半生を回顧しながら「幸福」という文字の意味をしみじみと味わっている。
　幼稚園から大學院に至るほぼ四半世紀の間に出遭った恩師の數は2桁に昇る。私は家族に惠まれ，先生に惠まれ，敎え子に惠まれ，先輩にも同僚にも友人にも惠まれた。
　日本大學經濟學部から文理學部に轉部して以來の恩師である坂井健一博士から序文を頂戴したこと。
　汲古書院からの上梓を中國文學科の先輩である石坂叡志社長に快諾していただいたこと。
　2009年度日本大學學術出版助成が得られたこと。
　いずれも空齋こと山田顯義（『學祖山田顯義漢詩百選』日本大學廣報部「山田顯義の詩と人となり」參照）のお蔭である。
　志を同じくする國內外の研究者，丹念に草稿や學位論文に眼を通して下さった方々，中唐文學會の創設時からの學友，新進氣銳の同學。實に多くの人たちから計り知れない恩惠を蒙っている。
　坂井先生や石坂先輩ならびに汲古書院の皆樣をはじめ，御健在の諸先生と多くの友人たちに心より御禮を申し上げると共に冥界の恩師・亡き父・叔父・叔母・舊友たちに感謝の念を傳えたい。

2009年7月6日

詩人別詩題索引

作品番號は下記の參考文獻による
花房英樹著『白氏文集の批判的研究』朋友書店 1960 年 3 月發行
花房英樹編『韓愈歌詩索引』京都府立大學人文學會 1964 年 3 月發行
丸山　茂編『張籍歌詩索引』朋友書店 1976 年 10 月發行

ア行

韋應物 553～558
　歎白髮 517
　對新篁 210
韋肇
　沙堤賦 118, 121, 127
韋元旦
　奉和聖製春日幸望… 139
韋弘景 188
王維 16, 23, 90, 103, 104, 258, 346, 356, 566
　觀別者 526
　九月九日憶山東兄弟 522, 542
　崔濮陽兄季重前山興 520
　齊州送祖三 535, 536
　雜詩 550
　山中 519
　漆園 543
　酌酒與裴迪 533
　春園卽事 519
　上張令公 544
　書事 519
　送綦毋潛落第還鄉 533
　送邢桂州 536, 537
　送別 533, 534, 538
　送友人南歸 546
　送李睢陽 533
　送錢少府還藍田 546
　送魏郡李太守赴任 533
　息夫人 522, 525
　題友人雲母障子 522, 542
　竹里館 543, 549
　敕借岐王九成宮避… 518, 523
　冬夜書懷 521
　慕容承攜素饌見過 520
　遊化感寺 211
　鹿柴 518, 561
王諲 560
王延彬
　春日寓感 210
王建 59, 290, 357～359, 367, 557
　御獵 120
　上張弘靖相公 118, 127
　新嫁娘詞三首 199
　和錢舍人水植詩 358
王質夫 279
王昌齡 373
王貞白
　少年行二首 139
王縉 373
溫庭筠

觱篥歌	127	392 原道	28
		432 畫記	139
力行		435 科斗書後記	63
何遜		470 上宰相書	66
詠鏡	518	477 代張籍與李浙東書	63
賈餗		484 與崔群書	287
春池泛舟聯句	455	489 與馮宿論文書	63
賈島	59, 73, 361, 367	509 送孟東野序	63
寄錢庶子	360	694 舉薦張籍狀	63, 484
秋夜仰懷錢・孟二…	360	**韓翃**	201
投元郎中	325	別李明府	210
賈稜		**牛僧孺**	324
御溝新柳	529	**許孟容**	46, 48
韓愈 16, 18, 23, 25, 29, 33, 34, 44, 50, 151,		**許渾**	201
162, 206, 209, 275, 284, 290, 300, 324,		**元稹** 16, 23, 24, 38, 39, 59, 116, 151, 200,	
325, 340, 351, 357, 359〜361, 363, 367,		222, 234, 246, 260, 269〜272, 277〜279,	
377, 378, 386〜388, 423, 463, 467, 483,		288, 290, 292〜294, 296, 297, 304〜310,	
496, 503		318, 321〜326, 336, 343, 344, 356, 368,	
029 赴江陵途中，寄贈…	38, 403	376〜378, 380〜384, 386, 388〜393,	
038 此日足可惜…	60, 61, 63	399, 405, 445, 454, 465, 480〜483, 490,	
044 醉贈張祕書	63	493, 496, 512, 553, 555, 557, 560, 561,	
056 古風	70	566, 572, 575	
139 石鼓歌	63	見人詠韓舍人新律…	276, 324
148 調張籍	74, 90	元宗簡權知京兆少	324
151 病中贈張十八	62, 63	使東川　幷序	401
178 初南食貽元十八協	207	酬和白樂天杏園花	501
181 答柳柳州食蝦蟆	208	酬樂天吟張員外詩…	324, 325, 494
195 題張十八所居	63	酬樂天東南行詩一…	407
197 奉和錢七兄［徽］…	358	重贈商玲瓏兼寄樂天	195
218 會合聯句	63	春深二十首	423
374 雨中寄張博士籍侯…	117	西歸絕句十二首	409
376 早春，與張十八博士…	486	淸明日	401
380 同水部張員外…	486	題李十一修行里居…	402

歎梅雨鬱蒸	424	司空曙		
唐故中大夫尚書刑…	273	送李嘉祐正字…	209	
內狀詩寄楊白二員	460, 462	謝朓		
奉和浙西大夫李德…	423	和王主簿季哲怨情	521	
奉和浙西李大夫霜…	423	徐晦	50	
望雲騅馬歌　并序	137	岑參	548	
有鳥二十章	464, 465	虢州送天平何丞入…	138	
與樂天同葬杓直	379	初過隴山途中呈宇…	139	
藍橋懷舊	424	蜀葵花歌	82	
劉二十八以文石枕	422	歎白髮	517	
留呈夢得・子厚…	422, 425	施肩吾	378, 384, 386	
梁州夢	401	上禮部侍郎陳情	385	
和展上人？	422	薛逢		
和樂天招錢蔚章看…	367	君不見	124	
元結	16, 23, 69, 70	周存		
元宗簡	219, 275, 276, 292, 293, 306〜309,	西戎獻馬	137	
	344, 399, 417, 484, 488, 489	錢徽	282, 287〜289, 299, 306〜308, 318,	
皇甫曙	324		324, 399, 417	
行式	430, 455	小庭水植率爾成詩	357, 358	
高適	201	錢起	287, 346, 373	
自淇涉黃河途中作	113	過故洛城	355	
高駢		題祕書王迪城北池…	356	
殘春遣興	529	晚歸藍田酬王維給	346	
		夜宿靈臺寺寄郎士元	520	
サ行		錢珝	355	
崔涯		祖詠	535	
別妻	549	答王維留宿	536	
崔群 ［＝崔摯］	34, 222, 282, 284〜286, 288,	蘇源明	69	
	297〜301, 309, 310, 318, 347, 364〜366,			
	369, 376, 377, 404, 405, 417	**タ行**		
春池泛舟聯句	455	張籍	15, 17, 18, 36, 42, 49, 50, 56, 116, 150,	
崔玄亮	188, 269〜271, 318, 319, 324, 381,		215, 276, 290, 292, 301, 305, 307, 325,	
	410		326, 338, 437, 463, 557	

009 野老歌	27, 80	353 春日早朝	117
011 送遠曲	83, 89	357 同白侍郎杏園贈劉…	501
016 沙堤行	30, 114, 117, 118, 126, 127, 131	364 答元八遺紗帽	324
		366 送元八	324
020 節婦吟	524	370 病中酬元宗簡	324
024 傷歌行	29, 139	376 離宮怨	39
031 賈客樂	27, 79, 80	415 癈宅行	83, 85, 89
039 烏夜啼引	80, 81	438 池泛舟聯句	455
115 酬韓祭酒雨中見寄	117	442 離婦	107
117 酬白二十二舍人早…	486	445 董公詩	70, 71, 476
139 和裴司空以詩請刑…	191, 436, 508	446 學仙	35, 70, 71, 476
144〜153 和左司元郎中…	324	451 贈姚怤	73
183 送裴相公赴鎮太原	482	452 哭于鵠	73
184 寄元員外	317, 324	456 贈孟郊	72
187 謝裴司空寄馬（蒙裴相公賜馬謹以詩謝）	114, 139, 150, 151, 482	461 寄別者	72, 128
		462 病中寄白學士拾遺	57, 470, 479
190 早朝寄白舍人嚴郎中	127, 128, 485	463 雨中寄元宗簡	324
191 書懷寄元郎中	324, 485	466 祭退之	59〜61, 66, 70, 91, 496, 504, 62
208 移居靜安坊答元八…	324, 484	480 賦花	511
211 新除水曹郎答白舍…	487	482 會合聯句	503
213 哭元八少尹	324, 339, 488	483 春池泛舟聯句	455
215 答白杭州郡樓登望…	492	484 宴興化池亭送白二…	334, 338, 430, 455, 511
223 寄和州劉使君	502		
224 贈商州王使君	490	485 首夏猶淸和聯句	430, 455, 503, 504
235 酬杭州白使君	495	486 薔薇花聯句	430, 455, 503, 504
236 寄蘇州白二十二使君	497, 499, 500	487 西池落泉聯句	430, 455, 503
237 送白賓客分司東都	510	488 上韓昌黎書	65
258 寄白二十二舍人	489	**張祜**	201
260 蘇州江岸留別樂天	499	愛妾換馬	180, 185
290 送元宗簡	324	奉和池州杜員外南…	529
291 寄徐晦	50	**張徹**	503
292 寄白學士	468	**張賈**	151, 483
330 贈姚合	123		

陳鴻	560	洛中作？（散逸）	424	
陳子昂	16, 23, 69, 70, 480	0001 賀雨	138	
竇鞏	276, 277, 324	0002 讀張籍古樂府詩	58, 71, 74, 90, 301, 475, 479, 481	
杜甫	16, 23, 38, 58, 69, 90, 109, 141, 211, 221, 261, 294, 367, 417, 498, 517	0003 哭孔戡	302, 475	
玉腕騮	139	0004 凶宅	580	
遣興	117	0006 觀刈麥	397	
沙苑行	139	0013 月夜登閣避暑	397	
惜別行送劉僕射判…	138	0015 贈元稹	257, 293, 299	
醉爲馬墜諸公攜酒…	156	0016 哭劉敦質	271, 302	
送殿中楊監赴蜀見…	495	0023 贈樊著作	47, 302	
瘦馬行	142	0025 折劍頭	239	
孫大娘舞劍器	258	0027 酬元九『對新栽竹…	257	
奉賀陽城郡王太夫人…	209	0031 白牡丹	295, 341, 342	
房兵曹胡馬	139	0033 寄唐生	302	
杜牧	16, 23, 29	0034 傷唐衢二首其一	293	
杜荀鶴		0035 傷唐衢二首其二	303	
御溝柳	529	0047 納粟	398	
獻鄭給事	118	0054 丘中有一士二首	294	
		0075〜0084 秦中吟	26, 247	
ハ行		0076 重賦	26	
裴迪	373	0077 傷宅	39	
裴度	19, 24, 34, 46, 50, 59, 130, 151〜153, 164, 165, 170, 178, 186, 191, 194, 196, 198, 199, 258, 277, 284, 286, 308, 324, 353, 430, 431, 455, 482, 483, 503, 504, 507〜510, 511, 512	0078 傷友	125, 127, 142, 293	
		0080 立碑	579	
		0091 寓意詩	38	
		0092 寓意詩五首	294	
		0101 和思歸樂	39	
雪中誹諸公不相訪	197, 440	0124〜0174 新樂府	30, 82, 247	
白二十二侍郎有雙…	190, 506	0128 海漫漫	34	
		0147 青石	579	
白居易＝白樂天	12, 16, 19, 23, 24, 29, 36, 46, 56, 57, 59, 151, 202, 206, 517, 519, 553〜555, 557, 558, 560	0151 澗底松	294	
		0155 繚綾	556	
		0156 賣炭翁	26	

0158 陰山道	137	0263 友人夜訪	291
0160 李夫人	32, 580	0265 酬張十八訪宿見贈	116, 467, 474
0163 杏爲梁	580	0266 朝歸書寄元八	147, 328, 334, 338
0165 官牛	29, 114, 118, 120, 131	0268 昭國閑居	333
0172 秦吉了	556	0270 贈杓直	410
0174 采詩官	30	0271 寄張十八	477
0175 常樂里閑居…	145, 271, 293	0273 朝迴遊城南	147
0176 答元八宗簡同遊曲… 319, 326, 329, 332, 335	146, 318,	0275 溢浦早冬多	262
		0278 訪陶一公舊宅…	257
0180 早送擧人入試	398	0284 讀謝靈運詩	221
0181 招王質夫	303	0299 食筍	211
0184 病假中南亭閑望	398	0302 題元十八溪亭	315
0187 官舍小亭閑望	389	0307 答崔侍郎錢舍人書…	299, 342, 371
0188 早秋獨夜	420	0320 秋日懷杓直	395, 402
0189 聽彈古淥水	420	0325 題舊寫眞圖	225, 228, 231, 232, 236
0191 冬夜與錢員外同直…	342	0330 山中獨吟	220
0192 和錢員外禁中夙興… 345, 359, 421	342, 344,	0335 長慶二年七月…	154
		0336 初出城留別	154
0195 禁中	421	0337 過駱山人野居小池	154
0196 贈吳丹	304	0338 宿清源寺	154
0201 寄李十一建	273, 295, 318, 397	0339 宿藍溪對月	154
0203 酬楊九弘貞長安病…	398	0340 自望秦赴五松驛…	155
0211 清夜琴興	420	0345 感舊紗帽	223, 275, 378
0212~0228 效陶潛體詩十六首 幷序 221, 257, 272, 318, 341, 342, 369, 421, 450		0347 馬上作	153
		0398 曲江早秋	251
		0403 初見白髮	224
0229 自題寫眞	225, 228, 231, 232, 234	0406 早秋曲江感懷	251
0239 晚春沽酒	148	0417 曲江感秋	252, 255
0240 蘭若寓居	148	0418 酬張太祝晚秋臥病…	471
0245 歸田三首	148, 149, 391	0420 早朝賀雪寄陳山人 127, 131, 147	122, 123, 126,
0249 寄同病者	478		
0250 遊藍田山卜居	376	0424 白髮	224
0257 詩東坡秋意, 寄元八	327, 330, 336	0436 酬李少府曹長官舍…	398

0445 感逝寄遠	405, 406	0722 同錢員外禁中夜直	342, 344, 346
0447 朱陳村詩	144	0727 送元八歸鳳翔	328
0482 病中友人相訪	291	0728 雨雲放朝因懷微之	116
0483 自覺二首	300	0730 聞微之江陵臥病…	368
0522 夢與李七・庾三十	304	0731 酬錢員外雪中見寄	342, 344, 370
0551 哭諸故人，因寄元…	319, 329, 335, 450	0732 重酬錢員外	342, 344, 370
		0739 立春日酬錢員外曲…	342, 344
0559 登龍昌上寺望江南…	342, 371	0740 和錢員外青龍寺上…	342, 344, 372
0567 西掖早秋直夜書意	463	0743 惜牡丹花　二首	131
0571 晚歸有感	326, 337, 405, 407	0748 夜惜禁中桃花因懷…	342, 344
0572・0573 曲江感秋二首	233, 242, 252, 255, 462	0749 和錢員外早冬玩禁…	292, 342, 373, 375
0576 襄病無趣，因吟所…	489	0775 寄上大兄	344
0583 送張山人歸嵩陽	142, 289	0780 眼暗	473
0584 醉後走筆…	143, 469	0797 得錢舍人書問眼疾	342, 368
0585 和錢員外答盧員外…	342	0798 還李十一馬	149, 391
0593 山石榴寄元九	561	0799 九日寄行簡	149
0596 長恨歌	31, 247, 279, 559, 580	0803 和夢遊春詩一百韻	194
0602 琵琶引	38, 247, 258, 560	0807 渭村退居…	149, 306, 342, 346, 368, 371
0607 醉歌	195		
0608 代書詩一百韻寄微…	379	0811 初授贊善大夫…	473
0611 東都冬日，會諸同…	294	0812 欲與元八卜隣	306, 313, 318, 321, 326, 328, 329, 331, 333
0619 春題華陽觀	246		
0623 華陽觀桃花時…	246	0815 重過祕書舊房…	244, 245
0627 華陽觀中，八月十…	246	0818 張十八	475
0662 感故張僕射諸妓	194	0832〜0835 和元八侍御升…	313, 326, 328, 329, 333
0689 感月悲逝者	222		
0709 曲江獨行	344	0833 累土山	333
0710 同李十一醉憶元九	400	0834 高亭	333
0711 同錢員外題絕糧僧	342, 344, 371	0835 松樹	333
0712 絕句代書贈錢員外	342, 344, 366	0838 李十一舍人松園飲…	307, 313, 318, 327〜329, 334
0716 答張籍因以代書	468		
0720 杏園花落時招錢員外	342, 344	0839 重到華陽觀舊居	245

0843 雨夜憶元九	313	1127 畫木蓮花圖，寄元郎…	330, 335
0844 雨中攜元九詩訪元…	311, 325,	1167 錢虢州以三堂絕句…	342, 358, 371
329, 344		1209 吟元郎中白鬚詩兼…	330, 335
0851 曲江夜歸，聞元八…	327, 328, 334	1211 和張十八祕書謝裝…	150, 483
0864 藍橋驛見元九詩	425	1215 初除主客郎中…	461
0875 江上吟元八絕句	307, 329, 335	1218 中書連直，寒食不…	324
0900 讀李杜詩集因題卷…	221	1220 和元少尹新授官	314, 336
0908 東南行一百韻…	405, 406	1221 朝迴和元少尹絕句	336
0924 宿西林寺，早赴東…	405	1222 重和元少尹	336
0941 詩題元八溪居	315	1226 晚春重到集賢院…	245, 246
0945 夜宿江浦，聞元八…	329, 334	1230 題新居寄元八	329, 333, 483
0953 寄李相公崔侍郎錢…	342	1236 酬元郎中同制加朝…	307, 314,
0959 聞李十一出牧…	405, 406	329, 336	
0966 三月三日登庾樓寄…	316	1237 初著緋戲贈元九	336, 462
0988 醉中戲贈鄭使君	198, 441	1243 新秋早起有懷元少…	337
0990 酬元員外三月三十日…	316, 330,	1250 錢侍郎使君以題廬…	342
335		1252 慈恩寺有感	316, 318, 337, 402
0999 登西樓憶行簡	316	1256 自問	462
1004 閒吟	220	1259 新昌新居書事四十…	324, 484
1006 編集拙詩成一十五…	9, 31	1263 和韓侍郎題楊舍人…	486
1009 江櫻夜吟元九律詩…	474, 479	1265 偶題閣下廳	261, 224
1010 潯陽歲晚寄元八郎…	329, 330, 335	1266 予與故刑部李侍郎…	293, 316,
1016 送客春遊嶺南二十…	405	318, 331, 337, 382	
1028 元十八從事南海…	315	1269 酬韓侍郎・張博士	486
1039 贈寫眞者	226, 228, 237	1270 元家花	337, 488
1041 十二年冬，江西溫…	335	1274 草詞畢，遇芍藥初…	346
1067 答元八郎中・楊十…	335	1275 喜張十八博士除水…	487
1090 除忠州寄謝崔相公	299	1280 七言十二句贈駕部…	147, 312
1093 初著刺史緋答友人…	291	1285 曲江憶李十一	402
1103 對鏡吟	240	1291 暮江吟	561
1110 初到忠州贈李六	153	1308 初罷中書舍人	248
1111 郡齋暇日，憶廬山…	153	1309 宿陽城驛對月	248
1114 京使迴，累得南省…	330, 405	1310 商山路有感	248, 490

1311 重感	491	1912 祭張敬則文	297
1312 逢張十八員外籍	491	1940 與迴鶻可汗書	138
1319 吉祥寺見錢侍郎題…	343, 348	1948 論制科人狀	234
1322 題別遺愛草堂…	244, 248	1950 論和糴狀	398
1328 初到郡齋寄錢湖州…	343, 349	1959 論裴均進奉銀器狀	399
1338 夜歸	113	1967 請罷兵第三狀	283
1341 錢湖州以箸下酒…	343, 349	1971 奏陳情狀	229, 235
1346 和薛秀才尋梅花同…	249	1972 謝官狀	235
1348 小歲日對酒吟錢湖…	343, 349	1987 論重考試進士事宜…	288
1349 錢塘湖春行	113	2013 策林序	259
1364 杭州春望	423	2024 題文集櫃	259
1378 江樓晚眺景物鮮奇…	492	2085 議文章	580
1388 與諸客攜酒, 尋去…	249	2194 [蘇州] 郡齋旬假…	11
1446 祭符離六兄文	391	2197 北亭臥	505
1453 祭李侍郎文	379	2200 九日宴集, 醉題郡…	257
1458 有唐善人墓碑	301, 379, 385, 389, 390, 392, 393, 396	2203 小童薛陽陶吹觱篥…	423, 427
1466 除李建吏部員外郎…	394	2216・2217 題故元少尹集後二首	292, 338, 580
1472 草堂記	312	2225 除日答夢得同發楚…	502
1474 養竹記	145	2228 有感三首	167, 188, 194
1479 遊大林寺序	312	2234 題道宗上人十韻…	221, 338
1480 代書	304, 317	2236 寄庾侍郎	304
1483 與楊虞卿書	38, 280, 281, 296	2238 醉題沈子明壁	529
1486 與元九書	220, 235, 236, 242, 259, 307, 322〜325, 479	2241 對鏡吟	223, 262
		2242 耳順吟寄敦詩…	304
1487 答戶部崔侍郎書	299, 341, 342	2250 和微之詩二十三首　序	418
1489 與元九書	276	2263 和曉望	127
1509 奉敕試制書詔批答…	232	2266 和自勸二首　其一	350
1550 張籍可水部員外郎…	486	2267 和自勸二首　其二	343
1558 柳公綽父子溫贈尚…	312	2273 感舊寫眞	226, 228, 237
1822 錢徽司封郎中知制…	342	2277 中隱	140
1826 祭盧虔文	297	2281 酬集賢劉郎中對月…	423
1839 祭吳少誠文	297	2317 張十八員外以新詩…	305, 493

2341 醉戲諸妓	194		2531 和楊郎中賀楊僕射…	431
2355 西湖留別	153		2534 塗山寺獨遊	146
2377 求分司東都, 寄牛…	506		2539 閑出	146
2382 分司	141, 154		2544 華城西北雉堞最高	343, 349, 365
2383 河南王尹初到…	159		2545 奉使途中	159
2408 城東閑行…	159		2546 有小白馬, 乘馭多…	157, 161, 249
2411 除蘇州刺史別洛城…	496, 504		2548 酬皇甫賓客	159, 160
2412 奉和汴州令狐相公…	447, 201		2554 早春同劉郎中寄宣…	447, 452
2416 赴蘇州至常州答賈舍…	154		2555 寄太原李相公	161
2417 去歲罷杭州…	498, 499		2556 雪中寄令狐相公兼…	452
2419 自詠	498		2557 出使在途, 所騎馬死…	160
2421 紫薇花	498, 499		2558・2559 有雙鶴留在…	506, 510
2422 自到郡齋僅經旬日	498, 499		2568 將發洛中, 枉令狐…	453
2425 登閶門閑望	498, 499		2571 喜錢左丞再除華州…	343, 349
2429 郡西亭偶詠	505		2572 和錢華州題少華清…	343, 349
2437 對酒吟	154, 498, 499		2579 杏園花下贈劉郎中	500, 502
2447 酬劉和州戲贈	9, 154		2585 早朝	131
2451 歲暮寄微之	143		2586 答裴相公乞鶴	190, 436, 507
2459 馬墜強出贈同座	156		2590 京路	160
2460 夜聞賈常州・崔湖…	156		2591 華州西	160
2464 蘇州柳	499		2592 從陝至東京	160
2465 三月二十八日贈周	497		2594 宿杜曲花下	160
2479 題東武丘寺六韻	499		2609 魏堤有懷	113
2484 九日寄微之	257, 258		2616 雨中招張司業宿	504
2486 晚起	156		2618 病瘡	247
2492 武丘寺路	499		2623 宿裴相公興化池亭…	456
2497 自喜	505		2626 送鶴與裴相臨別贈…	191, 436
2498 武丘寺路宴留別諸…	499		2627 令狐相公拜尚書後…	452, 456
2516 憶洛中所居	505		2628 送河南尹馮學士赴…	112
2522 醉贈劉二十八使君	502		2633 雙鸚鵡	508
2524 過敷水	159		2653 和春深二十首 其一	423
2527 初授祕監, 并賜金…	220		2657 和春深二十首 其五	141
2528 新昌閑居招楊郎中…	504		2676〜2680 對酒五首	529

2694〜2696 元相公挽歌詞…	466	2981 思舊	388
2701 送客	159	2987 裴侍中晉公以集賢…	258
2705 憶夢得	9	3001 洛陽春贈劉、李二…	248
2707 失婢	168	3003 和裴令公一日日一…	436
2718 病免後，喜除賓客	511	3008 覽鏡喜老	238
2726 問江南物	191, 437, 510	3019 西行	109
2736・2737 酬裴相公見寄…	456	3024 題文集櫃	220, 242
2740 令狐尚書許過弊居…	453, 456	3034 因夢有悟	188, 410
2744 答蘇六	529	3039 春遊	439
2749 不出門	322	3041 哭師皐	188
2770 和令狐相公寄劉郎…	453, 456	3043 夏日作	213, 216, 548
2780・2781 寄兩銀榼與裴…	456	3061 早春醉吟寄太原令…	453
2816 嘗黃醅新酎，憶微之	424	3062 洛下送牛相公出鎮	112
2862 和微之道保生三日…	312	3072 感舊詩卷	222, 261
2876 不准擬二首	159	3078〜3079 微之・敦詩……	424
2880 哭崔兒	424	3128 晚春閑居…	212
2881 初喪崔兒報微之…	424	3157 問鶴	465
2895 醉吟	146	3158 代鶴答	465
2912 故京兆元少尹文集…	219, 261, 292, 312, 320, 321, 323, 326, 328	3160 閑臥（一作居）有…	439
		3176 代林園戲贈	432
2914 自詠	499	3177 戲答林園	432
2925 與劉蘇州書	418, 419	3178 重戲贈	432
2926 故饒州刺史…	304	3179 重戲答	432
2928 池上篇　并序	270, 506	3187 夜宴醉後留獻裴侍…	432
2930 劉白唱和集解	255, 417	3189 集賢池答侍中問	432
2933 祭李司徒文	283, 298	3204 往年稠桑曾喪白馬…	162, 250
2939 唐故武昌章節度使…	312	3208 和劉汝州酬侍中見…	432
2941 唐故溧水縣令太原…	38, 268	3224 詔授同州刺史病不…	435
2942 序洛詩	220	3235 奉和裴令公新成午	433
2945 祭崔相公文　286, 297, 300, 278, 297		3239 閑臥寄劉同州	439
2953 醉吟先生傳	278, 410	3260 喜與楊六侍御同宿	366
2955 蘇州南禪院白氏文…	322, 582, 583	3272 以詩代書，寄戶部…	334
2966 哭崔常侍晦叔	319	3284 和令公問劉賓客歸…	437

3288 長齋月滿，攜酒先…	197, 440	3571 喜入新年自詠	238
3294 酬令公雪中見贈訝…	197, 441	3589～3596 池鶴八絕句	465
3299 對酒勸令公開春遊…	197, 440	3601 哭劉尙書夢得二首	466
3307 令公南莊花柳正盛…	197, 198, 440, 441	3608 香山寺白氏洛中集…	582, 583
3311 晚春欲攜酒尋沈四…	529	3610 不能忘情吟　幷序	163, 164
3312 三月三日祓禊洛濱	113	3611 六讚偈序	583
3326 和令狐僕射小飮聽…	448	3617 昨日復今辰	247
3341 令狐相公與夢得交…	292, 450	3619 ［游］趙村杏花	248
3346 酬裴令公贈馬相戲	165, 178, 186, 189, 190, 192, 442	3620 刑部尚書致仕	248
		3621 初致仕後戲酬留守…	215
3364 晚夏閑居…	213	3622 問諸親友	248
3373 題謝公東山障子	198, 441	3626 開龍門八節灘詩二…	248
3383 慕巢尙書書云室人…	189	3628 酬寄牛相公同宿話…	143, 145
3395 天寒晚起，引酌詠…	189	3648 閑居	163, 164
3399 公垂尙書以白馬見…	161, 178	3654 自詠老身示諸家屬	221
3413 病中五絕	381	3659 予與山南王僕射起…	272
3418 賣駱馬（「病中詩十五首」其十一）	163, 164	3661～3672 禽蟲十二章…	464
		3678 曲江獨行，招張十…	485
3419 別柳枝	164	3696 醉中見微之…	261
3424 雪後過集賢裴令公…	444	3724 宴興化池亭送白二…	430, 455
3465 繼之尙書…	580	3725 首夏猶清和聯句	430, 455
3478 山中五絕句（其四）	465	3726 薔薇花聯句	430, 455
3479 山中五絕句（其五）	465	3727 西池落泉聯句	430, 455
3515 遊平泉…	213	3730 喜遇劉二十八偶兩…	431, 455
3517 夏日閑放	168	3731 劉二十八自汝赴左…	431, 439, 455
3520 櫻桃花下有感而作	188, 189	3732 度自到洛中與樂天…	431, 455
3529 遇物感興，因示子…	295	3759 哭微之	466
3542 香山居士寫眞詩…	227～229, 231, 238, 242, 255	3796 賦詩	512
		3798 醉吟先生墓誌銘幷…	10, 219, 242, 261, 278, 292, 321～323
3543 開題家池寄王屋張…	548	3810 諫請不用奸臣表	458, 459
3545 感舊　幷序	381	3817 與劉禹錫書	297, 310, 418, 419
3569 寄題餘杭郡樓兼呈…	113	**白行簡**	277, 278, 282, 400, 402

詩人別詩題索引　皮〜劉

皮日休	16, 23, 202, 203, 205
病中有人惠海蟹轉…	204

マ行

孟棨	104
孟郊	59, 60, 69, 361, 363, 367, 503, 553, 555, 557
送淡公	361

ヤ行

楊巨源	276, 325, 335
源酬令狐舍人	460
源和元員外題昇平里	324
楊憑	17, 24, 469
楊衡	362
姚合	59, 216, 325, 338
和元八郎中秋居	317, 324
羊士諤	201
楊汝士	324
雍陶	339
題友人所居	325, 339

ラ行

李逢吉	
奉酬忠武李相公見…	454
李翱	290
李頎	201, 204
送康洽入京進樂府歌	519
李賀	16, 23, 109, 110
沙路曲	118
沙路行	114
馬詩二十三首	139
李建	149, 150, 188, 308, 337, 376

李商隱	16, 23, 128
初食筍呈座中	210
夢令狐學士	129
李紳	16, 23, 276, 324, 417, 431, 439, 445, 455, 474, 480, 512
李貞白	
詠蟹	203
李白	16, 23, 69, 70, 90, 201, 221, 256, 257, 367, 480, 517, 522, 549, 566
月下獨酌	524
少年行	142
襄陽歌	177, 185
天馬歌	139
白馬篇	139
李拯	
退朝望終南山	123
李絳	364, 483
和前	151
李觀	69
李德裕	
述夢四十韻　并序	423
箏篴歌	423
陸龜蒙	16, 23, 201, 202, 205
酬襲美見寄海蟹	204
劉長卿	554, 555, 557
過鸚鵡洲王處士別業	210
劉禹錫	24, 39, 59, 151, 152, 166〜168, 192, 254, 259, 269, 270, 273, 280, 282, 286, 290, 292, 297, 300, 306, 309, 310, 324, 340, 348, 363, 365, 367, 377, 381, 387, 404, 455, 483, 500, 503〜505, 553, 554, 557
宴興化池亭送白二…	430, 455, 511

鶴歎二首（并引）	191, 505, 509	堤上行	127
賈客詞	28, 80	途次華州，陪錢大…	364
樂天寄洛下新詩…	424	度自到洛中與樂天…	431, 455
樂天見示傷微之…	424	答裴令公雪中訝白…	198, 441
微之鎮武昌中路見…	424	同樂天和微之『深春…	423
夔州竇員外使君見…	165	裴令公見示酬樂天…	165, 179, 196
喜遇劉二十八偶書…	431, 455	白舍人自杭州寄新…	423
擧崔監察群自代狀	284	飛鳶操	464
杏園花下酬樂天見贈	501, 502	祕書崔少監見示…	156
吟白君『哭崔兒』…	424	百舌吟	464
月夜憶樂天，兼寄…	423	碧澗寺見元九侍御…	422
虎丘寺見元相公二…	424	有獺吟	464
再經故元九相公宅…	424	與歌者何戡	529
謝宣州崔相公賜馬	165	楊柳枝詞	164
首夏猶清和聯句	430, 455	遙和韓睦州・元相…	423
秋螢引	464	洛中逢白監同話游…	446, 455
酬元九院長自江陵…	422	劉二十八自汝赴左…	431, 455
酬元九侍御贈璧竹…	422	令狐僕射與余投分…	448
酬樂天閑臥見憶	439	和令狐相公南齋小…	448
酬樂天揚州初逢席…	502	和樂天洛城春齊梁…	139
酬樂天齋滿日裴令…	197	和浙西尚書…	560
酬竇員外郡齋宴客…	422	和浙西李大夫霜夜對月…	423
聚蚊謠	464	和浙西李大夫晚下北固山…	423
薔薇花聯句	430, 455	和裴相公寄白侍郎…	191, 436, 509
春池泛舟聯句	455	**柳宗元**	24, 52, 201, 301, 377, 386, 387, 425, 460, 501, 502
傷我馬詞	139, 162		
西川李尚書知愚與…	424	食蝦蟆	208, 209
西池落泉聯句	430, 455	送崔群序	284, 300
浙西李大夫『述夢…	423	田家	113
浙東元相公書歎梅	424	與李翰林建書	273
贈元九侍御文石枕…	421, 422	**令狐楚**	59, 202, 279, 290, 364, 367, 463, 512
代靖安佳人怨二首…	29	秋懷寄錢侍郎	363
張郎中遠寄長句…	502	節度宣武酬樂天夢	447

奉和僕射相公酬忠…	454	**盧殷**	
呂温		妾換馬	179, 185
鏡中歎白髪	518	**盧拱**	276, 324

著者紹介

丸山　茂（まるやま　しげる）

1949年8月8日　新潟縣三條市に生まる。

私立松葉幼稚園、三條市立三條小學校、三條市立第三中學校、新潟縣立三條高等學校、日本大學經濟學部（夜間部）、日本大學文理學部中國文學科、日本大學大學院文學研究科國文學專攻修士課程を經て昭和53年に日本大學大學院文學研究科中國學專攻博士課程滿期退學。

學位：文學博士

現職：日本大學文理學部教授・日本大學大學院教授

專門分野：中國學（主に唐代文化）

所屬學會：東方學會、日本中國學會、中唐文學會

著書：『白居易研究講座全7卷』（共編著）勉誠社、『中國文學歲時記』（一部執筆）同朋舍、『張籍歌詩索引』朋友書店、『孟浩然歌詩索引』（共編）汲古書院、『學祖　山田顯義漢詩百選』日本大學廣報部など

唐代の文化と詩人の心──白樂天を中心に──

2010（平成22）年2月17日　發行

著　者	丸　山　　　茂
發行者	石　坂　叡　志
整版印刷	中　台　整　版　モリモト印刷㈱
發行所	汲　古　書　院

〒102-0072　東京都千代田區飯田橋2-5-4
電話03（3265）9764　FAX03（3222）1845

ISBN978-4-7629-2874-1　C3098
Shigeru MARUYAMA　©2010
KYUKO-SHOIN, Co.,Ltd.　Tokyo